21가지 유형으로 작품 이해의 눈을 활짝 틔워주는
한국 단편소설 I

21가지 유형으로 작품 이해의 눈을 활짝 틔워주는

한국 단편 소설 I

초판인쇄 | 2005년 12월 24일
초판발행 | 2005년 12월 30일

엮은이 | 서울대 국문과 현대문학 박사과정(강심호 외 3인)
펴낸이 | 심만수
펴낸곳 | (주)살림출판사
출판등록 | 1989년 11월 1일 제9-210호

주소 | 413-756 경기도 파주시 교하읍 문발리 파주출판도시 522-2
전화 | 영업 031)955-1350 기획 · 편집 031)955-1370
팩스 | 031)955-1355
e-mail | salleem@chol.com
홈페이지 | http://www.sallimbooks.com

ISBN 89-522-0470-0 44810
89-522-0469-7 44810 (세트)

값 12,000원

21가지 유형으로 작품 이해의 눈을 활짝 틔워주는

한국 단편소설 I

서울대 국문과
현대문학 박사과정
(강심호 외 3인)

살림

이 책을 읽기에 앞서……

고등학생이 문학작품을 읽어야 하는 까닭은?

다양한 삶의 간접체험……정서함양……교양습득……. 땡! 틀렸다. 정말로 그렇게 생각하나? 좀더 솔직하게 이야기하자. 바로 그렇다. 정답은 '공부' 때문이다. 내신 성적을 위한 시험에서건, 수학능력 시험에서건 좋은 점수를 받기 위해서다. 그런데 시험을 대비해서 문학을 공부하는 것이 앞에서 얘기한 문학작품을 읽는 목적과 전혀 다른 것은 아니다. 왜냐하면 시험에서 요구하는 것이 문학작품을 얼마나 잘 읽어낼 수 있는가이기 때문이다. 읽을 줄 알면, 문제도 풀 수 있다. 그렇다면 어떻게 문학작품을 읽어야 할까?

많은 작품을 읽는 것만이 왕도가 아니다
먼저 유형을 익혀야 한다

많은 작품을 읽으면 좋지만 무턱대고 여러 작품을 읽는 것은 좋은 방법이 아니다. 여러 가지 방식으로 작품들을 묶어서 그 연관성을 살펴보는 방법을 권한다. 여러 갈래의 시나 소설들을 한데 묶어 관련시켜 읽으면서 자신의 사고를 확장시켜 나가는 것이 중요하다. 여러 작품들을 이런 저런 테마로 묶어본다면, 처음 보는 작품을 만나더라도 당황할 필요가 없다. 중요한 주제는 이미 다 알고 있기 때문이다. 이 책에는 언급되지 않은 작품은 있어도 빠뜨린 테마는 거의 없다.

공부하듯 문학작품을 읽지 마라
암기과목이 아니다

어떤 책이든 각종 볼펜과 울긋불긋한 형광펜을 손에 들고 밑줄을 쳐가면서 외우려고 달려들면 그만큼 흥미는 반감된다. 그저 가벼운 마음으로 읽기를 권한다. 한 번에 모두 읽지 않아도 좋다. 목차를 보고 우선 관심이 가는 테마를 찾아서 읽어 보라. 한 꼭지 한 꼭지 읽어가다 보면 어느 사이에 세상과 인간에 대한 이해의 폭이 넓어져 있을 것이다.

감히 장담한다!

| 차례 |

Ⅰ. 하층민의 애환과 욕망

II. 운명과 토속적 세계

III. 예술가의 열정과 세상 읽기

21가지 유형으로 작품 이해의 눈을 활짝 틔워주는
한국
단편
소설
II

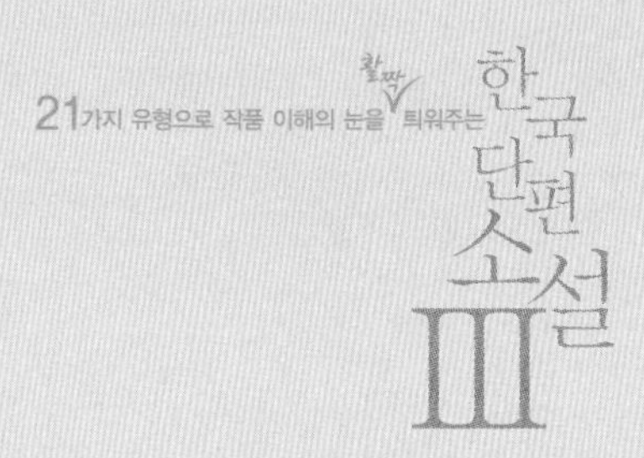
21가지 유형으로 작품 이해의 눈을 틔워주는
한국
단편
소설
III

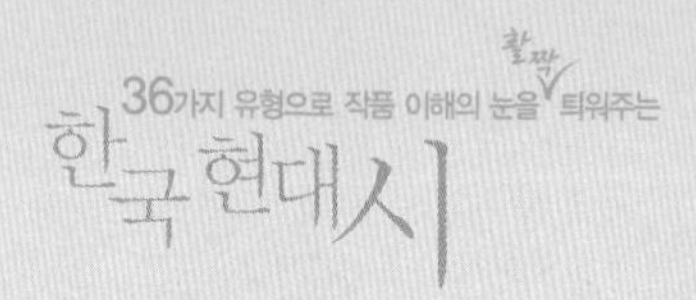
36가지 유형으로 작품 이해의 눈을 확 틔워주는
한국현대시

01
하층민의 애환과 욕망

일러두기

- 이 책에 실린 작품들은 서울대 국어국문과 박사과정의 젊은 학자들로 구성된 필자들이 우리 문학사의 여러 작품들 가운데 학생들에게 꼭 읽혔으면 하는 비중 있는 작품들을 신중하게 선별한 것입니다. 그리고 아울러 그들의 감각과 안목을 바탕으로 알기 쉬운 해설을 덧붙였습니다.
- 소설 원작의 맞춤법 표기는 작가의 의도를 해치지 않는 범위 내에서 현재의 표기법을 따랐습니다. 그러나 속어와 사투리는 문학작품의 고유한 맛을 살리기 위해 고치지 않고 그대로 두었습니다.
- 작품에 표기된 년도는 초판 소설본의 발표 년도를 기준으로 했습니다.

현진건(1900~1943)

호는 빙허(憑虛). 대구 출생. 어린 시절에는 한문을 배웠고, 일본과 중국에서 유학했다. 중국의 대학에서는 독일어 전문부를 다녔다. 1920년 11월 『개벽』에 「희생화」를 발표하면서 문단에 등단했고, 1921년 「빈처」와 「술 권하는 사회」를 발표하면서 소설가로 인정을 받았다. 빈곤 속에서 나타나는 아내의 따뜻한 애정을 그린 「빈처」와 암담한 현실에서 지식인이 할 수 있는 일이라고는 술 마시는 일밖에 없음을 보여준 「술 권하는 사회」는 1인칭 화자의 고백 형식을 통해 작가 자신의 체험을 소설로 옮긴 것 같은 느낌을 준다. 초기 작품들에서는 이와 같은 경향이 짙다. 『백조』 동인으로 참가하여 「유린」 「할머니의 죽음」과 같은 사실주의적 작품을 발표하기도 했고 「운수 좋은 날」 이후의 작품에서는 3인칭을 도입하여 작중인물의 삶을 좀더 치열하게 묘사하기 시작하였는데, 그의 대표 단편들이 라고 할 수 있는 「운수 좋은 날」 「불」 「B사감과 러브레터」 「고향」 등이 여기에 속한다. 1931년 10월 그의 최후의 단편인 「서투른 도적」을 발표한 이후에는 「적도」 「무영탑」 「흑치상지」 「선화공주」 등 장편 역사소설만을 발표했다. 이러한 역사소설은 일제의 탄압이 심해지면서, 작품의 표면에 민족주의 이념을 내세울 수 없었기 때문에 역사적 상황을 통해 우회적으로 그 이념을 드러내려고 했던 작가의 의도에서 나온 것이다.

전영택(1894~1968)

호는 늘봄. 평양 출생. 전영택은 평양 대성학교를 중퇴하고 일본 아오야마[靑山]학원 신학부를 졸업한 후 미국으로 건너가 버클리 신학교를 수료했다. 이후 그는 귀국해서 교회 목사로 일하며 기독교와 밀접한 관계를 맺으며 활동했다. 그는 1919년 『창조』의 동인이 되면서 그 동인지에 「천치? 천재?」를 발표하며 작품 활동을 시작했고 「화수분」 등의 작품들을 발표했다. 전영택은 일제 말기 일본의 탄압이 심해지자 붓을 꺾고 작품을 쓰지 않다가 광복 후에 작품 활동을 재개했다. 광복 이후의 작품으로는 38선의 비극을 그린 「소」가 대표작이라고 할 수 있다. 전영택의 초기 작품은 자연주의적이고 사실주의적인 색채가 무척 강했다고 평가된다. 그러면서도 인도주의적인 요소를 내포하고 있다는 점이 특징적이다. 후기로 갈수록 기독교의 영향을 많이 드러내면서 그리스도교적 인도주의 경향이 짙게 나타난다. 개신교의 찬송가를 보면 전영택이 작사한 곡이 자주 눈에 띈다.

1

하층민의 비참함과 아이러니

운수 좋은 날

현진건

화수분

전영택

하 층 민 의 비 참

아이러니란 겉으로 드러난 내용과 실제 사이가 서로 다를 때 발생한다. 아이러니는 크게 두 가지 종류로 나뉠 수 있는데, 말의 아이러니와 극적인 아이러니로 구별할 수 있다.

이 중 '말의 아이러니'는 말이 의도된 내용과 반대되는 경우를 말하며, 흔히 '반어법'으로 파악할 수 있다. 우리가 가장 쉽게 들을 수 있는 '반어법' 문장을 생각해 보자. 휴일 오후에 방 안에서 공부도 하지 않고 빈둥거리고 있으면, 어머니께서 보다못해 이렇게 말씀하실 것이다. "어이구, 잘 논다. 그렇게 잘 노는 것을 보니 커서 크게 성공하시겠네." 이 말 속에는 '그렇게 놀아서 나중에 뭐가 될래? 공부 안 해?' 이런 의미가 담겨 있다. 이처럼 겉으로 표현된 내용과 실제가 다른 경우를 말의 아이러니, 혹은 언어적 아이러니라고 한다.

다음은 '상황의 아이러니'로, 어떤 상황 속에서 등장인물은 그 상황의 전개를 알지 못하고 앞으로 다가올 운명과 상황에 대해 반대로 행동하는 경우를 말한다. 가령 「로미오와 줄리엣」에서 로미오가 줄리엣이 죽은 줄 알고 자살하려고 할 때, 우리는 운명의 장난과도 같은 느낌을 받는다.

함 과 아 이 러 니

또, 드라마에서 종종 볼 수 있는 서로 길이 엇갈리는 장면도 일종의 상황의 아이러니다. 따라서 상황의 아이러니는 등장인물의 무지와 독자(관객)의 인지 사이에서 발생한다. 독자가 아는 상황을 등장인물은 모를 때, 그래서 독자에게 안타까움이나 희극적인 느낌을 부여하는 경우를 상황의 아이러니라고 한다.

많은 문학이 이와 같은 아이러닉한 운명, 다시 말하면 운명의 '장난'을 다루고 있다. 특히 모든 비극의 주인공은 어딘가 운명에 의해 희생되는 듯한 느낌을 준다. 따라서 일제시대 가난한 하층민의 삶을 다룬 작품에서 아이러니의 기법이 사용되는 것은 별로 새삼스러운 일이 아니다. 당시 하층민의 가난은 개인적인 결함에서 비롯되었다기보다는 역사와 시대, 즉 어떤 상황의 결과라고 볼 수 있기 때문이다.

:: 가난을 효과적으로 표현한 두 가지 아이러니

「운수 좋은 날」은 1920년대 하층 노동자의 삶을 사실적으로 생생하게 그려 놓은 현진건의 대표적인 단편소설이다. 1924년 6월 『개벽』에 실린 이 소설의 주인공 김 첨지는 인력거꾼이다. 그는 요 며칠 장사가 안 되어 돈 구경을 못 했는데, 이날은 이상하리만큼 운수가 좋았다. 앞집 마나님과 교원인 듯싶은 양복쟁이를 태워다 주고 팔십 전을 벌어들인 데다가, 학생 하나를 남대문 정거장까지 태워다 주고 일 원 오십 전을 번 것이다. 김 첨지는 기뻤지만 한편으로는 겁이 나기도 했다. 집에는 아내가 앓아 누워 있는데, 불길한 예감이 들었기 때문이다. 왠지 기쁨이 계속되지 않고 불행이 닥쳐올 것 같았다. 그러던 차에 선술집 앞에서 친구인 치삼이를 만나 술을 마시고 취해서 소동을 부리다가, 아내가 먹고 싶다던 설렁탕을 사서 집으로 돌아온다. 그러나 집에 돌아오자 아내는 죽어 있고, 아들은 울다가 목이 잠겨 지쳐 쓰러져 있다. 김 첨지는 눈물을 흘리며 '괴상하게도 오늘은 운수가 좋더니!' 하며 한탄한다.

「운수 좋은 날」은 일제시대 서울 동소문 안에 사는 인력거꾼 김 첨지의 행복과 불행이 겹쳐지는 어느 하루를 통해 당시 도시 하층민의 비참한 생활상을 잘 드러내고 있다. 특히 작가는 하층민들이 주로 사용하는 말에서부터 음식, 의복, 행동, 심리, 습관 등을 현실적으로 그려내 실재감을 느끼도록 작품을 썼다. 예를 들어 김 첨지가 동료 치삼과 선술집에서 술을 마시면서 소리치는 '봐라 봐! 이 더러운 놈들아, 내가 돈이 없나, 다리 뻭다구를 꺾어 놓을 놈들 같으니'에서는 돈을 바라면서도 경멸하는 하층민들의 이중적인 감정이 욕지거리를 통해 효과적으로 드러나고 있다. 또 '그는 병이란 놈에게 약을 주어 보내면 재미를 붙여서 자꾸 온다는 자기의 신조(信條)에 어디까지 충실하였다' 는 부분에서는 돈이 없어 약을 못 지으면서도 이를 변명하는 김첨지의 심리를 잘 묘사하고 있다.

한편 이 작품에서는 대화나 지문에 비속어와 거친 말투를 그대로 드러냄으로써 하층민들의 삶을 사실적으로 그려내고 있을 뿐 아니라, 학생이나 양복쟁이와 같은 인물들의 외양이나 행동을 묘사함으로써 당시 신문물이 수용되면서 급변하던 사회상의 일면도 함께 제시하고 있다.

「운수 좋은 날」에서 가장 주목할 부분은 아이러니 기법의 사용이다. 작품 내용을 감안해 보면, 제목인 '운수 좋은 날' 은 반어적인 표현이다. 인력거를 끌며 돈을 많이 벌어서 운수가 아주 좋은 듯 느껴졌던 하루는 결국 병든 아내가 죽은 운수 나쁜 날이었던 것이다. 이와 같은 상황은 외면적인 행운 뒤에 비극적인 결말이 준비되어 있는 가장 아이러닉한 현실을 극적으로 제시한 것이다.

작품 서두에 제시되고 있는 날씨에 대한 묘사는 일종의 복선이다. '새침하게 흐린 품이 눈이 올 듯하더니 눈은 아니 오고, 얼다가 만 비가 추적추적 내리었다' 라는 표현에서, 우리는 비가 추적추적 내리는 암울한 분위기를 통해 주인공에게 다가올

아이러니 Irony 란 말의 유래

아이러니라는 말은 원래 그리스어의 '에이론 eiron' 에서 유래한 말이다. 고대 그리스 희극에 나오는 '에이론' 은 겉으로 보면 약하고 힘이 없지만, 꾀가 많아 항상 자신보다 힘이 센 인물을 골려주는 인물이다. 우리가 잘 아는 만화영화 「톰과 제리」의 '제리' 를 떠올리면 알기 쉬운 '영리한 꾀보' 가 바로 '에이론' 인 것이다. 이처럼 겉은 특별히 주목할 부분이 없지만, 실제로는 대단한 힘을 발휘하는 '에이론' 이라는 인물을 생각해 보면 아이러니에 조금 쉽게 접근할 수 있다.

불행을 짐작할 수 있다.

이처럼 주인공의 불행을 암시하는 복선은 소설이 진행되면서 계속된다. 주인공 김 첨지는 집에 가까이 다가가면 발이 무거워지고 집에서 멀어지면 이상하게도 발이 가벼워진다. 이와 같은 대목은 집에 무엇인가 안 좋은 일(아내의 죽음)이 생겼을 것이라는 꺼림칙한 느낌이 있지만, 그것을 확인하고 싶어 하지 않는 심리가 김 첨지의 마음속에 깔려 있음을 보여준다. 그런 김 첨지의 심리는 선술집에서 치삼이에게 부리는 주정을 통해서 더욱 잘 알 수 있다. 치삼이에게 아내가 죽었다고 말했다가 거짓말이라고 부인하는 김 첨지의 태도는 불길함을 이겨 보려는 심리를 드러낸 것이다. 결국 결말에 이르면 김 첨지가 느낀 불길함은 현실로 확인되고, 그토록 돈벌이가 잘된 운수 대통인 하루는 알고 보니 아내가 죽은 불행한 하루로 판명된다. 작가는 이처럼 상황의 아이러니와 복선을 잘 활용해서 일제시대 도시 하층민의 비참한 삶을 효

복선 foreshadowing

앞으로 다가올 상황을 암시하는 소설적 장치를 말한다. 말하자면 이후에 나올 사건들에 대해서 미리 작가가 살짝 언급해 두는 정도로 이해하면 된다. 알기 쉽게 영화 「공공의 적」을 예로 들어보자. 이 영화에서 악당인 펀드매니저는 부모를 살해하고 나올 때, 엄지손톱이 부러져 고통스러워한다. 나중에 이 부러진 손톱이 죽은 엄마의 목에서 발견되어 결정적인 증거 역할을 한다. 이때 손톱이 부러지는 사건을 일종의 복선이라고 할 수 있다.

복선은 보통 주변 사건들을 활용함으로써 이루어지며 인물이나 배경 등에 의해 유추된 추론의 형태로도 나타난다. 가령 이효석의 「메밀꽃 필 무렵」에서 허 생원이 왼손잡이임을 드러내는 장면이 나온다. 우리는 이러한 정보를 가지고 결말부에서 허 생원과 동이가 부자관계임을 짐작하게 된다. 이처럼 인물과 관련된 정보를 통해서도 복선을 설정할 수 있다.

복선의 목적은 독자의 흥미를 강하게 유발시킴으로써 독서의 재미를 강화시키거나 독자들에게 미리 심리적 준비단계를 거치게 함으로써 다가올 사건이 우연적인 것이 아니라 치밀하게 짜여진 것으로 받아들여지게 하는 것이다.

과적으로 드러냈던 것이다.

1925년 『조선문단』 1월호에 발표된 전영택의 「화수분」은 현진건의 「운수 좋은 날」과 마찬가지로 1920년대의 가난한 하층민의 삶을 다루고 있다. 이 작품에는 시대적 배경을 짐작할 만한 뚜렷한 사실이 제시되어 있지 않지만 작품이 발표된 시기로 미루어보면, 「운수 좋은 날」과 비슷한 시기임을 알 수 있다.

「화수분」의 줄거리는 다음과 같다. 남의 집 행랑살이를 하는 주인공 화수분은 30세 전후로 양평에서 농사를 짓다가 서울로 올라왔다. 그의 생활은 날품팔이를 하는 가난의 연속이다. 그러다가 발을 다친 고향의 형으로부터 추수를 도와 달라는 부탁을 받고 시골로 내려간다. 남편을 기다리던 아내는 굶주리다 지쳐 추운 겨울인데도 어린 자식을 업고 남편을 찾아 나선다. 화수분은 서울로 올라오다가 길가에 주저앉아 있는 가족을 발견한다. 거의 얼어 죽기 직전의 아내와 자식을 보고 화수분은 아내와 길에서 밤을 새운다. 그들 부부는 어린 자식을 품에 안은 채 꼭 껴안고 밤을 지낸다. 부부는 결국 얼어 죽고 어린 자식은 부모의 체온으로 살아남게 된다.

이 소설의 서두에도 「운수 좋은 날」과 비슷하게 날씨에 대한 언급이 나와 있다. '혹독한 추위가 몰아치는 겨울 밤'은 이 소설에서도 주인공 화수분에게 무엇인가 불행한 일이 닥칠 것과 같은 느낌을 불러일으킨다. 이러한 겨울 밤의 분위기는 단순히 배경에만 그치는 것이 아니라 주제와 연결되면서 주제를 더욱 효과적으로 드러내는 역할을 한다.

「화수분」에도 「운수 좋은 날」과 마찬가지로 아이러니 기법이 활용되고 있다. 주인공의 이름 '화수분'은 '재물이 계속 생겨나서 아무리 써도 다함이 없다'는 뜻이지만 실제로는 재산이 모두 거덜난 가난뱅이일 뿐만 아니라 결국 얼어 죽고 마는 비극적인 인물이다. 따라서 이름과 실제 사이의 격차가 아이러니한 효과를 가져오는 것이다. 「운수 좋은 날」에는 의외의 돈벌이가 자꾸 생기는 상황과 비극적 결말이라는 상황의 아이러니가 주로 제시되어 있다면, 「화수분」에는 이처럼 말의 아이러니가 중점적으로 제시되어 있다는 점이 특징적이다.

또한 「화수분」은 「운수 좋은 날」과 마찬가지로 하층민의 비참한 삶에 대해 이야기하고 있지만 그 결말이 완전히 절망적이지는 않다. 결말 부분에서 화수분 부부는 비참하게 죽지만, 어린아이는 살아남는다. 이처럼 비극적인 상황 속에서도 부모의 체온으로 살아남은 이 어린아이는 희망을 뜻한다. 작가는 아이를 체온으로 살려낸 화수분 부부를 통해 따뜻한 인간미를 제시하고 있으며, 우리는 여기서 작가의 휴머니즘 정신을 확인할 수 있다.

이 작품은 전체적으로 1인칭 관찰자 시점을 따르고 있지만, 때때로 '어멈'과 여

휴머니즘 humanism

휴머니즘은 한마디로 '인간다움'을 존중하는 이념이라 할 수 있다. 그런데 이 인간다움이란 쉽게 정의하기가 힘들다. '인간다움(humananitas)'이란 말을 맨 처음 사용한 것은 로마의 키케로라고 한다. 키케로가 말하는 인간다움이란 문명인만이 가질 수 있는 '우아함' 정도의 뜻이었다. 즉 로마인이나 그리스인들에 한해서만 해당되는 인간다움이고 노예나 그 밖의 소위 '미개한' 국가의 사람들은 해당되지 않는 개념이었다.

또 인간다움이란 역사적으로 다양한 의미로 사용되었다. 어떤 사람은, 인간은 인간을 한없이 초월한 신이나 절대자와의 관계를 통해서만 자신의 인간성을 실현해 나갈 수 있다고 주장했다. 또 어떤 사람은 이와는 반대로, 인간 이상도 이하도 아닌 인간의 자연적 소질을 발전시켜 가는 것이 '인간다움'이라고 정의했으며, 그런가 하면 또 다른 사람은 과학이나 기술의 합리성을 철저하게 추구하는 일이 결국은 인간성을 확충하는 것이라고 주장했다.

이러한 다양한 견해들이 있기 때문에 휴머니즘을 정의하는 일은 상당히 어려운 과제에 속한다. 그래서 우리가 일반적으로 '휴머니즘'이라고 말할 때는 주로 상식적인 의미를 뜻한다. 즉, 다른 어떤 가치들보다 인간을 우위에 놓는 이념을 '휴머니즘'이라고 지칭하는 것이다. 특히 물질적인 이익보다 인간의 생명이나 기본적인 권리를 중시 여기는 것, 그것이 상식적인 의미에서의 '휴머니즘'인 것이다.

동생의 시선으로 사건이 진행되는 부분이 있다. 특히 여동생이 등장하는 부분은 소설을 더 이상 주인공의 시점으로만 전개하기 어렵게 되자 궁여지책으로 끼워 맞춘 흔적이 보인다. 이는 1920년대 소설이 가진 한계, 즉 시점의 개념이 아직 확고히 정립되기 이전의 작품이기 때문인 것으로 볼 수 있다. 그러나 주제의 구현에 있어서는 하층민의 비참함을 아이러닉하게 잘 표현한 작품으로 평가할 수 있을 것이다.

운수 좋은 날 _ 현진건

새침하게 흐린 품이 눈이 올 듯하더니 눈은 아니 오고 얼다가 만 비가 추적추적 내리었다. 이날이야말로 동소문 안에서 인력거꾼 노릇을 하는 김 첨지에게는 오래간만에도 닥친 운수 좋은 날이었다.

문안에(거기도 문밖은 아니지만) 들어간답시는 앞집 마나님을 전찻길까지 모셔다 드린 것을 비롯하여 행여나 손님이 있을까 하고 정류장에서 어정어정하며 내리는 사람 하나하나에게 거의 비는 듯한 눈길을 보내고 있다가, 마침내 교원인 듯한 양복쟁이를 동광학교(東光學校)까지 태워다 주기로 되었다.

첫 번에 삼십 전, 둘째 번에 오십 전 — 아침 댓바람에 그리 흉치 않은 일이었다. 그야말로 재수가 옴붙어서 근 열흘 동안 돈 구경도 못한 김 첨지는 십 전짜리 백통화 서 푼, 또는 다섯 푼이 찰깍하고 손바닥에 떨어질 제 거의 눈물을 흘릴 만큼 기뻤었다. 더구나 이날 이때에 이 팔십 전이라는 돈이 그에게 얼마나 유용한지 몰랐다. 컬컬한 목에 모주 한 잔도 적실 수 있거니와 그보다도 앓는 아내에게 설렁탕 한 그릇도 사다 줄 수 있음이다.

그의 아내가 기침으로 쿨룩거리기는 벌써 달포가 넘었다. 조밥도 굶기를 먹다시피 하는 형편이니 물론 약 한 첩 써본 일이 없다. 구태여 쓰려면 못 쓸 바도 아니로되 그는 병이란 놈에게 약을 주어보내면 재미를 붙여서 자꾸 온다는 자기의 신조(信條)에 어디까지 충실하였다. 따라서 의사에게 보인 적이 없으니 무슨 병인지는 알 수 없으나, 반듯이 누워 가지고 일어나기는커녕 새로 모로도 못 눕는 걸 보면 중증은 중증인 듯. 병이 이대도록 심해지기는 열흘 전에 조밥을 먹고 체한 때문이다. 그때도 김 첨지가 오래간만에 돈을 얻어서 좁쌀 한 되와 십 전짜리 나무 한 단을 사다 주었더니 김 첨지의 말에 의지하면 그 오라질 년이 천방지축(天方地軸)으로 냄비에 대고 끓였다. 마음은 급하고 불길은 달지 않아 채 익지도 않은 것을 그 오라질 년이 숟가락은 고만두고 손으로 움켜서 두 뺨에 주먹덩이 같은 혹이 불거지도록 누가 빼앗을 듯이 처박질하더니만 그날 저녁부터 가슴이 땅긴다, 배가 켕긴다 하고 눈을 홉뜨고 지랄병을 하였다. 그때 김 첨지는 열화와 같이 성을 내며,

"에이, 오라질 년, 조랑복은 할 수가 없어, 못 먹어 병, 먹어서 병, 어쩌란 말이야! 왜 눈을 바루 뜨지 못해!"

하고 앓는 이의 뺨을 한 번 후려갈겼다. 홉뜬 눈은 조금 바루어졌건만 이슬이 맺히었다. 김 첨지의 눈시울도 뜨끈뜨끈하였다.

이 환자가 그러고도 먹는 데는 물리지 않았다. 사흘 전부터 설렁탕 국물이 마시고 싶다고 남편을 졸랐다.

"이런 오라질 년! 조밥도 못 먹는 년이 설렁탕은, 또 처먹고 지랄병을 하게."

라고 야단을 쳐보았건만, 못 사주는 마음이 시원치는 않았다.

인제 설렁탕을 사줄 수도 있다. 앓는 어미 곁에서 배고파 보채는 개똥이(세살먹이)에게 죽을 사줄 수도 있다. ―팔십 전을 손에 쥔 김 첨지의 마음은 푼푼하였다.

그러나 그의 행운은 그걸로 그치지 않았다. 땀과 빗물이 섞여 흐르는 목덜미를 기름주머니가 다 된 왜목 수건으로 닦으며, 그 학교 문을 돌아나올 때였다. 뒤에서 "인력거!" 하고 부르는 소리가 난다. 자기를 불러 멈춘 사람이 그 학교 학생인 줄 김 첨지는 한 번 보고 짐작할 수 있었다. 그 학생은 다짜고짜로,

"남대문 정거장까지 얼마요?"

라고 물었다. 아마도 그 학교 기숙사에 있는 이로 동기 방학을 이용하여 귀향하려 함이로다. 오늘 가기로 작정은 하였건만, 비는 오고 짐은 있고 해서 어찌할 줄 모

르다가 마침 김 첨지를 보고 뛰어나왔음이리라. 그렇지 않다면 왜 구두를 채 신지 못해서 질질 끌고, 비록 '고구라' 양복일망정 노박이로 비를 맞으며 김 첨지를 뒤쫓아 나왔으랴.

"남대문 정거장까지 말씀입니까?"

하고, 김 첨지는 잠깐 주저하였다. 그는 이 우중에 우장도 없이 그 먼 곳을 철벅거리고 가기가 싫었음일까? 처음 것, 둘째 것으로 고만 만족하였음일까? 아니다, 결코 아니다. 이상하게도 꼬리를 맞물고 덤비는 이 행운 앞에 조금 겁이 났음이다. 그리고 집을 나올 제 아내의 부탁이 마음에 켕기었다. 앞집 마나님한테서 부르러 왔을 제 병인은 그 뼈만 남은 얼굴에 유월의 샘물 같은 크고 움푹한 눈에다 애걸하는 빛을 띄우며,

"오늘은 나가지 말아요. 제발 덕분에 집에 붙어 있어요. 내가 이렇게 아픈데……."

라고, 모기 소리같이 중얼거리며 숨을 걸그렁걸그렁하였다. 그때에 김 첨지는 대수롭지 않은 듯이,

"아따, 젠장맞을 년, 별 빌어먹을 소리를 다 하네. 맞붙들고 앉았으면 누가 먹여 살릴 줄 알아."

하고 훌쩍 뛰어나오려니까 환자는 붙잡을 듯이 팔을 내저으며,

"나가지 말라도 그래, 그러면 일찍이 들어와요."

하고 목메인 소리가 뒤를 따랐다.

정거장까지 가잔 말을 들은 순간에 경련적으로 떠는 손, 유달리 큼직한 눈, 울 듯한 아내의 얼굴이 김 첨지의 눈앞에 어른어른하였다.

"그래, 남대문 정거장까지 얼마란 말이요?"

하고 학생은 초조한 듯이 인력거꾼의 얼굴을 바라보며 혼잣말같이,

"인천 차가 열한 점에 있고, 그 다음에는 새로 두 점이던가."

라고 중얼거린다.

"일 원 오십 전만 줍시요."

이 말이 저도 모를 사이에 불쑥 김 첨지의 입에서 떨어졌다. 제 입으로 부르고도 스스로 그 엄청난 돈 액수에 놀래었다. 한꺼번에 이런 금액을 불러라도 본 지가 그 얼마 만인가! 그러자 그 돈 벌 용기가 병자에 대한 염려를 사르고 말았다. 설마 오늘 내로 어떠랴 싶었다. 무슨 일이 있더라도 제일 제이의 행운을 곱친 것보다도 오히려 갑절이 많은 이 행운을 놓칠 수 없다 하였다.

"일 원 오십 전은 너무 과한데."

이런 말을 하며 학생은 고개를 기웃하였다.

"아니올시다. 잇수로 치면 여기서 거기가 시오 리가 넘는답니다. 또 이런 진날에는 좀더 주셔야지요."

하고 빙글빙글 웃는 차부의 얼굴에는 숨길 수 없는 기쁨이 넘쳐흘렀다.

"그러면 달라는 대로 줄 터이니 빨리 가요."

관대한 어린 손님은 그런 말을 남기고 총총히 옷도 입고 짐도 챙기러 갈 데로 갔다.

그 학생을 태우고 나선 김 첨지의 다리는 이상하게 가뿐하였다. 달음질을 한다느니보다 거의 나는 듯하였다. 바퀴도 어떻게 속히 도는지 군다느니보다 마치 얼음을 지쳐 나가는 '스케이트' 모양으로 미끄러져 가는 듯하였다. 언 땅에 비가 내려 미끄럽기도 하였지만.

이윽고 끄는 이의 다리는 무거워졌다. 자기 집 가까이 다다른 까닭이다. 새삼스러운 염려가 그의 가슴을 눌렀다.

"오늘은 나가지 말아요. 내가 이렇게 아픈데!"

이런 말이 잉잉 그의 귀에 울렸다. 그리고 병자의 움쑥 들어간 눈이 원망하는 듯이 자기를 노려보는 듯하였다. 그러자 엉엉 하고 우는 개똥이의 곡성을 들은 듯싶다. 딸국딸국하고 숨 모으는 소리도 나는 듯싶다.

"왜 이러우? 기차 놓치겠구먼."

하고 탄 이의 초조한 부르짖음이 간신히 그의 귀에 들어왔다. 언뜻 깨달으니 김 첨지는 인력거 채를 쥔 채 길 한복판에 엉거주춤 멈춰 있지 않은가.

"예, 예."

하고 김 첨지는 또다시 달음질하였다. 집이 차차 멀어갈수록 김 첨지의 걸음에는 다시금 신이 나기 시작하였다. 다리를 재게 놀려야만 쉴새없이 자기의 머리에 떠오르는 모든 근심과 걱정을 잊을 듯이.

정거장까지 끌어다 주고 그 깜짝 놀란 일 원 오십 전을 정말 제 손에 쥠에, 제 말마따나 십 리나 되는 길을 비를 맞아가며 질퍽거리고 온 생각은 아니하고, 거저나 얻은 듯이 고마웠다. 졸부나 된 듯이 기뻤다. 제 자식뻘밖에 안 되는 어린 손님에게 몇 번 허리를 굽히며,

"안녕히 다녀옵시요."

라고 깍듯이 재우쳤다.

그러나 빈 인력거를 털털거리며 이 우중에 돌아갈 일이 꿈밖이었다. 노동으로 하여 흐른 땀이 식어지자 굶주린 창자에서, 물 흐르는 옷에서 어슬어슬 한기가 솟아나기 비롯하매 일 원 오십 전이란 돈이 얼마나 괜찮고 괴로운 것인 줄 절절히 느끼었다. 정거장을 떠나는 그의 발길은 힘 하나 없었다. 온몸이 옹송그려지며 당장 그 자리에 엎어져 못 일어날 것 같았다.

"젠장맞을 것! 이 비를 맞으며 빈 인력거를 털털거리고 돌아를 간담. 이런 빌어먹을, 제 할미를 붙을 비가 왜 남의 상판을 딱딱 때려!"

그는 몹시 홧증을 내며 누구에게 반항이나 하는 듯이 게걸거렸다. 그럴 즈음에

그의 머리엔 또 새로운 광명이 비쳤나니, 그것은 '이러구 갈 게 아니라 이 근처를 빙빙 돌며 차 오기를 기다리면 또 손님을 태우게 될는지도 몰라' 란 생각이었다. 오늘 운수가 괴상하게도 좋으니까 그런 요행이 또 한 번 없으리라고 누가 보증하랴. 꼬리를 굴리는 행운이 꼭 자기를 기다리고 있다고 내기를 해도 좋을 만한 믿음을 얻게 되었다. 그렇지만 정거장 인력거꾼의 등살이 무서우니 정거장 앞에 섰을 수는 없었다. 그래 그는 이전에도 여러 번 해본 일이라 바로 정거장 앞 전차 정류장에서 조금 떨어지게, 사람 다니는 길과 전찻길 틈에 인력거를 세워 놓고, 자기는 그 근처를 빙빙 돌며 형세를 관망하기로 하였다. 얼마 만에 기차는 왔고 수십 명이나 되는 손이 정류장으로 쏟아져 나왔다. 그 중에서 손님을 물색하는 김 첨지의 눈엔 양머리에 뒤축 높은 구두를 신고 망토까지 두른 기생 퇴물인 듯, 난봉 여학생인 듯한 여편네의 모양이 띄었다. 그는 슬근슬근 그 여자의 곁으로 다가들었다.

"아씨, 인력거 아니 타시랍시요?"

그 여학생인지 뭔지가 한참은 매우 때깔을 빼며 입술을 꼭 다문 채 김 첨지를 거들떠보지도 않았다. 김 첨지는 구걸하는 거지나 무엇같이 연해연방 그의 기색을 살피며,

"아씨, 정거장 애들보담 아주 싸게 모셔다 드리겠습니다. 댁이 어디신가요."

하고 추근추근하게도 그 여자의 들고 있는 일본식 버들고리짝에 제 손을 대었다.

"왜 이래, 남 귀찮게."

소리를 벽력같이 지르고는 돌아선다. 김 첨지는 어랍시요 하고 물러섰다.

전차가 왔다. 김 첨지는 원망스럽게 전차 타는 이를 노리고 있었다. 그러나 그의 예감은 틀리지 않았다. 전차가 빡빡하게 사람을 싣고 움직이기 시작하였을 제 타고 남은 손 하나가 있었다. 굉장하게 큰 가방을 들고 있는 걸 보면 아마 붐비는 차 안에 짐이 크다 하여 차장에게 밀려 내려온 눈치였다. 김 첨지는 대어 섰다.

"인력거를 타시랍시요."

한동안 값으로 승강이를 하다가 육십 전에 인사동까지 태워다 주기로 하였다. 인력거가 무거워지매 그의 몸은 이상하게도 가벼워졌고 그리고 또 인력거가 가벼워지니 몸은 다시금 무거워졌건만, 이번에는 마음조차 초조해 온다. 집의 광경이 자꾸 눈앞에 어른거리어 인제 요행을 바랄 여유도 없었다. 나무등걸이나 무엇만 같고 제 것 같지도 않은 다리를 연해 꾸짖으며 갈팡질팡 뛰는 수밖에 없었다. 저놈의 인력거꾼이 저렇게 술이 취해 가지고 이 진 땅에 어찌 가노, 라고 길 가는 사람이 걱정을 하리만큼 그의 걸음은 황급하였다. 흐리고 비 오는 하늘은 어둠침침한 게 벌써 황혼에 가까운 듯하다. 창경원 앞까지 다다라서야 그는 턱에 닿는 숨을 돌리고 걸음도 늦추잡았다. 한 걸음 두 걸음 집이 가까워올수록 그의 마음은 괴상하게 누그러졌다. 그런데 이 누그러짐은 안심에서 오는 게 아니요, 자기를 덮친 무서운 불행을 빈틈없이 알게 될 때가 박두한 것을 두려워하는 마음에서 오는 것이다.

그는 불행이 닥치기 전 시간을 얼마쯤이라도 늘리려고 버르적거렸다. 기적에 가까운 벌이를 하였다는 기쁨을 할 수 있으면 오래 지니고 싶었다. 그는 두리번두리번 사면을 살피었다. 그 모양은 마치 자기 집, 곧 불행을 향하고 달려가는 제 다리를 제 힘으로는 도저히 어찌할 수 없으니 누구든지 나를 좀 잡아다고, 구해다고 하는 듯하였다.

그럴 즈음에 마침 길가 선술집에서 그의 친구 치삼이가 나온다. 그의 우글우글 살찐 얼굴에 주홍이 오른 듯, 온 턱과 뺨을 시커멓게 구레나룻이 덮이고, 노르탱탱한 얼굴이 바짝 말라서 여기저기 고랑이 패고 수염도 있대야 턱밑에만, 마치 솔잎 송이를 거꾸로 붙여 놓은 듯한 김 첨지의 풍채하고는 기이한 대상을 짓고 있었다.

"여보게 김 첨지, 자네 문안 들어갔다 오는 모양일세그려, 돈 많이 벌었을 테니 한 잔 빨리게."

뚱뚱보는 말라깽이를 보는 말맡에 부르짖었다. 그 목소리는 몸짓과 딴판으로 연하고 싹싹하였다. 김 첨지는 이 친구를 만난 게 어떻게 반가운지 몰랐다. 자기를 살려준 은인이나 무엇같이 고맙기도 하였다.

"자네는 벌써 한 잔 한 모양일세그려. 자네도 오늘 재미가 좋아 보이."

하고 김 첨지는 얼굴을 펴서 웃었다.

"아따, 재미 안 좋다고 술 못 먹을 낸가. 그런데 여보게, 자네 왼몸이 어째 물독에 빠진 새앙쥐 같은가? 어서 이리 들어와 말리게."

선술집은 훈훈하고 뜨뜻하였다. 추어탕을 끓이는 솥뚜껑을 열 적마다 뭉게뭉게 떠오르는 흰 김, 석쇠에서 빠지짓빠지짓 구워지는 너비아니 구이며 제육이며 간이며 콩팥이며 북어며 빈대떡……. 이 너저분하게 늘어놓은 안주 탁자에 김 첨지는 갑자기 속이 쓰려서 견딜 수 없었다. 마음대로 할 양이면 거기 있는 모든 먹음 먹이를 모조리 깡그리 집어삼켜도 시원치 않았다. 하되, 배고픈 이는 우선 분량 많은 빈대떡 두 개를 쪼이기로 하고 추어탕을 한 그릇 청하였다. 주린 창자는 음식맛을 보더니 더욱더욱 비어지며 자꾸자꾸 들이라 들이라 하였다. 순식간에 두부와 미꾸리 든 국 한 그릇을 그냥 물같이 들이키고 말았다. 셋째 그릇을 받아들었을 제 데우던 막걸리 곱배기 두 잔이 더 왔다. 치삼이와 같이 마시자 원원이 비었던 속이라 찌르르 하고 창자에 퍼지며 얼굴이 화끈하였다. 눌러 곱배기 한 잔을 또 마셨다.

김 첨지의 눈은 벌써 개개 풀리기 시작하였다. 석쇠에 얹힌 떡 두 개를 숭덩숭덩 썰어서 볼을 볼록거리며 또 곱배기 두 잔을 부어라 하였다.

치삼은 의아한 듯이 김 첨지를 보며,

"여보게 또 붓다니, 벌써 우리가 넉 잔씩 먹었네, 돈이 사십 전일세."

라고 주의시켰다.

"아따 이놈아, 사십 전이 그리 끔찍하냐? 오늘 내가 돈을 막 벌었어. 참 오늘 운수가 좋았느니."

"그래 얼마를 벌었단 말인가?"

"삼십 원을 벌었어, 삼십 원을! 이런 젠장맞을, 술을 왜 안 부어…… 괜찮다, 괜찮아. 막 먹어도 상관이 없어. 오늘 돈 산더미같이 벌었는데."

"어, 이 사람 취했군, 그만두세."

"이놈아, 이걸 먹고 취할 내냐, 어서 더 먹어."

하고는 치삼의 귀를 잡아치며 취한 이는 부르짖었다. 그리고 술을 붓는 열다섯 살 됨직한 중대가리에게로 달려들며,

"이놈, 오라질 놈, 왜 술을 붓지 않어."

라고 야단을 쳤다. 중대가리는 희희 웃고 치삼을 보며 문의하는 듯이 눈짓을 하였다. 주정꾼이 이 눈치를 알아보고 화를 버럭 내며,

"에미를 붙을 이 오라질 놈들 같으니, 이놈 내가 돈이 없을 줄 알고."

하자마자 허리춤을 훔척훔척하더니 일 원짜리 한 장을 꺼내어 중대가리 앞에 펄쩍 집어던졌다. 그 사품에 몇 푼 은전이 잘그랑 하며 떨어진다.

"여보게 돈 떨어졌네, 왜 돈을 막 끼얹나."

이런 말을 하며 일변 돈을 줍는다. 김 첨지는 취한 중에도 돈의 거처를 살피는 듯이 눈을 크게 떠서 땅을 내려다보다가 불시에 제 하는 짓이 너무 더럽다는 듯이 고개를 소스라치자 더욱 성을 내며,

"봐라 봐! 이 더러운 놈들아, 내가 돈이 없나, 다리 뼉다구를 꺾어 놓을 놈들 같으니."

하고 치삼이 주워주는 돈을 받아,

"이 원수엣 돈! 이 육시를 할 돈!"

하면서 팔매질을 친다. 벽에 맞아 떨어진 돈은 다시 술 끓이는 양푼에 떨어지며

정당한 매를 맞는다는 듯이 쨍하고 울었다. 곱배기 두 잔은 또 부어질 겨를도 없이 말려가고 말았다. 김 첨지는 입술과 수염에 붙은 술을 빨아들이고 나서 매우 만족한 듯이 그 솔잎 송이 수염을 쓰다듬으며,

"또 부어, 또 부어."

라고 외쳤다.

또 한 잔 먹고 나서 김 첨지는 치삼의 어깨를 치며 문득 껄껄 웃는다. 그 웃음소리가 어찌나 컸던지 술집에 있는 이의 눈이 모두 김 첨지에게로 몰리었다. 웃는 이는 더욱 웃으며,

"여보게 치삼이, 내 우스운 이야기 하나 할까? 오늘 손을 태우고 정거장에까지 가지 않았겠나."

"그래서?"

"갔다가 그저 오기가 안됐데그려, 그래 전차 정류장에서 어름어름하며 손님 하나를 태울 궁리를 하지 않았나. 거기 마침 마나님이신지 여학생이신지, 요새야 어디 논다니와 아가씨를 구별할 수가 있던가. 망토를 잡수시고 비를 맞고 서 있겠지. 슬근슬근 가까이 가서 인력거를 타시랍시요 하고 손가방을 받으랴니까 내 손을 탁 뿌리치고 핵 돌아서더니만 '왜 남을 이렇게 귀찮게 굴어!' 그 소리야말로 꾀꼬리 소리지, 허허!"

김 첨지는 교묘하게도 정말 꾀꼬리 같은 소리를 내었다. 모든 사람은 일시에 웃었다.

"빌어먹을 깍쟁이 같은 년, 누가 저를 어쩌나, '왜 남을 귀찮게 굴어!' 어이구 소리가 체신도 없지, 허허."

웃음소리들은 높아졌다. 그런 그 웃음소리들이 사라도 지기 전에 김 첨지는 훌쩍훌쩍 울기 시작하였다.

치삼은 어이없이 주정뱅이를 바라보며,

"금방 웃고 지랄을 하더니 우는 건 무슨 일인가?"

김 첨지는 연해 코를 들여마시며,

"우리 마누라가 죽었다네."

"뭐, 마누라가 죽다니, 언제?"

"이놈아 언제는. 오늘이지."

"예끼 미친놈, 거짓말 말아."

"거짓말은 왜, 참말로 죽었어 참말로……. 마누라 시체를 집에 뻐들쳐 놓고 내가 술을 먹다니, 내가 죽일 놈이야, 죽일 놈이야."

하고 김 첨지는 엉엉 소리를 내어 운다.

치삼은 흥이 조금 깨어지는 얼굴로,

"원 이 사람이, 참말을 하나 거짓말을 하나. 그러면 집으로 가세, 가."

하고 우는 이의 팔을 잡아당기었다.

치삼의 끄는 손을 뿌리치더니 김 첨지는 눈물이 글썽글썽한 눈으로 싱그레 웃는다.

"죽기는 누가 죽어."

하고 득의가 양양.

"죽기는 왜 죽어, 생떼같이 살아만 있단다. 그 오라질 년이 밥을 죽이지. 인제 나한테 속았다."

하고 어린애 모양으로 손뼉을 치며 웃는다.

"이 사람이 정말 미쳤단 말인가. 나도 아주먼네가 앓는단 말은 들었었는데."

하고 치삼이도 어떤 불안을 느끼는 듯이 김 첨지에게 또 돌아가라고 권하였다.

"안 죽었어, 안 죽었대도그래."

김 첨지는 홧증을 내며 확신 있게 소리를 질렀으되 그 소리엔 안 죽은 것을 믿으려고 애쓰는 가락이 있었다. 기어이 일 원어치를 채워서 곱빼기를 한 잔씩 더 먹고 나왔다. 궂은 비는 의연히 추적추적 내린다.

김 첨지는 취중에도 설렁탕을 사가지고 집에 다다랐다. 집이라 해도 물론 셋집이요, 또 집 전체를 세든 게 아니라 안과 뚝 떨어진 행랑방 한 간을 빌려든 것인데 물을 길어대고 한 달에 일 원씩 내는 터이다. 만일 김 첨지가 주기를 띠지 않았던들 한 발을 대문에 들여놓았을 제 그곳을 지배하는 무시무시한 정적(靜寂) ― 폭풍우가 지나간 뒤의 바다 같은 정적에 다리가 떨렸으리라. 쿨룩거리는 기침소리도 들을 수 없다. 그르렁거리는 숨소리조차 들을 수 없다. 다만 이 무덤 같은 침묵을 깨뜨리는 ― 깨뜨린다느니보다 한층 더 침묵을 깊게 하고 불길하게 하는 빡빡하는 그윽한 소리, 어린애의 젖 빠는 소리가 날 뿐이다. 만일 청각이 예민한 이 같으면 그 빡빡 소리는 빨 따름이요, 꿀떡꿀떡하고 젖 넘어가는 소리가 없으니 빈 젖을 빤다는 것도 짐작할는지 모르리라.

혹은 김 첨지도 이 불길한 침묵을 짐작했는지도 모른다. 그렇지 않으면 대문에 들어서자마자 전에 없이,

"이 난장맞을 년, 남편이 들어오는데 나와 보지도 않아. 이 오라질 년."

이라고 고함을 친 게 수상하다. 이 고함이야말로 제 몸을 엄습해 오는 무시무시한 증을 쫓아버리려는 허장성세(虛張聲勢)인 까닭이다.

하여간 김 첨지는 방문을 왈칵 열었다. 구역을 나게 하는 추기 ― 떨어진 삿자리 밑에서 나온 먼지내, 빨지 않은 기저귀에서 나는 똥내와 오줌내, 가지각색 때가 켜켜이 앉은 옷내, 병인의 땀 썩은 내가 섞인 추기가 무딘 김 첨지의 코를 찔렀다.

방 안에 들어서며 설렁탕을 한구석에 놓을 사이도 없이 주정꾼은 목청을 있는 대로 다 내어 호통을 쳤다.

"이 오라질 년, 주야장천(晝夜長川) 누워만 있으면 제일이야! 남편이 와도 일어

나지를 못해."

라는 소리와 함께 발길로 누운 이의 다리를 몹시 찼다. 그러나 발길에 채이는 건 사람의 살이 아니고 나무등걸과 같은 느낌이 있었다. 이때에 빽빽 소리가 응아 소리로 변하였다. 개똥이가 물었던 젖을 빼어놓고 운다. 운대도 온 얼굴을 찡그려 붙어서 운다는 표정을 할 뿐이다. 응아 소리도 입에서 나는 게 아니고, 마치 뱃속에서 나는 듯하였다. 울다가 울다가 목도 잠겼고 또 울 기운조차 시진한 것 같다.

발로 차도 그 보람이 없는 걸 보자 남편은 아내의 머리맡으로 달려들어 그야말로 까치집 같은 환자의 머리를 껴들어 흔들며,

"이년아, 말을 해, 말을! 입이 붙었어, 이 오라질 년!"

"……"

"으응, 이것 봐, 아무 말이 없네."

"……"

"이년아, 죽었단 말이냐, 왜 말이 없어?"

"……"

"으응. 또 대답이 없네, 정말 죽었나보이."

이러다가 누운 이의 흰 창이 검은 창을 덮은, 위로 치뜬 눈을 알아보자마자,

"이 눈깔! 이 눈깔! 왜 나를 바루 보지 못하고 천장만 바라보느냐, 응."

하는 말끝엔 목이 메였다. 그러자 산 사람의 눈에서 떨어진 닭똥 같은 눈물이 죽은 이의 뻣뻣한 얼굴을 어룽어룽 적시었다. 문득 김 첨지는 미친 듯이 제 얼굴을 죽은 이의 얼굴에 한데 비벼대며 중얼거렸다.

"설렁탕을 사다 놓았는데 왜 먹지를 못하니, 왜 먹지를 못하니…… 괴상하게도 오늘은! 운수가 좋더니만……."

1924년

화수분 _ 전영택

1

첫 겨울 추운 밤은 고요히 깊어 간다. 뒤뜰 창 바깥에 지나가는 사람 소리도 끊어지고, 이따금씩 찬바람 부는 소리가 '휘익 우수수' 하고 바깥의 춥고 쓸쓸한 것을 알리면서 사람을 위협하는 듯하다.

"만주노 호야 호오야."

길게 그리고도 힘없이 외치는 소리가 보지 않아도 추워서 수그리고 웅크리고 가는 듯한 사람이 몹시 처량하고 가엾어 보인다. 어린애들은 모두 잠들고 학교 다니는 아이들은 눈에 졸음이 잔뜩 몰려서 입으로만 소리를 내어 글을 읽는다. 나는 누워서 손만 내놓아 신문을 들고 소설을 보고, 아내는 이불을 들쓰고 어린애 저고리를 짓고 있다.

"누가 우나?"

일하던 아내가 말하였다.

"아니야요. 그 절름발이가 지나가며 무슨 소리를 지껄이면서 가나 보아요."

공부하던 애가 말한다. 우리들은 잠시 그 소리를 들으려고 귀를 기울였으나, 다시 각각 그 하던 일을 계속하여 다시 주의도 하지 아니하였다. 그러다가 우리는 모두 잠이 들어 버렸다.

나는 자다가 꿈결같이 '으으으으으으' 하는 소리를 들었다. 잠깐 잠이 반쯤 깨었으나 다시 잠들었다. 잠이 들려고 하다가 또 깜짝 놀라서 깨었다. 그리고 아내에게 물었다.

"저게 누가 울지 않소?"

"아범이구려."

나는 벌떡 일어나서 귀를 기울였다. 과연 아범의 우는 소리다. 행랑에 있는 아범의 우는 소리다.

'어찌하여 우는가, 사나이가 어찌하여 우는가. 자기 시골서 무슨 슬픈 상사의 기별을 받았나? 무슨 원통한 일을 당하였나?'

나는 생각하였다. '어이 어이' 느껴 우는 소리를 들으면서 아내에게 물었다.

"아범이 왜 울까?"

"글쎄요, 왜 울까요?"

2

아범은 금년 구월에 그 아내와 어린 계집애 둘을 데리고 우리 집 행랑방에 들었다. 나이는 한 서른 살쯤 먹어 보이고, 머리에 상투가 그냥 달라붙어 있고, 키가 늘씬하고 얼굴은 기름하고 누르퉁퉁하고, 눈은 좀 큰데 사람이 퍽 순하고 착해 보였다. 주인을 보면 어느 때든지 그 방에서 고달픈 몸으로 밥을 먹다가도 얼른 일어나서 허리를 굽혀 절하였다. 나는 그것이 너무 미안해서 그러지 말라고 이르려고 하면서 늘 그냥 지내었다.

그 아내는 키가 자그마하고 몸이 똥똥하고, 이마가 좁고, 항상 입을 다물고 아무 말이 없다. 적은 돈은 회계할 줄을 알아도 '원'이나 '백 냥' 넘는 돈은 회계할 줄을 모른다. 그리고 어멈은 날짜 회계할 줄을 모른다. 그러기에 저 낳은 아이들의 생일을 아범이 그 전날 내일이 생일이라고 일러주지 않으면 모른다고 한다. 그러나 결코 속일 줄을 모르고, 무슨 일이든지 하라는 대로 하기는 하나 얼른 대답을 시원히 하지 않고, 꾸물꾸물 오래 하는 것이 흠이다. 그래도 아침에는 일찍이 일어나서 기름을 발라 머리를 곱게 빗고, 빨간 댕기를 드려 쪽을 찌고 나온다.

그들에게는 지금 입고 있는 단벌 홑옷과 조그만 냄비 하나밖에 아무것도 없다. 세간도 없고 물론 입을 옷도 없고 덮을 이부자리도 없고, 밥 담아 먹을 그릇도 없고, 밥 먹을 숟가락 한 개가 없다. 있는 것이라고는 보기 싫게 생긴 딸 둘과 작은애를 업는 홑누더기와 띠, 아범이 벌이하는 지게가 하나 — 이것뿐이다. 밥은 우선 주인집에서 내어간 사발과 숟가락으로 먹고, 물은 역시 주인집 어린애가 먹고 비운 가루 우유통을 갖다가 떠먹는다.

아홉 살 먹은 큰 계집애는 몸이 좀 뚱뚱하고 얼굴은 컴컴한데, 이마는 어미 닮아서 좁고, 볼은 아비 닮아서 축 늘어졌다. 그리고 이르는 말은 하나도 듣는 법이 없다. 그 어미가 아무리 욕하고 때리고 하여도 볼만 부어서 까딱없다. 도리어 어미를 욕한다. 꼭 서서 어미보고 눈을 부르대고 "조 깍정이가 왜 야단이야" 하고 욕을 한다. 먹을 것이 생기면 자식 먹이고 남편 대접하고, 자기는 늘 굶는 어미가 헛입 노릇이라도 하는 것을 보게 되면 "저 망할 계집년이 무얼 혼자만 처먹어?" 하고 욕을 한다. 다만 자기 어미나 아비의 말을 아니 들을 뿐 아니라, '주인마누라' 나 '주인나리' 가 무슨 말을 일러도 아니 듣는다. 먼 데 있는 것을 가까이 오게 하려면 손수 붙들어 와야 하고, 가까이 있는 것을 비키게 하려면 붙들어다 치워야 한다.

다음에 작은 계집애는 돌을 지나 세 살을 먹은 것인데 눈이 커다랗고 입술이 삐죽 나오고, 걸음은 겨우 빼뚤빼뚤 걷는다. 그러나 여태 말도 도무지 못하고, 새벽부터 하루 종일 붙들어 매여 끌려가는 돼지소리 같은 크고 흉한 소리를 내어 울어서 해를 보낸다. 울지 않는 때라고는 먹는 때와 자는 때뿐이다. 그러나 먹기는 썩 잘 먹는다. 먹을 것이라고 눈앞에 보이기만 하면 죄다 빼앗아다가 두 다리 사이에 넣고, 다리와 팔로 웅크리고 '옹옹' 소리를 내면서 혼자서 먹는다. 그렇게 심술 사나운 큰 계집애도 다 빼앗기고 졸연해서 얻어먹지 못한다. 이렇기 때문에 작은것은 늘 그 어미 뒷잔등에 업혀 있다. 만일, 내려놓아 버려 두면 그냥 땅바닥을 벗은 몸으로 두 다리를 턱 내뻗치고, 묶여 가는 돼지소리로 동네가 요란하도록 냅다 지른다.

그래서 어멈은 밤낮 작은것을 업고 큰것과 싸움을 하면서 얻어먹지는 못하고, 물 긷고 걸레질치고 빨래하고 서서 돌아간다. 그러면서 작은것에게는 젖을 먹이고, 큰 것의 욕을 먹고 성화받고, 밤에는 사나이에게 '웅얼웅얼' 하는 잔말을 듣는다. 밥 지을 쌀도 없는데, 밥 안 짓는다고 욕을 한다. 그리고 아범은 밝기도 전에 지게를 지고 나갔다가 밤이 어두워서 들어오지만, 하루에 두 끼니를 못 끓여 먹고, 대개는 벌이가 없어서 새벽에 나갔다가도 오정때나 되면 들아온다. 들어와서는 흔히 잔다. 이런 때는 온종일 그 이튿날 아침까지 굶는다. 그때마다 말없던 어멈이 옹알옹알 바가지 긁는 소리가 들린다.

어멈이 그 애들 때문에 그렇게 애쓰고, 그들의 살림이 그렇게 어려운 것을 보고, 나는 이따금 이렇게 생각하였다. 아내에게 말도 한다.

"저 애들을 누구를 주기나 하지."

위에 말한 것은 아범과 그 식구의 대강한 정형이다. 그러나 밤중에 그렇게 섧게 운 까닭은 무엇인가?

3

그 이튿날 아침이다. 마침 일요일이기 때문에 내게는 한가한 틈이 있어서 어멈에게서 그 내용을 들을 기회가 있었다.

"지난밤에 아범이 왜 그렇게 울었나?"

하는 아내의 말에 어멈의 대답은 대강 이러하였다.

"어멈이 늘 쌀을 팔러 댕겨서 저 뒤의 쌀가게 마누라를 알지요. 그 마누라가 퍽 고맙게 굴어서 이따금 앉아서 이야기도 했어요. 때때로 '그 애들을 데리고 어떻게 지내나' 하고 물어요. 그럴 적마다 '죽지 못해 살지요' 하고 아무 말도 아니했어요. 그랬는데 한 번은 가니까, 큰애를 누구를 주면 어떠냐고 그래요. 그래서 '제가 데리고 있다가 먹이면 먹이고, 죽이면 죽이고 하지, 제 새끼를 어떻게 남을 줍니까? 그리고 워낙 못생기고 아무 철이 없어서 에미 애비나 기르다가 죽이더라도 남은 못 주어요. 남이 가져갈 게 못 됩니다. 그것을 데려가시는 댁에서는 길러 무엇합니까. 돼지면 잡아나 먹지요' 하고 저는 줄 생각도 아니했어요.

그래도 그 마누라는 '어린것이 다 그렇지 어떤가. 어서 좋은 댁에서 달라니 보내게. 잘 길러 시집보내 주신다네. 그리고 여태 젊은이들이 벌어먹고 살아야지. 애들을 다 데리고 있다가는 인제 차차 날도 추워 오는데 모두 한꺼번에 굶어 죽지 말고……' 하시면서 여러 말로 대구 권하셔요.

말을 들으니까 그랬으면 좋을 듯도 하기에 '그럼 저희 아범보고 말을 해보지요' 했지요. 그랬더니 그 마누라가 부쩍 달라붙어서 '내일 그 댁 마누라가 우리 집으로 오실 터이니 그 애를 데리고 오게' 하셔요. 해서 저는 '글쎄요' 하고 돌아왔지요.

돌아와서 그날 밤에, 그젯밤이올시다. 그젯밤 아니라 어제 아침이올시다. 요새 저는 정신이 하나 없어요. 그래 밤에는 들어와서 반찬 없다고 밥도 안 먹고 곤해서 쓰러져 자길래 그런 말을 못하고, 어제 아침에야 그 이야기를 했지요. 그랬더니 '내가 아나, 임자 마음대로 하게그려' 그러고 일어서 지게를 지고 나가 버리겠지요.

그리고는 저 혼자서 온종일 요리조리 생각을 해보았지요. 아무려나 제 자식을 남을 주고 싶지는 않지만 어떻게 합니까. 아씨 아시듯이 이제 새끼가 또 하나 생깁니다 그려. 지금도 어려운데 어떻게 둘씩 셋씩 기릅니까. 그래서 차마 발길이 안 나가는 것을 오정때가 되어서 데리고 갔지요. 짐승 같은 계집애는 아무런 것도 모르고 따라 나가요. 앞서 가는 것을 뒤로 보면서 생각을 하니까 어째 마음이 안되었어요" 하면서 어멈은 울먹울먹한다. 눈물이 핑 돈다.

"그런 것을 데리고 갔더니 참말 웬 알지 못하던 마누라님이 앉아 계셔요. 그 마누라가 이걸 호떡이라 군밤이라 감이라 먹을 것을 사다 주면서 '나하고 우리 집에 가 살자. 이쁜 옷도 해 주고 맛난 밥도 먹고 좋지. 나하고 가자, 가자. 하시니까 이것은 먹기에 미쳐서 대답도 아니하고 앉았어요."

이 말을 들을 때에 나는 그 계집애가 우리 마루 끝에 서서 우리 집 어린애가 감 먹는 것을 바라보다가, 내버린 감 꼭지를, 나를 쳐다보면서 집어 가지고 나가던 것이 생각났다.

어멈은 다시 이야기를 이어,

"그래, 제가 어쩌나 보려고 '그럼 너 저 마님 따라가 살련? 나는 집에 갈 터이니' 했더니 저는 본체만체하고 머리를 끄덕끄덕해요. 그래도 미심해서 '정말 갈 테야, 가서 울지 않을 테야?' 하니까, 저를 한 번 흘끗 노려보더니 '그래, 걱정 말고 가' 하겠지요. 하도 어이가 없어서 내버리고 집으로 돌아왔지요.

그러고 돌아와서 저 혼자 가만히 생각하니까, 아범이 또 무어라고 할는지 몰라 어째 안 되겠어요. 그래, 바삐 아범이 일하러 댕기는 데를 찾아갔지요. 한 번 보기나 하랄려고 염천교 다리로 남대문통으로 아무리 찾아야 있어야지요. 몇 시간을 애써 찾아댕기다가 할 수 없이 그 댁으로 도루 갔지요. 갔더니 계집애도 그 마누라도 벌써 떠나가 버렸겠지요. 그 댁 마님 말씀이 저녁 여섯 시 차에 광핸지 광한지로 떠났다고 하셔요. 가시면서, 보고 싶으면 설 때에나 와 보고 와 살려면 농사짓고 살라고 하셨대요. 그래 하는 수가 있습니까. 그냥 돌아왔지요. 와서 아무 생각이 없어서 아범 저녁 지어 줄 생각도 아니하고 공연히 밖에 나가서 왔다갔다 돌아댕기다가 들어왔지요. 저는 어째 눈물도 안 나요.

그러다가 밤에 아범이 들어왔기에 그 말을 했더니, 아무 말도 아니 하고 그렇게 통곡을 했답니다. 저녁도 안 먹고 우는 것이 가여워서 좁쌀 한 줌 있던 것 끓이고 댁에서 주신 찬밥 어린것 먹다가 남은 것을 먹으라고 했더니 그것도 아니 먹고 돌아앉아서 그렇게 울었답니다.

여북하면 제 자식을 꿈에도 보지 못하던 사람에게 주겠어요. 할 수가 없어서 그렇지요. 집에 두고 굶기는 것보다 나을까 해서 그랬지요. 아범이 본래는 저렇게는 못살지 않았답니다. 저희 아버지 살았을 때는 몇백 석이나 하고, 삼 형제가 양주 시골서 남부럽지 않게 살았답니다. 이름들도 모두 좋지요, 맏형은 '장자' 요. 둘째는 '거부' 요, 아범이 셋짼데 '화수분' 이랍니다. 그런 것이 제가 간 후로부터 시아버님이 돌아가시고, 그리고 맏아들이 죽고 농사 밑천인 소 한 마리를 도적맞고 하더니, 차차 못살게 되기를 시작하여 종내 저렇게 거지가 되었답니다. 지금도 시골 큰댁엘 가면 굶지나 아니할 것을 부끄럽다고 저러고 있지요. 사내 못생긴 건 할 수 없어요."

우리는 이제야 비로소 아범이 어제 울던 까닭을 알았고, 이때에 나는 비로소 아범의 이름이 '화수분' 인 것을 알았고 양평 사람인 줄도 알았다.

4

그런 지 며칠이 지난 어느 날 아침이다.

화수분은 새 옷을 입고 갓을 쓰고 길 떠날 행장을 차리고 안으로 들어온다. 그것을 보니까 지난밤에 아내에게서 들은 말이 생각난다. 시골 있는 형 거부가 일하다가 발을 다쳐서 일을 못 하고 누워 있기 때문에, 가뜩이나 흉년인데다가 일을 못 해서 모두 굶어 죽을 지경이니, 아범을 오라고 하니 가보아야 하겠다는 말을 듣고, 나는

"가보아야겠군" 하니까, 아내는 "김장이나 해주고 가야 할 터인데" 하기에 "글쎄, 그럼 그렇게 이르지" 한 일이 있었다.

아범은 뜰에서 허리를 한 번 굽히고 말한다.

"나리, 댕겨오겠습니다. 제 형이 일하다가 도끼로 발을 찍어서 일을 못 하고 누워 있다니까 가보아야겠습니다. 가서 추수나 해주고는 곧 오겠습니다. 그저 나리댁만 믿고 갑니다."

나는 어떻게 대답을 했으면 좋을지 몰라서,

"잘 댕겨오게" 하였다.

아범은 다시 한번 절을 하고, "안녕히 계십시오" 하면서 돌아서 나갔다.

"저렇게 내버리고 가면 어떡합니까. 우리도 살기 어려운데 어떻게 불 때주고 먹이고 입히고 할 테요? 그렇게 곧 오겠소?"

이렇게 걱정하는 아내의 말을 듣고 나는 바삐 나가서 화수분을 불러서,

"곧 댕겨오게, 겨울을 나서는 안 되네" 하였다.

"암, 곧 댕겨옵지요."

화수분은 뒤를 돌아보고 이렇게 대답을 하고 달아난다.

5

화수분은 간 지 일주일이 되고 열흘이 되고 보름이 지나도 아니 온다. 어멈은 아범이 추수해서 쌀말이나 지고 돌아오기를 밤낮 기다려도 종내 오지 아니하였다. 김장 때가 다 지나고 입동이 지나고 정말 추운 겨울이 되었다. 하루 저녁은 바람이 몹시 불고, 그 이튿날 새벽에는 하얀 눈이 펑펑 내려 쌓였다.

아침에 어멈이 들어와서 화수분의 동네 이름과 번지 쓴 종이 조각을 내어놓으면

서, 어서 오지 않으면 제가 가겠다고 편지를 써 달라고 하기에 곧 써서 부쳐까지 주었다.

그 다음날부터는 며칠 동안 날이 풀려서 꽤 따뜻하였다. 그래도 화수분의 소식은 없다. 어멈은 본래 어린애가 딸려서 일을 잘 못하는 데다가 다릿병이 있어 다리를 잘 못 쓰고, 더구나 며칠 전에 손가락을 다쳐서 일을 하지 못하는 것을 퍽 미안하게 생각한다. 그리고 추운 겨울에 혼자 살아갈 길이 막연하여, 종내 아범을 따라 시골로 가기로 결심을 한 모양이다.

"그만, 아씨, 시골로 가겠습니다."

"몇 리나 되나?"

"몇 린지 사나이들은 일찍 떠나면 하루에 간다고 해두, 저는 이틀에나 겨우 갈 걸요."

"혼자 가겠나?"

"물어 가면 가기야 가지요."

아내와 이런 문답이 있은 다음날, 아침 바람이 몹시 불고 추운 날 아침에 어멈은 어린것을 업고 돌아볼 것도 없는 행랑방을 한 번 돌아보면서 아창아창 떠나갔다.

그날 밤에도 몹시 추웠다. 바람이 몹시 불었다. 우리는 문을 꼭꼭 닫고 문틈을 헝겊으로 막고 이불을 둘씩 덮고 꼭꼭 붙어서 일찍 잤다.

나는 자면서, 어멈이 잘 갔나, 얼어 죽지나 않았나? 하는 생각이 났다.

화수분도 가고, 어멈도 하나 남은 어린것을 업고 간 뒤에는 대문간은 깨끗해지고 시꺼먼 행랑방 방문은 늘 닫혀 있었다. 그리고 우리 집에는 다시 행랑 사람도 안 들이고 식모도 아니 두었다. 그래서 몹시 추운 날, 아내는 손수 어린것을 등에 지고 이웃집의 우물에 가서 배추와 무를 씻어서 김장을 대강 하였다. 아내는 혼자서 김장을 하면서 눈물을 흘리고 어멈 생각을 하였다.

6

김장을 다 마친 어느 날, 추위가 풀려서 따뜻한 날 오후에, 동대문 밖에 출가해 사는 동생 S가 오래간만에 놀러 왔다. S에게 비로소 화수분의 소식을 듣고 우리는 놀랐다. 그들은 본래 S의 시댁에서 천거해 보낸 것이다. 그 소식은 대강 이렇다.

화수분이 시골 간 후에 형 거부는 꼼짝 못하고 누워 있기 때문에, 형 대신 겸 두 사람의 일을 하다가 몸이 지쳐 몸살이 나서 넘어졌다. 열이 몹시 나서 정신없이 앓았다. 정신없이 앓으면서도 귀동이(서울서 강화 사람을 준 큰 계집애)를 부르며 늘 울었다.

"귀동아, 귀동아, 어델 갔니? 잘 있니……."

그러다가는 흐득흐득 느끼면서,

"그렇게 먹고 싶어 하는 사탕 한 알 못 사주고 연시 한 개 못 사주고……"

하고 소리를 내어 '어이어이' 운다.

그럴 때에 어멈의 편지가 닿았다. 뒷집 기와집 진사댁 서방님이 읽어 주는 편지 사연을 듣고,

"아이구, 옥분아(작은 계집애 이름), 옥분이 에미—"

하고 또 어이어이 운다. 울다가 벌떡 일어나서 서울서 넝마전에서 사 입고 간 새 옷을 입고 갓을 썼다. 집안 사람들이 굳이 말리는 것을 뿌리치고 화수분은 서울을 향하여 어멈을 데리러 떠났다. 싸리문 밖에를 나가 화수분은 나는 듯이 달아났다.

화수분은 양평에서 오정이 거의 되어서 떠나서, 해져 갈 즈음 해서 백 리를 거의 와서 어떤 높은 고개를 올라섰다. 칼날 같은 바람이 뺨을 친다. 그는 고개를 숙여 앞을 내려다 보다가, 소나무 밑에 희끄무레한 사람의 모양을 보았다. 그것에 곧 달려가 보았다. 가 본즉 그것은 옥분과 그의 어머니다. 나무 밑 눈 위에 나뭇가지를 깔고, 어

린것 업은 홑누더기를 쓰고 한끝으로 어린것을 꼭 안아 가지고 웅크리고 떨고 있다. 화수분은 왁 달려들어 안았다. 어멈은 눈은 떴으나 말은 못 한다. 화수분도 말을 못 한다. 어린것을 가운데 두고 그냥 껴안고 밤을 지낸 모양이다.

이튿날 아침에 나무 장사가 지나다가 그 고개에 젊은 남녀의 껴안은 시체와, 그 가운데 아직 막 자다 깬 어린애가 등에 따뜻한 햇볕을 받고 앉아서 시체를 툭툭 치고 있는 것을 발견하여 어린것만 소에 싣고 갔다.

1925년

주제심화 Q&A

1. 「운수좋은 날」과 「화수분」에 나타난 가난은 개인적 차원의 문제인지, 사회적 상황에서 비롯된 것인지 생각해보자.

가난을 소재로 한 작품에서 작가가 바라보는 가난의 원인을 살펴보는 것은 중요한 일이다. 등장인물이 가난한 상황에 처한 것이 그의 게으름이나 실수 탓일 수도 있지만, 아무리 열심히 일을 하더라도 바뀌지 않는 사회 구조적인 문제 때문에 가난한 상황을 벗어나지 못할 수도 있기 때문이다. 만일 작가가 빈곤의 문제를 사회적 상황에서 비롯된 구조적인 문제로 보고 있다면, 이를 통해 작가의 사회적 시선이 드러나기 때문에 좋은 분석의 대상이 된다.

현진건의 「운수좋은 날」의 경우 김 첨지의 불운과 가난의 원인을 대체로 사회구조적인 상황에서 비롯된 것으로 보고 있다. 김 첨지가 술을 좋아한다거나 일종의 요행을 바라는 심리를 보여주는 것을 두고 그에게 닥친 불행을 스스로 자초했다고 볼 수도 있을 것이다. 그러나 사실 김 첨지는 누구보다도 열심히 인력거를 끌고 있으며, 아내와 자식에 대한 사랑을 간직한 소박한 인물인 것도 소설 속에 드러나 있다. 현진건이 묘사한 일제 강점기의 풍경이라던가, 김 첨지의 주변 인물들의 상황을 미루어 볼 때 김 첨지와 같은 인력거꾼은 당시의 하층민을 대표하는 보편적인 인물이라는 것을 알 수 있다. 이처럼 현진건은 당대 하층민의 보편적인 인간상을 통해 김 첨지가 짊어진 가난의 질곡이 단순히 그의 기질이나 능력에서 비롯된 것이 아님을 보여주고 있는 것이다.

전영택의 「화수분」은 '나'의 시선을 통해 '아범'의 불운한 인생을 바라보고 있는 작품이다. 여기에서 '아범'은 본래는 부유한 집의 자제였으나, 아버지를 잃고 형님이 죽고 소를 도둑맞으면서 불행해진 것으로 묘사되어 있다. '나'는 이러한 상황에 연민을 느끼지만 왜 '아범'이 가난하고 불행해졌는지에 대한 반성적 시선을 보여주지는 않는다. 또한 「운수좋은 날」처럼 시대적인 상황에 대한 묘사가 충실하지도 않은 편이다. 이처럼 「화수분」에서는 인물에게 부여된 가난을 개인의 운명적 비극 정도로 보고 있다고 할 수 있다.

2. 하층민의 비참함을 왜 굳이 아이러니컬한 표현을 통해서 드러내야 했는지 생각해보자.

아이러니는 비극적인 느낌을 표현할 때 아주 강렬한 효과를 낳을 수 있는 기법이다. 「운수좋은 날」이라는 아이러니컬한 제목을 통해 처음에는 작품이 진행될 방향에 대한 기대감을 가지게 되지만, 그 기대와는 달리 비극적인 결과를 대하면서 김첨지의 불운함이 강하게 부각될 수 있는 것이다.

현실을 있는 그대로 묘사하는 작품을 두고 우리는 리얼리즘적인 작품이라 부른다. 만일 현진건이 김 첨지의 가난과 비극을 있는 그대로 담담하게 그려내었다면 공감의 폭은 줄어들었을지도 모른다. 평소와는 다르게 계속해서 운이 좋은 상황이 반복되다가 결말에 이르러 아내가 죽음을 맞는 아이러니컬한 결말은 독자에게 극적인 충격을 주기 위한 것이다. 작가는 아이러니컬한 표현을 통해 단순한 사실을 보다 증폭시키면서 예술적 형상화도 이루어내고 있는 것이다.

「화수분」의 경우에도 '아범'의 이름이 화수분이라는 것을 두고 독자가 가질 법한 기대를 정면으로 부정하면서 아이러니컬한 효과를 얻고 있다. 결국 일가족의 죽음으로 마무리되는 이 소설의 결말을 두고 독자들은 씁쓸해 하게 되는 것이다.

채만식(1902~1950)

호는 백릉(白菱), 채옹(采翁). 전북 옥구 출생. 1924년 이광수의 추천으로 단편 「세 길로」를 『조선문단』에 발표하면서 등단했다. 그 이후로 습작 수준의 단편을 발표하다가 1932년부터 계급문학에 동조하는 동반자 문학류의 작품들을 발표하면서 문단에서 주목받게 되었다. 일제시대 실업자 신세로 전락한 지식인의 고뇌를 다룬 단편 「레디메이드 인생」이나 「인텔리와 빈대떡」과 같은 풍자적인 작품이 이런 류에 속한다. 1936년 창작활동에 전념하기 위해 개성으로 거처를 옮긴 작가는 그곳에서 대표적인 장편소설 「탁류」 「천하태평춘」 등을 집필하였다. 「탁류」는 여주인공 초봉의 기구한 운명을 통하여 타락한 현실과 인정세태를 풍자한 작품이며, 「천하태평춘」은 식민지 치하의 현실을 제대로 인식하지 못하는 주인공을 내세워 역사를 비판하고 있다. 하지만 그는 결국 일제 말기에 친일 문인 단체인 조선문인보국회에 가담했고, 일본군의 만주전선을 시찰하기도 하는 등 일제에 협력하게 된다. 그래서 해방 직후에는 일제 말기 지식인의 친일 행위를 한 자신을 스스로 비판한 「민족의 죄인」 「역로」 등을 집필했다. 아울러 새로운 조국의 건설 과정에서 친일파가 다시 득세하는 민족적 현실을 비판적으로 풍자하는 「미스터 방」 「맹순사」 「논 이야기」 등의 작품도 함께 발표하였다.

박영준(1911~1976)

호는 만우(晩牛). 평남 강서 출생. 박영준은 1934년 단편 「모범경작생」이 《조선일보》 신춘문예에 당선되고, 장편 「일년」과 꽁트 「새우젓」이 『신동아』 창간기념 현상모집에 당선됨으로써 문단에 등장했다. 그 이후로 주로 농촌의 가난을 소재로 한 작품을 썼다. 그의 작품은 당대 현실의 고통을 직시하면서도 언제나 그것을 극복하고자 하는 기원을 담고 있다. 「일년」 「모범경작생」 「어머니」 「목화씨 뿌릴 때」 등의 작품들은 당시 문단의 주류였던 계몽성이나 목적성을 표방하지 않고 농민의 삶의 실상이나 집념을 다루었다는 점에서 문학사적 의의를 가진다. 해방 후에는 이전과 다르게 도시 소시민의 생활을 중심으로 인간의 고독과 윤리의 파괴 및 회복의 문제를 다루었다. 그는 전쟁을 겪으면서 파괴되어 버린 윤리상, 물질주의와 쾌락만능의 세태 속에서 현대인의 타락상을 폭로하고 있다. 「청춘병실」 등이 이에 속한다. 작품 경향이 대체로 선량한 인간상의 추구로 일관되어 왔다는 지적을 받고 있다.

김정한(1908~1996)

호는 요산(樂山). 1936년 《조선일보》 신춘문예에 단편 「사하촌」이 당선되어 정식으로 문단에 등단했다. 그의 초기 단편들은 식민지 현실의 제반 모순에 대한 강렬한 비판의식을 추구하는 리얼리즘적 작풍을 보여준다. 초기 대표작이라고 할 수 있는 「사하촌」은 가뭄이라는 자연적 재난과 절의 가혹한 소작제도 및 일제의 통제라는 삼중의 억압 속에 시달리고 있는 소작 농민들의 절대적 빈궁이 잘 제시되어 있을 뿐만 아니라 식민지 농업의 구조적 모순을 해결하기 위한 소작 농민들의 집단적인 행동 가능성을 그려내고 있다. 이 점에서 그의 작품들은 신경향파 문학과 상당한 유사성을 보여준다. 「사하촌」 이후 「옥심이」 「항진기」 「기로」 등의 리얼리즘적인 작품을 계속해서 발표했다. 1940년 한국어 교육이 금지되고 《동아일보》가 강제 폐간되자 절필한다. 1945년 해방 이후 창작활동이 없다가 1966년 『문학』 6월호에 낙동강변에 사는 가난한 어촌민의 생활과 수난을 생생하게 그린 「모래톱 이야기」를 발표하면서 중앙 문단에 다시 등장해 화제를 불러일으켰다. 이후 「제삼병동」 「뒤기미 나루」 등의 역작을 발표하였으며, 중편 「수라도」로 제6회 한국문학상을 수상했다.

2

땅에 얽힌 삶의 애환

땅 에 얽 힌

해방 전의 농촌을 배경으로 한 소설은 크게 셋으로 나누어볼 수 있다. 우선 교육을 통해 낙후된 농촌의 삶의 질을 향상시키려는 농촌계몽사상이 담긴 작품들로 이광수의 『흙』이나 심훈의 『상록수』가 있다. 두 번째는 농촌의 목가적인 풍경과 함께 순박한 농민의 삶을 해학적으로 그려낸 작품들다. 김유정의 「동백꽃」이나 「봄봄」과 같은 작품이 이에 해당한다. 그리고 마지막으로 일제의 착취와 수탈로 얼룩진 부조리한 농촌 현실에서 고통받는 농민의 삶과 애환을 그리는데 주력한 작품들이 있다. 지금 다루고자 하는 작품들은 세 번째에 속하는 것들이다.

농촌은 오래전부터 우리 민족의 생활 터전이었지만, 긴 역사 동안 가난과 질병으로부터 자유롭지 못했다. 대부분의 농민들은 자신이 먹을 곡식을 자신이 지은 농사로 마련하는 소박한 희망조차도 이루기 어려운 암담한 생활을 해야만 했다. 그렇지만 농사짓는 일을 하늘이 내려준 직분으로 알고 살아온 대부분의 농민들은 다른 삶을 창조할 방법도 알지 못했고, 그럴 만한 여력도 없었다. 그렇게 고통의 세월을 보내다가 갑자기 밀어닥친 일제의 토지구획, 강제 수탈, 노동력 착취 등은

삶 의 애 환

더할 수 없는 시련이 되었으며, 농민들은 거기에 대항할 엄두조차 내지 못한 채 희생의 제물이 되어갔던 것이다.

다음에 읽어볼 이 세 작품은 이런 일제시대의 농촌 현실을 잘 드러낸 작품들로 나름대로의 개성을 가지면서도 농촌 현실의 부조리한 측면을 드러내어 소설의 비판적 기능을 충분히 수행했다는 공통점을 가진다.

:: 농민들의 땅에 얽힌 삶과 비애

채만식의 「논 이야기」는 1946년 『해방문학선집』에 실린 소설로 동학농민운동 직후의 부패한 사회상과 일제시대에 있었던 농촌 경제의 혼란상, 그리고 이때 일인들에 의해서 교묘하게 자행되었던 농토 수탈을 한 생원이라는 인물을 통해 잘 드러내고 있다.

이 소설의 주인공 한 생원은 일본인들이 8·15 해방을 맞아 토지와 모든 재산을 남겨두고 쫓겨나게 되었다는 소식을 전해 듣고 우쭐하며 기대에 부푼다. 일본인에게 땅을 팔고 남의 땅을 빌려 농사지으며 근근이 살아오던 한 생원은, 일본인들이 쫓겨나게 되었다는 소식을 듣고는 땅을 찾을 수 있을 것이라 생각한 것이었다. 한일합방 이전에 한 생원은 동학란에 연루 누명을 쓰고 죄없이 옥에 갇히게 된 아버지의 석방 조건으로 고을 원님에게 아홉 마지기의 논을 강제로 바친다. 그후 한 생원은 술과 노름, 그리고 살림하느라고 진 빚 때문에 남은 논 일곱 마지기를 일본인에게 팔아넘기지 않으면 안 되었다. 이런 한 생원이기에 일본인들이 물러나면 땅이 그 전 임자에게 돌아갈 것이라 기대하며 기뻐했던 것이다. 그러나 기대했던 땅은 이미 소유주가 바뀌어 찾기 어렵게 되고, 논마저 나라가 관리하게 되어 다시 찾을 수 없다는 사실을 알고는 허탈감에 빠진다. 마침내 그는 자신은 나라 없는 백성이라며 해방되는 날 만세를 부르지 않기를 잘했다며 혼잣말을 한다.

여기서 한 생원이라는 인물은 어느 날 해방이 되자 사회가 혼란한 와중에 터무니없이 자신의 권리를 찾겠다고 우겨대는 이기적인 인물이다. 그는 자신에게 이익이 되지 않으면 나라고 무엇이고 필요없다고 생각한다. 또한 한 생원은 헤픈 생활로 논을 팔아치우게 되었음에도, 일본인에게 팔았으니 그가 물러가면 그 땅은 자신의 것이라고 호언장담할 만큼 뻔뻔스러운 면을 보이기까지 한다. 따라서 이 소설은 1차적으로 한 생원이라는 인물을 풍자적인 기법으로 묘사하고 있는 것이다.

그러나 이 소설의 주된 갈등은 한 생원이라는 '개인'과 '국가' 사이에서 찾을 수 있다. 비록 한 생원이 이기적이고 뻔뻔스러운 인물이지만, 실제로 농사를 짓고 살아가는 평범한 인물에게 국가가 해야 하는 일은 농사를 지어 잘 살 수 있게 하는 일이다. 그렇게만 해준다면 농민이 국가에 대해서 냉소적인 태도나 악감정을 가질 이유가 없다. 그러나 일제에 의해 강점되기 이전의 구한말 때 한 생원이 겪은 고초를 보면, 그가 국가에 대해 보이는 냉소를 어느 정도 이해할 수 있다.

한 생원은 그의 아버지가 품삯을 받아 먹을 것 못 먹고 입을 것 못 입으면서 푼푼이 모은 돈으로 산 땅을, 탐관오리에게 어이없이 빼앗겨 버렸던 것이다. 이제 한 생원은 자기 땅은 일곱 마지기밖에 없고, 남의 땅을 빌려 소작을 하는 가난한 농사꾼으로 전락해 버린다. 그러니 한 생원의 입장에서는 가난한 소작농이 살기에는 구한말이나 일제시대나 별반 다를 게 없었던 것이다. 여전히 한해 농사를 지으면 절반 이상을 빼앗겼고, 순사나 일본인, 면서기들의 핍박도 이전 탐관오리와 더할 것도 덜할 것도 없었던 것이다. 그러니 해방을 맞아 한 생원이 '빼앗겼던 나라를 도로 찾아 다시금 조선 백성이 되었다는 것이 조금도 신통하거나 반가울 것이 없었다'고 생각하는 것도 수긍이 된다.

작품에는 일제시대 일인들의 사채놀이에 대한 작가의 비판적인 시각도 있다. 소설에 나오는 요시카와(吉天)라는 일본인은 헐값에 돈을 빌려주고 기한이 지나면 감금을 하거나 사적으로 처벌을 가함으로써 빚을 채근했는데, 논문서를 가지고 오는 사람은 이자를 탕감해 줌으로써 빚을 논으로 대신 갚게 했다. 일본인들은 이런 방식으로도 조선 농민의 땅을 빼앗아갔던 것이다.

결론적으로 채만식은 「논 이야기」에서 구한말부터 8·15 해방까지 농민을 억압했던 국가를 풍자하면서 동시에 농민들의 땅을 빼앗는 일인들에 대한 비판적인 시각을 드러냈다. 그리고 거기에 덧붙여 한 생원을 통해 농민 스스로가 가지고 있는 이기적인 측면과 뻔뻔스러움, 그리고 허황하고 헤픈 측면도 아울러 비판함으로써 균형 잡힌 시각을 보여주고 있다.

1934년 《조선일보》 신춘문예의 당선작인 박영준의 「모범경작생」 역시 농촌 현실의 부조리와 농민들의 애환을 담고 있다는 점에서 채만식의 「논 이야기」와 함께 읽어볼 만한 작품이다.

주인공 길서는 마을에서 유일하게 보통학교를 졸업한 젊은이다. 그는 군에서 파견하는 농사강습회 요원으로 선발되어 서울에 갔다가 돌아온 모범경작생이다. 그는 마을 사람들을 모아 놓고 호경기가 오니까 열심히 일하라고 권하기도 하고 시국에 관한 이야기를 들려주기도 한다. 그러면서 면장이 마을 사람들에게 호세를 더 걷어들이겠다고 하자 자신의 이득을 위해 암묵적으로 동의한다. 또 마을 사람들이 병충해로 수확이 크게 줄어들었으니 지주를 만나서 세금을 감해 주는 문제를 교섭해 달라고 부탁하자 길서는 못 들은 척 거절한다. 그러던 중 길서는 시찰단으로 뽑혀 일본으로 떠나게 된다. 그 와중에 동네 사람들은 지주를 찾아가 세금을 감해 달라고 사정하지만 거절당한다. 또 갑자기 뽕나무 묘목값은 무척 비싸지고, 호세도 크게 오른다. 마침내 마을 사람들은 이것이 길서의 농간인 줄 깨닫게 되고, 이제 아무도 길서를 좋게 이야기하거나 부러워하지 않는다. 길서의 논에 꽂혀 있던 '모범경작생'이라는 팻말도 누군가에 의해서 쪼개져 버린다. 일본에서 돌아온 길서는 그것을 보고 크게 놀란다. 그날 저녁 길서는 애인인 동네 처녀 의숙을 찾아가지만, 그녀도 마을 사람들과 마찬가지로 길서를 외면한다. 결국 길서는 충혈된 얼굴로 뛰어든 의숙의 오빠 성두를 피해 뒷문으로 도망친다.

이 작품에서 표면적인 비판 대상은 길서라는 부정적인 인물이다. 그는 자신의 이익을 위해서 마을 사람들의 부탁을 외면하고, 부당한 세금의 징수(호세 인상)에 대해서도 눈을 감아준다. 즉 그는 자신의 출세와 이익만을 위해서 관리들의 비위를 맞추는 이기주의자이며 기회주의자인 것이다. 마을 사람들은 처음에는 길서를 부러워하지만 결국 그의 정체를 알고 분노한다. 작품 말미에 터져 나오는 성두의 분노는 마을 사람들의 분노를 대표하는 것이며, 당시 모든 농민의 분노를 상징한다고 할 수 있다. '성두'는 길서와는 반대로 자기 땅을 갖고 있지도 못하는, 오죽하면 장가 밑천으로 키우던 돼지를 팔고 북간도 이주(移住)를 고려해야 할 형편인 청년이었다. 이는 그가 불성실해서가 아니라, 당시 일제의 농업정책과 수탈로 인한 것이었다.

바로 여기에 「모범경작생」에서 궁극적으로 비판하고자 하는 이면적인 주제가 있다. 길서가 친하게 지내고 자주 만나는 면장이나 면서기 등의 관리는 일제의 하수인들이며 총독부의 지시에 따라 농민들을 순화시키고 수탈하는 일에 협력하는 사람들이다. 또 길서가 농민들에게 들려주는 이야기는 대부분 일제의 농업정책이다. 그런데 그 농업정책이라는 것이 농민을 잘살게 해주는 것이 아니라 더 못살게 만드는 것이다. 가령 그 비싼 금비(인공비료)를 뿌리라고 권장해 봐야 농민에게는 빛 좋은 개살구요, 금비를 뿌려서 수확량이 늘어나면 그것은 땅주인이 모두 가로챌 뿐이다. 또한 농사강습회나 시찰단이라는 것도 일제의 농업정책에 잘 협력한 농민들에게나 해당되는 일제의 전시행정일 뿐이고, 이들 몇몇이 잘살게 됨으로써 나머지 농민들은 더욱 가난해질 뿐이다. 따라서 표면적으로는 길서의 배신적인 행위를 비판하고 있지만, 그 이면에는 일본 제국주의의 농업정책에 대한 비판을 담고 있다고 할 수 있다. 따라서 이 작품의 제목 「모범경작생」에는 부정적인 의미가 담겨 있으며, '말의 아이러니 기법'이 사용된 것을 알 수 있다.

농민들의 고통과 애환은 비단 일제시대에만 국한되는 것은 아니었다. 1966년 『문학』에 발표된 김정한의 「모래톱 이야기」는 '조마이섬'이라는 농촌을 배경으로 농촌현실을 보여줌으로써, 이러한 현실에 저항하는 농민들의 힘겨운 싸움을 감동적으로 그려내고 있다.

이 소설의 서술자인 '나'는 K라는 일류 중학의 교사이다. 그는 유독 지각이 잦은 건우라는 소년이 제출한 작문을 읽고 그 애에 대해서 관심을 갖게 되었다. 그러던 어느 날 소년이 사는 조마이섬으로 가정방문을 가고, 조마이섬의 슬픈 역사를 알게 된다. 소설의 배경이 되는 낙동강 하류의 조마이섬 사람들은 땅에 대한 한을 가지고 있다. 외세의 압제와 제도의 불합리 때문에 오늘날까지 자기네 땅을 갖지 못하고 살아가야만 하는 것이다. 일제 때는 일본인의 땅이었고, 해방이 되면서 국회의원에게로 또 어느 유력자에게로 소유권이 옮겨 갔다. 건우네 집도 그런 조마이섬 사람들의 운명을 고스란히 가지고 있다. 건우 아버지는 한국전쟁 때 군에 나가서 전사했고, 건우는 할아버지인 갈밭새 영감과 어머니 이렇게 셋이서 어렵게 살아간다. 그러던 어느 날 조마이섬에 장마가 닥치고, 어떤 유력자가 조마이섬을 통째로 삼키기 위해 일부러 엉터리로 쌓아둔 강둑을 파헤치지 않으면 섬 주민들이 위험해지는 상황이 된다. 갈밭새 영감은 마을 사람들과 같이 그 강둑을 파헤친다. 바로 그때 유력자들의 앞잡이인 청년들이 나타나 이를 방해하자, 섬을 통째로 삼키려는 무리들의 소행에 화가 난 갈밭새 영감은 청년 하나를 탁류로 집어던져 버린다. 이 사건으로 영감은 구속되어 감옥살이를 하게 되고 건우는 행방불명이 된다. 모래톱은 황폐해졌고, 새학기가 되어도 건우는 나타나지 않는다. 강물이 넘친 조마이섬은 군대가 정지 작업을 하게 된다.

이 소설의 배경이 되는 조마이섬은 역사적으로 뿌리 깊은 농촌에 대한 수탈과 억압이 압축적으로 제시된 공간이다. 일제시대에 시행된 토지조사사업에 의해 농민들의 땅은 교묘한 구실과 방법으로 동양척식주식회사와 일본인들의 손에 넘어가게 되었고, 해방 후에는 나한자 수용소가 될 위기를 맞기도 했다. 마침내 어떤 국회의원은 간척사업을 한다는 명목으로 조마이섬을 자기 소유로 만들어 버렸다. 실제로 거주하는 농민들과는 무관하게 조마이섬의 소유자가 바뀌어왔던 것이다. 이와 같은 조마이섬의 역사는 바로 우리 나라 농촌의 역사이기도 하다.

이처럼 농민들과는 무관하게 이루어진 소유권의 이전은 필연적으로 농민의 생존권을 위협하게 된다. 둑을 쌓아서 섬 전체를 집어삼키려고 했던 어느 유력자의 탐욕 때문에 섬은 위험에 빠지게 되고 급기야는 전 주민이 집과 재산을 잃게 되었던 것이다.

그러나 이 소설에서는 그러한 부조리한 현실과 섬마을 전체를 집어삼키려는 탐욕스런 기도에 대항하는 '갈밭새 영감'이라는 인물을 등장시킴으로써 어두운 시대 상황에도 굴하지 않는 정의로운 인간상을 제시하고 있다. 특히 그는 엉터리로 쌓은

소작제도

소작제도란 자기 땅이 없는 농민이 남의 농토를 빌려 농사짓는 일을 말한다. 농토를 빌린 농민은 그 대가로 지주에게 가을에 추수한 곡식이나 현금을 지불해야 했는데, 한국에서는 대체로 생산물의 30%정도를 바치는 것으로 정해져 있었다. 그렇지만 이런 규칙은 잘 지켜지지 않았다. 농사짓고자 하는 사람은 많고 땅은 한정되어 있었기 때문에, 소작료는 대부분 지주 맘대로 정해지기가 쉬웠다. 게다가 비료값이나 농기구값 등 농사를 짓는데 들어가는 거의 모든 부대 비용도 소작농의 몫이었다. 또 지주는 농토를 관리하는 일을 마름이라는 사람에게 위탁했다. 그래서 소작권을 나눠주고 뺏는 귀찮은 일은 모두 마름이 처리했다.(김유정의 「동백꽃」에서 점순이 아버지가 바로 마름이다. 그래서 주인공이 점순이한테 꼼짝 못하는 것이다. 혹시라도 땅을 도로 빼앗아 갈까봐.) 마름은 제몫을 챙기기 위해 중간에서 소작료를 올리기도 했기 때문에 실제로 농사를 짓는 농민들은 먹고 살기 힘들었던 것이다. 특히 일제시대 때는 지주 또는 마름의 착취가 심해서 농민들이 가난에 허덕이다 간도를 비롯한 해외로 떠나는 일이 많았다. 1920년대의 빈궁소설은 이런 배경에서 씌어진 것이다.

둑을 허무는 일을 방해하는 청년을 강물에 집어던지는 행동을 함으로써 '자기 희생을 통한 자유'를 선택하는데, 이는 이 작품의 행동문학적인 특징을 보여주는 것이다.

일인들이 토지와 그밖에 온갖 재산을 죄다 그대로 내어놓고, 보따리 하나에 몸만 쫓기어 가게 되었다는 이야기를 들은 한 생원은 어깨가 우쭐하였다.

"그 보슈 송 생원. 인전들, 내 생각 나시지?"

한 생원은 허연 텁석부리에 묻힌 쪼글쪼글한 얼굴이 위아래 다섯 개밖에 안 남은 누런 이빨과 함께 흐물흐물 웃는다.

"그러면 그렇지. 글쎄 놈들이 제아무리 영악하기로서니 논에다 네 귀탱이 말뚝을 박구선 인도깨비처럼, 어여차 어여차 땅을 떠가지구 갈 재주야 있을 이치가 있나요?"

한 생원은 참으로, 일본이 항복을 하였고, 조선은 독립이 되었다는 그날 ― 팔월 십오일 적보다도 신이 나는 소식이었다. 자기가 한 말〔豫言〕이 꿈결같이도 이렇게 와 들어맞다니……그리고 자기가 한 말대로, 자기가 일인에게 팔아넘긴 땅이 꿈결같이도 도로 자기의 것이 되게 되었다니……이런 세상에 신기하고 희한할 도리라고는 없었다.

조선이 독립이 되었다는 팔월 십오일, 그때는 한 생원은 섬뻑 만세를 부르고 싶은 생각이 나지 않았어도 이번에는 저절로 만세소리가 나와지려고 하였다.

팔월 십오일 적에 마을에서는 젊은 사람들이 설도를 하여 태극기를 만들고 닭을 추렴하고 술을 사고 하여 놓고, 조촐히 만세를 불렀다.

한 생원은 그 자리에 참여를 하지 아니하였다. 남들이 가서 같이 만세를 부르자고 하였으나 한 생원은 조선이 독립되었다는 것이 별로 반가운 줄을 모르겠었다. 그저 덤덤할 뿐이었었다.

물론 일본이 항복을 하였으니 전쟁은 끝이 난 것이요, 전쟁이 끝이 났으니 벼 공출을 비롯하여, 솔뿌리 공출이야, 마초 공출이야, 채소 공출이야, 가지가지의 그 억울하고 성가신 공출이 없어지고 말 것이었다.

또 열여덟배기 손자놈 용길이가, 징용에 뽑혀 나갈 염려가 없을 터이었다. 얼마나 한 생원은, 일찍이 아비를 여의고 늙은 손으로 여태껏 길러 온 외톨 손자놈 용길이가 징용에 뽑히지 말게 하려고, 구장과 면의 노무계 직원과, 부락 담당 직원에게 굽실거리며 건사를 물고 하였던고. 굶는 끼니를 더 굶어가면서 그들에게 쌀을 보내어 주기, 그들이 마을에 얼씬하면 부랴부랴 청해다 씨암탉 잡고 술 대접하기, 한참 농사일이 몰릴 때라도, 내 농사는 손이 늦어도 용길이를 시켜 그들의 논에 모심고 김매어 주고 하기. 이 노릇에 흰 머리가 도로 검어질 지경이요, 빚은 고패가 넘도록 지고 하였다.

하던 것이 이제는 전쟁이 끝이 났으니, 징용 이자는 싹 씻은 듯 없어질 것. 마음 턱 놓고 두 발 쭉 뻗고 잠을 자도 좋았다.

이런 일을 생각하면 한 생원도 미상불 다행스럽지 아니한 것은 아니었다. 그러나 오직 그뿐이었다.

독립?

신통할 것이 없었다.

독립이 되기로서니, 가난뱅이 농투성이가 별안간 나으리 주사가 될 리 만무하였다. 가난뱅이 농투성이가 남의 세토(貰土, 소작) 얻어 비지땀 흘려 가면서 일 년 농사지어, 절반도 넘는 도지〔小作料〕 물고, 나머지로 굶으며 먹으며 연명이나 하여 가기는 독립이 되거나 말거나 매양 일반일 터이었다.

공출이야 징용이야 하여서 살기가 더럭 어려워지기는, 전쟁이 나면서부터였다. 전쟁이 나기 전에는 일 년 농사지어 작정한 도지, 실수 않고 물면, 모자라나따나 아무 시비와 성가심 없이 내 것 삼아놓고 먹을 수가 있었다.

징용도 전쟁이 나기 전에는 없던 풍도였다. 마음놓고 일을 하였고, 그것으로써 그만이었지, 달리는 근심 걱정될 것이 없었다.

전쟁 사품에 생겨난 공출이니 징용이니 하는 것이 전쟁이 끝이남으로써 없어진 다음에야, 독립이 되기 전 일본 정치 밑에서도 남의 세토 얻어 도지 물고 나머지나 차지하는 가난뱅이 농투성이에서 벗어날 것이 없을진대, 한갓 전쟁이 끝이 나서 공출과 징용이 없어진 것이 다행일 따름이지, 독립이 되었다고 만세를 부르며 날뛰고 할 흥이 한 생원으로는 나는 것이 없었다.

일인에게 빼앗겼던 나라를 도로 찾고, 그래서 우리도 다시 나라가 있게 되었다는 이 잔주도, 역시 한 생원에게는 시쁘듬한 것이었다. 한 생원은 나라를 도로 찾는다는 것은, 구한국 시절로 다시 돌아가는 것으로밖에는 달리 생각할 수가 없었다.

한 생원네는 한 생원 아버지의 부지런으로 장만한, 열서너 마지기와 일곱 마지기의 두 자리 논이 있었다. 선대의 유업도 아니요, 공문서(空文書, 무등기) 땅을 거저 주운 것도 아니요, 버젓이 값을 내고 산 것이었다. 하되 그 돈은 체계나 돈놀이(고리대금업)로 모은 돈도 아니요, 품삯 받아 푼푼이 모으고 악의악식하면서 모은 돈이었다. 피와 땀이 어린 땅이었다.

그 피땀 어린 논 두 자리에서, 열서 마지기를 한 생원네는 산 지 겨우 오 년 만에 고을 원(군수)에게 빼앗겨 버렸다.

지금으로부터 오십 년 전, 갑오 을미 병신 하는 병신년(丙申年), 한 생원의 나이 스물한 살 적이었다.

그 전해 을미년 늦은 가을에 김 아무라는 원이 동학란에 도망친 원 대신으로 새로이 도임을 해와서, 동학의 잔당을 비질하듯 잡아 죽였다.

피비린내 나는 살육이 이듬해 병신년 봄까지 계속되었고, 그리고 여름……인제는 다 지났거니 하여 겨우 안도를 한 참인데, 한태수(한 생원의 아버지)가 원두막에서 동헌으로 붙잡혀 가, 옥에 갇히었다. 혐의는 동학에 가담하였다는 것이었다.

한태수는 전혀 동학에 가담한 일이 없었다. 그의 말대로 하면, 동학 근처에도 가 보지 아니한 사람이었다.

옥에 가두어 놓고는, 매일 끌어내다 실토를 하라고, 동료의 성명을 불라고, 주리를 틀면서 문초를 하였다. 육십이 넘은 늙은 정강이의 살이 으깨어지고 뼈가 아스러졌다.

나중 가서야 어찌 될망정, 당장의 아픔을 견디다 못하여 동학에 가담하였노라고 자복을 하였다. 입에서 나오는 대로 아는 사람의 이름을 불렀다.

불린 일곱 사람이 잡혀 들어와, 같은 문초를 받았다. 처음에는 모두들 내뻗었으나 원체 아픔을 이기지 못하여 자복을 하였다.

남은 것은 처형을 하는 것뿐이었다.

하루는 이방이, 한태수의 아내와 아들(한 생원)을 조용히 불렀다.

이방은 모자더러, 좌우간 살려 낼 도리를 하여야 않느냐고 하였다.

모자는 엎드려 빌며서, 제발 이방님 덕택에 목숨만 살려지이다고 하였다.

"꼭 한 가지 묘책이 있기는 있는데……. 그럼 내가 시키는 대로 할 테냐?"

"불 속이라도 뛰어들어가겠습니다."

"논문서를 가져 오너라. 사또께 다 바쳐라."

"논문서를요?"

"아까우냐?"

"……."

"가장이나 아비의 목숨보다 논이 더 소중하냐?"

"그 땅이 다른 땅과도 달라서……."

"정히 그렇게 아깝거든 고만두는 것이고."

"논문서만 가져다 바치면 정녕 모면을 할까요?"

"아니 될 노릇을 시킬까?"

"그럼 이 길로 나가서 가지고 오겠습니다."

"밤에 조용히 내아(內衙, 관사)로 오도록 하여라. 나도 와서 있을 테니. 그러고 네 논이 두 자리가 있겠다?"

"네."

"열서 마지기와 일곱 마지기."

"네."

"그 열서 마지기를 가져 오너라."

"열서 마지기를요?"

"아까우냐?"

"……."

"아깝거들랑 고만두려무나."

"그걸 바치고 나면 소인네는 논 겨우 일곱 마지기를 가지고 수다한 권솔에 살아갈 방도가……."

"당장 가장이나 애비의 목숨은 어데로 갔던지?"

"……."

"땅이야 다시 장만할 수가 있는 것이 아니냐?"

모자는 서로 돌아보면서 말하였다.

"바칩시다."

"바치자."

사흘만에 한태수는 놓여 나왔다. 다른 일곱 명도 이방이 사이에 들어, 각기 얼마

씩의 땅을 바치고 놓여 나왔다.

그 뒤 경술년(庚戌年)에 일본이 조선을 합방하여 나라는 망하였다.

사람들이 나라 망한 것을 원통히 여길 때, 한 생원은,

"그깐 놈의 나라, 시언히 잘 망했지."

하였다. 한 생원 같은 사람으로는 나라란 백성에게 고통이지 하나도 고마운 것이 아니었다. 또 꼭 있어야 할 요긴한 것도 아니었다.

그런 나라라는 것을, 도로 찾았다고 하여, 섬뻑 감격이 일지 아니한 것도 일변 의당한 노릇이라 할 것이었다.

논 스무 마지기에서 열서 마지기를 빼앗기고 나니, 원통한 것도 원통한 것이지만, 앞으로 일이 딱하였다. 논이나 겨우 일곱 마지기를 가지고는 어림도 없었다.

하릴없이 남의 세토를 얻어, 그 보충을 하여야 하였다. 그러나 남의 세토는 도지를 물어야 하는 것이라, 힘은 내 논을 지을 때와 마찬가지로 들면서도, 가을에 가서 차지를 하기는 절반이 못 되는 것이었다. 그렇지만 그렇다고 남의 세토를 소작 아니 할 수는 없었다.

이리하여 한 생원네는 나라, 명색이 망하지 않고 내 나라가 있을 적부터 가난한 소작농이었다.

경술년 나라가 망하고, 삼십육 년 동안 일본의 다스림 밑에서도 같은 가난한 소작농이었다.

그리고 속담에, 남의 불에 게 잡기로, 남의 덕에 나라를 도로 찾기는 하였다지만 한국 말년의 나라만을 여겨, 그 나라가 오죽할 리 없고, 여전히 남의 세토나 지어먹는 가난한 소작농이기는 일반일 것이라고 한 생원은 생각하던 것이었다.

일본이 항복을 하던 바로 전의 삼사 년에 공출이야 징용이야 하면서 별안간 궁색함과 불안이 생겼던 것이지, 그밖에는 나라가 망하여 없어지고서, 일본의 속국 백성

으로 사는 것이 경술년 이전 나라가 있어 가지고 조선 백성으로 살 적보다 별로양 못할 것이 한 생원에게는 없었다. 여전히 남의 세토를 지어, 절반 이상이나 도지를 물고 그 나머지를 차지하는 가난한 소작인이요, 순사나 일인이나 면서기들의 교만과 압박보다 못할 것도 없거니와 더할 것도 없었다.

독립이 된 이 앞으로도, 그것이 천지 개벽이 아닌 이상, 가난한 농투성이가 느닷없이 부자 장자 될 이치가 없는 것이요, 원, 아전, 토반이나 일본놈 대신에, 만만하고 가난한 농투성이를 핍박하는 '권세 있는 양반들' 이 생겨나고 할 것이매, 빼앗겼던 나라를 도로 찾아 다시금 조선 백성이 되었다는 것이 조금도 신통하거나 반가울 것이 없었다.

원과 토반과 아전이 있어, 토색질이나 하고 붙잡아다 때리기나 하고 교만이나 피우고 하되 세미(稅米, 납세)는 국가의 이름으로 꼬박꼬박 받아가면서 백성은 죽어야 모른 체를 하고 하는 나라의 백성으로도 살아보았다.

천하 오랑캐, 아비와 자식이 맞담배질을 하고, 남매간에 혼인을 하고, 뱀을 먹고 하는 왜인들이, 저희가 주인이랍시고서 교만을 부리고 순사와 헌병은 칼바람에 조선 사람을 개돼지 대접을 하고, 공출을 내어라 징용을 나가거라 뒷거래를 하지 마라 하면서 볶아대고, 또 일본이 우리 나라다, 나는 일본 백성이다, 이런 도무지 그럴 마음이 우러나지를 않는 억지 춘향이 노릇을 시키고 하는 나라의 백성으로도 살아보았다.

결국 그러고 보니 나라라고 하는 것은 내 나라였건 남의 나라였건 있었댔자 백성에게 고통이나 주자는 것이고, 유익하고 고마울 것은 조금도 없는 물건이었다. 따라서 앞으로도 새 나라는 말고 더한 것이라도 있어서 요긴할 것도, 없어서 아쉬울 일도 없을 것이었다.

신해년(辛亥年)……경술 합방 바로 이듬해였다. 한 생원은 — 때의 젊은 한덕문은 — 빼앗기고 남은 논 일곱 마지기를 불가불 팔아야 할 형편에 이르렀다.

칠팔 명이나 되는 권솔인데 내 논 일곱 마지기에다 남의 논이나 몇 마지기를 소작하여 가지고는 여간한 규모와 악의악식이 아니고서는 도저히 현상 유지를 하기가 어려웠다.

한덕문은 그 부친과는 달리 살림 규모가 없었다. 사람이 좀 허황하고 헤픈 편이었다.

부친 한태수가 죽고, 대신 당가산(當家產)을 한 지 불과 오륙 년에 한덕문은 힘에 넘치는 빚을 졌다.

이 빚은 단순히 살림에 보태느라고만 진 빚은 아니었다.

한덕문은 허황하고 헤픈 값을 하느라고, 술과 노름을 쑬쑬히 좋아하였다.

일 년 농사를 지어야 일 년 가계가 번히 모자라는데, 거기다 술을 먹고 노름을 하니, 늘어가느니 빚밖에는 있을 것이 없었다.

빚은 갚아야 되었다.

팔 것이라고는 논 일곱 마지기, 그것뿐이었다.

한덕문이 빚을 이리 틀어막고, 저리 틀어막고, 오늘로 밀고 내일로 밀고 하여 오던 끝에, 마침내는 더 꼼짝을 할 도리가 없어, 논을 팔기로 작정을 대었을 무렵에, 그러자 용말[龍田] 사는 일인 요시카와(吉川)가 웃세로 바짝 땅을 많이 사들인다는 소문이 들리었다. 그리고 값으로 말하여도, 썩 좋은 상답이면 한 마지기(200평)에 스무 냥에서 스물닷 냥까지 내고, 아주 박토(薄土)라도 열 냥 안짝은 없다고 하였다.

땅 마지기나 가진 인근의 다른 농민들도 다들 그러하였지만 한덕문은 그 중에서도 귀가 반짝 띄었다.

시세의 갑절이었다.

고래실 논으로, 개똥배미 상지상답이라야 한 마지기에 열 냥으로 열두 냥이요, 땅 나쁜 것은 기지개 켜야 닷 냥이었다.

"팔자!"

한덕문은 작정을 하였다.

일곱 마지기 논이 상지상답은 못 되어도 상답은 되니, 잘하면 열 냥은 받을 것, 열 냥이면 이칠 십사 일백마흔 냥.

빚이 이럭저럭 한 오십 냥 되니 그것을 갚고 나면 아흔 냥이 남아, 아흔 냥을 가지고 도로 논을 장만해, 판 일곱 마지기만한 토지의 논을 사더라도 아홉 마지기를 살 수가 있어.

결국, 논 한 번 팔고 사고 하는 노름에, 빚 오십 냥 거저 갚고도, 논은 두 마지기가 늘어 아홉 마지기가 생기는 판이 아니냐. 이런 어리숙한 노름을 아니 하잘머리가 없는 것이었다. 양친은 이미 다 없는 때요, 한덕문 그가 대주(大柱, 호주)였으므로, 혼자서 일을 결단하여도 간섭을 받을 일은 없었다.

곡우(穀雨) 머리의 어느 날 한덕문은 맨발짚신 풀상투에 삿갓 쓰고 곰방대 물고, 마을에서 십 리 상거의 용말 출입을 나갔다. 일인 요시카와가 적실히 그렇게 후한 값으로 논을 사는지, 진가를 알아보고자 함이었다.

금강(錦江) 어귀의 항구 군산(群山)에서 시작되어, 동북간방(東北間方)으로 임피읍(臨陂邑)을 지나 용말로 나온 한길이, 용말 동쪽 변두리에서 솜리〔裡里〕로 가는 길과 황등장터〔黃登市〕로 가는 길의 두 갈래길로 갈리는, 그 샅에 가 전주집이라는 주모가 업을 하고 있는 주막이 오도카니 홀로 놓여 있었다.

한덕문은 전주집과는 생소치 아니한 사이였다.

마당이자 바로 한길인 그 마당 앞에 섰는 한 그루의 실버들이 한창 푸르른 전주집네 주막, 살진 봄볕이 드리운 마루에 나란히 걸터앉아 세상 물정 이야기, 피차간 살아가는 이야기, 한담을 하던 끝에 한덕문이 지나는 말처럼 넌지시 물었다.

"참 저, 일인 요시카와가 요새 땅을 많이 산다구?"

"많일께 아니라, 그 녀석이 아마, 이 근처 일판을, 땅이라구 생긴 건 깡그리 쓸어 사자는 배폰가 봅디다!"

"헷소문은 아니로구먼?"

"달리 큰 배포가 있던지, 그렇잖으면 그 녀석이 상성(발광)을 했던지."

"……?"

"한 서방 으런두 속내 아는배. 이 근처 논이 물 걱정 가뭄 걱정 없구, 한 마지기에 넉 섬은 먹는 논이라야 열 냥 이상값 아니우? 그런 걸 글쎄, 녀석은 스무 냥 스물댓 냥을 펴주구 사는구랴. 제마석(一斗落에 一石)두 못 먹는 자갈바탕의 박토라두, 논 명색이면 열 냥 안짝 잽히는 건 없구."

"허긴, 값이나 그렇게 월등히 많이 내야 일인한테 논을 팔지, 그렇잖구서야 누가."

"제엔장, 나두 진작에 논이나 시늉만 생긴 거라두 몇 섬지기 장만해 두었더라면, 이런 판에 큰 횡잴 했지."

"그래, 많이들 와 파나?"

"대가릴 싸구 덤벼든답디다. 한 서방 어른두 논 좀 파시구랴? 이런 때 안 팔구, 언제 팔우?"

"팔 논이 있나!"

이유와 조건의 어떠함을 물론하고, 농민이 논을 판다는 것은 남의 앞에 심히 떳떳하지 못한 일이었다. 번연히 내일 모레면 다 알게 될 값이라도, 되도록 그런 기색을 숨기려고 드는 것이 통정이었다.

뚜벅뚜벅 말발굽 소리가 나더니 말 탄 요시카와가 주막 앞을 지난다. 언제나 그러하듯이, 깜장 됫박모자에 깜장 복장을 입고 깜장 목 깊은 구두를 신고 허리에는 육혈포를 차고 하였다.

한덕문은 길에서 몇 차례 본 적이 있어, 그가 요시카와인 줄을 안다.

"어디 갔다 와요?"

전주집이 웃으면서 알은 체를 하는 것을 요시카와는 웃지도 않으면서,

"응, 조오기. 우리, 나쁜 사라미 자바리 갔다 왔소."

요시카와의 차인꾼이요, 통역꾼이기도 한 백남술이가 밧줄로 결박을 지은 존 젊은 사람 하나를 앞장세우고 뒤미처 나타났다.

죄수는 상투가 풀어지고, 발기발기 찢긴 옷과 면상으로 피가 묻고 한 것으로 보아, 한바탕 늑씬 두들겨 맞은 것이 역력했다.

"어디 갔다 오시우?"

전주집이 이번에는 백남술더러 인사로 묻는다.

백남술은 분연히,

"남의 돈 집어먹구 도망댕기는 놈은 죽어 싸지."

하면서 죄수에게 잔뜩 눈을 흘긴다.

그리고 나서 전주집더러,

"댕겨 오께시니, 닭이나 한 마리 잡구 해 놓게나. 놈을 붙잡느라구 한 승강이 했더니 목이 컬컬하이."

그러느라고 잠깐 한눈을 파는 순간이었다. 죄수가 밧줄 한끝 붙잡힌 것을 홱 뿌리치면서 몸을 날려 쏜살같이 오던 길로 내뺀다.

"엇!"

백남술이 병신처럼 놀라다 이내 죄수의 뒤를 쫓는다.

요시카와가 탄 말이 두 앞발을 번쩍 들어 머리를 돌리면서, 땅을 차고 달린다. 그러면서 요시카와의 손에서 육혈포가 땅……풀썩 연기가 나면서 재우쳐 땅…….

죄수는 그러나 첫 한 방에 그대로 길바닥에 가 나동그라진다. 같은 순간 버선발로 뛰어내려간 전주집이 에구머니 비명을 지른다.

죄수는 백남술에게 박승(縛繩) 한끝을 다시 붙잡히어 일어난다. 요시까와는 피스톨 사격의 명인(名人)은 아니었다.

일인에게 빚을 쓰는 것을 왜채(倭債)라고 하고, 이 젊은 친구는 왜채를 쓰고서 갚지 아니하고, 몸을 피해 다니다가 붙잡힌 사람이었다.

요시카와는 백남술이가,

"이 사람은 논이 몇 마지기가 있소."

하고 조사 보고를 하면, 서슴지 아니하고 왜채를 주곤 한다. 이자도 항용 체계나 장변보다 헐하였다.

빚을 주는 데는 무른 것 같아도, 받는 데는 무서웠다.

기한이 지나기를 기다려, 채무자를 제 집으로 데려다 감금을 하고, 사형(私刑)으로써 빚 채근을 하였다.

부형이나 처자가 돈을 가지고 와서 빚을 갚는 날까지 감금과 사형을 늦추지 아니하였다.

논문서를 가지고 오는 자리는 '우대'를 하였다. 이자를 탕감하고 본전만 쳐서, 논으로 받는 것이었다. 논이 있는 사람은, 돈을 두어 두고도, 즐기어 논으로 갚고 하였다.

한덕문은 다시 끌려가고 있는 죄수의 뒷모양을 우두커니 바라다보면서,

'제엔장, 양반 호랑이도 지질한데, 우환 중에 왜놈 호랑이까지 들어와서 이 등쌀이니, 갈수록 죽어나는 건 만만한 백성뿐이로구나.'

'쯧, 번연히 알면서 왜채를 쓰는 사람이 잘못이지, 누구를 원망허나.'

'참새가 방앗간을 거저 지날까. 이왕 외상술이라도 한 잔 먹고 일어설까, 어떡할까?'

이런 생각을 하고 앉았는 차에, 생각잖이 외가 편으로 아저씨뻘 되는 윤 첨지가,

퍼뜩 거기에 당도하였다. 윤 첨지는 황등장터에서 제 논 석지기나 지니고 간신히 사는 농민이었다.

아저씨 웬일이시냐고, 조카 잘 있었더냐고, 항용 하는 인사가 끝난 후에 이 동네 사는 요시카와라는 일인이 값을 후히 내고 땅을 사들인다는 소문이 있으니 적실하냐고 아까 한덕문이 전주집더러 묻던 말을, 윤 첨지가 한덕문에게 물었다.

그렇단다는 한덕문의 대답에, 윤 첨지는 이윽고 생각을 하고 있더니 혼잣말같이,

"그럼 나두 이왕 궐(厥)한테나 팔아야 하겠군."

하다가 한덕문더러,

"황등이까지 가서두 살까? 예서 이십 리나 되는데."

하고 묻는다.

"글쎄요……건데 논은 어째 파실영으루?"

"허. 그거 온 참……저어 공주 한밭〔大田〕서 문안 목포(木浦)루 철로(鐵路)가 새루 나는데, 그것이 계룡산(鷄龍山) 앞을 지나 연산(蓮山) 팥거리〔豆溪〕루 해서 논메〔論山〕 강경(江景)으루 나와가지구 황등장터를 지나게 된다네그려."

"그런데요?"

"그런데 철로가 난다치면 그 십 리 안짝은 논을 죄 버리게 된다는 거야."

"어째서요?"

"차가 댕기는 바람에 땅이 울려 가지구 모를 심어두 뿌릴 제대루 잡지 못하구 해서, 벼가 자라질 못한다네그려!"

"무슨 그럴 리가……."

"건 조카가 속을 몰라 하는 소리지, 속을 몰라 하는 소린 것이, 나두 작년 정월에 공주 한밭엘 갔다, 그놈 차가 철로 위루 달리는 걸 구경했지만, 아 그 쇳덩이루 만든 집채더미 같은 시꺼먼 수레가 찻길 위루 벼락같이 달리는데, 땅바닥이 사뭇 움죽움

죽하더라니깐! 여승 지동(地震)이야……그러니 땅이 그렇게 지동하듯 사철들이 울리니, 근처 논에 모가 뿌리를 잡을 것이며 자라기를 할 것인가?"

"……."

듣고 보니 미상불 근사한 말이었다.

"몰랐으면이어니와, 알구두 그대루 있겠던가? 그래 좀 덜 받더래두 팔아넘길 영으루 하구 있는데, 소문을 들으니 요시카와라는 손이 요새 값을 시세보다 갑절씩이나 내구 논을 산다데나그려. 정녕 그렇다면 철로 조간이 아니라두 팔아 가지구 딴 데루 가서 판 논 갑절되는 논을 장만함직두 한 노릇인데, 항차……."

"철로가 그렇게 난다는 건 아주 적실한가요?"

"말끔 다 측량을 하구, 말뚝을 박아놓구 한 걸…… 황등장터 그 일판은 그래, 논들을 못 팔아 난리가 났다니까."

일인 요시카와에게 일곱 마지기 논을, 일백 마흔 냥에 판 것과 그중 쉰 냥은 빚을 갚은 것, 이것까지는 한덕문의 예상대로 되었다.

그러나 나머지 아흔 냥으로 판 논 일곱 마지기보다 토리가 못하지 아니한 논으로 두 마지기 더한 아홉 마지기를 삼으로써 빚 쉰 냥은 공으로 갚고, 그러고도 논이 두 마지기가 붙게 된다던 것은 완전히 허사가 되고 말았다.

아무도 한덕문에게 상답 한 마지기를 열 냥씩에 팔려는 사람은 없었다. 이왕 일인 요시카와에게 팔면 그 갑절 스무 냥씩을 받는 고로 말이었다.

필경 돈 아흔 냥은 한덕문의 수중에서 한 반년 동안 구르는 동안 스실사실 다 없어지고 말았다.

이리하여 한덕문은 논 일곱 마지기로 겨우 빚 쉰 냥을 갚고는, 아무 것도 남은 것이 없어 손 싹싹 털고 나선 셈이었다.

친구가 있어 한덕문을 책하면서 물었다.

"어떡허자구 논을 판단 말인가?"

"인제 두구 보게나."

"무얼 두구 보아?"

"일인들이 다 쫓겨가면, 그 땅 도로 내 것 되지, 갈 데 있던가?"

"쫓겨갈 놈이 논을 사겠나?"

"저이 놈들이 천지 운수를 안다든가?"

"자네는 아나?"

"두구 보래두 그래."

한덕문은 혼자 속으로는 아뿔사, 논이라야 단지 그것뿐인 것을 팔고서 이제는 송곳 꽂을 땅도 없으니 이 노릇을 어찌한단 말이냐고, 심히 후회하여 마지 아니하였다.

그러면서도 남더러는 그렇게 배포 있는 장담을 탕탕 하였다.

한덕문은 장차에 일인들이 쫓기어 가리라는 것을 확언할 아무런 근거도 가진 것이 없었다. 따라서 자신도 없었다. 오직 그는 논을 판 명예롭지 못함과 어리석음을 싸기 위하여 그런 희떠운 소리를 한 것일 따름이었다.

한덕문이, 일인들이 다 쫓기어가면, 그 논이 도로 제 것이 될 터이라서 논을 팔았다고 한다더라, 이 소문이 한 입 두 입 퍼지자 듣는 사람마다 그의 희떠움을 혹은 실없음을 웃었다.

하는 양을 보느라고 우정,

"자네 논 팔았다면서?"

한다치면,

"팔았지."

"어째서?"

"돈이 좀 아쉬워서."

"돈이 아쉽다구 논을 팔구서 어떡허자구?"

"일인들이 다 쫓겨가면 그 논 도루 내 것 되지 갈 데 있나."

"일인들이 쫓겨간다든가?"

"그럼 백 년 살까?"

또 누구는 수작을 바꾸어,

"일인들이 쫓겨간다지?"

한다치면,

"그럼!"

"언제쯤 쫓겨가는구?"

"건 쫓겨가는 때 보아야 알지."

"에구 요 맹추야. 요 허풍선이야. 우리 나라 상감님을 쫓아내구 저희가 왕 노릇을 하는데 쫓겨가?"

"자넨 그럼 일인들이 안 쫓겨가구, 영영 그대루 있으면 좋을 건 무언가?"

"좋기루 할 말이야 일러 무얼 하겠나만, 우리 좋을 대루 세상 일이 돼 준다던 가?"

"그래두 인제 내 말을 이를 때가 오느니."

"괜히 논 팔구선 할말 없거들랑 국으루 잠자코 가만히나 있어요."

"체에, 내 논 내가 팔아먹는데, 죄 될 일 있나?"

"걸 누가 죄라니?"

"요시카와한테 논 팔아먹은 놈이 한덕문이 하나뿐인감?"

"누가 논 판 걸 나무래? 희떤 장담을 하니깐 그러는 거지."

"희떤 장담인지 아닌지 두구 보잔 말야."

이로부터 한덕문은 그 말로 인하여 마을과 인근에서 아주 호가 났고, 어느 겨를

인지 그것이 한 속담까지 되었다.

가령 어떤 엉뚱한 계획을 세운다든지 허랑한 일을 시작하여 놓고서는, 천연스럽게 성공을 자신한다든지, 결과를 기다린다든지 하는 사람이 있을라치면,

"흥, 한덕문이 요시카와에게다 논 팔아먹던 대 났구나."

하고 비웃곤 하는 것이었다.

그후, 그 속담은 삼십오 년을 두고 전하여 내려왔다. 전하여 내려올 뿐만이 아니었다. 일본 제국주의의 조선에 있어서의 지반이 해가 갈수록 완구한 것이 되어감에 따라, 더욱이 만주사변 때부터 시작하여 중일전쟁을 거쳐, 태평양전쟁으로 일이 거창하게 벌어진 결과, 전쟁 수단으로써 조선의 가치는 안으로 밖으로, 적극적으로 소극적으로 나날이 더 커감을 쫓아, 일본이 조선에다 박은 뿌리는 더욱 깊이 뻗어 들어가고, 가지와 잎은 더욱 무성하여서, 일본이 조선으로부터 물러간다는 것은 독립과 한 가지로, 나날이 더 잠꼬대 같은 생각인 것처럼 되어버려감에 따라, 그래서 한덕문의 장담하던 '일인들이 다 쫓겨가면……' 이 말이, 해가 가고 날이 갈수록, 속절없이 무색하여 감에 따라, 그와 반비례하여 그 말의 속담으로서의 가치와 효과만이 멸하지 않고 찬란히 빛을 내었다.

바로 팔월 십사일까지도 그러하였다. 팔월 십사일까지도,

'흥, 한덕문이 요시카와한테 논 팔아먹던 대 났구나.'

는 당당히 행세를 하였었다.

그랬던 것이, 팔월 십오일에, 일본이 항복을 하고, 조선은 독립(실상은 우선 해방)이 되고 하였다. 그러고 며칠 아니하여 '일인들이 토지와, 그밖의 온갖 재산을 죄다 그대로 내어놓고 보따리 하나에 몸만 쫓기어가게 되었다' 는 데까지 이르렀다.

한 생원의,

'일인들이 다 쫓겨가면……'

은 이리하여 부득불 빛이 환하여지고, 반대로,

'한덕문이 요시카와한테 논 팔아먹던 대 났구나.'

는 그만 얼굴이 벌개서 납작하고 말 수밖에 없었다.

"여보슈 송 생원?"

한 생원이 허연 텁석부리에 묻힌 쪼글쪼글한 얼굴이 위아래 다섯 개밖에 안 남은 누런 이빨과 함께 흐물흐물 자꾸만 웃어지는 웃음을 언제까지고 거두지 못하면서, 그러나 별안간 송 생원의 팔을 잡아 흔들면서 아주 긴하게,

"우리 독립 만세 한 번 부르실까?"

"남 다아 부르구난 댐에, 건 불러 무얼 허우?"

송 생원은 한 생원과 달라, 요시카와한테 팔아먹은 논도 없으려니와, 따라서 일인들이 쫓기어 가더라도 도로 찾을 논도 없었다.

"송 생원, 접때 마을에서 만세를 부를 때, 나가 부르셨던가?"

"난 그날, 허리가 아파 꼼짝 못하구 누웠었는걸."

"나두 그날 고만 못 불렀어."

"아따 못 불렀으면 못 불렀지, 늙은 것들이 만세 좀 아니 불렀기루 귀양살이 보내겠수?"

"난 그래두 좀 섭섭해 그랬지요. ……그럼 송 생원, 우리 술 한 잔 자실까?"

"술이나 한 잔 사 주신다면."

"주막으루 나갑시다."

두 늙은이가 지팡이를 짚고 마을에 단 한 집밖에 없는 주막으로 나갔다.

"에구머니, 독립두 되구 볼 거야. 영감님들이 술을 다 자시러 오시구."

이십 년이나 여기서 주막을 하노라고, 이제는 중늙은이가 된 주모 판쇠네가, 손

님을 환영이라기보다 다뿍 걱정스러워한다.

"미리서 외상인 줄이나 알구, 술 좀 주게나."

한 생원이 그러면서 술청으로 들어가 앉는 것을, 송 생원도 따라 들어가 앉으면서 주모더러,

"외상 두둑히 드리게, 수가 나섰다네."

"독립되는 운덤에 어느 고을 원님이나 한 자리 해 가시는감?"

"원님을 걸 누가 성가시게, 흐흐……."

한 생원은 그러자 다시,

"거, 안주가 무어 좀 있나?"

"안주두 벤벤찮구 술두 막걸린 없구 소주뿐인 걸, 노인네들이 소주 잡숫구 어떡허시게."

"아따 오줌은 우리가 아니 싸리."

젊었을 적에는 동이술도 사양치 아니하던 영감들이었다. 그러나 둘이 다 내일 모레가 칠십. 더구나 자주자주는 술을 입에 대지 않던 차에, 싱겁다고는 하지만 소주를 칠팔 잔씩이나 하였으니, 과음일 수밖에 없었다.

송 생원은 그대로 술청에 쓰러져 과연 소변을 지리기까지 하였다.

한 생원은 송 생원보다 아직 기운이 조금은 좋은 덕에, 정신을 놓거나 몸을 가누지 못할 지경은 아니었다.

"우리 논을 좀 보러 가야지, 우리 논을. 서른다섯 해 만에 우리 논을 보러 간단 말야, 흐흐흐."

비틀거리면서 한 생원은 술청으로부터 나온다.

주모 판쇠네가 성화가 나서,

"방으로 들어가 누셨다 술 깨신 댐에 가세요. 노인네들 술 드렸다구, 날 또 욕허

게 됐구먼."

"논 보러 가, 논. 요시카와에게다 판 우리 논. 흐흐흐. 서른다섯 해 만에 도루 찾은 우리 일곱 마지기 논, 흐흐흐."

"글쎄 논은 이 댐에 보러 가시면 어디루 가요?"

"날 희떤 소리 한다구들 웃었지. 미친놈이라구 웃었지, 들, 흐흐흐. 서른다섯 해 만에 내 말이 들어맞을 줄을 누가 알았어? 흐흐흐."

말은 꼬부라진 소리로, 몸은 위태로이 비틀거리면서, 한 생원은 지팡이를 휘젓고 밖으로 나간다. 나가다 동네 젊은 사람과 마주쳤다.

"아, 한 생원 웬일이세요?"

"논 보러 간다, 논. 흐흐흐. 너두 이 녀석, 한덕문이 요시카와한테 논 팔아먹던 대 낮구나, 그런 소리 더러 했었지? 인제두 그런 소리가 나오까?"

"취하셨군요."

"나, 외상술 먹었지. 논 찾았으니깐 또 팔아서 술값 갚으면 고만이지. 그럼 한 서른다섯 해 만에 또 내 것 되겠지, 흐흐흐. 그렇지만 인전 안 팔지, 안 팔아. 우리 용길이놈 물려줘야지. 우리 용길이놈."

"참 용길이 요새 있죠?"

"있지. 요시카와한테 팔아먹었을까?"

"저어, 읍내 사는 영남이가 산판(山坂) 하날 사서, 벌목(伐木)을 하는데, 이 동리 사람들더러 와 나무 비어 주구, 그 대신 우죽〔枝葉〕 가져가라구 하니, 용길이두 며칠 보내서 땔나무나 좀 장만하시죠."

"걸 누가……논을 도루 찾았는데."

"논만 찾으면 땔나문 없어두 사시나요?"

"논두 없어두 서른다섯 해나 살지 않었느냐?"

"허허 참. 그러지 마시구 며칠 보내세요. 어서 다 비어 버려야 할 텐데, 도무지 사람을 못 구해 그러니, 절더러 부디 그럭허두룩 서둘러 달라구 영남이가 여간만 부탁을 해싸야죠. 아, 바루 동네서 가찹겠다, 져 나르기 수월허구……요 위 가재골 있는 요시카와 농장 멧갓이래요."

"무어?"

한 생원은 별안간 정신이 번쩍 나면서 대어든다.

"가재골 있는 요시카와 농장 멧갓이라구?"

"네."

"네라니? 그 멧갓이……가만있자. 아아니, 그 멧갓이 뉘 멧갓이길래?"

"요시카와 농장 멧갓 아네요? 걸, 영남이가 일인들이 이번에 거덜이 나는 바람에 농장 산림 감독하던 강 서방한테 샀대요."

"하, 이런 도적놈들. 이런 천하 불한당놈들. 그래, 지금두 벌목을 하구 있더냐?"

"오늘버틈 시작했다나 봐요."

"하, 이런 천하 날불한당놈들이."

한 생원은 천방지축으로 가재골을 향하여 비틀걸음을 친다.

솔은 잘 자라지 않고, 개간하여 밭을 만들자 하니 힘이 부치고 하여, 이름만 멧갓이지 있으나마나 한 멧갓 한 자리가 있었다. 한 삼천 평 될까 말까, 그다지 크지도 못한 것이었다.

이 멧갓을 한 생원은 요시카와에게다 논을 팔던 이듬핸지 그 이듬핸지, 돈이 아쉽고 한 판에 또한 어수룩히 비싼 값으로 팔아넘겼었다.

요시카와는 그 멧갓에다 낙엽송을 심어, 삼십여 년이 지난 지금와서는 아주 한다는 산림이 되었다.

늙은이의 총기요, 논을 도로 찾게 되었다는 것에만 정신이 팔려, 깜빡 멧갓 생각은 미처 아직 못 하였던 모양이었다.

마침 전신주 감의 쭉쭉 곧은 낙엽송이 총총 들어섰다. 베기에 아까워 보이는 나무였다.

한 서넛이 나가 한편에서부터 깡그리 베어 눕히고, 일변 우죽을 치고 한다.

"이놈, 이 불한당놈들. 이 멧갓 벌목한다는 놈이 어떤 놈이냐?"

비틀거리면서 고함을 치고 쫓아오던 한 생원을, 사람들은 영문을 몰라 일하던 손을 멈추고 뻔히 바라다보고 섰다.

"이놈, 너로구나?"

한 생원은 영남이라는 읍내 사람 벌목 주인 앞으로 달려들면서, 한 대 갈길 듯 지팡이를 둘러멘다.

명색이 읍사람이라서, 촌 농투성이에게 무단히 해거(駭擧)를 당하면서 공수(拱手)하거나 늙은이 대접을 하려고는 않는다.

"아니, 이 늙은이가 환장을 했나? 왜 그러는 거야, 왜?"

"이놈, 네가 왜 이 멧갓을 손을 대느냐?"

"무슨 상관여?"

"어째 이놈아, 상관이 없느냐?"

"뉘 멧갓이길래?"

"내 멧갓이다. 한덕문이 멧갓이다. 이놈아."

"허허, 내 별꼴 다 보네. 괜시리 술잔 든질렀거들랑 고이 삭히진 아녀구서, 나이깨나 먹은 것이, 왜 남 일하는데 와서 행악야 행악이. 늙은인 다리뼈다귀 부러지지 말란 법 있나?"

"오냐 이놈, 날 죽여라. 너구 나구 죽자."

"대체 내력을 말을 해요. 무엇 때문에 이 야룬지, 내력을 말을 해요."

"이 멧갓이 그새까진 요시카와 것이라두, 조선이 독립됐으니깐 인전 내 것이단 말야, 이놈아."

"조선이 독립이 됐는데, 어째 요시카와 멧갓이 한덕문이 것이 되는구?"

"요시카와, 일인들은 땅을 죄다 내놓구 간깐, 그 전 임자가 도루 차지하는 게 옳지, 무슨 말이냐?"

"오, 이녁이 이 멧갓을 전에 요시카와한테다 팔았다?"

"그래서."

"그랬으니깐, 일인들이 땅을 다 내놓구 가니깐, 이녁은 팔았던 땅을 공짜루 도루 차지하겠다?"

"그래서."

"그 개 뭣 같은 소리 인전 엔간치 해두구, 어서 없어져 버려요. 난 뻐젓이 요시카와 농장 산림 관리인 강태식이한테 시퍼런 돈 이천 원 주구서, 계약서 받구 샀어요. 강태식인 요시카와가 해준 위임장 가지구 팔구. 돈 내구 산 사람이 임자지, 저 옛날 돈 받구 팔아먹은 사람이 임잘까?"

8·15 직후 낡은 법이 없어지고 새로운 영이 서기 전, 혼란한 틈을 타서 잇속에 눈이 밝은 무리들이 일본인 농장이나 회사의 관리자들과 부동이 되어가지고, 일인의 재산을 부당 처분하여 배를 불린 일이 허다하였다. 이 산판 사건도 그런 것의 하나였다.

그 뒤 훨씬 지나서.

일인의 재산을 조선 사람에게 판다, 이런 소문이 들렸다.

사실이라고 한다면 한 생원은, 그 논 일곱 마지기를 돈을 내고 사지 않고서는 도로 차지할 수가 없을 판이었다. 물론 한 생원에게는 그런 재력이 없거니와 도대체 전의 임자가 있는데, 그것을 아무에게나 판다는 것이 한 생원으로 보기에는 불합리한 처사였다.

한 생원은 분이 나서 두 주먹을 쥐고 구장에게로 쫓아갔다.

"그래 일인들이 죄다 내놓구 가는 것을, 백성더러 돈을 내구 사라구 마련을 했다면서?"

"아직 자세힌 모르겠어두, 아마 그렇게 되기가 쉬우리라고들 하더군요."

해방 후에 새로 난 구장의 대답이었다.

"그런 놈의 법이 어딨단 말인가? 그래, 누가 그렇게 마련을 했는가?"

"나라에서 그랬을 테죠."

"나라?"

"우리 조선 나라요."

"나라가 다 무어 말라 비틀어진 거야? 나라 명색이 내게 무얼 해준 게 있길래, 이번엔 일인이 내놓구 가는 내 땅을 저이가 팔아먹으려구 들어? 그게 나라야?"

"일인의 재산이 우리 조선 나라 재산이 되는 거야 당연한 일이죠."

"당연?"

"그렇죠."

"흥, 가만둬 두면 저절루 백성의 것이 될 걸, 나라 명색은 가만히 앉었다 어디서 툭 튀어나와 가지구, 걸 뺏어서 팔아먹어? 그 따위 행사가 어딨다든가?"

"한 생원은 그 논이랑 멧갓이랑 요시카와한테 돈을 받구 파셨으니깐 임자로 말하면 요시카와지 한 생원인가요?"

"암만 팔았어두, 요시카와가 내놓구 쫓겨갔은깐, 도루 내 것이 돼야 옳지, 무슨 말야. 걸, 무슨 탁에 나라가 뺏을 영으루 들어?"

"한 생원한테 뺏는 게 아니라, 요시카와한테 뺏는 거랍니다."

"흥, 둘러다 대긴 잘들 허이. 공동묘지 가 보게나, 핑계 없는 무덤 있던가? 저어, 병신년에 원놈〔郡守〕 김가가 우리 논 열두 마지기 뺏을 제두 핑곈 다 있었더라네."

"좌우간, 아직 그렇게 지레 염렬 하실 게 아니라, 기대리구 있노라면 나라에서 억울치 않두룩 처단을 하겠죠."

"일없네. 난 오늘버틈 도루 나라 없는 백성이네. 제길, 삼십육 년두 나라 없이 살아왔을려드냐. 아니 글쎄, 나라가 있으면 백성한테 무얼 좀 고마운 노릇을 해주어야 백성두 나라를 믿구, 나라에다 마음을 붙이구 살지. 독립이 됐다면서 고작 그래, 백성이 차지할 땅 뺏어서 팔아먹는 게 나라 명색이야?"

그러고는 털고 일어서면서 혼잣말로,

"독립됐다구 했을 제, 내 만세 안 부르기 잘했지."

1946년

"얘얘, 나 한마디 하마."

"얘얘 얘, 기억(記憶)이보구 한마디 하래라. 아까부터 하겠다구 그러던데……."

"기억이 성내겠다. 자아, 한마디 해 보게."

한참 소리를 하는데 이런 말이 나와 일하던 손들이 쥐었던 벼포기를 놓았고, 모든 눈이 기억의 얼굴로 모였다.

목청이 남보다 곱지 못하다고 해서 한 차례도 소리를 시키지 않는 것이 화가 났던지 기억이는 권하는 기회를 놓치지 않고, 있는 목소리를 다 빼어 소리를 시작했다.

온갖 물은 흘러나려두
오장 썩은 물 솟아만 오른다.

같은 논에서 일하던 사람들은 기억의 미나리곡에 합세하여 다시 노래를 주고받고 하였다.

깔기죽 깔기죽 깔보디 말구
속을 두르러 말해 주렴.

소리를 하면 흥겨워져서 모르는 사이에 일이 빨리 되어감에 일터에서는 웃는 소리가 아니면 노래가 그치지 않는다.

모시나 전대에 베 전대에

전에나 전대루 놀아나 보자.

성두(成斗)의 논에서 일하던 사람들은 누구 하나 빼놓은 사람 없이 단 한 번씩이라도 목청을 뽑고 소리를 불렀다.

물소리를 출렁출렁 내며 한 움큼씩 쥔 볏모를 몇 뿌리씩 떼어 꽂는 그들은 서로 뒤떨어지지 않으려고 입으로 소리를 하면서도 손을 재빠르게 놀렸다.

그러나 열네 살밖에 안 되는 성두의 동생은 가뜩이나 뒤떨어지는 솜씨에 소리를 한마디 하고 나면 한 발씩 뒤떨어졌다.

"애애, 너는 소린 그만두고 모나 잘 꽂아라. 잘못하면 너 때문에 일을 못 맞출라."

성두가 그의 동생 몫을 꽂아주며 하는 말이다.

"애들아, 이번에는 수심가나 한마디 하자꾸나아. 아마 수심가는 성두가 가장 나을걸?"

다 같이 젊은 사람들만 모여 일하는 곳이라 그런지 어떤 이가 이렇게 따라 말했다.

"아암, 수심가는 성두지……."

"나야 받기나 하지……누가 먼저 꺼내 봐."

"공연히 그러지 말고 빨리 해."

성두는 처음엔 사양하려 했으나 두 번 권하는 데는 대짜 소리를 꺼냈다.

그럴 때 마침 옆엣 논에서 자동차 온다는 고함 소리가 들려 왔다. 그 논에서 일하는 이들이 굽혔던 허리를 펴고 달려오는 자동차를 보고 있었다.

"저 차에 길서(吉徐)가 온대지."

"그러더군……."

이런 말이 나자, 성두 동생은 논에서 밭을 건너 신작로로 뛰어갔다. 옆엣 논에서도 몇 사람이 자동차가 머무르는 큰 돌이 놓여 있는 길가에 모여 서서 수군거렸다.

“팔자 좋다. 어떤 놈은 땀 흘리며 종일 일만 하는데 어떤 놈은 자동차만 슬슬 굴리누나.”

기억이가 자동차 온다는 말에 길서를 생각하며 말했다. 그러면서도 길서가 부러운 듯 자동차에서 눈을 떼지 않았다.

자동차는 여름 먼지를 뽀얗게 휘날리면서 동네 앞까지 왔으나 기다리던 사람들 앞에서 머물지를 않고 그냥 달아나 버렸다. 동네 서쪽 조그만 산을 돌아 가물가물 사라질 때까지 모여 섰던 사람들은 다시 수군거리며 제각기 일터로 돌아갔다. 성두 동생이 돌아왔을 때 일꾼들은 남의 일이 아니면 자기들도 신작로까지 나가 보고야 말았으리라고 수군거리며 다시 모를 꽂기 시작했다.

“오늘 온댔으니 꼭 올 텐데…….”

성두가 왼손에 쥔 못단에서 몇 포기를 떼며 말했다.

“글쎄……꼭 올 텐데……요새 모를 못 내면 금년에는 상을 못 탈 거 아냐.”

기울어지는 햇살을 쳐다보며 진도 애비가 말했다.

“너 원통할 게 뭐 있니? 길서가 상을 탄대두 너는 ‘마꼬(담배이름)’ 한 개 못 얻어 먹어……이 자식아…….”

기억이가 툭 쏘았다.

“그래두 온다구 한 날에는 올 텐데…….”

은근히 기다렸는지 성두가 다시 말했다.

길서는 그 마을에서 가장 칭찬을 받는 사람이다. 물론 사촌 형뻘이 되면서도 기억이 같은 몇 사람은 길서를 시기하고 속으로는 미워까지 했으나, 동네 전체로 보아 보통학교 졸업을 혼자 했고, 군청과 면사무소에 혼자서 출입하고, 공부를 많이 한 사람에게도 지지 않을 만큼 동네 사람들을 가르치며 지도했다. 나이 젊은 사람으로 일을 부지런히 해서 돈도 해마다 벌며, 저축을 하여 마을의 진흥회니 조기회니, 회마다 회장을 도맡고 있는 관계로 무식하고 착한 농부들은 길서를 잘난 위인이라고 생각하지 않을 수가 없었다. 더욱이 서울서 열리는 농사 강습회에 군에서 보내는 세 사람 중 한 사람으로, 한 주일 전에 떠난 뒤 길서를 칭찬하는 소리는 더 커갔다.

평양 구경도 못한 마을 사람들이 서울까지 가서 별난 구경을 다 하고 돌아올 그에게서 서울 이야기를 들을 생각을 하니 그의 돌아옴이 기다려지는 것도 할 수 없는 일이었다.

점심을 먹은 뒤, 한 번도 쉬지 못하고 성두의 논에서 일하던 사람들은 논두렁으로 올라가 담배를 피우기로 했다. 다른 동네에서는 점심 뒤 한 번 쉬는 참에는 샛밥을 먹는 것이었으나 이들은 몇 해 전부터 그런 것을 잊어버렸다. 그래서 밥은 못 먹어도 그저 몸이나 쉬는 것이었다.

길서네만 내놓고는 전부가 소작으로 사는 그들이 여름철에는 보리밥도 마음대로 먹을 수가 없는 터에 샛밥쯤은 물론 생각도 못했다.

"나두 돈이 있으면 죽기 전에 서울 구경이나 한 번 해봤으면 좋겠다."

진도 애비가 드러누워 맥고모자로 얼굴을 가리며 말했다.

"나는 평양이라두 구경해 보구 죽었으문 좋갔다."

신문지 조각으로 희연을 말아 침으로 붙이던 성두가 웃었다.

"하늘에서 돈이나 좀 떨어지지 않나……?"

풀 위에 엎드려 풀을 손으로 뜯던 기억이의 말이다.

여름 하늘은 구름 한 점 없이 맑고, 곡식의 싹이 돋은 들판은 물들인 것 같이 파랗다.

"그런데 금년엔 나두 길서네처럼 금비를 사다가 한 번 논에 뿌려 봤으면……. 길서는 밭에다 조합 비료래나……암모니아를 친대……. 그것을 한 번 해보았으면 좋겠는데…….”

하고 성두가 말할 때, 진도 애비는 벌떡 일어나 앉았다.

“말 말게! 골메(동네 이름)서는 누가 돈을 빚내다가 그것을 했다는데 본전두 못 빼구 빚만 남었다데…….”

“그럼! 윗동네 이록이네두 녹았대더라. 설사 잘 된다 한들 우리가 많이 먹을 듯 하냐? 소작료가 올라가면 그뿐이야!”

기억이가 성난 것처럼 말했다.

“얼마 전에 지주한테 가니까 이록이 칭찬을 하며 우리가 금비 안 쓴다는 말을 하던데…….”

“글쎄 말이야……금비라는 게 또 우릴 못 살게 하는 거거든……. 그것은 어떤 놈이 만들었는지 모르지만 분명 돈 있는 놈들이 만들었을 게야. 빚 안 내고 농사를 지어두 굶을 지경인데 빚까지 내래니 살 수가 있나?”

기억이가 큰소리를 할 때, 진도 애비는 무엇을 생각하고 있다가 말을 꺼냈다.

“길서야 돈 있고 제 땅이 있으니 무슨 짓인들 못하리……. 또 변〔利子〕 없이 얼마든지 보통학교에서 돈을 갖다 쓸 수가 있으니까…….”

“나두 보통학교나 다녔으면 모범경작생이나 되어 돈을 가져다 그런 것을 한 번 해보았으문 좋을 텐데, 보통학교 물도 못 먹었으니…….”

성두가 절반이 거의 꽂힌 모를 둘러보며 말했다.

그들은 이런 의미에서도 길서를 부러워했다. 물론 제 땅이 얼마만큼은 있어야 모범경작생이 될 것이나, 보통학교도 다니지 못한 형편에 그런 꿈은 꿀 수도 없고 따라서 길서처럼 서울 구경을 공짜로 할 생각을 못해 보는 것이 억울했다.

“내일은 우리 조밭 세 벌 김매러들 오게.”

기억이가 일어서서 기지개를 켜며 말했다.

"나는 내일 장에 가서 돼지 금새를 보구 와야잤네. 그것을 팔아다 지세도 바치고 오월 단오에 의숙이 댕기두 한 감 끊어다 줘야지."

성두가 이 말을 하고 일어나자 앉았던 사람들도 논으로 다시 내려갔다.

성두는 말없이 모를 꽂고 있었으나 모 이파리에서 곧 벼알이 열리어 익어주었으면 하고 생각해 보았다. 일 년에 벼를 두 번만이라도 거둘 수 있다면 돼지는 안 팔아도 좋을 것이라 생각되었던 까닭이다.

기나긴 해가 기울기 시작하자 어느새 쑥 내려갔다. 서산에 넘어가려는 붉은 해를 돌아보고 기억이가 타령조로 소리를 높이었다.

"어서 꽂구 저녁 먹자……."

다른 사람들도 이 소리를 따라 마지막 춤을 추는 무당처럼 소리를 치며 모를 꽂았다.

어둠이 들을 휩싸고 돌 때 물오리들이 소리치며 떼를 지어 날아갔다.

성두의 논에서 큰 갯둑을 넘어 김매러 갔던 그의 손아래 누이 의숙이가 국수집 딸 얌전이와 같이 모 꽂는 논두렁을 지나갔다.

"의숙아! 빨리 가서 저녁 지어라. 원, 이제야 가니?"

성두가 의숙을 보며 말했다.

"응……."

하며, 외숙이가 고개를 돌리었을 때 기억이가 말을 붙이었다.

"길서가 안 와서 맥이 풀리겠구나……."

그리고는 다시 얌전이에게 말을 했다.

"오늘 저녁 너희 집에 갈까?"

의숙이와 얌전이는 꼭 같이 눈을 떨구고 길을 걸었으나 의숙이만은 얼굴을 붉히었다.

갯둑에 가리어 자동차를 못 보았으나 그래도 동네에 들어가면 길에서라도 길서가 자기를 불러줄 것을 은근히 생각하던 의숙이었다.

먼지 묻은 적삼이 등골에 흐른 땀에 뻘개졌고, 장흙을 뭉갠 듯한 치마가 걸을 때마다 너풀거렸다.

"얘, 길서가 안 왔대지……?"

얌전이가 말을 꺼냈다.

"글쎄, 누가 아니……."

"공연히 그러지 마라……. 눈물이 나오면 울어. 이런 때 울지 않구 언제 울겠니? 나 같으면 그까짓 거 막 울겠다."

이름만이 얌전이며 사실은 동네에서 제일 가는 말괄량이로 아직 시집도 가기 전에 서방질까지 했다는 처녀지만 의숙이는 그의 말이 그다지 밉지가 않았다.

하루라도 보지 못하면 가슴이 답답한 듯하여 안타까워하던 길서를 한 주일이나 보지를 못하다가 오늘에야 만나려니 했던 마음을 얌전이만이 알아주는 듯했다.

"얘, 사랑이라는 게 무어니? 함께 살지두 않으면서 사랑을 할 수 있니? 너는 그래두 기억이를……."

무슨 소리나 가릴 줄 모르는 얌전이는 하지 않아도 좋을 말을 하면서도 전에 없던 진정을 보였다.

"누군 사랑이 뭔지 아니? 그래두 너는 길서 오래비하구 사랑한대드구나……."

"몰라, 얘……."

마을은 조용했다.

어슬어슬해 가는 들에서는 낮에 먹은 더위를 식히고 마시었던 먼지를 토하는 듯 벌레들이 목청을 가다듬어 울고 있었다.

의숙이와 얌전이는 집에다가 호미를 두고 꼭 같이 우물로 나왔다. 의숙이는 바가지에 물을 떠서 한 손으로 물을 쏟아 얼굴을 씻고, 머리털에 묻은 물방울을 손으로 퉁긴 뒤에 흙에 빨개진 고무신과 발을 씻고 있었다. 마침 그때 동이를 옆에 끼고 오던 마을 여편네가 길서가 이제야 온다는 것을 알려 주었다.

"얘, 길서 오래비가 온대! 개들이 짖는 데쯤 온 모양이다."

얌전이가 마치 길서를 만나보기나 한 것처럼 들먹거리었다.

소리가 커지며 또 가까워 올수록 의숙이의 마음은 들먹거리었다.

고무신도 마저 씻지 못하고 물동이를 이고 집으로 돌아갈 때 의숙은 혹시 길에서라도 만나지 않을까 하여 가슴을 더 졸이었다. 집에 가서 아무 정신없이 돼지죽을 바가지에 담아가지고 돼지우리로 나갈 때는 설마 길서가 자기 옆에 와 있으려니 했으나, 꿀꿀거리는 돼지에게 죽을 쏟아주고 돌아설 때까지 길서가 자기를 만나러 오지 않음이 원망스러웠다.

그러나 대문으로 들어가려 할 때 귀에 익은 기침 소리가 의숙의 발을 멈추게 했다. 역시 길서의 기침 소리가 틀림없었다.

의숙이는 작년 여름, 설레이는 가슴으로 길서를 대하게 된 뒤부터 동네에서도 거의 알게쯤 사이가 친했건만 아직까지 어른들에게는 눈을 숨기고 있는 사이라 마당 옆 낟가리 밑에 숨어 길서를 만났다.

"잘 있었니?"

"네……."

"자동차를 타구 올래다가 몇 시간 걸으면 칠십오 전이나 굳는 걸 공연히 타구 오겠든……. 빨리 너를 만나구 싶기는 했지만……."

의숙이는 아무 대답도 못했다.

울렁거리는 가슴은 그저 널뛰듯 뛰었고, 고개는 들고 있을 수 없게 숙여지기만 했다.

매일같이 만날 때는 어느 틈에라도 웃어보이었고, 말을 한 마디만 해도 기쁜 생각이 솟았건만 며칠 떠났다가 만났음인지 공연히 가슴만 떨리었다.

그날 밤. 동네 사람들은 서울 이야기를 들으려고 길서네 마당으로 몰려들었다. 소 먹이러 갔던 어린애들은 밥술을 놓기 전에 뛰어와서 멍석을 차지하고 앉았다. 마당에는 빨랫줄에 남포등이 걸리어 금세 꺼질 것처럼 바람에 훌떡훌떡했다.

윷꾼에게 남포등을 내다 건 것이 길서네로서도 처음인 만큼 마을 사람들도 보통 때의 윷놀이와는 달리 말들을 적게 했다.

불빛이 희미하게 비치는 한편 옆에 앉은 부인네들도 각기 길서에게 잘 다녀왔느냐는 인사를 했다.

"오래비, 잘 다녀 왔소?"

특별히 큰 목소리로 말하는 얌전이의 인사는 웅크리고 앉았던 의숙의 고개를 더 숙이게 했다.

"그래, 서울이 얼마나 크던가?"

길서 앞에 앉았던 수염 기른 늙은이가 웃으며 물었다.

"서울에는 우리 동네 터보다 더 넓은 자리를 잡고 있는 집이 수없습니다. 총독부 같은 집에는 수만 명이 살겠던데요."

길서는 서울서 구경한 놀랄 만한 일을 하나도 빼지 않고 이야기했다.

전차는 수백 대나 되며 자동차가 수천 대나 다녀 귀가 아파서 다닐 수 없었다는 말까지 했다. 혀를 빼고 멍하니 듣던 사람들이 숨을 몰아쉬려 할 때, 그는 자리에서 일어서며 강연 조로 말을 꺼냈다.

"이제는 강습회에서 배운 것을 조금 말하겠습니다. 농사짓는 법이란 제가 보통학교 다니면서 다 배운 것이며, 지금 제가 채소밭 하는 것과 꼭 같은 것이었으니까 말할 것이 없지요. 하나 새로 배운 것이 있다면, 닭을 칠 때 서울서 '레그혼' 이라는 흰 닭을 사다 기르면 그놈이 알을 굉장히 낳는다는 것입니다. 그밖에는 배운 것이라곤 별로 없습니다."

이 말을 끝맺고 다시 말을 이을 때는 기침을 한 번 하고 목청을 올리었다.

"제가 강습회에서도 가장 많이 물은 이야기입니다마는, 우리가 먼저 깨달아야 할 것이 하나 있습니다. 그것은 다름이 아니라 지금이 가장 어렵고 무서운 시국이라는 것입니다. 까딱 잘못하다가는 죽을 죄를 짓기 쉽고 일을 아니하고 놀려고만 생각하면 농사도 못 짓게 됩니다. 불경기(不景氣), 불경기하지만 얼마 오래 갈 것이 아니며 한 고비만 넘기면 호경기(好景氣)가 온다는 것입니다. 들으니까 요사이에 감옥에 가장 많이 갇힌 죄수들은 일하기가 싫어서 남들까지 일을 못하게 한 놈들이래요. 말하자면 공산주의자라나요. 공연히 알지도 못하고 그런 놈들의 말을 들었다가는 부치던 땅까지 못 부치게 될 것이니 결국은 농군들의 손해가 아니겠소?"

듣고 있던 사람들은 길서의 얼굴만 쳐다보며 멍하니 앉아 있었다.

"또 무슨 전쟁이 일어날 것도 같습니다. 하라는 일을 아니하면 우리가 어떻게 될는지도 모르지요. 그러나 같은 값이면 마음놓고 하라는 일을 잘 하며 살아야 하겠어요. 에에, 우리는 일을 부지런히 합시다. 그러면 굶어 죽는 법이 없으니깐요. 유명하게 된 사람들은 전부 부지런했던 덕택이었다는 것을 우리는 잘 알지 않습니까!"

말을 끝내고 한참이나 서 있다가 앉을 때, 옆에 앉았던 늙은이가 이마를 긁으며 물었다.

"너, 서울 가서 그런 말도 배웠니?"

길서는 그저 웃었다. 의숙이도 재미있게 듣는 동네 사람들을 볼 때 길서가 더 훌륭한 것 같은 생각이 들었다.

"그런데 호경긴가 하는 것은 언제 온대든?"

아닌 밤중에 홍두깨 내밀 듯 기억이가 한참 동안 잔잔하던 공기를 깨뜨리고 말했

다. 대답이 궁했던 길서는 한참이나 생각하다가,

"얼마 안 있으면 온대드라……."

라고 대답했으나 어째서 불경기니 호경기니 하는 것이 생기느냐고 캐어물을 때에는 모르겠다는 솔직한 대답밖에 더 할 수가 없었다. 농민들이 나날이 못살게 되어가는 것이 불경기 때문만이냐고 묻는다면 자신 있게 그렇다고 대답했을는지 모른다.

"암만 호경기가 온다 해두 팔아먹을 것이 있어야 호경기지, 팔 거 없는 놈에게 호경기는 무슨 소용이냐, 호경기가 되면 쌀이 많이 생기기나 하나?"

이러한 기억의 말은 아무런 생각도 없이 나온 듯했으나 호경기가 쌀을 많이 가져다주는 것이 아니라는 것을 아는 그들은 길서의 말보다도 더 그럴 듯하게 생각되었다.

아무리 불경기라 해도 십 리 밖 읍내에 있는 지주 서(徐) 재당은 금년에 맏아들을 분가시키고 고래 같은 기와집을 지어주었다.

쌀값이 조금 오르면 고무신 값이 오르고, 쌀값이 떨어지면 물건 값이 떨어지는 것을 잘 아는 그들은 불경기니 호경기니 해도 그것이 그들에게는 아무 관계가 없는 것 같이 생각되었으며, 돈 있는 사람들이 불경기에 땅 팔았다는 말을 못 들었으므로 경기라는 것이 무엇인지 참으로 알 수 없었다.

그러나 그러면서도 길서가 어려운 말을 자기들보다 많이 아는 사람같이 생각하고 집으로 돌아갔다.

다음날, 서울 갈 때 입었던 누런 양복을 벗고 무명 잠방 적삼을 갈아입은 뒤, 논에 나가 모를 꽂고 들어온 길서는 컴컴한 저녁때쯤 해서 의숙의 집 모퉁이로 의숙을 만나러 갔다.

기쁨을 기쁘다고 말하지 못하던 의숙도 이날만은 자기도 모르게 웃음이 솟아오르며, 무슨 말이든 가슴이 시원하게 털어놓고 싶었다. 길서가 서울서 사 왔다고 파란 비누를 손에 쥐어 줄 때 의숙은 진정으로 뜨거운 눈초리로 길서의 손을 듬뿍 잡았다.

비누 세수라고는 평생 못해 본 의숙이 비누 세수를 하면 금시 자기의 탄 얼굴이 희어지며 예뻐질 것 같아 춤을 추고 싶게 기뻤다.

"내 다음 일본 가게 되면 더 좋은 거 사다 줄게……."

"언제 또 가세요?"

"가을에는 도에서 세 사람을 뽑아 일본 시찰을 보낸다는데 뽑히기나 할는지 모르지만……."

"뽑히겠지요. 뭐……."

자신 있는 듯이 의숙이가 말할 때 껌껌한 데서 사람 소리를 들은 강아지가 깡깡 짖으며 뛰어나왔다. 무서운 호랑이라도 본 것처럼 그들은 뒤돌아볼 새도 없이 굴뚝 뒤로 몸을 움츠렸다.

가슴속에서 뛰는 심장의 고동을 제각기 남의 가슴속에서 들었다.

"그놈의 개새끼가 사람을 놀라게 하눈……."

숨을 내쉬고 일어설 때 그들의 손은 꼭 쥐어져 있었다.

의숙이는 길서를 떠나서, 몰래 집 안으로 들어가 비누를 궤 속 깊이 넣었다가 한 번 다시 꺼내 보고는 마당으로 나와 어머니와 오빠, 동생이 앉아 있는 멍석으로 갔다. 그러나 길서의 품에 안겼던 생각만이 가슴에서 떠나질 않았다.

"그래 사 원 팔십 전을 받고 팔았단 말인가?"

그의 어머니가 성두에게 하는 말이었다.

"그럼 어떡헙니까? 그거라두 팔아서 용돈을 써야지요. 우선 지세두 밀리구, 아직 보리 벨 때까지 먹을 보리두 사야 하지 않어요. 또 단오 명절두 가까워 오는데 돈 쓸 데가 없어서 그러십니까?"

"아아니. 그런 줄은 알지만 큰돈을 만들려구 했던 돼지를 너무 일찍 팔았단 말이다."

"누구는 모르나요? 여름에는 풀을 깎아다 주기만 하면 거름을 잘 만들고, 먹을 것도 겨울보다 흔해서 기르기도 쉽구……그러다가 가을철에 들어 팔면 큰돈 될 것두 알기는 하지만 어떻게 합니까?"

성두의 얼굴은 푸르락푸르락했다.

"오빠! 오빠의 잔치는 어떻게 합니까? 돼지를 팔구……."

의숙이가 옆에 앉았다가 눈을 흘기는 것 같으면서도 웃는 얼굴로 말을 했다.

"글쎄 말이다. 내 말이 그 말이 아니니가?"

어머니는 차마 꺼내지 못했던 말이 나와서 시원한 듯했다.

길서는 새벽에 일어나 감자밭에 나가 벌레를 잡고 뽕나무 묘목 밭을 한 번 돌아보고는 서울 갈 때 입었던 누런 양복을 입고 읍내로 들어갔다.

먼저 보통학교 교장에게 가서 제 손으로 만든 빗자루 다섯 개를 쓰라고 주고 모를 다 냈으니 비료를 사야겠다고 이십오 원을 빌려 가지고는 뽕나무 묘목에 대한 이야기를 하려고 면사무소로 들어갔다.

"리 상, 잘 왔소. 한턱 내야지, 오늘은 리 상의 점심을 얻어먹어야겠군……."

세금 못 낸 사람을 잘 치기로 유명한 뚱뚱한 서기가 들어서자마자 말을 했다.

"한턱은 점심때 내기루 하구, 묘목은 언제 가져갑니까? 퍽 자랐는데……이번에는 돈을 좀 실하게 받아야겠는데요."

"한턱만 내면야 잘 팔아주지……. 내게만 곱게 보이란 말이야. 값을 정해서 갖다 맡기면 그만이니까. 누가 감히 무슨 소리를 하겠나?"

면서기가 농담 비슷하게 웃었으나 허리를 구부리고 복종하는 농부들은 절대로 마음대로 할 자신이 있다는 듯한 호걸 웃음을 웃었다.

"일본으루 보내는 사람을 뽑을 때두 면장을 시켜서 잘 말하도록 할 테니 그저 한

턱만 내요."

"그것은 염려 마십시오. 술 한 병이면 녹초가 될 걸……. 그러면서두 얼마나 먹는 듯이……하하하……."

길서는 진정으로 한턱 내고 싶기도 했다. 묘목만 잘 팔아주면 예상 외의 돈이 들어온다는 것을 모를 리 없었다. 그때 뚱뚱한 몸에 맵시 없는 의복을 입은 면장이 들어와서 길서 앞에 섰다. 길서는 인사를 하고 서울 갔던 일을 보고했다.

"그런데 이번 호세(戶稅)는 자네 동네에서 조금 많이 부담해야겠네. 보통학교를 육 학급으로 증축해야겠으니까……."

하고, 길지도 않은 수염을 쓸며 호세 이야기를 했다.

"거야 제가 압니까?"

"아니야, 자네 동네서야 자네만 승낙하면 되는 게니까. 그렇다구 자네에게 해로운 것은 없을 게고……."

"글쎄요……."

길서는 면장의 말에 무엇이라고 대답할 수가 없었다. 만약 그에게 조금이라도 재미없는 말을 해서 비위에 거슬리게 하면 자기도 끼니를 굶고 지내는 동네 소작인들이나 다름없는 생활을 해야 할 것을 잘 알고 있었다. 일본은 둘째로 하고라도 묘목도 못 팔아먹을 것이며, 그런 말이 보통학교 교장 귀에 들어가면 돈도 빌려다 쓸 수가 없게 된다.

그러면 묘목 심었던 밭에 조를 심게 되고, 면사무소 사무원들과 학교 선생들에게 팔던 감자와 파도 썩히게 되는 것이다.

삼백 평밖에 안 되는 논에 비료를 많이 내지 않으면 미곡품평회(米穀品評會)에 출품도 못해 볼 것이며, 그러면 상금을 못 탈 뿐 아니라 벼가 겨우 넉 섬밖에 소출이 안 될 것이다.

그러면 동네 사람들과 꼭 같이 일년 양식도 부족할 것이 아닌가?

"자네 동네 사람들은 얌전하게 근심 없이 사는 모양이던데……."

면장이 다시 말을 꺼낼 때 길서는 곧 대답했다.

"그러믄요. 근심이 조금도 없다고야 할 수 없지마는 무던한 편은 됩니다."

벼는 누릇누릇해서 이삭들이 뭉친 것이 황금덩이 같았다. 그러나 얼굴의 주름살을 편 사람이라고는 하나도 없었다.

강충이(벼줄기를 깎아 먹어 벼를 마르게 하는 벌레)가 먹어 예년에 비해서 절반도 곡식을 거둘 수가 없었기 때문이었다.

길서만이 평양 가서 북어기름을 통으로 사다가 쳤기 때문에 그의 논만은 작년보다도 더 잘 되었으나 다른 논들은 털 빠진 황소가죽같이 민숭민숭해졌다.

이〔蝨〕새끼 만한 작은 벌레까지도 못살게 하는 것이 원통했으나 여름내 땀을 빼고도 제 입으로 들어올 것이 없을 것을 생각하니 눈물이 솟아오를 지경이었다.

그들은 할 수 없어서 성두의 말대로 길서를 시켜 읍내 지주 서 재당에게 가서 금년만 도지(소작료)를 조금 감해 달래 보자고 했다.

그러나 길서는 자기와 관계가 없을 뿐 아니라, 정해 놓은 도지를 곡식이 안 되었다고 감해 달라는 것은 흔히 일어나는 소작쟁의와 같은 당치 않은 것이라고 해서 거절했다. 그리고는 며칠 있다가 일본 시찰단으로 뽑혀 떠나가 버렸다.

동네 사람들은 어찌할 줄을 몰랐다. 더구나 금번 겨울에는 기어이 잔치를 하려고 했던 성두는 가끔 우는 얼굴을 하곤 했다.

그들은 할 수 없이 큰마음을 먹고 떼를 지어 읍내로 들어가 재당에게 사정을 말해 보았으나 물론 들어주지 않았다. 오히려 아들을 분가시킨 관계로 돈이 몰린다는 근심까지 들었다.

"너희들 마음대로 그렇게 하려거든 명년부터는 논을 내놓아라."

하는 말에는 더 할 말이 없어, 갈 때보다도 더 기운이 없이 돌아왔다. 그들은 돌아가는 길에 길서의 논 앞에 서서 '모범경작' 이라고 쓴 말뚝을 부럽게 내려다보았다.

볏대가 훨씬 큰 데다 이삭이 한 길만큼 늘어진 것이 여간 부럽지 않았다. 그러나 말도 잘하고 신망도 있다 해서 대신 교섭을 해 달라고 부탁했음에도 불구하고 못 들은 체 들어주지 않은 길서가 미웠다.

"나도 내 땅이 있어 비료만 많이 하면 이삼 곱을 내겠다 그까짓 거……."

기억이 침을 탁 뱉으며 말했다. 며칠 뒤 그들이 다시 놀란 것은 값도 모르는 뽕나무 값이 엄청나게 비싸진 것과, 십삼 등 하던 호세가 십일 등으로 올라간 것이었다.

그것보다도 십 등 하던 길서네만은 그대로 십 등에 있는 것이 너무도 이상했다. 길서네는 그래도 작년에 돈을 모아 빚을 주었으나, 다른 사람들은 흉년까지 만나 먹고살 수도 없는데 호세만 올랐다는 것이 우스우면서도 기막힌 일이었다.

무엇을 보고 호세를 정하는지 알 수 없었다.

흉년. 그러면서도 도지를 그대로 바쳐야 하는 데다가 호세까지 오른 그들은 눈앞이 캄캄했다.

"아마 북간도나 만주로 바가지를 차고 떠나야 하는가 보다."

성두는 혼자 생각했다. 그들은 마을에 대한 애착심도 잊었고 제 고장이라는 것도 생각하기 싫었다. 다만 못 살 놈의 땅만 같았다.

마을 사람들은 길서의 장난으로 호세까지 올랐다는 것을 다음에야 알고 누구 하나 그를 곱게 이야기하는 이는 없게 되었다. 길서 때문에 동네를 떠나야 하겠다는 오빠의 말을 들은 의숙이도 눈물을 흘리며 길서가 그렇지 않기를 속으로 바랐다.

길서는 일본서 돌아오는 길에 자기의 논두렁에서 가슴이 서늘함을 느꼈다.

논에 박은 '김길서' 라고 말뚝은 쪼개져서 흩어져 있었다.

심술궂은 애들이 장난을 했는가 하고 생각하려 했으나 그 한 짓으로 보아 반드시 무슨 일이 일어난 것 같은 예감이 들었다.

동네에 들어섰을 때 동네에는 어른이라고는 한 사람도 찾아볼 수 없었다.

읍내 서 재당 집에 가서 저녁때가 되도록 아직 돌아오지 않았다는 말을 듣자 서울 갔다 돌아왔을 때보다도 더 의기양양해 온 길서의 마음은 조각조각 깨어지고 말았다.

보지도 못했고 이름조차 들어보지 못했던 바나나를 가지고 밤이 이슥했을 무렵 의숙이를 찾아갔지만 그를 본 의숙이도 얼굴을 돌리고 울기만 했다.

뒤에서 몽둥이를 들고 따라오는 사람의 숨소리를 듣는 듯 가슴이 떨리었다. 불길한 징조가 눈에 보이는 듯했다.

성두가 충혈된 눈으로 아랫문에 뛰어들었을 때 길서는 들고 왔던 바나나를 들고 뒷문으로 도망쳤다.

1934년

모래톱 이야기 _ 김정한

이십 년이 넘도록 내처 붓을 꺾어오던 내가 새삼 이런 글을 끼적거리게 된 건 별안간 무슨 기발한 생각이 떠올라서가 아니다. 오랫동안 교원 노릇을 해오던 탓으로 우연히 알게 된 한 소년과, 그의 젊은 홀어머니, 할아버지 그리고 그들이 살아오던 낙동강 하류의 어떤 외진 모래톱……. 이들에 관한 그 기막힌 사연들조차, 마치 지나가는 남의 땅 이야기나 아득한 옛날 이야기처럼 세상에서 버려져 있는데 대해서까지는 차마 묵묵할 도리가 없었기 때문이다.

건우란 소년은 내가 직접 담임했던 제자다. 당시 나는 K라는 소위 일류 중학에서 교편을 잡고 있었다. 비가 억수로 내리던 날 첫 시간의 일이었다. 지각생이 많았다. 지각생이 많으면 교사는 짜증이 나게 마련이다. 그럴 때 유독 대끼는 놈은 으레 그런 일이 잦은 놈들이다.

"넌 또 지각이로군? 도대체 어찌 된 일이냐?"

건우의 차례였다. 다른 애와 달리 그는 옷이 비에 흠뻑 젖어 있었다. 아래윗도리 옷깃에서 물이 사뭇 교실 바닥에 뚝뚝 떨어지고 있지 않은가!

"나룻배 통학생임더."

낮고 가는 목소리가 그의 가냘픈 입술 사이에서 새어 나오듯 했다. 그리고 이내 울상이 된 얼굴을 아래로 떨구었다. 차라리 무엇인가를 하소하는 듯이 느껴졌다.

"나룻배 통학생?"

이쪽으로선 처음 듣는 술어였다.

"맹지면에서 나룻배로 댕기는 아입니더."

지각생 아닌 다른 애가 대신 대답했다. 맹지면(鳴旨面)이라면 김해 땅이다. 낙동강 하류. 강을 건너야만 부산으로 나올 수 있는 곳이다.

"나룻배 통학생이라……."

나는 건우의 비에 젖은 옷을 바라보면서 자리에 들어가라고 했다.

이런 일이 있고부터 나는 건우란 소년에게 은근히 동정이 가게 되었다. 더더구나 아버지가 없다는 걸 알고부터는. 동무들끼리 어울려 놀 때 그를 곧잘 '거무(거미)' 라고 놀려대던 이상한 별명의 유래도 곧 알게 되었다. 그의 고향 친구들의 말에 의하면 거미란 짐승은 물에 날쌘 놈이라 해서 즈 할아버지가 지어준 아명이었다는 것이다. 거미! 강가에 사는 사람들의 자식 아끼는 심정을 가히 짐작할 수가 있었다. 호적에 올릴 때는 부득이 건우로 했으리라. 그것도 아마 누구의 지혜를 빌려서.

두 번째로 내가 건우란 소년에 대해서 관심을 더욱 가지게 된 것은, 학기 초 가정방문을 나가기 전에 그가 써낸 작문을 읽고부터였다. (나는 가정 방문을 나가기 전 가끔 학생들에게 자기 자신에 관한 글을 써오라고 하였다.)

'섬 얘기' 란 제목의 그의 글은 결코 미문은 아니었다. 그러나 내용은 끔찍한 것이라 생각했다. 자기가 사는 고장 — 복숭아꽃도 살구꽃도 아기진달래도 피지 않는 조마이섬은, 몇 백 년, 아니 몇 천 년 갖은 풍상과 홍수를 겪어오는 동안에 모래가 밀려서 된 나라 땅인데, 일제 때는 억울하게도 일본 사람의 소유가 되어 있다가 해방 후부터는 어떤 국회의원의 명의로 둔갑이 되었는가 하면, 그 뒤는 또 그 조마이섬 앞강의 매립 허가를 얻은 어떤 다른 유력자의 앞으로 넘어가 있다던가 하는 — 말하자면 선조 때부터 거기에 발을 붙이고 살아오던 사람들과는 무관하게 소유자가 도깨비처럼 뒤바뀌고 있다는 섬의 내력을 적은 글이었다. 그저 그런 정도의 얘기를 솔직히 적었을 따름인데, 어딘지 모르게 무엇인가를 저주하는 듯한 소년의 날카롭고 냉랭한 심사가 글 밑바닥에 깔려 있었다. 나는 나 자신이 갑자기 무슨 고발이라도 당한 심정으로 그 글발을 따로 제쳐서 책상 서랍 속에 넣어두었다.

가정 방문이 있는 주간은 대개 오전 수업뿐이다. 점심 시간이 시작될 무렵 나는 건우를 교무실로 불렀다.

"오늘 명지로 갈까 하는데, 너 외에 몇이나 있지?"

"A반 학생은 저 하나뿐입니더."

건우의 노르께한 얼굴에는 순간적인 그늘이 얼씬 지나가는 것 같았다.

"그래? 그럼 한 시 반쯤 해서 현관 앞으로 다시 오게."

명지 같음 어둡기 전에 돌아오기가 힘들는지 모른다. 나는 부랴부랴 점심을 마치고서 교무실을 나섰다.

건우는 벌써 현관께로 와 있었다. 역시 약간 어둔 얼굴을 하고. 아마 미리 어머니에게 알리지 않고서 가는 것이 약간 켕겼던 모양이었다.

"가볼까!"

내가 앞장을 서듯 했다. 버스 요금도 제 것까지 내가 얼른 내는 걸 보고는 아주 송구스러운 듯한 표정을 지었다. 명지로 가는 하단 나루까지는 사오십 분이면 족했다. 그러나 한 척밖에 없다는 그 나룻배가 좀처럼 나타나지 않았다.

"집이 저쪽 나루터에서 먼가?"

나는 갈대 그림자가 그림처럼 고요히 잠겨 있는 강물을 내려다보며 물었다.

"예, 제북(제법) 갑니더."

그는 민망스런 듯이 나를 잠깐 쳐다보더니 눈을 역시 물 위로 떨어뜨렸다.

"얼마나?"

"반 시간 좀더 걸립니더."

"그럼 학교까지 오려면 시간이 꽤 걸리겠는걸?"

"나룻배만 진작 타지고 빠른 날은 두어 시간만 하면 됩니더."

"그래? 그래서 지각을 자주 하는군."

나는 환경조사표의 카피를 펴 보았으나 곁에 사람들이 있기에 더 묻지 않았다. 아니, 설사 곁에 다른 사람들이 없다 하더라도, 아직 열다섯 살밖에 안 되는 소년에게 물어도 좋을 만한 그런 가정 형편이 못 되었다.

아버지는	없고,
어머니	33세 농업
할아버지	62세 어업
삼촌	32세 선원
재산 정도	하(下)

끼우뚱거리는 나룻배 위에서도 건우의 행복하지 못할 가정 환경이 자꾸만 내 머릿속에 확대되어 갔다.

나룻배를 내려서자, 갈밭 속을 뚫고 나간 좁고 긴 길이 있었다. 우리는 반 시간 남짓 그 길을 걸어가면서도 별반 얘기가 없었다.

"아버진 언제 돌아가셨지?"

해 놓고도 오히려 후회할 정도였으니까.

"육이오 때라 캅디더만……."

건우의 말눈치가 확실치 않았다.

"어쩌다가?"

"군에 나갔다가 그랬다 캅니더."

"언제 어디서 돌아가셨는지도 잘 모른단 말인가?"

"야, 그래도 살아온 사람들 말이 암마 '워카 라인' 인가 하는 데서 그랬을 끼라 카데요."

생각했던 바와는 달리, 건우의 이야기는 비교적 담담하였다.

"그래, 아버지의 얼굴은 기억하나?"

나는 속으로 그의 나이를 손꼽아보았던 것이다.

"잘 모릅니더. 저가 두 살 때 군에 나갔다 카니……. 그라곤 통 안 돌아왔거던요."

나를 쳐다보는 동그스름한 얼굴, 더구나 그린 듯이 짙은 양미간에는 미처 숨기지 못한 을씨년스런 빛이 내비쳤다. 순간 나는 그의 노르께한 얼굴에서 문득 해바라기 꽃을 환각했다.

삼사월 긴긴 해라더니, 보릿고개는 오후 세 시가 훨씬 지나도 해가 아직 메(山) 끝과는 멀었다.

길가 수렁과 축축한 둑에는 빈틈없이 갈대가 우거져 있었다. 쑥쑥 보기 좋게 순과 잎을 뽑아 올리는 갈대청은, 그곳을 오가는 사람들과는 판이하게 하늘과 땅과 계절의 혜택을 흐뭇이 받고 있는 듯, 한결 싱싱해 보였다.

"저 갈대들이 다 자라면 지나다니기 무서울 테지? 사람의 길이를 훨씬 넘을 테니까."

나는 무료에 지쳐 건우를 돌아다보았다.

"괜찮심더, 산도 아인데요."

그는 간단히 대답할 뿐이었다. 아직도 짐승보다 인간이 더 무섭다는 것을 미처 모르는 모양이었다.

길바닥까지 몰려나왔던 갈게들이, 둔탁한 사람의 발자국 소리에 놀라 이리저리 황급히 구멍을 찾아 흩어지는가 하면, 어느 하늘에선지 종달새가 재잘재잘 쉴새없이 재잘거리고 있었다. 잔등에 땀을 느낄 정도로 발을 재게 떼놓아, 건우가 사는 조마이섬에 닿았을 때는 해가 얼마만큼 기운 뒤였다.

섬의 생김새가 길쭉한 주머니 같다 해서 조마이섬이라고 불려 온다는 건우의 고장에는, 보리가 거의 자랄 대로 자라 있었다. 강바람이 불어올 때마다 푸른 물결이 제법 넘실거리곤 했다.

낙동강 하류의 삼각주 일대가 대개 그러하듯이, 이 조마이섬이란 데도 사람들이 부락을 이루고 사는 것이 아니라 그저 한 집 두 집 띄엄띄엄 땅을 물고 있을 따름이었다.

건우의 집은 조마이섬 위쪽에서 그리 멀지 않았다. 역시 외따로 떨어진 집이었다. 마침 뒤꼍 사래 긴 남새밭에 가 있던 어머니가 무슨 낌새를 채었던지 우리가 당도하기 전에 어느새 사립께로 달려와 있었다.

"인자 오나?"

아들에게부터 먼저 말을 건네고 나서 내게도 수인사를 하였다.

"우리 건우 선생인가배요?"

상냥하게 웃었다. 가정조사표에 적혀 있는 서른세 살의 나이보다는 훨씬 핼쑥해 보였으나, 외간 남자를 대하는 붉은빛이 연하게 감도는 볼에는 그래도 시골 색시다운 숫기가 내비쳤다.

"수고하십니더."

하고 나는 사립을 들어섰다.

물론 집은 그저 그러했다. 체목(기둥, 도리 등의 제목)은 과히 오래되지 않았지만 바깥 일손이 모자라는 탓인지 갈대로 엮어 두른 울타리에는 몇 군데 개구멍이 나 있었다.

"좀 들어가입시더. 촌 집이 돼서 누추합니더만……."

건우 어머니는 나를 곧 안으로 인도했다. 걸레질을 안 해도 청은 말끔했다. 굳이 방으로 모시겠다는 것을 나는 굳이 사양하고 마루 끝에 걸쳤다.

"어머니 혼자 힘으로 공부시키기가 여간 힘들지 않으실 텐데……."

건우가 잠깐 자리를 비키는 것을 보고 나는 으레 하는 식으로 가정 사정부터 물어보았다. 할아버지와 삼촌과 그리고 재산 따위에 대해서.

—할아부지는 개깃배(고깃배)를 타시고, 재산이랄 끼사 머 있십니꺼. 선조 때부터 물려받은 밭뙈기들은 나라 땅이라 캤다가 국회의원 땅이라 캤다가……. 우리싸 머 압니꺼.—이렇게 대략 건우 군의 글에서 알았을 정도의 얘기였고, 건우의 삼촌에 대해서는 웬일인지 일체 말이 없었다. 대신, 길이 먼 데다 나룻배까지 타야 되기 때문에 건우가 지각이 많아서 죄송스럽다는 얘기와, 아버지가 없으니 그런 점을 생각해서 잘 돌봐 달라는 부탁이 고작이었다.

생활은 어떻게 무사히 꾸려 나가느냐고 했더니, 시아버님이 고깃배를 타기 때문에 가끔 어려운 돈을 기백 원씩 가져온다는 것과 먹고 입는 것은 보리 농사와 채소로써 그럭저럭 치대어 간다는 얘기였다.

"재첩은 더러 안 건지세요?"

강마을 일이라 이렇게 물었더니,

"그건 남자들이라야 안 됩니꺼. 또 배도 있어야 하고요."

할 뿐, 그러나 이쪽에서 덤덤하니까.

"물 빠질 땐 개발이싸 늘 안 나가는기요. 조개새끼도 파고 재첩도 줍지만 그런 기사 어데 돈이 댑니꺼."

이렇게 덧붙였다.

잠시 안 보이던 건우가 어디서 다섯 홉짜리 정종을 한 병 들고 왔다. 이마에 땀이 번질번질한 걸 보면 필시 뛰어온 게 틀림없다. 아마 어머니가 시킨 일이리라 싶었다.

나는 미안스런 생각으로 건우 어머니가 따라 주는 술잔을 받았다. 손이 유달리 작아 보였다. 유달리 자그마한 손이 상일(별로 기술을 요하지 않는 막일)에 거칠어 있는 양이 보기에 더욱 안타까울 정도였다.

기어이 저녁까지 대접하겠다고 부엌으로 가버린 뒤, 나는 건우를 앞에 두고 잔을 들면서 그녀의 칠칠한 인사 범절에 새삼 생각되는 바가 있었다.

나는 모든 것을 다시 보았다. 농삿집치고는 유난히 말끔한 마루청, 먼지를 뒤집어쓰고 있지 않은 장독대, 울타리 너머로 보이는 길찬 장다리꽃들……. 그 어느 것 하나에도 그녀의 손이 안 간 곳이 없으리라 싶었다. 이러한 집 안팎 광경들을 통해서 나는 건우 어머니가 꽤 부지런하고 칠칠한 여성이라는 것을 고대 짐작할 수가 있었다. 젊음이 한창인 열아홉부터 악지 세게 혼자서 살아왔다는 것과, 어려운 가운데서도 외아들 건우를 나룻배를 태워가면서까지 먼 일류 중학에 보내고 있다는 사실 그리고 농촌 아이라고는 믿어지지 않을 만큼 건우의 입성이 항시 깨끗했다는 사실들이, 어렴히 안 그러리 싶어지기도 했다. 얼핏 보아서는 어리무던한 여인 같기도 하지만 유난히 볼가진 듯한 이마라든가, 역시 건우처럼 짙은 눈썹 같은 데선 그녀의 심상치 않을 의지랄까, 정열 같은 것을 읽을 수가 있었다.

나는 술상을 물리고서, 건우의 공부방을 — 어머니의 방일 테지만 — 잠깐 들여다보았다. 사과 궤짝 같은 것에 종이를 발라 쓰는 책상 위에는 몇 권 안 되는 책들이 나란히 꽂혀 있었다. 그 가운데서 '섬 얘기' 라고 잉크로써 굵직하게 등마루에 씌어진 두툼한 책 한 권이 특별히 눈에 띄었다.

"섬 얘기? 저건 무슨 책이지?"

나는 건우를 돌아보고 물었다.

"암것도 아입니더."

"소설?"

"아입니더."

"어디 가져와 봐!"

건우는 싫어도 무가내라 뽑아오면서,

"일기랑 또 책 같은 거 보고 적은 김더."

부끄러운 내색을 하였다.

"일기는 남의 비밀이니까 읽을 수가 없고, 어디 책 읽은 소감이나 뵈 주게."

나는 책을 도로 돌렸다. 건우는 마지못해 여기저길 뒤적거리다가 한 군데를 펴 주었다. 또박또박 깨알같이 박아 쓴 글씨였다.

'××× 여사는 어머니처럼 혼자 사시는 분이라 그런지 그분의 글에는 한결 감동되는 바가 있었다. 『내가 본 국도』 속의 한 구절.

―그래도 선거 때가 되면 소속 육지에서 똑딱선을 가지고 섬 백성을 모시러 오는 알뜰한 정당이 있어, 이들은 다만 그 배로 실려 가서 실상 자기네 실생활과는 무연한 정치를 위하여 지정해 주는 기호 밑에 도장을 찍어주고 그 배에 실려 돌아온다는 것입니다. 현대 문명의 혜택이라곤 아직 받아보지 못한 그들의 생활 속에도 현대 문명인이 행사하는 선거란 상식이 깃들게 되고, 어느 정당이나 정치의 영향도 알뜰히 받아보지 못한 그네들에게도 투표하는 임무만은 지워져야 하고, 조국의 사랑이라곤 받아본 일이 없이 헐벗고 배우지 못한 그들의 아들들이 먼저 조국을 수호해야 할 책임을 지고, 훈련을 받고 총을 메고 군인이 되어갔다는 것…….

우리 아버지도 응당 이러한 군인 중의 한 사람이었으리라. 그래서 언제 어디서 쓰러졌는지도 모르고, 따라서 국군 묘지에도 묻히지 못하고, 우리에겐 연금도 없고…….'

내 눈이 미처 젖기 전에 건우는 부끄러운 듯이 그 노트를 내게서 뺏어갔다.

"건우야!"

나는 노트 대신 건우의 손을 꽉 쥐었다.

"이 땅이 이곳 사람들의 땅이 아니랬지? 멀쩡한 남의 농토까지 함께 매립 허가를 얻은 어떤 유력자의 것이라고 하잖았어? 그러나 두고 봐. 언젠가는 너희들이 이 땅의 주인이 될 거야. 우선은 어떠한 괴로움이 있더라도 억울하더라도 희망을 잃지 말고 꾹 참고 살아가야 해."

어조가 어떻게 아까 그 노트를 읽을 때와 같은 것을 깨닫고 나는 잠깐 말을 끊었다. 건우는 내처 묵연해 있었다.

"나라 땅, 남의 땅을 함부로 먹다니! 그건 땅을 먹는 게 아니라, 바로 '시한폭탄'을 먹는 거나 다름없다. 제 생전이 아니면 자손대에 가서라도 터지고 말거든! 그리고 제 아무리 떵떵거려 대도 어른들은 다 가는 거다. 죽고 마는 거야. 어디 땅을 떼 짊어지고 갈 수야 있나. 결국 다음 이 나라 주인인 너희들의 거란 말야. 알겠어?"

나는 말이 절로 격해지는 것을 깨달았다. 저녁상이 들어왔다.

부엌에서 바깥 동정을 죄다 엿들었는지 건우 어머니는 저녁상을 물리기가 바쁘게 손을 닦으며 청 끝에 와 걸치더니,

"선생님 이야기는 우리 건우한테서 잘 듣고 있심더. 그라고 이 섬 저 웃바라지에 사는 윤 샌도 선생님 말을 곧잘 하데요. 우리 건우가 존 담임 선생님 만났다면서……."

해가 막 떨어진 뒤라 그런지 그녀의 웃음이 적이 붉게 보였다.

"윤 샌이라뇨?"

윤 생원이라는 말인 줄 알았지만 그가 누군지 미처 생각이 안 났다.

"성은 윤씨고, 이름이 머라 카더라……."

건우를 흘끗 돌아보며,

"수딕이 할배 이림이 머꼬?"

"춘삼이 아잉기요."

건우의 말이 떨어지자,

"내 정신 보래. 그래 춘삼 씨다."

그녀는 다시 나를 돌아보며,

"춘삼이란 어른인데 와 선생님을 잘 알데요. 부산에도 가끔 나갑니더. 쬐깐 포도밭도 가주고 있고요……."

"윤춘삼……? 네, 인제 알겠습니다."

비로소 생각이 났다.

"그분하고는 어데서도 같이 지냈담서요?"

건우 어머니는 세상은 넓고도 좁지요? 하는 듯한 눈매로 웃어보였다.

"네."

아닌게 아니라 나는 적이 놀랐다. 어디서든 나쁜 짓 하고는 못 배기리라는 생각이 문득 들기까지 했다. 그와 동시에 지난날 어떤 어두컴컴한 곳에서 그 윤춘삼이란 사람을 처음으로 만났던 일 그리고 다시 소위 큰집이란 데서 한때 같이 고생을 하던 갖가지 일들이 마치 구름 피어오르듯 기억에 떠올랐다.

— 육이오 때의 일이었다. 나는 어떤 혐의로 몇몇 사람의 당시 대학 교수들과 함께 육군 특무대란 데 갇혀 있었다. 거기서 윤 생원을 처음 만났다. 물론 그땐 그가 이곳 사람인 줄도 몰랐다. 무슨 혐의로 들어왔느냐고 물어도 그는 얼른 대답을 하지 않았다. 곧 나갈 거라고만 했다. 곧 나갈 거라고 장담을 하던 사람이 얼마 뒤 역시 우리의 뒤를 따라 감옥으로 넘어왔다. 감옥에서는 그도 제법 사상범으로 통해 있었다. 누가 붙였는지는 모르되, '송아지 빨갱이'라는 별명이 붙어 있었다. 그의 말에 의하면 이유는 간단했다. 한창 무슨 청년단인가 하는 패들이 마구 설칠 땐데, 남에게 배내를 주었던 그의 송아지를 그들이 잡아먹은 게 분해서 배내 먹이던 사람더러 송아지를

물어내라고 화풀이를 한 것이 동기의 하나였다고 한다. 그 바보 같은 사람이 뒤퉁스럽게 그 청년단을 찾아가서 그런 고자질을 한 것이 꼬투리가 되어, "이 새끼 맛 좀 볼테야?" 하는 식으로 잡혀 왔다는 이야기였다. 그밖에 또 하나 주목받을 이유가 될 만한 것은, 자기 고향인 조마이섬에 문둥이 떼가 이주해 왔을 때 (물론 정부의 방침이었지만) 그들을 몰아내기 위해 싸우다가 결국 경찰 신세를 졌던 일이라 했다. 그러면서도 그 자신 무슨 영문인지를 확실히 모르고서 옥살이를 했다. 다만 '송아지 빨갱이' 라는 별명으로서.

어쩌다가 세수터에서라도 마주칠 때, '송아지 빨갱이!' 할라치면, 텁수룩한 머리를 끄덕대며 사람 좋게 웃던 윤춘삼 씨의 그때 얼굴이 눈에 선해 왔다.

"좋은 사람이었지요."

"그라문니요! 지금도 우리 집에 가끔 옵니더."

건우 어머니도 맞장구를 쳤다.

이야기꾼들이 곧잘 쓰는 '우연성' 이란 것을 아주 싫어하는 나지만, 그날 저녁 일만은 사실대로 적지 않을 수가 없다.

어둡기 전에 건우의 집을 나서서 하단쪽 나루터로 되돌아오던 길목에서 뜻밖에 이제 얘기하던 바로 그 윤춘삼이란 사람과 마주치게 되었으니 말이다.

"야아, 이거 × 선생 아니요! 이런 섬에 우짠 일로?"

송아지 빨갱이, 아니 윤춘삼 씨는 덥석 내 손을 잡으며 반가워했다.

"아이들 가정 방문을 왔다가는 길이죠. 참 오랜만이군요?"

"가정 방문?"

그는 수인사는 제쳐 놓고,

"그럼 건우 집에도 들릿겠네요?"

"네, 이 섬에는 건우 한 애뿐입니다. 내가 맡아 있는 애로서는……."

"마침 잘됐다. 허허, 참, 세상에는 이런 수도 다 있다카이! 인자 막 선생 이바구를 하고 오던 참인데……."

윤춘삼 씨는 뒤에 따라오던 웬 성큼한 털보 영감을 돌아보며,

"자 인사 드리시오. 당신 손자 '거무'란 놈 선생이오."

하며 내처 허허 하고 웃어댔다. 벌써 약간 주기가 있어 보였다. 두 사람이 인사를 채 나누기 전에 윤춘삼 씨는,

"허허, 노상에서 이럴 수가 있나. 나도 여러 해 만이고……."

하며 털보 영감더러 하단으로 되돌아가자는 것이었다. 아니 바로 떠밀 듯했다.

"암 그래야지. 나도 언제 한분 꼭 찾아볼라 캤는데, 바래다 드릴 겸 마침 잘됐구만."

멀쩡한 날에 고무 장화를 신은 품이 누가 보나 뱃사람이 완연한 건우 할아버지도 약간 약주가 된 데다 역시 같은 떼거리였다.

윤춘삼 씨는 만나자 덥석 잡았던 내 손을 내처 아플 정도로 쥔 채 놓지 않았고, 건우 할아버지도 나란히 서게 되어 셋은 가뜩이나 좁은 들길을 좁으라 걸어댔다. 땅거미를 받아선지 건우 할아버지의 갯바람에 그을린 얼굴이 거의 검둥이에 가까울 정도로 검어 보였다.

"갈밭새 영감, 오늘 참 재수 좋네. 내가 술 샀지, 또 이런 훌륭한 선생님을 만났지……. 그러나 이분에는 영감이 사야 돼오."

윤춘삼 씨의 말이 떨어지기가 바쁘게,

"암 내가 사야지. 이분에는 정종이다. 고놈의 따끈한!"

아마 '갈밭새'가 별명인 듯한 건우 할아버지는, 그 억세고 구부정한 어깨를 건들거리며 숫제 신을 내듯 했다.

하단 나룻가의 술집은 모두가 그들의 단골인 모양이었다.

"어이 또 왔쇠이!"

건우 할아버지가 구부정한 어깨를 먼저 어느 목로집으로 들이밀었다. 다시 술자리가 벌어졌다. 술자리랬자 술상 대신 쓰이는 네 발 달린 널빤지를 사이에 두고 역시 네 발 달린 널빤지 걸상에 마주 앉은 것이었지만.

"술은 정종! 따끈한 놈으로. 응이, 알겠소? 우리 거무 선생님이란 말이어!"

갈밭새 영감은 자기와 비슷하게 예순 고개를 넘어보이는 주인 할머니더러 일렀다.

그가 소원인 듯 말하던 '따끈한 정종'은 그와 윤춘삼 씨보다 나를 먼저 취하게 했다. 그러나 좀처럼 놓아줄 눈치들이 아니었다.

"한 잔만 더……."

이번에는 건우 할아버지의 커다란 손이 연신 내 손을 덮쌌다.

"비록 개깃배를 타고 있지만 나도 과히 나쁜 놈은 아임데이. 내 선생 이바구 다 듣고 있소. 이 송아지 빨갱이(섬에까지 그런 별명이 퍼졌던 모양이다)한테도 여러 분 들었고 우리 손자놈한테도 듣고 있소. 정말 정말 훌륭한 선생님이라고 그까짓 ×× 의원이 다 먼교? 돈만 있음 ×라도 다 되는기고, 되문 나라 땅이나 훑이고 팔아묵고 그런 놈들이 안 많던기요? 얘? 내 말이 어데 틀릿십니꺼?"

갈밭새 영감은 말이 차츰 엇나가기 시작했다. 자기로선 취중 진담일지 모르나 듣기만 해도 섬뜩한 소리를 함부로 뇌까렸다. 그런 얘길랑 그만두고 술이나 들라 해도 갈밭새 영감은 물론 이번엔 윤춘삼 씨까지 되레 가세를 하고 나섰다.

"촌사람이라꼬 바본 줄 알지 마소. 여간 답답해서 그런 소릴 하겠소?"

전깃불이 들어왔다. 불빛에 비친 갈밭새 영감의 얼굴은 한층 더 인상적이었다. 우악스럽게 앞으로 굽어진 두 어깨 가운데 짤막한 목줄기로 박혀 있는 듯한 텁석부리 얼굴! 얼굴 전체는 키를 닮아 길쭉했으나, 무엇에 짓눌려 억지로 우그러뜨려진 듯이 납짝해진 이마에는, 껍데기가 안으로 밀려들기나 한 듯한 깊은 주름이 두어 줄 뚜렷하게 그어져 있었다. 게다가 구레나룻에 둘러싸인 얼굴 전면이 검붉은 구릿빛이 아닌가! 통틀어 원시인이라도 연상케 하는 조금 무서운 면상이었다.

"와 빤히 보능기요? 내 안주(아직) 술 안 취했심데이. 염려 마이소."

갈밭새 영감은 기름이 절은 수건을 꺼내더니 이마를 한 번 훔치고서,

"인자 딴 말은 안 하지요. 언제 또 만낼지 모르이칸에 이왕 만낸 짐에 저 송아지 빨갱이나 이 갈밭새가 사는 조마이섬 이바구나 좀 하지요."

그리곤 정신을 가다듬기나 하듯이 앞에 놓인 술잔을 훌쩍 비웠다.

건우 할아버지와 윤춘삼 씨가 들려 준 조마이섬 이야기는 언젠가 건우가 써냈던 '섬 얘기'에 몇 가지 기막히는 일화가 붙은 것이었다.

"우리 조마이섬 사람들은 지 땅이 없는 사람들이오. 와 처음부터 없기싸 없었겠소마는 죄다 뺏기고 말았지요. 옛적부터 이 고장 사람들이 젖줄같이 믿어오는 낙동강 물이 맨들어 준 우리 조마이섬은……."

건우 할아버지는 처음부터 개탄조로 나왔다. 선조로부터 물려받은 땅, 자기들 것이라고 믿어 오던 땅이 자기들이 겨우 철들락말락할 무렵에 별안간 왜놈의 동척 명의로 둔갑을 했더란 것이었다.

"이완용이란 놈이 '을사보호조약'이란 걸 맨들어낸 뒤라카더만!"

윤춘삼 씨의 퉁방울 같은 눈에도 증오의 빛이 이글거리기 시작했다.

1905년 — 을사년 겨울 일본 군대의 포위 속에서 맺어진 '을사보호조약'이란 매국 조약을 계기로, 소위 '조선 토지사업'이란 것이 전국적으로 실시되던 일, 그리고 이태 후인 정미년에 가서는 '한국 정부는 시정 개선에 관하여 통감의 지도를 수할 사'란 치욕적인 조문으로 시작된 '한일 신협약'에 따라 더욱 그 사업을 강행하고, 역

둔토의 대부분과 삼림 원야들을 모조리 국유로 편입시키는 등 교묘한 구실과 방법으로써 농민들로부터 빼앗은 뒤, 다시 불하하는 형식으로 동척과 일인 수중에 옮겨 놓던 그 해괴망측한 처사들이 문득 내 머릿속에도 떠올랐다.

"쥑일 놈들!"

건우 할아버지는 그렇게 해서 다시 국회의원, 다음은 하천 부지의 매립 허가를 얻은 유력자……. 이런 식으로 소유자가 둔갑되어 간 사연들을 죽 들먹거리더니,

"이 꼴이 되고 보니 선조 때부터 둑을 맨들고 물과 싸워 가며 살아온 우리들은 대관절 우찌 되능기요?"

그의 꺽꺽한 목소리에는, 건우가 지각을 하고 꾸중을 듣던 날 '나룻배 통학생임더' 하던 때의 그 무엇인가를 저주하듯 한 감정이 꿈틀거리고 있는 것 같았다. 얼마나 그들의 땅에 대한 원한이 컸던가를 가히 짐작할 수가 있었다.

"섬 사람들도 한 번 뻗대 보시지요?"

이렇게 슬쩍 건드려 봤더니 이번엔 윤춘삼 씨가 얼른 그 말을 받았다.

"선생님은 그런 걸 잘 알면서 그러네요. 우리 겉은 기 멀 알며 무슨 힘이 있십니꺼. 하도 하는 짓들이 심해서 한 분 해보기는 해봤지요. 그 문딩이 떼를 싣고 왔을 때 말임더……."

윤춘삼 씨는 그때의 화가 아직도 사라지지 않는 듯이 남은 술을 꿀꺽 들이켰다.

"쥑일 놈들!"

마치 그들의 입버릇인 듯 되어 있는 이 말을 안주처럼 씹으며 윤춘삼 씨는 문둥이들과 싸운 얘기를 꺼냈다.

—큰 도적질은 언제나 정치하는 놈들이 도맡아 놓고 한다는 게 서두였다. 그러면서도 겉으로는 동포애니 우리들의 현 실정이 어떠니를 앞세우겠다! 그때만 해도 불쌍한 문둥이들에게 살 곳과 일거리를 마련해 준다면서 관청에서 뜻밖에 웬 문둥이들을

몇 배에 싣고 그 조마이섬을 찾아왔더란 거다. 그야말로 섬 사람들에게는 아닌 밤중에 홍두깨 내미는 격으로……. 옳아, 이건 어느 놈의 엉큼순지는 몰라도 필연 이 섬을 송두리째 집어삼킬 꿍심으로 우릴 몰아내기 위해서 한때 문둥이를 이용하는 거라고……. 누군가의 입에서부터 이런 말이 퍼지기 시작하고, 그래서 그 섬 사람들뿐 아니라 이웃 섬 사람까지 한 둥치가 되어 그 문둥이 떼를 당장 내쫓기로 했더란 거다.

상대방은 자다가 호박을 주운 격인 병신들인데 오자마자 그 꼴을 당하고 보니 어리둥절은 하였지만, 그렇다고 호락호락 떠나갈 배짱들은 아니었다. 결국 나가라니, 못 나가겠느니 싸움이 벌어졌다.

"그때 바로 이 갈밭새 부자가 앞장을 안 섰능기요. 어데, 그때 문딩이한테 물린 자국 한 분 봅시더……."

윤춘삼 씨는 하던 말을 별안간 멈추고, 건우 할아버지 쪽을 쳐다보았다. 그리고는 골동품 같은 마도로스 파이프를 뻑뻑 빨고만 있는 건우 할아버지의 왼쪽 팔을 억지로 걷어올렸다. 나이에 관계 없이 아직도 우악스러워 보이는 어깻죽지 바로 밑에 커다란 흉터가 하나 남아 있었다.

"한 놈이 영감 여길 어설피 물고 늘어지다가 그만 터졌거든!"

윤춘삼 씨는 자랑삼아 이야기를 이었다.

— 그렇게 악을 쓰는 문둥이들에 대해서 몽둥이, 괭이, 쇠스랑 할 것 없이 마구 들이대고 싸웠노라고. 그래서 이쪽에서도 물론 부상자가 났지만 괜히 문둥이들이 많이 상하고, 덕택에 자기와 건우 할아버지를 비롯해서 많은 섬 사람들이 그야말로 문둥이 떼처럼 줄줄이 경찰에 붙들려 가고……. 그러나 뒷일이 더 켕겼던지 관청에서는 그 '기막힌 동포애'를 포기하고 문둥이들을 도로 싣고 갔다는 얘기였다.

"그 바람에 저 사람은 육이오 때 감옥살일 또 안 했능기요. 머 예비 검거라 카드나……."

건우 할아버지가 이렇게 한마디 끼니,

"그거는 송아지 때문이라 캐도……."

"누명을 써도 문딩이 빨갱이는 되기 싫은 모양이제? 송아지 빨갱이는 좋고……."

건우 할아버지의 이런 농에는 탓하지 않고서,

"그런 짓들 하다가 결국 그것들이 안 망했나."

윤춘삼 씨는 지금도 고소한 듯이 웃었다.

"다른 패들이 나와도 머 벨 수 있더나?"

건우 할아버지는 내처 같은 표정을 하였다.

"그놈이 그놈이란 말이지? 입으로만 머니머니 해댔지, 밭 맨드라 카니 제우(겨우) 맨들어논 강둑이나 파헤치고, 난리(나루) 막는다 카면서 또 섬이나 둘러 마실라 카이……."

윤춘삼 씨도 그리 밝은 표정은 아니었다.

"× 선생님!"

건우 할아버지가 별안간 그 그로테스크한 얼굴을 내게로 돌렸다.

"우리 거무란 놈 말을 들으니 선생님은 글을 잘 씬다카데요? 우리 섬에 대한 글 한 분 써 보이소. 멋지기! 재밌실낌데이. 지발 그 썩어빠진 글을랑 말고……."

"썩어빠진 글이라뇨?"

가끔 잡문 나부랑이를 써오던 나는 지레 찌릿해졌다.

"와 그 신문 같은 데도 그런 기 수타(많이) 난다카데요. 남은 보릿고개를 못 넹기서 솔가지에 모가지를 매다는 판인데, 낙동강 물이 파아란히 푸르니 어쩌니……하는 것들 말임더."

갈밭새 영감이 이렇게 열을 내기 시작하자, 곁에 있던 윤춘삼 씨가,

"허허허, 우리 선생님이 오늘 잘못 걸렸네요. 이 영감이 보통이 아임데이. 그래도 선비의 씨라꼬……."

핀잔 비슷이 말했지만, 건우 할아버지는 벌인 춤이 되어 버렸다.

"하기싸 시인들이니칸에 훌륭하겠지요. 머리도 좋고……. 선생도 시인 아닙니꺼. 그런데 와 우리 농사꾼이나 뱃놈들의 이바구는 통 안 씨능기요? 추접다꼬? 글 베린다꼬 그라능기요?"

입이 말을 한다기보다 차라리 수염이 떨어낸다고 느껴질 정도로 건우 할아버지는 열을 냈다.

"그만하소. 영감이 머 글이나 이르능기요. 밤낮 한다는 기 '곡구롱 우는 소리' 지. 어데 그기나 한 분 해보소."

윤춘삼 씨가 또 참견을 했다.

"곡구롱 우는 소리라뇨?"

나도 윤 씨의 그 말에 귀가 쏠렸다. 어떤 고시조가 문득 생각났기 때문이다.

"어데, 해보소. 모초롬 선생님을 모신 자리니."

하는 윤춘삼 씨의 말에, 그는 괜한 소리를 했구나 하는 표정을 지으며 그 꺽꺽한 목청에 느린 가락을 넣기 시작했다.

곡구롱 우는 소리에 낮잠 깨어 니러보니
작은아들 글 이르고 며늘아기 베 짜는데 어린 손자는 꽃놀이한다.
마초아 지어미 술 거르며 맛보라 하더라.

건우 할아버지는 갑자기 침착해진 채 눈을 지그시 감고 불렀다. 땀이 번지르르한 관자놀이 짬에 가뜩이나 굵은 맥이 한 줄 불쑥 드러나 보이기까지 하였다. 가락은 육

자배기에 가까웠으나 내용은 역시 내가 생각했던 오(吳) 아무개의 고시조였다.

"이 노래 하나만은 정말 떨어지게 잘한다카이!"

윤춘삼 씨는 나 못지않게 감탄을 하면서 그가 노래를 즐겨 부르는 사연을 대강 이렇게 말했다. ─ 그러니까 그의 증조부 되는 분이 옛날 서울에서 무슨 벼슬깨나 하다가 그놈의 당파싸움에 뒤말려서 억울하게 그곳 조마이섬으로 귀양인지 피신인지를 해 와 살았는데, 그분이 살아계실 때 즐겨 읊던 시조란 것이었다.

사연을 듣고 보니 새삼 생각되는 바가 있었다. 그 노래를 부를 때의 갈밭새 영감의 표정에 은근히 누군가를 사모하는 듯한 빛이 엿보였을 뿐 아니라, 그 꺽꺽한 목청에도 무엇인가를 원망하는 듯, 혹은 하소하는 듯한 가락이 확실히 떨리고 있었기 때문이다. 착각이 아니리라! 동시에 나는 아까 본 건우 군의 집 사립 밖에 해묵은 수양버들 몇 그루가 서 있던 광경이 새삼 기억에 떠오르고, 건우 어머니의 수인사 태도나 집안을 다스리는 범절이 어딘지 모르게 체통이 있는 선비 가문의 후예같이 짚어졌다.

"아드님은 육이오 때 잃으셨다지요?"

내가 술을 한 잔 더 권하며 위로 삼아 물으니까,

"야……. 큰놈은 그래서 뼈도 못 찾기 되고 작은놈은 머 '사모아섬' 이라 커던기요, 그곳 바닷속에 너어 버렸지요"

"사모아섬?"

나는 그의 기구한 운명을 생각했다.

"야, 삼치잡이 배를 탔거던요……."

이러고 한숨을 쉬는 건우 할아버지의 뒤를 곁에 있던 윤춘삼 씨가 또 받아 이었다.

"와 언젠가 신문에도 짜다라(많이) 안 났던기요. '허리켄' 인가 먼가 하는 폭풍을 만내 시운찮은 우리 삼칫배들이 마구 결딴이 난 일 말임더."

나도 건우 할아버지도 더 말이 없는데, 윤춘삼 씨가 혼자 화를 내듯,

"낙동강 잉어가 띠이 정지(부엌) 바닥에 있던 부지깽이도 띤다 카듯이 배도 남씨다가 베린 걸 사가주고 제북(제법) 원양어업인가 먼가 숭(흉)내를 낼라 카다가 배만 카이는 사람들까지 떼죽음을 안 시킷능기요. 거이다가(게다가) 머 시체도 몬 찾았거이와 회사가 워낙 시원찮아노오니 위자료란 기나 어디 지대로 나왔능기요. 택도 앙이지 택도 앙이라!"

"없는 놈이 할 수 있나. 그저 이래 죽나 저래 죽는 기지 머!"

갈밭새 영감은 이렇게 내뱉듯이 해던지고선, 아까부터 손 안에서 만지작거리고 있던 두 알의 가래 열매를 별안간 세차게 달가닥대기 시작했다. 마치 그렇게라도 함으로써 세상의 모든 근심 걱정을 잊어버리기나 하려는 듯이, 어찌 들으면 남의 신경을 곤두세우게 하는 그 딱딱한 소리가, 실은 어떤 깊은 분노의 분출을 억제하는 그의 마음의 울부짖음 같기도 했다.

그러나 나는 이내 따그르르 따그르르 하는 그 소리가, 바로 나룻가 갈밭에서 요란스럽게 들려오는 진짜 갈밭새들의 약간 처량스런 울음소리와 흡사하다 느꼈다. 한편 또 조마이섬의 갈밭 속에서 나고 늙어간다는 데서 지어졌으리라 믿어왔던 갈밭새란 별명이, 어쩜 그가 즐겨 굴리는 그 가래 소리가 갈밭새의 울음소리와 비슷한 데 연유되지나 않았을까 하는 생각이 들기도 했다.

세 사람은 한참 동안 말이 없었다. 갓 나온 듯한 흰 부나비 두 마리가 갈팡질팡 희미한 전등에 부딪칠 뿐이었다. 파닥거리는 소리도 없이.

그러고 두어 달이 지났다.

낙동강 물이 몇 차례 불었다 줄었다 하는 동안에 그해 여름도 어느덧 막바지에 접어들었다. 갈대도 이젠 길길이 자라서 가뜩이나 섬 사람들의 눈에도 잘 띄지 않는다는 갈밭새들이, 더욱 깃들기 좋을 만큼 우거진 무렵이었다. 아침저녁 그 속에서 갈밭새들이 한결 신나게 따그르르 따그르르 지저귀어 대면 머잖아 갈목도 빠져나온다

한다. 물론 학교도 방학이 끝날 무렵이다.

건우는 그동안 그 지긋지긋한 지각 걱정을 안 해도 좋았다. 한나절이면 그야말로 물거미처럼 물 위를 동동 떠다녀도 무방했다.

아닌 게 아니라 한여름 동안 얼마나 물과 볕에 그을었는지, 마지막 소집날에 나타난 건우의 얼굴은, 사시장춘 바다에서 산다는 즈 할아버지 못잖게 검둥이가 되어 있었다.

"어지간히 그을었구나. 할아버지와 어머니도 잘 계시니?"

늦게까지 어름거리는 그를 보고 일부러 물어봤더니,

"예, 수박 자시러 오시러 캅디더."

어머니의 전갈일 테지, 딴소리까지 했다. 까막딱지가 묻힐 정도로 새까매진 얼굴이라 이빨이 유난히 희게 빛났다.

"집에서 수박을 심었던가?"

"예, 언제쯤 오실랍니꺼?"

숫제 다그쳐 묻는 것이었다.

"글쎄 언제 한 번 가지."

"꼭 모시고 오라 카던데요?"

"그래. 오늘은 안 되고. 여가 봐서 한 번 갈 테니까."

나는 그의 좁다란 어깨를 툭 쳐 주며 돌려보냈다. 처서가 낼 모레니까 수박도 한물 갈 때리라. 이왕이면 처서께쯤 한 번 가볼까 싶었다.

그런데 공교히도 그 처서 날에 비가 내리기 시작했다. 처서에 비가 오면 독 안의 곡식도 준다는 하필 그날에 추적추적 비가 내리기 시작했으니, 내가 건우네 집으로 가고 안 가고가 문제가 아니라, 그러한 경험과 속담 속에 살아온 농촌 사람들의 찌푸려질 얼굴들이 먼저 눈에 떠올랐다.

게다가 이건 이른바 칠팔 월 긴 장마가 아니라 하루 이틀, 그러다가 사흘째부터는 바로 억수로 변해 가더니 마침내 광풍까지 겹쳐서 온통 폭풍우로 바뀌고 말았다. 육십 연래 처음이니 뭐니 하고 떠드는 라디오나 신문들의 신나는 듯한 표현들은 나중에 있은 얘기고, 아무튼 그날 새벽에는 하늘이 내려앉고 땅이 뒤흔들리기나 하듯이 우레 번개가 잦고 비바람이 사나웠다.

이렇게 되면 속담 말로 '칠월 더부살이 주인 마누라 속곳 걱정' 정도의 장마 경황이 아니다. 더부살이도 우선 제 살 구멍 찾기가 급하다. 반면 제 한몸이나 제 집구석에 별탈만 없으면 남의 불행쯤은 오히려 구경 삼아 보아 넘기는 게 도회지 사람들의 버릇이다.

한창 천지가 진동하던 몇 시간 동안은 옴짝달싹도 않던 사람들이, 비가 좀 뜨음하니까 사립 밖으로 꾸역꾸역 기어나오기가 바빴다. 늙은이나 어린애들은 하불실 가까운 개울가쯤 나가면 족하지만, 어른들은 그 정도로서는 한에 차질 않는다.

"낙동강이 넘는다지?"

"구포 다리가 우투룹단다!"

가납사니 같은 도시 사람들은 제멋대로 그럴싸한 소문을 퍼뜨리며, 소위 물구경에 미쳐서 낙동강이 내려다보이는 언덕으로 산으로 올라들 갔다.

내가 집을 나선 것은 반드시 그런 호기심에서만이 아니었다. 다행히 하단 방면으로 가는 버스가 통한다기 얼른 그것을 집어 탔다. 군데군데 시뻘건 뻘물이 개울을 이루고 있는 길을 차는 철버덕철버덕 기어가듯 했다. 대티 고개서부터 내 눈은 벌써 김해 들을 더듬었다.

'저런—.'

건우네 집이 있는 조마이섬 일대는 어느덧 벌건 홍수에 잠겨 가고 있지 않은가! 수박이 문제가 아니다. 다시 흩날리기 시작하는 차창 밖의 빗속을 뚫고서, 내 시선은 잘 보이지도 않는 조마이섬 쪽으로 얼어붙었다. 동시에 '나룻배 통학생임더!' 하던 건우 군의 가냘픈 목소리가 갑자기 귀에 쟁쟁 되살아나는 것 같았다.

고개 너머서부터 차는 더욱 끼우뚱거렸다. 논두렁을 밀고 넘어오는 물살이 숫제 쏴 하는 소리까지 내면서 길을 사뭇 덮었다. 때로는 길과 논밭이 얼른 분간이 안 되어, 가로수를 어림해서 달리기도 했다. 그럴 때마다 차 안의 손님들은 한층 더 떠들어댔다. 대부분이 무슨 사연들이 있어서 가는 사람들이었지만, 그러한 사연들보다 우선 눈앞의 사정에 더욱 정신을 파는 것 같았다.

하단 나루께는 이미 발목을 넘었다. '사라호'에 데인 경험이 있는 그곳 주민들은 잽싸게 이불이랑 세간 도구들을 산으로 말끔 옮겨 놓았고, 부랴부랴 끌어올린 목선들이 여기저기 나둥그러져 있는 길 위에는, 볼멘소리를 내지르는 아낙네와 넋 잃은 듯한 사내들이 경황없이 서성거릴 뿐이었다. 물론 나룻배가 있을 리 없었다. 예측 안 한 바는 아니지만, 행여나 싶었던 마음에도 실망은 컸다.

배 없는 나루터를 비롯해서 가까운 강가에는, 경비를 나온 듯한 소방대원 같은 복장의 사람들과 순경 한 사람이 버티고 있었다. 아무리 가까이 오지 말라, 혹은 가지 말라 외쳐대도 사람들은 들은 체 만 체였다. 물이 점점 더 붇고 있는 모양이었다.

나는 닭 쫓던 개 지붕 쳐다보듯이 밀려 오는 강물만 맥없이 바라보았다. 어느 산이라도 뒤엎었는지 황토로 물든 물굽이가 강이 차게 밀려내렸다. 웬만한 모래톱이고 갈밭이고 남겨 두지 않았다. 닥치는 대로 뭉개고 삼킬 따름이었다. 그러고도 모자라는 듯 우르르 하는 강울림 소리는 더욱 무엇을 노리는 것 같이 으르렁댔다.

둑이 넘을 정도로 그악스럽게 밀려 내리는 것은 벌건 물굽이만이 아니었다. 얼마나 많은 들녘들을 휩쓸었는지, 보릿대랑 두엄 더미들이 무더기 무더기로 흘러내리는가 하면, 수박이랑, 외, 호박 따위까지 끼리끼리 줄을 지어 떠내려 왔다. 이상스런 것은 그러한 것들이 마치 서로 약속이라도 한 듯이 모두 강 한가운데로만 줄을 지어 지나가는 것이었다.

"쳇, 용케도 피해 간다!"

저만큼 떨어진 데서 장대 끝에 접낫을 해단 억척 보두들이 둥글둥글한 수박의 행렬을 향해 군침들을 삼켰다.

"그까진 수박은 껀지서 머할라꼬? 하불실 돼지새끼라도 담아내야지?"

이런 농지거리도 들렸다. 역시 접낫을 해 든 주제에. 이들은 그저 물 구경을 나온 것이 아니라, 그런 가운데서도 엄연히 생활을 계산하고 있는 것이었다.

나는 그들의 대담한 태도와 농담에 잠깐 정신을 팔다가 다시 조마이섬이 있는 쪽으로 눈을 돌렸다. 부슬비가 계속 광풍에 흩날리고 있었다. 얼핏 홍적기(洪積期)를 연상케 하는 몽롱한 안개비 속이라 어디가 어딘지 분별할 도리가 없었다.

—건우네 집은 벌써 홍수에 잠기지나 않았을까?

불안한 그리고 불길한 예감이 자꾸 들기 시작했다.

"물이 이 정도로 불어나면 건너편 조마이섬께는 어찌 되지요?"

생면부지한 접낫패들에게 불쑥 묻기까지 하였다.

"조마이섬?"

돼지새끼를 안아내겠다던 키다리가 나를 흘끗 쳐다보더니,

"맹지면에서는 땅이 조금 높은 편이라 카지만, 물이 이래 불으면 마찬가지지요. 만약 어제 그런 소동이 안 일어났이문 밤새 무슨 탈이 났을지도 모를끼요."

"어제 무슨 일이라도 있었던가요?"

나는 신경이 별안간 딴 곳으로 쏠렸다.

"있다 뿐이라요! 문딩이 쫓아낼 때보다 덜 했겠지만, 매립(埋立)인강 먼강 한답시고 밀가리만 잔뜩 띠이처먹고 그저 눈가림으로 해놓은 둑을 섬 사람들이 우 대들어 막 파헤쳐 버리고, 본래대로 물결을 티놨다 카드만요. 그란 했으문……."

키다리는 혼자서 신을 내가며 떠들었다.

"쓸데없는 소리 말게. 괜히 혼날라꼬."

곁에 있던 약삭빠른 얼굴의 사내가 이렇게 불쑥 쏘아붙이듯 하더니, 마침 저만큼 떠내려오는 널빤지를 향해 잽싸게 접낫을 던졌다. 그러나 걸리진 않았다. 그렇게 허탕을 친 게 마치 이쪽의 잘못이나 되는 듯,

"조마이섬에 누가 있소?"

내뱉듯한 소리가 짐짓 퉁명스러웠다.

"건우란 학생이 있어서……."

나는 일부러 학생의 이름까지 대보았다.

약삭빠른 눈초리가 다시 물굽이만 쏘아보고 말이 없으니까, 또 그 키다리가,

"그 아이 아배가 누군교?"

하고 나를 새삼 쳐다보았다.

"아버진 없고, 즈 할아버지 별명이 갈밭새 영감이라더군요."

나는 건우 할아버지의 이름이 얼른 생각나지 않았다.

"아, 그렁기요. 좋은 노인임더."

키다리는 접낫대를 세워 들더니,

"조마이섬의 인물 아잉기요. 어지(어제) 아침 이곳을 지내 갔는데, 그때 대강 알아봤거든……. 가고 난 돼 얼마 안 돼서 그 일이 났단 말이여."

말머리가 어느덧 자기들끼리로 돌아갔다. 나는 굳이 파고 묻지 않았다.

그때 마침 판잣집 용마루 비슷한 길다란 나무가 잠겼다 떴다 하며 떠내려가자, 조금 떨어진 신신바위 짬에서 별안간 쬐깐 쪽배 하나가 쏜살같이 나타나더니, 기어코 그놈에게 달라붙어서 한참 파도와 싸우며 흐르다가 마침내 저 아래쪽 기슭에 용케 밀어다 붙였다. 박수를 치기까지는 모두 숨을 죽이고 바라보기만 했다. 용감하다

기보다 차라리 처참한 광경이었다. 나는 거기서 누구에게도 보장을 받아오지 못한 절박한 생활을 읽었다. 한 표의 값어치로서가 아니라, 다만 살기 위해서 스스로 죽을 모험을 무릅쓰는 그러한 행위는, 부질없이 그것을 경계하거나 방해하는 힘을 물리침으로써만 오히려 목숨 그 자체를 이어갈 수 있다는 산 증거 같기도 했다.

—갈밭새 영감이나 송아지 빨갱이도 그냥 있지는 않았으리라……!

나는 조마이섬의 일이 불현듯 더 궁금해져서 이내 구포 가는 버스를 잡아 탔다. 다리만 건너면 조마이섬에 가까이까지 갈 수 있으리라 믿었다.

포구 다릿목에서 차를 내렸으나 물은 이미 위험 수위를 훨씬 돌파해서 다리는 통금이 돼 있었다. 비상 경계의 붉은 깃발이 찢어질 듯 폭풍에 펄럭이고 다릿목을 건너지른 인줄 곁에는 한국인 순경과 미군이 버티고 있었다. 무거워 보이는 고무 비옷에 철모를 푹 눌러 쓰고 방망이를 해 든 폼이 여간 엄중해 뵈지 않았다.

그런데도 무슨 핑계들을 꾸며대고 용케 건너가는 사람들이 있었다. 더러는 다리 위에서 유유히 물 구경을 하는 사람들도. 나도 간신히 그들 틈에 끼었다. 우르르르 하는 강울림은 다리 위에서 듣기가 한결 우람스러웠다.

통행금지의 팻말이 서 있어도 수해 시찰을 나온 듯한 새까만 관용차만은 사뭇 물을 튀기며 지나갔다. 바람이 휘몰아칠 때는 거기에 날리기나 하듯이 더욱 빨리 지나갔다. 요컨대 일종의 모험이기도 했으리라. 안에 타고 있는 얼굴들은 알 길이 없었지만 어련히 심각한 표정들을 했으랴 싶었다.

내려다 봄으로 해서 한결 사나운 물굽이가 숫제 강을 주름잡듯 둘둘 말려 오다간, 거의 같은 지점에서 쏴아 하고 부서졌다. 그럴 때마다 구슬, 아니 퉁방울 같은 물거품이 강 위를 휘덮고 때로는 바람결을 따라서 다리 위까지 사뭇 퉁겼다. 그러한 강 한가운데를 잇달아 줄을 지어 떠내려오는 수박이랑 두엄 더미들이, 하단서 볼 때보다 훨씬 많았다. 말하자면 일종의 장관에 가까웠다.

"아까 그 송아지는 정말 아깝던데……."

이런 뚱딴지 같은 소리도 퍼뜩 귓가를 스쳐갔다.

조마이섬이 있는 먼 명지면 쯤은 완전히 물바다로 보였다. 구름을 이고 한가하던 원두막들은 다시 찾아볼 길이 없고, 길찬 포플러 나무들도 겨우 대공이만은 남은 듯 바람에 누웠다 일어났다 했다.

지루하게 긴 다리를 지루하게 건너 물 구경 나온 인파를 헤치고 강둑길을 얼마 못 갔을 때였다. 뜻밖에 거기서 윤춘삼 씨와 마주쳤다. 헐레벌떡 빗속을 뛰어오던 송아지 빨갱이 —. 아니 윤춘삼 씨는 머리끝에서 발끝까지 온통 물에서 막 건져 올린 사람처럼 젖어 있었다. 하긴 내 꼴도 그랬을 테지만.

"우짠 일인기요?"

하고 덥석 내 손을 검잡는 윤춘삼 씨는, 그저 반갑기보다 숫제 고마워하는 기색까지 보였다.

"조마이섬은 어찌 됐소?"

수인사란 게 이랬더니,

"말 마이소. 자, 저리 가서 이야기나 합시더……."

그는 나를 도로 다릿목 쪽으로 끌었다.

"아니, 섬 쪽으로 가보려 했는데요?"

"가야 아무 것도 없소. 모두 피난소로 옮기고, 남은 건 물바다뿐임더. 우짤라꼬 이놈의 하늘까지……!"

별안간 또 한줄기 쏟아지는 비도 피할 겸 윤춘삼 씨는 나를 다릿목 어떤 가겟집으로 안내했다. 언젠가 하단서 같이 들렀던 집과 거의 비슷한 차림의 주막집이었다.

둘 사이에는 한동안 말이 없었다. 너무나 다급하고 또 수다한 말들이 두 사람의 입을 한꺼번에 봉해버렸다 할까!

"건우네 가족도 무사히 피난했겠지요?"

먼저 내 입에서 아까부터 미뤄 오던 말이 나왔다.

"야……."

해놓고도 어쩐지 말끝이 석연치 않았다.

"집들은 물론 결딴이 났겠지만, 사람은 더러 상하진 않았던가요?"

나는 이런 질문을 해놓고, 이내 후회했다. 으레 하는 빈 걱정 같아서.

"집이고 농사고 머 있능기요. 다행히 목숨들만은 껀짓지만, 그 바람에 갈밭새 영감이 또 안 끌려 갔능기요."

윤춘삼 씨는 가슴이 내려앉는 듯한 무거운 한숨을 내쉬었다.

"건우 할아버지가?"

나는 하단서 그 접낫패에게 얼핏 들은 얘기를 상기했다.

"그래서 내가 지금 경찰서꺼정 갔다오는 길인데, 마침 잘 만냈심더. 그란 해도……."

기진맥진한 탓인지 그는 내가 권하는 술잔도 들지 않고 하던 이야기만 계속했다.

바로 어제 있은 일이었다. 하단서 들은 대로 소위 배짱들이 만들어 둔 엉터리 둑을 허물어 버린 얘기였다.

— 비는 연 사흘 억수로 쏟아지지, 실하지도 않은 둑을 그대로 두었다가 물이 더 불었을 때 갑자기 터진다면 영락없이 온 섬이 떼죽음을 했을 텐데, 마침 배에서 돌아온 갈밭새 영감이 설두를 해서 미리 무너뜨렸기 때문에 다행히 인명에는 피해가 없었다는 것이다.

"그런데 와 건우 할아버진 끌고 갔느냐고요?"

윤춘삼 씨는 그제야 소주를 한 잔 훅 들이키고 다음을 계속했다. — 섬 사람들이 한창 둑을 파헤치고 있을 무렵이었다한다. 좀더 똑똑히 말한다면 조마이섬 서쪽 강둑길에 검정 지프차가 한 대 와 닿은 뒤라 한다. 웬 깡패같이 생긴 청년 두 명이 불쑥 현장에 나타나더니 둑을 허물어뜨리는 광경을 보자마자 이내 노발대발 방해를 하기 시작하더라고. 엉터리 둑을 막아놓고 섬을 통째로 집어삼키려던 소위 유력자의 앞잡인지 뭔지는 모르되 아무리 타일러도, '여보, 당신들도 보다시피 물이 안팎으로 이렇게 불어나는데 섬 사람들은 어떻게 하란 말이요?' 해 봐도, 들어주기는커녕 그중 힘깨나 있어 보이는, 눈이 약간 치째진 친구가 되레 갈밭새 영감의 괭이를 와락 뺏더니 물속으로 핑 집어던졌다는 거다. 그리곤 누굴 믿고 하는 수작일 테지만 후욕패설을 함부로 뇌까리자, 순간 화가 머리끝까지 치밀었을 갈밭새 영감도,

"이 개 같은 놈아, 사람의 목숨이 중하냐, 네 놈들의 욕심이 중하냐?"

말도 채 끝내기 전에 덜렁 그자를 들어 물속에 태질을 해 버렸다는 것이다. 상대방이 '아이고' 소리도 못해 보고 탁류에 휘말려 가고, 지레 달아난 녀석의 고자질에 의해선지 이내 경찰이 둘이나 달려왔더라고.

"내가 그랬소!"

갈밭새 영감은 서슴지 않고 두 손을 내밀었다는 거다. 다행히도 벌써 그때는 둑이 완전히 뭉개지고, 섬을 치덮던 탁류도 빙 에워돌며 뭉그적뭉그적 빠져 나가고 있었다는 것이다.

"정말 우리 조마이섬을 지키다시피 해온 영감인데……. 살인죄라니 우짜문 좋겠능기요?"

게까지 말하고 나를 쳐다보는 윤춘삼 씨의 벌건 눈에서는 어느덧 닭똥 같은 눈물이 뚝뚝 떨어지기 시작했다.

법과 유력자의 배짱과 선량한 다수의 목숨……. 나는 이방인처럼 윤춘삼 씨의 캉캉한 얼굴을 건너다보았다.

폭풍우는 끝났다. 60년래 처음이니 뭐니 하고 수다를 떨던 라디오와 신문들도 이젠 거기에 대해선 감쪽같이 말이 없었다. 그저 몇몇 일간 신문의 수해 구제 의연란에 다소의 금액과 옷가지들이 늘어갈 뿐이었다.

섬 사람들의 애절한 하소연에도 불구하고 육십이 넘은 갈밭새 영감은 결국 기약 없는 감옥살이로 넘어갔다.

그리고 9월 새 학기가 되어도 건우 군은 학교에 나오지 않았다. 끝내 돌아오지 않았다. 그의 일기장에는 어떠한 글이 적힐는지?

황폐한 모래톱—조마이섬을 군대가 정지를 하고 있다는 소문이 들렸다.

1966년

주제심화 Q&A

1. 1970년대 이전 소설사에서 '농민소설'의 중요성을 설명해 보시오.

1970년대 이전까지만 하더라도 한국의 산업구조는 절대적으로 1차 산업인 농업의 비중이 컸다. 70년대 이전의 한국소설사에서 20년대의 경향 소설을 제외하고는 노동자 중심의 소설을 찾아보기 힘든 것도 이러한 산업 구조의 영향을 받은 것이다. 자연스럽게 농민을 소재로 한 농민 소설이 중심이 될 수밖에 없었던 것이다.

또한 한국인에게 땅은 중요한 재산이자 생명과 직결되는 쌀을 생산하는 삶의 터전이었다. 그러므로 흙과의 숙명적인 상관관계를 갖고 있는 농민의 생활상을 제시하는 농민소설이 중요하게 부각되었던 것이다. 그러나 동시에 농촌은 계몽해야 될 대상으로 지식인들에게 인식되면서 사회운동과 연관된 농민소설이 활발히 창작되기 시작하였다. 1930년대부터 활발해지기 시작한 농민 소설에서 처음에는 농민 생활의 신화화나 농민의 가치 강조와 같은 문제보다는, 사회 교화적인 요소, 이념 선동적인 요소 등이 중요시되었다.

'흙 속으로'라는 뜻을 지닌 브나로드 운동을 중심으로 민족적 교화 운동과 민중 계몽을 목적으로 한 소설이 최초의 경향을 이룬다. 이광수의 『흙』과 심훈의 『상록수』 등이 이 계열에 속한다. 이후 이기영은 「서화」, 『고향』 등에서 식민지적 사회 구조의 모순을 농촌 사회 내부에서 발견하고 이에 대한 해결을 모색하였다. 프로 문학의 목적의식이 분명하게 드러나는 이 소설들은 사회주의 운동의 연장선상에서 생각할 수 있다. 물론 박영준, 이무영, 김정한 등과 같이 이념적인 배경을 바탕에 깔지 않고서 농촌 현실을 직시해 들어간 소설가들도 있었다.

결론적으로 말해 한국 소설사에서 농촌은 계몽, 계급, 농촌의 현실 등이 집약되어 나타난 모순의 출발점으로 소설가들의 지대한 관심을 끌었던 공간이다. 농촌과 농민의 삶은 당대 소설가들에게 가장 주목할 만한 서사의 대상이었던 것이다.

2. 박영준의 농촌 소설을 더 찾아보고, 그 특징을 설명해 보시오.

박영준은 농촌과 흙에 대한 맹신적인 집념을 가진 인간보다는 흙에 매달려 사는 사람들의 가난한 상황과 농촌의 숙명적인 현실을 직시한 작가이다. 그의 작품 「모범 경작생」, 「일년」, 「아버지의 꿈」, 「목화씨 뿌릴 때」는 모두 일관되게 그러한 세계를 구체화하고 있다. 그는 어떤 이념이나 정치적인 신조와 깊이 관계되지 않은 대표적인 순수 농민 작가 중 하나이다. 그만큼 농민의 삶과 현실을 정직하게 수용하고 있는 작가인 것이다.

「모범 경작생」에 등장하는 길서는 마을 공동체의 고난에 대해서는 냉담할뿐더러 그러한 상황을 외면한 채 식민지 관료에 부화뇌동하는 인물로 그려진다. 그는 서울 강습회 참가와 일본 시찰 등 일신의 영달만을 꾀하는데, 그의 이런 행동은 이웃 농민들의 분노를 산다. 길서가 같은 공동체의 일원이 아님을 안 마을 사람과 애인 의숙이 그를 거부함으로서, 식민정책과 농민의 현실 사이의 거리감을 표현한 것이다.

「일년」은 표제 그대로, 봄에서 그 이듬해 봄까지의 계절적인 사계의 순환을 시간 구조로 삼으면서 일년 동안의 농사 세시와 밀착된 농민의 가난과 괴로움을 제시하고 있는 작품이다. 그는 이런 가난과 고통의 원인으로 세 가지 요인을 들고 있다. 식민지 제도의 부역과 세금 제도의 모순, 소작제도의 비형평성이 그것이다. 이런 이중 삼중의 고통과 시련에 시달리면서 생존 그 자체가 늘 위협받는 농민의 실태를 그리고 있을 뿐만 아니라, 일자리를 찾아 뜨내기 노동자로 전락하는 농민들의 비참한 현실을 그리고 있다.

김동인(1900~1951)

호는 금동(琴童), 필명은 춘사(春士). 평남 평양 출생. 1919년 주요한(朱耀翰), 전영택(田榮澤) 등과 함께 최초의 문학동인지인 『창조』를 발간하면서 처녀작 「약한 자의 슬픔」을 발표하였다. 1919년 3월에는 3·1운동 격문을 써준 것 때문에 4개월간 감옥살이를 하기도 했다. 1920년 이후 이광수의 계몽주의 문학을 비판하며 「마음이 옅은 자여」「배따라기」「목숨」 등과 같은 예술지상주의적 경향을 띤 작품을 창작했다. 1925년에는 「감자」「시골 황서방」과 같은 자연주의적 작품을 발표하여 문단의 주목을 받았다. 1929년에 춘원의 계몽주의 문학관에 대립되는 예술주의 문학관을 바탕으로 「근대소설고」를 발표했고, 이듬해에는 「광염소나타」「광화사」와 같은 유미주의 계열의 단편을 발표했다. 1930년부터 생활고를 해결하기 위해 「젊은 그들」「운현궁의 봄」 등과 같은 역사소설을 신문에 연재하기도 했다. 해방 후에는 일제 말기에 벌어진 문학인의 친일행위, 특히 이광수의 친일행위를 비판적으로 그려낸 「반역자」(1946) 등의 단편을 발표했다. 단편소설 미학을 확립하고 자연주의와 유미주의적 경향의 수용 등은 한국 근대문학의 새로운 가능성을 개척한 김동인의 업적으로 평가된다. 1955년에 그의 문학적 업적을 기려 동인문학상이 제정되었다.

나도향(1902~1926)

본명은 경손(慶孫), 필명은 빈(彬). 서울 출생. 1922년에 박종화(朴鍾和), 홍사용(洪思容), 이상화(李相和), 현진건(玄鎭健) 등과 함께 문예동인지 『백조』 동인으로 참가했다. 나도향은 1921년 『배재학보』에 「출학」을 발표하고, 뒤이어 『신민공론』에 단편 「추억」을 발표하면서 문필 활동을 시작했다. 나도향의 작품 세계는 크게 세 가지 계열로 나뉜다. 첫째는 낭만적 성향이 두드러지는 작품이고, 둘째는 자연주의적 색채를 띠는 작품들이며, 셋째는 당시에 유행하던 계급주의적 경향을 보이는 작품들이다. 초기작은 대체로 환상적, 감상적이며 낭만적인 경향을 보인다. 「젊은이의 시절」「별을 안거든 우지나 말걸」 등이 대표적인 작품이다. 자연주의적 경향의 작품과 계급주의적 색채는 서로 혼합되어 작품 속에서 드러난다. 「벙어리 삼룡이」「뽕」「지형근」 등 후기 작품이 대체로 이 경향에 속한다. 이 시기 작품의 주요한 특징으로는 등장 인물의 신분 변화를 들 수 있는데, 행랑자식, 하녀, 머슴, 창녀, 벙어리 등 주로 사회적 하층계층이 작품의 주인공으로 등장한다. 이는 현실의 어두운 면에 대한 작가의 관심을 반영한다.

김유정(1908~1937)

강원도 춘성 출생. 서울에서 성장. 서울 재동공립보통학교를 졸업하고 휘문고보를 거쳐 1930년 연희전문학교 문과에 입학했으나 곧 제명처분을 당하고, 이듬해 보성전문학교에 입학했으나 다시 퇴학당한다. 1935년 《조선일보》 신춘문예에 「소낙비」가 당선되었으며, 『조선중앙일보』 신춘문예에 「노다지」가 가작으로 입선되어 문단의 주목을 받았다. 그러나 실제로는 이미 1933년에 「산골 나그네」와 「총각과 맹꽁이」를 이미 발표한 상태였다. 같은 해 문학 친목단체이자 모더니즘 작가들이 주축이 되어 결성한 구인회(九人會)에 가입했다. 김유정은 불과 10년도 채 안 되는 짧은 창작기간 동안에 「동백꽃」「봄봄」「땡볕」 등 단편 소설 30여 편과 수필 10여 편을 발표하는 왕성한 활동을 펼쳤다. 그의 작품들은 본질적으로 희극적인 해학성을 특징으로 한다. 우직하지만 어딘가 바보스러운 인물을 등장시키고 판소리를 연상시키는 비속어, 토속어를 활용하여 당대의 어둡고 삭막한 농촌 현실을 해학적으로 그려내었다. 그래서 김유정은 일제 식민치하에서 농촌의 궁핍한 현실과, 가혹한 현실에도 불구하고 끈질기게 살아가는 하층민들의 삶을 해학적인 필치로 그려내어 독특한 소설세계를 창조했다고 평가된다.

가난은 삶을 어떻게 변화시키는가

감자

김동인

뽕

나도향

산골 나그네

김유정

가난은 삶을 어떻

경제적 빈곤은 문학 작품의 중요한 소재로 사용되어 왔다. 현실을 그대로 묘사해 당시의 사회상을 그리기도 하는 이런 '빈궁(貧窮)소설'들은 사실주의 문학의 주요한 유형 가운데 하나로 자리매김하게 되었다.

빈곤한 경제 현실을 중심 소재로 삼는 빈궁소설이라도 작품에 표현되는 궁핍한 양상은 저마다 매우 다양하다. 일제시대에는 농촌이 빈궁소설의 주된 공간적 배경이 되었다. 당시에는 인구의 80% 이상이 농민이었으며, 가난이 심각한 문제가 된 지역도 농촌이었기 때문이다. 농촌을 배경으로 한 빈궁소설이라도 농민들의 비참한 삶을 사실적으로 형상화한 작품들이 있는가 하면, 지주와 농민 간의 대립관계를 나타낸 것도 있고, 수탈에 지친 농민들의 저항을 다룬 작품에 이르기까지 실로 다양했다.

한편 도시를 무대로 한 경우에는 주로 빈부 격차로 인한 도시 빈민의 곤궁한 삶을 화려한 도시의 외관과 대조적으로 형상화했다.

1920년대 후반 경성, 즉 지금의 서울은 나머지 지역에 비해서 훨씬 근대화되었고 겉모양은 어느

게 변 화 시 키 는 가

정도 도시의 모습을 갖춰가고 있었다. 그러나 서울 변두리나 산동네 골목에는 농토를 잃고 서울로 올라온 많은 사람들이 빈민촌을 형성해 생활고에 허덕이고 있었다. 도시를 배경으로 한 빈궁소설은 주로 이들의 생활을 그려낸 것이다. 어느 쪽이든 빈곤을 소재로 한 작품들은 그 배경과 관계없이 부조리하고 모순으로 가득 찬 현실을 폭로한다는 공통점을 가지고 있다.

이 장에 나오는 작품들은 1920년대의 여러 빈궁소설들 가운데서도 특히 '가난이 삶을 어떻게 변화시키는가'를 드러낸 작품들이다. 농사지을 땅은 물론 돈을 벌 일자리조차 없는 이들은 구조적인 모순과 개인적인 절망으로 좌절된 삶을 살기 마련이었다. 가진 것은 몸뚱이 하나뿐이었던 하층민들은 먹을 것을 얻기 위해 결국엔 돈을 받고 몸을 팔기도 했다. 빈곤과 도덕의 문제, 환경과 인간성의 관계에 대해 다시 한 번 생각해 보자.

:: 빈곤과 인간성의 타락 그리고 삶의 애환

자연주의는 인간의 생태를 자연현상으로 보려는 것을 기본 정신으로 하는 문학 사조이다. 인간을 하나의 자연현상으로 보고 그것을 세밀하게 해부하고 묘사할 때, 인간은 본능이나 생리, 특히 주어진 환경에 의해 강력하게 지배되는 것으로 그려지게 된다.

이처럼 주어진 자연환경이 인간의 행동과 태도를 결정짓는다는 사고를 환경결정론이라고 한다. 때문에 가난이 인간성의 타락을 부추긴다는 생각 역시 일종의 환경결정론적 사고라고 할 수 있다. 이러한 시각이 두드러진 작품이 바로 김동인의 「감자」이다.

「감자」의 주인공 복녀는 몰락한 선비 집안의 후예로 막연한 도덕관념을 가진 인물이다. 그러나 무능하고 게으른 남편과 함께 이농민 신세가 되어 빈민굴로 흘러들면서 그녀는 변하게 된다. 배고픔은 그녀를 거지 신세로 만들었고, 솔밭으로 내몰아 송충이를 잡는 잡부가 되게 했으며, 급기야는 작업장 감독에게 몸을 허락하게까지 된다. 그후로 복녀는 정조를 대수롭지 않게 여기게 되고, 중국인 왕 서방의 밭에서 감자를 훔치다가 붙잡히지만 몸을 팔아 위기를 벗어나더니 돈까지 받아서 돌아오게 된다. 그날 이후로 왕 서방은 복녀의 집까지 드나들게 된다. 그러던 어느 날 중국인 왕 서방이 색시를 사서 장가를 들게 되자, 이를 질투한 복녀는 결혼식 날 밤 왕 서방의 집을 찾아가 낫을 들고 행패를 부리다 그의 손에 죽고 만다. 며칠이 지난 후 왕 서방은 복녀의 남편과 의사에게 각각 30원과 20원을 지불하고, 그 다음날 복녀는 뇌일

혈로 죽었다는 의사의 진단으로 공동묘지로 실려간다.

「감자」의 배경이 된 평양 칠성문 밖 빈민굴은 싸움, 간통, 살인, 도둑질 등이 판을 치는 '죄악의 소굴'로 설정되어 있으며, 빈곤과 타락이 한데 뒤엉켜 있는 공간이다. 이곳으로 흘러들게 된 복녀와 그의 남편 또한 이러한 공간의 영향으로 타락에 물들게 된다. 솔밭 감독에게, 거지에게, 감자밭 주인 왕 서방에게 몸을 팔면서 복녀는 돈을 벌 수 있는 손쉬운 수단을 찾아나선다. 가난하지만 정직한 농가에서 자란 여인이, 환경의 영향을 받아 타락하는 모습을 통해 작가는 환경결정론적 인식을 드러낸다. 이 때문에 「감자」는 자연주의적인 특징이 엿보이는 작품으로 평가된다. 또한 죽은 복녀의 시체를 놓고 남편과 왕 서방 그리고 한의사가 흥정을 벌이는 광경은, 돈에 대한 욕심이 인간성을 파괴하는 모습을 잘 보여주는 장면이라고 할 수 있다.

그러나 복녀와 주변 인물들의 타락에 대해 조금 달리 생각해 볼 수도 있다. 당시에 우리 민족이 겪어야 했던 가난의 가장 주된 원인은 불합리한 소작제도나 일제의

자연주의 naturalism

인간을 본능과 환경에 의해 결정되는 고등한 동물로 보는 문학사조를 자연주의라고 한다. 인간도 전적으로 자연 질서에 포함되어 있으며, 자연을 초월하는 종교적 세계나 영적인 세계는 물론 영혼도 없다고 본다. 그래서 인간은 유전적인 개인의 특성이나 배고픔, 성욕과 같은 본능에 의해 움직이며, 자신이 속한 가족이나 계급, 태어난 환경에 순응하지 않을 수 없는 존재로 간주된다. 따라서 자연주의 소설에서는 탐욕이나 야수적인 성욕과 같은 동물적 충동을 드러내는 인물이나, 사회적으로 불우한 환경에 의해 희생된 사람들이 주인공으로 자주 나타나며, 그들이 보여주는 인생의 단면을 가감 없이 묘사한다. 결말도 비극적인 경우가 많다.

국내 소설 가운데는 김동인의 「감자」가 가장 자연주의적이라고 할 수 있다. 남편의 게으름으로 인해 빈민굴로 접어들면서 불우한 환경 속에서 굶주림과 성욕에 지배당하고 마침내 비극적인 죽음을 맞이하는 복녀는, 자연주의 소설의 전형적인 모습을 보여준다.

수탈이라는 사회구조적 문제였다. 김동인의 「감자」는 이런 면에 대해서는 거의 언급하지 않았기 때문에 일제 강점기 민족적 빈곤과 비극의 원인에 대해 구체적으로 모색하지 않은 한계를 가진다고 평가되기도 한다.

나도향의 「뽕」도 본능과 물질적 욕구에 따라 행동하는 인물들의 행동을 그리고 있다는 점에서는 「감자」와 같지만, 「감자」처럼 결정론적이고 비극적이지는 않다. 「뽕」의 주인공 안협집은 얼굴은 예쁘지만 정조관념이 희박한 인물이다. 그녀는 노름꾼인 남편만 믿고는 살 수 없어서 돈깨나 있는 남자라면 아무에게나 몸을 판다. 그러던 어느 날 안협집은 뒷집 머슴인 삼돌이와 남의 뽕을 훔치러 갔다가 뽕밭지기에게 붙잡히게 되고, 안현집은 버릇대로 몸을 팔아 위기를 모면하게 된다. 그로부터 며칠 후 항상 안협집을 탐내던 삼돌이는, 그녀의 방으로 뛰어들었다가 망신만 당하고 쫓겨나게 되자, 이에 앙심을 품고 뽕밭에서 있었던 일을 안협집의 남편인 노름꾼 김삼보에게 일러바친다. 화가 난 삼보는 안협집을 죽도록 두들겨 팬다. 하지만 그것뿐이다. 이튿날 삼보는 떠나고, 안협집은 주인집과 함께 치던 누에를 따서 삼십 원씩 나

반어적 명명(命名, 이름붙이기)

「감자」의 주인공 이름은 복녀(福女), 즉 복이 많은 여자다. 그러나 소설의 내용을 보면 복녀의 삶은 그렇지 못하다. 평범한 농민의 딸에서 거렁뱅이로 전락하고, 몸을 팔아 살아가는 삶을 살다가 마침내 목숨마저 잃게 되는 비참한 운명을 가진 여자인 것이다. 이처럼 실제와는 상반되게 이름이 붙여지는 경우를 가리켜서 반어적 명명이라고 하는데 일종의 아이러니 기법이다.

전영택의 「화수분」도 마찬가지이다. 주인공의 이름인 '화수분'은 '안에다 온갖 물건을 넣어 두면 새끼를 쳐서 끝이 없이 나오는 보물단지'라는 뜻으로 '재물이 자꾸 생겨서, 아무리 써도 줄지 않음'을 이르는 말이다. 그러나 이 소설에서도 주인공은 그 이름과는 달리 지독한 가난에 시달리다 비극적으로 죽어간다. 이 역시 반어적 명명 기법을 사용한 것이다.

누어 가질 뿐 아무 것도 바뀐 것은 없다.

이 작품에서 안협집은 「감자」의 복녀와는 달리 애초부터 도덕관념이 없다. '십오륙 세 적, 참외 한 개에 원두막 속에서 총각녀석들에게' 자신의 정조를 팔아 치울 정도였다. 촌구석에서 아무렇게나 자라난 그녀는 '돈만 있으면' 무엇이든 해결된다고 생각한다. 그리고 그 돈을 얻기 위해선 어떤 짓이든 할 수 있다는 물질적 욕망에 맹목적으로 사로잡혀 있다. 그 때문에 자신의 정조도 돈을 얻기 위해서는 손쉽게 팔 수 있었던 것이다. 안협집의 남편 김삼보도 마찬가지다. 노름판을 떠돌아다니는 김삼보는 돈만 손에 쥘 수 있다면 아내의 부정까지 은근슬쩍 모른 체할 수 있는 인물이다. 또한 뒷집 머슴 삼돌이는 호시탐탐 안협집을 겁탈하려고 기회를 엿본다. 그는 자신의 성욕을 채우기 위해 행동하는 본능적인 인물의 대표적인 유형이라고 할 수 있다.

물질적 욕구와 본능만을 추구하는 이들은 자신들의 추악한 모습이 온 천하에 드러나 한바탕 풍파를 겪게 되지만, 그것도 잠시뿐이다. 그들의 일상은 그리 변할 것도 없고 비극적일 것도 없이, 여전히 그렇게 흘러가는 것이다. 이러한 결말을 통해 작가는 '이것이 곧 현실의 참모습'이라는 것을 말하고 싶었던 듯하다.

나도향의 작품세계는 초창기에는 낭만주의와 감상주의에 젖어 있었지만, 시간이 흐를수록 주관적 애상과 감상을 벗어나 객관적 현실을 바탕으로 한 사실주의적 경향을 띠게 된 것으로 평가받는다. 가난에 시달리며 살아가는 인간들의 도덕의식의 혼미와 성 질서의 실종을 주제로 한 「뽕」은 나도향 작품들 가운데서도 사실주의 경향을 띠고 있는 단편소설로 분류된다. 「뽕」은 가난으로 인한 성(性)의 매매현장에 대해 주목함으로써 인간 내면에 잠재한 동물적인 본능을 탐색함과 동시에 윤리보다 돈이나 물질이 우선시되는 현실을 보여준다.

김유정의 「산골 나그네」는 빈곤 속에서 허우적대는 인간의 모습을 다루고 있지만 앞의 두 작품과는 사뭇 다른 시선으로 주제를 드러내고 있다. 이 작품에는 병이 깊은데다 거지 신세가 되어 물레방앗간에 잠시 머무는 기묘한 젊은 부부가 등장한다. 부인은 나그네처럼 행세하며 산골 주막으로 찾아들어서 그 집 모자의 환심을 산 끝에 주막집 아들 덕돌이와 혼사까지 치르지만, 결국 남자의 새 옷을 훔쳐서는 물레방앗간에서 기다리던 병자 남편과 함께 도망을 치는 것을 줄거리로 하고 있다.

이 작품에 등장하는 인물들은 하나같이 순박하고 불쌍한 사람들이다. 앞의 두 작품이 불행한 환경 속에서 추악하게 타락해가는 인물들을 그려낸 반면, 이 작품은 똑같은 환경이지만 미워할 수 없는 사람들의 삶의 애환을 그리고 있다. 병든 남편과 함께 살아남기 위해 위장 혼인까지 하고 남편에게 솜옷을 입혀 도주하는 여인의 행위는, 그리 악한 행위로 느껴지지는 않는다. 「감자」의 복녀나 「뽕」의 안협집처럼 먹을 것을 위해 몸을 맡기지만, 그녀의 행위는 타락이나 부도덕으로 읽히기는커녕 오히려 연민의 정을 일으킨다. 이는 등장 인물들의 행위가 가진 동기의 선량함에 의한 것이기도 하고, 동시에 그들을 그려내는 작가의 우호적인 시선에서 기인한다고 볼 수 있다.

매춘이라는 모티프는 빈궁소설에서 빈번하게 등장하는 소재이며 「감자」와 「뽕」

빈궁(貧窮)소설

경제적으로 가난한 현실과 그 안에서의 궁핍한 생활을 다루고 있는 소설을 뜻한다. 이런 빈궁소설은 대다수 사람들이 왜 가난하게 살아갈 수밖에 없는지에 대해 그 원인을 밝히거나 그들의 애달픈 현실을 사실적으로 반영하고자 한다.

봉건시대 토지제도인 소작제와 일제의 가혹한 수탈로 인해 대다수 사람들이 가난에 시달렸던 1920년대에 쓰여진 김동인의 「감자」, 현진건의 「운수 좋은 날」, 최서해의 「탈출기」 등은 빈궁소설의 대표적인 작품들로 손꼽힌다. 이후 가난은 1970년대 이후 급격하게 이루어진 근대화와 산업화의 물결에서 소외된 노동자와 빈민 계층이 사회적 문제로 부각되면서 문학작품의 주요한 주제로 다시 등장하게 된다. 이문구의 「장한몽」이나 조세희의 「난장이가 쏘아 올린 작은 공」 등이 이때 쓰여진 대표적인 작품이다.

그리고 「산골 나그네」에도 공통적으로 등장한다. 세 작품에 등장하는 남편은 여자를 등쳐먹고 사는 백수건달이나 노름꾼, 혹은 병자로 정상적인 경제활동을 하지 않거나 못하는 인물들이다. 대신 여자가 몸을 팔아 생계를 이어나간다. 그러나 이처럼 공통된 정황을 다루는 방법은 각각 다르다. 특히 그러한 소재를 다루는 김유정의 시선은 다른 작가들과는 매우 다르다. 소위 '들병이'로 불리는 유랑민들이 김유정 작품에는 자주 등장하는데, 들병이란 남편 있는 여인이 시골 주막을 전전하며 술과 몸을 파는 것을 말한다. 들병이의 남편은 아내를 매음시켜 생계를 꾸릴 뿐 아니라 그것을 즐기기조차 한다. 결혼이나 정조관념을 뛰어넘는 이들의 독특한 윤리의식은 기성의 도덕관이나 상식으로 볼 때는 충격적일 수밖에 없다. 이 작품의 '나그네' 여인 역시 병든 남편을 숨겨 둔 채, 별다른 죄의식 없이 술집 작부역을 기꺼이 받아들이고 덕돌과 결혼을 하는 등 상식을 벗어난 행위를 보이고 있다. 그러나 작가는 이들을 부정적으로 보기보다는, 이들의 독특한 윤리의식을 통해 오히려 가난으로 인해 정상과 비정상을 가르는 경계가 흔들리게 된 현실을 암시적으로 드러내고 있다고 보아야 할 것이다.

감자 _ 김동인

싸움, 간통, 살인, 도둑, 구걸, 징역 이 세상의 모든 비극과 활극의 근원지인 칠성문 밖 빈민굴로 오기 전까지는, 복녀의 부처는 (사농공상의 제2위에 드는) 농민이었었다.

복녀는, 원래 가난은 하나마 정직한 농가에서 규칙 있게 자라난 처녀였었다. 이전 선비의 엄한 규율은 농민으로 떨어지자부터 없어졌다. 하나, 그러나 어딘지는 모르지만 딴 농민보다는 좀 똑똑하고 엄한 가율이 그의 집에 그냥 남아 있었다. 그 가운데서 자라난 복녀는 물론 다른 집 처녀들같이 여름에는 벌거벗고 개울에서 멱감고, 바짓바람으로 동네를 돌아다니는 것을 예사로 알기는 알았지만, 그러나 그의 마음속에는 막연하나마 도덕이라는 것에 대한 저품을 가지고 있었다.

그는 열다섯 살 나는 해에 동네 홀아비에게 팔십 원에 팔려서 시집이라는 것을 갔다. 그의 새서방(영감이라는 편이 적당할까)이라는 사람은 그보다 이십 년이나 위로서, 원래 아버지의 시대에는 상당한 농민으로서 밭도 몇 마지기가 있었으나, 그의 대로 내려오면서는 하나 둘 줄기 시작하여서, 마지막에 복녀를 산 팔십 원이 그의 마지막 재산이었다. 그는 극도로 게으른 사람이었다. 동네 노인들의 주선으로 소작 밭깨나 얻어주면, 종자만 뿌려 둔 뒤에는 후치질도 안 하고 김도 안 매고 그냥 내버려 두었다가는, 가을에 가서는 되는 대로 거두어서 '금년은 흉년이네' 하고 전줏집에는 가져도 안 가고 자기 혼자 먹어 버리고 하였다. 그러니까 그는 한 밭을 이태를 연하여 부쳐 본 일이 없었다. 이리하여 몇 해를 지내는 동안 그는 그 동네에서는 밭을 못 얻으리만큼 인심을 잃고 말았다.

복녀가 시집을 온 뒤, 한 삼사 년은 장인의 덕택으로 이렁저렁 지나갔으나, 이전 선비의 꼬리인 장인도 차차 사위를 밉게 보기 시작하였다. 그들은 처가에까지 신용을 잃게 되었다.

그들 부처는 여러 가지로 의논하다가 하릴없이 평양성 안으로 막벌이로 들어왔다. 그러나 게으른 그에게는 막벌이나마 역시 되지 않았다. 하루 종일 지게를 지고 연광정에 가서 대동강만 내려다보고 있으니, 어찌 막벌이인들 될까. 한 서너 달 막벌이를 하다가, 그들은 요행 어떤 집 막간(행랑)살이로 들어가게 되었다.

그러나 그 집에서도 얼마 안 되어 쫓겨나왔다. 복녀는 부지런히 주인집 일을 보았지만, 남편의 게으름은 어찌할 수가 없었다. 매일 복녀는 눈에 칼을 세워 가지고 남편을 채근하였지만, 그의 게으른 버릇은 개를 줄 수는 없었다.

"벳섬 좀 치워 달라우요."

"남 졸음 오는데, 님자 치우시관."

"내가 치우나요?"

"이십 년이나 밥 처먹구 그걸 못 치워!"

"에이구, 칵 죽구나 말디."

"이년, 뭘!"

이러한 싸움이 그치지 않다가, 마침내 그 집에서도 쫓겨나왔다.

이젠 어디로 가나? 그들은 하릴없이 칠성문 밖 빈민굴로 밀리어 오게 되었다.

칠성문 밖을 한 부락으로 삼고 그곳에 모여 있는 모든 사람들의 정업은 거러지요, 부업으로는 도적질과 (자기네끼리의) 매음, 그밖에 이 세상의 모든 무섭고 더러운 죄악이었다. 복녀도 그 정업으로 나섰다.

*

그러나 열아홉 살의 한창 좋은 나이의 여편네에게 누가 밥인들 잘 줄까.

"젊은 거이 거랑은 왜?"

그런 소리를 들을 때마다 그는 여러 가지 말로, 남편이 병으로 죽어가거니 어쩌거니 핑계는 대었지만, 그런 핑계에는 단련된 평양 시민의 동정은 역시 살 수가 없었다. 그들은 이 칠성문 밖에서도 가장 가난한 사람 가운데 드는 편이었다. 그 가운데서 잘 수입되는 사람은 하루에 오 리짜리 돈뿐으로 일 원 칠팔십 전의 현금을 쥐고 돌아오는 사람까지 있었다.

극단으로 나가서는 밤에 돈벌이를 나갔던 사람은 그날 밤 사백여 원을 벌어가지고 와서 그 근처에서 담배장사를 시작한 사람까지 있었다.

복녀는 열아홉 살이었다. 얼굴도 그만하면 빤빤하였다. 그 동네 여인들의 보통 하는 일을 본받아서 그도 돈벌이 좀 잘하는 사람의 집에라도 간간 찾아가면 매일 오륙십 전은 벌 수가 있었지만, 선비의 집안에서 자라난 그는 그런 일은 할 수가 없었다.

그들 부처는 역시 가난하게 지냈다. 굶는 일도 흔히 있었다.

*

기자묘 솔밭에 송충이가 끓었다. 그때, 평양 '부' 에서는 그 송충이를 잡는 데 (은혜를 베푸는 뜻으로) 칠성문 밖 빈민굴의 여인들을 인부로 쓰게 되었다.

빈민굴 여인들은 모두 지원을 하였다. 그러나 뽑힌 것은 겨우 오십 명쯤이었다. 복녀도 그 뽑힌 사람 가운데 한 사람이었다.

복녀는 열심으로 송충이를 잡았다. 소나무에 사다리를 놓고 올라가서는, 송충이를 집게로 집어서 약물에 잡아넣고, 또 그렇게 하고, 그의 통은 잠깐 사이에 차고 하였다. 하루에 삼십이 전씩의 품삯이 그의 손에 들어왔다.

그러나 대엿새 하는 동안에 그는 이상한 현상을 하나 발견하였다. 그것은 다른 것이 아니라, 젊은 여인부 한 여남은 사람은 언제나 송충이는 안 잡고 아래서 지절거리며 웃고 날뛰기만 하고 있는 것이었다. 뿐만 아니라, 그 놀고 있는 인부의 품삯은 일하는 사람의 삯전보다 팔 전이나 더 많이 내어주는 것이다.

감독은 한 사람뿐이었는데, 감독도 그들의 놀고 있는 것을 묵인할 뿐 아니라, 때때로는 자기까지 섞여서 놀고 있었다.

어떤 날 송충이를 잡다가 점심때가 되어서, 나무에서 내려와서 점심을 먹고 다시 올라가려 할 때에 감독이 그를 찾았다—.

"복네! 얘, 복네!"

"왜 그릅네까?"

그는 약통과 집게를 놓고 뒤로 돌아섰다.

"좀 오나라."

그는 말없이 감독 앞에 갔다.

"얘, 너, 음……데 뒤 좀 가보자."

"뭘 하레요?"

"글쎄, 가야……."

"가디요. —형님."

그는 돌아서면서 인부들 모여 있는 데로 고함쳤다.

"형님두 갑세다. 가레."

"싫다 얘. 둘이서 재미나게 가는데, 내가 무슨 맛에 가갔니?"

복녀는 얼굴이 새빨갛게 되면서 감독에게로 돌아섰다.

"가보자."

감독은 저편으로 갔다. 복녀는 머리를 수그리고 따라갔다.

"복네 좋갔구나."

뒤에서 이러한 조롱 소리가 들렸다. 복녀의 숙인 얼굴은 더욱 발갛게 되었다.

그날부터 복녀도 '일 안 하고 품삯 많이 받는 인부'의 한 사람으로 되었다.

*

복녀의 도덕관 내지 인생관은, 그때부터 변하였다.

그는 아직껏 딴 사내와 관계를 한다는 것을 생각하여 본 일도 없었다. 그것은 사람의 일이 아니요, 짐승의 하는 것쯤으로만 알고 있었다. 혹은 그런 일을 하면 탁 죽어지는지도 모를 일로 알았다.

그러나 이런 이상한 일이 어디 다시 있을까. 사람인 자기도 그런 일을 한 것을 보면, 그것은 결코 사람으로 못 할 일이 아니었다. 게다가 일 안 하고도 돈 더 받고, 긴장된 유쾌가 있고, 빌어먹는 것보다 점잖고…….

일본말로 하자면 '삼박자(三拍子)' 같은 좋은 일은 이것뿐이었다. 이것이야말로 삶의 비결이 아닐까. 뿐만 아니라, 이 일이 있은 뒤부터, 그는 처음으로 한 개 사람이 된 것 같은 자신까지 얻었다.

그 뒤부터는 그의 얼굴에는 조금씩 분도 바르게 되었다.

*

일 년이 지났다.

그의 처세의 비결은 더욱더 순탄히 진척되었다. 그의 부처는 이제는 그리 궁하게 지내지는 않게 되었다.

그의 남편은, 이것이 결국 좋은 일이라는 듯이 아랫목에 누워서 벌신벌신 웃고 있었다.

복녀의 얼굴은 더욱 이뻐졌다.

"여보, 아즈마니. 오늘은 얼마나 벌었소?"

복녀는 돈 좀 많이 벌은 듯한 거지를 보면 이렇게 찾는다.

"오늘은 많이 못 벌었쉐다."

"얼마?"

"도무지 열서너 냥."

"많이 벌었쉐다가레. 한 댓 냥 꿰 주소고레."

"오늘은 내가……."

어쩌고 어쩌고 하면, 복녀는 곧 뛰어 가서 그의 팔에 늘어진다.

"나한테 들킨 댐에는 꿔구야 말아요."

"난, 원 이 아즈마니 만나믄 야단이더라. 자, 꿰 주디, 그 대신 응? 알아 있디?"

"난 몰라요. 해해해해."

"모르믄, 안 줄 테야."

"글쎄, 알았대두 그른다."

—그의 성격은 이만큼까지 진보되었다.

*

가을이 되었다.

칠성문 밖 빈민굴의 여인들은 가을이 되면 칠성문 밖에 있는 중국인의 채마밭에 감자(고구마)며 배추를 도둑질하러, 밤에 바구니를 가지고 간다. 복녀도 감자깨나 잘 도둑질하여 왔다.

어떤 날 밤, 그는 고구마를 한 바구니 잘 도둑질하여 가지고 이젠 돌아오려고 일어설 때에, 그의 뒤에 시꺼먼 그림자가 서서 그를 꽉 붙들었다. 보니, 그것은 그 밭의 주인인 중국인 왕 서방이었다. 복녀는 말도 못하고 멀찐멀찐 발 아래만 내려다 보고 있었다.

"우리집에 가."

왕 서방은 이렇게 말하였다.

"가재문 가디. 훤, 것두 못 갈까."

복녀는 엉덩이를 한 번 홱 두른 뒤에, 머리를 젖히고 바구니를 저으면서 왕 서방을 따라갔다.

*

한 시간쯤 뒤에 그는 왕 서방의 집에서 나왔다. 그가 밭고랑에서 길로 들어서려 할 때에, 문득 뒤에서 누가 그를 찾았다.

"복네 아니야?"

복녀는 홱 돌아서 보았다. 거기는 자기 곁집 여편네가 바구니를 끼고 어두운 밭고랑을 더듬더듬 나오고 있었다.

"형님이댔쉐까? ……형님두 들어갔댔쉐까?"

"님자두 들어갔댔나?"

"형님은 뉘 집에?"

“나? 눅(陸) 서방네 집에. 님자는?”

“난 왕 서방네……. 형님 얼마 받았소?”

“눅 서방네 그 깍쟁이 놈, 배추 세 페기…….”

“난 삼 원 받았다.”

복녀는 자랑스러운 듯이 대답하였다.

십 분쯤 뒤에 그는 자기 남편과 그 앞에 돈 삼 원을 내어놓은 뒤에, 아까 그 왕 서방의 이야기를 하면서 웃고 있었다.

*

그 뒤부터 왕 서방은 무시로 복녀를 찾아왔다.

한참 왕 서방이 눈만 멀찐멀찐 앉아 있으면, 복녀의 남편은 눈치를 채고 밖으로 나간다. 왕 서방이 돌아간 뒤에는 그들 부처는, 일 원 혹은 이 원을 가운데 놓고 기뻐하고 하였다.

복녀는 차차 동네 거지들한테 애교를 파는 것을 중지하였다. 왕 서방이 분주하여 못 올 때가 있으면 복녀는 스스로 왕 서방의 집까지 찾아갈 때도 있었다.

복녀의 부처는 이제 이 빈민굴의 한 부자였다.

*

그 겨울도 가고 봄이 이르렀다.

그때 왕 서방은 돈 백 원으로 어떤 처녀를 하나 마누라로 사 오게 되었다.

"흥!"

복녀는 다만 코웃음만 쳤다.

"복녀, 강짜하갔구만."

동네 여편네들이 이런 말을 하면, 복녀는 '흥' 하고 코웃음을 웃고 하였다.

내가 강짜를 해? 그는 늘 힘있게 부인하고 하였다. 그러나 그의 마음에 생기는 검은 그림자는 어찌할 수가 없었다.

"이놈 왕 서방, 네 두고 보자."

왕 서방이 색시를 데려오는 날이 가까웠다. 왕 서방은 아직껏 자랑하던 길다란 머리를 깎았다. 동시에 그것은 새색시의 의견이라는 소문이 퍼졌다.

"흥!"

복녀는 역시 코웃음만 쳤다.

마침내 색시가 오는 날이 이르렀다. 칠보 단장에 사인교를 탄 색시가, 칠성문 밖 채마밭 가운데 있는 왕 서방의 집에 이르렀다.

밤이 깊도록, 왕 서방의 집에는 중국인들이 모여서 별한 악기를 뜯으며 별한 곡조로 노래하며 야단하였다. 복녀는 집 모퉁이에 숨어 서서 눈에 살기를 띠고 방 안의 동정을 듣고 있었다.

다른 중국인들은 새벽 두시쯤 하여 돌아가는 것을 보면서, 복녀는 왕 서방의 집 안에 들어갔다. 복녀의 얼굴에는 분이 하얗게 발리워 있었다.

신랑신부는 놀라서 그를 쳐다보았다. 그것을 무서운 눈으로 흘겨보면서, 그는 왕 서방에게 가서 팔을 잡고 늘어졌다. 그의 입에서는 이상한 웃음이 흘렀다.

"자, 우리 집으로 가요."

왕 서방은 아무 말도 못하였다. 눈만 정처 없이 두룩두룩하였다. 복녀는 다시 한 번 왕 서방을 흔들었다.

"자, 어서."

"우리, 오늘 밤 일이 있어 못 가."

"일은 밤중에 무슨 일?"

"그래두, 우리 일이……."

복녀의 입에 아직껏 떠돌던 이상한 웃음은 문득 없어졌다.

"이까짓 것."

그는 발을 들어서 치장한 신부의 머리를 찼다.

"자, 가자우, 가자우."

왕 서방은 와들와들 떨었다. 왕 서방은 복녀의 손을 뿌리쳤다.

복녀는 쓰러졌다. 그러나 곧 다시 일어섰다. 그가 다시 일어설 때는, 그의 손에는 얼른얼른 하는 낫이 한 자루 들리어 있었다.

"이 되놈, 죽어라. 이놈, 나 때렸디! 이놈아, 아이구 사람 죽이누나."

그는 목을 놓고 처 울면서 낫을 휘둘렀다. 칠성문 밖 외따른 밭 가운데 홀로 서 있는 왕 서방의 집에서는 일장의 활극이 일어났다. 그러나 그 활극도 곧 잠잠하게 되었다. 복녀의 손에 들리어 있던 낫은 어느덧 왕 서방의 손으로 넘어가고, 복녀는 목으로 피를 쏟으면서 그 자리에 고꾸라져 있었다.

*

복녀의 송장은 사흘이 지나도록 무덤으로 못 갔다. 왕 서방은 몇 번을 복녀의 남편을 찾아갔다. 복녀의 남편도 때때로 왕 서방을 찾아갔다. 둘의 사이에는 무슨 교섭하는 일이 있었다. 사흘이 지났다.

밤중 복녀의 시체는 왕 서방의 집에서 남편의 집으로 옮겼다.

그리고 시체에는 세 사람이 둘러앉았다. 한 사람은 복녀의 남편, 한 사람은 왕 서방, 또 한 사람은 어떤 한방 의사—. 왕 서방은 말없이 돈주머니를 꺼내어, 십 원짜리 지폐 석 장을 복녀의 남편에게 주었다. 한방의의 손에도 십 원짜리 두 장이 갔다.

이틀날, 복녀는 뇌일혈로 죽었다는 한방의의 진단으로 공동묘지로 가져갔다.

1925년

뽕 _ 나도향

1

안협집이 부엌으로 물을 길어 가지고 들어오매 쇠죽을 쑤던 삼돌이란 머슴이 부지깽이로 불을 헤치면서,

"어젯밤에는 어디 갔었습던교?"

하며, 불밤송이 같은 머리에 왜수건을 질끈 동여 뒤통수에 슬쩍 질러 맨 머리를 번쩍 들어 안협집을 훑어본다.

"남 어데 가고 안 가고, 임자가 알아 무엇할 게요?"

안협집은 별꼴 사나운 소리를 듣는다는 듯이 암상스러운 눈을 흘겨보며 톡 쏴 버린다.

조금이라도 염량이 있는 사람 같으면 얼굴빛이라도 변하였을 것 같으나 본시 계집의 궁둥이라면 염치없이 추근추근 쫓아다니며 음흉한 술책을 부리는 삼십이나 가까이 된 노총각 삼돌이는 도리어 비웃는 듯한 웃음을 웃으면서,

"그리 성낼 거야 무엇 있습나? 어젯밤 안주인 심부름으로 임자 집을 갔으니깐두루 말이지."

하고 털벗은 송충이 모양으로 군데군데 꺼칫꺼칫하게 난 수염을 숯검정 묻은 손가락으로 두어 번 쓰다듬었다.

"어젯밤에도 김 참봉 아들네 사랑방에서 자고 왔습네그려."

삼돌이는 싱긋 웃는 가운데에도 남의 약점(弱點)을 쥔 비겁한 즐거움이 나타났다.

"무엇이 어쩌고 어째, 이 망나니 같은 놈……."

하는 말이 입 바깥까지 나왔던 안협집은 꿀꺽 다시 집어삼키면서,

"남 어데 가 자든 말든 상관할 것이 무엇인고."

하며 물동이를 이고서 다시 나가려 하니까,

"흥, 두고 보소, 가만있을 줄 알았다가는……."

"듣기 싫어! 별 꼬락서니를 다 보겠네."

2

강원도 철원(鐵原) 용담(龍潭)이라는 곳에 김삼보(金三甫)라는 자가 있으니, 나이는 삼십오륙 세나 되었고 키는 작달막하며, 목은 다가붙고 얼굴빛은 노르께하며, 언제든지 가죽창 받은 미투리에 대갈편자를 박아 신고 걸음을 걸을 적마다 엉덩이를 내저으므로 동리에서는 그를 '땅딸보 김삼보' '아편쟁이 김삼보' '오리궁둥이 김삼보'라고 부르는데, 한 달에 자기 집에 붙어 있는 날이 이틀이라면 꽤 오래 있는 셈이요, 하루라면 예사라. 그리고는 언제든지 나돌아다니므로 몇 해 전까지도 잘 알지 못하였으나 차차 동리서 소문이 돌기를 '노름꾼 김삼보'라는 말이 퍼졌는데, 알아본즉 딴은 강원도, 황해도, 평안도 접경을 넘어다니며 골패, 투전으로 먹고 지내는 것이 알려지게 되었다.

그 노름꾼 김삼보의 여편네가 아까 말하던 안협집이니, 안협(安峽)은 즉 강원, 평안, 황해, 삼도 품에 있는 고읍(古邑)의 이름이다.

그 안협집을 김삼보가 얻어오기는 지금으로부터 오 년 전, 안협집이 스물한 살 되던 해인데, 어떻게 해서 얻었는지 자세히는 알지 못하나 사람들의 말을 들으면 술 파는 것을 눈을 맞추어서 얻었다고 하기도 하고 계집이 김삼보에게 반해서 따라왔다

기도 하고, 또는 그런 것 저런 것도 아니라 계집의 전 남편과 노름을 해서 빼앗았다고도 하는데, 위인된 품으로 보아서 맨 나중 말이 가장 유력할 것 같다고 동리 사람들이 말을 한다.

처음에 안협집이 동리에 오자, 그 동리 그 또래 계집들은 모두 석경(石鏡)을 들여다보게 되었다. 안협집이 비록 몸은 그리 귀하게 태어나지 못하였으나 인물이 남달리 고운 점이 있어 동리 젊은것들이 암연히 부러워도 하고 질투도 하게 되고 또는 석경 속에 비친 자기네들의 어여쁘지 못한 얼굴을 쥐어뜯고 싶기도 하였으니, 지금까지 '나만한 얼굴이면' 하는 자만심이 있던 젊은 계집들에게 가엾게도 자가결함(自家缺陷)이 폭로되는 환멸을 느끼게 하기까지도 하였다.

그러나 촌구석에서 아무렇게나 자란데다가 먼저 안 것이 돈이었다.

"돈만 있으면 서방도 있고, 먹을 것 입을 것이 다 있지."

하는 굳은 신조는 자기 목숨을 내어놓고는 무엇이든지 제공하여 부끄러운 것이 없었다.

십오륙 세 적, 참외 한 개에 원두막 속에서 총각 녀석들에게 정조를 빌린 것이나, 벼 몇 섬, 돈 몇 원 저고릿감 한 벌에 그것을 빌리는 것이 분량과 방법이 조금 높아졌을 뿐이요 그 관념은 동일하였다.

그리하여 이곳으로 온 뒤에는 동리에서 돈푼이나 있고 얌전한 사람은 거의 다 한 번씩은 후려내었으니 그것은 남자 편에서 실없는 짓 좋아하는 이에게 먼저 죄가 있다 하는 것보다도 이쪽 안협집에게 그 책임이 더 있다고 할 수 있고, 또 그것보다 더 큰 죄는 그 남편되는 노름꾼 김삼보에게 있다고 할 수가 있으니, 그것은 남편 노름꾼이 한 달에 한 번을 올까 말까 하면서도 올 적에는 빈손으로 오는 때가 많으니 젊은 계집 혼자 지낼 수가 없으매 자연히 이 집 저 집 동리로 다니며 품방아도 찧어주고 김도 매주고 잔일도 하여 주며 얻어먹다가, 한 번은 어떤 집 서방님에게 실없는 짓을 당하고 나서 쌀말과 피륙 두 필을 받아 보니 그것처럼 좋은 벌이가 없어 차츰차츰 이번에는 자기 스스로 벌이를 시작하여 마치 장사하는 사람이 거래 단골을 트듯이 이 사람 저 사람을 집어먹기 시작하더니, 그것도 차차 눈이 높아지니까 웬만한 목돗꾼 패장이나 장돌림, 조금 올라서서 순사 나리쯤은 눈도 거들떠보지도 않게 되고, 적어도 그곳에서는 돈푼도 상당하고 여간해서 손아귀에 들지 않는다는 자들을 얼러보기 시작하게 되었던 것이다.

그 후부터는 일하지 않고 지내며 모양내고 거드름 부리고 다니는데, 자기 남편이 오면은,

"이번에는 얼마나 땄습노?"

하고 포르께한 눈을 사르르 내리뜬다.

"딴 게 뭔가. 밑천까지 올렸네."

삼보는 목뒤를 쓰다듬으며 입맛을 다신다. 그러면 안협집은 전에 없던 바가지를 긁고,

"불알 두 쪽을 달구서 그래 계집만두 못하다는 말요?"

하고서, 할 말 못 할 말을 불어서 풀을 잔뜩 죽여 놓은 뒤에는, 혹시 서방이 알면은 경이 내릴까 하여 노자랑 밑천푼을 주어서 배송을 낸다. 그러면 울며 겨자 먹기로 삼보는 혼자 한숨을 쉬면서,

'허허, 실상 지금 세상에는 선부른 불알보다는 계집편이 훨씬 나니라.'

하고 봇짐을 짊어지고 가 버린다.

3

이렇게 이삼 년을 지내고 난 어떤 가을에 삼돌이란 놈이 그 뒷집 머슴으로 왔는데,

놈이 어느 곳에서 어떻게 빌어먹던 놈인지는 모르나 논맬 때 콧소리나마 아리랑 타령 마디나 똑똑히 하고 술잔이나 먹을 줄 알며 동료들 가운데 나서면 제법 구변이나 있는 듯이 떠들어 젖히는 것이 그럴 듯하고, 게다가 힘이 세어서 송아지 한 마리 옆에 끼고 개천 뛰기는 밥 먹듯 하는 까닭에 동리에서는 호랑이 삼돌이로 이름이 높다.

놈이 음침하여, 오던 때부터 동리 계집으로 반반한 것은 남 모르게 건드려 보았으나 안협집 하나가 내 말을 듣지 않으므로 추근추근 귀찮게 구는데, 마침 여름이 되어 자기 집 주인마누라가 누에를 놓고 혼자서 힘이 드니까 안협집을 불러서 같이 누에를 길러 실을 낳거든 반분(半分)하자는 약속을 한 후 여름내 같이 누에를 치게 된 것을 알고 어떤 틈 기회만 기다리며,

'흥, 계집년이 배때가 벗어서 말쑥한 서방님만 어르더라. 어디 두고 보자. 너도 찍소리 못하고 한 번 당해야 할 걸! 건방진 년!'

하고는 술잔이나 취하면 주먹을 들었다 놓았다 한다.

그러자 주인마누라가 치는 누에가 거의 오르게 되자 뽕이 떨어졌다. 자기 집 울타리에 심은 뽕은 어림도 없이 다 따다 먹이었고, 그 후에는 삼돌이란 놈을 시켜서 날마다 십 리나 되는 건넛말 일갓집 뽕을 얻어다 먹이었으나 그것도 이제는 발가숭이가 되게 되었다.

인제는 뽕을 사다 먹이는 수밖에 없게 되었다. 그러나 사다가 먹이자면 돈이 든다.

주인노파는 담뱃대를 물고서 생각하여 보았다.

'개량 뽕이 좋기는 좋지마는 돈을 여간 받아야지. 그리고 일일이 사서 먹이려다가는 뽕값으로 다 집어먹고 남는 것이 어디 있나.'

노파 생각에는 돈 한 푼 안 들이고 공짜로 누에를 땄으면 좋을 것이다. 돈 한 푼을 들인다 하면 그 한 푼이 전 수확에서 나오는 이익의 전부같이 생각되어 못 견뎠다. 그뿐 아니라 자기 혼자 이익을 먹는 것 같으면 모르거니와 안협집하고 동사로 하

는 것이므로 안협집이 비록 뼈가 부러지도록 일을 한다 하더라도 그 힘이 자기 주머니에서 나가는 돈 한 푼만 못해 보인다.

그래서 뽕을 어떻게 공짜로 돈 안 들이고 얻어올 궁리를 하고 있다가 안협집이 마침 마당으로 들어서매,

"뽕 때문에 일났구려."

하며 안협집에게는 무슨 도리가 없느냐고 물어보았다.

"글쎄."

안협집 생각은 주인의 마음과 또 달라서 남의 주머닛돈 백 냥이 내 주머닛돈 한 냥만 못하다. 그래서 '돈 주면 살 걸' 하는 듯이 심상하게 있다.

"어떻게 해서든지 구해 와야지."

서로 얼굴만 쳐다볼 때 들에 나갔던 삼돌이란 놈이 툭 튀어 들어오다가 이 소리를 듣더니 제딴은 동정하는 표정으로,

"그것 일났, 일났쇠다. 어떻게 하나……."

한참 허리를 짚고 생각을 해보더니,

"헝! 참 그 뽕은 좋더라마는……똑 되기를 미선 조각같이 된 놈이 기름이 지르르 흐르는데 그놈을 먹이기만 하면 고치가 차돌같이 여물 거야!"

들으라는 말인지 혼잣말인지는 모르나 한마디를 탁 던지고 말이 없다. 귀가 반짝 띈 주인은,

"어디 그런 것이 있단 말이냐?"

하며 궁금증 난 사람처럼 묻는다.

"네, 저 새 술막에 있는 뽕밭에 있는 것 말씀이오."

혹시 좋은 수가 있을까 하다가 남의 뽕밭, 더구나 그것으로 살아가는 양잠소 뽕밭이라, 말씨름만 하는 것이 될 것 같으므로,

"응! 나도 보았지. 그게 그렇게 잘 되었나! 잘 되었겠지. 그렇지만 그런 것이야 접으로 있으면 무엇 하니?"

"언제 보셨어요?"

"보기야 여러 번 보았지. 올봄에 두릅 따러 갔다도 보고……."

삼돌이란 놈이 한참 있다가 싱긋 웃더니 은근하게,

"쥔 마님! 제가 뽕을 한 짐 져다 드릴 것이니 탁주 많이 먹이시랍니까?"

듣던 중에도 그렇게 반가운 소리가 또 어디 있으랴.

"작히 좋으랴. 따오기만 하면 탁주에다 젓이라도 담그마."

귀찮스런 삼돌이도 이런 때는 쓸 만하다는 듯이 안협집도 환심 얻으려는 듯한 웃음을 웃으며 삼돌이를 보았다. 삼돌이는 사내자식의 솜씨를 네 앞에 보여주리라는 듯이 기운이 나며 만족하였다.

그날 밤 저녁을 먹고 자정 때나 되었을 때, 삼돌이는 눈을 비비며 일어나서 문 밖으로 나갔다. 한두어 시간 만에 무엇인지 지고 오더니 그것을 뒤꼍 건넌방 뒤창 밑에 뭉뚱그려 놓았다.

이튿날 보니까 딴은 미선쪽 같은 기름이 흐르는 뽕잎이었다.

"어디서 났을꼬?"

주인하고 안협집은 수군수군하였다.

"그 녀석이 밤에 도둑질을 해온 게지? 뽕은 참 좋소, 그렇지?"

"참 좋쇠다. 날마다 이만큼씩만 가져오면 넉넉히 먹이겠쇠다."

두 사람은 뽕을 또 따오지 않을까 보아서 아무 말도 아니 하고,

"참 뽕 좋더라. 오늘도 좀 또 따오렴."

하고 충동인다. 놈은 두 손을 내저으며,

"쉬, 떠드시지 맙쇼. 큰일나죠. 그것이 그렇게 쉬워서야 그 노릇만 하게요. 까딱

하다가는 다리 마디가 두 동강이 날걸요."

도적해온 삼돌이나 받아들인 두 사람이나 도둑질 왜 했소! 하는 말은 없으나 서로 알고 있다.

그러자 하루는 주인이 안협집더러,

"여보, 이번에는 임자가 하룻저녁 가보구려. 앞으로 그놈이 혹시 못 가게 되더라도 임자가 대신 갈 수 있지 않수. 또 고삐가 길면은 밟힌다구 무슨 일이 있을는지 모르니 임자와 둘이 가서 한몫 많이 따오는 것이 좋지 않수."

안협집이 삼돌이를 꺼리는 줄 알지마는 제 욕심에 입맛이 달아서 자꾸자꾸 충동인다.

"따다가 잡히면 어찌하구유."

"무얼! 밤중에 누가 알우? 그리고 혼자 가라오? 삼돌이란 놈하고 가랬지."

"글쎄. 운이 글러서 잡히거나 하면 욕이지요."

잡히는 것보다도 안협집의 걱정은 삼돌이란 녀석하고 밤중에 무인지경에를 같이 가다니 그것이 딱한 일이다.

안협집의 정조가 헤프기로 유명한 만큼 또 매몰스럽기도 유명하여 한번 맘에 들지 않는 것은 죽어도 막무가내다.

그것은 만냥 금을 주어도 거들떠보지도 아니한다. 그런데 삼돌이가 그중에 하나를 참례하여 간장을 태우는 모양이다.

안협집은 생각하고 생각하여 결심해 버렸다.

'빌어먹을 자식이 그 따위 맘을 먹거든 저 죽이고 나 죽지. 내 뽕 운은 없어도…….'

하고 찰찰하게 눈을 가로 뜨고 맘을 다잡아 먹었다. 그리고는 뽕을 따러 가기로 하였다.

삼돌이는 어깨에서 춤이 저절로 추어진다.

'애, 이것이 정말인가, 거짓말인가. 인제는 때가 왔구나. 인제는 제가 꼭 당했지.'

놈이 신이 나서 저녁 먹은 다음, 마당 쓸고, 소 여물 주고, 돼지, 병아리새끼 다 몰아넣고, 앞뒤로 돌아다니며 씻은 듯 부신 듯 다해 놓고, 목물하고, 발 씻고, 등거리 잠방이까지 갈아입은 후 곰방대에 담배를 꾹꾹 눌러 듬뿍 한 모금 빨아 휘이 내뿜으며 시간 오기만 기다린다.

4

안협집은 보자기를 가지고 삼돌이를 따라서 뽕밭을 향하여 간다.

날이 유달리 깜깜하여 앞에 개천까지 자세히 보이지 않는다. 돌부리가 발부리를 건드리면 안협집은 에구 소리를 내며 천방지축으로 다리도 건너고 논이랑도 지나고 하여 절반쯤 왔다.

삼돌이란 놈은 속으로 궁리를 하였다.

'뽕을 따기 전에 논이랑으로 끌고 가? 아니지, 그러다가는 뽕두 못 따 가지고 오면 어떻게 하게! 저도 열녀가 아닌 다음에 당하고 나면 할 말 없지. 아주 그런 버릇이 없는 년 같으면 모르거니와. 옳지, 수가 있어, 뽕을 잔뜩 따서 이어주면 제가 항우의 딸년이라고 한 번은 중간에서 쉬렷다. 그러거든…….'

이렇게 궁리를 하다가 너무 말이 없으니까 심심파적도 될 겸, 또는 실없는 농담도 해서 마음을 떠보아 나중 성사의 전제도 만들어 놀 겸 공연히 쓸데없는 말을 지껄인다.

"삼보는 언제나 온답디까?"

"몰라, 언제는 온다 간단 말이 있어 다니나."

"그래 영감은 매일 나돌아 다니니 혼자 지내기 쓸쓸치도 않소?"

놈이 모르는 것 같이 새삼스럽게 시치미를 뗀다.

"별걱정 다 하네, 어서 앞서 가. 난 길이 서툴러 못 가겠으니……."

"매우 쌀쌀하구료. 나는 임자를 위해서 하는 말인데. 그렇지만 김 참봉 아들이란 쇠귀신 같은 놈이라 아무리 다녀도 잇속 없습네. 내 말이 그르지 않지."

안협집은 삼돌이가 아주 터놓고 말을 하는 것을 듣자 분해서 빰이라도 치고 싶었으나 그대로 참으며,

"무엇이 어째? 말이라면 다 하는 줄 아는군!"

하고 뒤로 조금 떨어져 걸어갈 제, 전에도 그 녀석이 미웠지마는 남의 약점을 들어가지고 제 욕심을 채우려는 것이 더 더러웠다.

뽕밭에 왔다. 삼돌이란 놈이 철망으로 울타리 한 것을 들어주어 안협집이 먼저 들어가고 나중으로 삼돌이란 놈은 그 무거운 다리를 성큼하여 그 안으로 들어갔다. 들어가다가 발 아래 삭정이 가지를 밟아서 우지끈 소리가 나고 조용하였다.

삼돌이는 손에 익어서 서슴지 않고 따지마는 안협집은 익지도 못한데다가 마음이 떨리고 손이 떨려서 마음대로 안 된다.

삼돌이는 뽕을 따면서도 이따가 안협집을 꾈 궁리를 하지마는 안협집은 이것저것을 잊어버리고 손에 닥치는 대로 뽕을 땄다.

얼마쯤 땄다. 갑자기 안협집의 뒤에서,

"누구야!"

하고 범 같은 소리를 지르는 남자 소리가 안협집의 간담을 서늘하게 하였다.

삼돌이란 놈은 길이나 되는 철망을 어느 결에 뛰어넘었는지 십여 간통이나 달아나서 안협집을 불렀다.

"어서 와요! 어서, 어서."

그러나 안협집은 다리가 떨려서 빨리 나와지지를 않는다. 그러나 죽을 힘을 다하여 달아나려고 한아름 잔뜩 땄던 뽕을 내던지고 철망으로 기어 왔다. 철망을 기어 나오기는 나왔으나 치맛자락이 걸려서 잡아당긴다. 거기에 더 질겁을 해서 그대로 쭉 찢고 나오려 할 때, 때는 이미 늦었다. 뽕 지키던 남자는 안협집을 잡았다.

"이 도둑년! 남의 뽕을 네 것 같이 따 가? 온 참, 이년! 며칠째냐, 벌써? 이렇게 남의 것이라고 건깡깡이로 먹으면 체하지 않을 줄 알았더냐! 저리 가자."

안협집은,

"살려 주소. 제발 잘못했으니 살려만 주소. 나는 오늘이 처음이요. 저 삼돌이란 놈이 날마다 따갔지 나는 죄가 없쇠다."

하고 손이 발이 되도록 빈다.

"듣기 싫어, 이년아! 무슨 변명이냐. 육시를 하고도 남을 년 같으니. 왜 감옥소의 콩밥이 고소하더냐?"

"그저 잘못했습니다."

삼돌이는 보이지 않고 뽕지기는 안협집 손목을 끌고 뽕밭으로 들어갔다.

"이리 와! 외양도 반반히 생긴 년이 무엇이 할 게 없어 뽕서리를 다녀."

하더니 성냥불을 그어대고 안협집을 들여다보더니,

"흥."

의미 있는 웃음을 웃어 보였다.

안협집은 이 웃음에 한 가닥 희망을 얻었다. 그 웃음은 안협집의 손아귀에 자기를 갖다 쥐어 준다는 웃음이다. 안협집은 따라서 방싯 웃었다. 그 웃음 한 번이 넉넉히 뽕지기의 마음을 반 이상이나 흰죽 풀어지게 하였다.

안협집은 끌려갔다. '제가 철석 같은 간장을 가진 놈이 아닌 바에…… 한 번이면 놓아줄 걸.' 그는 자기의 정조를 팔아서 자기의 죄를 면할 수 있음을 알았다. 그는 마지못한 체하고 끌려갔다.

삼돌이란 놈은 멀리서 정경만 살피다가 안협집을 뽕지기가 데리고 가는 것을 보더니 두 눈에서 쌍심지가 돋았다.

'얘, 이놈이 호랑이 삼돌이를 모르는 모양이다. 그러나 대관절 어떻게 할 셈이냐? 이놈 안협집만 건드려 보아라. 정강마루를 두 토막에다 내놀 테니. 오늘밤에는 내 것이던 걸 그랬지. 어디 좀 가까이 좀 가볼까?'

이제는 단판씨름이라 주먹이 시비판단을 하는 때이다. 다시 철망을 넘어서 들어갔다. 들어가서는 이곳저곳 귀를 기울이며 이 구석 저 구석으로 돌아다녀 보았다.

저쪽에서 인기척이 웅얼웅얼하더니 아무 말이 없다. 한 두서너 시간 그 넓은 뽕밭을 헤매고, 또 거기 닿은 과목밭, 채마전, 나중에는 그 옆 원두막까지 가 보았다. 놈이 뽕나무밭 가운데 부풀덤불을 보지 못한 까닭이다. 그는 입맛만 다시면서 집으로 와서 주인에게 그 이야기를 했다. 노파의 눈이 등잔만해지더니 두 손 두 다리가 사시나무 떨 듯했다.

"이거 일났구나. 어쩌면 좋단 말이냐?"

좌불안석을 할 제 삼돌이란 녀석은 분한 생각에 곰방대만 똑똑 떨고 앉았다.

5

그날 새벽에 안협집은 무사히 왔다. 머리에 지푸라기가 묻고 몸매무새가 말 아니다.

"에그, 어떻게 왔어! 응?"

주인은 눈에 눈물이 괴어서 어루만진다.

"무얼 어떻게 와요? 밤새도록 놈하고 승강이를 하다가 그대로 왔지."

"그대로 놓아주던가?"

"놓아주지 않고, 붙잡아 두면 어찌헐 테야!"

일이 너무 싱겁다. 삼돌이란 놈만 혼잣말처럼,

"내가 잡혔더면 콩밥을 먹었을걸. 여편네니까 무사했지."

주인은 그래도 미진해서,

"그래, 잘 놓아주었으니 다행이지. 그러나 저러나 뽕은 어떻게 되었노?"

"아! 뺏겼죠!"

"인제는 아무 일 없겠소?"

"일이 무슨 일예요."

그날 밤에 삼돌이란 놈은 혼자 앉아서 생각하기를, '복 없는 놈은 하는 수가 없거든. 그러나 내가 다 눈치를 채었으니까, 노름꾼놈이 오거든 이르겠다고 위협을 하면 그년도 발이 저려서 그대로는 못 있지. 내 입을 안 씻기고 될 줄 아는 게로구먼.'

그 후부터는 삼돌이란 놈이 안협집을 보고는,

"뽕지기놈을 보고 싶지 않습나?"

하고 오며가며 맞대 놓고 빈정대기도 하고 빗대 놓고도 비웃는다.

"뽕이나 또 따러 가소."

이러는 바람에 온 동리에서 다 알았다. 안협집은 분해서 죽겠는데, 하루는 삼돌이란 놈이 막 안협집이 이불을 펴고 누우려는데 찾아와서 추근추근 가지도 않고,

"삼보 김 서방이 올 때도 되었습네그려."

하며 눈치를 본다. 안협집은 졸음이 와서 눈까풀이 뻑뻑하여 오는데 삼돌이란 놈이 가지도 않는 것이 귀찮아서,

"누가 아누. 오고 싶으면 오고 가고 싶으면 가겠지."

하고 담벼락에 비스듬히 기대앉는다.

삼돌이의 눈에는 그 고단해 하면서 비스듬히 누워서 눈을 감을락 말락 한 안협집이 목덜미 살짝 밑이며 붉그레한 두 볼이 몹시 정욕을 일으켰다.

그래서 차츰차츰 말소리가 음흉해 간다.

"임자는 사람을 너무 가려 봅디다! 그러지 마슈. 나도 지금은 남의 집 머슴이지마는 집안 지체라든지, 젊었을 적에는 그래도 행세하는 집에서 났더라우. 지금은 그놈의 원수스런 돈 때문에 이렇게 되었지마는……."

하고 말을 건네려 하는데 안협집은 별 시러베자식 다 보겠다는 듯이 대답이 없다.

"자! 그럴 것 있소. 오늘은 내 청을 한 번 들어주소그려."

하고 바싹 달려드는 바람에 반쯤 감았던 안협집의 눈은 똥그래지며 어느 결에 삼돌의 뺨에 손뼉이 올라가 정월의 떡치듯 철썩한다.

"이놈! 아무리 쌍녀석이기로 이게 무슨 버르장머리냐. 냉큼 나가거라."

하고 호령이 추상 같다. 삼돌이란 놈은 따귀를 비비면서 성이 꼭두까지 일어나서,

"무엇이 어쩌고 어째. 흿! 어디 또 한 번 때려 봐라."

일이 이렇게 되었으니 자기가 하려던 것은 이루고 마는 것이 상책이다. 이래도 소문은 날 것이요 저래도 소문은 날 것이니 이왕이면 만족이나 채우고 소문이 나더라도 나는 것이 자기에게는 이로울 것 같았다.

더구나 안협집으로 말을 하면, 온 동리에서 판 박아 놓은 화냥년이니 한 번 화냥년이나 두 번 화냥년이나, 남이나 내나 무엇이 다를 것이 있으랴 하는 생각이 났다.

도리어 자기의 만족을 한 번 얻는 것이 사내자식으로서 일종의 자랑인 것 같이 생각되었다.

그는 두 팔로 안협집을 힘껏 끌어안고,

"내가 호랑이 삼돌이다! 네가 만일 내 말을 들으면 무사하지만 그렇지 않으면 그대로 두지는 않을 테야! 너네 남편이 오기만 하면 모조리 꼬아바칠 테야! 뽕 따러 갔

던 날 일까지 모조리!"

무식한 놈이라 야비한 곳이 있다. 안협집은 그 소리가 얼마나 사내답지 못하였는지 알 수 없었다. 쇠 같은 팔이 자기 허리를 누를 때 눈을 감고 한 번만 허락할까 하려다가 그 말을 듣고서 그만 침을 얼굴에 뱉었다.

"이 더러운 녀석! 네가 그까짓 것으로 나를 위협한다고 말을 들을 줄 아니?"

하고 소리를 질렀다. 삼돌이는 손으로 안협집 입을 막았으나 때는 이미 늦었다. 마침 마을을 다녀오던 이장의 동생이 이 소리를 듣고 문을 열었다.

삼돌이란 놈은 무안해서 얼굴이 붉어지며 안협집을 놓았다. 안협집은 분해서 색색거리며,

"저놈 보시소. 아닌 밤중에 혼자 자는데 와서 귀찮게 굽니다. 저 죽일 놈이오. 좀 끌어내다 중치를 좀 해 주시오."

이장의 동생은 안협집의 행실을 아는 고로 삼돌이만 보내려고,

"이놈이 할 일이 없거든 자빠져 자기나 하지, 왜 아닌 밤중에 남의 계집의 방에서 지랄이야? 냉큼 네 집으로 가거라!"

두 눈이 등잔만하여진다.

"네, 그런 게 아니라 실없이 기롱을 좀 했삽더니……."

"듣기 싫여! 공연히 어름어름하면서. 이놈아! 너는 사람을 죽여도 기롱으로 아느냐?"

삼돌이는 쫓겨났다. 이장의 동생은 포달을 부리며 푸념을 하는 안협집을 향하여,

"젊은것이 늦도록 사내 녀석들을 방에다 붙이니까 그런 꼴을 당하지."

"누가요?"

"그만둬. 어서 잠이나 자."

하며 문을 닫아주고 가 버렸다.

6

삼돌이는 앙심을 먹었다. 안협집을 어떻게 해서든지 한 번 골리리라는 생각이 가슴속에 탱중하였다. 안협집은 독이 났다. 삼돌이란 놈 분풀이를 하려는 생각이 머리끝까지 올라왔다.

이튿날 동리에 소문이 났다.

"삼돌이란 놈이 빰을 맞았다지! 녀석이 음침하니까!"

"그렇지만 계집년이 단정하면 감히 그런 맘을 먹을라구!"

"그렇구말구! 제 행실야 판에 박은 행실이니까."

"지가 먼저 꼬리를 쳤던 게지."

이 소리가 바람에 떠돌아 오자 안협집은 분했다. 요조숙녀보다도 빙설(氷雪) 같은 여자인데 이런 누추한 소문을 듣는 것 같았다. 맘에 드는 서방질은 부정한 일이 아니요, 죄가 아니요, 모욕이 아니나, 맘에 없는 놈에게 그런 소리를 듣고 당하는 것은 무서운 모욕 같았다.

그는 그 길로 삼돌의 주인마누라에게로 갔다.

"삼돌이란 녀석을 내쫓으소."

주인은 벌써 알아채었으나 안협집 편은 안 들었다. 다만 어루만지는 수작으로,

"무얼 내쫓을 것까지 있소. 그만 일에…… 그저 눈감아 두지."

"왜 눈을 감는단 말이요?"

주인은 속으로 웃었다. '소 한 필을 달라면 줄지언정 삼돌이를 내놔?' 하였다.

"내쫓아선 무얼 하우, 또?"

'어림없는 년! 네가 떠들면 떠들수록 네 밑구멍 들춰서 남 보이는 것이다' 는 듯이 쳐다보며 맨 나중으로 아주 잘라 말을 해버렸다.

"나는 못 내보내겠소."

안협집은 분해서 집에 와서 머리를 쥐어뜯으며 울었다.

그리고 또 결심했다.

"두고 봐라. 너희들까지 삼돌이를 싸고도니! 영감만 와봐라."

하루는, 딴은 영감이 왔다. 안협집은 곤두박질을 하면서 맞았다.

"에그, 어서 오슈."

노름꾼 김삼보는 눈이 뚱그래졌다. 무슨 큰 좋은 일이나 생긴 것 같았다. 딴 때와 유달리 반가워하는 것이 의심스럽고 이상하였다.

방에 들어앉자마자 얼마나 땄느냐는 말도 물어보지 않고 삼돌이란 놈에게 욕 당할 뻔하였다는 말을 넋두리하듯 이야기하였다.

"사람이 분해서 죽겠구료. 이것도 모두 영감 잘못 둔 탓이야. 오죽 영감이 위엄이 없어 보이면 그 따위 녀석이 그런 짓을 하려고…… 영감이라고 있으나 없으나 마찬가지지, 일 년 열두 달 계집이 죽거나 살거나 내버려 두고 돌아만 다니니까."

영감은 픽 웃었다.

"왜 내 잘못인가? 오죽 행실을 잘 가지면 그 따위 녀석에게 그 꼴을 당한담."

김삼보는 분이 나지 않는 것도 아니었다. 그러나 계집의 소행을 짐작도 하려니와 그놈의 주먹도 아니 생각할 수가 없었다. 계집이 먹여살리라는 말이 없고 이혼하자는 말만 없는 것이 다행해서 서방질을 해도 눈을 감아주고 무슨 짓을 하든지 그저 코대답만 하여 주던 터이라 그런 소리가 귓전으로 들릴 뿐이다.

"내가 행실 잘못 가진 게 무어요?"

안협집은 분풀이라도 하여줄 줄 알았더니 도리어 타박을 주므로 분한데 악이 났다.

"글쎄 무어야! 무엇? 어디 대봐요. 임자가 내 행실 그른 것을 보았소? 어디 보았거든 본 대로 말을 하시우."

딴은, 김삼보는 집에서 말할 것이 없었다. 그는 그저 그런 눈치만 채었지, 반박할 증거는 잡은 것이 없다.

"본 거나 다름없지."

"무엇이 본 거나 다름없어? 일 년 열두 달 계집이 죽거나 살거나 내버려 두었다가 이제 와서 한다는 소리가 그것밖에 없어? 살기가 싫거든 그대로 살기 싫다고 그래, 사내답게. 왜 그만 냄새가 나지? 또 어디다가 계집을 얻어 논 게지."

"이년이 뒈지지를 못해서 기를 쓰나?"

"그렇다, 이놈아! 네까짓 녀석 아니면 서방 없을까봐 그러니, 더러운 녀석!"

김삼보의 주먹은 안협집의 등줄기를 후렸다.

"이년, 그래도 잔소리야. 주둥이 좀 닫치지 못하겠니……."

이렇게 서로 툭탁거리며 싸우는 판에 뒷집에서 삼돌이란 놈이 이 소리를 듣고서 가장 긴한 척하고 따라왔다.

"삼보 김 서방, 언제 오셨소?"

하고 마당에 들어섰다. 김삼보는 그놈의 상판을 보자 참았던 분이 꼭두까지 올라온다. 삼돌이는 제법 웃음을 띠고,

"허허, 오래간만에 만났대서 내외분 싸움이 웬일이시우?"

어디서 한잔을 하였는지 얼굴이 불콰하다.

김삼보는 눈을 흘겨 뚫어지도록 삼돌이를 쳐다보았다.

"이놈아! 남이사 내외 싸움을 하든 말든 참견이 무어야?"

삼돌이란 놈은 주춤하였다. 그는 비지 같은 눈곱이 낀 눈을 꿈벅꿈벅하더니,

"그렇게 역정 내실 것 무엇 있수. 말 좀 했기로……."

"이놈아, 네가 아랑곳할 게 무어야?"

"아랑곳은 할 것 없어도 흥정은 붙이고 싸움은 말리랬으니까 말이요. 나는 싸움 좀 못 말린단 말이요?"

하고 술 냄새를 풍기며 다가앉는다.

"이놈아, 술을 먹었거든 곱게 삭여!"

이번에는 삼돌이란 놈이 빌붙는다.

"나 술 먹고 어찌하든 김 서방이 관계할 게 무어요."

"이놈아! 남의 내외 싸움에 참견을 하니까 그렇지."

주고받다가 삼돌이의 멱살을 김삼보가 쥐었다.

"이 녀석, 네가 무슨 뻔뻔으로 이 따위 수작이냐? 내 계집 이놈 건드렸니?"

삼돌이는 조금 발이 저렸으나 속으로 흥 하고 웃었다.

"요까짓 게 누구 멱살을 쥐어? 앙징하게."

하더니 김삼보의 팔을 잡아 마당에다가 내려갈기니 개구리 터지듯 캑 한다.

"요놈의 자식아! 내 말을 좀 들어 보고 말을 해! 네 계집 험절을 모르고 덤비기만 하면 강산이냐? 이 동리 반반한 사내양반 쳐 놓고 네 계집 건드리지 않은 놈이 없다. 이놈! 꼭 집어 말을 하라면 위에서 아래로 내리섬기마. 이놈, 너도 계집 덕분에 노잣냥 노름 밑천 푼 좋이 얻어 썼지. 그래 집이라고 오면서 볼받은 것이나마 옥양목 버선 벌이나 얻어 가지고 가는 것은 모두 어디서 나온 것으로 아니? 요 땅딸보 오리궁둥아! 아무리 속이 밴댕이 같기로…… 그리고 또 들어 봐라. 나중에는 주워먹다 못해서 뽕지기까지 주워먹었다."

안협집이 파래서 달려든다.

"이놈! 네가 보았니?"

"보나 안 보나 일반이지."

"이 녀석, 네 말을 듣지 않으니까 된 말 안 된 말 주둥이질을 하는구나."

동리 사람들이 모여들었다. 안협집은 삼돌이에게 발악을 하고 김삼보는 듣고만 있다.

한참 있더니 듣다듣다 못한 듯이 삼돌이란 놈이 안협집에게로 달려들며,

"이년이 뒈지려고 기를 쓰나?"

하고 주먹을 들었다. 동리 사람들이 호령을 하고 말렸다.

"이놈! 저리 얼른 가거라."

이놈은 변명을 하며 뻗댔다. 그러나 여러 사람에게 끌려 저리로 가 버렸다.

사람이 헤어지자 노름꾼은 계집의 머리채를 잡았다.

그는 삼돌이에게 태질을 당한 것이 분하였다. 그뿐 아니라 그렇게까지 계집년의 행실을 온 동리에서 아는 것이 분하였다.

"이년! 더러운 년! 뽕밭에는 몇 번이나 갔니?"

발길로 지르고 주먹으로 패고 머리채를 잡아당기고 땅에다 질질 끌었다. 그는 이를 갈고 어쩔 줄을 몰랐다. 계집은 울고 발버둥을 쳤다.

"죽여라! 죽여!"

"그럼 살려줄 줄 아니? 이년! 들어앉아서 하는 게 그런 짓밖에는 없어?"

김삼보는 자기의 무딘 팔다리가 계집의 따뜻하고 연한 몸에 닿을 때에 적지 않은 쾌감을 느끼었다. 그는 그럴수록 더욱 힘을 주어 때리도록 속에 숨겨 있던 잔인성이 북받쳐 올라왔다.

맞은 안협집은 당장에 죽을 것 같았다. 그는 생각하기를, 이왕 이리 된 바에 모두 말해 버리고 저하고 갈라서면 그만이지 언제는 귀밑머리 풀고, 사주단자 보내고 사당에 예배 드린 내외냐. 저는 저고, 나는 난데 왜 이렇게 때리노? 하는 맘이 나며,

"이것 놔라! 내 말하마!"

하고 머리를 붙잡았다.

"뽕밭에는 한 번밖에 안 갔다. 어쩔 테냐?"

삼보는 더욱 머리채를 잡아챘다.

"이년, 한 번?"

이번에는 더 때렸다. 안협집은 말한 것이 후회가 났다. 삼보는 그래도 거짓말을 한다고 그대로 엎어놓고 짓밟았다. 안협집은 기절을 하였다. 삼보는 귀로 안협집의 숨소리를 들어보았다. 그러나 숨소리가 없다. 그는 기겁을 하여 약국으로 갔다. 그의 팔다리는 떨렸다. 그가 의원에게서 약을 지어 가지고 왔을 때 안협집은 일어나 있었다. 삼보는 반갑기도 하고 분하기도 하여 약을 마당에 팽개쳤다. 그리고 밤새도록 서로 말이 없었다. 이튿날 벙어리들 모양으로 말이 없이 서로 앉아 밥을 먹고, 서로 앉아 쳐다보고, 서로 말만 없이 옷도 주고받아 갈아입고, 하루를 더 묵어 삼보는 또 가 버렸다. 안협집은 여전히 동리집 공청 사랑에서 잠을 잤다. 누에는 따서 삼십 원씩 나눠 먹었다.

1925년

산골 나그네 _ 김유정

밤이 깊어도 술꾼은 역시 들지 않는다. 메주 뜨는 냄새와 같이 퀴퀴한 냄새로 방안은 쾨쾨하다. 웃간에서는 쥐들이 찍찍거린다. 홀어미는 쪽 떨어진 화로를 끼고 앉아서 쓸쓸한 대로 곰곰 생각에 젖는다. 가뜩이나 침침한 반짝 등불이 북쪽 지게문에 뚫린 구멍으로 새드는 바람에 반득이며 빛을 잃는다. 헌 버선짝으로 구멍을 틀어막는다. 그러고 등잔 밑으로 반짇고리를 끌어당기며 시름없이 바늘을 집어 든다.

산골의 가을은 왜 이리 고적할까! 앞뒤 울타리에서 부수수 하고 떨잎은 진다. 바로 그것이 귀밑에서 들리는 듯 나직나직 속삭인다. 더욱 몹쓸 건 물소리, 골을 휘돌아 맑은 샘은 흘러 내리고 야릇하게도 음률을 읊는다.

퐁! 퐁! 퐁! 쪼록 퐁!

바깥에서 신발 소리가 자작자작 들린다. 귀가 번쩍 띄어 그는 방문을 가볍게 열어젖힌다. 머리를 내밀며,

"덕돌이냐?"

하고 반겼으나 잠잠하다. 앞뜰 건너편 수풍(水風) 위를 감돌아 싸늘한 바람이 낙엽을 흩뿌리며 얼굴에 부딪친다.

용마루가 쌩쌩 운다. 모진 바람 소리에 놀래어 멀리서 밤 개가 요란히 짖는다.

"쥔어른 계서유?"

몸을 돌리어 바느질거리를 다시 집어 들려 할 제 이번에는 짜장 인기가 난다. 황급하게,

"누구유?"

하고 일어서며 문을 열어 보았다.

"왜 그러유?"

처음 보는 아낙네가 마루 끝에 와 섰다. 달빛에 비끼어 검붉은 얼굴이 해쓱하다. 추운 모양이다. 그는 한 손으로 머리에 둘렀던 왜수건을 벗어 들고는 다른 손으로 흩어진 머리칼을 쓰담아 올리며 수줍은 듯이 쭈뼛쭈뼛한다.

"저어, 하룻밤만 드새고 가게 해 주세유."

남정네도 아닌데 이 밤중에 웬일인가, 맨발에 짚신짝으로. 그야 아무렇든—.

"어서 들어와 불 쬐게유."

나그네는 주춤주춤 방 안으로 들어와서 화로 곁에 도사려 앉는다. 낡은 치맛자락 위로 삐지려는 속살을 아무리자 허리를 지그시 튼다. 그리고는 묵묵하다. 주인은 물끄러미 보고 있다가 밥을 좀 주려느냐고 물어보아도 잠자코 있다.

그러나 먹던 대궁을 주워 모아 짠지쪽하고 갖다주니 감지덕지 받는다. 그리고 물 한 모금 마심 없이 잠깐 동안에 밥그릇의 밑바닥을 긁는다.

밥숟갈을 놓기가 무섭게 주인은 이야기를 붙이기 시작하였다. 미주알고주알 물어보니 이야기는 지수가 없다. 자기로도 너무 지쳐 물은 듯싶은 만치 대고 추근거렸다. 나그네는 싫단 기색도 좋단 기색도 별로 없이 시나브로 대꾸하였다. 남편 없고 몸 붙일 곳 없다는 것을 간단히 말하고 난 뒤,

"이리저리 얻어먹고 단게유."

하고 턱을 가슴에 묻는다.

첫닭이 홰를 칠 때 그제야 마을 갔던 덕돌이가 돌아온다. 문을 열고 감사나운 머리를 디밀려다 낯선 아낙네를 보고 눈이 휘둥그렇게 주춤한다. 열린 문으로 억센 바람이 몰아들며 방 안이 캄캄하다. 주인은 문 앞으로 걸어와 서며 덕돌이의 등을 뚜덕거린다. 젊은 여자 자는 방에서 떠꺼머리 총각을 재우는 건 상서롭지 못한 일이었다.

"얘, 덕돌아, 오늘은 마을 가 자고 아침에 온."

가을할 때가 지났으니 돈냥이나 좋이 퍼질 때도 되었다. 그 돈들이 어디로 몰리는지 이 술집에서는 좀체 돈 맛을 못 본다. 술을 판대야 한 초롱에 오륙십 전 떨어진다. 그 한 초롱을 잘 판대도 사날씩이나 걸리는 걸 요새 같아선 그 알량한 술꾼까지 씨가 말랐다. 어쩌다 전일에 펴 놓았던 외상값도 갖다줄 줄을 모른다. 홀어미는 열병 거지가 나서 이른 아침부터 돈을 받으러 돌아다녔다. 그러나 다리품을 들인 보람도 없었다. 낼 사람이 즐겨야 할 텐데 우물쭈물하며 한단 소리가 좀 두고 보자는 것이 고작이었다. 그렇다고 안 갈 수도 없는 노릇이다. 나날이 양식은 딸리고 지점 집에서 집행을 하느니 뭘 하느니 독촉이 어지간치 않음에랴—.

"저도 이젠 떠나가겠세유."

그가 조반 후 나들이옷을 바꾸어 입고 나서니 나그네도 따라 일어섰다. 그의 손을 자상히 붙잡으며 주인은,

"고달플 테니 며칠 더 쉬어 가게유."

하였으나,

"가야지유, 너무 오래 신세를……."

"그런 염려는 말구."

라고 누르며 집 지켜 주는 셈치고 방에 누웠으라 하고는 집을 나섰다.

백두고개를 넘어서 안말로 들어가 해동갑으로 헤매었다. 헤실수로 간 곳도 있기야 하지만 말갛다. 해가 지고 어두울 녘에야 그는 흘부들해서 돌아왔다. 좁쌀 닷 되밖에는 못 받았다. 다른 사람들은 돈 낼 생각커녕 이러면 다시 술 안 먹겠다고 도리어 얼러 보냈던 것이다. 그러나 이만도 다행이다. 아주 못 받느니보다는 끼니때를 가졌다. 그는 좁쌀을 씻고 나그네는 솥에 불을 지피어 부랴사랴 밥을 짓고 일변 상을

보았다.

밥들을 먹고 앉았으려니깐 갑자기 술꾼이 몰려든다. 이거 웬일들일까. 처음에는 하나가 오더니 다음에는 세 사람 또 두 사람. 모두 젊은 축들이다. 그러나 각각들 먹일 방이 없으므로 주인은 좀 망설이다가 그 연유를 말하였으나 뭐 한 동리 사람인데 어떠냐, 한데서 먹게 해달라는 바람에 얼씨구나 하였다. 이제야 운이 틔나 보다. 양푼에 막걸리를 딸쿠어 나그네에게 주며 솥에 넣고 좀 속히 데워 달라 하였다. 자기는 치마꼬리를 휘둘러 가며 잽싸게 안주를 장만한다. 짠지, 동치미, 고추장, 특별 안주로 삶은 밤도 놓았다. 사촌 동생이 맛보라고 며칠 전에 갖다 준 것을 아껴 둔 것이었다.

방 안은 떠들썩하다. 벽을 두드리며 아리랑 찾는 놈에, 건으로 너털웃음 치는 놈, 혹은 수군숙덕하는 놈…… 가지각색이다. 주인이 술상을 받쳐 들고 들어가니 짜기나 한 듯이 일제히 자리를 바로잡는다. 그중에 얼굴 넓적한 하이칼라 머리가 야로가 나서 상을 받으며 주인 귀에다 입을 비켜댄다.

"아주머니, 젊은 갈보 사 왔다지유? 좀 보여주게유."

영문 모를 소문도 다 듣는다.

"갈보라니 웬 갈보?"

하고 어리뻥뻥하다 생각을 하니, 턱없는 소리는 아니다. 눈치 있게 부엌으로 내려가서 보강지 앞에 웅크리고 앉았는 나그네의 머리를 은근히 끌어안았다. 자, 저 패들이 새댁을 갈보로 횡보고 찾아온 맥이다. 물론 새댁 편으론 망측스러운 일이겠지만 달포나 손님의 그림자가 드물던 우리집으로 보면 재수의 빗발이다. 술국을 잡는다고 어디가 떨어지는 게 아니요, 욕이 아니니 나를 보아 오늘만 좀 팔아주기 바란다 — 이런 의미를 곰살궂게 간곡히 말하였다. 나그네의 낯은 별반 변함이 없다. 늘 한양으로 예사로이 승낙하였다.

술이 온몸에 돌고 나서야 뒷술이 잔풀이가 난다. 한 잔도 이젠, 그저 마시긴 아깝

다. 얼간한 상투배기가 계집의 손목을 탁 잡아 앞으로 끌어당기며,

"권주가 좀 해, 이건 꾸어 온 보릿자룬가?"

"권주가? 뭐야유?"

"권주가? 아 갈보가 권주가도 모르나, 으하하하."

하고는 무안에 취하여 푹 숙인 계집 뺨에다 꺼칠꺼칠한 턱을 문질러 본다. 소리를 아무리 시켜도 아랫입술을 깨물고는 고개만 기울일 뿐, 소리는 못 하나 보다. 그러나 노래 못 하는 꽃도 좋다. 계집은 영 내리는 대로 이 무릎 저 무릎 옮아앉으며 턱 밑에다 술잔을 받쳐올린다.

술들이 담뿍 취하였다. 두 사람은 곯아져서 코를 곤다. 계집이 칼라 머리 무릎 위에 앉아 담배를 피워 올릴 때 코웃음을 흥 치더니 그 무지스러운 손이 계집의 아래 뱃가죽을 사양 없이 움켜잡았다. 별안간 '아야' 하고 퍼들껑하더니 계집의 몸뚱어리가 공중으로 뛰어오르다 도로 떨어진다.

"이 자식아, 너만 돈 내고 먹었니?"

한 사람 새 두고 앉았던 상투가 콧살을 찌푸린다. 그리고 맨발 벗은 계집의 두 발을 양 손에 붙잡고 가랭이를 쩍 벌려 무릎 위로 지르르 끌어올린다. 계집은 앙탈을 한다. 눈시울에 눈물이 엉기더니 불현듯이 쪼록 쏟아진다.

방 안에서 악머구리 소리가 끓어오른다.

"저 잡놈 보게, 으하하하."

술은 연실 데워서 들여가면서도 주인은 불안하여 마음을 졸였다. 겨우 마음을 놓은 것은 훨씬 밝아서이다.

참새들이 소란히 지저귄다. 기직 바닥이 부스럼 자국보다 진배없다. 술, 짠지쪽, 가래침, 담뱃재—뭣해 너저분하다. 우선 한길치에 자리를 잡고 계배(술값을 계산)를 대보았다. 마수걸이가 팔십오 전, 외상이 이 원 각수다. 현금 팔십오 전, 두 손에 들

고 앉아 세고 또 세어 보고…….

뜰에서는 나그네의 혀로 끌어올리는 인사.

"안녕히 가시게유."

"입이나 좀 맞추고. 뽀! 뽀! 뽀!"

"나두!"

찌르쿵! 찌르쿵! 찔거러쿵!

"방아머리가 무겁지유? ……고만 까부를까."

"들 익었세유. 더 찧어야지유."

"그런데 얘는 어쩐 일이야……."

덕돌이를 읍엘 보냈는데 날이 저물어도 여태 오지 않는다. 흩어진 좁쌀을 확에 쓸어넣으며 홀어미는 퍽으나 애를 태운다. 요새 날씨가 차지니까 늑대, 호랑이가 차차 마을로 찾아내린다. 밤길에 고개 같은 데서 만나면 끽소리도 못하고 욕을 당한다.

나그네가 방아를 괴 놓고 내려와서 키로 확의 좁쌀을 담아올린다. 주인은 그 머리를 쓰담고 자기의 행주치마를 벗어서 그 위에 씌워 준다. 계집의 나이 열아홉이면 활짝 필 때이건만 버캐된 머리칼이며 야윈 얼굴이며 벌써부터 외양이 시들어간다. 아마 고생을 짓한 탓이리라.

날씬한 허리를 재빨리 놀려 가며 일이 끊일 새 없이 다구지게 덤벼드는 그를 볼 때 주인은 지극히 사랑스러웠다. 그리고 일변 측은도 하였다. 뭣하면 딸과 같이 자기 곁에서 길게 살아주었으면 상팔자일 듯싶었다. 그럴 수 있다면 그 소 한 마리와 바꾼대도 이것만은 안 내놓으리라고 생각도 하였다.

아들만 데리고 홀어미의 생활은 무던히 호젓하였다. 그런데다 동리에서는 속 모르는 소리까지 한다. 떠꺼머리 총각을 그냥 늙힐 테냐고. 그러나 형세가 부치므로 감히 엄두도 못 내다가 겨우 올 봄에서야 다붙어 서둘게 되었다. 의외로 일은 손쉽게 되었다. 이리저리 언론이 돌더니 남촌산에 사는 어느 집 둘째딸과 혼약하였다. 일부러 홀어미는 사십 리 길이나 걸어서 색시의 손등을 문질러 보고는,

"참 애기 잘도 생겼세!"

좋아서 사돈에게 칭찬을 뇌고 뇌곤 하였다.

그런데 없는 살림에 빚을 내어가며 혼수를 다 꼬여매 놓은 뒤였다. 혼인날을 불과 이틀 격해 놓고 일이 고만 빗났다. 처음에야 그런 말이 없더니 난데없는 선채금 삼십 원을 가져오란다. 남의 돈 삼 원과 집의 돈 오 원으로 거추꾼에게 품삯 노비 주고 혼수하고 단지 이 원—잔치에 쓸 것밖에 안 남고 보니 삼십 원이란 입내도 못 낼 소리다. 그 밤, 그는 이리 뒤척 저리 뒤척 넋 잃은 팔을 던져 가며 통 밤을 새웠던 것이다.

"어머님! 진지 잡수세유."

새댁에게 이런 소리를 듣는다면 끔찍이 귀여우리라. 이것이 단 하나의 그의 소원이었다.

"다리 아프지유? 너머 일만 시켜서……."

주인은 저녁 좁쌀을 쓸어넣다가 방아다리에 깝신대는 나그네를 걸쌈스럽게 쳐다본다. 방아가 무거워서 껍적이며 잘 으르지 않는다. 가냘픈 몸이라 상혈이 되어 두 볼이 새빨갛게 색색거린다. 치마도 치마려니와 명주저고리는 어찌 삭았는지 어깨께가 손바닥만하게 척 나갔다. 그러나 덕돌이가 왜포 다섯 자를 바꿔 오거든 첫대 사발화통된 속곳부터 해 입히고 차차 할 수밖엔 없다.

"같이 찝시다유."

주인도 나머지 방아다리에 올라섰다. 그리고 찌껑 위에 놓인 나그네의 손을 눈치 안 채게 슬며시 쥐어보았다. 더도 덜도 말고 그저 요만한 며느리만 얻어도 좋으련만!

나그네와 눈이 고만 마주치자 그는 열적어서 시선을 돌렸다.

"퍽도 쓸쓸하지유?"

하며 손으로 울 밖을 가리킨다. 첫밤 같은 석양판이다. 색동저고리를 떨쳐 입고 산들은 거방진 방아소리를 은은히 전한다. 찔더러쿵! 찌러쿵!

그는 나그네를 금덩이같이 위하였다. 없는 대로 자기의 옷가지도 서로서로 별러 입었다. 그리고 잘 때에도 딸과 진배없이 이불 속에서 품에 꼭 품고 재우곤 하였다. 하지만 자기의 은근한 속심은 차마 입에 드러내어 말을 못 건넸다. 잘 들어주면이거니와 뭣하게 안다면 피차의 낯이 뜨뜻할 일이었다.

그러자 맘먹지 않았던 우연한 일로 인하여 마침내 기회를 얻게 되었다—나그네가 온 지 나흘 되던 날이었다. 거문관이 산기슭에 있는 영길네가 벼방아를 좀 와서 찧어달라고 한다. 나그네는 줄밤을 새우므로 낮에나 푸근히 자라고 두고 그는 홀로 집을 나섰다.

머리에 겨를 보얗게 쓰고 맥이 풀려서 집에 돌아온 것은 이럭저럭 으스레하였다. 늙은 한 다리를 끌고 뜰 앞으로 향하다가 그는 주춤하였다. 나그네 홀로 자는 방에 덕돌이가 들어갈 리 만무한데 정녕코 그놈일 게다. 마루 끝에 자그마한 나그네의 짚신이 놓인 그 옆으로 질목채 벗은 왕달 짚신이 왁살스럽게 놓였다. 그러고 방에서는 수군수군 낮은 말소리가 흘러나온다. 그는 무심코 닫은 방문께로 귀를 기울였다.

"그럼 와 그러는 게유? 우리 집이 굶을까 봐 그러시유?"

"……."

"어머이도 사람은 좋아유…… 올해 잘만 하면 내년에는 소 한 마리 사놀 게구, 농사만 해두 한 해에 쌀 넉 섬, 조 엿 섬, 그만하면 고만이지유…… 내가 싫은 게유?"

"……."

"사내가 죽었으니 아무튼 얻을 게지유?"

옷 터지는 소리. 부시럭거린다.

"아이! 아이! 아이! 참! 이거 노세유."

쥐죽은 듯이 감감하다. 허공에 아롱거리는 낙엽을 이윽히 바라보며 그는 빙그레 한다. 신발 소리를 죽이고 뜰 밖으로 다시 돌쳐 섰다.

저녁상을 물린 후 그는 시치미를 딱 떼고 나그네의 기색을 살펴보다가 입을 열었다.

"젊은 아낙네가 홀몸으로 돌아다닌대두 고상일 게유. 또 어차피 사내는……."

여기서부터 사리에 맞도록 이 말 저 말을 주섬주섬 꺼내 오다가 나의 며느리가 되어 줌이 어떻겠느냐고 꽉 토파를 지었다. 치마를 흡싸고 앉아 갸웃이 듣고 있던 나그네는 치마끈을 깨물며 이마를 떨어뜨린다. 그러고는 두 볼이 빨개진다. 젊은 계집이 나 시집가겠소, 하고 누가 나서랴. 이만하면 합의한 거나 틀림없을 것이다.

혼수는 전에 해둔 것이 있으니 한시름 잊었다. 그대로 이앙이나 고쳐서 입히면 고만이다. 돈 이 원은 은비녀, 은가락지 사다가 각별히 색시에게 선물 내리고…….

일은 밀수록 낭패가 많다. 금시로 날을 받아서 대례를 치렀다. 한편에서는 국수를 누른다. 잔치 보러온 아낙네들은 국수 그릇을 얼른 받아서 후룩후룩 들이마시며 시악시 잘났다고 추었다.

주인은 흥겨움에 너무 겨워서 축배를 흥건히 들었다. 여간 경사가 아니다. 뭇사람을 비집고 안팎으로 드나들며 분부하기에 손이 돌지 않는다.

"얘, 메누라! 국수 한 그릇 더 가져온!"

어째 말이 좀 어색하구먼—. 다시 한 번,

"메누라, 얘야! 얼른 가져와."

삼십을 바라보자 동곳을 찔러보니 제물에 멋이 질려 비드름하다. 덕돌이는 첫날을 치르고 부썩부썩 기운이 난다. 남이 두 단을 털 제면 그의 볏단은 석 단째 풀려 나간다. 연방 손바닥에 침을 뱉어 붙이며 어깨를 으쓱거린다.

"끅! 끅! 끅! 찍어라, 굴려라, 끅! 끅!"

동무의 품앗이 일이다. 거무투룩한 젊은 농군 댓이 볏단을 번차례로 집어든다. 열에 뜬 사람 같이 식식거리며 세차게 벼 알을 절구통 배에서 주룩주룩 훑어 내린다.

"얘! 장가들고 한턱 안 내니?"

"일색이드라. 딴딴히 먹자. 닭이냐? 술이냐? 국수냐?"

"웬 국수는? 너는 국수만 아느냐?"

저희끼리 찧고 까분다. 그들은 일을 놓으며 옷깃으로 땀을 씻는다. 골바람이 벼 까라기를 부옇게 풍긴다. 옆산에서 푸드득 하고 꿩이 날며 머리 위를 지나간다. 갈퀴질을 하던 얼굴 넓적이가 갈퀴를 놓고 씽긋하더니 달려든다. 장난꾼이다. 여러 사람의 힘을 빌리어 덕돌이 입에다 헌 짚신짝을 물린다. 버들껑거린다. 다시 양 귀를 두 손에 잔뜩 훔켜 잡고 끌고 와서는 털어놓은 벼무더기 위에 머리를 틀어박으며 동서남북으로 큰절을 시킨다.

"야아! 야아! 아!"

"아니다, 아니야. 장갈 갔으면 산신령에게 이러하다 말이 있어야지. 괜스레 산신령이 노하면 눈깔 망나니(호랑이) 내려보낸다."

뭇 웃음이 터져 오른다. 새신랑의 옷이 이게 뭐냐. 볼기짝에 구멍이 다 뚫리고…… 빈정대는 사람도 있다. 그러나 덕돌이는 상투의 먼대기를 털고 나서 곰방대를 피워 물고는 싱그레 웃어치운다. 좋은 옷은 집에 두었다. 인조견 조끼, 저고리, 새하얀 옥당목 겹바지, 그러나 애끼는 것이다. 일할 때엔 헌옷을 입고 집에 돌아와 쉴 참에나 입는다. 잘 때에도 모조리 벗어서 더럽지 않게 착착 개어 머리맡에 놓고 자곤 한다. 의복이 남루하면 인상이 추하다. 모처럼 얻은 귀여운 아내니 행여나 마음이 돌아앉을까 미리미리 사려 두지 않을 수도 없는 노릇이다. 그야말로 이십구 년 만에 누런 이 조각에다 어제야 소금을 발라 본 것도 이 까닭이었다.

덕돌이가 볏단을 다시 집어올릴 제 그 이웃에 사는 돌쇠가 옆으로 와서 품을 안는다.

"애 덕돌아! 너 내일 우리 조마댕이 좀 해줄래?"

"뭐 어째?"

하고 소리를 빽 지르고는 그는 눈귀가 실룩하였다.

"누구보고 해라야? 응? 이 자식 까놀라?"

어제까진 턱없이 지냈단대도 오늘의 상투를 못 보는가!

바로 그날이었다. 윗간에서 혼자 새우잠을 자고 있던 홀어미는 놀래어 눈이 번쩍 띄었다. 만뢰 잠잠한 밤중이다.

"어머니! 그거 달아났에유. 내 옷도 없구……."

"응?"

하고 반마디 소리를 치며 얼떨김에 그는 캄캄한 방 안을 더듬어 아랫간으로 넘어섰다. 황망히 등잔에 불을 댕기며,

"그래 어디로 갔단 말이냐?"

영산이 나서 묻는다. 아들은 벌거벗은 채 이불로 앞을 가리고 앉아서 징징거린다. 옆자리에는 빈 베개뿐 사람은 간 곳이 없다. 들어본즉 온종일 일하기에 피곤하여 아들은 자리에 들자 고만 세상을 잊었다. 하기야 그때 아내도 옷을 벗고 한자리에 누워서 맞붙어 잤던 것이다. 그는 보통 때와 조금도 다름없이 새침하니 드러누워서 천장만 쳐다보았다. 그런데 자다가 별안간 오줌이 마렵기에 요강을 좀 집어 달래려고 보니 뜻밖에 품안이 허룩하다. 불러보아도 대답이 없다. 그제서는 어림짐작으로 우선 머리맡 위에 놓았던 옷을 더듬어 보았다. 딴은 없다.

필연 잠든 틈을 타서 살며시 옷을 입고 자기의 옷이며 버선까지 들고 내뺐음이

분명하리라.

"도적년!"

모자는 관솔불을 켜 들고 나섰다. 부엌과 잿간을 뒤졌다. 그러고 뜰 앞 수풀 속도 낱낱이 찾아봤으나 흔적도 없다.

"그래도 방 안을 다시 한 번 찾아보자."

홀어미는 구태여 며느리를 도적년으로까지는 생각하고 싶지 않았다. 거반 울상이 되어 허벙저벙 방 안으로 들어왔다. 마음을 가라앉혀 들쳐보니 아니나다르랴, 며느리 베개 밑에서 은비녀가 나온다. 달아날 계집 같으면 이 비싼 은비녀를 그냥 두고 갈 리 없다.

두말없이 무슨 병패가 생겼다. 홀어미는 아들을 데리고 덜미를 잡히는 듯 문 밖으로 찾아나섰다.

마을에서 산길로 빠져나가는 어귀에 우거진 숲 사이로 비스듬히 언덕길이 놓였다. 바로 그 밑에 석벽을 끼고 깊고 푸른 웅덩이가 묻히고 넓은 그 물이 겹겹 산을 에돌아 약 십 리를 흘러내리면 신연강 중턱을 뚫는다. 시내에 반쯤 파묻히어 번들대는 큰 바위는 내를 싸고 양쪽으로 질펀하다. 꼬부랑길은 그 틈바귀로 뻗었다. 좀체 걷지 못할 자갈길이다. 내를 몇 번 건너고 험상궂은 산들을 비켜서 한 오 마장 넘어야 겨우 길다운 길을 만난다. 그러고 거기서 좀더 간 곳에 냇가에 외지게 잃어진 오막살이 한 간을 볼 수 있다. 물방앗간이다. 그러나 이제는 밥을 찾아 흘러가는 뜬 몸들의 하룻밤 숙소로 변하였다.

벽이 확 나가고 네 기둥뿐인 그 속에 힘을 잃은 물방아는 을씨년궂게 모로 누웠다. 거지도 고 옆에 홑이불 위에 거적을 덧쓰고 누웠다.

거푸진 신음이다. 으! 으! 으흥!

서까래 사이로 달빛은 쌀쌀히 흘러든다. 가끔 마른 잎을 뿌리며—.

"여보 자우? 일어나게유 얼핀."

계집의 음성이 나자 그는 꾸물거리며 일어나 앉는다. 그러고 너털대는 홑적삼 깃을 여며 잡고는 덜덜 떤다.

"인제 고만 떠날 테이야? 쿨룩……."

말라빠진 얼굴로 계집을 바라보며 그는 이렇게 물었다.

십 분 가량 지났다. 거지는 호사하였다. 달빛에 번쩍거리는 겹옷을 입고서 지팡이를 끌며 물방앗간을 등졌다. 골골하는 그를 부축하여 계집은 뒤에 따른다. 술집 며느리다.

"옷이 너머 커…… 커, 좀 적었으면……."

"잔말 말고 어여 갑시다, 펄쩍."

계집은 부리나케 그를 재촉한다. 그러고 연해 돌아다보길 잊지 않았다. 그들은 강길로 향한다. 개울을 건너 불거져 내린 산모롱이를 막 꼽뜨리려 할 제다. 멀리 뒤에서 사람 욱이는 소리가 끊일 듯 날 듯 간신히 들려온다.

바람에 먹히어 말소리는 모르겠으나 재없이 덕돌이의 목성임은 넉히 짐작할 수 있다.

"아, 얼른 좀 오게유."

똥끝이 마르는 듯이 계집은 사내의 손목을 겁겁히 잡아끈다. 병든 몸이라 끌리는 대로 뒤툭거리며 거지도 으슥한 산 저편으로 같이 사라진다. 수은 빛 같은 물방울을 뿜으며 물결은 산벽에 부닥뜨린다. 어디선지 지정치 못할 늑대 소리는 이 산 저 산서 와글와글 굴러내린다.

1936년

주제심화 Q&A

1. 이 세 작품들에서 가난을 다루는 방식과 70년대의 노동 소설에서 가난을 다루는 방식은 어떻게 다른지 설명하시오.

김동인의 「감자」, 나도향의 「뽕」, 김유정의 「산골 나그네」는 빈궁(貧窮)소설의 범주에 들어간다. 이 소설들이 발표된 1920년대에는 일제의 수탈과 악명 높은 소작제도로 인해 대부분의 농민들은 가난한 생활을 영위할 수밖에 없었다. 이 작품들은 작중인물들이 왜 가난에 빠질 수밖에 없었는지, 그리고 가난으로 인해 삶이 어떻게 파국으로 치닫는지를 보여준다.

그렇지만 이 소설들은 당시의 가난이 어떤 사회구조 속에서 비롯된 것인지 서술하기 보다는 가난한 상황에 놓인 인간이 어떻게 변하는지에 초점을 맞추었다고 할 수 있다. 김동인, 나도향, 김유정 세 작가 모두 당시 프롤레타리아 예술운동 조직인 KAPF와는 거리가 멀었던 작가이기 때문에 그들에게서 이러한 사회적인 분석을 읽어내기란 쉽지 않은 일이다.

이와 반대로 황석영의 「삼포가는 길」, 조세희의 『난장이가 쏘아올린 작은 공』으로 대표되는 70년대의 노동 소설은 가난의 원인을 사회구조적인 문제에서 찾고 있다. 「삼포가는 길」에서 고향 삼포를 찾아가는 정씨에게는 삼포가 옛날 삼포가 아니라는 황량한 풍문이 들려온다. 산업자본주의의 무차별적인 개발 때문에 고향을 잃어버린 그에게 고향은 더 이상 아늑한 곳이 아니다. 조세희의 『난장이가 쏘아올린 작은 공』에 나오는 노동 현실 역시 작품 속에 등장하는 환상과 대비되어 현실의 무자비함을 강조하게 된다.

이처럼 작가에 따라 가난을 개인이 짊어져야할 질곡, 혹은 운명으로 파악하는 경우와 가난이 계급적인 구조에서 파생된 사회 문제로 볼 때의 시각의 차이에 따라 인물의 형상화 또한 바뀌게 된다.

2. 「감자」의 복녀와 「뽕」의 안협집이라는 인물 간의 유사성에 대해 설명하시오.

김동인의 「감자」와 나도향의 「뽕」에서는 경제적인 궁핍이 현실적인 삶의 가장 중요한 문제로 제기된다. 「뽕」에 등장하는 김삼보는 아편쟁이이며 노름꾼으로 집안은 돌보지 않고 떠돌아다니며 인생을 탕진한다. 그의 아내인 안협집은 남편의 무관심과 경제적 무능력 속에서 생애를 꾸려 나가기 위해 자신의 몸을 판다. 그녀는 자기네 누에에게 먹이려고 뽕을 훔치러 갔다가 뽕밭 주인에게 붙잡히자 자신의 몸을 허락하고 풀려난다. 그 후 그녀는 "돈만 있으면 서방도 있고 먹을 것 입을 것이 다 있지"라고 생각하게 된다.

이 같은 인간형은 이미 김동인의 「감자」에 등장하는 복녀를 통해 구체적으로 형상화된 적이 있다. 복녀 역시 배고픔을 면하기 위해 솔밭에서 송충이를 잡는 잡부가 되었다가 작업장 감독에게 몸을 허락하는 신세가 된다. 그 후 중국인 왕 서방의 밭에서 감자를 훔치다가 붙잡히지만 몸을 팔아 위기를 벗어난다. 두 작품에는 비정상적인 부부 관계와 비윤리적인 매춘 행위가 유사한 패턴으로 등장할 뿐만 아니라, 자신들의 행위에 대해 전혀 아무런 내적 갈등을 겪지 않는 인물들을 내세우고 있는 점도 흡사하다. 이처럼 물질적 욕구와 육체적인 욕망에 의해 행동하는 인물들이 작품의 전편을 채우고 있는 것은 김동인과 나도향이 인간의 본성과 현실적인 삶의 조건을 동시에 문제 삼고 있음을 의미한다.

김유정(1908~1937)

강원도 춘성 출생. 서울에서 성장. 서울 재동공립보통학교를 졸업하고 휘문고보를 거쳐 1930년 연희전문학교 문과에 입학했으나 곧 제명처분을 당하고, 이듬해 보성전문학교에 입학했으나 다시 퇴학당한다. 1935년 《조선일보》 신춘문예에 「소낙비」가 당선되었으며, 『조선중앙일보』 신춘문예에 「노다지」가 가작으로 입선되어 문단의 주목을 받았다. 그러나 실제로는 이미 1933년에 「산골 나그네」와 「총각과 맹꽁이」를 이미 발표한 상태였다. 같은 해 문학 친목단체이자 모더니즘 작가들이 주축이 되어 결성한 구인회(九人會)에 가입했다. 김유정은 불과 10년도 채 안 되는 짧은 창작기간 동안에 「동백꽃」 「봄봄」 「땡볕」 등 단편 소설 30여 편과 수필 10여 편을 발표하는 왕성한 활동을 펼쳤다. 그의 작품들은 본질적으로 희극적인 해학성을 특징으로 한다. 우직하지만 어딘가 바보스러운 인물을 등장시키고 판소리를 연상시키는 비속어, 토속어를 활용하여 당대의 어둡고 삭막한 농촌 현실을 해학적으로 그려내었다. 그래서 김유정은 일제 식민치하에서 농촌의 궁핍한 현실과, 가혹한 현실에도 불구하고 끈질기게 살아가는 하층민들의 삶을 해학적인 필치로 그려내어 독특한 소설세계를 창조했다고 평가된다.

이태준(1904~1956)

호는 상허(常虛), 필명은 상허당주인(常虛堂主人). 강원도 철원 출생. 1933년 구인회 동인으로 활동했으며, 1939년에는 『문장』을 주관하기도 했다. 해방 직후 조선문학가동맹 부위원장으로 활동하다가 월북했고, 1956년 숙청당한 것으로 알려져 있으나 정확한 이후의 행적과 사망 연도는 알 수 없다. 이태준은 1925년 《시대일보》에 「오몽녀」라는 작품을 발표하면서 문단에 등단하였지만, 본격적으로 창작활동을 시작한 것은 구인회를 결성하면서부터다. 그의 작품은 인물에 대한 내관적인 묘사와 치밀한 구성을 통해 한국 근대소설의 기법적인 발전을 이룬 것으로 평가되고 있다. 「달밤」 「가마귀」 「영월 영감」 등의 작품은 허무와 서정의 세계 속에서도 시대정신에의 강렬한 호소를 드러내는 그의 대표작이다. 해방 이전의 작품은 대체로 시대 상황에 적극적으로 대응하는 경향을 띠기보다는 현실에 초연한 예술지상적 색채를 농후하게 나타낸다. 그러나 1943년 「왕자 호동」을 끝으로 절필하고 강원도 철원에 칩거하던 그는, 해방 이후 조선문학가동맹의 핵심 성원으로 활동하게 되면서 작품에도 사회주의적 색채를 담으려고 노력했다. 특히 이 시기에 발표된 「해방 전후」는 조선문학가동맹이 제정한 제1회 해방기념 조선문학상 수상작으로 선정되기도 했다.

계용묵(1904~1961)

본명 하태용(河泰鏞). 평북 선천 출생. 계용묵은 1927년 『조선문단』에 단편소설 「최서방」이 당선되면서 단편소설 작가로서의 활동을 시작했다. 초기에는 지주의 가혹한 수탈로 인한 생활고를 이기지 못하고 고향을 떠나는 농민들의 삶을 다룬 「최서방」 「인두지주」와 같은 경향성이 짙은 작품을 많이 발표했다. 그러다가 1929년 이후 수년간의 침묵 후에 다시 작품활동을 시작하면서 경향성을 탈피했다. 1935년에 발표한 대표작 「백치 아다다」에서 그 변모 양상이 확연히 드러난다. 「백치 아다다」는 정신적 불구자를 내세워 세태 풍속과 인심을 그려내면서 황금만능의 세태에 비판을 시도하고 있다. 이후 그의 작품에서의 현실적인 상황은 단지 작품을 쓰게 되는 조건만을 암시하는 정도로 축소되었을 뿐 구체성을 얻지 못하고 있다. 대신 작품을 만드는 과정에 전력을 기울이는 예술파적인 특징을 보였다. 해방 후에는 좌우분열이라는 문단적 상황에 얽매이지 않는 중간파적 입장을 고수하면서 단편 창작에 관심을 기울였다. 「별을 헨다」 「바람은 그냥 불고」 「물매미」 등 주목할 만한 작품을 발표하였다.

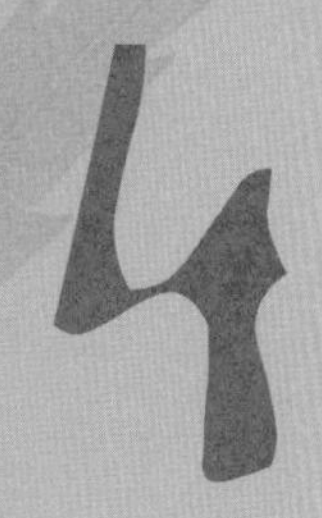

허황된 욕망의 덧없음

금 따는 콩밭
김유정
복덕방
이태준
물매미
계용묵

허 황 된 욕 망

인간의 역사는 욕망의 추구와 더불어 그 좌절의 연속이라고 볼 수 있다. 인간의 모든 생활은 욕망을 빼놓고는 설명할 수 없으며, 욕망이 없는 사람은 죽은 것이나 다름이 없다. 조금 더 맛있는 음식을 먹고자 하는 욕망이 다양한 음식문화를 형성했으며, 조금 더 편해지려는 욕망이 최신형 비행기와 같은 현재의 교통수단을 가능하게 했다. 소유욕이나 지배욕, 출세욕 등의 세속적인 욕망을 비롯해서 창작욕, 지식욕과 같은 고차원적인 욕망에 이르기까지 욕망은 어떠한 방식으로건 인간의 생활과 깊은 관련을 맺어 왔다. 이중에서 소유욕, 즉 물질에 대한 욕망이 인간에게 미치는 영향은 특히 크다.

탈무드에는 '사람을 해치는 세 가지 원인이 있다. 근심, 말다툼, 빈 지갑이다. 그중에서 빈 지갑이 가장 크게 상처를 입힌다'라는 구절이 있다. 인간이 살아가는 데 돈이 얼마나 중요한지를 강조하는 표현이다. 인간이라면 누구나 풍족하게 살고 싶어한다. 보다 많은 돈을 가지고 물질적인 풍요를 누리며 살고 싶은 것은 인간의 보편적인 욕망일 것이다. 억압받던 일제시대에도 자유보다는 풍족하게 살아가고자 하는 욕망이 더 크게 자리하고 있었다.

의 덧 없 음

아무리 노력해도 가난에서 벗어날 수 없었던 사회 구조에서 풍족하게 살고 싶어 하는 욕망은, 일확천금을 바라는 마음으로 왜곡 변질되곤 한다. 지금 사회에서도 감당할 수 없는 카드빚을 진 사람이 복권을 한 뭉치씩 사거나 도박, 혹은 주식에 빠져 한탕을 꿈꾸는 것이 가장 쉽게 생각할 수 있는 사례일 것이다.

일제시대 우리 민족들 가운데도 가난을 면하기 어려웠던 많은 사람들이 이와 비슷한 허황된 꿈에 빠져 들어갔다.

:: 허황된 꿈을 좇는 인간의 어리석음

김유정의 「금 따는 콩밭」은 일확천금을 꿈꾸는 친구의 꾐에 넘어간 순진하고 가난한 농민 영식이 금줄을 찾으려다가 한해 농사를 망치고 만다는 내용을 담고 있다. 특히 금광에 대한 자신의 욕심이 헛된 것임을 끝까지 알아채지 못하는 어리석은 주인공의 설정은, 김유정 소설의 해학성을 잘 드러내고 있다. 이 작품은 성실하고 우직한 농사꾼이 허황된 유혹에 빠지는 과정을 통해 1930년대 농촌생활의 궁핍과 가난한 현실을 우회적으로 보여주고 있다.

주인공 영식은 원래 금광에는 이력도 없고 흥미도 없는 성실한 농사꾼이다. 어느 날 콩밭에서 혼자 김을 매고 있는 그에게, 일확천금의 횡재를 노리며 금광을 찾아 헤매는 허황된 친구 수재가, 그 밭에 금이 묻혔으니 파보자고 유혹한다. 그 꾐에 넘어가 콩밭을 전부 파헤치지만 금은 나올 기미를 보이지 않고, 오히려 마름에게 구덩이를 묻지 않으면 징역을 살 줄 알라는 포악을 당하게 된다. 영식은 화가 나 친구 수재와 아내에게 화풀이를 한다. 잘 지은 콩밭을 뒤엎어 한해 농사를 망치게 된 영식이 점점 살벌한 기미를 보이자, 수재는 황토흙을 들어올리며 거짓으로 금맥을 찾은 체하여 영식 부부를 속여넘기며 그날 저녁 달아나리라 마음먹는다. 그러나 영식과 아내는 그것도 모른 채 금을 찾았다고 즐거워한다.

성실한 농사꾼이었던 영식이 수재의 꾐에 넘어간 것은 단지 주인공의 어리석음 때문만은 아니다. 그보다는 당시 농민의 삶 자체가 농사만 지어서는 살기 힘들었기 때문이다. 일 년 농사를 짓는 것보다 금을 캐는 것이 슬기로운 일이라고 생각할 만큼 영식은 생활에 쪼들려 절망적이었기 때문이다.

'올봄 보낼 제 비료값, 품삯, 빚에 빚진 칠 원 까닭에 나날이 졸리는 이 판이다. 이렇게 지지하게 살고 말 바에는 차라리 가로지나 세로지나 사내자식이 한번 해 볼 것이다.'

금을 찾기 위해 콩밭에 파 놓은 구덩이는 당시 우리 농민들이 처한 현실을 의미한다. 구덩이는 깊어질수록 황토 장벽으로 좌우가 막히고 무덤 속같이 흙내와 냉기만이 가득한 장소이다. 이는 당시의 현실이 인간생활의 기본 조건이 갖춰져 있지 않은 절망적인 상황임을 은유적으로 보여주는 것이다.

게다가 세상이 차분히 농사만 짓도록 내버려두지 않았다. 영식의 처조차도 '시

김유정의 슬픈 삶과 사랑 이야기

우리에게 웃음과 해학을 주는 「봄봄」 「동백꽃」 등의 작품으로 잘 알려져 있는 김유정의 삶은 아이러니하게도 한스러움 그 자체였다. 1908년 강원도 대지주의 아들로 태어난 그는 일곱 살 때 어머니를 잃고 아홉 살 때 연거푸 아버지를 잃었다. 아버지 생전에 포악을 부렸던 형은 그후로 막대한 가산을 탕진했고, 김유정은 누이들 손에서 가난에 허덕이며 결핵성 치질과 폐결핵으로 고통스런 삶을 살다가 1937년 3월 29일 30세의 나이로 죽음을 맞이해야 했다. 김유정에게 형의 포악이나 가난, 폐결핵보다도 가장 고통스러웠던 것은 어머니에 대한 그리움이었다. 두 번의 짝사랑 사건은 그 그리움의 정도가 어떠했는지를 짐작하게 한다. 22세 되던 어느 날, 길을 가던 중에 갓 목욕하고 나오는 명창 박녹주를 보고 사랑에 빠진 김유정은, 그후로 줄기차게 연애편지를 보낸다. 주변 사람들의 회고에 따르면 박녹주는 김유정보다 나이도 많고 얼굴도 미인이 아니었는데, 김유정은 그녀에게서 어머니의 모습을 보고 반했다는 것이다. 이런 맹목적인 사랑은 그후에도 한 차례 더 있었다. 그는 잡지 기사를 통해 우연히 발견한 여전 출신의 신여성에게 한 번 만나본 적도 없는 상태에서 몇 달에 걸쳐 30여 통의 연애편지를 보낼 정도의 열정으로 보이기도 했다. 그는 늘 기억이 흐릿한 어머니를 그리워했고, 어머니의 사진을 품고 다녔다고 전해지는데, 그러한 어머니에 대한 그리움이 짝사랑의 원천이었던 것 같다. 자전적인 소설 「형」 「두꺼비」 등을 보면 김유정의 불행한 삶을 조금 더 이해할 수 있을 것이다.

체(時體)는 금점이 판을 잡았다. 선부르게 농사만 짓고 있다간 결국 비렁뱅이밖에는 더 못 된다' 고 생각할 만큼 퍼져 있는 금광열이 가난한 농민들에게 헛바람을 불어넣고 있었다. 그들에게 가난을 벗어날 수 있는 최선의 방법은 일확천금이었다. 그 외에는 다른 선택의 여지가 없었다. 그들이 일확천금을 할 수 있는 길은 금광밖에 없었다. 이렇게 보면 작품에서 해학적으로 그리고 있는 콩밭에서 금을 캐려는 것은, 실은 삶의 마지막 수단으로서 생존을 위한 눈물겨운 선택인 것이다.

이태준의 「복덕방」에도 「금 따는 콩밭」과 비슷하게 일확천금의 꿈에 부푼 인물이 등장한다. 안 초시는 친구 서 참의가 하는 복덕방에서 소일하는 늙은이이다. 무용가인 딸이 하나 있지만 인색해서 안 초시는 늘 쪼들린다. 그는 친구인 서 참의와 박희완 영감과 티격태격하며 하루하루를 보내지만 마음속에는 늘 단번에 큰돈을 벌려는 꿈을 가지고 있다. 그러던 어느 날 박희완 영감이 땅 투기로 큰돈을 벌 수 있다고 하자, 안 초시는 딸을 꼬드겨서 땅에 투자한다. 하지만 결국 사기를 당하고, 안 초시는 독을 먹고 자살한다.

이 소설의 안 초시는 「금 따는 콩밭」의 영식처럼 가난에 허덕이는 인물은 아니다. 하지만 안 초시 또한 풍족하지 않은 돈 때문에 자신은 세상과 인연이 끊어졌다고 느낀다. 세상은 돈에 의해 돌아가는데, 내 손에는 돈이 없으니 송장이나 다름없다고 생각한다. '돈을 좀 주무르던 시절' 에 장만한 안경테는 안 초시가 예전에는 꽤 잘 살았다는 사실을 짐작하게 한다. 그러던 그가 셔츠 한 벌을 얻어입기 위해 딸에게 아쉬운 소리를 해야 하는 현실은 무척 자존심이 상하는 일인 것이다. 비싼 안경테에 싸구려 안경다리를 달 바에야 차라리 종이노끈으로 된 안경다리를 고집하는 태도를 통해 안 초시의 마음 속에 숨겨져 있는 세상에 대한 미련을 짐작할 수 있다. 안 초시는 딸에게 간신히 타낸 돈으로 담배나 태우면서 인생을 마감하기는 싫고, 다시 한 번 큰돈을 벌어서 세상에서 떵떵거리며 살고 싶었던 것이다.

그러나 생활의 기반도 없고 특별한 재산도 없는 안 초시가 큰돈을 벌 방법은 어디에도 없었다. 이런 욕망이 현실에서 출구를 찾지 못할 때 사람들은 도박이나 투기와 같은 허황된 생각에 매달리게 된다. 안 초시도 현실에서는 다른 방법을 찾기 어렵던 차에 손쉽게 큰돈을 벌 수 있다는 땅투기에 빠져버린 것이다.

이 작품은 특히, 1930년대에도 부동산 투기가 성황하고 있음을 보여주고 있어 흥미롭다. 중국과 마주보고 있는 특정 지역이 개발될 것이라는 소문을 듣고, 싼값에 땅을 사 두었다가 개발이 되어 땅값이 오르면 비싼 값에 되팔려는 안 초시의 모습이나, 개발이 확정되기도 전에 너무 일찍 많은 땅을 사들인 사기꾼이 개발에 대한 거짓 정보를 흘려 순진한 사람들을 속이는 모습은, 지금과 너무 비슷하다.

또한 「복덕방」은 허황된 꿈을 좇는 인간의 어리석음뿐만 아니라 늙은 아버지를 홀대하고, 아버지의 죽음 앞에서조차 자신의 명예만 생각하는 이기주의와 허세로 가득 찬 안 초시의 딸 안경화의 비인간적인 모습을 통해, 각박해진 현실과 무너져가는 가족의 모습을 드러내 함께 비판하고 있다.

계용묵의 「물매미」는 「금 따는 콩밭」이나 「복덕방」과 시대적 배경은 다르지만, 인간의 허황된 욕망이라는 공통된 주제를 다루고 있다. 1950년 『문예』에 발표된 꽁트인 이 작품은, 어린아이들을 상대로 물매미 노름을 해서 번 돈을 자식에게 쥐어 학교를 보낸 노인이, 그 돈을 물매미 노름으로 탕진하고 학교를 결석한 자식을 꾸짖지도 못하고 허탈해하는 모습을 그렸다. 돈벌이가 된다는 현실적인 유혹을 이기지 못하고, 자신의 연륜과 체면을 아랑곳하지 않는 한 노인의 씁쓸한 인생이 희극적으로 처리되어 있다는 점이 눈여겨 볼 만한 작품이다. 하지만 신통치 못했던 생계를 일으켜 세우기 위해, 자식에게 학교 증축비 부담금을 쥐어 주기 위해, 도덕적인 갈등을 거듭하는 노인의 모습은 결국 세속적인 욕망에 무릎을 꿇을 수밖에 없었던 시대의 우울을 보여주기도 한다.

금 따는 콩밭 _ 김유정

땅속 저 밑은 늘 음침하다.

고달픈 간드렛불. 맥없이 푸르끼하다. 밤과 달라서 낮엔 되우 흐릿하였다.

거칠은 황토 장벽으로 앞뒤 좌우가 콕 막힌 좁직한 구덩이. 흡사히 무덤 속 같이 귀중중하다. 싸늘한 침묵, 쿠더브레한 흙내와 징그러운 냉기만이 그 속에 자욱하다.

곡괭이는 뻰질 흙을 이르집는다. 암팡스러이 내려쪼며,

퍽 퍽 퍼억—.

이렇게 메떨어진 소리뿐. 그러나 간간 우수수하고 벽이 헐린다.

영식이는 일손을 놓고 소맷자락을 끌어당기어 얼굴의 땀을 훑는다. 이놈의 줄이 언제나 잡힐는지 기가 찼다. 흙 한 줌을 집어 코밑에 바싹 들이대고 손가락으로 샅샅이 뒤져본다. 완연히 버력은 좀 변한 듯싶다. 그러나 볼통버력이 아주 다 풀린 것도 아니었다. 밀똥버력이라야 금이 온다는데 왜 이리 안 나오는지.

곡괭이를 다시 집어든다. 땅에 무릎을 꿇고 궁둥이를 번쩍 든 채 식식거린다. 곡괭이를 무작정 내려찍는다. 바닥에서 물이 스미어 무르팍이 흥건히 젖었다. 굿 엎은 천판에서 흙방울은 내리며 목덜미로 굴러든다. 어떤 때에는 윗벽의 한 쪽이 떨어지며 등을 탕 때리고 부서진다.

그러나 그는 눈도 하나 깜짝하지 않는다. 금을 캔다고 콩밭 하나를 다 잡쳤다. 약이 올라서 죽을 둥 살 둥, 눈이 뒤집힌 이 판이다. 손바닥에 침을 탁 뱉고 곡괭이 자루를 한번 꼬나잡더니 쉴 줄 모른다.

등 뒤에서는 흙 긁는 소리가 드윽드윽 난다. 아직도 버력을 다 못 친 모양. 이 자식이 일을 하나 시졸 하나. 남은 속이 바짝바짝 타는데 웬 뱃심이 이리도 좋아.

영식이는 살기 띤 시선으로 고개를 돌렸다. 암말없이 수재를 노려본다. 그제야 꾸물꾸물 바지게에 흙을 담고 등에 메고 사다리를 올라간다.

굿이 풀리는지 벽이 우찔하였다. 흙이 부서져 내린다. 전날이라면 이곳에서 아내 한 번 못 보고 생죽음이나 안할까 털끝까지 쭈뼛할게다. 그러나 인젠 그렇게 되고도 싶다. 수재란 놈하고 흙더미에 묻히어 한껍에 죽는다면 그게 오히려 날 게다.

이렇게까지 몹시 몹시 미웠다.

이놈 풍치는 바람에 애꿎은 콩밭 하나만 결딴을 냈다. 뿐만 아니라 모두가 낭패다. 세 벌 논도 못 맸다. 논둑의 풀은 성큼 자란 채 어지러이 널려 있다. 이 기미를 알고 지주는 대노하였다. 내년부터는 농사질 생각을 말라고 발을 굴렀다. 땅은 암만을 파도 지수가 없다. 이만해도 다섯 길은 훨씬 넘었으리라. 좀더 지펴야 옳을지 혹은 북으로 밀어야 옳을지 우두커니 망설거린다. 금점 일에는 풋뜸이다. 입때껏 수재의 지휘를 받아 일을 하여 왔고, 앞으로도 역시 그러해야 금을 딸 것이다. 그러나 그런 칙칙한 짓은 안 한다.

"이리 와, 이것 좀 파게."

그는 으쓱 위풍을 보이며 이렇게 분부하였다. 그리고 저는 일어나 손을 털며 뒤로 물러선다. 수재는 군말없이 고분하였다. 시키는 대로 땅에 무릎을 꿇고 벽채로 군버력을 긁어낸 다음 다시 파기 시작한다.

영식이는 치다 나머지 버력을 짊어진다. 커단 걸대를 뒤룩거리며 사다리로 기어오른다. 굿 문을 나와 버력 더미에 흙을 마악 내칠려 할 제,

"왜 또 파. 이것들이 미쳤나 그래!"

산에서 내려오는 마름과 맞닥뜨렸다. 정신이 떠름하여 그대로 벙벙히 섰다. 오늘은 또 무슨 포악을 들으려는가.

"말라니까 왜 또 파는 게야."

하고 영식이의 바지게 뒤를 지팡이로 콱 찌르더니,

"갈아먹으라는 밭이지 흙 쓰고 들어가라는 거야, 이 미친 것들아. 콩밭에서 웬 금이 나온다고 이 지랄들이야, 그래."

하고 목에 핏대를 올린다. 밭을 버리면 간수 잘못한 자기 탓이다. 날마다 와서 그 북새를 피우고 금하여도 담날 보면 또 여전히 파는 것이다.

"오늘로 이 구덩이를 도로 굳혀 놔야지, 낼로 당장 징역 갈 줄 알게."

너무 감정에 격하여 말도 잘 안 나오고 떠듬떠듬거린다. 주먹은 곧 날아들 듯이 허구리께서 불불 떤다.

"오늘만 좀 해보고 고만두겠어유."

영식이는 낯이 붉어지며 가까스로 한 마디 하였다. 그리고 무턱대고 빌었다.

마름은 들은 척도 안하고 가 버린다.

그 뒷모양을 영식이는 멀거니 배웅하였다. 그러나 콩밭 낯짝을 들여다보니 무던히 애통 터진다. 멀쩡한 밭에 구멍이 사면 풍풍 뚫렸다.

예제없이 버력은 무더기무더기 쌓였다. 마치 사태 만난 공동묘지와도 같이 귀살적고 되우 을씨년스럽다.

그다지 잘 되었던 콩 포기는 거반 버력 더미에 다아 깔려 버리고 군데군데 어쩌다 남은 놈들만이 고개를 나풀거린다. 그 꼴을 보는 것은 자식 죽는 걸 보는 게 낫지 차마 못할 경상이었다. 농토는 모조리 떨어질 것이다. 그러나 대관절 올 밭도지 벼 두 섬 반은 뭘로 해내야 좋을지. 게다 밭을 망쳤으니 자칫하면 징역을 갈는지도 모른다.

영식이가 구덩이 안으로 들어왔을 때 동무는 땅에 주저앉아 쉬고 있었다. 태연 무심히 담배만 뻑뻑 피는 것이다.

"언제나 줄을 잡는 거야."

"인제 차차 나오겠지."

"인제 나온다?"

하고 코웃음을 치고 엇먹더니 조금 지나매,

"이새끼."

흙덩이를 집어들고 골통을 내려친다.

수재는 어쿠, 하고 그대로 푹 엎드린다. 그러다 벌떡 일어선다. 눈에 띄는 대로 곡괭이를 잡자 대뜸 달겨들었다. 그러나 강약이 부동. 왁살스러운 팔뚝에 퉁겨져 벽에 가서 쿵 하고 떨어졌다. 그 순간에 제가 빼앗긴 곡괭이가 정수리를 겨누고 날아드는 걸 보았다. 고개를 홱 돌린다. 곡괭이는 흙벽을 퍽 찍고 다시 나간다.

수재 이름만 들어도 영식이는 이가 갈렸다. 분명히 홀딱 속은 것이다.

영식이는 본디 금점에 이력이 없었다. 그리고 흥미도 없었다. 다만 밭고랑에 웅크리고 앉아서 땀을 흘려가며 꾸벅꾸벅 일만 하였다. 올엔 콩도 뜻밖에 잘 열리고 맘이 좀 놓였다. 하루는 홀로 김을 매고 있노라니까,

"여보게 덥지 않은가. 좀 쉬었다 하게."

고개를 들어보니 수재다. 농사는 안 짓고 금점으로만 돌아다니더니 무슨 바람에 또 왔는지 싱글벙글한다. 좋은 수나 걸렸나 하고,

"돈 좀 많이 벌었나. 나 좀 채 주게."

"벌구말구. 맘껏 먹고 맘껏 쓰고 했네."

술에 거나한 얼굴로 신껏 주적거린다. 그리고 밭머리에 쭈그리고 앉아 한참 객설을 부리더니,

"자네, 돈벌이 좀 안 하려나, 이 밭에 금이 묻혔네, 금이……."

"뭐?"

하니까, 바로 이 산 너머 큰골에 광산이 있다, 광부를 삼백여 명이나 부리는 노다지판인데 매일 소출되는 금이 칠십 냥을 넘는다, 돈으로 치면 칠천 원, 그 줄맥이 큰 산허리를 뚫고 이 콩밭으로 뻗어 나왔다는 것이다. 둘이서 파면 불과 열흘 안에 줄을 잡을 게고 적어도 하루 서 돈씩은 따리라. 우선 삼십 원만 해두 얼마냐. 소를 산대도 반 필이 아니냐고.

그러나 영식이는 귀담아 듣지 않았다. 그 점이란 칼 물고 뜀뛰기다. 잘되면이거니와 못 되면 신세만 조진다. 이렇게 전일부터 들은 소리가 있어서였다.

그 담날도 와서 꾀송거리다 갔다.

셋째 번에는 집으로 찾아왔는데 막걸리 한 병을 손에 떡 들고 영을 피운다. 몸이 닳아서 또 온 것이었다. 봉당에 걸터앉아서 저녁상을 물끄러미 바라보더니 조당수는 몸을 훑인다는 둥, 일꾼은 든든히 먹어야 한다는 둥 남들은 논을 사느니 밭을 사느니 떠드는데 요렇게 지내다 그만둘 테냐는 둥 일쩌웁게 지절거린다.

"아주머니, 이것 좀 먹게 해주시게유."

그리고 비로소 영식이 아내에게 술병을 내놓는다. 그들은 밥상을 끼고 앉아서 즐겁게 술을 마셨다. 몇 잔이 들어가고 보니 영식이의 생각도 적이 돌아섰다. 딴은 일 년 고생하고 기껏 콩 몇 섬 얻어먹느니보다는 금을 캐는 것이 슬기로운 짓이다. 하루에 잘만 캔다면 한 해 줄곧 공들인 그 수확보다 훨씬 이익이다. 올봄 보낼 제 비료값, 품삯, 빚에 빚진 칠 원 까닭에 나날이 졸리는 이 판이다. 이렇게 지지하게 살고 말 바에는 차라리 가로지나 세로지나 사내자식이 한번 해볼 것이다.

"낼부터 우리 파 보세. 돈만 있으면이야 그까진 콩은……."

수재가 안달스리 재우쳐 보채일 제 선뜻 응낙하였다.

"그래 보세. 빌어먹을 거 안 됨 고만이지."

그러나 꽁무니에서 죽을 마시고 있던 아내가 허구리를 쿡쿡 찔렀게 망정이지 그렇지 않았더면 좀 주저할 뻔도 하였다.

아내는 아내대로의 셈이 빨랐다.

시체(時體)는 금점이 판을 잡았다. 선부르게 농사만 짓고 있다간 결국 비렁뱅이 밖에는 더 못 된다. 얼마 안 있으면 산이고 논이고 밭이고 할 것 없이 다 금쟁이 손에 구멍이 뚫리고 뒤집히고 뒤죽박죽이 될 것이다. 그때는 뭘 파먹고 사나. 자, 보아라. 머슴들은 짜기나 한 듯이 일하다 말고 후딱하면 금점으로들 내빼지 않는가. 일꾼이 없어서 올엔 농사를 질 수 없으니 마느니 하고 동리에서는 떠들썩하다. 그리고 번동 포농이조차 호미를 내어던지고 강변으로 개울로 사금을 캐러 달아난다. 그러다 며칠 뒤에는 다비신에다 옥당목을 떨치고 희짜를 뽑는 것이 아닌가.

아내는 콩밭에서 금이 날 줄을 아주 꿈밖이었다. 놀라고도 또 기뻤다. 올해는 노냥 침만 삼키던 그놈 코다리(명태)를 짜장 먹어 보겠구나만 하여도 속이 메질 듯이 짜릿하였다. 뒷집 양근댁은 금점 덕택에 남편이 사다 준 흰 고무신을 신고 나릿나릿 걷는 것이 무척 부러웠다. 저도 얼른 금이나 펑펑 쏟아지면 흰 고무신도 신고 얼굴에 분도 바르고 하리라.

"그렇게 해보지 뭐. 저 양반 하잔 대로만 하면 어련히 잘 될라구."

얼떨하여 앉았는 남편을 이렇게 추겼던 것이다.

동이 트기 무섭게 콩밭으로 모였다.

수재는 진언이나 하는 듯이 이리 대고 중얼거리고 저리 대고 중얼거리고 하였다. 그리고 덤벙거리며 이리 왔다가 저리 갔다가 하였다. 제딴은 땅속에 누운 줄맥을 어림하여 보는 맥이었다.

한참을 밭을 헤매다가 산 쪽으로 붙은 한구석에 딱 서며 손가락을 펴 들고 설명한다. 큰 줄이란 본시 산운, 산을 끼고 도는 법이다. 이 줄이 노다지임에는 필시 이 켠으로 버듬히 누웠으리라. 그러니 여기서부터 파 들어가자는 것이었다.

영식이는 그 말이 무슨 소린지 새기지는 못했다마는 금점에는 난다는 수재이니 그 말대로 하기만 하면 영락없이 금퇴야 나겠지 하고 그것만 꼭 믿었다. 군말없이 지시해 받은 곳에다 삽을 푹 꽂고 파헤치기 시작하였다.

금도 금이면 앨 써 키워온 콩도 콩이었다. 거진 다 자란 허울 멀쑥한 놈들이 삽 끝에 으스러지고 흙에 묻히고 하는 것이다. 그걸 보는 것은 썩 속이 아팠다. 애틋한 생각이 물밀 때 가끔 삽을 놓고 허리를 구부려서 콩잎의 흙을 털어 주기도 하였다.

"아, 이 사람아 맥적게 그건 봐 뭘 해, 금을 캐자니깐."

"아니야, 허리가 좀 아파서!"

핀잔을 얻어먹고는 좀 열적었다. 하기는 금만 잘 터져 나오면 이까짓 콩밭쯤이야. 이 밭을 풀어 논도 만들 수 있을 것이다. 눈을 감아 버리고 삽의 흙을 아무렇게나 콩잎 위로 홱홱 내어던진다.

"국으로 땅이나 파먹지 이게 무슨 지랄들이야!"

동리 노인은 뻔질 찾아와서 귀 거친 소리를 하고 하였다.

밭에 구멍을 셋이나 뚫었다. 그리고 대고 뚫는 길이었다. 금인가 난장을 맞을 건가 그것 때문에 농군은 버렸다. 이게 필연코 세상이 망하려는 징조이리라. 그 소중한 밭에다 구멍을 뚫고 이 지랄이니 그놈이 온전할 겐가.

노인은 제 울화에 지팡이를 들어 삿대질을 아니할 수 없었다.

"벼락 맞느니 벼락 맞어!"

"염려 말아유. 누가 알래지유."

영식이는 그럴 적마다 데퉁스레 쏘았다. 골김에 흙을 되는대로 내꼰지고는 침을 탁 뱉고 구덩이로 들어간다. 그러나 마음 한구석에는 언제나 끄은하였다. 줄을 찾는다고 콩밭을 통히 뒤집어 놓았다. 그리고 줄이 언제나 나올지 아직 까맣다. 논도 못

매고 물도 못 보고 벼가 어이 되었는지 그것조차 모른다. 밤에는 잠이 안 와 멀뚱하니 애를 태웠다.

수재는 낙담하는 기색도 없이 늘 하냥이었다. 땅에 웅숭그리고 시적시적 노냥으로 땅만 판다.

"줄이 꼭 나오겠나?"

하고 목이 말라서 물으면,

"이번에 안 나오거든 내 목을 비게."

서슴지 않고 장담을 하고는 꿋꿋하였다.

이걸 보면 영식이도 마음이 좀 놔는 듯 싶었다. 전들 금이 없다면 무슨 멋으로 이 고생을 하랴. 반드시 금은 나올 것이다. 그제서는 이왕 손해는 하릴없거니와 그만두리라는 절망이 스스로 사라지고 다시금 주먹이 쥐어지는 것이었다.

캄캄하게 밤은 어두웠다. 어디선가 뭇개가 요란히 짖어 댄다.

남편은 진흙투성이를 하고 산에서 내려왔다. 풀이 죽어서 몸을 잘 가누지도 못하고 아랫목에 축 늘어진다.

이 꼴을 보니 아내는 맥이 다시 풀린다. 오늘도 또 글렀구나. 금이 터지면은 집을 한 채 사간다고 자랑을 하고 왔더니 이내 헛일이었다. 인제 좌기가 나서 낯을 들고 나갈 염의조차 없어졌다.

남편에게 저녁을 갖다주고 딱하게 바라본다.

"인제 꿔 온 양식도 다 먹었는데……."

"새벽에 산제를 좀 지낼 텐데 한 번만 더 꿔 와."

남의 말에는 대답 없고 유하게 홀게늦은 소리뿐 그리고 드러누운 채 눈을 지그시 감아 버린다.

"죽거리두 없는데 산재는 무슨……."

"듣기 싫어, 요망 맞은 년 같으니."

이 호통에 아내는 그만 멈씰하였다. 요즘 와서는 무턱대고 공연스레 골만 내는 남편이 영 딱하였다. 환장을 하는지 밤잠도 아니 자고 소리만 빽빽 지르며 덤벼들려고 든다. 심지어 어린것이 좀 울어도 이자식 갖다 내꾼지라고 북새를 피는 것이다.

저녁을 아니 먹으므로 그냥 치워 버렸다. 남편의 영(令)을 거역키 어려워 양근댁한테로 또다시 안 갈 수 없다. 그간 양식은 줄곧 꾸어다 먹고 갚지도 못하였는데 또 무슨 면목으로 입을 벌릴지 난처한 노릇이었다.

그는 생각다 끝에 있는 염치를 보째 쏟아 던지고 다시 한 번 찾아가는 것이다마는 딱 맞닥뜨리어 입을 열고,

"낼 산제를 지낸다는데 쌀이 있어야지유."

하자니 영 낯이 화끈하고 모닥불이 날아든다.

그러나 그들은 어지간히 착한 사람이었다.

"암 그렇지요. 산신이 벗나면 죽도 그릅니다."

하고 말을 받으며 그 남편은 빙그레 웃는다. 워낙 금점에 장구 닳아난 몸인 만치 이런 일에는 적잖이 속이 틔었다. 손수 쌀 닷 되를 떠다 주며,

"산제라 안 지냄 몰라두 이왕 지낼려면 아주 정성껏 해야 됩니다. 산신이란 노하길 잘 하니까유."

하고 그 비방까지 깨쳐 보낸다.

쌀을 받아들고 나오며 영식이 처는 고마움보다 먼저 미안에 질리어 얼굴이 다시 빨갰다. 그리고 그들 부부 살아가는 살림이 참으로 참으로 몹시 부러웠다. 양근댁 남편은 날마다 금점으로 감돌며 버력 더미를 뒤지고 토록을 주워 온다. 그걸 온종일 장판돌에다 갈면 수가 좋으면 이삼 원, 옥아도 칠팔십 전 꼴은 매일 셈이 되는 것이었

다. 그러면 쌀을 산다, 피륙을 끊는다, 떡을 한다, 장리를 놓는다—그런데 우리는 왜 늘 요 꼴인지 생각만 하여도 가슴이 메는 듯 맥맥한 한숨이 연발을 하는 것이었다.

아내는 집에 돌아와 떡쌀을 담그었다. 낼은 뭘로 죽을 쑤어 먹을는지. 윗목에 웅크리고 앉아서 맞은쪽에 자빠져 있는 남편을 곁눈으로 살짝 할퀴어 본다. 남들은 돌아다니며 잘도 금을 주워 오련만 저 망나니 제 밭 하나를 다 버려도 금 한 톨 못 주워 오나. 에에, 변변치 못한 사나이, 저도 모르게 얕은 한숨이 거푸 두 번을 터진다.

밤이 이슥하여 그들 양주는 떡을 하러 나왔다. 남편은 절구에 쿵쿵 빻았다. 그러나 체가 없다. 동네로 돌아다니며 빌려 오느라고 아내는 다리에 불풍이 났다.

"왜 이리 앉었수, 불 좀 지피지."

떡을 찧다가 얼이 빠져서 멍하니 앉았는 남편이 밉살스럽다. 남은 이래저래 애를 죄는데 저건 무슨 생각을 하고 저리 있는 건지. 낫으로 삭정이를 탁탁 쪼개서 던져 주며 아내는 은근히 훅닥이었다.

닭이 두 홰를 치고 나서야 떡은 되었다.

아내는 시루를 이고 남편은 겨드랑에 자리 때기를 꼈다. 그리고 캄캄한 산길을 올라간다.

비탈길을 얼마 올라가서야 콩밭은 놓였다. 전면이 우뚝한 검은 산에 둘리어 막힌 곳이었다. 가생이로 느티, 대추나무들은 머리를 풀었다.

밭머리 조금 못 미쳐 남편은 걸음을 멈추자 뒤의 아내를 돌아본다.

"인 내, 그러구 여기 가만히 섰어."

시루를 받아 한 팔로 껴안고 그는 혼자서 콩밭으로 올라섰다. 앞에 쌓인 것이 모두가 흙더미, 그 흙더미를 마악 돌아서려 할 제 아마 돌을 찼나 보다. 몸이 쓰러지려고 우찔근하니, 아내는 기겁을 하여 뛰어오르며 그를 부축하였다.

"부정 타라구 왜 올라와, 요망 맞은 년."

남편은 몸을 고루 잡자 소리를 빽 지르며 아내 얼뺨을 붙인다. 가뜩이나 죽으라 죽으라 하는데 불길하게도 계집년이. 그는 마뜩지 않게 투덜거리며 밭으로 들어간다.

밭 한가운데다 자리를 펴고 그 위에 시루를 놓았다. 그리고 시루 앞에다 공손하고 정성스레 재배를 커다랗게 한다.

"우리를 살펴 줍시사. 산신께서 거들어 주지 않으면 저희는 죽을밖에 꼼짝할 수 없습니다유."

그는 손을 모으고 이렇게 축원하였다.

아내는 이 꼴을 바라보며 독이 뾰록같이 올랐다. 금점을 합네 하고 금 한 톨 못 캐는 것이 버릇만 점점 글러간다. 그전에는 없더니 요새로 건듯하면 탕탕 때리는 못된 버릇이 생긴 것이다. 금을 캐랬지 뺨을 치랬나. 제발 덕분에 고놈의 금 좀 나오지 말았으면. 그는 뺨 맞은 앙심으로 맘껏 방자하였다.

하긴 아내의 말 고대로 되었다. 열흘이 썩 넘어도 산신은 깜깜 무소식이었다. 남편은 밤낮으로 눈을 까뒤집고 구덩이에 묻혀 있었다. 어쩌다 집엘 내려오는 때이면 얼굴이 헐떡하고 어깨가 축 늘어지고 거반 병객이었다. 그리고서 잠자코 커단 몸집을 방고래에다 퀑 하고 내던지고 하는 것이다.

"제미 붙을, 죽어나 버렸으면."

혹은 이렇게 탄식하기도 하였다.

아내는 바가지에 점심을 이고서 집을 나섰다. 젖먹이는 등을 두드리며 좋다고 끽끽거린다.

이젠 흰 고무신이고 코다리고 생각조차 물렸다. 그리고 '금' 하는 소리만 들어도 입에 신물이 날 만큼 되었다. 그건 고사하고 꿔다 먹은 양식에 졸리지나 말았으면 그만도 좋으리마는.

가을은 논으로 밭으로 누렇게 내리었다. 농군들은 기꺼운 낯을 하고 서로 만나면 흥겨운 농담, 그러나 남편은 애먼 밭만 망치고 논조차 건살 못하였으니 이 가을에는 뭘 거둬들이고 뭘 즐겨할는지. 그는 동리 사람의 이목이 부끄러워 산길로 돌았다.

솔숲을 나서서 멀리 밖에를 바라보니 둘이 다 나와 있다. 오늘도 또 싸운 모양. 하나는 이쪽 흙더미에 앉았고 하나는 저쪽에 앉았고, 서로들 외면하여 담배만 뻑뻑 피운다.

"점심들 잡숫게유."

남편 앞에 바가지를 내려 놓으며 가만히 맥을 보았다.

남편은 적삼이 찢어지고 얼굴에 생채기를 내었다. 그리고 두 팔을 걷고 먼 산을 향하여 묵묵히 앉았다.

수재는 흙에 박혔다 나왔는지 얼굴은커녕 귓속드리 흙투성이다. 코밑에는 피딱지가 말라붙었고 아직도 조금씩 피가 흘러내린다. 영식이 처를 보더니 열적은 모양. 고개를 돌리어 모로 떨어지며 입맛만 쩍쩍 다신다.

금을 캐라니까 밤낮 피만 내다 말라는가. 빗에 졸리어 남은 속을 볶는데 무슨 호강에 이 지랄들인구. 아내는 못마땅하여 눈가에 살을 모았다.

"산제 지낸다구 꿔 온 것은 은제나 갚는다지유?"

뚱하고 있는 남편을 향하여 말끝을 꼬부린다. 그러나 남편은 눈썹 하나 까딱하지 않는다. 이번에는 어조를 좀 돋우며,

"갚지도 못할 걸 왜 꿔 오라 했지유!"

하고 얼추 호령이었다.

이 말은 남편의 채 가라앉지도 못한 분통을 다시 건드린다. 그는 벌떡 일어서며 황밤주먹을 쥐어 낭창할 만치 아내의 골통을 후렸다.

"계집년이 방정맞게."

다른 것은 모르나 주먹에는 아찔이었다. 멋없게 덤비다간 골통이 부서진다. 암상을 참고 바르르하다가 이윽고 아내는 등에 업은 어린애를 끌러 들었다. 남편에게로 그대로 밀어 던지니 아이는 까르륵하고 숨 모는 소리를 친다.

그리고 아내는 돌아서서 혼잣말로,

"콩밭에서 금을 딴다는 숭맥도 있담."

하고 빗대 놓고 비양거린다.

"이년아, 뭐."

남편은 대뜸 달겨들며 그 볼치에다 다시 올찬 황밤을 주었다. 적이나하면 계집이니 위로도 하여 주련만 요건 분만 폭폭 질러 놓려나. 예이, 빌어먹을 거 이판사판이다.

"너허구 안 산다. 오늘루 가거라."

아내를 와락 떠다밀어 밭둑에 젖혀놓고 그 허구리를 퍽 질렀다. 아내는 입을 헉 하고 벌린다.

"네가 허라구 옆구리를 쿡쿡 찌를 제는 은제냐, 요 집안 망할 년."

그리고 다시 퍽 질렀다. 연하여 또 퍽.

이 꼴들을 보니 수재는 조바심이 일었다. 저러다가 그 분풀이가 다시 제게로 슬그머니 옮아올 것을 지레 채었다. 인제 걸리면 죽는다. 그는 비슬비슬하다 어느 틈엔가 구덩이 속으로 시나브로 없어져 버린다.

볕은 다사로운 가을 향취를 풍긴다. 주인을 잃고 콩은 무거운 열매를 둥글둥글 흙에 굴린다. 맞은쪽 산 밑에서 벼들을 베며 기뻐하는 농군의 노래.

"터졌네, 터져."

수재는 눈이 휘둥그렇게 굿 문을 뛰어나오며 소리를 친다. 손에는 흙 한 줌이 잔뜩 쥐였다.

"뭐?"

하다가,

"금줄 잡았어, 금줄."

"응—."

하고 외마디를 뒤남기자 영식이는 수재 앞으로 살같이 달려들었다. 허겁지겁 그 흙을 받아 들고 샅샅이 헤쳐보니 딴은 재래에 보지 못하던 불그죽죽한 황토이었다. 그는 눈에 눈물이 핑 돌며,

"이게 원 줄인가?"

"그럼, 이것이 곱색줄이라네. 한 포에 댓 돈씩은 넉넉 잡히대."

영식이는 기쁨보다 먼저 기가 탁 막혔다. 웃어야 옳을지 울어야 옳을지. 다만 입을 반쯤 벌린 채 수재의 얼굴만 멍하니 바라본다.

"이리 와 봐. 이게 금이래."

이윽고 남편은 아내를 부른다. 그리고 내 뭐랬어, 그러게 해보라고 그랬지 하고 설면설면 덤벼오는 아내가 한결 어여뻤다. 그는 엄지가락으로 아내의 눈물을 지워주고 그리고 나서 껑충거리며 구덩이로 들어간다.

"그 흙 속에 금이 있지요?"

영식이 처가 너무 기뻐서 코다리에 고래등 같은 집까지 연상할 제, 수재는 시원스러이,

"네, 한 포대에 오십 원씩 나와유."

하고 대답하고 오늘 밤에는 꼭, 정녕코 꼭 달아나리라 생각하였다.

거짓말이란 오래 못 간다. 뽕이 나서 뼈다귀도 못 추리기 전에 훨훨 벗어나는 게 상책이겠다.

1935년

복덕방 _ 이태준

철썩, 앞집 판장 밑에서 물 내버리는 소리가 났다. 주먹구구에 골똘했던 안 초시에게는 놀랄 만한 폭음이었던지, 다리 부러진 돋보기 너머로 똑 메이(모이)를 쪼으려는 닭의 눈을 해가지고 수챗구멍을 내다본다. 뿌연 뜨물에 휩쓸려 나오는 것이 여러 가지다. 호박 꼭지, 계란 껍질, 거피해 버린 녹두 껍질.

"녹두 빈자떡을 부치는 게로군, 흥……."

한 오륙 년째 안 초시는 말끝마다 '젠장……'이 아니면 '흥!' 하는 코웃음을 잘 붙이었다.

"추석이 벌써 낼모레지! 젠장……."

안 초시는 저도 모르게 입맛을 다시었다. 기름내가 코에 풍기는 듯 대뜸 입 안에 침이 흥건해지고 전에 괜찮게 지낼 때, 충치니 풍치니 하던 것은 거짓말이었던 것처럼 아래윗니가 송곳 끝같이 날카로워짐을 느끼었다.

안 초시는 그 날카로워진 이를 빈 입인 채 빠드득 소리가 나게 한 번 물어 보고 고개를 들었다.

하늘은 천리같이 트였는데 조각 구름들이 여기저기 널리었다. 어떤 구름은 깨끗이 바래 말린 옥양목처럼 흰빛이 눈이 부시다. 안 초시는 이내 자기의 때묻은 적삼 생각이 났다. 소매를 내려다보는 그의 얼굴은 날래 들리지 않는다. 거기는 한 조박의 녹두 빈자나 한 잔의 약주로써 어쩌지 못할, 더 슬픔과 더 고적함이 품겨 있는 것 같았다.

혹혹 소매 끝을 불어 보고 손끝으로 튀겨 보기도 하다가 목침을 세우고 눕고 말았다.

"이사는 팔 하고 사오는 이십이라 천이 되지…… 가만…… 천이라? 사로 했으니 사천이라 사천 평…… 매 평에 아주 줄여 잡아 오 환씩만 하게 돼두 사 환 칠십오 전씩이 남으리, 그럼…… 사사는 십륙 일만 육천 환하구……."

안 초시가 다시 주먹구구를 거듭해서 얻어 낸 총액이 일만 구천 원, 단 천 원만 들여도 일만 구천 원이 되리라는 셈속이니, 만 원만 들이면 그게 얼만가? 그는 벌떡 일어났다. 이마가 화끈했다. 되사렸던 무릎을 얼른 곧추세우고 뒤나 보려는 사람처럼 쪼그렸다. 마코 갑이 번연히 비인 것인 줄 알면서도 다시 집어다 눌러 보았다. 주머니에는 단 돈 십 전, 그도 안경다리를 고친다고 벌써 세 번짼가 네 번째 딸에게서 사오십 전씩 얻어 가지고는 번번이 담배 값으로 다 내어보내고 말던 최후의 십 전, 안 초시는 주머니에 손을 넣어 그것을 집어내었다. 백통화 한 푼을 얹은 야윈 손바닥, 가만히 떨리었다. 서 참의(徐參議)의 투박한 손을 생각하면 너무나 얇고 잔망스러운 손이거니 하였다. 그러나, 이따금 술잔은 얻어먹고, 이렇게 내 방처럼 그의 복덕방(福德房)에서 잠까지 빌려 자건만 한 번도, 집 거간이나 해먹는 서 참의의 생활이 부럽지는 않았다. 그래도 언제든지 한 번쯤은 무슨 수가 생기어 다시 한번 내 집을 쓰게 되고, 내 밥을 먹게 되고, 내 힘과 내 낯으로 다시 한번 세상에 부딪쳐 보려니 믿어졌다.

초시는 전에 어떤 관상쟁이의 "엄지손가락을 안으로 넣고 주먹을 쥐어야 재물이 나가지 않는다"는 말이 생각났다. 늘 그렇게 쥐노라고는 했지만 문득 생각이 나 내려다볼 때는, 으레 엄지손가락이 얄밉도록 밖으로만 쥐어져 있었다. 그래 드팀전을 하다가도 실패를 하였고, 그래 집까지 잡혀서 장전을 내었다가도 그만 화재를 보았거니 하는 것이다.

"이놈의 엄지손가락아, 안으로 좀 들어가아, 젠장."

하고 연습 삼아 엄지손가락을 먼저 안으로 넣고 아프도록 두 주먹을 꽉 쥐어 보았다. 그리고 당장 내어보낼 돈이면서도 그 십 전짜리를 그렇게 쥔 주먹에 단단히 넣고 담배 가게로 나갔다.

이 복덕방에는 흔히 세 늙은이가 모이었다.

언제 누가 와, 집 보러 가잘지 몰라, 늘 갓을 쓰고 앉아서 행길을 잘 내다보는, 얼굴 붉고 눈방울 큰 노인은 주인 서 참의다. 참의로 다니다가 합병 후에는 다섯 해를 놀면서 시기를 엿보았으나 별수가 없을 것 같아서 이럭저럭 심심파적으로 갖게 된 것이 이 가옥 중개업(家屋仲介業)이었다. 처음에는 겨우 굶지 않을 만한 수입이었으나 대정 팔구 년 이후로는 시골 부자들이 세금(稅金)에 몰려, 혹은 자녀들의 교육을 위해 서울로만 몰려들고, 그런데다 돈은 흔해져서 관철동(貫鐵洞), 다옥정(茶屋町) 같은 중앙지대에는 그리 고옥만 아니면 만 원대를 예사로 훌훌 넘었다. 그 판에 봄가을로 어떤 날에는 삼사백 원 수입이 있어, 그러기를 몇 해를 지나 가회동(嘉會洞)에 수십 간 집을 세웠고 또 몇 해 지나지 않아서는 창동(倉洞) 근처에 땅을 장만하기 시작하였다. 지금은 중개업자도 많이 늘었고 건양사(建陽社) 같은 큰 건축회사가 생기어서 당자끼리 직접 팔고 사는 것이 원칙처럼 되어 가기 때문에 중개료의 수입은 전보다 훨씬 줄은 셈이다. 그러나 이십여 칸 집에 학생을 치고 싶은 대로 치기 때문에 서 참의의 수입이 없는 달이라고 쌀값이 밀리거나 나뭇값에 졸릴 형편은 아니다.

"세상은 먹구살게는 마련야……."

서 참의가 흔히 하는 말이다. 칼을 차고 훈련원에 나서 병법을 익힐 제는, 한 번 호령만 하고 보면 산천이라도 물러설 것 같던, 그 기개와 오늘의 자기, 한낱 가쾌(家快)로 복덕방 영감으로 기생, 갈보 따위가 사글세방 한 칸을 얻어 달래도 네－네 하고 따라나서야 하는, 만인의 심부름꾼인 것을 생각하면 서글픈 눈물이 아니 날 수도 없는 것이다. 워낙 술을 즐기기도 하지만 어떤 때는 남몰래 이런 감회(感懷)를 이기지 못해서 술집에 들어선 적도 여러 번이다.

그러나 호반[武人]들의 기개란 흔히 혈기(血氣)에서 나오는 것이기 때문이지 몸에서 혈기가 줆을 따라 그런 감회를 일으킴조차 요즘은 적어지고 말았다. 하루는 집에서 점심을 먹다 듣노라니 무슨 장사치의 외는 소리인데 아무래도 귀에 익은 목청이다. 자세히 귀를 기울이니 점점 가까이 오는 소리인데 제법 무엇을 사라는 소리가 아니라 "유리병이나 간장통 팔거 — 쏘!" 하는 소리이다. 그런데 그 목청이 보면 꼭 알 사람 같아 일어서 마루 들창으로 내어다보니, 이번에는 '가마니나 신문 잡지나 팔거 — 쏘……' 하면서 가마니 두어 개를 지고 한 손에는 저울을 들고 중노인이나 된 사나이가 지나가는데 아는 사람은 확실히 아는 사람이다. 그러나 그를 어디서 알았으며 성명이 무엇이며 애초에는 무엇을 하던 사람인지가 감감해지고 말았다.

"오오라! 그렇군……분명……저런!"

하고 그는 한참 만에 고개를 끄덕이었다. 그 유리병과 간장통을 외는 소리가 골목 안으로 사라져 갈 즈음에야 서 참의는 그가 누구인 것을 깨달아 낸 것이다.

"동관(同官) 김 참의……허!"

나이는 자기보다 훨씬 연소하였으나 학식과 재기가 있는 데다 호령 소리가 좋아 상관에게 늘 칭찬을 받던 청년 무관이었다. 이십여 년 뒤에 들어도 갈데없이 그 목청이요, 그 모습이었다. 전날의 그를 생각하고 오늘의 그를 보니 적이 감개에 사무치어 밥숟가락을 멈추고 냉수만 거듭 마시었다.

그러나 전에 혈기 있을 때와 달라 그런 기분이 오래 가지는 않았다. 중학교 졸업반인 둘째 아들이 학교에 갔다 들어서는 것을 보고, 또 싸전에서 쌀값 받으러 와 마누라가 선선히 시퍼런 지전을 내어 헤는 것을 볼 때, 서 참의는 이내 속으로,

'거저 살아야지 별수 있나. 저렇게 개가죽을 쓰고 돌아다니는 친구도 있는

데……에헤.'

하였을 뿐 아니라 그런 절박한 친구에다 대면 자기는 얼마나 훌륭한 지체냐 하는 자존심도 없지 않았다.

'지난 일 그까짓 생각할 건 뭐 있나. 사는 날까지……허허.'

여생을 웃으며 살 작정이었다. 그래 그런지 워낙 좀 실없는 티가 있는 데다 요즘 와서는 누구에게나 농지거리가 늘어갔다. 그래 늘 눈이 달리고 뾰로통한 입으로는 말끝마다 젠장 소리만 나오는 안 초시와는 성미가 맞지 않았다.

"쫌보야, 술 한잔 사주랴?"

쫌보라는 말이 자기를 업수여기는 것 같아서 안 초시는 이내 발끈해 가지고,

"네깟놈 술 더러 안 먹는다."

한다.

"화투패나 밤낮 떼면 너이 어멈이 살아 온다덴?"

하고 서 참의가 발끝으로 화투장들을 밀어 던지면 그만 얼굴이 새빨개져서 쌔근쌔근하다가 부채면 부채, 담뱃갑이면 담뱃갑, 자기의 것을 냉큼 집어 들고 다시 안 올 듯이 새침해 나가 버리는 것이다.

"조게 계집이문 천생 남의 첩 감이야."

하고 서 참의는 껄껄 웃어 버리나 안 초시는 이렇게 돼서 올라가면 한 이틀씩 보이지 않았다.

한 번은 안 초시의 딸의 무용회(舞踊會) 날 밤이었다. 안경화(安京華)라고, 한동안 토월회(土月會)에도 다니다가 오사카〔大阪〕에 가 있느니 도쿄〔東京〕에 가 있느니 하더니 오륙 년 뒤에 무용가라 이름을 날리며 서울에 나타났다. 바로 제일회 공연 날 밤이었다. 서 참의가 조르기도 했지만, 안 초시도 딸의 사진과 이야기가 신문마다 나는 바람에 어깨가 으쓱해서 공표를 얻을 수 있는 대로 얻어 가지고 서 참의뿐 아니라

여러 친구를 돌라줬던 것이다.

"허! 한가운데서 지금 한창 다릿짓하는 게 자네 딸인가?"

남은 다 멍멍히 앉았는데 서 참의가 해괴한 것을 보는 듯, 마땅치 않은 어조로 물었다.

"무용이란 건 문명국일수록 벗구 한다네그려."

약기는 한 안 초시는 미리 이런 대답으로 막았다.

"모르겠네 원……지금 총각놈들은 모두 등신인가 바……."

"왜?"

하고 이번에는 다른 친구가 탄하였다.

"우린 총각 시절에 저런 걸 보문 그냥 못 배기네."

"빌어먹을 녀석……나잇값을 못하구 개야 저건 개……."

벌써 안 초시는 분통이 발끈거려서 나오는 소리였다.

한 가지가 끝나고 불이 환하게 켜졌을 때다.

"도루 차라리 여배우 노릇을 댕기라구 그래라. 여배운 그래두 저렇게 넓적다린 내놓구 덤비지 않더라."

"그 자식 오지랖 경치게 넓네. 네가 안방 건넌방이 몇 칸이요나 알았지 뭘 쥐뿔이나 안다구 그래? 보기 싫건 나가렴."

하고 안 초시는 화를 발끈 내었다. 그러니까 서 참의도 안방 건넌방 말에 화가 나서 꽤 높은 소리로,

"넌 또 뭘 아니? 요 쫌보야."

하고 일어서 버리었다.

이 일이 있은 후 안 초시는 거의 달포나 서 참의의 복덕방에 나오지 않았었다. 그런 걸 박희완(朴喜完) 영감이 가서 데리고 왔었다.

박희완 영감이란 세 영감 중의 하나로 안 초시처럼 이 복덕방에 와 자기까지는 안 하나 꽤 쑬쑬히 놀러 오는 늙은이다. 아니 놀러 오기만 하는 것이 아니라 와서는 공부도 한다. 재판소에 다니는 조카가 있어 대서업(代書業) 운동을 한다고 『속수국어독본(速修國語讀本)』을 노상 끼고 와 그 『삼국지(三國志)』 읽던 투로,

"긴―상 도코―에 유키이마스카."

어쩌고를 외고 있는 것이다.

그러나 『속수국어독본』 뚜껑이 손때에 절고, 또 어떤 때는 목침 위에 받쳐 베고 낮잠도 자서 머리 때까지 새까맣게 절어 조선총독부편찬(朝鮮總督府編纂)이란 잔 글자들은 보이지 않게 되도록, 대서업 허가는 의연히 나오지 않는 모양이었다.

"너나 내나 다 산 것들이 업은 가져 뭘 허니. 무슨 세월에…… 흥!"

하고 어떤 때, 안 초시는 한나절이나 화투패를 떼다 안 떨어지면 그 화풀이로 박희완 영감이 들고 중얼거리는 『속수국어독본』을 툭 채어 행길로 팽개치며 그랬다.

"넌 또 무슨 재술 바라구 밤낮 화투패나 떨어지길 바라니?"

"난 심심풀이지."

그러나 속으로는 박희완 영감보다 더 세상에 대한 야심이 끓었다. 딸이 평양으로 대구로 다니며 지방 순회까지 하여서 제법 돈냥이나 걷힌 것 같으나 연구소를 내느라고 집을 뜯어고친다, 유성기를 사들인다, 교제를 하러 돌아다닌다 하느라고, 더구나 귀찮게만 아는 이 애비를 위해 쓸 돈은 예산에부터 들지 못하는 모양이었다.

"얘? 낡은 솜이 돼 그런지, 삯바느질이 돼 그런지 바지 솜이 모두 치어서 어떤 덴 홑옷이야. 암만해두 샤쓰 한 벌 사 입어야겠다."

하고 딸의 눈치만 보아 오다 한 번은 입을 열었더니,

"어련히 인제 사드릴라구요."

하고 딸은 대답은 선선하였으나 샤쓰는 그해 겨울이 다 지나도록 구경도 못 하였

다. 샤쓰는커녕 안경다리를 고치겠다고 돈 일 원만 달래도 일 원짜리를 굳이 바꿔다가 오십 전 한 닢만 주었다. 안경은 돈을 좀 주무르던 시절에 장만한 것이라 테만 오륙 원 먹는 것이라 오십 전만으로 그런 다리는 어림도 없었다. 오십 전짜리 다리도 있지만 살 바에는 조촐한 것을 택하던 초시의 성미라 더구나 면상에서 짝짝이로 드러나는 것을 사기가 싫었다. 차라리 종이노끈인 채 쓰기로 하고 오십 전은 담배 값으로 나가고 말았다.

"왜 안경다린 안 고치셨어요?"

딸이 그날 저녁으로 물었다.

"흥……."

초시는 말은 하지 않았다. 딸은 며칠 뒤에 또 오십 전을 주었다. 그러면서 어떻게 들으라고 하는 소리인지,

"아버지 보험료만 해두 한 달에 삼 원 팔십 전씩 나가요."

하였다. 보험료나 타먹게 어서 죽어 달라는 소리로도 들리었다.

"그게 내게 상관 있니?"

"아버지 위해 들었지, 누구 위해 들었게요 그럼?"

초시는 '정말 날 위해 하는 거문 살아서 한 푼이라두 다우. 죽은 뒤에 내가 알 게 뭐냐' 소리가 나오는 것을 억지로 참았다.

"오십 전이문 왜 안경다릴 못 고치세요?"

초시는 설명하지 않았다.

"지금 아버지가 좋고 낮은 걸 가리실 처지야요?"

그러나 오십 전은 또 마코 값으로 다 나갔다. 이러기를 아마 서너 번째다.

"자식도 소용없어. 더구나 딸자식……그저 내 수중에 돈이 있어야……."

초시는 돈의 긴요성(緊要性)을 날로 더욱 심각하게 느끼었다.

"돈만 가지면야 좀 좋은 세상인가!"

심심해서 운동 삼아 좀 나다녀 보면 거리마다 짓느니 고층 건축들이요, 동네마다 느느니 그림 같은 문화주택들이다. 조금만 정신을 놓아도 물에서 갓 튀어나온 메기처럼 미끈미끈한 자동차가 등덜미에서 소리를 꽥 지른다. 돌아다보면 운전수는 눈을 부릅떴고 그 뒤에는 금시계 줄이 번쩍거리는, 살찐 중년 신사가 빙그레 웃고 앉았는 것이었다.

"예순이 낼모레⋯⋯젠장할 것."

초시는 늙어 가는 것이 원통하였다. 어떻게 해서나 더 늙기 전에 적게 돈 만 원이라도 붙들어 가지고 내 손으로 다시 한번 이 세상과 교섭해 보고 싶었다. 지금 이 꼴로서야 문화주택이 암만 서기로 내게 무슨 상관이며 자동차, 비행기가 개미 떼나 파리 떼처럼 퍼지기로 나와 무슨 인연이 있는 것이냐, 세상과 자기와는 자기 손에서 돈이 떨어진, 그 즉시로 인연이 끊어진 것이라 생각되었다.

'그러면 송장이나 다름없지 뭔가?'

초시는 이런 질문을 자신에게 던지는 지가 이미 오래였다.

'무슨 수가 없을까?'

또,

'무슨 그루테기가 있어야 비비지!'

그러다도,

'그래도 돈냥이나 엎질러 본 녀석이 벌기도 하는 게지.'

하고, 그야말로 무슨 그루터기만 만나면 꼭 벌기는 할 자신이었다.

그러다가 박희완 영감에게서 들은 말이었다. 관변에 있는 모 유력자를 통해 비밀리에 나온 말인데 황해 연안에 제이의 나진(羅津)이 생긴다는 말이었다. 지금은 관청에서만 알 뿐이나 축항 용지(築港用地)는 비밀리에 매수되었으므로 불원하여 당국자로부터 공표가 있으리라는 것이다.

"그럼, 거기가 황무진가? 전답들인가?"

초시는 눈이 뻘개 물었다.

"밭이라데."

"밭? 그럼 매 평 얼마나 간다나?"

"좀 올랐대. 관청에서 사는 바람에 아무리 시굴 사람들이기루 그만 눈치 없겠나. 그래두 무슨 일루 관청서 사는진 모르거든……."

"그래?"

"그래, 그리 오르진 않었대……. 아마 평당 이십오륙 전씩이면 살 수 있다나 보데. 그러니 화중지병이지 뭘 허나 우리가……."

"음……."

초시는 관자놀이가 욱신거리었다. 정말이기만 하면 한 시각이라도 먼저 덤비는 놈이 더 먹는 판이다. 나진도 오륙 전 하던 땅이 한번 개항된다는 소문이 나자 당년으로 오륙 전의 백 배 이상이 올랐고 삼사 년 뒤에는, 땅 나름이지만 어떤 요지(要地)는 천 배 이상이 오른 데가 많다.

'다 산 나이에 오래 끌 건 뭐 있나. 당년으로 넘겨두 최소한도 오 환씩야 무려할 테지…….'

혼자 생각한 초시는,

"대관절 어디란 말야 거기가?"

하고 나앉으며 물었다.

"그걸 낸들 아나?"

"그럼?"

"그 모씨라는 이만 알지. 그리게 날더러 단 만 원이라도 자본을 운동하면 자기는 거기서도 어디어디가 요지라는 걸 설계도를 복사해 낸 사람이니까 그 요지만 산단 말이지, 그리구 많이두 바라지 않어, 비용 죄다 제치구 순이익의 이 할만 달라는 거야."

"그럴 테지……누가 그런 자국을 일러주구 구경만 하자겠나……이 할이라……이 할……."

초시는 생각할수록 이것이 훌륭한, 그 무슨 그루터기가 될 것 같았다. 나진의 선례도 있거니와 박희완 영감 말이 만주국이 되는 바람에 중국과의 관계가 미묘해짐으로 황해 연안에도 으레 나진과 같은 사명을 갖는 큰 항구가 필요한 것은 우리 상식으로도 추측할 바이라 하였다. 초시의 상식에도 그것을 믿을 수 있었다.

오늘은 오래간만에 피죤을 사서, 거기서 아주 한 대를 피워 물고 왔다. 어째 박희완 영감이 종일 보이지 않는다. 다른 데로 자금운동을 다니나 보다 하였다. 서 참의는 점심 전에 나간 사람이 어디서 흥정이 한 자리 떨어지느라고인지 아직 돌아오지 않는다. 안 초시는 미닫이틀 위에서 낡은 화투를 꺼내었다.

"허, 이거 봐라!"

여간해선 잘 떨어지지 않던 거북패가 단번에 뚝 떨어진다. 누가 옆에 있어 좀 보아 줬으면 싶었다.

"아무래두 이게 심상치 않어…… 이제 재수가 티나 부다!"

초시는 반도 타지 않은 담배를 행길로 내어던졌다. 출출하던 판에 담배만 몇 대를 피고 나니 목이 컬컬해진다. 앞집 수채에는 뜨물에 떠내려가다 막힌 녹두 껍질이 그저 누렇게 보인다.

"오냐, 내년 추석엔……."

초시는 이날 저녁에 박희완 영감에게서 들은 이야기를 딸에게 하였다. 실패는 했을지라도 그래도 십수 년을 상업계에서 논 안 초시라 출자(出資)를 권유하는 수작만은 딸이 듣기에도 딴사람인 듯 놀라웠다. 딸은 즉석에서는 가부를 말하지 않았으나 그의 머릿속에서도 이내 잊혀지지는 않았던지 다음날 아침에는, 딸 편이 먼저 이 이야기를 다시 꺼내었고, 초시가 박희완 영감에게 묻던 이상으로 시시콜콜히 캐어물었다. 그러면 초시는 또 박희완 영감 이상으로 손가락으로 가리키듯 소상히 설명하였고, 일 년 안에 청장을 하더라도 최소한도로 오십 배 이상의 순이익이 날 것이라 장담하였다.

딸은 솔깃했다. 사흘 안에 연구소 집을 어느 신탁회사(信託會社)에 넣고 삼천 원을 돌리기로 하였다. 초시는 금시 발복이나 된 듯 뛰고 싶게 기뻤다.

"서 참의 이놈, 날 은근히 멸시했것다. 내 굳이 널 시켜 네 집보다 난 집을 살 테다. 네깟놈이 천생 가쾌지 별거냐……."

그러나 신탁회사에서 돈이 되는 날은 웬 처음 보는 청년 하나가 초시의 앞을 가리며 나타났다. 그는 딸의 청년이었다. 딸은 아버지의 손에 단 일 전도 넣지 않았고 꼭 그 청년이 나서 돈을 쓰며 처리하게 하였다. 처음에는 팩 나오는 노염을 참을 수가 없었으나 며칠 밤을 지내고 나니, 적어도 삼천 원의 순이익이 오륙만 원은 될 것이라, 만원 하나야 어디로 가랴 하는 타협이 생기어서 안 초시는 으슬으슬 그, 이를테면 사위녀석 격인 청년의 뒤를 따라나섰다.

일 년이 지났다.

모두 꿈이었다. 꿈이라도 너무 악한 꿈이었다. 삼천 원어치 땅을 사놓고 날마다 신문을 훑어보며 수소문을 하여도 거기는 축항이 된단 말이 신문에도, 소문에도 나지 않았다. 용당포(龍塘浦)와 다사도(多獅島)에는 땅값이 삼십 배가 올랐느니 오십 배가 올랐느니 하고 졸부들이 생겼다는 소문이 있어도 여기는 캄캄소식일 뿐 아니라 나중에 역시, 박희완 영감을 통해 알고 보니 그 관변 모씨에게 박희완 영감부터 속아 떨어진 것이었다. 축항 후보지로 측량까지 하기는 하였으나 무슨 결점으로인지 중지되고 마는 바람에 너무 기민하게 거기다 땅을 샀던, 그 모씨가 그 땅 처치에 곤란하여 꾸민 연극이었다.

돈을 쓸 때는 일 원짜리 한 장 만져도 못 봤지만 벼락은 초시에게 떨어졌다. 서너 끼씩 굶어도 밥 먹을 정신이 나지도 않았거니와 밥을 먹으러 들어갈 수도 없었다.

"재물이란 친자 간의 의리도 배추 밑 도리듯 하는 건가?"

탄식할 뿐이었다. 밥보다는 술과 담배가 그리웠다. 물론 안경다리는 그저 못 고치었다. 그러나 이제는 오십 전짜리는커녕 단 십 전짜리도 얻어 볼 길이 없다.

추석 가까운 날씨는 해마다의 그때와 같이 맑았다. 하늘은 천리같이 트였는데 조각 구름들이 여기저기 널리었다. 어떤 구름은 깨끗이 바래 말린 옥양목처럼 흰빛이 눈이 부시다. 안 초시는 이번에도 자기의 때 묻은 적삼 생각이 났다. 그러나 이번에는 소매 끝을 불거나 떨지는 않았다. 고요히 흘러내리는 눈물을 그 더러운 소매로 닦았을 뿐이다.

여름이 극성스럽게 덥더니, 추위도 그럴 징조인지 예년보다 무서리가 일찍 내리었다. 서 참의가 늘 지나다니는 식은관사(殖銀官舍)에는 울타리가 넘게 피었던 코스모스들이 끓는 물에 데쳐 낸 것처럼 시커멓게 무르녹고 말았다.

참의는 머리가 띵 — 하였다. 요즘 와서 울기 잘하는 안 초시를 한 번 위로해 주려, 엊저녁에는 데리고 나와 청요릿집으로, 추탕집으로 새로 두 점을 치도록 돌아다닌 때문 같았다. 조반이라고 몇 술 뜨기는 했으나 혀도 그냥 뻑뻑하다. 안 초시도 그럴 것이니까 해는 벌써 오정 때지만 끌고 나와 해장술이나 먹으리라 하고 부지런히 내려와 보니, 웬일인지 복덕방이라고 쓴 베발이 아직 내어 걸리지 않았다.

"이 사람 봐아…… 어느 땐 줄 알구 코만 고누……."

그러나 코 고는 소리는 들리지 않았다. 미닫이를 밀어젖힌 서 참의는 정신이 번쩍 났다. 안 초시의 입에는 피, 얼굴은 잿빛이다. 방 안은 움 속처럼 음습한 바람이 휭 끼친다.

"아니……?"

참의는 우선 미닫이를 닫고 눈을 비비고 초시를 들여다보았다. 안 초시는 벌써 아니요, 안 초시의 시체일 뿐, 둘러다보니 무슨 약병인 듯한 것 하나가 굴러져 있다.

참의는 한참 만에야 이 일이 슬픈 일인 것을 깨달았다.

"허……."

파출소로 갈까 하다 그래도 자식한테 먼저 알려야겠다 하고 말만 듣던 그 안경화 무용연구소를 찾아가서 안경화를 데리고 왔다. 딸이 한참 울고 난 뒤다.

"관청에 어서 알려야지?"

"아니야요. 앗으세요."

딸은 펄쩍 뛰었다.

"앗으라니?"

"저……."

"저라니?"

"제 명예도 좀……."

하고 그는 애원하였다.

"명예? 안 될 말이지, 명예 생각하는 사람이 애빌 저 모양으루 세상 떠나게 해?"

"……."

안경화는 엎드려 다시 울었다. 그러다가 나가려는 서 참의의 다리를 끌어안고 놓지 않았다. 그리고,

"저, 살려 주세요."

소리를 몇 번이나 거듭하였다.

"그럼, 비밀은 내가 지킬 테니 나 하자는 대루 할까?"

"네."

서 참의는 다시 앉았다.

"부친 위해 보험 든 거 있지?"

"네 간이보험이야요."

"무슨 보험이던……얼마나 타게 되누?"

"삼백팔십 원요."

"부친 위해 들었으니 부친 위해 다 써야지?"

"그럼요."

"에헴, 그럼……돌아간 이가 늘 속샤쓸 입구퍼 했어. 상등 털샤쓰를 사다 입히구, 그 우에 진견으로 수의 일습 구색 맞춰 짓게 허구……선산이 있나, 묻힐 데가?"

"웬걸요, 없어요."

"그럼 공동묘지라도 특등지루 널찍하게 사구……장례식을 장하게 해야 말이지, 초라하게 해버리면 내가 그저 안 있을 게야. 알아들어?"

"네에."

하고 안경화는 그제야 핸드백을 열고 눈물 젖은 얼굴을 닦았다.

안 초시의 소위 영결식(永訣式)이 그 딸의 연구소 마당에서 열리었다.

서 참의와 박희완 영감은 술이 거나하게 취해 갔다. 박희완 영감이 무얼 잡혀서 가져왔다는 부의(賻儀) 이 원을 서 참의가,

"장례비가 넉넉하니 자네 돈 그 계집에게 줄 거 없네."

하고 우선 술집에 들려 거나하게 곱빼기들을 한 것이다.

영결식장에는 제법 반반한 조객들이 모여들었다. 예복을 차리고 온 사람도 두엇 있었다. 모두 고인을 알아 온 것이 아니요, 무용가 안경화를 보아 온 사람들 같았다. 그 중에는 고인의 슬픔을 알아 우는 사람인지, 덩달아 기분으로 우는 사람인지 울음을 삼키느라고 끽끽 하는 사람도 있었다. 안경화도 제법 눈이 젖어 가지고 신식 상복이라나 공단 같은 새까만 양복으로 관 앞에 나와 향불을 놓고 절하였다. 그 뒤를 따라 한 이십 명 관 앞에 와 꾸벅거리었다. 그리고 무어라고 지껄이고 나가는 사람도 있었다.

그들의 분향이 거의 끝난 듯하였을 때,

"에헴."

하고 얼굴이 시뻘건 서 참의도 한마디 없을 수 없다는 듯이 나섰다. 향을 한 움큼이나 집어 놓아 연기가 시커멓게 올려 솟더니 불이 일어났다. 후 — 후 — 불어 불을 끄고, 수염을 한 번 쓰다듬고 절을 했다. 그리고 다시,

"헴……."

하더니 조사(弔辭)를 하였다.

"나 서 참일세, 알겠나? 흥……자네 참 호살세 호사야……잘 죽었느니 자네 살았으문 이만 호살 해보겠나? 인전 안경다리 고칠 걱정두 없구……아무튼지……."

하는데 박희완 영감이 들어서더니,

"이 사람 취했네그려."

하며 서 참의를 밀어냈다.

박희완 영감도 가슴이 답답하였다. 분향을 하고 무슨 소리를 한마디 했으면 속이 후련히 트일 것 같아서 잠깐 멈칫하고 서 있어 보았으나,

"으흐윽……."

하고 울음이 먼저 터져 그만 나오고 말았다.

서 참의와 박희완 영감도 묘지까지 나갈 작정이었으나 거기 모인 사람들이 하나도 마음에 들지 않아 도로 술집으로 내려오고 말았다.

1937년

물매미 _ 계용묵

물매미 노름은 역시 아침결보다 저녁결이 제 시절이다. 학교로 갈 때보다는 올 때가 아무래도 마음이 놓이는 모양이다. 아침에는 기웃거리기만 하다가 내빼던 놈들이, 돌아올 때면 그적에야 아주 제 세상인 듯이 발들을 콱 붙이고 돌라붙는다. 오늘도 돈 천 원이나 사놓게 된 것은 역시 오후 네 시가 지나서부터다.

지금도 어울려오던 한 패가 새로이 쭈욱 몰려들자, 물매미를 물에 띄운 양철 자배기 가장자리로 돌아가며 칸을 무수히 두고, 칸마다 번호를 써 넣은 그 번호와 꼭 같은 번호를 역시 1에서 20까지 쭉 일렬로 건너 쓴 종이 위에 아무렇게나 놓았던 미루꾸 갑을 집어들고,

"자, 과잔 과자대루 사서 먹구도, 잘만 대서 나오면 미루꾸나, 호각이나, 건, 소텅대루 그저 가져가게 된다. 자, 누구든지."

하고 노인은 미루꾸 갑을 도로 놓고 조리를 들어 물매미를 건져서 자배기 한복판에 굵다란 철사로 둥글하게 휘어, 공중 달아놓은 그 동그라미 속으로 몰아넣었다. 그 동그라미를 통하여 물 위에 떨어진 물매미는 물속을 버지럭버지럭 헤어돌더니, 4자 번호 칸으로 들어간다.

"자, 보았지? 4자에다 미루꾸를 대고 이렇게 되면 미루꾸를 가져가게 되는 판이다. 자, 누구든지."

하고 아이들을 쓱 훑어보았다.

그러지 않아도 구미가 동하여 한쪽 손을 호주머니 속에 넣고 오물거리던 한 아이가 자배기 앞으로 바싹 나서며 란드셀을 멘 채 쪼그리고 앉더니, 십 원짜리 한 장을

밀어 내놓는다.

노인은 내놓은 십 원짜리를 무릎 앞으로 당기어 놓고, 종이 봉지 속에 쓱 넣었다가 내더니,

"자, 받어. 이렇게 과자는 과자대루 주구……."

하고 콩알만큼이나 한, 가시가 뾰족뾰족 돋은 알락달락한 색과자 세 알을 소년의 손으로 건넨다.

소년은 과자를 받아 우선 한 알은 입에 넣고, 미루꾸 갑을 당기어 8번에다 대이고 조리를 들어 물매미를 떠서 동그라미 속에 몰아넣었다.

물 위에 공중 떨어진 물매미는 잠겼다 솟았다 수염을 내저으며 뒷다리를 버지럭버지럭 헤어돌아간다. 8자 주변 가까이로 물매미의 수염이 키를 돌릴 때마다 소년의 가슴은 호둑호둑 뛰었다. 은근하게 마음을 졸였던 것이다.

그러나 허사였다. 물매미는 7자 칸으로 들어가고 말았다. 소년은 약이 오르는 듯이 십 원짜리를 또 꺼내 이번엔 7자 번에다 대었다. 그러나 물매미는 이번엔 또 8번으로 들어갔다. 몇 번을 대보았어도 물매미는 미루꾸 대인 번호로는 한 번도 들어가지 않았다. 백 원짜리까지 한 장을 잃고 난 소년은 인제 밑천이 진한 듯이 얼굴이 빨개서 물러난다. 노인은 좀 미안한 듯이,

"한 번 맞춰내진 못했어두 손해난 건 없지? 과잔 과자대루 돈 값에 받았으니. 자, 또 누구?"

하고 아이들을 또 한 번 건너다보았다.

"저요!"

한 아이가 또 들어섰다.

그러나 역시 물매미는 미루꾸 대인 숫자로는 좀체 들어가지 않았다. 백 원짜리 석 장이 고스란히 나가기까지 겨우 한 번을 맞추었을 뿐이다.

"요 깡쟁이 자식이!"

소년은 약이 바짝 올라서 물매미 욕을 하며, 백 원짜리 한 장을 또 꺼내, 이번에는 아무래도 한 번 맞추고야 말겠다는 듯이, 모두 스무 구멍에서 절반이나 차지하는 열 구멍에다 번호를 골라 지적하고, 그 백 원을 단태에 다 대었다. 그리고는 조심스레 물매미를 떠넣었다. 여기엔 장본인인 소년 자신뿐이 아니라, 둘러섰던 아이들은 누구나 할 것 없이 다같이 마음이 조였다.

동그라미를 통하여 물 위에 떨어진 물매미가 지적하여 놓은 그 번호 가까이로 헤어돌 때마다, 흠칠흠칠 마음들을 놀랬다. 그러나 물매미는 요번에도 들어갈 듯이 그 지적한 번호의 주변을 몇 번이고 돌았을 뿐, 나중 가선 엉뚱한 구멍에 수염을 처박고 넙주룩이 뜨고 만다.

소년은 그게 마지막 태였다. 더는 밑천이 없다. 그만 울상이 되어 일어선다.

"고놈의 짐승 참 이상하게두 오늘은 미루꾸 대인 구멍으룬 안 들어가네."

노인은 너무도 돈을 많이 잃은 소년이 딱해 보여서 위로 삼아 해본 말이었으나, 소년은 이 말에 도리어 부아가 돋귀었다. '킹' 하더니 손잔등이 눈으로 올라간다.

노인의 마음도 좋지 않았다.

노름에 돈을 읽고 눈물을 흘리며 돌아가는 아이를 오늘 비로소 대한 게 아니다. 날마다 한둘씩은 으레 있는 일이었고, 그럴 때마다 노인은 자기의 직업이 한없이 미워졌던 것이다. 머리에다 흰 물을 잔뜩 들여가지고 손자뻘이나 되는 어린 학생들의 코 묻은 돈푼을 옭아내자고 물매미 노름을 시켜, 울려 보낸다는 것은 확실히 향기롭지 못한 노릇이었다. 무슨 직업이야 못 가져서 하필 이런 노릇으로 밥을 먹어야만 되는 것일까? 자기 자식도 그들과 꼭 같은 어린것이 학교엘 가고 있다. 아이들을 바른 길로 인도하고 가르쳐주지는 못할망정 그들을 꼬여서 옭아먹자는 것은 아무리 생각해도 나이가 부끄러운 일이었다.

밥을 굶어두…….

하고 금시 집어치우고 싶은 생각이 들다가도,

정말?

하고 다시 따져볼 땐 그만 용기가 죽곤 했다. 바도 구워 보고, 고구마도 구워 보고, 빵도 쪄 보고, 담배도 팔아 보고, 갖은 짓을 다 해보았어도 시원치가 않아서, 또 이런 노름으로 직업을 바꾸어볼 수 없었던 것을, 그리고 그래도 이 노름이 제법 쌀 됫박이나 마련되는 노름인 것이 뒤미처 생각할 때, 노인은 마음을 냉정하게 가지지 않을 수 없었던 것이다. 여태껏 내지 못하고 밀려 돌아가던 학교 증축비 부담액 이천 원을 오늘 아침에야 들려보낸 것도, 이 노름이 시작되면서 이 며칠 동안에 마련된 돈이었다. 생각하면 그저 냉정해야 살 것 같았다. 냉정하자, 그저 냉정해야 되겠다. 지금도 생각하다가 노인은 금시 마음을 다시 새려먹고, 그 소년이야 돈을 잃고 울며 돌아가든 말든 아랑곳할 게 없다는 듯이 소년에게 향하였던 눈을 다시금 물매미 자배기로 돌렸다. 그리고 마음을 굳세게 가다듬는 듯이 '에헴' 하고 목청을 새롭게 돋우며,

"자, 또 누구? 과잔 과자대루 십 원어칠 받구두, 재수만 좋으면 백 원짜리 미루꾸 한 갑을 공으로 얻게 되는 재미나는 노름! 자, 또 누구?"

하고 그들의 비위를 돋구기 위하여 물매미를 또 떠서 동그라미 속으로 넣어 보인다.

그러나 아이들은 인제 다들 말끔히 마주 건너다보기만 하는 패들일 뿐, 썩 나앉는 아이가 없다. 호주머니들이 곯은 모양이다. 호주머니 곯은 아이들을 상대로는 아무리 떠든댔자, 나올 것이 없을 건 뻔한 일이다. 날도 저물었다. 벌써 해그림자가 땅 위에서 다 말려들었다.

학교 패들도 이젠 다들 저 갈 데로 헤어져가고 말았을 것이다. 더 벌려놓고 그냥 앉았댔자, 집으로 돌아가는 지게꾼이나 장난바치 아이들이 어쩌다 걸려들면 들를 것

밖에 없었다. 두어 번 더 아이들을 구겨보다가, 노인은 그만 짐을 싸가지고 일어섰다.

집에서는 마누라가 벌써 저녁을 지어놓고 영감님과 막내가 학교에서 돌아오기를 기다리고 있었다.

막내가 돌아올 학교 시간은 이미 늦었는데, 웬 까닭인지를 알 수가 없었다. 저녁을 다 먹고 나서도 막내는 돌아오지 않았다. 기다리다 못하여 노인은 학교로 가 물어보았다. 숙직 선생은 아이들이 돌아간 지는 이미 오랬다고 하고, 몇 학년이냐고 묻기에 이 학년이라고 했더니, 최영돈이 그 애는 오늘 결석이라고 했다.

노인의 머릿속에는 무슨 알 수 없는 불길한 예감이 스치고 지나갔다. 전차가 보였다. 자동차가 보였다.

"분명히 걔가 오늘 오지 않았어요?"

미안쩍어 노인은 다시 한 번 재쳐 물었으나,

"제가 최영돈이 반 담임이 돼서 오구 안 오는 걸 잘 압니다. 글쎄 한 번두 결석이 없던 앤데, 오늘 처음으로 결석이기에 나도 이상히 여기구 있습니다. 그럼 집에서는 영돈이가 학교로 간다구 나오기는 했군요?"

하고 평상시의 출석 상황까지 정확히 알고 말하는 선생의 대답을 들으면, 영돈이가 학교에 오지 않았던 것만은 의심할 여지가 없었다.

어디로 갔을까, 어디로 가서 종일토록 집으로 돌아오지 않을까. 전차, 자동차, 설마 그렇지야 않겠지? 오늘 학교 부담금 이천 원을 넣고 나간 그 돈으로 관련되어, 무슨 일이 혹 생긴 것은 아닐까, 노인은 알 수 없는 생각을 안은 채 눈이 둥글해서 되돌아왔다.

밤이 이슥해서다. 문 밖에서 두런거리는 소리가 나기에 내다보았더니, 군밤 장수 권 서방이 영돈이를 데리고 들어오고 있었다.

"아아니, 너 어디 갔다 이제 오니? 아, 권 서방은 어떻게 또……."

노인은 돌아오는 막내를 보고 반가와 마주 나갔다.

"허, 너 인제 들어가거라. 그런데 영감님, 영돈일 너무 꾸짖지 맙시오. 애들이 철이 없어 그랬겠으니 차후일랑 그러지 말라구 이르구……어서 너 들어가아……."

하고 권 서방은 막내의 등을 안으로 밀었다.

역시 까닭은 있었구나, 노인은 그것이 궁금하지 않을 수 없었다.

"아아니, 너 어딜 갔더랬어? 아, 권 서방이 어떻게 밤늦게 걜 데리구……아니, 어디서 권 서방이 걜……."

하고 노인은 부썩 마주 섰다.

"아니 뭐 그런 게 아니구요. 아마 영돈이가 아침에 학교에 갈 때, 저어 종점께서 물매미 노름을 했나보죠. 그래, 돈을 잃군 학교두 안 가구 우리 놈하구 우리 집으로 밀려 들어와선 종일 놀구 있기에, 저녁이나 먹군 집으루 가 자랬더니 아버지한테 꾸중을 듣겠다구 못 가겠다기에 내가 데리구 왔죠. 뭐 꾸짖을 것두 없어요. 아이들에게 물매미 노름을 시키는 어른이 글렀지요. 그까짓 철없는 애들이야 그거 뭐 아나요. 어서 들어가 자거라!"

노인은 그만 더 추궁할 용기가 없었다. 권 서방 보기가 부끄러웠던 것이다. 얼굴이 들리지 않았다.

"어서 들어가 주무십시오. 너두 들어가 자구……아이, 참 달두 밝다. 전등이 없으니깐 더 밝은 것 같군."

돌아서는 권 서방을 멍하니 바라만 보았을 뿐 뭐라고 인사말도 나오지 않았다.

말도 없이 그대로 마당가에 우두커니 서 있는 늙은 아버지와 어린 자식을 흐르는 달빛만이 유난히 어루만지고 있었다.

1950년

주제심화 Q&A

1. 인간이 가진 욕망의 속성을 나열해보고, 그 중 왜 물욕이 문학 작품의 소재로 자주 활용되는지 생각해보자.

인간이 가진 욕망을 정확하게 구분할 수는 없지만, 대체적으로 다음과 같은 다섯 가지의 욕망으로 나누어 볼 수 있다. 돈, 명예, 권력, 사랑, 영생에 대한 욕망이 그것이다. 여타의 욕망들도 궁극적으로는 저 다섯 가지의 욕망의 범주에 포함시킬 수 있다. 그 중에서 돈에 대한 욕망, 즉 물욕은 문학 작품의 소재로 자주 활용된다. 사랑에 대한 갈망이 때로는 아름답게 그려지기도 하는 것에 비해 돈에 대한 욕망을 가진 사람은 문학작품에서 대체로 추하게 그려진다.

돈이란 아주 간편하게 현실 세계를 소유할 수 있는 존재임과 동시에, 다른 존재들도 돈으로 대체할 수 있다는 점에서 사람들의 가장 큰 관심의 대상이 되는 것이다. 그러나 물욕이 지나칠 경우 실제로 자신이 얻으려 하는 것과 멀어져서 결국에는 인간이 소외되는 현상이 벌어지기도 한다. 따라서 문학 작품에서 지나친 물욕을 가진 사람은 대체로 추하게 그려지며, 이런 경우 그의 파괴된 인간성을 묘사하는 데 중점을 두는 경우가 많다. 찰스 디킨스의 「크리스마스 캐럴」이라는 작품에 등장하는 스크루지 역시 이러한 지나친 물욕 때문에 인간성이 파괴된 경우에 해당된다.

때로 문학 작품은 순진하고 성실한 사람이 순간의 물욕 때문에 걷잡을 수 없는 수렁에 빠지는 경우도 많이 그려낸다. 위에 언급된 세 작품 모두 허황된 돈 욕심 때문에 실패하는 인간상을 그리고 있다. 이처럼 문학 작품에서 물욕은 파괴된 인간성을 묘사하거나 한탕에 빠져 허우적거리는 어리석음을 깨우치기 위해 자주 활용되고 있는 것이다.

2. 김유정의 「금 따는 콩밭」는 1930년대에 갑자기 불어 닥친 황금 열풍과도 연관이 깊다. 이 작품을 당시의 시대 상황과 연관 지어 생각해보자.

1930년대에 일어난 금광 열풍은 1차 세계대전의 여파로 전 세계적으로 불어 닥친 경제 공황을 해결하기 위해 일어난 집단적인 움직임이다. 국내에서도 1930년대 들어 금광 개발의 열풍이 일었다. 1933년 한 해에만 조선에 개발된 금광이 3000여 개가 넘을 정도로 그 열기는 대단하였다. 여기에는 사업자나 호사가들만 참여한 것이 아니라 지식인, 소설가, 사회혁명가 등도 참여하여 눈길을 끈다. 조선 프롤레타리아 예술 동맹을 조직했던 김기진이 금광에 뛰어드는가 하면, 〈황금무용론〉이란 글을 발표했던 채만식이 5년 뒤 광산에 뛰어들었다는 사실을 보면 이러한 열풍의 크기를 짐작할 수 있다.

이른바 사회 지식층이란 사람들도 한탕주의에 빠져 자신의 신념을 버린 채 금을 찾아 나섰던 것이다. 김유정은 당대 사회에 만연했던 황금만능주의의 분위기를 비꼬기 위해 「금 따는 콩밭」이라는 작품을 창작한 듯하다. 「금 따는 콩밭」의 수재 역시 이러한 사회적 분위기에 휩쓸려 금광 개발에 열을 올리던 사람 중 하나일 것이다. 그러나 금맥을 잡아 성공의 화려한 단맛을 본 사람 뒤에는 논밭을 다 갈아엎고 망연자실하는 영식 같은 사람도 있는 법이다.

02
운명과 토속적 세계

김동인(1900~1951)

호는 금동(琴童), 필명은 춘사(春士). 평남 평양 출생. 1919년 주요한(朱耀翰), 전영택(田榮澤) 등과 함께 최초의 문학동인지인 『창조』를 발간하면서 처녀작 「약한 자의 슬픔」을 발표하였다. 1919년 3월에는 3·1운동 격문을 써준 것 때문에 4개월간 감옥살이를 하기도 했다. 1920년 이후 이광수의 계몽주의 문학을 비판하며 「마음이 옅은 자여」 「배따라기」 「목숨」 등과 같은 예술지상주의적 경향을 띤 작품을 창작했다. 1925년에는 「감자」, 「시골 황서방」과 같은 자연주의적 작품을 발표하여 문단의 주목을 받았다. 1929년에 춘원의 계몽주의 문학관에 대립되는 예술주의 문학관을 바탕으로 「근대소설고」를 발표했고, 이듬해에는 「광염소나타」 「광화사」와 같은 유미주의 계열의 단편을 발표했다. 1930년부터 생활고를 해결하기 위해 「젊은 그들」 「운현궁의 봄」 등과 같은 역사소설을 신문에 연재하기도 했다. 해방 후에는 일제 말기에 벌어진 문학인의 친일행위, 특히 이광수의 친일행위를 비판적으로 그려낸 「반역자」(1946) 등의 단편을 발표했다. 단편소설 미학을 확립하고 자연주의와 유미주의적 경향의 수용 등은 한국 근대문학의 새로운 가능성을 개척한 김동인의 업적으로 평가된다. 1955년에 그의 문학적 업적을 기려 동인문학상이 제정되었다.

김동리(1913~1995)

본명은 김시종(金始鍾). 경북 경주 출생. 1935년 「화랑의 후예」가 《중앙일보》 신춘문예에 당선되었고, 1936년에는 「산화」가 《동아일보》 신춘문예에 당선되면서 등단했다. 그후 「바위」 「무녀도」 「황토기」 등의 작품들을 발표하면서 문단의 주목을 받게 되었다. 김동리의 문학세계에서 나타나는 가장 뚜렷한 특징은 한국인의 삶과 정신을 깊이 있게 탐구하고자 한 것이다. 그의 작품에는 우주 속에 놓인 존재로서 인간에게 주어진 운명의 궁극적인 모습을 이해하려는 작가의 노력이 담겨 있다. 그래서 「바위」 「무녀도」 「황토기」 「역마」 「등신불」 「을화」 등 그의 주요 작품들은 대부분 전통과 민속 종교의 세계에 깊이 연관되어 있다. 또한 그의 작품에서는 당대적 상황과 지식인의 고민을 다룬 작품들에서조차도 한국적 특수성을 인류적 보편성으로, 한국적 인간상을 보편적 인간상으로 확대하고자 하는 노력이 나타난다. 「혼구」 「흥남철수」 「밀다원 시대」 등이 그 대표적인 실례이다. 그의 문학세계는 인간 존재의 신비감과 삶의 허무를 천착하는 과정에서 구체적인 현실을 배제함으로써 비역사적인 신화에 불과하다는 평가를 받기도 하지만, 끊임없는 개작의 과정을 통해서 보여준 투철한 장인정신과 절제된 문체, 완결적인 구성 등에 있어서는 한국문학의 수준을 한 단계 높였다는 평가를 받고 있다.

2

삶으로 체화된 운명

배따라기

김동인

역마

김동리

삶 으 로 체

그리스 신화에는 인간의 운명을 관장하는 세 여신이 등장한다. 인간의 탄생을 지배하며 생명의 실을 잣는 클로토(Klotho), 인간의 일생을 주관하는 라케시스(Lachesis) 그리고 인간의 죽음을 관장해 그 생명의 실을 끊어버리는 제일 연장자인 아트로포스(Atropos)가 그들이다. 이처럼 신화에는, 운명이 어떤 전능한 힘을 가지고 인간의 삶 전체를 지배한다는 그리스인들의 세계관이나 인생관이 담겨 있다. 인간의 노력으로는 어쩔 수 없는 부분이 있다는 이런 운명론은, 그리스 시대 이후로도 여러 가지 형태로 변주되어 나타난다.

고대 그리스의 극작가 소포클레스의 작품 『오이디푸스왕』에는 아버지를 죽이고 어머니와 결혼할 것이라는 예언된 운명에 맞서 싸우는 오이디푸스왕의 비극적인 서사가 잘 형상화되어 있다. 그는 예언된 운명을 피해가기 위해서 갖가지로 노력하지만, 결국 자신이 의도한 바와는 상관없이 예언은 실현된다. 오이디푸스는 자신의 삶을 저주하여 눈을 찌르고 사막을 방황하는 삶을 살게 된다. 그러나 이러한 그를 운명의 희생자로만 여길 필요는 없다. 문학에서 형상화하고자 하는 것은 운명에 맞서는 개인의 존재를 그리는 것이지, 운명을 결정론으로 받아들이는 체념의 자세를 그리는

화 된 운 명

것은 아니기 때문이다.

삶이 이미 예정되어 있는 것이라는 운명론은, 요즘 세상과는 별로 맞지 않을지도 모른다. 과학기술이 지배하는 시대에 초자연적인 초월적 존재를 가정하는 것 자체가 맞지 않기 때문이다. 그러나 인간의 삶에는 자신의 의지만으로는 풀 수 없는 우연의 문제가 항상 개입한다. 때문에 우리는 문학작품을 통해 다양한 삶의 형태와 그 삶에 개입되는 우연이 무엇인가를 보려는 것이다. 이처럼 우연에 의해 발생된 사건이 한 개인의 삶에 어떤 영향을 미치며, 개인은 어떤 방식으로 그 우연에 대처할 수 있나를 살펴볼 수 있을 것이다.

:: 운명의 힘과 개인

인간이 운명에 맞서 싸우는 과정을 그린 문학작품들은 대체로 비극적인 구조로 전개된다. 인간이 운명과 싸워 이긴다는 발상은 어떻게 보면 낭만적이고 황당무계한 이야기처럼 보인다. 오히려 운명에 맞서 싸우다 패배하는 모습이 보다 인간적이라고 작가들은 생각했던 것이다. 앞에 나온 『오이디푸스왕』의 예에서도 보았듯이, 서양의 문학작품 중에는 이러한 비극적인 숭고미를 드러낸 작품들이 적지 않다.

그러나 한국 문학에서 운명을 드러내는 방식은 이와는 조금 다르다. 김동인과 김동리의 소설에서 인물들에게 부여된 운명은 예언적인 것도 아니고, 치열한 운명과의 투쟁도 아니다. 때문에 소설들에 나타난 운명은 삶의 한 형태로 체화(體化)된 것처럼 보인다.

김동인의 「배따라기」에는 뜻하지 않게 결정되어 버린 자신의 삶을 그대로 받아들이는 담담함이 잘 나타난다. 영유에서 20리 떨어진 어촌에서 조용히 살고 있는 두 형제와 그들의 아내들은 그저 평범한 보통 사람들이다. 그들에게 닥쳐온 운명의 장난은 우연적 요소와 인물 간의 작은 감정에서부터 시작된다. 형은 발 밟기나 쥐잡기 같은 별 것 아닌 사건들에서 아내와 동생의 사이가 좋아, 혹시나 하고 그들의 사이를 의심하게 된다. 그런 사소한 사건들과 의심들로 인해 마침내 아내는 자살하게 하고, 동생은 바다로 떠나가게 한다.

중요한 것은 우연한 기회에 만난 동생이 형을 보고, "형님, 거저 다 운명이외다" 라고 이야기하는 장면이다. 어떻게 보면 이 모든 사건의 발단은 형이 동생에게 품었던 의심 때문이라고 생각할 수 있다. 이런 형의 감정을 안 좋게 받아들일 수도 있겠지만, 동생은 이를 운명의 탓으로 돌린다. 우연과 형의 감정에서 빚어졌다고 볼 수 있는 사건을 운명의 탓으로 돌림으로써, 동생은 형이 평생 안고 살아가야 할 마음의 빚을 덜어주는 셈이다.

작품에서 형이, 동생과 아내에게 품은 질투심과 오해는 그 자체가 인간이 가진 한계이다. 사람이 오해나 질투심에 사로잡혀 있는 동안에는 그것이 가져올 엄청난 결과는 예측할 수가 없다. 그러나 상황이 끝나고 시간이 지나 지난날을 되돌아보면, 그것은 마치 '사람으로서는 어쩔 수 없는 일', 즉 운명으로 여겨지게 된다. 아우가 형에게 모든 것이 운명이라고 말하는 것은 바로 그런 의미에서다. 인생을 살아가면서

오이디푸스왕 Oidipous Tyrannos

그리스의 극작가 소포클레스(B.C.496-406)의 작품으로 『안티고네』, 『엘렉트라』 등과 함께 작가의 대표작으로 알려져 있다. 내용을 간략하게 살펴보자.

그리스의 테베에 무서운 전염병이 돌고 백성들의 탄원이 계속된다. 아폴론의 신탁을 가지고 돌아온 사촌 크레온은 오이디푸스 왕에게 선왕인 라이오스가 도둑의 손에 살해되었고, 그 하수인을 처벌하지 않는 한 전염병은 계속된다는 이야기를 전한다. 그러나 범인이 누구인지를 아무도 말하려 하지 않는다. 오이디푸스는 어렸을 때부터 자신을 괴롭혀 온, 아버지를 죽이고 어머니를 아내로 삼을 운명이라는 내용의 예언을 생각해 내고 라이오스 왕의 살해 당시의 목격자를 찾으려 한다. 그때 오이디푸스의 고향인 코린토스에서 부왕이 승하했으니, 왕위를 계승하라는 전갈이 온다. 오이디푸스는 예언 때문에 고향으로 돌아갈 것을 꺼리지만, 죽은 코린토스의 선왕은 친아버지가 아니며, 라이오스 왕의 목자로부터 받은 갓난아기를 왕자로 키웠다는 사실을 사자로부터 듣는다. 목자를 찾아간 오이디푸스는 코린토스로 보내진 라이오스의 아기가 자신이라는 것을 알게 된다. 오이디푸스는 자신이 테베 태생이며 라이오스의 자식으로서 그를 죽인 범인이 자신이며, 왕비인 이오카테스는 자신의 어머니임을 알게 된다. 결국 이오카스테는 자살하고 오이디푸스 왕은 스스로 자기 눈을 찔러 장님이 되어 떠난다.

체득한 한스런 운명 의식이 담겨 있는 것이다. 형 또한 동생에게 진 마음의 빚을 갚기 위해 평생을 떠돌면서 살아간다. 그 역시도 운명인 것이다. 결국 「배따라기」는 운명의 힘을 거역하지 못하는 인간의 비애와 한을 담고 있는 것이다.

이렇게 볼 때 작품 속에서 '바다'는 중요한 의미를 담고 있다. 형이 바다를 유랑하는 것은, 그곳이 아내의 넋이 깃든 공간이자 아우가 떠돌고 있는 곳이기 때문이다. 또한 바다는 운명에 휩쓸릴 수밖에 없는 개인의 삶과 좋은 대조가 된다. 인간의 삶이 아주 작고 우연한 사건에 의해서 인생 전체가 좌우되는 것에 비해, 바다는 인간이 살아갈 수 있는 삶의 터전이면서 모든 것을 받아들이는 넉넉함을 대변하는 존재이기 때문이다. 주인공인 형이 바다를 떠도는 것은 그런 바다의 넉넉함을 통해 자신의 한스런 운명을 위로받기 위해서라고 파악할 수 있다.

한편 두 형제의 한스러운 운명과 그로 인한 애잔한 슬픔은 '배따라기'라는 노래를 통해 더욱 선명하게 드러난다. 배따라기는 우리 나라의 서도 잡가로 무척 슬픈 곡조를 가지고 있어서 듣는 이로 하여금 수심에 잠기게 한다고 한다. 이처럼 배따라기의 슬프고 비장한 곡조는 액자 속 이야기의 비극성과 조화를 이루면서 슬픔의 미학을 빚어냄과 동시에 우리 민족 고유의 한이라는 정조를 드러내는 소설적인 장치로 사용되고 있다.

김동리의 「역마」에서 보여주는 인물과 운명의 관계는 「배따라기」에서 보여주는 것보다는 조금 더 상징적이고 극적이다. 「역마」에는 역마살이라는 한국적인 독특한 운명관이 나타나 있다. 전라도와 경상도의 경계가 되는 화개장터의 옥화네 주막에 한 체 장수가 딸 계연을 데리고 찾아온다. 옥화의 아들 성기는 계연에게 연모(戀慕)의 정을 느끼고, 계연 또한 성기에게 애틋한 감정을 가지게 된다. 이 둘의 만남이 체 장수의 36년 역마살 주기(週期)에 의한 운명적인 것이었다면, 헤어짐 또한 운명적이라고 할 수 있다. 옥화는 계연의 머리를 빗어주다가 왼쪽 귓바퀴에 있는 작은 사마귀를 발견하고는 자신과 계연이 자매 사이임을 알아챈다. 따라서 계연은 성기의 이모가 되는 것이다. 은근히 성기와 계연을 맺어주려 했던 옥화는 근친상간의 불륜을 저지를 수는 없게 되고, 체 장수 영감은 계연을 데리고 고향으로 떠나간다. 그후 성기는 중병을 앓게 되고 병이 낫자 역마살에 따라 엿판을 들고 집을 떠난다.

작품의 제목이 '역마'인 것에서부터 알 수 있듯이 옥화는 성기의 '역마살'을 없애기 위해 갖은 노력을 다한다. '역마살'이란 끊임없이 떠돌아 다녀야 하는 팔자를 뜻한다. 이는 벗어날 수 없는 운명을 가리킨다. 그리고 아들을 계연과 결혼시켜 정착하게 하려는 옥화의 노력은 운명에 맞서려는 인간의 의지를 함축하고 있다. 그러나 그녀의 노력은 결국 수포로 돌아가고 만다. 이 과정에서 성기가 병을 앓는 것은 상징

예술지상주의

예술지상주의는 심미주의(탐미주의)와 비슷한 의미로 사용된다. 하지만 조금 차이는 있다. 심미주의는, 예술은 그 스스로를 위해서 존재하는 것이므로 도덕적, 정치적인 기준 등에 의해 판단될 수 없다는 견해다. 가령, 아주 폭력적인 장면이 등장하는 영화 〈친구〉를 생각해 보자. 어떤 사람들은 그 영화의 살인 장면이 너무도 잔인하고, 조폭들 간의 의리가 무슨 의리냐며 작품을 폄하한다. 또 사회에 악영향을 끼치기 때문에 나쁜 영화라고 평가하기도 한다. 그러나 심미주의는 그런 윤리적인 판단과는 무관하게 〈친구〉를 하나의 예술로 바라보라는 입장을 취한다.

여기서 한걸음 더 나아간 것이 예술지상주의다. 예술을 위해서 현실 생활 전부를 바쳐야 한다는 것이 예술지상주의의 입장인데, 이는 심미주의의 극단적인 형태라고 볼 수 있다. 그러나 대체로 심미주의, 탐미주의, 예술지상주의는 예술을 다른 모든 가치 위에 올려 놓는다는 경향을 의미하는 거의 같은 의미로 받아들여진다.

「배따라기」에서 예술지상주의는 액자 안의 형제이야기와 액자 밖의 진시황에 관한 언급의 대조에서 찾아볼 수 있다. 형제의 삶에서 인생이란 결국 한스럽고 슬픈 것이란 사실을 강조하고, 그것이 인생이라면 인생을 영위하는 가장 좋은 방법은 진시황처럼 '예술의 사치'를 추구하며 인생을 향락하는 것이라는 작가의 생각은 극단적인 예술지상주의적 면모를 보여주는 것이다.

적이다. 이 소설은 인간은 결코 자신의 운명적 굴레를 벗어날 수 없음을 담고 있다. 김동리가 생각한 운명관은 여기서 드러난다. 삶은 자신의 의지나 선택에 의해서 결정되는 것이 아니라는 것이다. 성기의 병은 근친상간의 금지를 의미하며, 동시에 자신의 운명인 역마살은 결코 벗어버릴 수 없는 것임을 의미한다.

결국 성기는 엿판을 메고 집을 떠나 떠돌이의 삶을 살게 된다. 성기는 집을 떠나며 흐느적거리면서 육자배기 가락을 흥얼거리는 모습을 보여준다. 이는 그가 운명을 받아들이고 순응했다는 것을 의미한다. 인간의 삶은 운명이라는 커다란 테두리 속에 이미 주어져 있고, 아무리 발버둥쳐도 거기서 벗어날 수 없다는 사실을 깨달았기 때문에, 슬퍼하거나 좌절하지 않고 조용히 순응하는 것이다. 이 대목에서 우리는 운명에 순응함으로써, 오히려 인간 구원에 도달할 수 있다는 작가의 문학관을 찾아볼 수 있다.

이 작품의 공간적 배경인 화개장터는 소설의 주제와 밀접한 연관이 되어 있다. 화개장터는 전라도와 경상도의 경계 지역으로 온갖 장사치들이 빈번하게 왕래하는 교통의 요충지이자 떠돌이 인생들이 스쳐 지나가는 정거장이다. 따라서 화개장터의 사람들이란 설사 그곳에 살고 있다 하더라도 붙박이라기보다는 떠돌이이기 십상이다. 때문에 그들 간의 인간 관계 역시 항구적이기보다는 임시적, 일시적일 가능성이 크다. 소설 속의 이러한 공간적 배경은 주제와 밀접한 연관을 가지게 된다. 성기의 역마살에 개연성을 부여하는 것도 바로 화개장터라는 공간적 배경인 것이다.

배따라기 _ 김동인

좋은 일기이다.

좋은 일기라도 하늘에 구름 한 점 없는—우리 '사람'으로서는 감히 접근 못할 위엄을 가지고, 높이서 우리 조그만 '사람'을 비웃는 듯이 내려다보는 그런 교만한 하늘은 아니고, 가장 우리 '사람'의 이해자인 듯이 낮추 뭉글뭉글 엉기는 분홍빛 구름으로서 우리와 서로 손목을 잡자는 그런 하늘이다. 사랑의 하늘이다.

나는 잠시도 멎지 않고, 푸른 물을 황해로 부어내리는 대동강을 향한, 모란봉 기슭 새파랗게 돋아나는 풀 위에 뒹굴고 있었다.

이날은 삼월 삼질, 대동강에 첫 뱃놀이하는 날이다. 까맣게 내려다보이는 물 위에는, 결결이 반짝이는 물결을 푸른 놀잇배들이 타고 넘으며, 거기서는 봄 향기에 취한 형형색색의 선율이 우단보다도 부드러운 봄 공기를 흔들면서 날아온다. 그리고 거기서 기생들의 노래와 함께 날아오는 조선 아악(雅樂)은 느리게, 길게, 유창하게, 부드럽게, 그리고 또 애처롭게—모든 봄의 정다움과 끝까지 조화하지 않고는 안 두겠다는 듯이, 대동강에 흐르는 시커먼 봄 물, 청류벽에 돋아나는 푸르른 풀어음, 심지어 사람의 가슴속에 봄에 뛰노는 불붙는 핏줄기까지라도, 습기 많은 봄 공기를 다리 놓고 떨리지 않고는 두지 않는다.

봄이다. 봄이 왔다.

부드럽게 부는 조그만 바람이, 시커먼 조선 솔을 꿰며 또는 돋아나는 풀을 스치고 지나갈 때의 그 음악은 다른 데서는 듣지 못할 아름다운 음악이다.

아아, 사람을 취케 하는 푸르른 봄의 아름다움이여! 열다섯 살부터의 동경(東京) 생활에 마음껏 이런 봄을 보지 못하였던 나는, 늘 이것을 보는 사람보다 곱 이상의 감명을 여기서 받지 않을 수 없다.

평양성 내에는, 겨우 툭툭 터진 땅을 헤치며 파릇파릇 돋아나는 나무새기와 돋아나려는 버들의 어음으로 봄이 온 줄 알 뿐, 아직 완전히 봄이 안 이르렀지만, 이 모란봉 일대와 대동강을 넘어 보이는 가나안 옥토를 연상시키는 장림(長林)에는 마음껏 봄의 정다움이 이르렀다.

그리고 또 꽤 자란 밀보리들로 새파랗게 장식한 장림의 그 푸른빛. 만족한 웃음을 띠고 그 벌에 서서 내다보는 농부의 모양은 보지 않아도 생각할 수가 있다.

구름은 작고, 하늘을 날아다니는 모양이다. 그 밀 위에 비치었던 구름의 그림자는 그 구름과 함께 저편으로 몰려가며, 거기는 세계를 아까 만들어 놓은 것 같은 새로운 녹빛이 펴져 나간다. 바람이나 조금 부는 때는, 그 잘 자란 밀들은 물결같이 누웠다 일어났다 일록일청(一綠一靑)으로 춤을 춘다. 그리고 봄의 한가함을 찬송하는 솔개들은 높은 하늘에서 동그라미를 그리면서, 더욱더 아름다운 봄에 향기로운 정취를 더한다.

"다스한 봄정에 솟아나리다. 다스한 봄정에 솟아나리다."

나는 두어 번 소리나게 읊은 뒤에 담배를 붙여 물었다. 담뱃내는 무럭무럭 하늘로 올라간다.

하늘에도 봄이 왔다.

하늘은 낮았다. 모란봉 꼭대기에 올라가면, 넉넉히 만질 수가 있으리 만큼 하늘은 낮다. 그리고 그 낮은 하늘보다는 오히려 더 높이 있는 듯한 분홍빛 구름은 뭉글뭉글 엉기면서 이리저리 날아다닌다.

나는 이러한 아름다운 봄 경치에, 이렇게 마음껏 봄의 속삭임을 들을 때는, 언제든 유토피아를 아니 생각할 수 없다. 우리가 시시각각으로 애를 쓰며 수고하는 것은 ― 그 목적은 무엇인가. 역시 유토피아 건설에 있지 않을까? 유토피아를 생각할 때는 언제든 그 '위대한 인격의 소유자'며 '사람의 위대함을 끝까지 즐긴' 진나라 시황(秦始皇)을 생각지 않을 수 없다.

우리가 어찌하면 죽지를 아니할까 하여, 소년 삼백을 배를 태워 불사약을 구하러 떠나보내며, 예술의 사치를 다하여 아방궁을 지으며, 매일 신하 몇 천 명과 잔치로써 즐기며, 이리하여 여기 한 유토피아를 세우려던 시황은, 몇 만의 역사가가 어떻다고 욕을 하던 그는 참말로 정말로 인생의 향락자이며 역사 이후의 제일 큰 위인이라고 할 수가 있다. 그만한 순전한 용기 있는 사람이 있고야 우리 인류의 역사는 끝이 날지라도 한 사람을 가졌었다고 할 수 있다.

"큰 사람이었었다."

하면서 나는 머리를 들었다.

이때다. 기자묘 근처에서 무슨 슬픈 음률이 봄 공기를 진동시키며 날아오는 것이 들렸다.

나는 무심코 귀를 기울였다.

'영유 배따라기'다. 그것도 웬만한 광대나 기생은 발꿈치에도 미치지 못하리 만큼 ― 그만큼 그 배따라기의 주인은 잘 부르는 사람이었다.

비나이다, 비나이다.

산천후토 일월성신 하나님전 비나이다.

실낱같은 우리 목숨 살려 달라 비나이다.

에 ― 야, 어그여지야.

여기까지 이르렀을 때에 저편 아래 물에서 장고(長鼓) 소리와 함께 기생의 노래가 울리어 오며 배따라기는 그만 안 들리게 되었다.

나는 이 년 전 한여름을 영유서 지내 본 일이 있다. 배따라기의 본고장인 영유를 몇 달 있어 본 사람은 그 배따라기에 대하여 언제든 한 속절없는 애처로움을 깨달을 것이다.

영유, 이름은 모르지만 ×산에 올라가서 내다보면 앞은 망망한 황해이니, 그곳 저녁때의 경치는 한 번 본 사람은 영구히 잊을 수가 없으리라. 불덩이 같은 커다란 시뻘건 해가 남실남실 넘치는 바다에 도로 빠질 듯 도로 솟아오를 듯 춤을 추며, 거기서 때때로 보이지 않는 배에서 '배따라기'만 슬프게 날아오는 것을 들을 때엔 눈물 많은 나는 때때로 눈물을 흘렸다. 이로 보아서 어떤 원의 아내가 자기의 모든 영화를 낡은 신같이 내어던지고, 뱃사람과 정처 없는 물길을 떠났다 함도 믿지 못할 말이랄 수가 없다.

영유서 돌아온 뒤에도 그 '배따라기'는 내 마음에 깊이 새기어져 잊을래야 잊을 수가 없었고, 언제 한번 다시 영유를 가서 그 노래를 한 번 더 들어보고 그 경치를 다시 한 번 보고 싶은 생각이 늘 떠나지를 않았다.

장고 소리와 기생의 노래는 멎고, 배따라기만 구슬프게 날아온다. 결결이 부는 바람으로 말미암아 때때로는 들을 수가 없으되, 나의 기억과 곡조를 종합하여 들은 배따라기는 이 대목이다.

강변에 나왔다가
나를 보더니만
혼비백산하여

꿈인지 생시인지
와르륵 달려들어
섬섬옥수로 붙여잡고
호천망극 하는 말이,
'하늘로서 떨어지며
땅으로서 솟아났나
바람결에 묻어 오고
구름길에 쌔여 왔나'
이리 서로 붙들고 울음 울 제
인리 제인이며
일가 친척이 모두 모여,

여기까지 들은 나는 마침내 참지 못하고 벌떡 일어서서 소나무 가지에 걸었던 모자를 내려 쓰고 그곳을 찾으러 모란봉 꼭대기에 올라섰다. 꼭대기는 좀더 노랫소리가 잘 들린다. 그는 배따라기의 맨 마지막, 여기를 부른다—.

밥을 빌어서
죽을 쑬지라도
제발 덕분에
뱃놈 노릇은 하지 마라
에—야 어그여지여—.

그의 소리로서 방향을 찾으려던 나는, 그만 그 자리에 섰다.

"어딘가? 기자묘? 혹은 을밀대(乙密臺)?"

그러나 나는 오래 서 있을 수가 없었다. 어떻든 찾아보자 하고 현무문으로 가서 문 밖에 썩 나섰다. 기자묘의 깊은 솔밭은 눈앞에 쫙 퍼진다.

"어딘가?"

나는 또 물어 보았다.

이때에 그는 또다시 배따라기를 시초부터 부른다. 그 소리는 왼편에서 온다.

왼편이구나 하면서 소리 나는 곳을 더듬어서 소나무 틈으로 한참 돌다가, 겨우 기자묘 치고는 그 중 하늘이 넓고 밝은 곳에 혼자서 뒹굴고 있는 그를 찾아내었다. 나의 생각한 바와 같은 얼굴이다. 얼굴, 코, 입, 눈, 몸집이 모두 네모나고 그의 이마의 굵은 주름살과 시커먼 눈썹은 고생 많이 함과 순진한 성격을 나타낸다.

그는 어떤 신사가 자기를 들여다보는 것을 보고, 노래를 그치고 일어나 앉는다.

"왜? 그냥 하지요."

하면서 나는 그의 곁에 가 앉았다.

"머……."

할 뿐 그는 눈을 들어서 터진 하늘을 쳐다본다.

좋은 눈이었다. 바다의 넓고 큼이 유감없이 그의 눈에 나타나 있다. 그는 뱃사람이라 나는 짐작하였다.

"고향이 영유요?"

"예, 머, 영유서 나기는 했디만 한 이십 년 영윤 가보디두 않았시요."

"왜, 이십 년씩 고향엘 안 가요?"

"사람의 일이라니, 마음대로 됩데까?"

그는, 왜 그러는지, 한숨을 짓는다.

"거저, 운명이 데일 힘셉디다."

운명의 힘이 제일 세다는 그의 소리에는 삭이지 못할 원한과 뉘우침이 섞여 있다.

"그래요?"

나는 다만 그를 건너다볼 뿐이다.

한참 잠잠하니 있다가 나는 다시 말하였다.

"자, 노형의 경험담이나 한번 들어봅시다. 감출 일이 아니면 한번 이야기해 보소."

"머, 감출 일은……."

"그럼, 어디 들어 봅시다그려."

그는 다시 하늘을 쳐다보았다. 그러나 좀 있다가,

"하디요."

하면서 내가 담배를 붙이는 것을 보고, 자기도 담배를 붙여 물고 이야기를 꺼낸다.

"십구 년 전 팔월 열하룻날 일인데요."

하면서 그가 이야기한 바는 대략 이와 같은 것이다.

그가 살던 마을은 영유 고을서 한 이십 리 떠나 있는, 바다를 향한 조그만 어촌이다. 그의 살던 조그만 마을(서른 집쯤 되는)에서는 그는 꽤 유명한 사람이었다.

그의 부모는 모두 열댓 세 났을 때 돌아갔고, 남은 사람이라고는 곁집에 딴살림하는 그의 아우 부처와 그 자기 부처뿐이었다. 그들 형제가 그 마을에서 제일 부자이고 또 제일 고기잡이를 잘 하였고 그 중 글이 있었고 배따라기도 그 마을에서 빼나게 그 형제가 잘 불렀다. 말하자면 그 형제가 그 동네의 대표적 사람이었다.

팔월 보름은 추석 명절이다. 팔월 열하룻날 그는 명절에 쓸 장도 볼 겸, 그의 아내가 늘 부러워하는 거울도 하나 사올 겸 장으로 향하였다.

"당손네 집에 있는 것보다 큰 것이요. 니디 말구요."

그의 아내는 길까지 따라나오면서 잊지 않도록 부탁하였다.

"안 니어."

하면서 그는 떠오르는 새빨간 햇빛을 앞으로 받으면서 자기 마을을 나섰다.

그는 아내를 (이렇게 말하기는 우습지만) 고와했다. 그의 아내는 촌에는 드물도록 연연하고도 예쁘게 생겼다(그는 나에게 이렇게 말하였다—).

"성내(평양) 덴줏골(갈보촌)을 가두 그만한 거 쉽디 않갔시요."

그러니까 촌에서는 그리고 그 당시에는 남에게 우습게 보이도록 그 내외의 사이는 좋았다. 늙은이들은 계집에게 혹하지 말라고 흔히 그에게 권고하였다.

부처의 사이는 좋았지만—아니 오히려 좋으므로 그는 아내에게 시기를 많이 하였다. 그러고 그의 아내는 시기를 받을 일을 많이 하였다. 품행이 나쁘다는 것이 아니라, 그의 아내는 대단히 쾌활한 성질로서 아무에게나 말 잘하고 애교를 잘 부렸다.

그 동네에서는 무슨 명절이나 되면, 집이 그 중 정결함을 핑계삼아 젊은이들은 모두 그의 집에 모이고 하였다.

그 젊은이들은 모두 그의 아내에게 '아즈마니' 라 부르고, 그의 아내는 '아즈바니 아즈바니' 하며 그들과 지껄이고 즐기며, 그 웃기 잘하는 입에는 늘 웃음을 흘리고 있었다. 그럴 때마다 그는 한편 구석에서 눈만 할끈거리며 있다가 젊은이들이 돌아간 뒤에는 불문곡직하고 아내에게 덤벼들어 발길로 차고 때리며, 이전에 사다 주었던 것을 모두 걷어올린다. 싸움을 할 때에는 언제든 곁집 있는 아우 부처가 말리러 오며, 그렇게 되면 언제든 그는 아우 부처까지 때려 주었다.

그가 아우에게 그렇게 구는 데는 이유가 있었다—. 그의 아우는 촌사람에게는 다시없도록 늠름한 위엄이 있었고, 맨날 바닷바람을 쏘였지만 얼굴이 희었다. 이것뿐으로도 시기가 된다 하면 되지만, 특별히 아내가 그의 아우에게 친절히 하는 데 이르러서는 그는, 속이 끓어 못 견디었다.

그가 영유를 떠나기 반 년 전쯤—다시 말하자면 그가 거울을 사러 장에 갈 때부터 반 년 전쯤 그의 생일날이었다. 그의 집에서는 음식을 차려서 잘 먹었는데, 그에게는 한 버릇이 있었으니, 맛있는 음식은 남겨 두었다가 좀 있다 먹고 하는 것이 습관이었다. 그의 아내도 그 버릇은 잘 알 터인데 그의 아우가 점심때쯤 오니까, 아까 그가 아껴서 남겨 두었던 그 음식을 아우에게 주려 하였다. 그는 눈을 부릅뜨고 '못 주리라' 고 암호하였지만 아내는 그것을 보았는지 못 보았는지 그의 아우에게 주어 버렸다. 그는 마음속이 자못 편치 못하였다. '트집만 있으면 이년을……' 그는 마음 먹었다.

그의 아내는 시아우에게 상을 준 뒤에 물러오다가 그만 그의 발을 조금 밟았다.

"이년!"

그는 힘껏 발을 들어서 아내를 냅다 찼다. 그의 아내는 상 위에 거꾸러졌다가 일어난다.

"이년, 사나이 발을 짓밟는 년이 어디 있어!"

"거 좀 밟아서 발이 부러뎃쉐까?"

아내는 낯이 새빨개져서 울음 섞인 소리로 고함친다.

"이년! 말대답이……."

그는 일어서서 아내의 머리채를 휘어잡았다.

"형님! 왜 이러십니까."

아우가 일어서면서 그를 붙잡았다.

"가만있거라. 이놈의 자식."

하며, 그는 아우를 밀친 뒤에 아내를 되는 대로 내리찧었다.

"죽일 년, 이년! 나가거라!"

"죽여라, 죽여라! 난 죽어도 이 집에선 못 나가!"

"못 나가?"

"못 나가디 않구. 뉘 집이게……."

이때다. 그의 마음에는 그 '못 나가겠다'는 아내의 마음이 푹 들이박혔다. 그 이상 때리기가 싫었다. 우두커니 눈만 흘기고 있다가 그는,

"망할 년, 그럼 내가 나갈라."

하고 그만 문 밖으로 뛰어나와서,

"형님, 어디 갑니까?"

하는 아우의 말에는 대답도 안하고 곁동네 탁줏집으로 뒤도 안 돌아보고 가서, 거기 있는 술 파는 계집과 술상 앞에 마주 앉았다.

그날 저녁 얼근히 취한 그는 아내를 위하여 떡을 한 돈어치 사 가지고 집으로 돌아왔다. 이리하여 또 서너 달은 평화가 이르렀다. 그러나 이 평화가 언제까지든 계속될 수가 없었다. 그의 아우로 말미암아 또 평화가 쪼개져 나갔다.

오월 초승부터 영유 고을 출입이 잦던 그의 아우는, 오월 그믐께부터는 고을서 며칠씩 묵어 오는 일이 많았다. 함께, 고을에 첩을 얻어 두었다는 소문이 퍼졌다. 이 소문이 있는 뒤로 아내는 그의 아우가 고을 들어가는 것을 벌레보다도 더 싫어하고, 며칠 묵어서 오는 때면 곧 아우의 집으로 가서 그와 담판을 하며 심지어 동서되는 아우의 처에게까지 못 가게 하지 않는다고 싸우는 일이 있었다. 칠월 초승께 그의 아우는 고을에 들어가서 열흘쯤 묵어 온 일이 있었다. 이때도 전과 같이 그의 아내는 그의 아우와 제수와 싸우다 못하여, 마침내 그에게까지 와서 아우가 그런 못된 데를 다니는 것을 그냥 둔다고 해보자 한다. 그 꼴을 곱게 보지 않았던 그는 첫마디로 고함을 쳤다—.

"네게 상관이 무에가? 듣기 싫다."

"못난둥이. 아우가 그런 델 댕기는 걸 말리디두 못하구!"

분김에 이렇게 그의 아내는 고함쳤다.

"이년, 무얼?"

그는 벌떡 일어섰다.

"못난둥이!"

그 말이 채 끝나기 전에 그의 아내는 악 소리와 함께 그 자리에 거꾸러졌다.

"이년! 사나이에게 그 따윗 말버릇 어디서 배완!"

"에미네 때리는 건 어디서 배왔노! 못난둥이."

그의 아내는 울음소리로 부르짖었다.

"샹년, 그냥? 나갈, 우리 집에 있디 말구 나갈."

그는 내리찧으면서 부르짖었다. 그리고 아내를 문을 열고 밀쳤다.

"나가디 않으리!"

하고 그의 아내는 울면서 뛰어나갔다.

"망할 년!"

토하는 듯이 중얼거리고 그는 그 자리에 주저앉았다.

그의 아내는 해가 지고 어두워져도 돌아오지 않았다. 일단 내어쫓기는 하였지만 그는 아내의 돌아옴을 기다리고 있었다. 어두워져서도 그는 불도 안 켜고, 성이 나서 우들우들 떨면서 아내의 돌아오기를 기다렸다. 그러나 그의 아내의 참 기쁜 듯이 웃는 소리가 그의 아우의 집에서 밤새도록 울리었다. 그는 움찍도 않고 그 자리에 앉아서 밤을 새운 뒤에, 새벽 동 터올 때 아내와 아우를 죽이려고 부엌에 가서 식칼을 가지고 들어와서 문을 벌컥 열었다.

그의 아내로서 만약 근심스러운 얼굴을 하고 그 문 밖에 우두커니 서서 문을 들여다보고 있지 않았더면, 그는 아내와 아우를 죽이고야 말았으리라.

그는 아내를 보는 순간 마음에 가득 차는 사랑을 깨달으면서, 칼을 내던지고 뛰어나가서 아내의 머리채를 휘어잡고, 이년! 하면서 들어오더니 뺨을 물어뜯으면서 함께 이리저리 자빠져서 뒹굴었다.

그런 이야기를 다 하려면 끝이 없으되 다만 '그' '그의 아내' '그의 아우' 세 사람의 삼각 관계는 대략 이와 같았다.

각설—.

거울은 마침 장에 마음에 맞는 것이 있었다. 지금 것과 대보면 어떤 때는 코도 크게 보이고 입이 작게도 보이는 것이지만, 그 당시에는 그리고 그런 촌에서는 둘도 없는 귀물이었다. 거울을 사 가지고 장을 본 뒤에 그는 이 거울을 아내에게 주면 그 기뻐할 모양을 생각하며, 새빨간 저녁 햇빛을 받는 넘치는 듯한 바다를 안고 자기 집으로 늘 들려오던 탁줏집에도 안 들러서 돌아왔다.

그러나 그가 그의 집 방 안에 들어설 때에는 뜻도 안 하였던 광경이 그의 눈에 벌리어 있었다.

방 가운데는 떡상이 있고, 그의 아우는 수건이 벗어져서 목뒤로 늘어지고 저고리 고름이 모두 풀어져 가지고 한편 모퉁이에 서 있고, 아내도 머리채가 모두 뒤로 늘어지고 치마가 배꼽 아래 늘어지도록 되어 있으며, 그의 아내와 아우는 그를 보고 어찌할 줄을 모르는 듯이, 움찍도 안 하고 서 있었다.

세 사람은 한참 동안 어이가 없어서 서 있었다. 그러나 좀 있다가 마침내 그의 아우가 겨우 말했다—.

"그놈의 쥐 어디 갔나?"

"흥! 쥐? 훌륭한 쥐 잡댔구나!"

그는 말을 끝내지도 않고 짐을 벗어버리고 뛰어가서 아우의 멱살을 그러잡았다.

"형님! 정말 쥐가—."

"쥐? 이놈! 형수와 그런 쥐 잡는 놈이 어디 있니?"

그는 아우의 따귀를 몇 번 때린 뒤에 등을 밀어서 문 밖에 내어던졌다. 그런 뒤에 이제 자기에게 이를 매를 생각하고 우들우들 떨면서 아랫목에 서 있는 아내에게 달려들었다.

"이년! 시아우와 그르는 년이 어디 있어!"

그는 아내를 거꾸러치고 함부로 내리찧었다.

"정말 쥐가……, 아이 죽갔다!"

"이년! 너두 쥐? 죽어라!"

그의 팔다리는 함부로 아내의 몸 위에 오르내렸다.

"아이, 죽갔다. 정말 아까 적오니(시아우)가 왔게 떡 먹으라구 내놓았더니……."

"듣기 싫다! 무슨 잔소릴……."

"아이, 아이, 정말이야요. 쥐가 한 마리 나……."

"그냥 쥐?"

"쥐 잡을래다가……."

"샹년! 죽어라! 물이래두 빠데 죽얼!"

그는 실컷 때린 뒤에, 아내도 아우처럼 등을 밀어 내어쫓았다. 그 뒤에 그의 등으로,

"고기 배때기에 장사해라!"

하고 토하였다.

분풀이는 실컷 하였지만, 그래도 마음속이 자못 편치 못하였다. 그는 아랫목으로 가서 바람벽을 의지하고 실신한 사람같이 우두커니 서서 떡상만 들여다보고 있었다.

한 시간…… 두 시간…….

서편으로 바다를 향한 마을이라 다른 곳보다는 늦게 어둡지만, 그래도 술시(戌時)쯤 되어서는 깜깜하니 어두웠다. 그는 불을 켜려고 바람벽에서 떠나 성냥을 찾으러 돌아갔다.

성냥은 늘 있던 자리에 있지 않았다. 그래서 여기저기 뒤적이노라니까, 어떤 낡은 옷 뭉치를 들칠 때에 문득 쥐 소리가 나면서 무엇이 후덕덕 뛰어나온다. 그리하여 저편으로 기어서 도망한다.

"역시 쥐댔구나!"

그는 조그만 소리로 부르짖었다. 그리고 그만 그 자리에 맥없이 덜썩 주저앉았다.

아까 그가 보지 못한 때의 광경이 활동사진과 같이 그의 머리에 지나갔다.

아우가 집에를 온다. 아우에게 친절한 아내는 떡을 먹으라고 아우에게 떡상을 내놓는다. 그때에 어디선가 쥐가 한 마리 뛰어나온다. 둘(아우와 아내)이서는 쥐를 잡노라고 돌아간다. 한참 성화시키던 쥐는 어느 구석에 숨어 버린다. 그들은 쥐를 찾느라고 뒤룩거린다. 그럴 때에 그가 집에 들어선 것이다.

"샹년, 좀 있으믄 안 들어오리……."

그는 억지로 마음먹고 그 자리에 드러누웠다.

그러나 아내는 밤이 가고 날이 밝기는커녕 해가 중천에 올라도 돌아오지를 않았다. 그는 차차 걱정이 나서 찾아보러 나섰다.

아우의 집에도 없었다. 동네를 모두 찾아보아도 본 사람도 없다 한다.

그리하여 낮쯤 한 삼사 리 내려가서 바닷가에서 겨우 아내를 찾기는 찾았지만, 그 아내는 이전 같은 생기로 찬 산 아내가 아니요, 몸은 물에 불어서 곱이나 크게 되고, 이전에 늘 웃음을 흘리던 예쁜 입에는 거품을 잔뜩 물은 죽은 아내였다.

그는 아내를 업고 집에 돌아오기까지에 정신이 없었다.

이튿날 간단하게 장사를 하였다. 뒤에 따라오는 아우의 얼굴에는,

"형님, 이게 웬일이오니까?"

하는 듯한 원망이 있었다.

장사를 지낸 이튿날부터 아우는 그 조그만 마을에서 없어졌다. 하루 이틀은 심상

히 지냈지만, 닷새 엿새가 지나도 아우는 돌아오지 않았다. 그래서 알아보니까, 꼭 그의 아우같이 생긴 사람이 오륙 일 전에 멧산자 보따리를 하여 진 뒤에, 시뻘건 저녁 해를 등으로 받고 더벅더벅 동쪽으로 가더라 한다. 그리하여 열흘이 지나고 스무날이 지났지만, 한번 떠난 그의 아우는 돌아올 길이 없었고, 혼자 남은 아우의 아내는 매일 한숨으로 세월을 보내게 되었다.

그도 이것을 잠자코 보고 있을 수가 없었다. 그 불행의 모든 죄는 그에게 있었다.

그도 마침내 뱃사람이 되어, 적으나마 아내를 삼킨 바다와 늘 접근하며 가는 곳마다 아우의 소식을 알아보려고, 어떤 배를 얻어 타고 물길을 나섰다.

그는 가는 곳마다 아우의 이름과 모양을 물었으나, 아우의 소식은 알 수가 없었다.

이리하여 꿈결같이 십 년을 지내서 구 년 전 가을, 탁탁히 낀 안개를 꿰며 연안(延安) 바다를 지나가던 그의 배는, 몹시 부는 바람으로 말미암아 파선을 하여 벗 몇 사람은 죽고, 그는 정신을 잃고 물 위에 떠돌고 있었다.

그가 겨우 정신을 차린 때는 밤이었다. 그리고 어느덧 그는 뭍 위에 올라와 있었고 그를 말리느라고 새빨갛게 피워 놓은 불빛으로 자기를 간호하는 아우를 보았다.

그는 이상하게 놀라지도 않고 천연하게 물었다.

"너! 어디게 (어떻게) 여기 완?"

아우는 잠자코 한참 있다가 겨우 대답하였다.

"형님, 거저 다 운명이외다."

따뜻한 불기운에 깜빡 잠이 들려하던 그는 화닥닥 깨면서 또 말했다.

"십 년 동안에 되게 파랬구나."

"형님, 나두 변했거니와 형님두 몹시 늙으셨쉐다!"

이 말을 꿈결같이 들으면서 그는 또 혼혼히 잠이 들었다. 그리하여 두어 시간 꿀보다도 단 잠을 잔 뒤에 깨어보니 아까 같이 새빨간 불은 피어 있지만, 아우는 어디로 갔는지 없어졌다. 곁의 사람에게 물어 보니까, 아까 아우는 형의 얼굴을 물끄러미 한참 들여다보고 있다가 새빨간 불빛을 등으로 받으면서 터벅터벅 아무 말 없이 어둠 가운데로 스러졌다 한다.

이튿날 아무리 알아보아야 그의 아우는 종적이 없어지고 알 수 없으므로 그는 하릴없이 다른 배를 얻어 타고 또 물길을 나섰다. 그리하여 그의 배가 해주에 이르렀을 때, 그는 해주 장에 들어가서 무엇을 사려다가 저편 맞은편 가게에 얼핏 그의 아우 같은 사람이 있으므로 뛰어가서 보니 그는 벌써 없어졌다. 배가 해주에는 오래 머물지 않으므로 그는 마음은 해주에 남겨 두고, 또다시 바닷길을 떠났다.

그 뒤에 삼 년을 이리저리 돌아다녔어도 아우는 다시 볼 수가 없었다.

그리하여 삼 년을 지나서 지금부터 육 년 전에, 그의 탄 배가 강화도를 지날 때에, 바다를 행한 가파로운 뫼 켠에서 바다를 향하여 날아오는 배따라기를 들었다. 그것도 어떤 구절과 곡조는 그의 아우 특식으로 변경된 ― 그의 아우가 아니면 부를 사람이 없는 그 '배따라기' 였다.

배가 강화도에는 머무르지 않아서 그저 지나갔으나, 인천서 열흘쯤 머무르게 되었으므로, 그는 곧 내려서 강화도로 건너가 보았다. 거기서 이리저리 찾아다니다가 어떤 조그만 객주집에서 물어보니, 이름도 그의 아우요 생긴 모양도 그의 아우인 사람이 묵어 있기는 하였으나, 사나흘 전에 도로 인천으로 갔다 한다. 그는 곧 돌아서서 인천으로 건너와서 찾아보았지만, 그 조그만 인천서도 그의 아우를 찾을 바가 없었다.

그 뒤에 눈 오고 비 오며 육 년이 지났지만, 그는 다시 아우를 만나 보지 못하고 아우의 생사까지도 알 수가 없었다.

말을 끝낸 그의 눈에는 저녁해에 반사하여 몇 방울의 눈물이 반짝인다.

나는 한참 있다가 겨우 물었다—.

"노형 계수는?"

"모르디오. 이십 년을 영유는 안 가봤으니깐요."

"노형은 이제 어디루 갈 테요?"

"것두 모르디요. 정처가 있나요. 바람 부는 대루 몰려댕기디요."

그는 다시 한 번 나를 위하여 배따라기를 불렀다. 아아, 그 속에 잠겨 있는 삭이지 못할 뉘우침, 바다에 대한 애처로운 그리움.

노래를 끝낸 다음에 그는 일어서서 시뻘건 저녁해를 잔뜩 등으로 받고, 을밀대로 향하여 더벅더벅 걸어갔다. 나는 그를 말릴 힘이 없어서 눈이 멀거니 그의 등만 바라보고 앉아 있었다.

그날 밤, 집에 돌아와서도 그 배따라기와 그의 숙명적 경험담이 귀에 쟁쟁히 울리어 잠을 못 이루고, 이튿날 아침 깨어서 조반도 안 먹고 기자묘로 뛰어가서 또다시 그를 찾아보았다. 그가 어제 깔고 앉았던 풀은 모두 한편으로 누워서 그가 다녀감을 기념하되, 그는 그 근처에 보이지 않았다. 그러나—그러나 배따라기는 어디선가 쟁쟁히 울리어서 모든 소나무들을 떨리지 않고는 안 두겠다는 듯이 날아온다.

"모란봉이다. 모란봉에 있다."

하고 나는 한숨에 모란봉으로 뛰어갔다. 모란봉에는 사람이 하나도 없다. 부벽루에도 없다.

"을밀대다."

하고 나는 다시 을밀대로 갔다. 을밀대에서 부벽루를 연한, 지옥까지 연한 듯한 골짜기에 물 한 방울도 안 새이리라고 빽빽이 난 소나무의 그 모든 잎잎은 떨리는 배따라기를 부르고 있지만, 그는 여기도 있지 않다. 기자묘의 하늘을 향하여 퍼져 나간 그 모든 소나무의 천만의 잎잎도, 그 아래쪽 퍼진 천만의 풀들도 모두 그 배따라기를 슬프게 부르고 있지만, 그는 이 조그만 모란봉 일대에서 찾을 수가 없었다.

강가에 나가서 알아보니 그의 배는 오늘 새벽에 떠났다 한다. 그 뒤에, 여름과 가을이 가고 일 년이 지나서 다시 봄이 이르렀으되, 잠깐 평양을 다녀간 그는 그 숙명적 경험담과 슬픈 배따라기를 남겨 두었을 뿐, 다시 조그만 모란봉에 나타나지 않는다.

모란봉과 기자묘에 다시 봄이 이르러서, 작년에 그가 깔고 앉아서 부러졌던 풀들도 다시 곧게 대가 나서 자줏빛 꽃이 피려 하지만, 끝없는 뉘우침을 다만 한낱 '배따라기'로 하소연하는 그는 이 조그만 모란봉과 기자묘에서 다시 볼 수가 없었다. 다만 그가 남기고 간 '배따라기'만 추억하는 듯이 기념하는 듯이 모든 잎잎이 속삭이고 있을 따름이다.

1921년

'화개장터' 의 냇물은 길과 함께 흘러서 세 갈래로 나 있었다. 한 줄기는 전라도 땅 구례(求禮) 쪽에서 오고 한 줄기는 경상도 쪽 화개협(花開峽)에서 흘러내려, 여기서 합쳐서, 푸른 산과 검은 고목 그림자를 거꾸로 비추인 채, 호수같이 조용히 돌아, 경상 전라 양도의 경계를 그어주며, 다시 남으로 남으로 흘러내리는 것이, 섬진강(蟾津江) 본류(本流)였다.

하동(河東), 구례, 쌍계사(雙磎寺)의 세 갈래 길목이라 오고 가는 나그네로 하여, '화개장터' 엔 장날이 아니라도 언제나 흥성거리는 날이 많았다. 지리산(智異山) 들어가는 길이 고래로 허다하지만, 쌍계사 세이암(洗耳岩)의, 화개협 시오 리를 끼고 앉은 '화개장터' 의 이름이 높았다. 경상 전라 양도 접경이 한두 군데일 리 없지만 또한 이 '화개장터' 를 두고 일렀다. 장날이면 지리산 화전민(火田民)들의 더덕, 도라지, 두릅, 고사리들이 화갯골에서 내려오고 전라도 황아 장수들의 실, 바늘, 면경, 가위, 허리끈, 주머니끈, 족집게, 골백분 들이 또한 구렛길에서 넘어오고, 하동길에서는 섬진강 하류의 해물 장수들이 김, 미역, 청각, 명태, 자반 조기, 자반 고등어 들이 올라오곤 하여 산협(山峽)치고는 꽤 은성한 장이 서는 것이기도 했으나, 그러나 '화개장터' 의 이름은 장으로 하여서만 있는 것이 아니었다.

장이 서지 않는 날일지라도 인근 고을 사람들에게 그곳이 그렇게 언제나 그리운 것은, 장터 위에서 화갯골로 뻗쳐 앉은 주막마다 유달리 맑고 시원한 막걸리와 펄펄 살아 뛰는 물고기의 회를 먹을 수 있기 때문인지도 몰랐다. 주막 앞에 늘어선 능수버들 가지 사이사이로 사철 흘러나오는 그 한(恨) 많고 멋들어진 '춘향가' 판소리 육자배기들이 있기 때문인지도 몰랐다. 게다가 가끔 전라도 지방에서 꾸며 나오는 남사당 여사당 협률(協律) 창극 신파 광대들이 마지막 연습 겸 첫 공연으로 여기서 으레 재주와 신명을 떨고서야 경상도로 넘어간다는 한갓 관습과 전례가 '화개장터'의 이름을 더욱 높이고 그립게 하는 것인지도 몰랐다.

가운데도 옥화(玉花)네 주막은 술맛이 유달리 좋고, 값이 싸고 안주인 — 즉 옥화 — 의 인심이 후하다 하여 화개장터에서는 가장 이름이 들난 주막이었다. 얼마 전에 그 어머니가 죽고 총각 아들 하나와 단 두 식구만으로 안주인 옥화가 돌아올 길 망연한 남편을 기다리며 살아간다는 것이라 하여 그들은 더욱 호의와 동정을 기울이는 것인지도 몰랐다. 혹 노자가 딸린다거나 행장이 불비할 때 그들은 으레 옥화네 주막을 찾았다.

"나 이번에 경상도서 돌아올 때 함께 회계하지라오."

그들은 예사로 이렇게들 말하곤 하였다.

늘어진 버들가지가 강물에 씻기고, 저녁놀에 은어가 번득이고 하는 여름철 석양 무렵이었다.

나이 예순도 훨씬 더 넘어 뵈는 늙은 체 장수 하나가, 쳇바퀴와 바닥감들을 어깨에 걸머진 채 손에는 지팡이와 부채를 들고 옥화네 주막을 찾아왔다. 바로 그 뒤에는 나이 열대여섯 살쯤 나 뵈는 몸매가 호리호리한 소녀 하나가 조그만 보따리를 옆에 끼고 서 있었다. 그들은 무척 피곤해 보였다.

"저 큰애기까지 두 분입니까?"

옥화는 노인보다 '큰애기'의 얼굴을 바라보며 이렇게 물었다. 노인은 조용히 고개를 끄덕였다.

그날 밤 저녁상을 물린 뒤 노인은 옥화에게 인사를 청했다. 살기는 구례에 사는

데 이번엔 경상도 쪽으로 벌이를 떠나온 길이라 하였다. 본시 여수(麗水)가 고향인데 젊어서 친구를 따라 한때 구례에 와서도 살다가, 그 뒤 목포로 광주로 전전하였고, 나중 진도(珍島)로 건너가 거기서 열일여덟 해 사는 동안 그만 머리털까지 세어져서는, 그래 몇 해 전부터 도로 구례에 돌아와 사는 것이라 하였다. 그렇지만 저런 큰애기를 데리고 어떻게 다니느냐고 옥화가 묻는 말에 그러잖아도 이번에는 죽을 때까지 아무 데도 떠나지 않으려고 했던 것인데, 떠나지 않고는 두 식구가 가만히 앉아서 굶을 판이라 할 수 없었던 것이라 하였다.

"그럼, 저 큰애기는 할아부지 딸입니까?"

옥화는 '남폿불' 그림자가 반쯤 비낀 바람벽 구석에 붙어 앉아 가끔 그 환한 두 눈을 떠서 이쪽을 바라보곤 하는 소녀의 동그스름한 어깨를 바라보며 이렇게 물었다.

노인은 또 고개를 끄덕였다. 그리 평생 객지로만 돌아다니고 나니 이제 고향 삼아 돌아온 곳〔求禮〕이래야 또한 객지라 그들 아비 딸이 어디다 힘을 입고 살아가야 할는지 아무 데도 의탁할 곳이 없다고 그들의 외로운 신세를 한탄도 했다.

"나도 젊었을 때는 노는 것을 좋아했지라오. 동무들과 광대도 꾸며 갖고 댕겨 봤는디, 젊어서 한 번 바람들어 농게 평생 못 잡기 마련이랑께……. 그것이 스물네 살 때 정초닝께 꼭 서른여섯 해 전일 것이여, 바로 이 장터에서도 하룻밤 논 일이 있었지라오."

노인은 조용히 추억의 실마리를 더듬는 듯, 방 안을 두리번거리며 살펴보곤 하는 것이었다.

"어이유! 참 오래 전일세!"

옥화는 자못 놀라운 시늉이었다.

이튿날은 비가 왔다.

화개장날만 책전을 펴는 성기(性騏)는 내일 장 볼 준비도 할 겸 하루를 앞두고 절에서 마을로 내려오고 있었다.

쌍계사에서 화개장터까지 시오 리가 좋은 길이라 해도, 굽이굽이 벌어진 물과 돌과 산협의 장려한 풍경이 언제보다 그에게 길멀미를 내지 않게 하였다.

처음엔 글을 배우러 간다고 할머니에게 손목을 끌리다시피 하여 간 곳이 절이었고, 그 다음엔 손위 동무들의 사랑에 끌려다니다시피쯤 하여 왔지만 이즘 와서는 매일같이 듣는 북 소리, 목탁 소리 그리고 그 경을 치게 희맑은 은행나무, 염주나무〔菩提樹〕 이런 것까지 모두 싫증이 났다.

당초부터 어디로 훨훨 가보고나 싶던 것이 소망이었지만, 그러나 어디로 간다는 건 말만 들어도 당장에 두 눈이 시뻘개져서 역정을 내는 어머니였다.

"서방이 있나, 일가친척이 있나, 너 하나만 믿고 사는 이년의 팔자에 너조차 밤낮 어디로 간다고만 하니 난 누굴 믿고 사냐?"

어머니의 넋두리는 인제 귀에 못이 박일 정도였다.

이러한 어머니보다도 차라리, 열 살 때부터 절에 보내어 중질을 시켰으니, 인제 역마살(驛馬煞)도 거진 다 풀려갈 것이라고 은근히 마음을 느꾸시는 편이던 할머니는, 그러나 갑자기 세상을 떠나 버렸다. 당사주(唐四柱)라면 다시는 더 사족을 못 쓰던 할머니는, 성기가 세 살 났을 때 보인 그의 사주에 시천역(時天驛)이 들었다 하여 한때는 얼마나 낙담을 했던 것인지 모른다. 하동 산다는 그 키가 나지막한 명주 치마저고리를 입은 할머니가 혹시 갑자을축을 잘못 짚지나 않았나 하여, 큰절(쌍계사를 가리킴)에 있는 어느 노장에게도 가 물어보고, 지리산 속에서 도를 닦아 나온다던 어떤 키 큰 영감에게도 다시 뵈어봤지만 시천역엔 조금도 요동이 없었다.

"천성 제 애비 팔자를 따라갈려는 게지."

할머니가 어머니를 좀 비꼬아 하는 말이었으나 거기 깊은 원망이 든 것도 아니었다. 그러나 이런 말엔 각별나게 신경을 쓰는 옥화는,

"부모 안 닮는 자식 없단다. 근본은 다 엄마 탓이지."

도리어 어머니에게 오금을 박고 들었다.

"이년아, 에미한테 너무 오금 박지 마라. 남사당을 붙었음, 너를 버리고 내가 그 놈을 찾아갔냐, 너더러 찾아달라 성화를 댔냐?"

그러나 서른여섯 해 전에 꼭 하룻밤 놀다 갔다는 젊은 남사당의 진양조 가락에 반하여 옥화를 배게 된 할머니나, 구름같이 떠돌아다니는 중과 인연을 맺어 성기를 가지게 된 옥화나 다 같이 '화개장터' 주막에 태어났던 그녀들로서는 별로 누구를 원망할 턱도 없는 어미 딸이었다. 성기에게 역마살이 든 것은 어머니가 중 서방을 정한 탓이요, 어머니가 중 서방을 정한 것은 할머니가 남사당에게 반했던 때문이라면 성기의 역마운도 결국은 할머니가 장본이라, 이에 할머니는 성기에게 중질을 시켜서 살을 때우려고도 서둘러 보았던 것이고, 중질에서 못다 푼 살을, 이번에는 옥화가 그에게 책장사라도 시켜서 풀어 보려는 속셈인 것이었다. 성기로서도 불경(佛經)보다는 암만해도 이야기책에 끌리는 눈치요, 중질보다는 차라리 장사라도 해보고 싶다는 소청이기도 하여, 그러나 옥화는 꼭 화개장만 보이기로 다짐까지 받은 뒤, 그에게 책전을 내주기로 했던 것이었다.

성기가 마루 앞 축대 위에 올라서는 것을 보자 옥화는 놀란 듯이 자리에서 일어나 앉으며,

"더운데 왜 인저사 내려오냐?"

곁에 있던 수건과 부채를 집어 그에게 주었다.

지금까지 옥화에게 이야기책을 읽어 들려주고 있은 듯한 낯선 계집애는, 책 읽던 것을 멈추고 얼굴을 들어 성기를 바라보았다. 갸름한 얼굴에 흰자위 검은자위가 꽃같이 선연한 두 눈이었다. 순간, 성기는 가슴이 찌르르하며 갑자기 생기 띤 눈으로 집 앞에 늘어선 버들가지를 바라보았다.

얼마 뒤, 계집애는 안으로 들어가고 옥화는 성기의 점심상을 차려 들고 나와서,

"체 장수 딸이다."

하였다. 어머니도 즐거운 얼굴이었다.

"체 장수라니?"

성기는 밥상을 받은 채, 그러나 얼른 숟가락을 들지도 않고, 그의 어머니의 얼굴을 쳐다보았다.

"구례 산다더라. 이번에 어쩌면 하동으로 해서 진주 쪽으로 나가 볼 참이라는데 어제 저녁에 화갯골로 들어갔다."

그리고 저 딸아이는 그 체 장수의 무남독녀인데 영감이 화갯골 쪽으로 들어갔다 나와서, 하동 쪽으로 나갈 때 데리고 가겠다고, 하도 간청을 하기에 그 동안 좀 맡아 있어주기로 했다면서, 옥화는 성기의 눈치를 살피듯 그의 얼굴을 물끄러미 바라보았다.

"화갯골에서는 며칠이나 있겠다던고?"

"들어가 보고 재미나면 지리산 쪽으로 깊이 들어가 볼 눈치더라."

그리고 나서, 옥화는 또,

"그래도 그런 사람의 딸같이는 안 뵈지?"

하였다. 계연(契姸)이란 이름이었다.

성기는 잠자코 밥숟가락을 들었다. 그러나 밥은 반도 먹지 않고, 상을 물려 버렸다.

이튿날 성기가 책전에 있으려니까, 그 체 장수 딸이 그의 점심을 이고 왔다. 집에서 장터까지래야 소리 지르면 들릴 만한 거리였지만, 그래도 전날 늘 이고 다니던 '상돌 엄마' 가 있을 터인데 이렇게 벌써 처녀티가 나는 남의 큰애기더러 이런 사환을 시켜 미안하단 생각이 들었다. 그러나 정작 그녀 쪽에서는 그러한 빛도 없이, 그 꽃

송이같이 화안한 두 눈에 웃음까지 담은 채, 그의 앞에 밥함지를 공손스레 놓고는, 떡과 엿과 참외들을 팔고 있는 음식전 쪽으로 곧장 눈을 팔고 있었다.

"상돌 엄만 어디 갔는디?"

성기는 계연의 그 아리따운 두 눈에서 훙건한 즐거움을 가슴으로 깨달으며, 그러나 고개는 엉뚱한 방향으로 돌린 채, 차라리 거친 음성으로 이렇게 물었다.

"손님이 마루에 가뜩 찼는디 상돌 엄마가 혼자서 바삐 서두닝께 어머니가 지더러 갖고 가라 히어요."

그 동안 거의 입을 열어 말하는 일이 없었던 계연은, 성기가 묻는 말에, 의외로 생경한 전라도 쪽 토음(土音)으로 이렇게 말했다. 그 가냘프고 갸름한 어깨와 목 하며, 어디서 그렇게 힘차고 괄괄한 음성이 울려 나오는 것인지 알 수가 없었다. 한 줌이나 될 듯한 가느다란 허리와 호리호리한 몸매에 비하여 발달된 팔다리와 토실토실한 두 손등과 조그맣게 도톰한 입술을 가진 탓인지도 몰랐다.

"계연아, 오빠 세숫물 놔드려라."

이튿날 아침에도 옥화는 상돌 엄마를 부엌에 둔 채 역시 계연에게 성기의 시중을 들게 하였다. 세숫물을 놓는 일뿐 아니라 숭늉 그릇을 들고 다니는 것이나 밥상을 차려오는 것이나 수건을 찾아주는 것이나 성기에 따른 시중은 모조리 그녀로 하여금 들게 하였다. 그러고는,

"아이가 맘이 컴컴치 않고, 인정이 있고 얄미운 데가 없어."

옥화는 자랑삼아 이런 말도 하였다.

"즈이 아버지는 웬일인지 반억지 비슷하게 거저 곧장 나만 믿겠다고, 아주 양딸처럼 나한테다 맡기구 싶은 눈치더라만……."

옥화는 잠깐 말을 끊어서 성기의 낯빛을 살피고 나서 다시,

"그래, 너한테도 말을 들어봐야겠고 해서 거저 대강 들을 만하고 있었잖냐…….

언제 한번 데리고 가서 칠불(七佛) 구경이나 시켜줘라."

하는 것이, 흡사 성기의 동의를 구하는 모양 같기도 하였다.

그러고 나서 옥화는 계연의 말을 옮겨, 구례 있는 저의 집이래야 구례읍에서 외따로 떨어진 무슨 산기슭 밑에 이웃도 없이 있는 오막살인가 보더라고도 하였다.

"그럼 살림은 어쩌고 나왔을까?"

"살림이래야 그까짓 거 머 방문에 자물쇠 채워 두었으면 그만 아냐, 허지만 그보다도 나그넷길에 데리고 나선 계연이가 걱정이지."

이러한 옥화의 말투로 보아서는 체 장수 영감이 화갯골에서 나오는 대로 계연을 아주 양딸로 정해 둘 생각인 듯이도 보였다. 다만 성기가 꺼릴까 보아 이것만을 저어하는 눈치 같았다. 지금까지 몇 번이나 옥화는 성기더러 장가를 들라고 권했으나 그는 응치 않았고, 집에 술 파는 색시를 몇 차례나 두어도 보았지만 색시 쪽에서 간혹 성기에게 말썽을 내인 적은 있어도 성기가 색시에게 그러한 마음을 두는 일은 한 번도 있은 적이 없어, 이러한 일들로 해서, 이번에도 옥화는 그녀로 하여금 성기의 미움이나 받지 않게 할 양으로 그녀의 좋은 점만 이야기하는 듯한 눈치 같기도 하였다.

아랫집 실과 가게에서 성기가 짚신 한 켤레를 사들고 오려니까 옥화는 비죽이 웃는 얼굴로 막걸리 한 사발을 그에게 떠주며,

"오늘 날씨가 너무 덥잖냐?"

고 하였다. 술 거를 때 누구에게나 맛뵈기 떠주기를 잘하는 옥화였다. 계연이는 방에서 옷을 갈아입고 있었다.

"계연아, 너도 빨리 나와, 목마를 텐데 미리 좀 마시고 가거라."

옥화는 방을 향해서도 이렇게 소리를 질렀다.

항라적삼에 가는 삼베치마를 갈아입고 나오는 계연은 그 선연한 두 눈의 흰자위

검은자위로 인하여 물에 어린 한 송이 연꽃이 떠오는 듯하였다.

"꼭 스무 해 전에 내가 입었던 거다."

옥화는 유감(有感)한 듯이 계연의 옷맵시를 살펴주며 말했다.

"어제 꺼내서 품을 좀 줄여 놨더니만 청승스리 맞는고나, 보기보단 품을 여간 많이 입잖는다, 이 앤……. 자, 얼른 마셔라, 오빠 있음 무슨 내외할 사이냐?"

그러자 계연은 웃는 얼굴로 술잔을 받아 들고 방으로 들어가 마시고 나오는 모양이었다.

성기는 먼저 수양버드나무 밑에 와서 새 신발에 물을 축이었다. 계연이도 곧 뒤를 따라나섰다. 어저께 성기가 칠불암(七佛庵)까지 책값 수금관계로 좀 다녀올 일이 있다고 했더니, 옥화가 그러면 계연이도 며칠 전부터 산나물을 캐러 간다고 벼르는 중이고, 또 칠불암 구경은 어차피 한번 시켜주어야 할 게고 하니, 이왕이면 좀 데리고 가잖겠느냐고 하였다.

성기는 가슴도 좀 뛰고, 그래서, 나물을 내가 어떻게 아느냐고, 싫다고 했더니 너더러 누가 나물까지 캐라느냐고, 앞에서 길만 끌어주면 되잖느냐고 우기어, 기승한 어머니에게 성기는 더 항변을 못하고 말았던 것이다.

성기는 처음부터 큰길을 버리고, 사람이 잘 다니지 않는, 수풀 속 산길을 돌아가기로 하였다. 원체가 지리산 밑이요, 또 나뭇길도 본디부터 똑똑히 나 있지 않는 곳이라, 어려서부터 자라난 고장이라곤 하지만 울울한 수풀 속에서 성기는 몇 번이나 길을 잃은 채 헤매곤 하였다.

쳐다보면 위로는 하늘을 찌를 듯한 높은 산봉우리요, 내려다보면 발 아래는 바다 같이 뿌우연 수풀뿐, 그 위에 흰 햇살만 물줄기처럼 내리퍼붓고 있었다. 머루, 다래, 으름은 이제 겨우 파랗게 메아리져 있고, 가지마다 새빨간 복분자(나무딸기), 오디(산뽕나무의 열매)는 오히려 철이 겨운 듯 한머리 까맣게 먹물이 돌았다.

성기는 제 손으로 다듬은 퍼런 아가위나무 가지로 앞에서 칡덩굴을 헤쳐가며 가고 있는데, 계연은 뒤에서 두릅을 꺾는다, 딸기를 딴다, 하며 자꾸 혼자 처지곤 하였다.

"빨리 오잖고 뭘 하나?"

성기가 걸음을 멈추고 서서 나무라면 계연은 딸기를 따다 말고, 두릅을 꺾다 말고, 그 조그맣고 도톰한 입술을 꼭 다물고는 뛰어오는 것인데, 한참만 가다 보면 또 뒤에 떨어지곤 하였다.

"아이고머니 어쩔 거나!"

갑자기 뒤에서 계연이가 소리를 질렀다. 돌아다보니 떡갈나무 위에서, 가지에 치맛자락이 걸려 있다. 하필 떡갈나무에는 뭣 하러 올라갔을까고, 곁에 가 쳐다보니, 계연의 손이 닿을 만한 위치에 그 아래쪽 딸기나무 가지가 넘어와 있다. 딸기나무에는 가시가 있고 또 비탈에 서 있어 올라갈 수가 없으니까, 그 딸기나무와 가지가 서로 얽힌 떡갈나무 쪽으로 올라간 모양이었다. 몸을 구부려 손으로 치맛자락을 벗기려면 간신히 잡고 서 있는 윗가지에서 손을 놓아야 하겠고, 손을 놓았다가는 당장 나무에서 떨어질 형편이다. 나무 아래서 쳐다보니 활짝 걷어 올려진 베치마 속에 정강마루까지를 채 가리지 못한 짤막한 베고의가 훤한 햇살을 받아 그 안의 뽀오얀 것을 그대로 보여주고 있었다.

성기는 짚고 있던 생나무 지팡이로 치맛자락을 벗겨주려 하였으나, 지팡이가 짧아서 그렇겠지만 제 자신도 모르게, 지팡이 끝은 계연의 그 발가스레하고 매초롬한 종아리만을 자꾸 건드리고 있었다.

"아이 싫어! 나무에서 떨어진당께!"

계연은 소리를 질렀다. 게다가 마침 다람쥐란 놈까지 한 마리 다래 넌출 위로 타고 와서, 지금 막 계연이가 잡고 서 있는 떡갈나무 가지 위로 건너뛰려 하고 있다.

"아 곧 떨어진당께! 그 막대로 저 다램이나 때려 줬음 쓰겠는디."

계연은 배 아래를 거진 햇살에 훤히 드러내인 채 있으면서도 다래 넌출 위에서 이쪽을 건너다보고 그 요망스런 턱주가리를 쫑긋거리고 있는 다람쥐가 더 안타까운 모양으로 또 이렇게 소리를 질렀다.

"요놈의 다램이가……."

성기는 같은 나무 밑둥치에까지 올라가서야 겨우 계연의 치맛자락을 벗겨주고, 그러고는 막대로 다시 조금 전에 다람쥐가 앉아 있던 다래 넌출도 한 번 툭 쳤다. 이 소리에 놀랐는지 산비둘기 몇 마리가 푸드득하고 아래쪽 머루 넌출 위로 날아갔다.

"샘물이 있어야 쓰겄는디."

계연은 치맛자락을 걷어올려 이마의 땀을 씻으며 이렇게 말했다.

모롱이를 돌아 새로운 산줄기를 탈 때마다 연방 더 우악스런 멧부리요, 어두운 수풀을 지나 환하게 열린 하늘을 내다볼 때마다 바다같이 질펀한 골짜기에 차 있느니 머루, 다래 넌출이오, 딸기, 칡의 햇덩굴이다. 산속으로 들어갈수록 여기저기서 난장판으로 뻐꾸기들은 울고, 이따금씩 낄낄거리고 골을 건너 날아가는 꿩 울음소리마저 야지의 가을 벌레 소리 듣는 듯 신산을 더했다.

해는 거진 하늘 한가운데를 돌아 바야흐로 머리에 불을 끼얹고, 어두운 숲 그늘 속에는 해삼 같은 시꺼먼 달팽이들이 허연 진물을 토한 채 땅에 붙어 늘어졌다.

햇살이 따갑고, 땀이 흐르고, 목이 마를수록 성기 들은 자꾸 넌출 속으로만 들짐승들처럼 파묻히었다. 나무딸기, 덤불딸기, 산복숭아, 아가위, 오디, 손에 닿는 대로 따서 연방 입에 가져가지만 입에 넣으면 눈 녹듯 녹아질 뿐, 떨적지근한 침을 삼키면 그만이었다. 간혹 이에 걸린다는 것이 아직 익지 않은 산복숭아, 아가위 따위인데, 딸기 녹은 침물로는 그 쓰고 떫은 것마저 사양 없이 씹어 넘겨졌다. 처음엔 입술이 먼저 거멓게 열매 물이 들었고 나중엔 온 볼에까지 묻었다. 먹을수록 목이 마른 딸기를 계연은 그 새파란 산복숭아서껀, 둥그런 칡잎으로 하나 가득 따서 성기에게 주었다. 성기는 두 손바닥 위에다 그것을 받아서는 고개를 수그려 물을 먹듯 입을 대어 먹었다. 먹고 난 칡잎은 아무렇게나 넌출 위로 던져 버린 채 칡 넌출이 담뿍 감겨 있는 다래 덩굴 위에 비스듬히 등을 대고 누웠다.

계연은 두 번째 또 칡잎의 것을 성기에게 주었다. 성기는 성가신 듯이 그냥 비스듬히 누운 채 그것을 그대로 입에 들이부어 한입 가득 물고는 나머지를 그냥 넌출 위로 던졌다. 그리고 그는 곧 코를 골기 시작하였다.

세 번째 칡잎에다 딸기알 머루알을 골라 놓은 계연은 그러나 성기가 어느덧 잠이 들어 있음을 보자 아까 성기가 하듯 하여 이번엔 제가 먹어 치웠다.

"참 잘도 잔당께."

계연은 혼잣말로 중얼거리며 자기도 다래 덩굴에 등을 대고 비스듬히 드러누워 보았으나 곧 재채기가 났다. 목이 몹시 말랐다. 배도 고팠다.

갑자기 뻐꾸기 소리가 무서워졌다.

"덩굴 속에는 샘물이 없는가?"

계연은 덩굴을 헤치고 한참 들어가다 문득 모과나무 가지에 이리저리 얽히고 주렁주렁 열린 으름 덩굴을 발견하였다.

"이것이 익어 있음 쓰겠는디."

계연은 이렇게 중얼거리며 아직도 파아란 오이를 만지듯 딴딴하고 우들우들한 으름을 제일 큰 놈으로만 세 개를 골라 따 쥐었다. 그리하여 한나절 동안 무슨 열매든지 손에 닿는 대로 마구 따 입에 넣곤 하던 버릇으로 부지중 입에 가져가 한 번 덥석 물어 떼었더니 이내 비릿하고 떫직스레한 풀 같은 것이 입에 하나 가득 끼었다.

"아, 풋내 나!"

계연은 입 안의 것을 뱉고 나서 성기 곁으로 갔다. 해는 벌써 점심때도 겨운 듯 갈증과 함께 시장기도 들었다.

"일어나 샘물 찾아 가장께."

계연은 성기의 어깨를 흔들었다.

성기는 눈을 떴다.

계연은 당황하여, 쥐고 있던 새파란 으름 두 개를 성기의 코끝에 내어밀었다. 성기는 몸을 일으켜 그녀의 둥그스름한 어깨와 목덜미를 껴안았다. 그리고는 입술이 포개졌다.

그녀의 조그맣고 도톰한 입술에서는 한나절 먹은 딸기, 오디, 산복숭아, 으름 들의 달짝지근한 풋내와 함께, 황토흙을 찌는 듯한 향긋하고 고소한 고기〔肉〕 냄새가 느껴졌다.

까악까악하고 난데없는 까마귀 한 마리가 그들의 머리 위로 울며 날아갔다.

"칠불은 아직 멀지라?"

계연은 다래 덩굴에 걸어 두었던 점심을 벗겨 들었다.

화갯골로 들어간 체 장수 영감은 보름이 넘도록 돌아오지 않았다. 떠날 때 한 말도 있고 하니 지리산 속으로 아주 들어간 모양이라고, 옥화와 계연은 생각하고 있었다.

"산중에서 아주 여름을 내시는갑네."

옥화는 가끔 이런 말도 하였다. 그리고 그들은 끈기 있게 이야기책을 들고 앉곤 하였다. 계연의 약간 구성진 전라도 지방 토음은 날이 갈수록 점점 더 맑고 처량한 노랫조를 띠어왔다.

그 동안 옥화와 계연의 사이에 생긴 새로운 사실이 있다면, 옥화가 계연의 왼쪽 귓바퀴 위에 있는 조그만 사마귀 한 개를 발견한 것쯤이었다.

어느 날 아침, 그녀의 머리를 빗어 땋아주고 있던 옥화는 갑자기 정신을 잃은 사람처럼 참빗 쥔 손을 부들부들 떨고 있었다.

"어머니, 왜 그리여?"

계연이 놀라 물었으나 옥화는 그녀의 두 눈만 멀거니 바라보고 있을 따름 말이 없었다.

"어머니, 왜 그러시여."

계연이 또 한 번 물었을 때, 옥화는 겨우 정신이 돌아오는 듯, 긴 한숨을 내쉬며,

"아무것도 아니다."

하고 다시 빗질을 시작하는 것이었다.

계연은 속으로 이상한 생각이 들었으나 아무것도 아니라는 옥화에게 다시 더 캐어물을 도리도 없었다.

이튿날 옥화는 악양(岳陽)에 볼일이 좀 있어 다녀오겠노라면서 아침 일찍이 머리를 빗고 떠났다. 성기는 큰방에서 낮잠을 자고 있었다. 소나기가 왔다. 계연이가 밖에서 빨래를 걷어 안고 들어오면서,

"어쩔 거나, 어머니 비 만나시겄는디!"

하였다. 그녀의 치맛자락은 바깥의 신선한 비바람을 묻혀다 성기의 자는 낯을 스쳐주었다. 성기는 눈을 뜨는 결로 손을 뻗쳐 그녀의 치맛자락을 거머잡았다. 그녀는 빨래를 안은 채 고개를 홱 돌이켜 성기의 얼굴을 가만히 바라보았다. 그녀의 두 볼에 바야흐로 조그만 보조개가 패이려 할 때, 밖에서 인기척이 났다.

"어머니 옷 다 젖겄는디!"

또 한 번 이렇게 말하며, 계연은 마루로 나갔다. 성기는 어느덧 또 코를 골기 시작하였다.

성기가 다시 잠이 깨었을 때는, 손님들이 마루에서 막걸리를 마시고 있었다. 계연은 그들의 치다꺼리를 해주고 있는 모양으로 부엌에서,

"명태랑 풋고추밖엔 안주가 없는디!"

하고 소리가 났다.

나중 손님들이 돌아간 뒤, 성기는 그녀더러,

"어머니 없을 땐 손님 받지 말라고."

약간 볼멘소리로 이런 말을 하였다.

"허지만 오늘 해 넘김, 이 술은 시어질 것인디, 그냥 두면 어머니 오셔서 화내시지 않을 것이오?"

계연은 성기에게 타이르듯이 이렇게 말했다. 조금 뒤 그녀는 다시 웃는 낯으로 성기 곁에 다가서며,

"오빠, 날 면경 하나만 사주시오. 똥그란 놈이 꼭 한 개만 있었음 쓰겄는디."

하였다. 이튿날이 마침 장날이라 성기는 점심을 가지고 온 그녀에게 미리 사두었던 조그만 면경 하나와 찰떡을 꺼내주었다.

"아이고머니!"

면경과 찰떡을 보자, 계연은 놀란 듯이 소리를 질렀다. 그녀는 그 꽃 같은 두 눈에 웃음을 담뿍 담은 채 몇 번이나 면경을 들여다보곤 하더니, 그것을 품속에 넣고는 성기가 점심을 먹고 있는 곁에 돌아앉아 어느덧 짝짝 소리까지 내며 찰떡을 먹고 있었다.

성기는 남이 보지 않게 전 앞에 사람 그림자가 얼씬할 때마다 자기의 몸을 이리저리 움직여서 그것을 가리어 주었다. 딴은 떡뿐 아니라 참외고 복숭아고 엿이고 유과고 일체 군것을 유달리 좋아하는 그녀의 성미인 듯하였다. 집 앞으로 혹 참외 장수나 엿장수가 지나가는 것을 보면 계연은 골무를 깁거나 바늘겨레를 붙이다 말고 뛰어 일어나 그것들이 시야에서 사라질 때까지 멀거니 바라보며 섰곤 하였다.

한 번은 성기가 절에서 내려오려니까, 어머니는 어디 갔는지 눈에 띄지 않고, 그녀만이 마루 끝에 걸터앉은 채 이웃 주막의 놈팡이 하나와 더불어 함께 참외를 먹고 있었다. 성기를 보자 좀 무안스러운 듯이 얼굴을 약간 붉히며 곧 일어나 반가운 표정

을 지어 보였다.

"아, 오빠!"

"……"

그러나 성기는 그러한 그녀를 거들떠도 보지 않고 그대로 자기의 방으로만 들어가 버렸다. 계연은 먹던 참외도 마루 끝에 놓은 채 두 눈이 휘둥그래서 성기의 뒤를 따라왔다.

"오빠 왜?"

"……"

"응, 왜 그리여?"

"……"

그러나 성기는 아무런 대꾸도 없었다. 그녀가 두 팔을 성기의 어깨 위에 얹어 그의 목을 껴안으려 했을 때, 성기는 맹렬히 몸을 뒤틀어 그녀의 팔을 뿌리치고는 돌연히 미친 것처럼 뛰어들어 따귀를 때리기 시작하였다.

처음 그녀는,

"오빠, 오빠!"

하고 찡그린 얼굴로 성기를 쳐다보며 두 손을 내밀어 그의 매질을 막으려 하였으나, 두 차례 세 차례 철썩철썩하고, 그의 손이 그녀의 얼굴에 와 닿자 방구석에 가 얼굴을 쿡 처박은 채 얼마든지 그의 매질에 몸을 맡기듯이 하고 있었다.

이튿날 장에 점심을 가지고 온 계연은 그 작고 도톰한 입술을 꼭 다문 채 말이 없었으나, 그의 꽃같이 선연한 두 눈엔 어저께의 일에 깊은 적의도 원한도 품어 있지 않는 듯하였다.

그날 밤 그녀가 혼자 강가에 나와 있는 것을 보고, 성기는 그녀의 뒤를 쫓아 나갔다. 하늘엔 별이 파랗게 빛나고 있었으나 나무 그늘은 강가를 칠야같이 뒤덮어 있었다.

"오빠."

계연은 성기가 바로 그녀의 곁에까지 왔을 때 일어나 성기의 턱 앞으로 바싹 다가들어서며 낮은 목소리로 이렇게 불렀다.

"오빠, 요즘은 어쩌자고 만날 절에만 노 있는 것이여?"

그 몹시도 굴곡이 강렬한 전라도 지방 토움이 이렇게 속삭이었다.

그 즈음 성기는 장을 보러 오는 날 이외에는 절에서 일체 내려오지를 않았다. 옥화가 악양 명도에게 갔다 소나기에 젖어 돌아온 뒤부터는, 어쩐지 그와 그녀의 사이를 전과 달리 경계하는 듯한 눈치라, 본래 심장이 약하고 남의 미움받기를 유달리 싫어하는 그는, 그러한 어머니에 대한 노여움도 있고 하여 기어코 절에서 배겨내려 했던 것이었다.

이날 밤만 해도 계연의 물음에, 성기가 무어라고 대답도 채 하기 전에, '계연아, 계연아!' 하는, 옥화의 목소리가 또 어느덧 들려오고 있었다. 성기는 콧잔등을 찌푸리며 말을 하려다 말고 입을 다물어 버렸다.

'아, 어머니도 어쩌면 저다지 야속할까?'

성기는 갑자기 목이 뿌듯해졌다.

반딧불이 지나갔다. 계연은 돌 위에 걸터앉아, 손으로 여뀌풀을 움켜잡으며, 혼잣말같이, 또 무어라 속삭이는 것이었으나 냇물 소리에 가리어 잘 들리지 않았다.

이튿날 아침 일찍이 성기가 방 안으로, 부엌으로 누구를 찾으려는 듯 기웃기웃하다가 좀 실망한 듯한 낯으로 그냥 절로 올라가고 말았을 때, 그녀는 역시 이 여뀌풀 있는 냇물가에서 걸레를 빨고 있었던 것이다.

사흘 뒤에 성기가 다시 절에서 내려오니까, 체 장수 영감은 마루 위에서 막걸리를 마시고 있고, 계연은 고개를 떨어뜨린 채 마루 끝에 걸터앉아 있었다. 머리를 감아 빗고 새 옷—새 옷이라야 전날의 그 항라적삼을 다시 빨아 다린 것—을 갈아입고, 조그만 보따리 하나를 곁에 두고, 슬픔에 잠겨 있던 계연은, 성기를 보자 그 꽃같이 선연한 두 눈에 갑자기 기쁨을 띠며 허리를 일으켰다. 그러나 바로 그 다음 순간, 그 노기를 띤 듯한 도톰한 입술은 분명히 그들 사이에 일어난 어떤 절박하고 불행한 사실을 전하고 있었다.

막걸리 사발을 들어 영감에게 권하고 있던 옥화는 성기를 보자,

"계연이가 시방 떠난단다."

대번에 이렇게 말했다.

옥화의 말을 들으면, 영감은 그날, 성기가 절로 올라가던 날, 저녁때에 돌아왔었더라는 것이었다. 그 이튿날이니까 즉 어저께, 영감은 그녀를 데리고 떠나려고 하는 것을 하루 더 쉬어 가라고 만류를 해서, 그래 오늘 아침엔 일찍이 떠난다고 이렇게 막 행장을 차려서 나서는 길이라 하였다.

그러나 이것은 실상 모두 나중 다시 들어서 알게 된 것이었고, 처음은 그저 쇠뭉치로 돌연히 머리를 얻어맞은 것같이 골치가 띵하며, 전신의 피가 어느 한곳으로 쫙 모이는 듯한, 양쪽 귀가 머리 위로 쭝긋이 당기어 올라가는 듯한, 혀가 목구멍 속으로 말려 들어가는 듯한, 눈언저리에 퍼어런 불이 번쩍번쩍 일어나는 듯한, 어지러움과 노여움과 조마로움이 한데 뭉치어 발끝에서 머리끝까지의 그의 전신을 어디로 휩쓸어가는 듯만 하였다. 그는 지금껏 이렇게까지 그녀에게 마음이 가 있어 떨어질 수 없게 되었으리라고는 너무도 뜻밖이었다. 그것이 이제 영원히 헤어지려는 이 순간에 와서야 갑자기 심지에 불을 켜듯 확 타오를 마련이던가, 하는 것이 자꾸만 꿈과 같았다. 자칫하면 체면도 염치도 다 놓고 엉엉 울음이 터질 것만 같이 목이 징징 우는 것을, 그러는 중에서도 이 얼굴을 어머니에게 보여서는 아니 된다는 의식에서, 떨리는 입술을 깨물며, 마루 끝에 궁둥이를 찧듯 털썩 앉아 버렸다.

"아들이 참 잘생겼소."

영감은 분명히 성기를 두고 하는 말인 모양이었다. 그러나 성기는 그쪽으로 고개를 돌려보지 않은 채, 그들에게 무슨 적의나 품은 듯이 앉아 있었다.

옥화는 그 동안 또 성기에게 역시 그 체 장수 영감의 이야기를 전해 들려주고 있는 모양이었다. 지리산 속에서 우연히 옛날 고향 친구의 아들이 된다는 낯선 젊은이 하나를 만났다. 그는 영감의 고향인 여수에서 큰 공장을 경영하는 실업가로, 지리산 유람을 들어왔다가 이야기 끝에 우연히 서로 알게 되었다. 그는 영감에게 함께 고향으로 돌아가 살자고 했다. 영감은 문득 고향 생각도 날 겸 그 청년의 도움으로 어떻게 형편이 좀 펼 것 같이도 생각되어 그를 따라 여수로 돌아가기로 결정을 하고 나오는 길이라…… 옥화가 무어라고 한참 하는 이야기는 대개 이러한 의미인 듯하였으나, 조마롭고 어지럽고 노여움으로 이미 두 귀가 멍멍하여진 그에게는 다만 벌떼처럼 무엇이 왕왕거릴 뿐 아무것도 분명히 들리지 않았다.

"막걸리 맛이 어찌나 좋은지 배가 부르당께."

그 동안 마지막 술잔을 들이키고 난 영감은 부채와 지팡이를 집어들면 이렇게 말했다.

"여수 쪽으로 가시게 되면 영영 못 보게 되겠구만요."

옥화도 영감을 따라 일어서며 이렇게 말했다.

"사람 일을 누가 알간디, 인연 있음 또 볼 터이지."

영감은 커다란 미투리에 발을 꿰며 말했다.

"아가, 잘 가거라."

옥화는 계연의 조그만 보따리에다 돈이 든 꽃주머니 하나를 정표로 넣어주며 하직을 하였다.

계연은 애걸하듯 호소하듯한 붉은 두 눈으로 한참 동안 옥화의 얼굴을 쳐다보고만 있었다.

"또 오너라."

옥화는 계연의 머리를 쓸어주며 다만 이렇게 말하였고, 그러자 계연은 옥화의 가슴에다 얼굴을 묻으며 엉엉 소리를 내어 울기 시작하였다.

옥화가 그녀의 그 물결같이 흔들리는 둥그스름한 어깨를 쓸어주며,

"그만 울어. 아버지가 저기 기다리고 계신다."

하는 음성도 이젠 아주 풀이 죽어 있었다.

"그럼 편히 계시오."

영감은 옥화에게 하직을 하였다.

"할아부지 거기 가보시고 살기 여의찮거든 여기 와서 우리하고 같이 삽시다."

옥화는 또 한 번 이렇게 당부하는 것이었다.

"오빠, 편히 사시오."

계연은 이미 시뻘겋게 된 두 눈으로 성기의 마지막 시선을 찾으며 하직 인사를 했다.

성기는 계연의 이 말에 꿈을 깬 듯, 마루에서 벌떡 일어나 계연의 앞으로 당황히 몇 걸음 어뜩어뜩 걸어오다간, 돌연히 다시 정신이 나는 듯 그 자리에 화석처럼 발이 굳어 버린 채, 한참 동안 장승같이 계연의 얼굴만 멍하게 바라보고 있었다.

"오빠, 편히 사시오."

이렇게 두 번째 하직을 하는 순간까지도, 계연의 그 시뻘건 두 눈은 역시 성기의 얼굴에서 그 어떤 기적과도 같은 구원만을 기다리는 것이었고 그러나, 성기는 그 자리에 주저앉아 버릴 뻔하던 것을 겨우 버드나무 가지를 움켜잡을 수 있었을 뿐이었다.

계연의 시뻘겋게 상기된 얼굴은, 옥화와 그녀의 아버지가 그녀들을 지켜보고 있다는 것도 잊은 듯이 성기의 얼굴만 뚫어지게 바라보고 있었으나, 버드나무에 몸을 기대인 성기의 두 눈엔 다만 불꽃이 활활 타오를 뿐, 아무런 새로운 명령도 기적도

나타나지 않았다.

"오빠, 편히 사시오."

하고 거의 울음이 다 된, 마지막 목소리를 남기고 돌아선 계연의 저만치 가고 있는 항라적삼을, 고운 햇빛과 늘어진 버들가지와 산울림처럼 울려오는 뻐꾸기 울음 속에, 성기는 우두커니 지켜보고 있을 뿐이었다.

성기가 다시 자리에서 일어나게 된 것은 이듬해 우수(雨水) 경칩(驚蟄)도 다 지나 청명(淸明) 무렵의 비가 질금거릴 즈음이었다. 주막 앞에 늘어선 버들가지는 다시 실같이 푸르러지고 살구, 복숭아, 진달래들이 골목 사이로 산기슭으로 울긋불긋 피고 지고 하는 날이었다.

아들의 미음 상을 차려 들고 들어온 옥화는 성기가 미음 그릇을 비우는 것을 보자, 이렇게 물었다.

"아직도 너, 강원도 쪽으로 가보고 싶냐?"

"……"

성기는 조용히 고개를 돌렸다.

"여기서 장가들어 나랑 같이 살겠냐?"

"……"

성기는 역시 고개를 돌렸다.

—그해 아직 봄이 오기 전, 보는 사람마다 성기의 회춘을 거의 다 단념하곤 하였을 때, 옥화는 이왕 죽고 말 것이라면, 어미의 맘속이나 알고 가라고 그래, 그 체 장수 영감은, 서른여섯 해 전 남사당을 꾸며 와 이 '화개장터'에 하룻밤을 놀고 갔다는 자기의 아버지임에 틀림이 없었다는 것과, 계연은 그 왼쪽 귓바퀴 위의 사마귀로 보아 자기의 동생임이 분명하더라는 것을, 통정하노라면서, 자기의 왼쪽 귓바퀴 위의 같은 검정 사마귀까지를 그에게 보여 주었다.

"나도 처음부터 영감이 '서른여섯 해 전'이라고 했을 때 가슴이 섬뜩하긴 했다. 그렇지만 설마 했지, 그렇게 남의 간을 뒤집어 놀 줄이야 알았나. 하도 아슬해서 이튿날 악양으로 가 명도까지 불러봤더니, 요것도 남의 속을 빤히 들여다나 보는 듯이 재줄대는구나, 차라리 망신을 했지."

옥화는 잠깐 말을 그쳤다. 성기는 두 눈에 불을 켜듯한 형형한 광채를 띠고, 그 어머니의 얼굴을 쳐다보고 있었다.

"차라리 몰랐으면 또 모르지만 한 번 알고 나서야 인륜이 있는디 어쩌겠냐."

그리고 부디 에미 야속타고나 생각지 말라고, 옥화는 아들의 뼈만 남은 손을 눈물로 씻었다.

옥화의 이 마지막 하직같이 하는 통정 이야기에 의외로도 성기는 도로 힘을 얻은 모양이었다. 그 불타는 듯한 형형한 두 눈으로 천장을 한참 바라보고 있던 성기는 무슨 새로운 결심이나 하듯 입술을 지그시 깨물고 있었다.

아버지를 찾아 강원도 쪽으로 가볼 생각도 없다, 집에서 장가들어 살림을 할 생각도 없다, 하는 아들에게 그러나, 옥화는 이제 전과 같이 고지식한 미련을 두는 것도 아니었다.

"그럼 어쩔라냐? 너 좋대로 해라."

"……"

성기는 아무런 말도 없이 도로 자리에 드러누워 버렸다.

그리고 나서 한 달포나 넘어 지난 뒤였다.

성기가 좋아하는 여러 가지 산나물이 화갯골에서 연달아 자꾸 내려오는 이른 여름의 어느 장날 아침이었다. 두릅회에 막걸리 한 사발을 쭉 들이켜고 난 성기는 옥화더러,

"어머니, 나 엿판 하나만 마춰주."

하였다.

"……"

옥화는 갑자기 무엇으로 머리를 얻어맞은 듯이 성기의 얼굴을 멍하니 바라보고 있었다.

그런 지도 다시 한 보름이나 지나, 뻐꾸기는 또다시 산울림처럼 건드러지게 울고, 늘어진 버들가지엔 햇빛이 젖어 흐르는 아침이었다. 새벽녘에 잠깐 가는 비가 지나가고, 날은 다시 유달리 맑게 개인 '화개장터' 삼거리 길 위에서, 성기는 그 어머니와 하직을 하고 있었다. 갈아입은 옥양목 고의적삼에, 명주수건까지 머리에 질끈 동여매고 난 성기는, 새로 맞춘 새하얀 나무 엿판을 걸빵해서 느직하게 엉덩이 즈음에다 걸었다. 윗목판에는 새하얀 가락엿이 반 넘어 들어 있었고, 아랫목판에는 팔다 남은 이야기책 몇 권과 간단한 방물이 좀 들어 있었다.

그의 발 앞에는, 물과 함께 갈리어 길도 세 갈래로 나 있었으나, 화갯골 쪽엔 처음부터 등을 지고 있었고, 동남으로 난 길은 하동, 서남으로 난 길이 구례, 작년 이맘때도 지나 그녀가 울음 섞인 하직을 남기고 체 장수 영감과 함께 넘어간 산모롱이 고갯길은 퍼붓는 햇빛 속에 지금도 환히 장터 위를 굽이돌아 구례 쪽을 향했으나, 성기는 한참 뒤 몸을 돌렸다. 그리하여 그의 발은 구례 쪽을 등지고 하동 쪽을 향해 천천히 옮겨졌다.

한 걸음, 한 걸음, 이 발을 옮겨 놓을수록 그의 마음은 한결 가벼워지어, 멀리 버드나무 사이에서 그의 뒷모양을 바라보고 서 있을 어머니의 주막이 그의 시야에서 완전히 사라져 갈 무렵 하여서는, 육자배기 가락으로 제법 콧노래까지 흥얼거리며 가고 있는 것이었다.

1948년

주제심화 Q&A

1. 이 두 작품에서 인물들이 운명을 대하는 태도는 어떠한 점에서 공통적이고, 어떠한 점에서 다른지 생각해보자.

김동인의 「배따라기」와 김동리의 「역마」에 등장하는 인물들은 결국 자신에게 주어진 삶 또는 운명을 그대로 받아들인다. 「배따라기」의 동생은 형과의 오해에서 빚어진 갈등을 더 크게 만들지 않기 위해 집을 떠나며, 「역마」의 성기는 이모와 조카 사이의 사랑을 이루지 못하고 세상을 떠도는 역마살의 운명을 그대로 받아들인다. 두 인물 모두 자신에게 주어진 운명에 순응하는 것은 공통된 점이라 할 수 있겠지만, 그러한 운명을 받아들이게 된 계기는 조금 다르다고 할 수 있다.

「배따라기」의 동생에게 있어서 형과 헤어져 떠돌이처럼 살아야하는 삶은 본인의 선택에 의한 것이다. 동생은 그 자신의 결백을 주장하면서 형과 갈등을 빚을 경우 일어날 일을 미리 예측하고서 그 갈등을 회피해 버린다. 그 결과 자신은 평생 고통받으며 떠도는 삶을 살게 되지만, 이를 운명으로 받아들이고 체념해 버린다.

그러나 「역마」의 성기는 계연과의 사랑을 이루지 못하자 앓아눕게 된다. 자신에게 주어진 운명과 겉으로 싸우지는 않지만, 속으로 앓으면서 운명을 받아들인 고통을 스스로 감내하는 것이다. 「역마」에는 두 가지의 운명이 작동하고 있는데, 하나는 성기와 계연의 사랑이 이루어지지 않는다는 것이고, 하나는 성기가 역마살을 타고났다는 것이다. 전자의 운명이 성기에게 고통을 주었다면, 후자의 경우 성기에게 본능적으로 힘을 불어넣어주는 역할을 한다. 작품의 결말에서 하동을 향해 가는 성기의 발걸음이 가볍고, 육자배기 가락까지 흥얼거릴 수 있는 것은 자신에게 주어진 운명에 순응했을 때 얻어지는 편안함 때문일 것이다.

이처럼 두 작품은 등장인물이 자신에게 주어진 운명에 순응한다는 점에서는 공통적이지만, 운명과의 갈등을 받아들이는 태도에서 차이가 난다고 할 수 있다.

2. 삶이 운명과 같은 초월적인 힘에 의해서 결정된다는 결정론적인 사고와 동양적인 사상 간의 연관성을 찾아보자.

예로부터 동양인들은 자신에게 주어진 삶을 하나의 팔자, 천운(天運)으로 받아들이고 이에 순응하는 모습을 보여주었다. 이러한 생각은 하나의 사상으로 발전하기도 했다. 삼경(三經) 중에 하나인 『주역(周易)』에는 '낙천안의(樂天安義)' 라는 말이 나온다. 여기에는 하늘이 내린 운명을 즐겁게 받아들이고, 이를 긍정하면서 자신에게 주어진 합당한 일을 갈등과 불안 없이 행해야 한다는 뜻이 내포되어 있다.

선한 자가 불행할 수도 있고, 선하지 못한 자가 행복한 삶을 살 수도 있는 것이 현실이다. 그러나 『주역』은 자신에게 주어진 삶이 자신의 의지와 노력만으로 결정되는 것이 아니라 여러 가지 외부적인 요소들에 의해 끊임없이 영향을 받는다는 생각을 보여준다. 이는 자신의 운명이 이미 어떠한 방식으로 정해져 있다는 결정론적인 사고와 유사한 측면을 보여준다.

여기서 보듯이 동양 사상은 자신에게 닥친 운명을 모략과 술수로 회피하려 하는 것은 좋은 방법이 아니라는 점을 강조한다. 여기에서 우리는 동양 사상이 자신에게 주어진 운명을 극복하고 새로운 삶을 살아가려는 인물을 영웅적인 존재로 그리고 있는 서양의 문학 작품들과는 대조적인 면모를 보인다는 사실을 엿볼 수 있다.

이효석(1907~1942)

호는 가산(可山). 강원도 평창 출생. 이효석은 1928년 『조선지광』에 단편 「도시와 유령」을 발표함으로써 문단의 주목을 받기 시작했다. 이효석은 그 이후로 한동안 동반작가로 활동하면서 「기우」 「깨뜨려지는 홍등」 「노령근해」 등의 경향성이 짙은 작품을 발표하였다. 프로문학의 전반적인 퇴조와 함께 1933년 정지용, 이상, 김기림, 이태준 등과 순수문학을 표방한 구인회를 결성한 것을 계기로 새로운 작품세계를 추구한다. 그러나 단편 「돈豚」을 분수령으로 하여 경향성을 버리고 자연을 배경으로 한 에로티시즘의 세계로 몰입한다. 「돈」에서 작가는 인간의 애욕과 돼지의 그것이 동일선상에 있음을 상징적으로 표현했는데, 이 같은 경향의 작품에는 「분녀」 「산」 「들」 「메밀꽃 필 무렵」 「화분」 등이 있다. 자연을 배경으로 한 애욕의 묘사와 더불어 이국취향, 즉 엑조티시즘도 이효석 소설의 주요 성향으로 손꼽힌다. 그의 문학은 성과 자연의 자연스런 대비와 융합이 시적인 문체와 세련된 언어, 서정적인 분위기 속에서 성공적으로 형상화되고 있기 때문에 예술적 감동을 안겨주는 소설로 높이 평가되고 있다.

오영수(1914~1979)

호는 월주(月洲). 경남 울주 출생. 시인으로 문학활동을 시작했다가 1949년 『신천지』에 「고무신」을 발표하면서 소설을 쓰기 시작했다. 이듬해인 1950년에는 《서울신문》에 단편소설 「머루」가 당선되었고, 그 이후로 1950년대에는 「갯마을」 「후조」 「화산댁」 등의 작품을 발표했다. 1955년 『현대문학』의 창간 멤버로 참가했으며, 『현대문학』에 환도 후 피난 교사의 비참한 생활상과 인정을 그린 「응혈」, 형무소라는 어두운 현실의 단면을 따뜻한 인정의 세계로 승화시킨 「명암」 등을 발표하였다. 1959년 동물들의 세계를 통하여 인간 세계의 모럴을 암시한 「개개비」로 아시아자유문학상을 수상했다. 1960년대에 들어서 「은냇골 이야기」 「비파」 「실락원」 등의 작품을 발표했고, 1966년 지병으로 현대문학사를 퇴임한 후에도 「추풍령」 「실걸이꽃」 등과 같은 가작을 발표하였다. 그는 전후 현실의 암울함과 그에 대응하는 문학정신의 치열성이라는 전후 문학의 일반적 경향과는 달리 토착적 정서를 추구했던 특이한 작가였다. 그의 작품은 대체로 가난한 서민들의 애환과 훈훈한 인정을 서정적 필치로 묘사했다. 또한 토속적 공간을 배경으로 하여 그 속에 살고 있는 순박한 인간들의 인정미를 추구하는 경우가 많다.

정비석(1911~1991)

본명은 서죽(瑞竹). 평북 의주 출생. 정비석은 1935년 《동아일보》에 시 「어린 것을 잃고」 「저 언덕길」 등을, 《매일신보》에 소설 「여자」 등을 발표하며 문단활동을 시작해서, 1936년 《동아일보》 신춘문예에 「졸곡제」가 입선되고, 이듬해 《조선일보》 신춘문예에 「성황당」이 당선되면서 본격적인 작가의 길을 걷기 시작했다. 그의 초기작으로는 농촌에서 홍수로 아내를 잃고 난 뒤 신의주로 옮겨간 언삼 부자가 지게꾼 일과 밀수 도둑질까지 해서 아내의 제사를 지내는 이야기를 담은 「졸곡제」, 후미진 산골에서 숯을 구어 먹고사는 현보와 그의 아내 순이를 둘러싼 사내들의 관계를 그린 「성황당」이 대표적이다. 그의 창작활동은 해방 이후에 본격화되는데, 많은 독자층을 확보함으로써 대중적인 인기작가로서 군림하였다. 특히 베스트셀러였던 「자유부인」은 한국전쟁 이후의 사회적 퇴폐 풍조를 배경으로 현대 여성의 애정모럴을 탐구해 본 것이지만 통속소설에 가까운 작품이었다. 이후 「월야의 창」 「애정무한」 「연산군」 등의 대중적인 장편소설을 꾸준히 연재했다.

2

토속적 세계와 자연애

토 속 적 세 계

문명의 발달로 현대적인 기계문명이 보편화될수록 자연적인 풍광이나 토속적인 삶은 점점 주변부로 밀려나게 된다. 따라서 개인적이고 계산적인 도시생활이 일반적인 삶의 유형이 되는 반면에, 계절의 순환에 순응하면서 공동체를 이루며 살아가는 삶은 자연히 잊혀져 가게 된다. 이제 사람들은 이름 모를 들꽃이나 나무들을 보면 친근함보다는 신기하게 여기게 되었다. 하지만 이런 토속적이고 자연적인 삶의 형태는 생명의 원천이자 삶의 터전으로서 문학작품 속에서는 끊임없이 재생된다.

우리 소설에도 자연의 아름다움에 대한 예찬이나 사춘기 소년소녀의 호기심과 첫사랑, 원시성이 몸에 배인 인물 등의 모티프를 종종 찾아볼 수 있다. 또한 토속적인 공간은 어린 주인공의 천진난만함이나 순수함, 가족애 등이 가득 찬 공간으로 묘사되기도 한다.

도시는 무분별한 개발과 불균형한 발전, 넘쳐나는 쓰레기 등으로 그 속에서 살아가는 사람들에게 피로함을 안겨 준다. 이런 도시의 삶 속에 파묻혀 사는 사람들에게 문학작품에서 나타나는 자연이나 토속적 세계는 휴식과 안식을 제공하는 공간이 된다.

와 자 연 애

특히 이런 순수한 토속적 세계에 남다른 관심을 기울인 근대 작가로는 김유정, 김동인, 정비석, 이효석, 오영수 등을 들 수 있다. 강원도 산간마을 출신의 이효석과 경남 바닷가 출신의 오영수는, 도시 · 농촌 등의 현재적인 문제를 다루면서 동시에 사람들에게서 잊혀질 법한 자연이나 토속적 세계를 작품에 효과적으로 구현하는 데 골몰한 작가라는 공통점이 있다. 이들이 작품을 통해 토속적인 세계를 묘사하는 방식은, 주로 유년의 기억 속에 놓여 있는 자연이나 토속적 세계에 주목하여 해학적이고 따뜻하며 순수한 색채를 덧입히거나, 가족에 대한 사랑과 용서 및 화해의 공간으로 재생시키는 것이다. 이를 통해 이들은 합리적이고 개인화된 삶 속에서 자칫 놓치기 쉬운 순수한 사랑, 인간애와 열정을 회복하고자 하는 염원을 담고 있다.

:: 토속적 세계의 순수와 사랑

이효석의 「메밀꽃 필 무렵」은 1936년 『조광』에 발표된 작품으로 근대 소설 최고의 단편이라는 평가가 따른다. 강원도 땅 봉평에서 대화에 이르는 산길을 배경으로, 한 떠돌이의 삶 속에 펼쳐지는 인간 본연의 사랑을 그려낸 작품으로, 달빛에 반사되어 소금을 뿌린 듯한 메밀밭과 노년기 장돌뱅이의 가슴속을 떠나지 않는 젊은 시절의 순수했던 사랑의 기억이 조화를 이루고 있다. 작품의 줄거리는 다음과 같다.

해가 중천에 떠 있는 여름 장터에 마을 사람들이 거의 돌아가자 장돌뱅이 허 생원과 조 선달은 장을 거두고 술집으로 들어간다. 그런데 거기서 나이 어린 동이가 충줏집과 희롱하고 있는 것을 보고 허 생원은 동이의 따귀를 때리며 야단쳐 쫓아낸다. 얼마 있다 돌아온 동이는 허 생원의 나귀가 날뛰고 있다고 알려준다. 암말을 보고 흥분한 늙은 나귀의 모습이 허 생원은 왠지 자신의 신세와 비슷하다고 느낀다. 밤이 되어 허 생원은 조 선달, 동이와 함께 봉평 장을 향해 길을 나선다. 환하게 밝은 달밤에 허 생원은 조 선달에게 늘 하던 봉평에서의 옛일을 또다시 이야기한다. 달 밝은 어느 여름 밤, 그는 개울가에 갔다가, 옷을 벗으러 들어간 물레방앗간에서 우연히 울고 있는 성 서방네 처녀를 만난다. 그녀는 봉평에서 제일가는 미인이었다. 허 생원은 그녀와 어쩌다가 하룻밤을 보내게 되었고, 그후로는 만날 수가 없었다. 이런 이야기를 하며 길을 가다가 허 생원은 동이 어머니가 제천에서 홀로 산다는 말과 동이가 아버지를 모르는 사생아라는 사실을 알게 된다. 그리고 동이가 왼손잡이라는 사실을 알고는 자기 아들일지도 모른다고 생각하고, 동이를 따라 제천으로 가 보려고 마음먹는다.

우리 나라 단편 소설 가운데 으뜸으로 꼽히는 작품답게 이 소설은 상당히 정교하면서도 독특한 구성 방식을 보여준다. 가령 허 생원이 왼손잡이라는 사실을 소설 전반부에 밝혀 놓고, 결말 부분에서는 동이가 왼손잡이라는 사실을 드러내서 둘 사이가 부자(父子)관계임을 암시한다든지, 허 생원이 충줏집을 마음에 두고 있는 것과 그의 늙은 나귀가 '암샘' 을 하는 것을 교묘히 병치시켜 인간과 동물의 본능적인 애욕을 표현한 기법은 작품을 읽는 묘미를 더해 준다.

또 '달밤' 이라는 시간적 배경과 '메밀꽃 핀 개울가' 라는 공간적 배경을 이용해서 허 생원 일생의 단 하나의 로맨스, 즉 제천의 물레방앗간에서 성 서방네 처녀와의 하룻밤이라는 추억을 현재의 시간 속에 교차시키는 방법도 뛰어나다.

또한 작중 인물의 심리상태를 드러내는 작가의 수완도 눈여겨 볼 만하다. 특히 결말 부분에서 작가는, 허 생원이 동이를 자기 자식일지도 모른다고 생각한다는 표현을 직접적으로 하지는 않는다. 다만 '허 생원은 젖은 옷을 웬만큼 짜서 입었다. 이가 덜덜 갈리고 가슴이 떨리며 몹시도 추웠으나 마음은 알 수 없이 가벼웠다' 는 식의 간접 묘사를 통해 이를 암시할 뿐이다.

한편 이 작품에서 우리가 주목해야 할 것은 '길' 이 지닌 상징성이다. 한평생을 이 장터에서 저 장터로 떠돌며 보낸 장돌뱅이 허 생원에게 길이란 곧 인생이다. 이 작품의 주된 배경이 되는 '길' 은 바로 그의 '유랑의 삶' 을 은유한다. 그런데 작품에서 중점적으로 묘사된 길은 번잡한 장터, 즉 복닥대는 현실과는 얼마쯤 떨어진 산길이고 여기에 달빛이 쏟아지며, 양 옆으로 메밀꽃이 소금을 뿌려놓은 듯 하얗게 깔려 있다. 이 길을 작가는 특유의 시적이고 예술적인 문체로 아름답게 드러내, 그 길이 상징하는 '유랑의 삶' 이 단순히 비애가 서린 인생이 아니라, 사랑의 추억과 인연의 애절한 사연이 자연과 동화되면서 흘러가는 낭만적인 삶임을 보여주고 있는 것이다.

자연과 동화되어 살아가는 인물을 그려낸 또 하나의 소설이 정비석의 「성황당」

이다. 1937년《조선일보》 신춘문예에 당선된 단편으로, 깊은 산속에서 자연과 동화된 인간의 순박하고 원초적인 애정을 통해 토속성을 짙게 담아낸 소설이다.

숯을 구워 파는 현보의 사랑을 듬뿍 받으며 천마령 안골짜기에서 살아가는 순이는, 이 세상의 모든 재앙과 영광은 성황님이 주관한다고 믿고 치성을 드리며 나무와 새들 속에서 행복하게 살아간다. 그러던 어느 날 순이가 숯가마 근처에서 목욕을 하고 있을 때 산림 간수 김 주사가 치근덕거리며 달려들자 따귀를 때리고 달아난다. 앙심을 품은 김 주사는, 현보가 불법으로 나무를 베었다고 신고해 잡혀 가게 한다. 현보가 잡혀 간 다음날 김 주사는 또다시 순이를 찾아와서 현보를 풀어주겠다며 잠자리를 요구하지만 그때 마침 평소 순이를 사모하던 칠성이가 나타나서 김 주사와 싸움을 벌이게 된다. 결국 칠성이는 김 주사의 머리를 깨뜨리고 도망치고, 그후 순이는 밤마다 성황당에 치성을 드리며 현보가 돌아오게 해달라고 기도한다. 며칠 후 도망

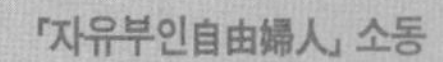

「자유부인自由婦人」 소동

「성황당」의 작가 정비석이 1954년 1월부터 8월까지 서울신문에 연재한 「자유부인」은 대학교수 부인이 춤바람이 나 젊은 대학생과 놀아나고, 교수는 젊은 타이피스트를 탐한다는 줄거리를 가진 소설이다. 소설이 연재된 지 석 달 만에 황산덕이란 교수가 "신성한 대학교수를 모욕하지 말라" 고 대학신문을 통해 정비석을 공격했다. 그러자 정비석은 서울신문에 '탈선적 시비를 박(駁)함' 이라는 글을 기고하면서 황산덕의 감정에 찬 비난을 반박했고, 이러한 공방은 한 차례 더 계속되어 격렬해지다가 변호사 황순엽의 중재로 일단락되었다. 하지만 그 이듬해 박인수 사건(한국판 카사노바 사건. 박인수는 댄스홀에서 만난 명문 여대생 등 수많은 미혼여성을 농락, 혼인빙자간음혐의로 기소되었으나, 재판부는 '정조라고 해서 다 법이 보호하는 것은 아니다. …… 보호할 사회적 이익이 있을 때 한하여 법은 그 정조를 보호하는 것이다' 는 유명한 판결문과 함께 박씨에게 무죄를 선고했다)이 터질 만큼 춤바람, 곗바람, 치맛바람으로 퇴폐했던 당시의 사회상을 반영했던 이 소설 덕분에, 《서울 신문》은 지가가 올랐고, 「자유부인」은 단행본으로 4만 부가 판매되어 베스트셀러가 되었다.

갔던 칠성이가 나타나서 분홍 항라적삼과 수박색 목메린스 치마를 내밀며 자신을 따라나서자고 순이를 유혹한다. 선물에 마음이 끌린 순이는 칠성이를 따라나서지만 곧 마음을 고쳐먹고 다시 천마령 산골짜기 집으로 돌아간다. 집에 오니 현보가 풀려나 있고, 순이는 성황님의 덕택이라며 기뻐한다.

정비석의 등단작인 「성황당」은 발표 당시 큰 주목을 받았다. 작품이 발표된 1930년대 중 · 후반에는 암울한 현실 속에서 지식인이 겪는 고뇌와 갈등을 다룬 작품들이 많았는데, 정비석은 처음부터 그런 경향과는 달리 참신하고 순박하며 토속적인 원초적 생명력을 다루었기 때문이다.

이 소설에서 순이가 보여주는 삶은 그 자체가 자연에 합일되어 있는 듯 보인다. 냇가에서 스스럼없이 목욕을 하는 순이의 모습은 이미 자연에 동화된 것처럼 보이며, 현보와 벌이는 본능을 숨기지 않는 애정 행각도 원색적이지만 자연과 조화되어 음란하게 느껴지지 않는다. 이런 그녀의 모습은 작가의 자연친화적인 사상을 드러낸다.

이런 순이에게 현보를 고발하고 잠자리를 요구하는 김 주사는 조금만 깊게 생각해 보면 법(산림법)이나 규제(경찰서)와 함께 문명의 억압을 상징하고, 또 수박색 치마와 항라적삼으로 순이의 마음을 얻으려는 칠성이도 문명의 유혹을 상징한다고 파악할 수 있다. 비록 순이가 잠시 마음이 끌리기는 하지만, 그녀의 삶의 터전은 여전히 천마령 숯가마 근처, 즉 자연이며 그녀의 삶을 의탁하는 대상은 성황당, 즉 원초적인 신앙이다. 그래서 순이는 고무신을 갖게 된 것도, 현보가 경찰서에서 벗어나게 된 것도 모두 성황님의 덕분이라고 여기는데, 여기서 작가의 한국적 샤머니즘 사상을 찾아볼 수 있다. 정비석은 자연 속에서 원시적으로 살아가는 순이라는 인물을 통해 자연과 합일된 인간의 건강한 삶을 노래하고 있다.

오영수 「갯마을」은 1953년 『문예』에 발표된 단편으로, 어촌인 갯마을에 대한 사랑을 간직한 해순이란 여인을 통해서 어촌 사람들의 삶의 애환과 자연에 융화하는 삶의 원시적 순박성을 잘 드러낸 작품이다.

주인공 해순이는 동해의 H라는 조그만 갯마을에 사는 나이 스물셋의 청상과부다. 그녀는 원래 해녀의 딸로서 바닷가에서 갯 냄새에 절어서 성장했다. 해순이는 열아홉 살에 동네 총각인 성구에게 시집을 가지만, 그토록 해순이를 아끼던 성구는 칠성네 배를 타고 먼 바다로 고등어를 잡으러 나갔다가 영영 돌아오지 못하게 된다. 그러자 해순이는 물옷을 입고 바다로 나가 시어머니와 시동생을 부양한다. 그러던 어느 날 밤 잠결에 상고머리 사내에게 몸을 빼앗기게 된다. 그는 2년 전 상처하고 고향을 떠나 떠돌다가 그의 이모집인 후리막에 와서 일을 거들고 있던 상수였다. 해순과 상수에 관한 소문이 돌고 다시 고등어 철이 와도 칠성네 배 소식은 들리지 않자, 시어머니는 성구의 제사를 지내고 해순이를 상수에게 개가시킨다. 해순이가 떠난 쓸쓸한 갯마을에 고된 보릿고개가 지나고 또다시 고등어 철이 돌아온다. 첫 번째 남편인

멜로드라마 melodrama

멜로드라마는 16세기 이탈리아에서 음악을 가미한 연극을 뜻했던 말로, 한동안은 오페라와 동일한 것으로 간주되기도 했다. 그러다가 차차 음악은 연극의 내용을 뒷받침하는 배경 음악으로 변하고, 무대 장치나 의상, 소도구 등의 시각적 효과를 활용하는 한편, 달콤한 연애나 엽기적인 사건 등 강렬한 정서적 자극을 주는 연극이나 이야기를 뜻하게 되었다. 주로 주인공이 어려운 처지에 몰려 관중의 눈물을 자아내다가 끝에 가서 행복을 찾는다는 결말로 끝나는, 통속적인 윤리관에 입각한 권선징악의 교훈을 담고 있다.
이 멜로드라마에 나오는 인물들은 한결같이 평면적인 인물들이다. 즉 극이 진행되는 내내 성격의 변화를 거의 찾아보기 힘들다. 그래서 선한 주인공과 악한 주인공은 검은색과 흰색처럼 뚜렷하게 구별이 된다. 그리고 선한 주인공은 여러 가지 사건과 악독한 흉계로 인해 고난을 겪지만 결국은 행복하게 되는데, 이는 극을 보는 관중의 소망에 영합하는 내용이라고 할 수 있다. 요즘에 TV에서 나오는 여러 가지 드라마들이 바로 이 멜로드라마의 전통을 잇고 있다고 할 수 있다.

성구의 두 번째 제사를 앞두고 해순이는 시어머니를 찾아온다. 그녀의 두 번째 남편 상수는 징용으로 끌려가고 그 뒤로 바다를 그리워하던 해순은 무당굿을 하는 틈을 타서 마을을 빠져나와 도망쳐 왔던 것이다.

이 작품에는 「성황당」의 순이와 유사한 해순이라는 인물이 등장한다. '바다에 순응하며 따르는 여자' 라는 뜻의 '해순(海順)' 이라는 이름에서도 알 수 있듯이, 그녀는 바다와는 떼놓고는 생각할 수 없는 인물이다. 그녀의 어머니도 해녀였고 바다가 없으면 견디지 못했다. 그래서 해순이가 시집을 가자 바다로 떠났던 것이다. 그런 어머니의 피를 고스란히 물려받은 해순도 바다 없는 삶을 견뎌내지 못하는, 바다와 더불어 살아가는 원초적이고 원시적인 인물로 그려진다.

그녀는 사회성이 제거된 인물로 나타난다. 「성황당」의 순이와 마찬가지로 성적인 죄의식이 거의 없어서 상수와 잠자리를 같이하고도 그다지 부끄러워하지 않는다. 이는 비도덕적이어서가 아니라 작가가 해순을 통해서 문명 이전의 인간, 법과 도덕보다 앞서서 자연에 순응하며 본능적으로 살아가는 인물을 구현하고자 했기 때문에 부여된 성격이다. 해순의 이런 성격은 후반부에서 산골 생활에 진력이 나 바닷가로 마구 뛰어가는 장면을 통해 더욱 부각된다. 그녀는 그녀의 어머니처럼 바다의 원초적인 이끌림을 받았던 것이다. 작가는 이와 같은 해순이란 인물을 통해 자연과 융화하는 삶의 원시적 순박성을 잘 드러내고 있다.

메밀꽃 필 무렵 _ 이효석

여름 장이란 애시당초에 글러서, 해는 아직 중천에 있건만 장판은 벌써 쓸쓸하고 더운 햇발이 벌려 놓은 전 휘장 밑으로 등줄기를 훅훅 볶는다. 마을 사람들은 거지반 돌아간 뒤요, 팔리지 못한 나무꾼패가 길거리에 궁싯거리고들 있으나 석유병이나 받고 고깃마리나 사면 족할 이 축들을 바라고 언제까지든지 버티고 있을 법은 없다. 춥춥스럽게 날아드는 파리 떼도 장난꾼 각다귀들도 귀찮다. 얼금배기요 왼손잡이인 드팀전의 허 생원은 기어코 동업의 조 선달을 낚구어 보았다.

"그만 거둘까?"

"잘 생각했네. 봉평 장에서 한 번이나 흐뭇하게 사본 일 있었을까. 내일 대화 장에서나 한몫 벌어야겠네."

"오늘 밤은 밤을 새서 걸어야 될걸."

"달이 뜨렷다."

절렁절렁 소리를 내며 조 선달이 그날 산 돈을 따지는 것을 보고 허 생원은 말뚝에서 넓은 휘장을 걷고 벌여 놓았던 물건을 거두기 시작하였다. 무명 필과 주단 바리가 두 고리짝에 꼭 찼다. 멍석 위에는 천조각이 어수선하게 남았다.

다른 축들도 벌써 거의 전들을 걷고 있었다. 약빠르게 떠나는 패도 있었다. 어물장수도 땜장이도 엿장수도 생강장수도 꼴들이 보이지 않았다. 내일은 진부와 대화에 장이 선다. 축들은 그 어느 쪽으로든지 밤을 새며 육칠십 리 밤길을 타박거리지 않으면 안 된다. 장판은 잔치 뒷마당같이 어수선하게 벌어지고 술집에는 싸움이 터져 있었다. 주정꾼 욕지거리에 섞여 계집의 앙칼진 목소리가 찢어졌다. 장날 저녁은 정해

놓고 계집의 고함 소리로 시작되는 것이다.

"생원, 시침을 떼두 다 아네. — 충줏집 말야."

계집 목소리로 문득 생각난 듯이 조 선달은 비죽이 웃는다.

"화중지병이지. 연소패들을 적수로 하구야 대거리가 돼야 말이지."

"그렇지두 않을걸. 축들이 사족을 못 쓰는 것두 사실은 사실이나, 아무리 그렇다곤 해두 왜 그 동이 말일세, 감쪽같이 충줏집을 후린 눈치거든."

"무어, 그 애숭이가? 물건 가지구 낚었나부지. 착실한 녀석인 줄 알았더니."

"그 길만은 알 수 있나……. 궁리 말구 가보세나그려. 내 한턱 씀세."

그다지 마음이 당기지 않는 것을 좇아갔다. 허 생원은 계집과는 연분이 멀었다. 얼금뱅이 상판을 쳐들고 대어설 숫기도 없었으나 계집 편에서 정을 보낸 적도 없었고, 쓸쓸하고 뒤틀린 반생이었다. 충줏집을 생각만 하여도 철없이 얼굴이 붉어지고 발밑이 떨리고 그 자리에 소스라쳐 버린다. 충줏집 문을 들어서 술좌석에서 짜장 동이를 만났을 때에는 어찌된 서슬엔지 발끈 화가 나버렸다. 상 위에 붉은 얼굴을 쳐들고 제법 계집과 농탕치는 것을 보고서야 견딜 수 없었던 것이다. 녀석이 제법 난질꾼인데 꼴사납다. 머리에 피도 안 마른 녀석이 낮부터 술 처먹고 계집과 농탕이야. 장돌뱅이 망신만 시키고 돌아다니누나. 그 꼴에 우리들과 한몫 보자는 셈이지. 동이 앞에 막아서면서부터 책망이었다. 걱정두 팔자요 하는 듯이 빤히 쳐다보는 상기된 눈망울에 부딪칠 때, 결김에 따귀를 하나 갈겨주지 않고는 배길 수 없었다. 동이도 화를 쓰고 팩하고 일어서기는 하였으나, 허 생원은 조금도 동색하는 법 없이 마음먹은 대로는 다 지껄였다 — 어디서 주워먹은 선머슴인지는 모르겠으나, 네게도 아비 어미 있겠지. 그 사나운 꼴 보면 맘 좋겠다. 장사란 탁탁하게 해야 되지, 계집이 다 무어야. 나가거라, 냉큼 꼴 치워.

그러나 한마디도 대거리하지 않고 하염없이 나가는 꼴을 보려니 도리어 측은히 여겨졌다. 아직두 서름서름한 사이인데 너무 과하지 않았을까 하고 마음이 섬짓해졌다. 주제도 넘지, 같은 술손님이면서두 아무리 젊다구 자식 낳게 되는 것을 붙들고 치고 닦아세울 것은 무어야 원. 충줏집은 입술을 쫑긋하고 술 붓는 솜씨도 거칠었으나, 젊은애들한테는 그것이 약이 된다나 하고 그 자리는 조 선달이 얼버무려 넘겼다. 너 녀석한테 반했지? 애숭이를 빨면 죄 된다. 한참 법석을 친 후이다. 담도 생긴데다가 웬일인지 흠뻑 취해 보고 싶은 생각도 있어서 허 생원은 주는 술잔이면 거의 다 들이켰다. 거나해짐을 따라 계집 생각보다도 동이의 뒷일이 한결같이 궁금해졌다. 내 꼴에 계집을 가로채서는 어떡헐 작정이었누 하고 어리석은 꼬락서니를 모질게 책망하는 마음도 한편에 있었다. 그렇기 때문에 얼마나 지난 뒤인지 동이가 헐레벌떡 거리며 황급히 부르러 왔을 때에는, 마시던 잔을 그 자리에 던지고 정신없이 허덕이며 충줏집을 뛰어나간 것이었다.

"생원 당나귀가 바를 끊구 야단이에요."

"각다귀들 장난이지 필연코."

짐승도 짐승이려니와 동이의 마음씨가 가슴을 울렸다. 뒤를 따라 장판을 달음질하려니 거슴츠레한 눈이 뜨거워질 것 같다.

"부락스런 녀석들이라 어쩌는 수 있어야죠."

"나귀를 몹시 구는 녀석들은 그냥 두지는 않을걸."

반평생을 같이 지내온 짐승이었다. 같은 주막에서 잠자고, 같은 달빛에 젖으면서 장에서 장으로 걸어다니는 동안에 이십 년의 세월이 사람과 짐승을 함께 늙게 하였다. 까스러진 목뒤 털은 주인의 머리털과도 같이 바스러지고, 개진개진 젖은 눈은 주인의 눈과 같이 눈곱을 흘렸다. 몽당비처럼 짧게 쓸리운 꼬리는 파리를 쫓으려고 기껏 휘저어 보아야 벌써 다리까지는 닿지 않았다. 닳아 없어진 굽을 몇 번이나 도려내고 새 철을 신겼는지 모른다. 굽은 벌써 더 자라나기는 틀렸고 닳아버린 철 사이로는 피가 빼짓이 흘렀다. 냄새만 맡고도 주인을 분간하였다. 호소하는 목소리로 야단스럽게 울며 반겨한다.

어린아이를 달래듯이 목덜미를 어루만져 주니 나귀는 코를 벌름거리고 입을 투르르거렸다. 콧물이 튀었다. 허 생원은 짐승 때문에 속도 무던히는 썩었다. 아이들의 장난이 심한 눈치여서 땀 배인 몸뚱어리가 부들부들 떨리고 좀체 흥분이 식지 않는 모양이었다. 굴레가 벗어지고 안장도 떨어졌다. 요 몹쓸 자식들, 하고 허 생원은 호령을 하였으나 패들은 벌써 줄행랑을 논 뒤요 몇 남지 않은 아이들이 호령에 놀래 비슬비슬 멀어졌다.

"우리들 장난이 아니우. 암놈을 보고 저 혼자 발광이지."

코흘리개 한 녀석이 멀리서 소리를 쳤다.

"고녀석 말투가."

"김 첨지 당나귀가 가버리니까 온통 흙을 차고 거품을 흘리면서 미친 소같이 날뛰는걸. 꼴이 우스워 우리는 보고만 있었다우. 배를 좀 보지."

아이는 앵돌아진 투로 소리를 치며 깔깔 웃었다. 허 생원은 모르는 결에 낯이 뜨거워졌다. 뭇시선을 막으려고 그는 짐승의 배 앞을 가리워 서지 않으면 안 되었다.

"늙은 주제에 암샘를 내는 셈야. 저놈의 짐승이."

아이의 웃음소리에 허 생원은 주춤하면서 기어이 견딜 수 없어 채찍을 들더니 아이를 쫓았다.

"쫓으려거든 쫓아보지. 왼손잡이가 사람을 때려."

줄달음에 달아나는 각다귀에는 당하는 재주가 없었다. 왼손잡이는 아이 하나도 후릴 수 없다. 그만 채찍을 던졌다. 술기도 돌아 몸이 유난스럽게 화끈거렸다.

"그만 떠나세. 녀석들과 어울리다가는 한이 없어. 장판의 각다귀들이란 어른보다도 더 무서운 것들인걸."

조 선달과 동이는 각각 제 나귀에 안장을 얹고 짐을 싣기 시작하였다. 해가 꽤 많이 기울어진 모양이었다.

드팀전 장돌림을 시작한 지 이십 년이나 되어도 허 생원은 봉평 장을 빼논 적은 드물었다. 충주 제천 등의 이웃 군에도 가고, 멀리 영남지방도 헤매이기는 하였으나 강릉쯤에 물건하러 가는 외에는 처음부터 끝까지 군내를 돌아다녔다. 닷새만큼씩의 장날에는 달보다도 확실하게 면에서 면으로 건너간다. 고향이 청주라고 자랑 삼아 말하였으나 고향에 돌보러 간 일도 있는 것 같지는 않았다. 장에서 장으로 가는 길의 아름다운 강산이 그대로 그에게는 그리운 고향이었다. 반날 동안이나 뚜벅뚜벅 걷고 장터 있는 마을에 거지반 가까웠을 때, 거친 나귀가 한바탕 우렁차게 울면 — 더구나 그것이 저녁녘이어서 등불들이 어둠 속에 깜박거릴 무렵이면 늘 당하는 것이건만 허 생원은 변치 않고 언제든지 가슴이 뛰놀았다.

젊은 시절에는 알뜰하게 벌어 돈푼이나 모아본 적도 있기는 있었으나, 읍내에 백중이 열린 해 호탕스럽게 놀고 투전을 하고 하여 사흘 동안에 다 털어버렸다. 나귀까지 팔게 된 판이었으나 애끓는 정분에 그것만은 이를 물고 단념하였다. 결국 도로아미타불로 장돌이를 다시 시작할 수밖에는 없었다. 짐승을 데리고 읍내를 도망해 나왔을 때에는 너를 팔지 않기 다행이었다고 길가에서 울면서 짐승의 등을 어루만졌던 것이었다. 빚을 지기 시작하니 재산을 모을 염은 당초에 틀리고 간신히 입에 풀칠을 하러 장에서 장으로 돌아다니게 되었다.

호탕스럽게 놀았다고는 하여도 계집 하나 후려보지는 못하였다. 계집이란 쌀쌀하고 매정한 것이었다. 평생 인연이 없는 것이라고 신세가 서글퍼졌다. 일신에 가까운 것이라고는 언제나 변함없는 한 필의 당나귀였다.

그렇다고는 하여도 꼭 한 번의 첫 일을 잊을 수는 없었다. 뒤에도 처음에도 없는 단 한 번의 괴이한 인연! 봉평에 다니기 시작한 젊은 시절의 일이었으나 그것을 생각할 적만은 그도 산 보람을 느꼈다.

"달밤이었으나 어떻게 해서 그렇게 됐는지 지금 생각해도 도무지 알 수 없어."

허 생원은 오늘 밤도 또 그 이야기를 끄집어내려는 것이다. 조 선달은 친구가 된 이래 귀에 못이 박이도록 들어 왔다. 그렇다고 싫증을 낼 수도 없었으나 허 생원은 시치미를 떼고 되풀이할 대로는 되풀이하고야 말았다.

"달밤에는 그런 이야기가 격에 맞거든."

조 선달 편을 바라는 보았으나 물론 미안해서가 아니라 달빛에 감동하여서였다. 이지러는 졌으나 보름을 갓 지난 달은 부드러운 빛을 흐뭇이 흘리고 있다. 대화까지는 팔십 리의 밤길, 고개를 둘이나 넘고 개울을 하나 건너고 벌판과 산길을 걸어야 된다. 달은 지금 긴 산허리에 걸려 있다. 밤중을 지난 무렵인지 죽은 듯이 고요한 속에서 짐승 같은 달의 숨소리가 손에 잡힐 듯이 들리며, 콩 포기와 옥수수 잎새가 한층 달에 푸르게 젖었다. 산허리는 온통 메밀밭이어서 피기 시작한 꽃이 소금을 뿌린 듯이 흐뭇한 달빛에 숨이 막힐 지경이다. 붉은 대궁이 향기같이 애잔하고 나귀들의 걸음도 시원하다. 길이 좁은 까닭에 세 사람은 나귀를 타고 외줄로 늘어섰다. 방울 소리가 시원스럽게 딸랑딸랑 메밀밭께로 흘러간다. 앞장선 허 생원의 이야기 소리는 꽁무니에 선 동이에게는 확적히는 안 들렸으나, 그는 그대로 개운한 제멋에 적적하지는 않았다.

"장 선 꼭 이런 날 밤이었네. 객줏집 토방이란 무더워서 잠이 들어야지. 밤중은 돼서 혼자 일어나 개울가에 목욕하러 나갔지. 봉평은 지금이나 그제나 마찬가지나 보이는 곳마다 메밀밭이어서 개울가가 어디 없이 하얀 꽃이야. 돌밭에 벗어도 좋을 것을 달이 너무나 밝은 까닭에 옷을 벗으러 물방앗간으로 들어가지 않았나. 이상한 일도 많지. 거기서 난데없는 성 서방네 처녀와 마주쳤단 말이네. 봉평서야 제일가는 일색이었지……."

"팔자에 있었나 부지."

아무렴 하고 응답하면서 말머리를 아끼는 듯이 한참이나 담배를 빨 뿐이었다. 구수한 자줏빛 연기가 밤기운 속에 흘러서는 녹았다.

"날 기다린 것은 아니었으나 그렇다고 달리 기다리는 놈팽이가 있는 것두 아니었네. 처녀는 울고 있단 말야. 짐작은 대고 있었으나 성 서방네는 한창 어려워서 들고날 판인 때였지. 한집안 일이니 딸에겐들 걱정이 없을 리 있겠나? 좋은 데만 있으면 시집도 보내련만 시집은 죽어도 싫다지……그러나 처녀란 울 때같이 정을 끄는 때가 있을까. 처음에는 놀라기도 한 눈치였으나 걱정 있을 때는 누그러지기도 쉬운 듯해서 이럭저럭 이야기가 되었네……생각하면 무섭고도 기막힌 밤이었어."

"제천인지로 줄행랑을 놓은 건 그 다음날이었나?"

"다음 장도막에는 벌써 온 집안이 사라진 뒤였네. 장판은 소문에 발끈 뒤집혀 고작해야 술집에 팔려가기가 상수라고 처녀의 뒷공론이 자자들 하단 말이야. 제천 장판을 몇 번이나 뒤졌겠나. 허나 처녀의 꼴은 꿩 궈 먹은 자리야. 첫날밤이 마지막 밤이었지. 그때부터 봉평이 마음에 든 것이 반평생을 두고 다니게 되었네. 평생인들 잊을 수 있겠나."

"수 좋았지. 그렇게 신통한 일이란 쉽지 않어. 항용 못난 것 얻어 새끼 낳고 걱정늘고 생각만 해두 진저리 나지……그러나 늘그막바지까지 장돌뱅이로 지내기도 힘드는 노릇 아닌가. 난 가을까지만 하구 이 생계와두 하직하려네. 대화쯤에 조그만 전방이나 하나 벌이구 식구들을 부르겠어. 사시장철 뚜벅뚜벅 걷기란 여간이래야지."

"옛 처녀나 만나면 같이나 살까……난 거꾸러질 때까지 이 길 걷고 저 달 볼 테야."

산길을 벗어나니 큰길로 틔어졌다. 꽁무니의 동이도 앞으로 나서 나귀들은 가로 늘어섰다.

"총각두 젊겠다, 지금이 한창 시절이렷다. 충줏집에서는 그만 실수를 해서 그 꼴이 되었으나 설게 생각 말게."

"처 천만예요. 되려 부끄러워요. 계집이란 지금 웬 제격인가요. 자나깨나 어머니 생각뿐인데요."

허 생원의 이야기로 실심해한 끝이라 동이의 어조는 한풀 수그러진 것이었다.

"아비 어미란 말에 가슴이 터지는 것도 같았으나 제겐 아버지가 없어요. 피붙이라고는 어머니 하나뿐인걸요."

"돌아가셨나?"

"당초부터 없어요."

"그런 법이 세상에……."

생원과 선달이 야단스럽게 껄껄들 웃으니, 동이는 정색하고 우길 수밖에는 없었다.

"부끄러워서 말하지 않으려 했으나 정말예요. 제천 촌에서 달도 차지 않은 아이를 낳고 어머니는 집을 쫓겨났죠. 우스운 이야기나, 그러기 때문에 지금까지 아버지 얼굴도 본 적 없고, 있는 고장도 모르고 지내와요."

고개가 앞에 놓인 까닭에 세 사람은 나귀를 내렸다. 둔덕은 험하고 입을 벌리기도 대근하여 이야기는 한동안 끊겼다. 나귀는 건듯하면 미끄러졌다. 허 생원은 숨이 차 몇 번이고 다리를 쉬지 않으면 안 되었다. 고개를 넘을 때마다 나이가 알렸다. 동이 같은 젊은 축이 그지없이 부러웠다. 땀이 등을 한바탕 쪽 씻어 내렸다.

고개 너머는 바로 개울이었다. 장마에 흘러버린 널다리가 아직도 걸리지 않은 채로 있는 까닭에 벗고 건너야 되었다. 고의를 벗어 띠로 등에 얽어매고 반 벌거숭이의 우스꽝스런 꼴로 물속에 뛰어들었다. 금방 땀을 흘린 뒤였으나 밤 물은 뼈를 찔렀다.

"그래, 대체 기르긴 누가 기르구?"

"어머니는 하는 수 없이 의부를 얻어가서 술장사를 시작했죠. 술이 고주래서 의부라고 전 망나니예요. 철들어서부터 맞기 시작한 것이 하룬들 편한 날 있었을까. 어머니는 말리다가 채이고 맞고 칼부림을 당하곤 하니 집 꼴이 무어겠소. 열여덟 살 때 집을 뛰쳐나서부터 이 짓이죠."

"총각 낫세론 심이 무던하다고 생각했더니 듣고 보니 딱한 신세로군."

물은 깊어 허리까지 찼다. 속 물살도 어지간히 센 데다가 발에 채이는 돌멩이도 미끄러워 금시에 홀칠 듯하였다. 나귀와 조 선달은 재빨리 거의 건넜으나 동이는 허 생원을 붙드느라고 두 사람은 훨씬 떨어졌다.

"모친의 친정은 원래부터 제천이었던가?"

"웬걸요. 시원스리 말은 안 해주나 봉평이라는 것만은 들었죠."

"봉평? 그래 그 아비 성은 무엇이구?"

"알 수 있나요. 도무지 듣지를 못했으니까."

"그 그렇겠지."

하고 중얼거리며 흐려지는 눈을 까물까물하다가 허 생원은 경망하게도 발을 빗디디었다. 앞으로 고꾸라지기가 바쁘게 몸째 풍덩 빠져 버렸다. 허비적거릴수록 몸을 걷잡을 수 없어 동이가 소리를 치며 가까이 왔을 때에는 벌써 퍽으나 흘렀었다. 옷째 쫄짝 젖으니 물에 젖은 개보다도 참혹한 꼴이었다. 동이는 물속에서 어른을 해깝게 업을 수 있었다. 젖었다고는 하여도 여윈 몸이라 장정 등에는 오히려 가벼웠다.

"이렇게까지 해서 안 됐네. 내 오늘은 정신이 빠진 모양이야."

"염려하실 것 없어요."

"그래 모친은 아비를 찾지는 않는 눈치지?"

"늘 한 번 만나고 싶다고는 하는데요."

"지금 어디 계신가?"

“의부와도 갈라져 제천에 있죠. 가을에는 봉평에 모셔오려고 생각중인데요. 이를 물고 벌면 이럭저럭 살아갈 수 있겠죠.”

“아무렴, 기특한 생각이야. 가을이랬다?”

동이의 탐탁한 등어리가 뼈에 사무쳐 따뜻하다. 물을 다 건넜을 때에는 도리어 서글픈 생각에 좀더 업혔으면도 하였다.

“진종일 실수만 하니 웬일이요? 생원.”

조 선달은 바라보며 기어이 웃음이 터졌다.

“나귀야. 나귀 생각하다 실족을 했어. 말 안 했던가. 저 꼴에 제법 새끼를 얻었단 말이지. 읍내 강릉집 피마에게 말일세. 귀를 쫑긋 세우고 달랑달랑 뛰는 것이 나귀새끼같이 귀여운 것이 있을까. 그것 보러 나는 일부러 읍내를 도는 때가 있다네.”

“사람을 물에 빠치울 젠 딴은 대단한 나귀새끼군.”

허 생원은 젖은 옷을 웬만큼 짜서 입었다. 이가 덜덜 갈리고 가슴이 떨리며 몹시도 추웠으나 마음은 알 수 없이 둥실둥실 가벼웠다.

“주막까지 부지런히들 가세나. 뜰에 불을 피우고 훗훗이 쉬어. 나귀에겐 더운 물을 끓여주고. 내일 대화 장 보고는 제천이다.”

“생원도 제천으로……?”

“오래간만에 가보고 싶어. 동행하려나, 동이?”

나귀가 걷기 시작하였을 때, 동이의 채찍은 왼손에 있었다. 오랫동안 아둑시니같이 눈이 어둡던 허 생원도 요번만은 동이의 왼손잡이가 눈에 띄지 않을 수 없었다.

걸음도 해깝고 방울 소리가 밤 벌판에 한층 청청하게 울렸다.

달이 어지간히 기울어졌다.

1936년

갯마을 _ 오영수

서(西)로 멀리 기차 소리를 바람결에 들으며, 어쩌면 동해 파도가 돌각담 밑을 찰싹대는 H라는 조그만 갯마을이 있다.

더께더께 굴딱지가 붙은 모 없는 돌로 담을 쌓고, 낡은 삿갓 모양 옹기종기 엎딘 초가가 스무 집 될까말까? 조그마한 멸치 후리막이 있고, 미역으로 이름이 있으나, 이 마을 사내들은 대부분 철 따라 원양출어(遠洋出漁)에 품팔이를 나간다. 고기잡이 아낙네들은 썰물이면 조개나 해조를 캐고, 밀물이면 채마밭이나 매는 것으로 여는 갯마을이나 별다름 없다. 다르다고 하면 이 마을에는 유독 과부가 많은 것이라고나 할까? 고로(古老)들은 과부가 많은 탓을 뒷산이 어떻게 갈라져서 어찌어찌돼서 그렇다느니, 앞바다 물발이 거세서 그렇다느니들 했고, 또 모두 그렇게들 믿고 있다.

해순이도 과부였다. 과부들 중에서도 가장 젊은 스물셋의 청상이었다.

초여름이었다. 어느 날 밤, 조금 떨어진 멸치 후리막에서 꽹과리 소리가 들려 왔다. 여름 들어 첫 꽹과리다. 마을은 갑자기 수선대기 시작했다. 멸치 떼가 몰려온 것이다. 멸치 떼가 들면 막에서는 꽹과리나 나팔로 신호를 한다. 그러면 마을 사람들은 막으로 달려가서 그물을 당긴다. 그물이 올라 수확이 많으면 많은 대로 적으면 적은 대로 '짓' 이라고 해서 대개는 잡어(雜魚)를 나눠 받는다. 수고의 대가다. 그러기 때문에 후리를 당기러 갈 때는 광주리나 바구니를 결코 잊지 않았고 대부분이 아낙네들이다. 갯마을의 가장 풍성하고 즐거운 때다. 해순이도 부지런히 헌 옷을 갈아입고 나갈 차비를 하는데, 담 밖에서 숙이 엄마가 숨찬 소리로,

"새댁 안 가?"

"같이 가요, 잠깐……."

"다들 갔다, 빨리 나오잖고……."

"아따, 빨리 가면 짓 먼첨 받나 머!"

해순이가 사립 밖을 나서자 숙이 엄마는,

"아이구 요것아!"

눈앞에 대고 헛주먹질을 하면서,

"맴(홑)치마만 걸치면 될걸……꼬물대고서……."

"망측하게 또 맴치마다, 성님(형님)은 정말 맴치마래?"

"밤인데 누가 보나 머, 철벙대고 적시 노면 빨기 구찮고……."

사실 그물을 당기고 보면 으레 옷이 젖는다. 식수도 간신히 나눠 먹는 갯마을이라 빨래가 여간 아니다. 그래서 아낙네들은 맨발에 홑치마만 두르고 나오는 버릇이 생겼는지도 모른다. 그로 해서 또 젊은 사내들의 짓궂은 장난도 있다. 어쩌면 사내들의 짓궂은 장난을 싫잖게 받아들이는 갯마을 여인들인지도 모른다.

해순이와 숙이 엄마는 물기슭 모래톱으로 해서 후리막으로 달려갔다. 맨발에 추진 모래가 한결 시원하다. 벌써 후리는 시작되었다. 굵직한 로프에는 후리꾼들이 지네발처럼 매달렸다.

— 데에야 데야…….

이 켠과 저 켠에서 이렇게 서로 주고받으면 로프는 팽팽해지면서 지그시 당겨 온다. 해순이와 숙이 엄마도 아무렇게나 빈틈에 끼어들어 줄을 잡았다. 바다 저만치서 선두가 칸델라 불을 흔들고 고함을 지른다. 당겨 올린 줄을 뒷거둠질하는 사내들이 '데에야 데야……'를 선창해서 후리꾼들의 기세를 돋우고, 막거간들이 바쁘게들 서성댄다. 가마솥에는 불이 활활 타고 물이 끓는다. 그물이 가까워 올수록 이 '데에야

에야' 는 박자가 빨라진다.

—데야 데야 데야 데야…….

이때쯤은 벌써 멸치가 모래톱에 헤뜩헤뜩 뛰어오른다. 멸치가 많이 들면 수면이 부풀어오르고 그물 주머니가 터지는 때도 있다. 이날 밤도 멸치가 무던히 든 모양이다. 선두는 곧장 칸델라를 흔든다. 후리꾼들도 신이 난다.

—데야 데야 데애 데야…….

이때 해순이 손등을 덮어 쥐는 억센 손이 있었다. 줄과 함께 검잡힌 손은 해순이 힘으로는 어쩔 수 없었다. 내버려 두었다. 후리꾼들의 호흡은 더욱 거칠고 빨라진다. 억센 손이 어느새 해순이 허리를 감싸안는다. 해순이는 그만 줄 밑으로 빠져나와 딴 자리로 옮아 버린다. 그물도 거의 올라왔다.

—야세 야세…….

이때는 사내들이 물기슭으로 뛰어들어 그물 주머니를 한곳으로 모아드는 판이다. 누가 또 해순이 치마 밑으로 손을 디민다. 해순이는 반사적으로 홱 뿌리치고 저만치 달아나 버린다. 멸치가 모래 위에 하얗게 뛴다. 아낙네들은 뛰어오른 멸치들을 주워 담기에 바쁘다. 후리는 끝났다. 멸치는 큰 그물 쪽자로 광주리에 퍼서 다시 돌(시멘트)함에 옮겨 잡어를 골라낸다. 이래서 멸치가 굵으면 젓감으로 날로 넘기기도 하고, 잘면 삶아서 이리꼬를 만든다.

해순이는 깃을 한 바구니 받았다. 무겁도록 이고 아낙네들과 함께 돌아오면서도 괜히 가슴이 설렌다. 깃보다는 그 억센 손이 머릿속을 떠나지 않는다. 누굴까? 유독 깃을 많이 주던 막거간이나 아니던가? 누가 엿보지나 않았을까? 망측해라!

해순이는 유독 깃이 많은 것이 아낙네들 보기에 무슨 죄나 지은 것처럼 부끄럽기만 했다. 그래서 해순이는 되도록 뒤처져 가기로 발을 멈추자 숙이 엄마가 옆구리를 쿡 지르면서,

"너 운 짓이 그렇게도 많에?"

해순이는 얼른 뭐라고 대답이 나오지 않았다. 주니까 받아왔을 뿐이다.

"흥, 알아 봤어, 요 깍쟁이……."

아낙네들이 모두 낄낄대고 웃는다. 뭔가 까닭 있는 웃음들이다. 짐작이 있는 웃음들인지도 모른다. 해순이는 귀밑이 화앗 달았다. 숙이 엄마네 집 앞에서 해순이는,

"성님, 내 짓 좀 줄까?"

숙이 엄마는,

"준 사람에게 뺨 맞게……."

그러면서도 바구니를 내민다. 해순이는 짓을 반이 넘게 부어 주었다.

해순이는 아랫도리를 헹구고 들어와서 자리에 누웠으나 오래도록 잠이 오질 않는다. 그 억센 손이 자꾸만 머릿속에 떠오른다. 돌아오지 않는, 어쩌면 꼭 돌아올 것도 같은 성구(聖九)의 손 같기도 한, 아니면 징용으로 끌려가 버린 상수의 손 같기도 한—그 억세디 억센 손…….

해순이는 생각을 떨쳐 버리려고 애써 본다. 눈을 감아 잠을 청해 본다. 그러나 금하는 음식일수록 맘이 당기듯 잊어버리려고 애를 쓰면 쓸수록 놓치기 싫은 마음—그것은 해순이에게 까마득 사라져가는 기억의 불씨를 솟구쳐 사르개를 지펴 놓은 것과도 같았다. 안타깝고 괴로운 밤이었다.

창이 밝아 왔다. 해순이는 방문을 열었다. 사리섬 위에 달이 솟았다. 해순이는 달빛에 산산조각으로 부서진 바다를 바라보면서 이렇게 뇌어 본다.

'죽었는지 살았는지.'

눈시울이 젖는다. 한숨과 함께 혀를 한 번 차고는 문지방을 베고 누워 버린다. 달빛에 젖어 잠이 들었다.

누가 어깨를 흔든다. 소스라쳐 깨어 보니 그의 시어머니다. 해순이는 벌떡 일어

나 가슴을 여미면서,

"우짜고, 그새 잠이 들었던가베……."

시어머니는 언제나 다름없는 부드럽고 낮은 소리로,

"애야, 문을 닫아걸고 자거라!"

남편 없는 며느리가 애처로웠고, 아들 없는 시어머니가 가엾어 친딸 친어머니 못지않게 정으로 살아가는 고부간이다. 그러나 이날 밤만은 얼굴이 달아올라 해순이는 고개를 들 수가 없었다. 그의 시어머니는 언젠가 해순이가 되돌아오기 전에도,

"애야, 문을 꼭 걸고 자거라!"

고 한 적이 있었다.

그날 밤의 기억이 너무나 생생하게 떠올랐기 때문이었다. 모든 것을 다 알고 있는 그의 시어머니다. 어쩌면 해순이의 오늘은, 이 '애야, 문을 꼭 닫아걸고 자거라……'는 데 요약될는지도 모른다.

해순이는 보재기〔海女〕 딸이다. 그의 어머니가 김가라는 뜨내기 고기잡이 애를 배자 이 마을을 떠나지 못했다. 그래서 해순이가 났다. 해순이는 그의 어머니를 따라 바위 그늘과 모래밭에서 바닷바람에 그슬리고 조개 껍질을 만지작거리고 갯냄새에 절어서 컸다. 열 살 때부터는 잠수도 배웠다. 해순이가 성구에게로 시집을 가기는 열아홉 살 때였다. 해순이의 성례를 보자 그의 어머니는 그의 고향인 제주도로 가면서,

"너 땜에 이십 년 동안 고향 땅을 못 밟았다. 인제는 마음놓고 간다. 너도 인젠 가장을 섬기는 몸이니 아예 에미 생각을랑 마라."

그의 어머니는 고깃배에 실려 물길로 떠났다.

해순이에게 장가들기가 소원이던 성구는 그만치 해순이를 아꼈다. 성구는 해순이에게 물일도 시키지 않았다. 워낙 착실한 성구라 제 혼자 힘만으로도 넉넉지는 못하나마 그의 홀어머니와 동생 해서 네 식구는 먹고살아갈 수 있었다. 그러나 해순이

는 안타까웠다. 물옷만 입고 나가면 성구 벌이에 못지않을 해순이었다. 어느 날 밤 해순이는,

"물때가 한창인데……."

"신풀이가 하고 싶나?"

"낼 전복을 좀 딸래……."

"전복은 갈바위 끝으로 가야지?"

"그긴 큰 게 많지……."

"그만둬."

"가요!"

"못 간다니……."

"집에서 별 할 일도 없는데……."

"놀지."

"싫에, 낼은 가고 말게니……."

이래서 해순이가 토라지면 성구는 그만 그 억센 손으로 해순이를 잡아당겨 토실한 허리가 으스러지도록 껴안곤 했다.

고등어 철이 왔다. 칠성네 배로 이 마을 고기잡이 여덟 사람이 한 패로 해서 떠나기로 했다. 이런 때〔遠洋出漁〕는 되도록이면 같은 고장 사람들끼리 패를 짠다. 같은 날 같이 갔다가 같은 날 같이 돌아온다. 그렇기 때문에 고기잡이 마을에는 같은 달에 난 아이들이 많다. 이 H마을만 하더라도 같은 달에 난 아이가 다섯이나 된다.

좋은 날씨였다. 뱃전에는 아낙들이 제가끔 남편들의 어구며 그동안의 신변 연모들을 챙기느라고 부산하다. 사내들은 사내들대로 응당 간밤에 한 말이겠건만 또 한번 되풀이를 하곤 한다.

돛이 올랐다. 썰물에 갈바람을 받아 배는 미끄러지기 시작한다. 사내들은 노를 걷고 자리를 잡는다. 뭍을 향해 담배를 붙이려던 만이 아버지는 깜박 잊었다는 듯이 배꼬리로 뛰어오면서 입에 동그라미를 하고 제 아이 이름을 고함쳐 부른다. 아이 대신 그의 아내가 치맛자락을 걷어쥐고 물기슭으로 뛰어들며 귀를 돌린다.

"꼭 그렇게 하라니!"

"멀요?"

"엊밤에 말한 것 말야!"

"알았소!"

오직 성구만은 돛 줄을 잡고 서서 마을 한 모퉁이에 눈을 박고 있다. 거기 돌각담에는 해순이가 손을 뒤로 붙이고 섰다. 갓 온 시집이라 버젓이 뱃전에 나오지 못하는 해순이었다. 성구는 이번 한철 잘 하면 기어코 의롱(衣籠)을 한 벌 마련할 작정이었다.

배는 떠났다. 가는 사람이나 보내는 사람이나 그들의 얼굴에는 희망과 기대가 깃들여 있을망정 조그만 불안의 그림자도 없었다.

바다를 사랑하고, 바다를 믿고, 바다에 기대어 살아온 그들에게는 기상대나 측후소가 필요치 않았다. 그들의 체험에서 얻은 지식과 신념은 어떠한 이변에도 굽히지 않았다. 날〔出漁日〕을 받아 놓고 선주는 목욕재계하고 풍신과 용신에 제를 올렸다. 풍어(豊漁)도 빌었다. 좋은 날씨에 물때 좋겠다, 갈바람이라 무슨 거리낌이 있었으랴!

하늘과 바다가 맞닿은 곳, 솜구름이 양 떼처럼 피어오르는 희미한 수평선을 향해 배는 벌써 까마득하다.

대부분의 사내들이 고기잡이로 떠난 갯마을에는 늙은이들이 어린 손자나 데리고 뱃그늘이나 바위 옆에 앉아 무연히 바다를 바라보고, 아낙네들이 썰물에 조개나 캘 뿐 한가하다.

사흘째 되던 날, 윤 노인은 아무래도 수상해서 박 노인을 찾아갔다. 박 노인도 막 물가로 나오는 참이었다. 두 노인은 바위 옆 모래톱에 도사리고 앉았다. 윤 노인이 먼저 입을 뗐다.

"저 구름발 좀 보라니?"

"음!"

구름발은 동남간으로 해서 검은 불꽃처럼 서북을 향해 뻗어 오르고 있었다.

윤 노인이 또,

"하―아, 저 물빛 봐!"

박 노인은 보라기 전에 벌써 짐작이 갔다. 아무래도 변의 징조였다. 파도 아닌 크고 느린 너울이 왔다. 그럴 때마다 매운 갯냄새가 풍겼다. 틀림없었다.

이번에는 박 노인이 뻔히 알면서도,

"대마도 쪽으로 갔지?"

"고기 떼를 찾아갔는데 울릉도 쪽이면 못 갈라고……."

두 노인은 더 말이 없었다. 그새 구름은 해를 덮었다. 바람도 딱 그쳤다. 너울이 점점 커왔다. 큰 너울이 올 적마다 물컥 갯냄새가 코를 찔렀다. 두 노인은 말없이 일어나 말없이 헤어졌다.

그들의 경험에는 틀림이 없었다. 올 것은 기어코 오고야 말았다. 무서운 밤이었다. 깜깜한 칠야. 비를 몰아치는 바람과 바다의 아우성, 보이는 것은 하늘로 부풀어 오른 파도뿐이었다. 그것은 마치 바다의 참고 참았던 분노가 한꺼번에 터져 흰 이빨로 물을 마구 물어뜯는 것과도 같았다. 파도는 이미 모래톱을 넘어 돌각담을 삼키고 몇몇 집을 휩쓸었다. 마을 사람들은 뒤 언덕배기 당집으로 모여들었다. 이러는 동안에 날이 샜다. 날이 새자부터 바람이 멎어가고 파도도 낮아갔다. 샌 날에 보는 마을은 그야말로 난장판이었다.

이날 밤 한 사람의 희생이 있었다. 윤 노인이었다. 그의 며느리 말에 의하면 돌각담이 무너지고 파도가 축담 밑까지 들이밀자, 윤 노인은 며느리와 손자를 앞세우고 담 밖까지 나오다가 무슨 일로선지 며느리는 먼저 가라고 하고 윤 노인은 다시 들어갔다고 한다. 그리고는 아무도 모른다는 것이다.

바다는 언제 그런 일이 있었던가 하듯 잔물결이 안으로 굽은 모래톱을 찰싹대고, 볕은 한결 뜨거웠고, 하늘은 남빛으로 더욱 짙었다.

그러나 고등어 배는 돌아오지 않았다. 마을은 더 큰 어두운 수심에 잠겼다. 이틀 뒤에 후리막 주인이 신문을 한 장 가지고 와서, 출어한 많은 어선들이 행방불명이 됐다는 기사를 읽어주었다. 마을은 다시 수라장이 됐다. 집집마다 울음소리가 그치지 않았다. 이틀이 지났다. 울음에도 지쳤다. 울어서 해결될 문제가 아니었다.

—설마 죽었을라고—이런 한 가닥 희망을 가지고 아낙네들은 다시 바다로 나갔다. 살아야 했다. 바다에서 죽고 바다로 해서 산다. 해순이는 성구가 돌아올 것을 누구보다도 믿었다. 그동안 세 식구가 먹고살아야 했다. 해순이도 물옷을 입고 바다로 나갔다.

해조를 따고 조개를 캐다가도 문득 이마에 손을 하고 수평선을 바라보곤 아련한 돛배만 지나가도 괜히 가슴을 두근거리는 아낙네들이었다. 멸치 철이건만 후리도 없었다. 후리막은 집 뚜껑을 송두리째 날려 버린 그대로 손볼 엄두를 내지 않았다. 후리도 없는 갯마을 여름밤을 아낙네들은 일쑤 불가(바닷가 모래밭)에 모였다. 장에 갔다 온 아낙네의 장 시세를 비롯해서 보고 들은 이야기—이것이 아낙네들의 새로운 소식이요 즐거움이었다. 싸늘한 모래에 발을 묻고 밤새는 줄 몰랐다. 숙이 엄마가 해순이 허벅지를 베고 벌렁 누우면서,

"에따, 그 베개 편하다……."

그러자 누가,

"그 베개 임자는 어데 갔는고?"

아낙네들의 입에서는 모두 가느다란 한숨이 진다. 숙이 엄마는 해순이 얼굴을 말끄러미 쳐다보면서,

—에에야 데야 에에야 데야
썰물에 돛 달고
갈바람 맞아 갔소.

하자 아낙네들은 모두,

—에에야 데야
샛바람 치거던
밀물에 돌아오소.
—에에야 데야.

아낙네들은 그만 목이 메어 버린다. 이때,

"떼과부년들이 모여서 머 시시닥거리노?"

보나마나 칠성네다. 만이 엄마가,

"과부 아닌 게 저러면 밉지나 않제?"

칠성네도 다리를 뻗고 펄썩 앉으면서,

"과부도 과부 나름이지, 내사 벌써 사십이 넘었지만……이년들 괘니 서방 생각이 나서 자도 않고……."

"말도 마소, 이십 전 과부는 살아도, 사십……."

"시끄럽다, 이년들아. 사내 녀석들 한 두름 몰아다 갈라줄 테니……."

"성님이나 실컷 하소."

모두 딱다그르 웃는다.

이래저래 여름이 가고 잡어가 많이 잡히는 가을도 헛되이 보냈다.

모자기, 톳나물, 가스레나물, 파래, 김 해서 한 무렵 가면 미역 철이다.

미역 철이 되면 해순이는 금보다 귀한 몸이다. 미역은 아무래도 길 반쯤 물속이 좋다. 잠녀는 해순이밖에 없다. 해순이가 미역을 베 올리면 뭍에서는 아낙네들이 둘러앉아 오라기를 지어 돌밭에 말린다. 미역도 이삼 월까지면 거의 진다.

어느 날 밤 해순이는 종일 미역바리를 하고 나무 둥치같이 쓰러져 잠이 들었다. 얼마쯤이나 됐을까? 분명코 짐작이 있는 어떤 압박감에 언뜻 눈을 떴다. 이미 당한 일이었다. 악! 소리를 지른다는 것이 숨결만 가빠지고 혀가 말을 듣지 않았다. 대신 사내의 옷자락을 휘감아 잡았다. 세상없어도 놓지 않을 작정하고……. 그러나 해순이의 몸뚱어리는 아리한 성구의 기억 속으로 자꾸만 놓여가고 있었다. 그렇게도 휘감아 잡았던 옷자락이 모르는 새 놓여졌다.

'아니 내가 이게…….'

해순이는 제 자신에 새삼스레 놀랐다. 마치 꿈속에서 깨듯 바싹 정신이 들자 그만 사내의 상고머리를 가슴패기 위에 움켜쥐었다. 사내는 발로 더듬어 문을 찼다.

"그 방에 누고?"

시어머니의 잠기 가신 또렷한 소리다. 해순이는 가슴이 덜컥했다. 그러나 입술에 침을 발라 목을 가다듬었다.

"뒷간에 갑니더!"

그리고는 사내의 상고머리를 슬그머니 놓아주고 발자국 소리를 터덕댔다. 이날 밤 해순이는 가슴이 두근거려 더는 잠을 못 잤다.

다음날도 미역바리를 나갔다. 숨가쁜 물속에서도 해순이 머리 한구석에는 어젯밤 기억이 떠나지 않았다. 돌아오는 길에 성게를 건져다 시어머니에게 국을 끓여 드렸다. 시어머니는 성게국을 달게 먹으면서,

"얘야, 잘 때는 문을 꼭 닫아걸고 자거라!"

해순이는 고개를 못 들었다. 대답 대신 시어머니 국대접에 새로 떠온 더운 국만 더 보탰다.

해순이는 방바위—바위가 둘러싸서 방같이 됐기 때문에—옆에서 한천(寒天)을 펴고 있었다. 이때 등 뒤에서,

"해순아!"

해순이는 깜짝 놀라면서 반사적으로 몸을 움츠렸다. 후리막에서 일을 보고 있는 상수다. 해순이는 아랑곳도 않았다. 상수는 슬금슬금 해순이 곁에 다가앉으면서,

"해순이 내캉 살자!"

상수의 이글거리는 눈이, 물옷만 입은 해순이에게는 온몸에 부시다. 해순이는 암말도 없이 돌아앉았다.

"성구도 없는데 멋한다고 고생을 하겠노?"

"……."

"내하고 우리 고향에 가 살자. 우리 집엔 논도 있고 밭도 있다!"

사실 그의 고향에는 별걱정 없이 사는 부모가 있었고, 국민학교를 나온 상수는 농사 돌보고 남부럽지 않게 살았다. 전에 상처를 하고부터 바람을 잡아 떠돌아다니다가 그의 이모 집인 이 후리막에 와서 뒹굴고 있다.

"은야, 해순아."

상수의 손이 해순이 어깨에 놓였다. 해순이는 탁 뿌리치고 일어났다. 그러나 상

수는 어느새 해순이 팔을 꽉 잡고 놓지 않는다. 승강이를 하는데 돌아가는 고깃배가 이 켠으로 가까이 왔다. 해순이는 바위 그늘에 허리를 꼬부렸다. 그새 상수는 해순이를 끌고 방바위 안으로 숨었다.

"해순이, 우리 날 받아 잔치하자……."

"싫에 싫에, 난 싫에!"

"정말?"

"놔요 좀, 해가 지는데……."

"그럼 내 말 한 번만 들어……."

"먼 말?"

상수는 해순이 허리에 팔을 돌렸다.

해순이는 몸을 비꼬아 손가락을 비틀었다.

"내 말 안 들으면 소문 낼기다!"

"머 소문?"

"니하고 내하고 그렇고 그렇다고……."

"……?"

"내 머리 낚우던 날 밤에……."

해순이는 비로소 알았다. 아무도 모르는 오직 마음속 깊이 간직해 둔 비밀을 옆에서 엿보기나 한 것처럼 해순이는 그만 발끈해지자 허리에 꽂은 조개칼을 뽑아 들었다. 서슬에 상수는 주춤 물러났다. 해순이는 칼을 눈 위에 올려 쥐고,

"내한테 손대면 찌른다!"

"손 안 댈게 내 말 한 번만……."

"소문 낼 텐, 안 낼 텐?"

"안 낼게, 내 말……."

"나보고 알은 척 할 텐, 안 할 텐?"

"그래, 내 말 한 번만 들어주면……."

상수는 칼을 휘두르는 해순이가 겁은커녕 되레 귀여워만 보였다. 해순이는 도사리고 칼을 겨루면서도 그날 밤의 기억을 떨어버릴 수가 없었다. 칼 쥔 손이 어느 새 턱 밑까지 내렸다. 해순이는 눈시울이 자꾸만 부드러워 갔다.

"해순이!"

상수가 한 걸음 다가오자 해순이는 언뜻 칼을 고쳐 들고 한 걸음 물러난다. 상수가 또 한 걸음 다가오자 해순이는 그만 아무렇게나 칼을 내저으면서,

"더 오지 마래, 더 오면 참말 찌른다!"

"참말 찔리고 싶다. 찌르면 나도 해순이를 안고 같이 죽을 테야!"

하고, 상수는 목 울대 밑을 가리키면서,

"꼭 요기를 찔러라, 요기를 찔러야 칵 죽는다니……."

해순이는 몸서리를 한 번 쳤다. 상수는 또 한 걸음 다가왔다.

그러자 해순이는 바위에 등을 붙이고 울음인지 웃음인지 알 수 없는 소리로,

"안 찌르께, 오지 마래!"

"찔리고 싶어 온몸이 근질근질하다. 칵 찔러라, 그래서 같이 죽자!"

하는 상수 눈에는 불이 일 듯하면서도 입가에는 어쩌면 미소가 돌 것도 같다. 상수의 눈을 쏘아보며 해순이는 그만 칼을 내던지고,

"참 못됐다!"

상수는 칼을 주워 칼날을 더듬어 보면서,

"내 이 칼 좀 갈아다 줄까, 이 칼로야 어디……."

"어쩌면 저렇게도 못됐을꼬."

"전북 따듯 목을 싹 도리게스리……."

"흉측해라. 꼭 섬도둑놈 같다!"

"그랬으면 얼마나 속 시원할꼬?"

"난 갈 테야."

"날 죽이고 가거라!"

"아이 참, 그럼 어짜라카노?"

"내 말 한 번만……."

"그럼, 빨리 말해 보라니……."

상수는 해순이 목에 팔을 감았다.

해순이는 팔굽으로 뿌리치고 돌아앉아 어깨로부터 물옷을 벗기 시작했다. 이날 해순이는 몇 번이고 상수에게 소문 내지 않겠다는 다짐을 받았다. 그러나 이틀이 못 가서 아낙네들 새, 해순이와 상수가 그렇고 그렇다는 소문이 돌기 시작했다. 다시 고등어 철이 와도 칠성네 배는 소식조차 없었다. 밤이면 아낙네들만이 불가에 모여들었다. 칠성네가 그의 시아버지(박 노인—박 노인은 그 뒤 이렇다 할 병도 없이 시름시름 앓아 누워 지금껏 자리를 뜨지 못한다)가 시키는 말이라면서 작년 그날을 맞아 일제히 제사를 지내라는 것이었다. 모두 그렇게 하기로 했다. 이 H마을에 여덟 집 제사가 한꺼번에 드는 셈이다. 제사를 이틀 앞두고 해순이 시어머니는 해순이에게,

"얘야, 성구 제사나 마치거든 개가하도록 해라!"

"……."

"새파란 청상이 어찌 혼자 늙겠노."

해순이는 그저 머엉했다.

"가면 편할 자리가 있다. 그새 여러 번 말이 있었으나, 성구 첫 제사나 치르고 보자고 해왔다. 너도 대강 짐작이 갈 게다."

해순이는 낯이 자꾸 달아올랐다. 상수가 틀림없었다. 해순이는 고개가 자꾸만 무

거워갔다.

"과부가 과부 사정을 안다고, 나도 일찍이 홀로 됨 몸이라 그 사정 다 안다. 죽은 자식보다 너가 더 애처롭다. 저것(시동생)도 인젠 배를 타고 하니 설마 두 식구야……."

다음날은 벌써 상수가 해순이를 맞아간다는 소문이 온 마을에 쫙 퍼졌다. 그러면서도 아낙네들은 해순이마저 떠난다는 것이 진정 섭섭했고 맥이 풀렸다. 눈물을 글썽대는 아낙네도 있었다. 해순이는 이 마을 — 더구나 아낙네들의 귀염둥이다. 생김새도 밉지 않거니와 마음에 그늘이 없다. 남을 의심할 줄도 모르고 거짓도 없다. 그보다도 우선 미역 철이 오면……아낙네들은 절로 한숨이 잦았다. 그러나 해순이는 그저 남녀가 한번 관계를 맺으면 으레 그렇게 되나 보다, 그래서 그렇게 됐고, 또 그렇게 해야 되나 보다 — 이러는 동안에 후리막 안주인과 상수를 따라 해순이는 가야 했다.

해순이마저 떠난 갯마을은 더욱 쓸쓸했다. 한 길 물속에 미역밭을 두고도 철을 놓쳐 버렸다. 보릿고개가 작히도 고되었다. 해조로 끼니를 이어가는 집도 한두 집이 아니었다.

또 고등어 철이 왔다. 두 번째 맞는 제사를 사흘 앞두고 아낙네들은 불가에 모였다.

"요번 제사에는 고동 생복도 없겠다!"

"이밥은 못 차려도 바다를 베고서……."

"바닷귀신이 고동 생복 없이는 응감도 않을걸!"

이렇게들 주거니받거니 하는데, 뒤에서 누가,

"왁!"

해순이었다.

"이거 새댁이 앙이가?"

"새댁이 우짠 일고?"

"제사라고 왔나?"

"너거 새서방은?"

그중에서도 숙이 엄마는 해순이를 친정에 온 딸이나처럼 두 손으로 얼굴을 싸고 들여다보면서,

"좀 예빗(여위었)구나."

그러자 칠성네가,

"여기 좀 앉거라 보자!"

해순이는 아낙네들에 둘러싸여 비로소,

"성님들 잘 기셨소?"

했다.

"너거 시어머니 봤나?"

해순이는 고개만 끄덕였다.

그의 시어머니는 해순이를 보자 입부터 실룩이고 눈물을 가두었다. 아들 생각을 해선지? 아니면 제삿날을 잊지 않고 온 며느리가 기특해선지? 해순이는 제 방에 들어가서 우선 잠수(潛水) 연모부터 찾아보았다. 시렁 위에 그대로 얹혀 있었다. 해순이는 반가웠다. 맘이 놓였다. 그래서 불가로 나왔다.

"난 인자 안 갈 테야, 성님들하고 여기서 같이 살래!"

그리고는 훌쩍 일어서서 바다를 바라보고 가슴 가득히 숨을 들이켰다. 오래간만에 맡는 그렇게도 그립던 갯냄새였다.

아낙네들은 모두 서로 눈만 바라보고 말이 없었다.

상수도 징용으로 끌려가 버린 산골에서는 견딜 수 없는 해순이었다.

오뉴월 콩밭에 들어서면 깝북 숨이 막혔다. 바랭이 풀을 한 골 뜯고 나면 손아귀에 맥이 탁 풀렸다. 그럴 때마다 눈앞에 훤히 바다가 틔어 왔다.

물옷을 입고 첨벙 뛰어들면……해순이는 못 견디게 바다가 아쉽고 그리웠다.

고등어 철 — 해순이는 그만 호미를 내던지고 산비탈로 올라갔다. 그러나 바다는 안 보였다. 해순이는 더욱 기를 쓰고 미칠 듯이 산꼭대기로 기어올랐다. 그래도 바다는 안 보였다.

이런 일이 있는 뒤로 마을에서는 해순이가 매구혼이 들렸다는 소문이 자자했다.

시가에서 무당을 데려다 굿을 차리는 새, 해순이는 걷은 소매만 내리고 마을을 빠져나와 삼십 리 산길을 단걸음에 달려온 것이다.

"진정이냐, 속 시원해 말 좀 해라, 보자……."

숙이 엄마의 좀 다급한 물음에도 해순이는 조용조용,

"수수밭에 가면 수숫대가 모두 미역발 같고, 콩밭에 가면 콩밭이 왼통 바다만 같고……."

"그래!"

"바다가 보고파 자꾸 산으로 올라갔지 머, 그래도 바다가 안 보이데."

"그래, 너거 새서방은?"

"징용 간 지가 언제라고."

"저런……."

"시집에선 날 매구혼이 들렸대."

"쯧쯧."

"난 인제 죽어도 안 갈 테야, 성님들하고 여기 같이 살 테야!"

이때 후리막에서 야단스레 꽹과리가 울렸다.

"아, 후리다!"

"후리다!"

"안 가?"

"왜 안 가!"

숙이 엄마가 해순이를 보고,

"맴치마만 두르고 빨리 나오라니……."

해순이는 재빨리 옷을 갈아입고 나왔다. 아낙네들은 해순이를 앞세우고 후리막으로 달려갔다. 맨발에 식은 모래가 해순이는 오장육부에 간지럽도록 시원했다.

달음산 마루에 초아흐렛달이 걸렸다. 달 그림자를 따라 멸치 떼가 들었다.

—데에야 데야…….

드물게 보는 멸치 떼였다.

1953년

성황당 _ 정비석

"제에길, 뭘 허구 송구 안 와!"

순이는 저녁밥 짓는 불을 다 때고 나서, 부지깽이로 닫친 부엌문을 탕 열어제치며, 눈 아래 언덕길을 내려다보았다. 그러나 아래로 뻗은 길에는 사람은커녕 개새끼 하나 얼씬하는 것 없었다.

한참 멍하니 내려다보고 있던 순이는 다시 아까와 같이 중얼거리면서 부엌 바닥을 대강대강 쓸어, 검부러기를 아궁에 지펴 넣는다. 그러고 나서 이번에는 빗자루를 든 채 뜰 아래로 나서더니 천마령(天摩嶺) 위에 걸린 해를 쳐다본다. 산골의 해는 저물기 쉬웠다. 아침 해가 앞산 위에 떴나보다 하면, 벌써 뒷산에서는 해가 저물기 시작하였다.

그러기로 신새벽에 집을 나갈 때에 그렇게나 신신당부를 했으니, 여느 장날보다는 좀 일찍 돌아와야 할 것이고, 그러니까 이맘때에는 으레 돌아왔어야 할 텐데—하여간 순이는 기다리다가 몹시도 안타까웠다.

하긴 여느 때 마련하면 아직도 돌아올 무렵이 멀긴 했지마는, 순이는 공연히 마음이 초조했다. 그도 그럴 것이, 붉은 고사댕기 한 감과 흰 고무신 한 켤레를 가져 볼 생각을 하면 금방도 어깨춤이 덩실덩실 나왔고, 이제 보름만 있으면 붉은 댕기에 흰 고무신을 신고 오 리 밖에 있는 큰 마을에 그네 뛰러 갈 것을 생각하면 금시로 엉덩이가 절로 들썩거려졌다.

어느덧 밥이 바지직바지직 잦는다. 순이는 솥뚜껑을 열어보고 나서는 또 밖으로 나와 언덕 아래를 내려다보았다.

아직도 아무 것도 보이지 않았다. 순이는 이맛살을 찌푸렸다. 순이는 아까 집을 나갈 때의 남편의 말을 생각해 보지 않을 수 없었던 것이다.

"올 수리(단오)날이 송구 보름이 남았는데, 발써부터 댕긴 사다 뭘해? 그럴 돈이 있으문 술이나 사 먹지! 참, 오늘은 강냉이 한 말 사구 남은 돈은 술이나 한 잔 사 먹어야겠군!"

하던 현보(賢輔)의 말에 순이는,

"흥! 그래만 보갔디! 난 아예 달아나구 말걸!"

하고 대꾸를 하며 남편을 따라 웃고 말았지마는, 아직도 돌아오지 않는 것을 보면 그때 현보의 말이 노상 농담만도 아니었던 것 같다.

정말 현보는 남은 돈으로 술을 사 먹는 것이나 아닐까? 술을 그렇게 좋아하는 현보의 일이니, 사실 그럴는지도 모른다고 순이는 점점 불안스러워서, 이제는 집 뒤 언덕으로 기어올라 더 멀리를 바라보았다. 그래도 아무 것도 보이지 않는다.

그래 순이는 집 앞에 있는 느티나무 아래 성황당(城隍堂)에 돌을 던져서, 제발 남편이 신발과 댕기를 사 오기를 축수하고 나서, 짜장 댕기와 고무신을 사오지 않으면 사생결단으로 싸워 보리라 마음먹었다.

그래도 마음은 놓이지 않았다. 가만있자, 현보가 술 먹어본 지가 한 달…… 아니 허 좌상네 제사 때 먹은 것이 마지막이었으니, 장근 두 달이나 되었다. 정말 오늘은 댕기 살 돈으로 술을 사 먹을는지 모른다. 그러기에 아직도 안 오는 게지 두 섬 팔아서 강냉이 한 말하고 댕기 한 감에 신 한 켤레 사기는 잠깐일 것이 아니냐? 술만 안 먹는다면 벌써 돌아온 지 오래였을 것이다.

저녁해가 천마령 너머로 잠기고 말았다. 산골짜기에는 산들바람이 불었다. 나뭇잎이 설렁설렁 갈리고, 그런 저녁이면 으레 뒷산 숲에서는 부엉이가 운다. 순이는 차차 불안스러워졌다.

밥을 담아놓기까지 부엌 문턱이 닳도록 드나들었건마는 아무런 소용도 없었다.

밥을 담아놓고는 가만히 서 기다릴 수가 없어, 힝하니 언덕길을 내려갔다. 언덕길을 다 내려가면 다시 이번에는 맞은편 언덕길을 추어 올라야 한다. 이 언덕이라는 것이 이른바 삼 천마 — 귀성천마(歸城天摩), 삭주(朔州)천마, 의주(義州)천마라는 큰 재〔嶺〕였다. 이 재를 경계로 하고 귀성, 삭주, 의주의 세 고을로 나누어진 것이다. 이 재의 꼭대기까지 오르자면 시오 리는 넉넉히 되었다.

순이는 가쁜 숨을 쉬일 새도 없이 두 활개를 치면서 올랐고, 꾸부러진 굽이를 돌 때마다 고개를 들어 머리 위에 보이는 길을 쳐다보곤 한다. 장꾼도 이제는 거근해서 간혹 한두 사람씩 보일 뿐이었고, 멀리서 두런거리며 걸어오는 발자국 소리가 들릴 때마다 행여 현보가 아닌가 하고 가슴을 졸였으나, 막상 마주치고 보면 생면부지의 남들이었다. 그런 때면 순이는 가만히 한숨을 쉬면서 맥 풀리는 다리를 거누며 언덕을 올랐다. 언덕을 오르기만 하면 내림길 시오 리는 한눈에 바라볼 수 있었다. 순이는 점점 골이 났다. 제길! 만나기만 하면 댓바람에 멱살을 부여잡고 악다구니를 치리라 하였다.

어느덧 황혼이 짙었다. 깊은 산골짜기에서 피어나기 시작한 황혼은 나무를 에워싸고 개울을 덮고 산허리로 해서 야금야금 산마루로 뻗기 시작하였다. 바람이 어느 때보다 차갑게 불었다. 갓 나온 떡갈나무 잎이 바람을 맞아 사르륵사르륵 소리를 내고 있었다. 길 옆 숲 속에서는 금방 범이나 산돼지가 튀어나오지 않을까 싶게 굴속같이 캄캄하였다.

그러나 순이는 그런 것은 조금도 무섭지 않았다. 산에서 나서 산에서 자란 순이였다. 순이는 현보가 붉은 고사댕기와 흰 고무신을 사 가지고 올 것을 생각하면 아무것도 두렵지 않았다. 그는 다시 발을 빨리 놀렸다.

순이가 시오 리 고개를 다 올랐을 때, 저편에서 흥어리 타령을 하며 오는 사람이 있었다. 그 음성을 틀림없는 현보였다. 그것이 현보인 것을 알자 대뜸 순이의 가슴은 덜컥 내려앉았다.

산골에 귀물은 머루나 다래,
인간의 귀물은 우리 님 허리……

이것은 현보가 아는 단 하나의 노래였고, 그리고 현보는 으레 술이 얼근히 취해야만 이 노래를 부르는 것이 아니었던가?

순이는 그 노래를 듣자, 댕기도 고무신도 '허양낭창' 이로구나 생각하니, 가슴 밑바닥에서부터 끓어오르는 분노를 참을 수 없어, 길가에 딱 버티고 서며, 주먹을 불끈 쥐고 어둠 속에서 가까이 오는 현보를 노려보았다. 현보는 등에 짐을 걸머진 채 홍얼거리며 그대로 지나가려다가 다시 한 번 쳐다보더니, 그제야 순이를 알아보고 깜짝 놀라며,

"순인가? 너 어떻게 여기까지 왔네? 옳지, 내 마중 왔구나, 응?"

하고 얼근히 취한 혀를 굴리며 순이의 어깨를 붙잡으려 하였다.

"그래 신은 사 오는 거요?"

순이는 현보의 팔을 뿌리치며 독기 있는 말로 톡 쏘았다.

"뭐? 그럼 날 마중 나온 게 아니구, 신 사 오는가 해서 여기꺼정 왔구나, 응? 허허, 신 사 오구 말구! 쌔헌 고무신, 순이 신을 고무신, 말쑥헌 하이칼라 신, 사 오구 말구!"

하며 현보는 다시 순이의 치맛자락을 붙잡았다. 순이는 천만 뜻밖에도 신을 사 온다는 바람에, 담박 감정이 풀리며 반갑기만 해서 아무 반항도 하지 않았다.

"정말 사 오우?"

"그럼 안 사 올까, 원! 순이 고무신을 내래 안 사다 주문 누구래 사다 준다구!"

"어디 좀 봅수다."

순이가 채근하기 전에 현보는 진작 부스럭부스럭하더니, 고무신 한 켤레를 등짐에서 끄집어 내어 순이에게 주면서,

"여기서 한 번 신어 보련?"

하는 현보의 말에,

"글쎄, 좀 쉬어 갑수다."

둘은 길 저문 줄도 모르고 길섶 풀밭 위에 나란히 주저앉았다. 순이는 얼른 종이를 풀고 어둠 속에서도 눈처럼 흰 고무신을 보자, 입이 헤작해지며 다 헤어진 짚신을 벗고 새 고무신을 신어 본다.

"맞디?"

"응! 아니, 좀 크우다래! 겨냥보다 큰 걸 사왔수다래."

"좀 큰 편이 날 것 같아서……."

"그래두 과히 큰가 봐."

"좀 큰 편이 낫대두 그래! 올 한 해만 신을 것두 아니구……발은 크지 않나 원!"

"크문 돈두 더 허지 않갔소?"

"돈은 같애! 아따 같은 값이면 처녀라구, 돈이 같기에 큰 걸 사왔디."

"돈은 같아요? 그름 큰 거 낫디 뭐……참 댕긴?"

순이는 그제야 생각난 듯이 댕기 독촉을 하였다.

"댕기 생각두 났지만, 댕긴 시집올 때 디리구 온 거 있잖은가?"

"아구만나! 시집올 때 웬 댕기래 있었나, 뭐? 시집오던 날 디리구 온 건 놈(남)해래 돼서 사흘만에 도루 돌려주디 않았소!"

"아, 그랬던가? 난 또 시집올 때 디리구 온 댕기 생각이 나기에 옳다 잘됐다, 오늘

은 댕기값이 남았으니, 술 먹을 돈이 생겼다구 막걸리 몇 잔 걸티구 왔디! 난 참 그런 줄은 깜빡 잊었드랬구먼, 허어 그러니 헐 수 있나, 다음 당(장)에는 꼭 사다 주디."

"여보, 그렇게야 놈으 생각을 못 해 주갔소?"

"아니! 생각을 못 헌 게 아니라, 있는 댕기야 또 사올 거 없갔기 그랬디. 내가 님자 댕기 사 오는 거 아까워 그랬간나? 그렇지 않어? 응 순이!"

하며 현보는 순이의 허리를 껴안았다. 순간 술 냄새가 물씬 얼굴에 끼쳐졌다.

"아이구 망측해라!"

"망측은 무슨 망측, 아무두 보는 사람 없는데!"

하고 현보는 성난 범처럼 덤벼들었다. 순이는 고무신 사다 준 것만도 다행으로 여겨, 아무 반항도 하지 않았다.

어느덧 열여드렛달이 천마재 위에 비죽이 솟았다. 산속은 괴괴하다. 나무 사이로 세차게 흐르는 달빛이 더욱 적막을 돋우었다. 숲 위에서 반짝이는 별들만이 순이와 현보를 지키고 있었다. 어디선가 간혹 접동새 울음이 들려 왔고, 그것이 그치면 알지 못할 산짐승이 짝을 찾는 듯, 슬프게 우는 소리뿐이었다.

순이는 밤새도록 자지 않고 신만 신었다 벗었다 하였다. 신코가 뾰족한 것도 신기스럽거니와, 휘어잡으면 한 움큼 되었다가도 손을 놓으면 팔딱 제 모양대로 돌아지는 것이 퍽은 재미스럽다. 순이는 버선 위에도 신어 보고 맨발에도 신어 보았다. 그는 참말 별안간에 하늘에 올라간 것만큼이나 기뻤다. 이런 신은 아무리 돈 많은 사람이라도 함부로 신을 것이 못 되어 보였다. 아랫마을에도 흰 고무신 신은 여편네라고는 구장댁 한 사람뿐인 것만 보아도 알 것이라고, 순이는 등잔을 끄고 그만 자리라고 자리에 누웠다가도 다시 불을 켜고는 고무신을 어루만져 본다. 그리고 이런 모든 것이 성황님의 은덕이라고 믿는 것이었다. 순이는 시집올 때에 성황당 앞에서 배례하고 배필이 되기로 맹세한 것을 새삼스러이 행복되게 생각하는 것이었다.

순이는 이 세상 모든 재앙과 영광은 성황님께서 주장하는 줄로만 믿는다. 순이가 처음 시집왔을 때 시어머니는,

"우리 집 일은 무엇이나, 앞에 계신 성황님께 빌면 순순히 되는 줄만 알아라."

하고 타이르던 것과, 시증조부모 때에 한 번 성황님께 불공 안했다가, 집이 도깨비불에 타고 말았다는 말까지도 잊혀지지 않는다.

순이는 지금 고무신을 신게 된 것도 틀림없는 성황님의 은덕이라고 믿는다.

이튿날 아침 순이는 먼동이 트기 전에 일어나서, 신을 또 한 번 신어 보고는 밖으로 나와 이리저리 돌아가며, 돌을 주워들고 성황당 앞으로 가 공손히 던졌다.

순이는 성황당에 돌을 던질 때가 가장 행복스러웠다. 돌을 여남은 개 던지고 나서는, 고개를 수그려 합장 배례하고 잠깐 섰다가 집으로 돌아왔다. 그러자 현보도 잠이 깨어 옷을 걸치며 마당으로 나왔다. 숯가마에 일하러 가는 것이었다.

"곤허갔는데, 좀더 자구 가루래."

순이는 고무신 사다 준 것이 생각할수록 고마워서 현보를 보고 발쭉 웃었다.

"괜찮어! 어서 가보야디."

현보도 순이를 보고 히쭉 마주 웃고 나서, 눈을 비비며 집 뒤 등마루로 올라간다. 숯가마는 고개 너머 산골짜기에 있었다. 현보가 한창 고개를 올라가노라니까 순이는 생각난 듯이 큰 소리로,

"여보! 여보!"

하고 급히 쫓아오며 현보를 불렀다.

"와 그래?"

"좀 왔다 가우! 왔다 가라구요!"

하고 순이는 소리를 질렀다. 이윽고 현보는,

"와 그루? 와 그래?"

하며 순이에게로 되돌아왔다.

"임자 갈 때 성황님께 비는 것 잊어버렸디요?"

"난 또 큰 변 났다구!"

"그럼, 큰 변 아니구요! 성황님께 불공 안 했다간 큰 변 나는 줄 모르우?"

하면서 순이는 벌써 돌을 열 개나 남짓 모아다가 현보에게 주면서 던지라고 하였다.

현보는 돌을 받아서 공손히 던졌다. 그러고 나서 합장하였다. 현보는 다시 순이를 쳐다보며 웃고 나서 집을 떠날 때에 퍽 행복스러웠다. 나이 스물여덟이 되어서야 겨우 색시랍시고 코를 질질 흘리는 열네 살짜리 순이를 데려온 것이 어제 일 같은데, 순이는 벌써 열여덟이 되어서, 이제는 제법 아내 꼴이 박혔고, 게다가 기특하게도 남편에게 재앙이 없도록 성황님께 축수하기를 잊어버리지 않는 것을 보고는, 현보는 그지없이 마음이 흐뭇하였다.

현보에게는 이 천마령과 순이만이 온 천하의 모든 것이었다. 순이만 있으면 현보는 조금도 외로울 것이 없었다. 그리고 또, 이 천마령에 있는 동안에는 잡나무[雜木]도 끝이 없을 것이요, 그러고 보면 숯구이도 끝이 없을 것이니, 먹기 걱정은 영 없었다. 세상이야 어떻게 변동되건 어떤 풍파가 일어나건, 그런 것은 현보에게 아무런 상관도 없었다. 세상 일로서 현보와 관계되는 것이 있다면, 그것은 오직 숯값 내리는 것뿐이었다. 그러나 그것도,

'제길! 제아무리 멋하기로니 제놈들이 숯이야 안 쓰구 배겨날 수 있나 원!'

하고 생각하면 그것조차 걱정할 것이 없었다. 현보는 그저 행복스러웠다.

전나무, 잣나무, 박달나무, 물푸레나무, 떡갈나무, 소용나무…… 아름드리 나무, 나무들이 기운차게 활기를 쭉쭉 뻗고 별 겯듯 서 있는 숲 속을 거닐면서 현보는 다시

빙그레 웃었다.

무성한 나무 나무! 그것은 얼마나 친근한 현보의 벗이었으리요!

순이도 떼어 버리고는 살 수 없을 만큼 사랑스럽다. 그러나 현보에게는 이 나무들도 순이보다 조금도 못하지 않게 사랑스러웠다.

봄이 오면 나뭇잎이 싱싱하게 생겨나고, 그래야만 현보의 마음에도 봄이 오는 것이었다. 친근하기로 말하자면 산은 말할 필요조차 없다. 온갖 나무를 키워 주고 온갖 풀을 키워 주는 것이 산이 아니더냐? 현보를 낳아준 것도 산이었고, 현보를 먹여 살리는 것도 산이었고, 현보의 어머니가 마지막으로 돌아간 곳도 역시 산이 아니더냐? 현보는 산 없는 곳에서는 하루도 살지 못할 것 같았다. 이런 생각을 하는 사이에 어느덧 현보는 숯가마에 다다랐다.

숯가마 속에는 그저께 차곡차곡이 모아 넣은 나무들이 그대로 있었다. 현보는 옆에 쌓여 있는 불나무〔火木〕를 도끼로 패기 시작했다. 도끼를 번쩍 들어 뒤로 견줄 때마다 턱 버그러진 구리쇠빛 앞가슴의 근육이 불끈 내솟았다가는, 도끼를 탁 내리갈기면 어깻죽지가 불쑥 부풀어 오르고, 그와 동시에 장작이 팡하고 두 갈래로 갈라지는 것이었다. 이렇게 한 번 한 번 내리갈길 때마다 도끼 소리는 쩌르렁 산에 울리고, 조금 있으면 또 쩌르렁 하고 맞은편 산에서 메아리가 들려오는 것이었다. 그리하여 현보는 혼자이면서도 장단 맞추어 둘이 일하는 때와 꼭 같이 조금도 힘이 들지 않았다.

한참 패고 나서는 하늘을 우러러본다. 해는 조반 때가 훨씬 겨웠다. 아침 해는 벌써 천마령 꼭대기를 벗어났다. 현보는 이번에는 언덕길을 올려다보았다. 아직도 순이가 조반을 가져오는 것이 보이지 않는다. 패던 장작을 마저 패고 허리를 펴며 일어서니, 이제껏 안 보이던 순이가 어느 틈에 눈앞에 나타났다.

"아아니, 금방 안 보이더니 어느 틈에 왔어?"

"쳐다보기에 나무 그늘에 숨었드랬어, 히히!"

"요, 앙큼한 것이……."

하고 현보는 때려갈길 듯이 을러메며 싱글 웃는다.

"힝."

순이는 입술을 배죽 내밀어보이고 나서 현보를 따라 풀밭에 주저앉더니 바구니를 연다. 바구니 속에서는 강낭밥 두 그릇과 산나물이 나왔다. 그리고 맨 마지막으로, 삶은 감자 다섯 개가 나왔다.

"응! 웬 감잔구?"

"궐 자시라구 삶아 왔디, 히히힝!"

하고 순이는 연방 싱글벙글하였다.

"감자가 송구 남아 있었던가?"

"요것뿐야! 궐 생일날 쓰려던 걸 오늘 삶아 왔어!"

하고 순이는 수줍은 듯이 고개를 비꼰다.

현보는 눈물이 핑 돌도록 고마웠다.

조반을 마치자, 현보는 지게를 지고 나무하러 산속으로 들어가고, 순이는 숯가마에 불을 때기 시작하였다. 순이는 불나무를 한 아궁이 그득히 지펴 넣고는 바구니를 끼고 나물하러 나섰다.

겨울이 어제 같더니 어느덧 산에는 맛나물이 두 치나 자랐다. 이윽고 고사리도 돋아나리라고 생각하면서, 순이는 눈에 띄는 대로 맛나물, 알바꾸기, 소리채, 민들레……이런 것을 캐어서는 바구니에 넣고 넣고 한다. 그러다가는 다시 숯가마에 와서 불이 스러지지 않도록 나무를 지펴 넣었다.

해는 중낮이 되었다.

별 곁듯 빽빽이 서 있는 나무숲 속도 훤히 밝았다. 겹겹이 쌓인 숲 속에서는 졸졸졸 얼음 녹은 물이 흐르고 있다.

온 산은 적막 속에 잠겼다. 산새도 울지 않았다. 다만 보이지 않는 곳에서 종달새 소리가 들려올 뿐이었고, 그것마저 구름 속에 잠겨지자, 생각난 듯이 미라부리가 한 곡조 부르면서 멀리로 날아갈 뿐이었다. 순이는 나물을 캐다 말고, 미라부리 사라진 먼 하늘을 고요히 우러러보고 있었다. 그런 때에는 순이도 자연의 한 부분에 지나지 않았다.

산속의 봄은 유난히 짧다. 뻐꾸기가 울어서 봄이 왔나 보다 하고, 한겨울의 칩거(蟄居)에서 해방되어 산으로 오르기 시작하면, 벌써 두견새와 꾀꼬리가 노래를 부르고, 뒤이어 매미가 맴맴맴 맴맴맴 하고 한가로운 산속의 여름날을 돕는다. 그러기에 산사람들에게는 봄보다도 여름이 더욱 친근하였다. 하루하루 산은 무성하는 나뭇잎으로 무거워 가고, 각색 새들의 노래노래에 산사람의 마음은 흔들져 간다.

할미꽃, 앉은뱅이, 진달래가 한물 지나고, 도라지꽃, 제비꽃, 학이꽃, 범부채, 물구지, 소리채……가 먼저 다투어 필 무렵이면, 스러졌던 잔디밭에서도 새싹이 머리를 들고, 그러노라면 풀밭에서는 임총이, 식세리, 귀뚜라미가 노래를 부른다.

토끼가 춤을 추고, 여우, 노루가 양지쪽에서 낮잠을 자는 것도 그런 때이다.

한나절이 되자 날은 점점 무더워 왔다. 사방이 병풍으로 휘두른 듯 산으로 감싸여 있었고, 게다가 나무가 들어차서, 바람 한 점 얻을 수 없었다. 순이는 아궁이 속을 한참 휘저어 불을 되살리고 나니, 얼굴이 활활 달아오르고 전신에 땀이 물 흐르듯 하였다.

벌거벗은 웃통에서도 젖가슴 사이로 땀방울이 줄줄 흘렀다.

순이는 나무를 듬뿍 지피고 나서는 저고리를 벗어든 채 개울가로 내려왔다. 그래서 그는 치마와 베바지마저 훨훨 벗어 바위 위에 내던지고, 첨벙 물속으로 뛰어들었다. 산골 물은 옥구슬처럼 맑고 얼음처럼 차가웠다. 순이는 젖통까지 물속에 잠겨서,

두 손으로 물을 앙구어 세수를 하고 나서는, 어깨와 목덜미에 물을 끼얹고 그리고는 앞가슴을 씻었다. 한참 미역을 감고 나니 몸은 날 듯이 가벼워졌다.

순이는 물에서 나와 몸을 말리고 나서 옷을 입으려고 바위 위에 앉으려니, 바위가 몹시도 따가워 찬물을 두어 번 끼얹고 앉았다.

이제껏 맑던 하늘에 어느새 검은 구름이 한두 점 나타났다. 소나기가 오려는가 하고 고개를 드니, 천마령 위에서는 먹장 갈아 부은 듯한 구름이 자꾸 솟아올랐다. 순이는 어서 소나기 내리기 전에 숯가마에 나무를 듬뿍 지펴 넣어야겠다고 생각하면서 부산히 옷 둔 곳으로 달려와 보니, 분명히 돌 위에 놓아 둔 옷이 없어졌다. 혹시 딴 데 놓지 않았나 하고 벌거숭이채로 이리저리 아무리 찾아도 보이지 않는다.

"숯가마에 벗어 놓구 왔나?"

하면서도 분명히 숯가마에는 벗어 두지 않아서 아래위로 샅샅이 찾아보아도 보이지 않았다. 순이는 '귀신이 곡을 할 노릇' 이라고 혼자 안타까워 돌아가노라니까 저편 숲 속에서,

"하하하하하……!"

별안간 커다란 웃음소리가 들려왔다. 순이는 깜짝 놀라 본능적으로 아래를 가리며 맞은편 언덕을 쳐다보니, 숲 속에서 당꼬바지 입은 산림간수 김 주사가 자지러지게 웃으면서 순이의 옷을 쳐들어 보이고 있었다.

'제길! 망할 쌍놈어 새끼!'

순이는 속으로 이렇게 욕하며,

"입성 갖다 달라요 거!"

하고 커다란 소리로 고함쳤다.

"이거 입성 아니가! 갯다 입갔디! 누구래 입딜 말래나?"

하고 김 주사는 여전히 빙글빙글 웃었다.

"놈으 입성은 와 개갔소, 와 개가시오?"

"내래 개왔나 뭐?"

"고름 누구래 개가구? 날래 갖다 달라구요, 여보!"

"개다 입갔디, 누구래 갯다꺼정 줄꼬?"

"글디 말구 갯다 주그래, 여보!"

"자, 이놈어 송화(성화)야 받어주나."

하고 김 주사는 순이의 옷을 들고 개울가로 내려온다.

"싫어요! 오디 말라요! 아이구 망칙해 죽갔다!"

김 주사가 가까이 오자 순이는 돌아서며 발을 동동 굴렀다.

"자, 이런 성화가 있나! 입성 갯다 달라기 개져가문 또 오디 말라구 그럼, 난 몰루?"

하고 김 주사는 풀밭에 옷을 던진다.

"거기 놔 두구, 더어기 멀리루 가라구요!"

"가구 안 가구야 내 맘이디 머!"

"글디 말구, 어서 더어기 가라구요. 점단은(젊잖은) 양반이 거 뭘 그루."

"허, 이거 참!"

하며 김 주사는 숯가마 쪽으로 몇 걸음 걸어간다. 김 주사가 옷 있는 곳에서 멀리 간 다음에 순이는 얼른 옷을 입으려고 뛰어갔다. 그러자 그와 동시에 김 주사는 순이에게로 달려오면서,

"둬어 둬어 이놈의 멧돼지 봐라! 둬어둬!"

하고 무슨 산짐승이라도 몰아 쫓듯이 두 팔로 훠얼훨 활개를 치며 달려왔다.

순이가 재빠르게 바지를 주워 입자, 달려온 김 주사는 순이의 저고리를 빼앗아

들었다.

"글디 말라여, 여보! 점단은 양반이 거 뭘 그루?"

"난 점단티 못해!"

"조고리 날래 달라요, 여보!"

"멀 줘! 길에서 얻은 조고릴 내래 와 줄꼬?"

"어서 달라구요!"

하고 순이는 짜증을 내면서 웃통을 벗은 채 김 주사에게 덤벼들었다.

"글쎄 못 준대두."

하고 김 주사는 저고리를 등 뒤로 돌리면서 연적처럼 토실토실하고 고무공처럼 탄력 있는 순이의 젖통을 검칙스러운 눈으로 바라본다.

"어서 달래는데 그래요!"

"그럼 줄 테니, 내 말 듣갔나?"

"말은 무슨 말이라구 그루…… 어서 달라요!"

"글쎄, 내 말 듣가서?"

"응! 들을거니 조고린 주구래!"

"정말 듣니?"

"응! 들어."

"거짓부리 아니디?"

"정말 들을 거니 조고린 달라요!"

김 주사는 그제야 만족한 듯이 빙그레 웃으면서 순이에게 저고리를 건네주었다. 순이는 저고리를 다 입고 나서,

"홍! 개떡 겉다. 누구래 말을 들을 줄 알구!"

하고 홱 돌아서더니 숯가마께로 힝하니 달아난다.

"순이! 정말 이러기야?"

하고 김 주사는 잠깐 멍하니 선 채 순이의 뒷모양을 바라보다가 별안간 순이 뒤를 따라온다.

순이는 숯가마에 다다르자 씁쓸하니 시치미를 떼고 아궁이에 장작을 몰아넣는다.

아까부터 퍼지기 시작한 검은 구름이 이제는 하늘을 휘덮고, 써늘한 바람이 홱 지나간다. 굵은 빗방울이 드문드문 떨어진다. 산에서는 별안간 나뭇잎 갈리는 소리가 소란하였다.

덮눌러 온 김 주사는 순이에게로 와락 달겨들더니 가쁜 숨으로,

"순이! 정말 말 안 들을 테야?"

"누구래 말을 듣잖다기 추근추근 이래?"

"분홍 갑사저고리 사줄 테니 말 들어 응!"

"싫어 글쎄! 분홍 갑사저고리 누구래 입잤대기! 흥!"

하면서도 아닌게 아니라, 순이는 분홍 갑사저고리가 입고 싶지 않은 것은 아니었다.

그러나 순이는 김 주사의 행실머리가 아니꼬웠다.

현보네 집에 늘 놀러 오는 사람 중에 순이를 눈에 걸고 있는 사람이 둘이 있었다. 하나는 김 주사이고, 또 한 사람은 산 너머 광산에서 일하는 칠성이였다.

칠성이는 돈벌이는 김 주사만 못 해도 생긴 품은 김 주사 열 갑절 잘생겼다. 그러기에 순이는 마음을 허하자면 김 주사보다는 오히려 칠성이 편이었다. 칠성이가 오늘처럼 이런 곳에서 시달린다면…… 하고 생각하다가, 순이는 속으로 고개를 설레설레 흔들었다.

'칠성인 다 뭐래. 현보가 있는데.'

김 주사는 잠깐 궁리하다가,

"정말 싫으니?"

"정말 싫어요!"

소나기는 내리붓기 시작하였다. 거기 따라 순이의 마음도 점점 굳세어갔다. 순이와 김 주사는 숲 속으로 들어가서 비를 그었다.

"너 나허구 틀렸다가는 큰일 날 줄 모르니?"

"흥! 난 그까짓 큰일 무섭디 않아!"

"정말? 너의 현보가 오늘두 소나무 찍는 것을 내 눈으루 보구 왔는데두?"

"그래, 소나무 찍었으문 와 어때?"

"너, 올봄부터 허가 없이 소나무를 찍었다가는 징역 가는 법이 생긴 줄 모르니?"

"알문 어때? 빌어먹을! 다 성황님이면 고만이지 뭘 그래!"

순이는 순이대로 김 주사가 엄포할수록 저도 뻗대었다. 법이라는 것이 은근히 무섭지 않은 것도 아니지마는 그렇다고 김 주사 따위에게 슬슬 기고 싶지는 않았다. 그까짓 것 성황당에 축수만 하면 그만이 아니냐 싶었던 것이다.

"순이! 그러지 말어! 내가 모르는 체하구 눈감아 줄 테니 내 말 한 번만 들어!"

"난 싫대두 그래!"

"그럼, 현보 징역 가두 좋은가?"

"징역을 와 가? 뭣 때문에? 힝!"

순이는 입술을 비쭉 내밀어 보였다. 그러자 김 주사는 하도 예뻐 못 참겠다는 듯이 순이에게로 달려들어 허리를 휘어감으려 하였다. 순이는 그 순간 날쌔게 몸을 비키었다.

비는 체곱으로 받듯 내리쏟았다. 숲 속에도 빗방울이 떨어지기 시작하였다. 김 주사는 또 잠깐 겸연쩍은 듯이 가만히 서 있다가,

"정말 안 들을 테냐? 똑똑히 말해 봐!"

그렇게 다지는 두 눈은 쌍심지를 켠 듯 몹시 충혈되었다. 음성은 왁살스럽고도 거칠었다. 그러나 순이는 범을 보고도 놀라지 않고 자라난 탓으로 아무렇지도 않은 듯이,

"글쎄 백 번 그래야 소용없대두."

하고 도리질을 하였다.

그 말을 듣자, 김 주사는 성난 표범처럼 순이에게로 덤벼들어 순이를 휘어넘기려 하였다. 순이는 휘끈 자빠지려던 다리에 힘을 주어 떡 버티고 서며, 붙잡힌 저고리 소매를 낚아채려 하는 순간에, 벌써 사내의 뜨거운 입술이 이마로 와 닿았다. 순이는 더 참을 수 없어,

"쌍 개 같은 놈어……."

하면서 눈알이 빠져라고 사내의 면판을 휘갈기고, 제비 같이 날쌔게 숲 속으로 뛰어나와 체굽받듯 하는 비를 맞으며 언덕길을 홱홱 달리어 집으로 돌아온다. 숲 속에서는 뺨 맞은 사내가 달아나는 순이의 뒷모양을 노려보면서,

"이년, 두고 보자!"

할 뿐이었다.

비는 좍좍 내리쏟았다. 비안개에 싸여 산도 하늘도 보이지 않았다. 만산이 한참 흐드러지게 웃는 것처럼 나뭇잎 와슬렁거리는 소리뿐이었다. 한참 언덕을 오르던 순이는 사내가 따라오지 않는 것을 알자, 발을 멈추고 코로 입으로 흐르는 빗물을 씻었다. 그리고 나서 상그레 웃으며 뒤를 돌아보고는 다시 언덕을 추어 오른다.

순이는 비가 좀더 퍼부었으면 싶었다. 비가 퍼부면 퍼불수록 마음이 튼튼해질 것 같았다. 고개를 다 올랐을 때에는 순이는 이미 모든 것을 깡그리 잊어버리고, 집에 가면 흰 고무신 신어 볼 생각에 마음은 날뛰었다. 발부리에서 메추리가 포드드드 달아났다.

비는 자꾸만 자꾸만 퍼부었다.

이틀이 지나, 산림간수 김 주사가 읍내 순경과 함께 현보를 잡으러 왔다. 현보는 아무 말도 못하고 얼빠진 사람처럼 한참은 발부리만 내려다보고 있었고, 따라온 김 주사만이 뜻있는 웃음을 빙글빙글 순이에게 건네고 있었다. 순이는 어안이 벙벙하였다.

"날래 가! 빨리 빨리!"

하는 순경의 재촉에 마지못하여 현보는 무거운 발길을 옮겨 놓으면서, 글썽글썽 눈물 괸 눈으로 순이를 돌아다본다. 순이는 현보와 눈이 마주치자 울음이 복받쳐 올랐다. 그럴 줄 알았더면 김 주사 말을 들어주었던 편이 더 좋았을걸 하고 후회하였다. 그러나 그보다 더 큰 후회는 그저께 그길로 돌아오면서 성황님께 빌기를 잊어버린 것이었다. 그때 성황님께 한 번만이라도 빌었더면 오늘 같은 일은 일어나지 않았을 것이 아니냐?

현보는 도수장으로 끌려가는 늙은 소 모양으로 고개를 수그리고 앞서서 읍으로 걸어간다. 순이는 참다 못해서,

"언제쯤 돌아올까요?"

하고 순경에게 간신히 물었다.

"한 십 년 있다 올 줄 알아!"

하고 순경은 혼자 씩 웃는다. 순이는 순경이 웃을 적에는 대단한 죄는 아니라고 짐작은 하면서도, 십 년이라는 말에 눈앞이 아뜩하였다.

"너 이전 또 시집가야 갔구나!"

김 주사는 몹시 비꼬는 웃음을 보내며 지껄인다. 순이는 아무 대꾸도 않고 입 속으로,

'이놈, 두고 보아라! 내래 성황당님께 빌어서 네놈을 망덕을 허게 헐 적을…….'

하고 중얼거렸다.

순이는 현보가 보이지 않을 때까지 집 앞에 서 있었다. 마침내 현보의 뒷모양이 안계에서 사라지자, 순이는 참았던 울음보가 탁 터져서 목을 놓아 통곡하였다.

단둘이 살던 살림에 현보가 잡혀갔으니 누구를 믿고 살 것이랴. 순이는 맘껏맘껏 울었다. 이런 때에는 아이라도 하나 있었으면 하고 생각하니, 새삼스러이 현보 잡혀간 것이 슬펐다. 그러나 잡혀간 것은 하는 수 없는 일이고, 이제부터는 몇 해 만에 나오든지 나오는 날까지 혼자서 벌어먹어야 할 것을 생각하고, 순이는 한낮이 겹자 숯가마로 갔다. 순이는 전에 현보가 하던 모양대로 도끼를 들어 장작을 패고, 틈틈이 겨울 준비로 도라지, 고사리 같은 산나물도 캐 모았다. 순이는 다른 날보다 퍽 늦어서야 집에 돌아왔다. 집에 와보니 김 주사가 능청맞게 아랫목에 자빠져서 기다리고 있었다.

"순이 인제 오는 게야? 오늘은 늦었구먼!"

하고 사내는 현보를 잡아갈 때와는 딴판으로 다정한 태도를 보인다. 순이는 속으로,

'이 자식이 왜 왔어?'

하면서도 행여 현보의 소식을 알 수 있을까 싶어서,

"발써 읍내까지 갔던 거요?"

하고 공손히 물었다.

"아니, 난 읍엔 안 갔어!"

"그럼, 우리 쥔(주인)은 어떻게 됐소?"

"경찰서까지 가게 되었디."

"언제쯤 나오게 될까요?"

"그야 내 말에 달렸디!"

하고 김 주사는 순이를 빤히 쳐다본다.

순이는 속살로 '네까짓거!' 하고 아니꼽게 생각하면서도 잠자코 있었다. 김 주사는 몇 날 전에 산에서 한 짓을 사죄하라는 것과, 그리고 이제라도 제 말을 들으라는 것쯤은 순이로서도 눈치챌 수 있었지마는, 행차 뒤에 나팔 격으로, 이제는 일이 글러지고 말았으므로, 순이는 자꾸 엇나가고 싶었다.

"정말 순이가 안타깝다면 현보를 내일루래두 내보내 줄까?"

김 주사는 순이가 저만 보면 슬슬 길 줄 알았는데 뜻밖에 쓴 도라지 보듯 하니까, 적지 아니 실망하는 모양이었다.

그래 저편에서 먼저 수작을 붙이는 것이었다.

"난 괜찮아요. 근심 말구, 거저 십 년이고 이 십 년이구 맘대로 둬둬 주."

"허! 말룬 그래두 속에서는 불이 날 터이지?"

"불커녕 화두 안 납무다."

"순이! 그러디 말어 응! 내가 말 잘 해서 내일 내보내 주게 하디."

"……."

그 말엔 순이도 대꾸를 않았다.

한참 침묵이 계속되었다. 바깥은 차차 캄캄해 왔다. 하늘에는 별이 총총 떠서 열어 놓은 문으로 북두칠성이 마주 보였다. 바로 집 뒤에서는 접동새가,

'접동 접동 해오라비 접동!'

하고 처량히 울었다.

순이는 김 주사가 현보를 고자질한 것을 생각하면 이에 신물이 돌아서 공알 주먹으로 목덜미를 한 개 쥐어박고 싶었지마는, 열(劣)도깨비 복은 못 주어도 화는 준다고, 그러다가 또 어떤 작폐를 부릴는지 몰라 어름어름해 두었다. 그랬더니 사내는 좀처럼 돌아갈 생각은 아니하고 진기를 쓰고 있어 순이는 점점 울화가 치밀었다. 그까

짓 김 주사 같은 사내 하나쯤 덤벼든대야 조금도 겁날 것은 없지마는, 저편에서 덤벼드는 판이면 순이도 가만있을 수 없으니, 그것이 성가시었다.

"현보가 나오구 못 나오구는 내 말 한마디면 그만인데, 순인 와 그리 고집을 부리누."

김 주사는 다시 수작을 붙였으나 순이는 건으로 잠자코 있었다.

"순이! 현볼 내일 놔주도록 해줄까?"

하며 김 주사는 순이의 치마폭을 슬며시 잡아당겼다.

"인 놔요!"

순이는 치마를 낚아채었다.

"흥! 내 말 안 들어야 순이에게 손해될 것밖에 있나?"

사내는 멋적게 싱글 웃고 나서, 담배를 피워 문다. 순이는 덤덤히 앉아 있었다. 여름밤은 덧없이 깊어 갔다. 순이는 사내가 어서 가주었으면 싶었다. 현보가 없기 때문에 이런 작자가 염치없게도 밤중에 와서 지근덕대는구나 생각하니, 새삼스러이 현보가 그리워지며 울화가 치밀었다.

"인전 잘래요! 어서 가라우요?"

순이는 사내에게 톡 쏘아붙였다.

"이 오밤중에 가긴 어딜 가란 말야?"

"못 가면 어쩔 테요?"

"여기서 순이허구 자구 가야갔는걸!"

"흥, 비위탁이 삼 백은 살겠다. 어서 가우!"

"이 캄캄한 밤에 어딜 가란 말야, 글쎄?"

"궐네네 집으루 가라요!"

"그럼, 순이 데려다주겠나?"

"흥! 별꼴 다 보갔다."

순이는 사내에게 눈을 흘겨 보이고는 밖으로 달아나왔다.

순이는 어둠 속에서 돌을 주워가지고 또 성황당 앞으로 가, 성황님께 현보가 속히 나오게 해 달라고 빌었다. 그는 몇 번이고 허리를 굽신거리며 큰절을 하였다. 그러는 동안에 어둠 속에서 발소리가 나더니, 문득 '에헴' 하는 기침 소리가 들려왔다.

칠성이가 현보 잡혀갔다는 소리를 듣고 산 너머에서 찾아온 것이었다. 순이는 김 주사의 농락을 받고 있는 지금에 칠성이가 찾아와 준 것을 퍽 다행하게 여겨서, 이내 방으로 데리고 들어왔다. 김 주사는 순이가 이제나 들어올까 저제나 들어올까 하고 눈이 감도록 기다리던 판에 웬 낯선 사내를 데리고 들어오니까, 일변 실망하고 일변 겁을 집어먹으며 눈만 껌벅이고 있었다.

"혹께(퍽) 어둡디요?"

하고 순이는 김 주사 보란 듯이 칠성이에게 상냥히 말을 걸었다. 그러나 칠성이는 칠성이대로 알지 못하는 사내가 방에 혼자 앉아 있는데 놀래어, 얼른 대답을 못하고 멍하니 앉아 있었다. 허나 다음 순간 칠성이는 직각적으로 눈치를 채자 모진 눈으로 김 주사를 노려보았다. 칠성이가 들어오자, 김 주사가 침 먹은 지네가 되는 것을 보고, 순이는 웃음을 참지 못하였다.

산속의 밤은 접동새의 울음 속에 깊어 갔다. 무한한 적막이 깃들어 있는 깊은 산이건마는, 그러나 순이를 에워싸고 희미한 등잔 밑에 마주 앉아 있는 두 사내 사이에 오고 가는 시선은 각일각으로 일촉즉발의 위기를 띠어 갔다. 아연같이 무거운 공기 속에서 칠성이와 김 주사는 제각기 눈앞에 폭풍을 깨달으면서 호흡까지 죽이고 있었다.

"웬 사람이오?"

드디어 김 주사는 질식할 긴장을 이겨 낼 수가 없어 혼잣말 비슷이 중얼거리며, 순이와 칠성이를 번갈아 보았다.

"산 너머 있는 칠성이네야요."

하고 순이는 칠성이를 쳐다보면서 대답을 가로맡았다. 김 주사는 칠성이가 쭈그리고 겁먹은 듯이 앉아 있는 것을 보자 한층 깔보았는지,

"무슨 일이 있어 왔나? 이 밤중에……?"

하고 제법 위엄 있게 반말로 대들었다.

"일은 무슨 일이갔소? 거저 마을돌이 왔디요!"

이번에도 순이가 가로맡아 대답해 주었다.

"일두 없이 밤중에 남으 여편네 혼자 있는 데를 와?"

하고 김 주사 어조는 더한층 높았다.

"대관절 당신은 어떤 사람인데?"

마침내 잠자코 있던 칠성이가 약간 떨리는 목소리로 침착히 반문하였다. 싸움을 사려는 말투였다. 칠성의 주먹은 어느덧 굳게 쥐어져 있었다. 칠성이가 별안간 큰소리를 치고 나서는 바람에, 김 주사는 잠시 찔끔해 있다가,

"나? 난 산림간수야! 현보가 산림법칙을 위반해서, 조사할 것이 있어 왔어."

"산림간수는 남으 여편네 혼자 있는 밤중에 조사를 해야 맛인가?"

칠성이는 가슴을 약간 앞으로 솟구며 따지고 들었다.

"그야 조사할 필요만 있으면 언제든지 조사하는 규칙이지."

"세상에 그런 빌어먹을 규칙이 어디 있단 말이냐?"

이번에는 칠성이가 정면으로 김 주사를 노려본다. 순이는 꼼짝 않고 앉아 있었다.

"에끼, 고약한 놈! 그런 말버르장머리가 어딨니? 아무리 불학무식한 놈이기로니!"

"이 자식아! 뭐 어때? 유식헌 놈은 똥이 관을 쓰구 나오니?"

칠성이는 상반신을 일으켜 김 주사 앞으로 다가갔다.

"이놈아!"

김 주사는 고함을 치며 칠성의 따귀를 번개 같이 때려갈겼다. 그와 동시에,

"이 간나새끼 어디 보자!"

하기가 무섭게 칠성이도 김 주사 멱살을 추켜잡았다. 김 주사도 칠성이를 맞잡았다.

다음 순간 둘은 서로 엎치락뒤치락 뒤채었다. 그 바람에 등잔불이 꽉 꺼졌다. 별안간에 방 안은 수라장이 되었다.

"아이구머니!"

순이는 외마디 소리를 부르짖으면서 밖으로 뛰어나왔다.

"아코!"

"에이, 쌍!"

"아코, 아고고……."

하는 비명이 방 안에서 연방 들려 나왔지마는, 순이는 그 목소리가 누구인지도 분간하지 못하였다. 순이는 어쩔 줄을 몰라 발만 동동 구르며,

"아이구테나! 아이구테나!"

하다가, 문득 성황당 생각이 나서 느티나무 밑으로 부리나케 달려오더니,

"성황님! 성황님! 데 쌈을 좀 말려주십사! 데 쌈을 좀 말려주십사!"

하고 두 손을 싹싹 비비었다.

방 안에서는 아직도 '에이 쌍, 에이 쌍' 하는 소리가 연방 들려 나왔다.

이틀이 지나도, 사흘이 지나도 현보는 돌아오지 않았다.

칠성이는 저번 날 밤 김 주사와 싸우고 가서는 나흘째 오지 않았다. 떠도는 말에 의하면 칠성이는 김 주사의 머리에 상처를 입혔기 때문에 그날 밤으로 어디론지 도망을 치고 말았다 한다.

순이는 낮이면 산나물을 하였고, 밤이면 성황당에 치성을 드리면서 그날그날을 보내었다. 현보가 잡혀간 뒤로는 숯은 한 가마를 구웠을 뿐이었다. 순이는 저녁에 집에 돌아올 때처럼 쓸쓸한 적이 없었다. 다른 때 같으면 현보와 함께 돌아와서 저녁도 마주 앉아 먹을 터인데, 이제는 혼자 오도카니 앉아 먹자니 밥이 목구멍을 넘어가지 않았다. 순이는 나물을 하다가도 숲 속에서 장끼와 까투리가 서로 꾸둑거리며 희롱하는 것을 보고는, 문득 현보 생각이 머리에 떠올라 한참은 우두커니 서서 지나간 일을 회고해 보는 것이었다.

그러나 숲 속에서 꾀꼬리가 울고, 뻐꾸기가 울고, 미라부리가 울고 할 때에는 순이의 마음은 평화스러웠고, 도끼를 드는 팔에도 힘이 넘쳤다.

산에만 오면 순이는 어머니 품속에 안긴 것처럼 마음이 듬뿍하여, 온갖 새들과 함께 노래 부르고 싶었다. 새들의 노래를 들을 때에는 순이의 마음에는 슬픔이라고는 손톱만큼도 없었다. 나무가 무성히 자라고 새들이 노래 부르는데, 순이의 가슴에 검은 구름이 있을 턱 없었다. 그런 때에는 순이는 현보도 성황님 덕택에 이내 나올 것을 굳게 믿는 것이었다.

그러나 해가 저물고 산골짜기가 어둠에 잠기면 순이의 마음도 어두워졌다. 제 둥지로 돌아가는 까마귀가 어쩌다가 순이네 집 위에서,

"까우! 까우!"

하고 울 때면, 순이의 마음은 납덩이 같이 무거워졌다. 옛날부터 저녁 까마귀가 울면 집안이 불길하다는 것을 순이도 알기 때문이었다. 순이는 현보가 내일도 돌아오지 못하려는가, 정말 십 년씩이나 갇혀 있게 될 것인가 하고, 머리를 쥐어짜며 생각하다가, 마침내는 벌떡 일어나서 성황당으로 달려 간다.

그런 때면 순이는 성항당 앞에 엎드려 오래오래 치성을 드리는 것이었다. 순이는 모제기(샛별)가 서편 하늘에 펵 기울어진 때에야 잠자리에 누웠다. 허나 어쩐지 잠이

오지 않았다. 눈을 감고 있노라니 현보와 칠성이와 김 주사의 얼굴이 제각기 나타났다. 순이는 아까 산에서 장끼와 까투리가 장난치던 것을 생각하고, 이내 언젠가 현보가 장에서 고무신 사 오던 날 저녁 일이 기억에 떠올랐다. 그래서,

'이번에 나오면, 현보허구 둘이서 성황님께 아들 낳게 해 달라구 빌어야지.'

하고 혼자 궁리하다가 씩 웃었다.

괴괴한 밤이었다. 순이는 끵 하고 돌아눕다가 문득 귓결에,

"응응응응응……."

하는 소리를 듣고 머리를 번쩍 들었다.

'여우가 울어?'

순이는 가슴이 또 철렁 내려앉았다. 여우가 울 때에, 그 입을 향한 곳에는 반드시 흉사가 있다기에, 순이는 벌떡 일어나서 문 밖으로 뛰어나와 어딜 향해 우는지 알아보려 하였다. 그러나 토방에 서서 귀를 기울였지마는, 울음소리만 듣고는 어딜 향하고 우는지 알 수가 없었다. 그저 꼭 순이네를 향하고 우는 것만 같았다.

"현보가 영 못 나오려나?"

순이의 가슴은 점점 미어져 왔다. 순이는 성황님께 무슨 죄를 지었던가 스스로 생각해 보았다. 그리고 역시 성황님께 정성이 부족한 탓에 까마귀가 울고, 여우가 방정을 떠는 것이라고 믿었다. 까마귀나 여우나 모두가 성황님의 마음대로 되는 것이라고 순이는 믿었던 것이다. 그래 순이는 다시 성황님으로 모신 느티나무 아래에 와서 무릎을 꿇고 앉아 손을 비비었다. 순이는 참된 마음으로 성황님께 사죄를 하였다. 한 시간이 지나고, 두 시간, 세 시간이 지났건만 순이의 마음에는 오히려 부족하여, 그는 하룻밤을 치성으로 꼬박이 밝혔다. 그랬더니, 이튿날 아침 순이의 마음은 도로 명랑하여졌다.

아침 볕에 무르녹은 녹음을 보면, 순이의 마음은 옥구슬 같이 맑아진다. 순이가

막 집을 나서 숯가마로 가려는데, 난데없던 까치 두 마리가 순이네 지붕 위에 날아와 앉더니,

"까까까까가……."

하고 열성스럽게 짖었다.

"옳다. 됐다!"

순이의 눈은 기쁨에 이글이글 빛났다. 아침 까치가 짖으면 손님이 온다는데, 아마 오늘은 현보가 돌아오려나보다 싶었다. 현보가 오면 무엇부터 이야기할까? 김 주사 이야기, 까마귀 이야기, 여우 이야기, 장끼와 까투리가 놀던 이야기……모두 신기스러운 이야기 재료 같았다. 아니 그보다도 성황님이 얼마나 신령하시다는 것을 말해서 둘이서 아이를 점지해 주도록 축수를 하리라 하였다.

순이는 기쁨에 일이 손에 붙지 않았다. 개금아리가 갈갈갈갈 하기만 하여도 고개를 들고 멍하니 섰곤 한다. 그러다가는 현보가 오지 않나 하고 언덕길을 내려다보곤 한다.

한낮이 겹자 더위는 찌는 듯하였다. 순이는 웃통을 벗은 채 나물을 하다 말고, 그늘진 풀밭에 펄썩 주저앉았다. 바로 머리 위에서 산비둘기가 '구우구우' 하고 울었다. 순이는 고개를 들어 비둘기를 찾았다.

소나무 가지에서는 두 마리의 비둘기가 서로 주둥이를 맞대 보기도 하고, 머리를 비비기도 한다. 순이는 멀거니 그것을 쳐다보고 있노라니, 가슴은 공연히 쓸쓸하였다. 오늘도 현보가 돌아오지 않으려는가 싶어 한숨을 쉬면서 먼 하늘을 우러러보았다. 바로 그때,

"순이!"

하고 어디선가 부르는 소리가 들렸다. 순이는 꿈인가 놀라며 성큼 일어서니, 맞은편 숲 속에 칠성이가 서 있었다.

"아! 칠성이네! 어디로 도망을 갔다더니?"

순이는 반가웠다. 그렇지 않아도 저희 때문에 칠성이가 죄를 짓고 도망을 갔대서 미안히 여기던 판이었는데, 뜻밖에 만나니 참말 반가웠던 것이다.

"나 말이야, 순이! 그동안 한 삼백 리 되는 곳에 도망을 갔드랬어! 그자식 대가리를 깨뜨려 주었거든! 그래서 도망을 가기는 갔지만, 암만해두 순이 생각을 잊을 수가 있어야지. 그래 순이를 데리러 왔어!"

하고, 사내는 순이에게로 가까이 다가왔다. 순이는 저고리를 입으면서,

"아이고 망칙해라! 내래 와 칠성이넬 따라갈끄!"

말은 그러나, 저를 생각해 주는 마음씨가 노상 싫지는 않았다.

"안 가믄 어쩌누? 현보는 언제 나올지도 모르는걸……."

"와 몰라! 오늘은 나올 텐데!"

"오늘……? 흥! 적어두 삼 년은 있어야 해!"

"삼 년?"

이번에는 순이가 놀란다.

"그러티! 삼 년은! 그러니 그동안 순이 혼자 어떻게 사누? 그러기 현보 나올 동안 나허구 같이 가 있자구."

"……."

"그뿐인가. 인제 현보가 나온대두 다른 벌이를 해야지, 숯구이는 못 하거던!"

"와, 어드래서요?"

"숯두 말야, 이제부터는 검사를 하거든. 법에 가서 검사를 하지 않고는 못 팔아먹는데. 그 검사가 오줄기 어렵다구!"

"누구래 그룹더까?"

"누군 누구야! 다 그러는데! 발쎄 신문에두 났다는걸."

순이는 점점 안타까워서,

"그까짓 법이 뭐기! 성황님께 빌면 그만이지."

하고 혼자 짜증을 내었다.

"성황님! ……흥, 어디 잘 빌어 봐. 되나 안 되나!"

순이는 어찌할 도리를 몰랐다.

"순이! 내래 발쎄 순이 입성 다 해 가지구 왔어. 이것 좀 봐!"

하고 칠성이는 손에 들었던 보퉁이를 풀기 시작한다.

순이는 잠자코 보퉁이만 쳐다본다. 보퉁이 속에서 분홍 항라적삼과 수박색 목메린스 치마가 나오는 것을 보고, 순이는 눈이 휘둥그레진다.

"이거 다 순이 입을 거야!"

하고 칠성이가 순이 앞에 옷을 내미는 순간, 순이는 기쁨을 참을 수 없어 빙그레 웃으면서 집에 있는 흰 고무신을 생각해 보았다. 그것을 다 갖추어 입고 나서면 그까짓 장끼 지체쯤 어림도 없어 보였다.

"어서 입어 보라구!"

그 말에 순이는 치마 저고리를 입었다. 순이는 기쁨에 날뛰었다. 산속이 갑자기 환해지는 것 같았다.

"순인 참 절색이야!"

하고 감탄하며 칠성이는 순이의 손을 끌어당겼다. 순이는 가만히 생글생글 웃기만 하였다.

"구우구우구우!"

산비둘기가 또 울었다. 지금 순이에게는 칠성이가 현보와 꼭 같이 정답게 보였다.

"구우구우구우!"

산비둘기가 울 때마다 순이의 가슴은 화로 위에 눈덩이처럼 슬슬 녹아내렸다.

그날 저물녘에 순이는 칠성이를 따라 먼 길을 떠났다. 머리에는 붉은 댕기를 디리고, 게다가 분홍 항라적삼과 수박색 치마를 떨쳐 입고, 흰 고무신까지 받쳐 신고 나서니, 순이는 세상에 부러울 것이 없었다. 발을 옮겨 놓을 때마다 걸음걸음에 치마폭 너풀거리는 것이 제가 보기에도 무지개보다도 고왔다.

"빨리 가자구! 어둡기 전에 백 리는 내대어야겠는데……."

칠성이는 걸음을 재촉하였다. 순이와 칠성이는 저녁때에야 삼백릿길을 떠나게 되었던 것이다. 밤길이 불편은 하지만, 낮에는 아차 잘못하여 김 주사 눈에 띄면 큰일이기 때문에 일부러 밤을 택하였다. 순이는 가벼운 걸음으로 삼십 리는 언뜻 걸었다. 그러나 천마령 고개를 다 넘고 들길로 접어들자, 순이의 마음은 점점 불안스러워왔다.

"엉야! 좀 쉬어 가자구요."

순이는 애원하듯 말하였다.

"다리가 아픈가 머?"

"아니!…… 그래두……."

"쉬어 가디! 순인 그래두 풀밭에 마구 앉진 말어! 입성에 풀물 오르몬 안 돼!"

"그럼, 어떡하노?"

"그래두 서서 쉬어야디."

한참 순이는 말이 없었다.

'칠성이를 따라가는 것이 옳을까?'

순이는 풀밭에 주저앉고 싶었다. 그러나 풀밭에 주저앉으면 안 된다구, 순이는 불안스러웠다. 장차 알지도 못하는 지방으로 가는 것이 더더구나 불안스러웠다.

"이제 가는 데두 산이 많은가요?"

하고 순이는 물었다.

"산이 머야! 들판이디! 그까짓 산 댈까!"

"그럼 노루나 꿩 같은 건 없갔구만요?"

"없구 말구!"

"부엉이랑 뻐꾸기 같은 것두?"

"그따우두 다 없어! 그래두 사람은 많디! 살기 좋은 곳인 줄만 알갔디!"

"고사리, 도라지 같은 산나물은 있나?"

"산이 없는데 그런 게 어떻게 있누! 글쎄 근심 마러! 썩 좋은 데 데리구 갈 터이니."

그러나 순이는 기분이 내키지 않았다. 가는 곳이 아무리 좋다 해도 산이 없고 나무가 없다면, 그 허허벌판에서 무엇에 마음을 의탁하고 살아간단 말인가? 더구나 공연히 사람만 많이 모여서 복작복작 들끓는다는 그런 곳에 가서…….

사람만 많은 곳에 가서 지금처럼 고운 저고리에 고운 치마를 입고 마음대로 주저앉지도 못하고 새색시처럼 곱다랗게 앉아 있어야만 한다면 무슨 재미로 살아간다는 말인가?

순이는 문득 천마령 안골짜기 자기 집이 그리웠다. 오막살이일망정 고대광실 부럽지 않게 정다운 그 집이었다. 지금쯤 앞산 뒷산에서 부엉이, 접동새가 울고 있으리라 생각하니 삼십 리밖에 떨어지지 않은 여기부터가 싫었다. 순이는 고운 옷 입은 기쁨도 사라졌다.

그는 불현듯 현보가 그리웠다. 성황님께 어젯밤 그만큼이나 치성을 올렸고 또 오늘 아침에 까치도 지저귀었으니 지금쯤은 현보가 집에 돌아왔을지도 모르리라 싶었다.

'현보가 왔다면 나를 얼마나 기다릴까?'

현보와 둘이서 나무하고 숯 굽던 장면이 문득 떠올랐다. 아무리 생각해도 순이는 천마령과 현보를 떠나서는 살아갈 재미도 없거니와 살지도 못할 것 같았다. 더구나 죄를 지으면 성황님이 벌을 준다는데, 삼백 리가 멀다고 벌 못 주랴 싶어, 순이는 고대 집으로 돌아가지 않고서는 안 될 것 같았다.

"자아, 또 떠나 보자구!"

하고 칠성이가 성큼 일어섰다.

"나 나, 뒤 좀 보구 갈 거니 슬근슬근 먼저 가라요."

순이는 간신히 입을 열었다.

"뒤? 그럼, 더기서 기다릴 거니, 이내 오라구!"

"응."

순이는 선대답을 하고 숲 속으로 들어갔다. 숲 속으로 들어가자, 순이는 얼른 치마와 저고리를 벗어 나뭇가지에 걸었다. 그까짓 입고 주저앉지도 못하는 옷이라고 생각하니, 조금도 애착이 없었다. 고무신은 벗어들었다. 순이는 옷을 나무에 걸어놓고, 고무신을 든 채 아까 오던 길을 되돌아서서 힝하니 달음질을 치기 시작하였다. 캄캄한 산길이건마는, 순이는 익숙하게 달렸다. 얼마를 달려오니까 그제야,

"접동접동 접접동……."

하고 접동새 우는 소리가 들렸다. 순이의 마음은 가벼워졌다. 이제야 제가 살 곳을 옳게 찾아온 것 같았다. 고개에 올라서서 굽어보니, 마주 건너다보이는 순이네 집에서 빨간 불이 비치었다.

"아, 현보가 왔구나!"

순이는 기쁨에 설레이는 가슴을 안고 쏜살같이 고개를 달음질쳐 내려왔다. 다시 언덕을 추어서 집을 향해 올라올 때 순이는,

"성황님! 성황님!"

하고 부르짖었다.

모든 것이 성황님의 덕택 같았다.

집 앞에까지 다다랐을 때에 문득,

"에헴!"

하는 귀에 익은 현보의 기침 소리가 들려 왔다.

"아! 성황님! 성황님!"

순이는 다시 한 번 그렇게 부르짖으며, 느티나무 밑으로 달려왔다.

접동새가 울었다.

부엉이도 울었다.

늘 듣던 울음소리였다.

그러나 오늘 밤따라 새소리는 순이의 가슴을 파고드는 듯이 정다웠다.

1937년

주제심화 Q&A

1. 이효석의 소설 세계에 나타난 '자연'과 이태준의 소설에 나타난 '자연'은 어떻게 다른지 말해보시오.

이효석의 소설은 1930년대로 넘어오면서 그가 종전에 고수했던 동반자적인 사회비판과 북국에 대한 이국적인 향취를 버리고 자연 친화적인 속성을 띄게 된다. 그가 이러한 전향을 하게 된 계기는 경제적 곤란으로 인해 총독부 경무국 검열계에 취직하면서 받게 된 충격적인 지탄 때문이라고 알려져 있다. 그는 「오리온과 능금」, 「북국점경」, 「시월에 피는 능금꽃」 등과 같은 작품에서 원색적이고 본능적인 감각을 통해 자연을 묘사하면서 자연과의 접점을 찾았다.

그가 귀의한 자연은 배신과 검거, 문명의 잡담과 소음이 들리지 않는 세계로, 초목과 금수가 인간과 함께 공존하는 공간이다. 「메밀꽃 필 무렵」에 등장하는 나귀는 비록 그 비중은 작을지라도 인간과 같은 존재로 묘사되고 있다. 늙은 나귀와 허생원은 서로가 밀접한 분신 관계에 놓이게 된다. 또한 그는 여러 작품에 걸쳐 식물들의 색채와 향기, 그들만의 고요한 세계를 예찬하면서 자연에 대한 외경과 더불에 사회에 대한 도피를 감행해왔다. 그가 보여주는 이러한 자연에 대한 예찬은 현실도피로 비판받지만 한편에서는 한국 소설에서 보기 드문 탐미주의적 요소를 지닌 것으로 주목받기도 한다.

이에 비해 이태준이 바라본 '자연'의 모습은 이와는 전혀 다르다. 그는 자연을 사악한 근대에 대한 저항적 요소로 보고, 자연을 통해 국토와 훼손된 과거를 회복하고자 한다. 그에게 있어서 자연은 국가를 잃은 자존심의 마지막 보루가 된다. 이태준과 같은 조선주의자의 자연관 뒤에는 농촌을 중심으로 한 농본주의적 세계관이 버티고 있는 것이다. 이는 자연을 하나의 '미(美)'로 바라본 이효석의 자연관과 전적으로 배치된다.

2. 범신론(汎神論)과 무속(巫俗)의 세계관 사이의 유사성에 대해 설명하시오.

범신론이란 신(神)과 전우주(全宇宙)를 동일시하는 종교적, 철학적 혹은 예술적인 사상체계를 말한다. 다시 말해 자연의 존재 하나 하나에 신의 의지와 뜻이 개입되어 있다고 여기는 것이다. 신비로운 종교 사상이나 시인의 자연 예찬 등에서 이와 같은 범신론적인 세계관의 실마리를 엿볼 수 있다.

범신론의 사상적 발단을 토테미즘에서 찾는 경우도 있다. 토템은 보통 특정 개인에 관계된 수호신이나 초자연력의 원천으로서의 동물, 또는 샤먼(무당)의 동물신 등과 동일시된다. 이른바 무속의 세계관은 토테미즘에 그 원천을 두는 것으로, 초자연적인 신성의 힘을 자연에 대한 귀의를 통해 다스리고자 한다. 우리나라에서도 흔히 바위나 나무 등에 신성이 깃들여 있다고 믿고 따르는 사람들을 볼 수 있다. 개인의 안위를 비는 기복(祈福) 신앙과 무속의 범신론적인 성격은 쉽게 결합하여 일종의 주술적인 체계를 이루게 되었다. 이런 경향은 한국 소설에서도 쉽게 찾아볼 수 있다. 김동리의 「바위」, 정비석의 「성황당」, 윤흥길의 「장마」 등의 소설에서 자연물에 깃든 신성에 대한 경외심을 엿볼 수 있다.

03
예술가의 열정과 세상 읽기

김동인(1900~1951)

호는 금동(琴童), 필명은 춘사(春士). 평남 평양 출생. 1919년 주요한(朱耀翰), 전영택(田榮澤) 등과 함께 최초의 문학동인지인 『창조』를 발간하면서 처녀작 「약한 자의 슬픔」을 발표하였다. 1919년 3월에는 3·1운동 격문을 써준 것 때문에 4개월간 감옥살이를 하기도 했다. 1920년 이후 이광수의 계몽주의 문학을 비판하며 「마음이 옅은 자여」「배따라기」「목숨」 등과 같은 예술지상주의적 경향을 띤 작품을 창작했다. 1925년에는 「감자」, 「시골 황서방」과 같은 자연주의적 작품을 발표하여 문단의 주목을 받았다. 1929년에 춘원의 계몽주의 문학관에 대립되는 예술주의 문학관을 바탕으로 「근대소설고」를 발표했고, 이듬해에는 「광염소나타」「광화사」와 같은 유미주의 계열의 단편을 발표했다. 1930년부터 생활고를 해결하기 위해 「젊은 그들」「운현궁의 봄」 등과 같은 역사소설을 신문에 연재하기도 했다. 해방 후에는 일제 말기에 벌어진 문학인의 친일행위, 특히 이광수의 친일행위를 비판적으로 그려낸 「반역자」(1946) 등의 단편을 발표했다. 단편소설 미학을 확립하고 자연주의와 유미주의적 경향의 수용 등은 한국 근대문학의 새로운 가능성을 개척한 김동인의 업적으로 평가된다. 1955년에 그의 문학적 업적을 기려 동인문학상이 제정되었다.

황순원(1915~2000)

평남 대동 출생. 황순원은 원래 시인으로 문학활동을 시작했다. 숭실중학 재학중에 이미 1931년 『동광』에 「나의 꿈」「아들아 무서워 말라」 등의 시를 발표했고, 『방가』『골동품』 등 2권의 시집을 발간한 바 있다. 그러다가 1937년부터 소설을 창작하기 시작해서 「목넘이 마을의 개」「학」「소나기」「별」「독 짓는 늙은이」 등의 주옥같은 작품들을 남겼다. 짧으면서도 세련된 문체와 다양한 소설적 기법의 구사 그리고 소박하고 치열한 휴머니즘 정신과 한국인의 전통적 삶에 대한 애정이 황순원 소설의 주요한 특징이다. 한국 전쟁 이후 황순원은 서정적인 아름다움을 추구하는데 그치지 않고, 당대의 역사와 사회에 대한 비판적인 의식도 함께 보여준다. 원래 소설문학이 서정성을 드러내는 데 주력할 경우 자칫하면 역사나 현실에 대해 무관심하게 될 위험이 있는데, 황순원의 문학은 이러한 위험에서도 벗어나 있는 것이다. 2000년 9월 14일 향년 86세로 타계했고, 그의 이름을 딴 황순원 문학상이 중앙일보의 주관하에 운영되고 있다.

현진건(1900~1943)

호는 빙허(憑虛). 대구 출생. 어린 시절에는 한문을 배웠고, 일본과 중국에서 유학했다. 중국의 대학에서는 독일어 전문부를 다녔다. 1920년 11월 『개벽』에 「희생화」를 발표하면서 문단에 등단했고, 1921년 「빈처」와 「술 권하는 사회」를 발표하면서 소설가로 인정을 받았다. 빈곤 속에서 나타나는 아내의 따뜻한 애정을 그린 「빈처」와 암담한 현실에서 지식인이 할 수 있는 일이라고는 술 마시는 일밖에 없음을 보여준 「술 권하는 사회」는 1인칭 화자의 고백 형식을 통해 작가 자신의 체험을 소설로 옮긴 것 같은 느낌을 준다. 초기 작품들에서는 이와 같은 경향이 짙다. 『백조』 동인으로 참가하여 「유린」「할머니의 죽음」과 같은 사실주의적 작품을 발표하기도 했고 「운수 좋은 날」 이후의 작품에서는 3인칭을 도입하여 작중인물의 삶을 좀더 치열하게 묘사하기 시작하였는데, 그의 대표 단편들이 라고 할 수 있는 「운수 좋은 날」「불」「B사감과 러브레터」「고향」 등이 여기에 속한다. 1931년 10월 그의 최후의 단편인 「서투른 도적」을 발표한 이후에는 「적도」「무영탑」「흑치상지」「선화공주」 등 장편 역사소설만을 발표했다. 이러한 역사소설은 일제의 탄압이 심해지면서, 작품의 표면에 민족주의 이념을 내세울 수 없었기 때문에 역사적 상황을 통해 우회적으로 그 이념을 드러내려고 했던 작가의 의도에서 나온 것이다.

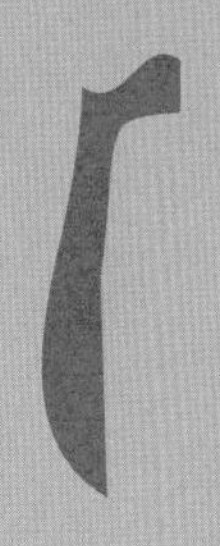

예술가적 광기와 열정

광화사

김동인

독 짓는 늙은이

황순원

빈처

현진건

예 술 가 적

예술가가 자신의 예술 작품을 창조하기 위해 심혈을 기울이는 모습은 우리에게 종종 큰 감동을 준다. 특히 그들이 자신의 예술혼을 실현시키기 위해 현실적인 역경이나 신체적인 장애를 초인적인 의지로 극복하는 광경은 숭고한 느낌까지 갖게 한다. 자신의 귀를 잘라내는 정열을 보였던 화가 고흐나, 귀머거리라는 치명적인 약점을 가지고도 악성(樂聖)으로 음악사에 길이 남은 베토벤의 이야기를 떠올리면, 쉽게 공감할 수 있을 것이다.

소설에서도 이와 같은 예술가의 모습을 소재로 한 경우를 자주 발견할 수 있는데, 이를 예술가 소설이라고 한다. 예술가 소설은, 소설가나 미술가, 음악가와 같은 예술가가 성숙 단계를 거치며, 예술가로서의 숙명을 인식하고, 예술적 기법에 통달하게 되는, 성장과정을 그린 소설이라고 정의된다. 그러나 때로는 범위를 조금 더 확장시켜서 예술가가 주인공으로 등장하는 소설을 지칭하기도 한다.

우리 문학사에는 다른 직업에 비해 예술가가 소설의 주인공으로 등장하는 작품이 비교적 많다.

광 기 와 열 정

작가들의 대표작으로 손꼽히는 작품 가운데, 예술가 주인공을 설정한 작품이 대부분 한두 편은 있다는 사실이 이를 입증해 준다. 1920~1930년대의 김동인, 나도향, 현진건, 박태원, 이태준 등과 해방 이후 황순원, 이청준, 최인훈 등은 예술가를 작품의 주인공으로 자주 내세운 작가들이다. 이처럼 우리 문학에서는 예술가의 내면이 빚어내는 갈등의 양상이 꾸준히 소설의 주제가 되어왔고, 그 깊이도 해가 갈수록 심화되었다.

예술가를 주인공으로 하는 소설들이 다루는 주제는 주로 '삶과 예술의 분리'에 따른 문제다. 작품에서 예술가는 작품의 완성을 위해 현실적인 질서에 영합하지 않고, 예술가적 자의식으로 인해 세상으로부터 고립되고 소외된다. 이러한 과정에서 예술가는 종종 비범한 인물, 광인이나 고집스러운 장인의 모습으로 나타나기도 한다.

:: 예술가의 광기와 장인정신

예술가는 대체로 현실의 세속적인 질서에는 영합하지 않으려 한다. 이런 예술가 기질은 기존 관념으로는 포섭되지 않는 독창적 인물이며, 오히려 광인에 가깝기까지 하다. 이들은 흔히 예사롭지 않은 행동을 하고, 자신의 동시대인들과 구별되는 신비스러운 존재이다. 예술 작품에 완성도를 꾀하는 예술가는 어떠한 대가를 치르더라도 독창성을 자신의 존재 수단으로 추구하게 된다. 이는 스스로를 자연스럽게 주변 세계에서 떨어져 나오게 하고, 창조적인 예술가들일수록 보다 더 자주 기존 질서로부터 배척되며, 이러한 것들은 예술가들에게 언제나 고통을 동반한 체험을 하게 한다.

김동인의 「광화사」에는 광기 어린 예술가의 모습이 잘 형상화되어 있다. 작품의 주인공인 솔거는 천재적인 화가이지만 얼굴이 무척 못생겼다. 그래서 세상으로부터 버림받고 산속에 들어가 그림에 몰두한다. 그는 최고의 미인도를 그리기 위해 마음에 드는 모습을 찾던 중, 우연히 소경 처녀를 만나게 된다. 그 소경 처녀의 신비로운 눈빛에서 자기가 찾던 모습을 발견한 솔거는 소경 처녀를 집으로 데리고 와 그림을 그리기 시작한다. 마침내 눈동자만 남기고 나머지 부분을 모두 완성한 그날 밤, 솔거와 소경 처녀는 잠자리를 함께 한다. 그런데 다음날 그림의 눈동자를 완성하려고 소경 처녀를 보자, 그녀의 눈은 예전처럼 신비롭고 황홀하지 못했다. 이제는 애욕으로 가득 찬 소경 처녀의 눈을 보고 화가 치밀어 오른 솔거는, 소경 처녀의 멱살을 잡고 실랑이를 하다가 결국 죽이게 된다. 이 와중에 튄 먹물이 미인도의 눈동자를 완성하지만 그 눈동자에는 원망의 빛이 서려 있었고, 솔거는 미쳐서 미인도를 품고 방랑하다가 쓸쓸하게 숨을 거둔다.

「광화사」에서 주인공 솔거는 세상에서 버림받은 예술가의 모습을 잘 보여준다. 그는 그림에 대한 대단한 열정을 가졌고, 미(美)에 대한 안목도 비범한 인물이다. 그런데 아이러니하게도 그 자신의 몰골은 몹시 추하다. 솔거는 그런 자신의 모습 때문에 세속적인 현실을 벗어나 더욱 그림에 몰두하게 된다. 또 그는 무척 격정적이고 충동적인 성격으로 비정상적인 것에서 미를 발견한다. 솔거의 이런 성격과 추한 몰골로 인한 세상과의 격리는, 작가가 생각하는 예술가의 모습을 담고 있다. 작가는 주변 세계와 유리되어, 불같은 광기로 자신의 예술세계에 빠져드는 예술가의 모습을 솔거라는 인물을 통해 드러내고 있는 것이다.

주인공 솔거가 평생에 걸쳐 완성시키려 하는 미인도는 '미'의 구현물, 즉 예술의 은유다. 때문에 미인도의 완성은 예술의 완성이다. 때묻지 않은 순수함을 발견했던 소경 처녀의 눈이 하룻밤의 사랑 뒤에 본능적 욕구를 담은 추한 눈동자로 변한 것에 대한 솔거의 분노는 악마적인 느낌마저 준다.

솔거의 살인과 소경 처녀의 희생을 통해 미인도가 완성되는 장면은 모든 희생 뒤에야 이루어지는 예술적 가치의 순수함과 고귀함을 강조하는 작가의 예술지상주의적 경향이 집약적으로 나타난 대목으로, 작가의 '극단적인 예술주의'를 확인할 수 있다.

황순원의 「독 짓는 늙은이」 또한 장인적 집념과 고뇌에 관한 이야기다. 젊은 아내의 배신과 독 굽기의 실패로 인해 좌절한 한 노인이, 자신의 전 생애를 바쳐온 독가마 속에서 비장한 최후를 마친다는 이야기다. 평생을 독을 지으며 살아온 송 영감은, 늙고 병들었지만 어린 당손이와 함께 살아가기 위해 독을 구워내기로 한다. 그의 아내는 자기와 어린 자식을 버리고 함께 일하던 조수와 도망쳐버렸다. 송 영감은 몸이 좋지 않아 자주 쓰러지면서도 독 짓기를 그만두지 않는다. 송 영감에게 미음을 가져다주며 앵두나뭇집 할머니는 어린 당손이의 장래를 생각해서 어디 좋은 자리로 보낼 것을 제의하지만 송 영감은 단호하게 거절한다. 그러다가 새로 만든 독을 가마에 넣고 굽는데, 조수가 만든 독은 터지지 않고 자기가 만든 독만 터져 나가는 소리를 듣고, 송 영감은 장인으로서의 생명이 다했음을 깨달으며 쓰러진다. 깨어난 송 영감은 앵두나뭇집 할머니에게 당손이를 데려가게 하고 자신은 독가마의 불길 속으로 기어 들어가 장인으로서의 최후를 맞는다.

이 작품에서 송 영감은 독 만드는 일에 평생을 바쳤고, 만든 독 하나하나를 자신의 분신이라고 여길 만큼 애지중지하는 투철한 장인 정신의 소유자다. 그렇지만 그가 처한 현실은 비참하기 짝이 없다. 아내는 조수와 도망치고, 어린 자식의 밥을 먹이기조차 어려울 만큼 가난한 데다 자신은 늙고 병들었다.

송 영감이 죽음을 택하게 된 이유는 이와 같이 장인으로서의 생존을 위협하는 현실 때문이다. 그러나 결정적으로 송 영감을 죽음으로 몰고 간 것은 바로 독 굽기의 실패다. 조수가 빚은 독은 터지지 않고 자신이 빚은 독만 터져 나가는 것은, 단순히 아내만 빼앗긴 것이 아니라 장인으로서도 패배한 것이다. 독을 만드는 일이 삶의 전부였던 사람에게 이제 더 이상 독을 빚을 수 없다는 것은 존재 의미를 상실하게 만드는 사건인 것이다. 송 영감이 결국 독 가마의 불길 속으로 들어가 죽음을 선택하는 것은 투철한 장인정신의 표현이라고 볼 수 있다.

조금 범위를 넓혀서 생각해 볼 수도 있다. 사회가 현대화되고 물건들이 공장에서 대량으로 쏟아져 나오면서, 물건 하나하나에 공을 들이고 혼신의 힘을 불어넣는 장인들이 설 곳은 점차 사라지고 있다. 이제 사람들은 정성껏 빚은 옹기 대신에 싸고 편하고 잘 깨지지 않는 플라스틱 그릇을 산다. 그리고 이와 함께 옹기를 만들어내는 데 바쳐졌던, 정성과 집념 같은 고귀한 가치들도 함께 사라져 가게 된다. 가마 속에서 터져 나가는 독은 어떻게 보면 현대사회에서 파괴되어 가는 전통적인 가치라고도 볼 수 있다.

작가는 송 영감의 비극적인 삶을 통해, 장인정신과 같은전통적인 고귀한 가치가 다음 세대로 이어지지 못하는 것이, 어느 특정한 개인의 문제가 아니라 이 시대를 살아가는 우리 모두가 공유해야 할 문제임을 시사하고 있는 것이다.

현진건의 「빈처」는 '나' 와 '아내' 그리고 은행원 'T' 와 '처형' 등 네 명의 인물을 중심으로 예술가 주인공을 둘러싼 이상과 현실, 정신적 가치와 물질적 가치 사이의 갈등을 보여주고 있다. 소설의 주인공은 6년 전 지금의 아내와 결혼한 후, 중국과 일본으로 유학을 다녀왔지만 돌아와서는 별로 돈이 안 되는 독서와 창작에 몰두하고 있는 소설가이다. 어느 날 장인의 생일이라는 기별을 받고 집을 나선 주인공은 장인 집에서 자신의 아내와는 너무 대조적인 모습의 처형을 본다. 쌀 투기로 돈을 모은 남편을 만난 처형은, 비단옷을 두르고 행복해 보인다. 자신의 아내와는 너무나 다른 모습과, 경제적으로 궁색한 자신을 모두가 얕잡아 보는 것 같아 쓸쓸하고 괴로운 생각이 들어 술을 마시게 된다. 그러다 처형의 눈 위에 진 멍 자국을 발견한다. 집에 돌아와, 없이 살더라도 의좋게 지내는 것이 행복이라는 아내의 말에 주인공은 비로소 행복을 느낀다. 그리고 처형이 사다준 신을 신어보며 좋아하는 아내를 보고, 물질에 대한 욕구를 억누르며 참고 사는 아내에게 진정으로 고마움과 사랑을 느끼게 된다.

「빈처」는 '가난한 아내' 라는 뜻이다. 이 작품은 제목처럼 '가난한 아내' 가 일상생활 속의 사소한 사건들에서 물질적인 부의 덧없음과 정신적인 행복의 가치를 발견하는 내용을 담담하게 드러내고 있다. 이 작품에서 보여지는 갈등은 은행원 T와 처형을 부러워하는 아내와 문학이라는 정신적인 가치를 굳게 지켜 나가려는 주인공 사이에서 벌어지는 사소한 다툼이다. 그러나 본질적인 갈등은 정신적 가치와 물질적 가치의 대립이라고 할 수 있다.

이러한 대립구도는 등장 인물들에 의해서 선명하게 드러난다. 먼저 주인공인 '나' 는 소설가로서, 출세와 물질주의라는 세속적 가치를 단호히 거부한다. 반면 또 다른 지식인인 '은행원 T'는 한성은행에 다니는 경제적 능력이 있는 인물이다. 여기서 '나'는 정신적 가치를, '은행원 T'는 물질적인 가치를 대변한다. 그 중간에 가난을 받아들이고 남편을 믿고 따르는 '아내'가 있고, 부유하지만 삶의 보람 없음을 늘 불만족해 하는 '처형'이 있다.

작품 초기에는 가난한 살림살이 때문에 주인공과 아내가 흔들리면서 물질적인 가치 쪽이 우위를 보이게 된다. 주인공은 아내의 초라한 모습을 보고 현실적 욕망에 어느 정도 동요된다. 사람이라면 누구나 좋은 옷을 입고 좋은 음식을 먹으며 풍요롭게 살고 싶어한다. 하지만 때로는 자신이 추구하는 소중한 일을 위해 그 풍요를 포기할 수도 있다. 그러나 사랑하는 사람이 자신으로 인해 풍족하지 못하게 사는 모습은, 아무리 굳건한 의지를 가진 사람이라도 흔들리게 한다.

'아내'의 경우는 더욱더 잘 살고 싶은 욕망이 크다. 스스로가 소설을 쓰는 예술가도 아니므로, 특별히 지향하는 가치가 있는 것도 아니다. 따라서 아내는 물질적인 욕망에 유혹되기 쉽다. 그러나 주인공과 '아내'는 처형의 눈언저리에 들어 있는 멍을 보고, 그들이 물질적으로는 풍요로울지 몰라도 정신적으로는 불행하다는 사실을 깨

모티프 Motif

모티프란 반복되어 나타나는 동일하거나 유사한 낱말, 문구나 내용을 말한다. 가령, 최근 상영된 영화들을 살펴보자. 〈달마야 놀자〉 〈조폭 마누라〉 〈신라의 달밤〉 〈두사부일체〉 〈보스상륙작전〉. 이 영화들의 공통점은? 조폭이 등장한다는 것이다. 이럴 경우 이 영화들에는 조폭 모티프가 공통적으로 나타난다고 할 수 있다.

이러한 모티프는 한 작품 안에서도 나타날 수 있고 한 작가의 작품들이나, 한 시대에서도 나타날 수 있다. 예를 들어 모자간이나 남매간의 성관계를 금하는 근친상간의 금지라는 모티프는 고대 그리스의 「오이디푸스왕」부터 시작해서 김동리의 「역마」를 거쳐 현대의 여러 영화들에서도 거듭 활용되는 모티프다. 이와 같은 모티프를 잘 파악할 수 있으면 작품 이해에 많은 도움을 받을 수 있다.

닫는다. 마침내 결말에서는 정신적인 가치가 물질적인 가치의 우위에 서게 되는 것이다.

이 작품은 세속적 가치와 물질에 대한 소유욕을 버린 소설가 '나'와 생활의 부를 최고의 가치지향으로 삼는 지식인 'T'의 대립과 더불어, 현실의 가난을 남편의 고귀한 예술가적 기질과 이상에 대한 믿음을 바탕으로 극복하는 '아내'의 행복과 부유하면서도 삶의 보람을 찾지 못하는 '처형'의 불행이라는 대립을 설정함으로써, 현실생활의 부에 비할 수 없는 예술가적 이상의 높은 가치를 인정하고 있다. 특히 이러한 예술가적 신념을 통해 주인공과 아내가 물질적 가치의 유혹이 가져온 내면적 갈등을

소설가들의 일화 - 『발가락이 닮았다』를 둘러싼 냉전

우리 문학의 대가들인 김동인과 염상섭은 사이가 별로 안 좋았다고 전해진다. 평양 출신의 신사였던 김동인과 서울 출신의 데카당 청년이었던 염상섭은 기질상으로도 잘 맞지 않았던 듯하지만, 그들이 결정적으로 감정을 상하게 된 계기는 김동인이 「발가락이 닮았다」라는 단편소설을 발표하면서부터다. 이 작품의 내용은 다음과 같다. 주인공 M은 사창가를 지나치게 드나들다가 성병을 앓고는 아이를 낳지 못하게 되었다. 그런데도 결혼을 한 아내가 아이를 낳는다. 불륜으로 낳은 아이임이 분명하지만, M은 아무데도 닮은 데가 없는 아이의 발가락과 자신의 발가락이 닮았다는 궁색한 이유를 달며 자신의 자식으로 믿으려고 한다.

이 소설이 발표되자 장편 「삼대」의 작가로 유명한 횡보 염상섭은 김동인이 자신을 모델로 소설을 썼다며 발끈했는데, 거기에는 그럴듯한 근거가 있었다. 「발가락이 닮았다」의 주인공 M이 결혼한 나이가 염상섭과 같은 32살이고 둘다 구식혼례를 올렸으며 신혼 초부터 아내를 학대했다는 점 그리고 염상섭이 M처럼 가난하고 술고래였다는 점, 마지막으로 이 작품이 발표되기 얼마 전에 염상섭의 아이가 태어났다는 점 등의 공통점이 있었다. 염상섭은 이에 즉각 김동인에 대한 공격문을 써서, 잡지 『동광』에 보냈지만 실리지는 않았다고 한다. 그 이후로 김동인과 염상섭은 해방의 감격을 맞아 서울 거리에서 만나 술을 함께 마시며 화해할 때까지 냉랭한 사이였다고 전해진다.

이처럼 사이가 좋지 않던 그들이었지만, 염상섭의 처녀작인 「표본실의 청개구리」를 읽은 김동인은, 자신에게 강적이 나타났으며 한국에 '햄릿'이 출현했다고 느낄 만큼 염상섭의 작가적 역량을 인정했다고 한다.

극복하는 마지막 대목은, 예술적 이상의 고귀함이라는 주제를 효과적으로 드러내고 있다.

김동인의 「광화사」에 등장하는 화가 '솔거', 황순원의 「독 짓는 늙은이」의 '송영감' 등은 예술가, 혹은 장인으로서 자신의 작품에 강한 애착과 집념을 지닌 채 살아가는 인물이다. 자신의 예술가 됨, 예술에 대한 열정을 끊임없이 확인한다는 점에서 현진건의 「빈처」에 등장하는 주인공 '나' 역시 이들과 다르지 않다. 이들의 공통점은 현실의 세속적 질서와 유리된 채 오히려 고립감과 소외감을 그들의 존재 수단으로 삼는다는 점이며, 진정한 예술 작품의 완성 등 고귀한 예술가적 이상을 달성하기 위하여 이러한 고통을 인내한다는 점이다. 작품의 주인공들이 예술가의 이상과 현실적 욕망 사이에서 갈등을 겪지만, 이것마저 결국에는 예술 작품의 완성도를 위한 고양된 체험으로 인식된다는 점 또한 공통점으로 덧붙여 볼 수 있다.

광화사狂畵師 _ 김동인

인왕(仁王)—.

바위 위에 잔솔이 서고 잔솔 아래는 이끼가 빛을 자랑한다.

굽어보니 바위 아래는 몇 포기 난초가 노란 꽃을 벌리고 있다. 바위에 부딪치는 잔바람에 너울거리는 난초잎.

여(余)는 허리를 굽히고 스틱으로 아래를 휘저어보았다. 그러나 아직 난초에는 사오 척의 거리가 있다. 눈을 옮기면 계곡.

전면이 소나무의 잎으로 덮인 계곡이다. 틈틈이는 철색(鐵色)의 바위도 보이기는 하나, 나무 밑의 땅은 볼 길이 없다. 만약 여로서 그 자리에 한 번 넘어지면 소나무의 잎 위로 굴러서 저편 어디인지 모를 골짜기까지 떨어질 듯하다.

여의 등 뒤에도 이삼 장(丈)이 넘는 바위다. 그 바위에 올라서면 무학(舞鶴)재로 통한 커다란 골짜기가 나타날 것이다. 여의 발 아래도 장여(丈餘)의 바위다. 아래는 몇 포기 난초, 또 그 아래는 두세 그루의 잔솔, 잔솔 넘어서는 또 바위, 바위 위에는 도라지꽃. 그 바위 아래로부터는 가파른 계곡이다.

그 계곡이 끝나는 곳에는 소나무 위로 비로소 경성 시가의 한편 모퉁이가 보인다. 길에는 자동차의 왕래도 가막하게 보이기는 한다. 여전한 분요(紛擾)와 소란의 세계는 그곳에 역시 전개되어 있기는 할 것이다.

그러나 여기 지금 서 있는 곳은 심산이다. 심산이 가져야 할 온갖 조건을 구비하였다.

바람이 있고 암굴이 있고 산초 산화가 있고 계곡이 있고 생물이 있고 절벽이 있고 난송(亂松)이 있고—말하자면 심산이 가져야 할 유수미(幽邃味)를 다 구비하였다.

본시는 이 도회는 심산 중의 한 계곡이었다. 그것을 오백 년간을 닦고 갈고 지어서 오늘날의 경성부를 이룬 것이다. 이러한 협곡에 국도(國都)를 창건한 이태조의 본의가 어디에 있었는지는 알 길이 없다. 그러나 오늘날의 한 산보객의 자리에서 보자면, 서울은 세계에 유례가 없는 미도(美都)일 것이다.

도회에 거주하며 식후의 산보로서 푸대님 채로 이러한 유수(幽邃)한 심산에 들어갈 수 있다 하는 점으로 보아서 서울에 비길 도회가 세계에 어디 다시 있으랴.

회흑색(灰黑色)의 지붕 아래 고요히 누워 있는 오백 년의 도시를 눈 아래 굽어보는 여의 사위에는 온갖 고산식물이 난성(亂盛)하고, 계곡에 흐르는 물소리와 눈 아래 날아드는 기조(奇鳥)들은 완전히 여로 하여금 등산객의 정취를 느끼게 한다.

여는 스틱을 바위틈에 꽂아 놓았다. 그리고 굴러 떨어지기를 면키 위하여 잔솔의 새에 자리잡고 비스듬히 앉았다. 담배를 피우고 싶었으나 잠시의 산보로 여기고 담배도 안 가지고 나온 발이 더듬더듬 여기까지 미쳤으므로 담배도 없다.

시야의 한편에는 이삼 장(仗)의 바위, 다른 한편에는 푸르른 하늘, 그 끝으로는 솔잎이 서너 개 어렴풋이 보인다. 그윽이 코로 몰려 들어오는 송진 냄새. 소나무에 불리는 바람 소리—.

유수키 짝이 없다. 여가 지금 앉아 있는 자리는 개벽 이래로 과연 몇 사람이나 밟아 보았을까. 이 바위 생긴 이래로 혹은 여가 맨 처음 발 대어본 것이 아닐까. 아까 바위를 기어서 이곳까지 올라오느라고 애쓰던 그런 맹랑한 노력을 하여 본 바보가 여 이외에 몇 사람이나 있었을까. 그런 모험을 맛보기 위하여 심산을 찾는 용사는 많을 것이로되 결사적 인왕 등산을 한 사람은 그리 많으리라고 생각되지 않는다.

등 뒤 바위에는 암굴이 있다. 뱀이라도 있을까 무서워서 들어가 보지는 않았지만, 스틱으로 휘저어 본 결과로 두세 사람은 넉넉히 들어가 앉아 있음직하다.

이 암굴은 무엇에 이용할 수가 없을까.

음모(陰謀)의 도시 한양은 그새 오백 년간 별별 음흉한 사건이 연출되었다. 시가 끝에서 반시간 미만에 넉넉히 올 수 있는 이런 가까운 거리에 뚫린 암굴은, 있는 줄 알기만 하였으면 혹은 음모에 이용되지 않았을까.

공상!

유수(幽邃)한 맛에 젖어 있던 여는 이 암굴 때문에 차차 불쾌한 공상에 빠지기 시작하려 한다.

온갖 음모, 그 뒤를 잇는 살육, 모함, 방축, 이조 오백 년간의 추악한 모양이 여로 하여금 불쾌한 공상에 빠지게 하려 한다.

여는 황망히 이런 불쾌한 공상에서 벗어나려고 주머니에 담배를 뒤적이었다. 그러나 담배는 여전히 있을 까닭이 없었다.

다시 눈을 들어서 안하를 굽어보면 일면에 깔린 송초(松梢)—.

반짝!

보매 한 줄기의 샘이다. 소나무 틈으로 보이는 그 샘은 아마 바위틈을 흐르는 샘물인 듯. 똘똘똘똘 들리는 것은 아마 바람 소리겠지. 저렇듯 멀리 아래 있는 샘의 소리가 이곳까지 들릴 리가 없다.

샘물!

저 샘물을 두고 한 개 이야기를 꾸미어 볼 수가 없을까. 흐르는 모양도 아름답거니와 흐르는 소리도 아름답고 그 맛도 아름다운 샘물을 두고 한 개 재미있는 이야기가 여의 머리에 생겨나지 않을까. 암굴을 두고 생겨나려던 음모 살육의 불쾌한 공상

보다 좀더 아름다운 다른 이야기가 꾸미어지지 않을까.

여는 바위틈에 꽂았던 스틱을 도로 뽑았다. 그 스틱으로서 여의 발 아래 바위를 가볍게 두드리면서 한 개 이야기를 꾸며 보았다.

한 화공(畵工)이 있다. 화공의 이름은?

지어내기가 귀찮으니 신라 때의 화성(畵聖)의 이름을 차용하여 솔거(率居)라 하여 두자. 시대는?

시대는 이 안하에 보이는 도시가 가장 활기 있고 아름답던 시절인 세종 성주의 때쯤으로 하여 둘까.

백악이 흘러내리다가 맺힌 곳. 거기는 한양의 정기를 한몸에 지닌 경복궁 대궐이 있다. 이 대궐의 북문인 신무문(神武門) 밖 우거진 뽕밭 새에 중로(中老)의 사나이가 오뇌(懊惱)스러운 얼굴을 하고 숨어 있다.

화공 솔거였다.

무르익은 여름 뜨거운 볕은 뽕잎이 가리워 준다 하나, 훈훈한 기운은 머리 위 뽕잎과 땅에서 우러나서 꽤 무더운 이 뽕밭 속에 숨어 있는 화공. 자그마한 보따리에는 점심까지 싸 가지고 온 것으로 보아 저녁까지 이곳에 있을 셈인 모양이다.

그러나 무얼 하는지, 단지 땀을 펑펑 흘리며 오뇌스러운 얼굴로 앉아 있을 뿐이다.

왕후 친잠(王后親蠶)에 쓰이는 이 뽕밭은 잡인들이 다니지 못할 곳이다. 하루 종일을 사람의 그림자 하나 얼씬하지 않는다.

때때로 바람이 우수수하니 뽕나무 위로 불기는 하나, 솔거가 숨어 있는 곳에는 한 점의 바람도 들어오지 않는다. 이 무더움 속에 솔거는 바람이 불 적마다 몸을 흠칫흠칫 놀라며 그러면서도 무엇을 기다리듯이 뽕나무 그루 아래로 저편 앞을 주시하곤 한다.

이윽고 석양이 무악을 넘고 이 도시도 황혼이 들었다. 날이 어둡기를 기다려서 이 화공은 몸을 숨겨 가지고 거기서 나왔다.

"오늘은 헛길. 내일이나 다시 볼까."

한숨을 쉬면서 제 오막살이를 찾아 돌아가는 화공. 날이 벌써 꽤 어두웠지만 그래도 아직 저녁 빛이 약간 남은 곳에 내어놓은 이 화공은 세상에 보기 드문 추악한 얼굴의 주인이었다. 코가 질병자루 같다, 눈이 퉁방울 같다, 귀가 박죽 같다, 입이 나발통 같다, 얼굴이 두꺼비 같다—. 소위 추한 얼굴을 형용하는 온갖 형용사를 한 얼굴에 지닌 흉한 얼굴의 주인으로서 그 얼굴이 또한 굉장히도 커서 멀리서 볼지라도 그 존재가 완연하리 만하다.

이 얼굴을 가지고는 백주에는 나다니기가 스스로 부끄러울 것이다.

아닌게 아니라 솔거는 철이 들은 이래 아직껏 백주에 사람 틈에 나다닌 일이 없었다.

일찍이 열여섯 살에 스승의 중매로서 어떤 양가 처녀와 결혼을 하였지만, 그 처녀는 솔거의 얼굴을 보고 기절을 하고 기절에서 깨어나서는 그냥 집으로 도망쳐버리고, 그 다음 또 한 번 장가를 들어보았지만 그 색시 역시 첫날밤만 정신 모르고 치른 뒤에는 이튿날은 무서워서 죽어도 같이 못 살겠노라고 부모에게 떼를 써서 두 번째의 비극을 겪고—.

이러한 두 가지의 사변을 겪고 난 뒤에는 솔거는 차차 여인이라는 것을 보기를 피하여 오다가, 그 괴벽이 점점 자라서 나중에는 일체로 사람이란 것의 얼굴을 대하기가 싫어졌다.

사람을 피하기 위하여—그리고 또한 일방으로는 화도(畵道)에 정진하기 위하여 인가를 떠나서 백악의 숲 속에 조그만 오막살이를 하나 틀고 거기 숨은 지 근 삼십 년. 생활에 필요한 물건 혹은 그림에 필요한 물건을 구하기 위하여 부득이 거리에 나가야 할 필요가 있을 때는 반드시 밤을 택하였다. 피할 수 없어 낮에 나갈 때는 방립을 쓰고 그 위에 얼굴을 베로 가리었다.

화도에 발을 들여놓은 지 근 사십 년, 부득이한 금욕생활, 부득이한 은둔생활을 경영한 지 삼십 년, 여인에게로 소모되지 못한 정력은 머리로 모이고 머리로 모인 정력은 손끝으로 뻗어서 종이에 비단에 갈겨 던진 그림이 벌써 수천 점. 처음에는 그 그림에 대하여 아무 불만도 느껴 보지 않았다.

하늘에서 타고난 천분과 스승에게서 얻은 훈련과 저축된 정력의 소산인 한 장의 그림이 생겨날 때마다 그것을 보면서 스스로 만족히 여기고 스스로 자랑스러이 여기던 그였다.

그러나 그런 과정을 밟기 이십 년에 차차 그의 마음에 움돋은 불만, 그것은 어떻게 보자면 화도에는 이단적인 생각일는지도 모를 것이다.

좀 다른 것은 그릴 수가 없는가.

산이다. 바다다. 나무다. 시내다. 지팡 잡은 노인이다. 다리다. 혹은 돛단배다. 꽃이다. 과즉 달이다. 소다. 목동이다.

이밖에 그가 아직 그려본 것이 무엇이었던가?

유원(幽遠)한 맛, 단 한 가지밖에 없는 전통적 그림보다 좀더 다른 것을 그려보고 싶다.

아직껏 스승에게 배운 바의 백발백염(白髮白髥)의 노옹이나 피리 부는 목동 이외에 좀더 얼굴에 움직임이 있는 사람을 그려보고 싶다. 표정이 있는 얼굴을 그려보고 싶다.

이리하여 재래의 수법을 아낌없이 내어던진 솔거는 그로부터 십 년간을 사람의 표정을 그리느라고 세월을 보냈다. 그러나 사람의 세상을 멀리 떠나서 따로이 사는 이 화공에게는 사람의 표정이 기억에 까맣다.

상인(商人)들의 간특한 얼굴, 행인(行人)들의 덜 무표정한 얼굴, 새꾼들의 싱거운 얼굴 — 그새 보고 지금도 대할 수 있는 얼굴은 이런 따위뿐이다. 좀더 색채 다른 표정은 없느냐.

색채 다른 표정!

색채 다른 표정!

이 욕망이 화공의 마음에 익고 커가는 동안 화공의 머리에 솟아오르는 몽롱한 기억이 있다.

이 화공의 어머니의 표정이다.

지금은 거의 그의 기억에서 사라졌지만 어린 시절에 자기를 품에 안고 눈물 글썽글썽한 눈으로 굽어보던 어머니의 표정이 가끔 한순간씩 그의 기억의 표면까지 뛰쳐올랐다.

그의 어머니는 희세의 미녀(美女)였다. 대대로, 이후의 자손의 미까지 모두 빼앗았던지 세상에 드문 미인이었다.

화공은 이 미녀의 유복자였다.

아비 없는 자식을 가슴에 붙안고 눈물 머금은 눈으로 굽어보던 표정.

철이 들은 이래로 자기를 보는 얼굴에서는 모두 경악과 공포밖에는 발견하지 못한 이 화공에게는 사십여 년 전의 어머니의 사랑의 아름다운 얼굴이 때때로 몸서리치도록 그리웠다.

그것을 그려보고 싶었다.

커다란 눈에 그득히 담긴 눈물. 그러면서도 동경과 애무로서 빛나던 눈. 입가에 떠오르던 미소.

번개와 같이 순간적으로 심안(心眼)에 나타났다가는 사라지는 이 환영을 화공은 그려보고 싶었다.

세상을 피하고 숨어 살기 때문에 차차 비뚤어진 이 화공의 괴벽한 마음에는 세상을 그리는 정열이 또한 그만치 컸다. 그리고 그것이 크면 큰 만치 마음속에는 늘 울분과 분만이 차 있었다.

지금도 세상에서는 한창 계집 사내들이 서로 부둥켜안고 좋다고 야단할 것을 생각하고는 음울한 얼굴로 화필을 뿌리는 화공.

이러한 가운데서 나날이 괴벽하여 가는 이 화공은 한 개 미녀상(美女像)을 그려보고자 노심하였다.

처음에는 단지 아름다운 표정을 가진 미녀를 그려보고자 하였다. 그러나 미녀를 가까이 본 일이 없는 이 화공이 마음대로 되지 않는 붓끝에 역정을 내며 애쓰는 동안 차차 어느덧 미녀상에 대한 관념이 달라 갔다.

자기의 아내로서의 미녀상을 그려보고 싶어졌다.

세상은 자기에게 아내를 주지 않는다.

보면 한 마리의 곤충, 한 마리의 날짐승도 각기 짝을 찾아 즐기고, 짝을 찾아 좋아하거늘 만물의 영장인 사람이 짝 없이 오십 년을 보냈다 하는 데 대한 분만이 일어났다.

세상놈들은 자기에게 한 짝을 주지 않고 세상 계집들은 자기에게 오려는 자가 없이 홀몸으로 일생을 보내다가 언제 죽는지도 모르게 이 산골에서 죽어 버릴 생각을 하면 한심하기보다 도리어 이렇듯 박정한 사람의 세상이 미웠다.

세상이 주지 않는 아내를 자기는 자기의 붓끝으로 만들어서 세상을 비웃어 주리라.

이 세상에 존재한 가장 아름다운 계집보다도 더 아름다운 계집을 자기의 붓끝으로 그리어서 못나고도 아름다운 체하는 세상 계집들을 웃어 주리라.

덜난 계집을 아내로 맞아 가지고 천하의 절색이라 믿고 있는 사내놈들도 깔보아 주리라.

사오 명의 처첩을 거느리고 좋다꾸나고 춤추는 헌놈들도 굽어 보아주리라.

미녀! 미녀!

—눈을 감고 생각하고 눈을 뜨고 생각하고 머리를 움켜쥐고 생각해 보나 미녀의 얼굴이 어떤 것인지 알 수가 없었다.

물론 얼굴에 철요(凸凹)가 없고 이목구비가 제대로 놓였으면 세상 보통의 미인이라 한다. 그런 얼굴에 연지나 그리고, 눈에 미소나 그려 넣으면 더 아름다워지기는 할 것이다. 이만한 것은 상상의 눈으로도 볼 수가 있는 자며 붓끝으로 그릴 수도 없는 바가 아니다.

그러나 가만 어린 시절의 어머니의 얼굴을 순영적(瞬影的)으로나마 기억하는 이 화공으로서는 그런 미녀로는 만족할 수가 없었다.

오뇌의 분만 중에서 흐르는 세월은 일 년 또 일 년, 무위히 흘러간다.

미녀의 아랫둥이는 그려진 지 벌써 수년. 그 아랫둥이 위에 올려 놓일 얼굴은 어떻게 하여얄지 짐작도 가지 않았다.

화공의 오막살이 방 안에 들어서면 맞은편에 걸려 있는 한 폭 그림은 언제든 어서 목과 얼굴을 그려 주기를 기다리듯이 화공을 힐책한다.

화공은 이것을 보기가 거북하였다.

특별한 일이라도 있기 전에는 낮에 거리에 다니지를 않던 이 화공이 흔히 얼굴을 싸매고 장안을 돌아다녔다.

행여나 길에서라도 미녀를 만날까 하는 요행심으로였다. 길에서 순간적으로라도 마음에 드는 미녀를 볼 수만 있으면 그것을 머리에 똑똑히 캐치하여 그 기억으로서 화상을 그릴까 하는 요행심으로…….

그러나 내외법이 심한 이 도회에서 대낮에 양가의 부녀가 얼굴을 내놓고 길을 다니지 않았다. 계집이라는 것은 하인배나 하류배뿐이었다.

하인배, 하류배에도 때때로 미녀라 일컬을 자가 있기는 있었다. 그러나 아무리 산뜻한 미를 갖기는 했다 하나 얼굴에 흐르는 표정이 더럽고 비열하여 캐치할 만한 자가 없었다.

얼굴을 싸매고 거리로 방황하며 혹은 계집들이 많이 모이는 우물가며 저자를 비슬비슬 방황하며 어찌어찌하여 약간 예쁜 듯한 계집이라도 보이면 따라가면서 얼굴을 연구해 보고 했으나, 마음에 드는 미녀를 지금껏 얻어내지를 못하였다.

혹은 심규(深閨)에는 마음에 드는 계집이라도 있을까. 심규! 심규! 한 번 심규의 계집들을 모조리 눈앞에 벌여 세우고 얼굴 검사를 하여 보았으면…….

초조하고 성가신 가운데서 날을 보내고 날을 맞으면서 미녀를 구하던 화공은 마지막 수단으로 친잠 상원(親蠶桑園)에 들어가서 채상(採桑)하는 궁녀의 얼굴을 얻어 보려 하였다. 그러나 불행히도 화공의 모험도 헛길로 돌아가고, 그날은 채상을 하러 오지도 않았다.

그러나 때 바야흐로 누에 시절이라 견딜성 있게 기다리노라면 궁녀의 오는 날도 있을 것이다. 미녀—아내의 얼굴을 그리려는 욕망에 열이 오르고 독이 난 이 화공은 그 이튿날도 또 뽕밭에 들어가 숨었다. 숨어 기다리지 않을 수가 없었다.

그로부터 한 달, 화공은 나날이 점심을 싸 가지고 상원(桑園)으로 갔다. 그러나 저녁때 제 오막살이로 돌아올 때는 언제든 그의 입에서는 기다란 탄식성이 나왔다.

궁녀를 못 본 바가 아니었다.

마치 여기 숨어 있는 화공에게 선보이려는 듯이 나날이 궁녀들은 번갈아 왔다. 한 떼씩 밀려와서는 옷소매 치맛자락을 펄럭이며 뽕을 따 갔다. 한 달 동안에 합계 사오십 명의 궁녀를 보았다.

모두 일률로 미녀들이었다. 그리고 길가 우물가에서 허투루 볼 수 있는 미녀들보다 고아(高雅)한 얼굴에는 틀림이 없었다.

그러나 그 눈—화공이 보는 바는 눈이었다.

그 눈에 나타난 애무와 동경이었다. 철철 넘쳐흐르는 사랑이었다. 그것이 궁녀에게는 없었다. 말하자면 세상 보통의 미녀였다.

자기에게 계집을 주지 않는 고약한 세상에게 보복하는 의미로 절세의 미녀를 차지하고자 하는 이 화공의 커다란 야심으로서는 그만 따위의 미녀로 만족할 수가 없었다.

오막살이로 돌아올 때마다 그의 입에서 나오는 기다란 한숨, 이런 한숨을 쉬기 한 달—그는 다시 상원에 가지 않았다.

가을 하늘 맑고 푸르른 어떤 날이었다.

마음속에 분만과 동경을 가득히 담은 이 화공은 저녁쌀을 씻으려 소쿨을 옆에 끼고 시내로 더듬어 갔다.

가다가 문득 발을 멈추었다.

우거진 소나무 틈으로 보이는 시냇가 바위 위에 웬 처녀가 하나 앉아 있다. 솔가지 틈으로 내리비치는 얼룩지는 석양을 받고 망연히 앉아서 흐르는 시냇물을 내려다보고 있다.

웬 처녀일까.

인가에서 꽤 떨어진 이곳. 사람의 동리보다 꽤 높은 이곳. 길도 없는 이곳—아직껏 삼십 년간을 때때로 초부나 목동의 방문은 받아 본 일이 있지만 다른 사람의 자취를 받아 보지 못한 이곳에 웬 처녀일까?

화공도 망연히 서서 바라보았다. 바라볼 동안 가슴에 차차 무거운 긴장을 느꼈다.

한 걸음 두 걸음 화공은 발소리를 감추고 나아갔다. 차차 그 상거가 가까워 감을 따라서 분명하여 가는 처녀의 얼굴—화공의 얼굴에는 피가 떠올랐다.

세상에 드문 미녀였다. 나이는 열일여덟, 그 얼굴 생김이 아름답다기보다 얼굴 전면에 나타난 표정이 놀랄 만치 아름다웠다.

흐르는 시내에 눈을 부었는지 귀를 기울였는지, 하여간 처녀의 온 주의력은 시내에 모여 있다. 커다랗게 뜨인 눈은 깜박일 줄도 잊은 듯이 황홀한 눈으로 시내를 굽어보고 있다.

남벽(藍碧)의 시냇물에는 용궁(龍宮)이 보이는가? 소나무 그루에 부딪쳐서 튀어나는 바람에 앞머리를 약간 날리면서 처녀가 굽어보고 있는 것은 무엇인가?

처녀의 온 공상과 정열과 환희가 한꺼번에 모인 절묘한 미소를 눈과 입에 띠고 일심불란(一心不亂)히 처녀가 굽어보는 것은 무엇인가?

아아!

화공은 드디어 발견하였다. 그새 십 년간을 여항(閭巷)의 길거리에서 혹은 우물가에서 내지는 친잠 상원에서 발견하여 보려고 애쓰다가 종내 달하지 못한 놀랄 만한 아름다운 표정을 화공은 뜻 안한 여기서 발견하였다.

화공은 걸음을 빨리하였다. 자기의 얼굴이 얼마나 더럽게 생겼는지, 이 처녀가 자기를 쳐다보면 얼마나 놀랄지 이 점을 온전히 잊고 걸음을 빨리하여 처녀의 쪽으로 갔다.

처녀는 화공의 발소리에 머리를 번쩍 들었다. 화공을 바라보았다. 그 무한히 먼 곳을 바라보는 듯한 기묘한 눈을 들어서.

"아아—."

가슴이 무득하여 무슨 말을 하여야 할지 망설이며 화공이 반벙어리 같은 소리를 할 때에 처녀가 먼저 입을 열었다.

"여기가 어디 오니까?"

여기가 어디?

"여기가 인왕 산록 이름도 없는 산이지만 너는 웬 색시냐?"

"네……."

문득 떠오르는 적적한 표정.

"더듬더듬 시내를 따라 왔습니다."

화공은 머리를 기울였다. 몸을 움직여 보았다. 무한히 먼 곳을 바라보는 듯한 처녀의 눈은 그냥 움직임 없이 커다랗게 뜨여 있기는 하지만 어디를 보는지 무엇을 보는지 알 수가 없다.

드디어 화공은 부르짖었다.

"너 앞이 보이느냐?"

"소경이올시다."

소경이었다. 눈물 머금은 소리로 하는 이 대답을 듣고 화공은 좀더 가까이 갔다.

"앞도 못 보면서 어떻게 무얼하려 예까지 왔느냐?"

처녀는 머리를 푹 수그렸다. 무슨 대답을 하는 듯하였으나 화공은 알아듣지 못하였다. 그러나 화공으로 하여금 적이 호기심을 잃게 한 것은 처녀의 얼굴이 아까와 같은 놀라운 매력 있는 표정이 없어진 것이었다.

그만하면 보기 드문 미인임에는 틀림이 없다. 그러나 아까 화공이 그렇듯 놀란 것은 단지 미인인 탓이 아니었다. 그 얼굴에 나타난 놀라운 매력에 끌린 것이었다.

"불쌍도 하지. 저녁도 가까워 오는데 어둡기 전에 집으로 나려가거라."

이만치 하여 화공은 처녀를 포기하려 하였다. 이 말에 처녀가 응하였다.

"어두운 것은 탓하지 않습니다마는 황혼은 매우 아름답다지요?"

"그럼 아름답구말구."

"어떻게 아름답습니까?"

"황금빛이 서산에서 줄기줄기 비추이는구나. 거기 새빨갛게 물든 천하—푸르른 소나무도 남빛 바위도 검붉은 나무 그루도 모두 황금빛에 잠겨서……."

"황금빛은 어떤 것이고 새빨간 빛과 붉은빛이며 남빛은 모두 어떤 빛이오니까? 밝은 세상이라지만 밝은 빛과 붉은빛이 어떻게 다릅니까? 이 산 경치가 아름답다는 소문을 듣고 더듬어 왔습니다마는 바람 소리, 돌물 소리, 귀로 들리는 소리밖에는 어디가 아름다운지 알 수가 없습니다."

차차 다시 나타나는 미묘한 표정, 커다랗게 뜨인 눈에 비치는 동경의 물결. 일단 사라졌던 아름다운 표정은 다시 생기기 비롯하였다.

화공은 드디어 처녀의 맞은편에 가 앉았다.

"이 샘 줄기를 따라 내려가면 바다가 있구, 바다 속에는 용궁이 있구나. 칠색 비단을 감은 기둥과 비취를 아로새긴 댓돌이며 황금으로 만든 풍경, 진주로 꾸민 문설주……."

마주앉아서 엮어 내리는 이 화공의 이야기에 각일각 더욱 황홀하여가는 처녀의 눈이었다. 화공은 드디어 이 처녀를 자기의 오막살이로 데리고 돌아갈 궁리를 하였다.

"내 용궁 이야기를 들려주마. 너의 집에서 걱정만 안 하실 것 같으면—."

화공이 이렇게 꼬일 때에 처녀는 그의 커다란 눈을 들어서 유원(幽園)히 하늘을 우러러보면서 자기네 부모는 병신 딸 따위는 없어져도 근심을 안 한다고 쾌히 화공의 뒤를 따랐다.

일사천리로 여기까지 밀려오던 여(余)의 공상은 문득 중단되었다.

이야기를 어떻게 진전시키나?

잡념이 일어난다. 동시에 여의 귀에 들리어 오는 한 절의 유행가—.

여는 머리를 들었다. 저편 뒤 어디 잡인들이 온 모양이다. 그 분요(紛擾)가 무의식중에 귀로 들어와서 여의 집중되었던 머리를 헤쳐놓는다.

귀찮은 가사(歌師)들이여, 저주받을 가사들이여.

이 저주받을 가사들 때문에 중단된 이야기는 좀체 다시 모이지 않았다.

그러나 결말 없는 이야기가 어디 있으랴. 어찌되었던 결말은 지어야 할 것이 아닌가.

그러면 그 화공은 처녀를 데리고 제 오막살이로 돌아와서 용궁 이야기를 들려주면서 그 동안에 처녀의 얼굴을 그대로 그려서 십 년래의 숙망을 성취하였다는 결말로 맺어 버릴까?

그러나 이런 싱거운 결말이 어디 있으랴. 결말이 되기는 되었지만 이 따위 결말을 짓기 위하여 그런 서두(序頭)는 무의미한 자다.

그러면?

그럼 다르게 결말을 맺어 볼까?

화공은 처녀를 제 오막살이로 데리고 돌아왔다. 그리고 처녀에게 용궁 이야기를 들려주었다. 그러나 아까 용궁 이야기를 초벌 들은 처녀는 이번은 그렇듯 큰 감흥도 느끼지 않는 모양으로 그다지 신통한 표정도 보이지 않았다. 화공의 계획은 수포로 돌아갔다. 화공은 그 그림을 영 미완품 채로 남기지 않을 수 없었다.

역시 마음에 들지 않는 결말이었다.

그럼 또다시—

화공은 처녀를 데리고 돌아왔다. 돌아와서 처녀를 보면 볼수록 탐스러워서 그림은 집어던지고 처녀를 아내로 삼아 버렸다. 앞을 못 보는 처녀는 추하게 생긴 화공에게도 아무 불만이 없이 일생을 즐겁게 보냈다. 그림으로나 아내를 얻으려던 화공은 절세의 미녀를 아내로 얻게 되었다.

역시 불만이다.

귀찮고 성가시다. 저주받을 유행 가사(流行歌師)여.

여는 일어났다. 감흥을 잃은 이 자리에 그냥 앉아 있기가 싫었다. 그냥 들리는 유행가. 그것이 안 들리는 곳으로 자리를 옮기자.

굽어보매 저 멀리 소나무 틈으로 한 줄기 번득이는 것은 아까의 샘물이다. 그 샘물로, 가장 이 이야기의 원천이 된 그 샘으로 내려가자.

벼랑을 내려가기는 올라가기보다 더 힘들었다. 올라가는 것은 올라가다가 실수하여 떨어지면 과즉 제자리에 내린다. 그러나 내려가다가 발을 실수하면 어디까지 굴러갈지 예측할 길이 없다. 잘못하다가는 청운동(青雲洞) 어귀까지 굴러갈는지도 모를 일이다. 게다가 올라갈 때에는 도움이 되던 스틱조차 내려갈 때에는 귀찮기 짝이 없다.

반각이나 걸려서 여는 드디어 그 샘가에 도달하였다.

샘가에는 과연 한 개의 바위가 사람 하나 앉기 좋을 만한 자리가 있다. 이 바위가 화공이 쌀 씻던 바위일까? 처녀가 앉아서 공상하던 바위일까? 그 아래를 깊은 남벽(藍碧)으로 알았더니 겨우 한 뼘 미만의 얕은 물로서 바위 위를 기운 없이 뚤뚤 흐르고 있다.

그러나 이 골짜기는 고요하기 짝이 없었다. 바람 소리도 멀리 위에서만 들린다. 그리고 소나무와 바위에 둘러싸여서 꽤 음침한 이 골짜기는 옛날 세상을 피한 화공이 즐겨하였음 직하다.

자, 그러면 이 골짜기에서 아까 그 이야기의 꼬리를 마저 지을까.

화공은 처녀를 데리고 오막살이로 돌아왔다.

그의 마음은 너무도 긴장되고 또한 기뻐서 저녁도 짓기 싫었다. 들어와 보매 벌써 여러 해를 머리 달리기를 기다리는 족자(簇子)의 여인이 몸집조차 흔연히 화공을 맞는 듯하였다.

"자, 거기 앉아라."

수년간 화공을 힐책하던 머리 없는 그림이 화공의 앞에 펴졌다. 단청도 준비되었다.

터질 듯 울렁거리는 마음으로 폭 앞에 자리를 잡은 화공은 빛이 비추이도록 남향하여 처녀를 앉히고 손으로는 붓을 적시며 이야기를 꺼내었다.

벌써 황혼은 인제 얼마 남지 않은 오늘 해로서 숙망을 달하려 하는 것이었다. 십 년간을 벼르기만 하면서 착수를 못했기 때문에 저축되었던 화공의 힘은 손으로 모였다.

"그러구 — 알겠지?"

눈으로는 처녀의 얼굴을 보며, 입으로는 용궁 이야기를 하며 손은 번개같이 붓을 둘렀다.

"용궁에는 여의주(如意珠)라는 구슬이 있구나. 이 여의주라는 구슬은 마음에 있는 바는 다 달할 수 있는 보물로서, 구슬을 네 눈 위에 한 번 굴리면 너도 광명한 일월을 보게 된다."

"네? 그런 구슬이 있습니까?"

"있구말구, 네가 내 말을 잘 듣고 있기만 하면 수일 내로 너를 데리고 용궁에 가서 여의주를 빌어서 네 눈도 고쳐주마."

"그러면 저도 광명한 일월을 볼 수가 있겠습니까?"

"그럼. 광명한 일월, 무지개라는 칠색이 영롱한 기묘한 것, 아름다운 수풀, 유수한 골짜기, 무엇인들 못 보랴!"

"아이구, 어서 그 여의주를 구해서—."

아아, 놀라운 아름다운 표정이었다. 화공은 처녀의 얼굴에 나타나 넘치는 이 놀라운 표정을 하나도 잃지 않고 화폭 위에 옮겼다.

황혼은 어느덧 밤으로 변하였다. 이때는 그림의 여인에게는 단지 눈동자가 그려지지 않을 뿐 그밖에 것은 죄 완성이 되었다.

동자까지 그리고 싶었다. 그러나 이 그림의 생명을 좌우할 눈동자를 그리기에는 날은 너무도 어두웠다.

눈동자 하나쯤이야 밝는 날로 남겨 둔들 어떠랴. 하여간 십 년 숙망을 겨우 달한 화공의 심사는 무엇에 비기지 못하도록 기뻤다.

"아—아."

이 탄성은 오래 벼르던 일이 끝난 때에 나는 기쁨의 소리였다.

이 일단의 안심과 함께 화공의 마음에는 또 다른 긴장과 정열이 솟아올랐다.

꽤 어두운 가운데서 처녀의 얼굴을 유심히 보기 위하여 화공이 잡은 자리는 처녀의 무릎과 서로 닿을 만치 가까웠다. 그림에 대한 일단의 안심과 함께 화공의 코로 몰려 들어오는 강렬한 처녀의 체취와 전신으로 느끼는 처녀의 접근 때문에 화공의 신경은 거의 마비될 듯싶었다. 차차 각일각 몸까지 떨리기 시작하였다. 어두움 가운데서 황홀스러이 빛나는 처녀의 커다란 눈은 정열로 들먹거리는 입술은 화공의 정신까지 혼미하게 하였다.

밝는 날, 화공과 소경 처녀의 두 사람은 벌써 남이 아니었다.

'오늘은 동자를 완성시키리라.'

삼십 년의 독신 생활을 벗어버린 화공은 삼십 년간을 혼자 먹던 조반을 소경 처녀와 같이 먹고 다시 그림 폭 앞에 앉았다.

"용궁은?"

기쁨으로 빛나는 처녀의 눈—.

그러나 화공의 심미안(審美眼)에 비친 그 눈은 어제의 눈이 아니었다.

아름답기는 다시없는 아름다운 눈이었다. 그러나 그 눈은 사내의 사랑을 구하는 '여인의 눈' 이었다. 병신이라 수모받던 전생을 벗어버리고 어젯밤 처음으로 인생의 봄을 맛본 처녀는 인제는 한 개의 지어미의 눈이요, 한 개의 애욕의 눈이었다.

"용궁은?"

"용궁에 어서 가서 여의주를 얻어서 제 눈을 뜨여 주세요. 밝은 천지도 천지려니와 당신이 어서 눈뜨고 보고 싶어!"

어젯밤 잠자리에서 자기는 스물네 살 난 풍신 좋은 사내라고 자랑한 화공의 말을 그대로 믿는 소경 처녀였다.

"응, 얻어 주지. 그 칠색이 영롱한—."

"그 칠색도 어서 보고 싶어요."

"그래 그래. 좌우간 지금 머리로 생각해 보란 말이야."

"네, 참 어서 보고 싶어서—."

굽어보면 무릎 앞의 그림은 어서 한 점 동자를 찍어 주기를 기다리고 있다.

그러나 소경의 눈에 나타난 것은 아름답기는 아름다우나 그것은 애욕의 표정에 지나지 못하였다. 그런 눈을 그리려고 십 년을 고심한 것이 아니었다.

"자, 용궁을 생각해 봐!"

"생각이나 하면 뭘 합니까? 어서 이 눈으로 보아야지."

"생각이라도 해보란 말이야."

"짐작이 가야 생각도 하지요."

"어제 생각하던 대로 생각을 해봐!"

"네……."

화공은 드디어 역정을 내었다.

"자, 용궁! 용궁!"

"네……."

"용궁을 생각해 봐! 그래 용궁이 어때?"

"칠색이 영롱하구요……."

"그래 또……."

"또, 황금기둥, 아니 비단으로 싼 기둥이 있구요, 또 푸른 진주가."

"푸른 진주가 아냐! 푸른 비취지."

"비취 추녀던가, 문이던가……?"

"에익! 바보!"

화공은 커다란 양손으로 칵 소경의 어깨를 잡았다. 잡고 흔들었다.

"자, 다시 곰곰이—. 용궁은."

"용궁은 바다 속에……."

겁에 띠어서 어릿거리는 소경의 양에 화공은 손으로 소경의 따귀를 갈기지 않을 수가 없었다.

"바보!"

이런 바보가 어디 있으랴. 보매 그 병신 눈은 깜박일 줄도 모르고 허공을 바라보고 있다. 그 천치 같은 눈을 보매 화공의 노염은 더욱 커졌다. 화공은 양손으로 소경의 멱을 잡았다.

"에이 바보야. 천치야. 병신아!"

생각나는 저주의 말을 연하여 퍼부으면서 소경의 멱을 잡고 흔들었다. 그리고 병신답게 멀겋게 뜨인 눈자위에 원망의 빛깔이 나타나는 것을 보고 더욱 힘있게 흔들었다. 흔들다가 화공은 탁 그 손을 놓았다. 소경의 몸이 너무도 무거워졌으므로.

화공의 손에서 놓인 소경의 몸은 눈을 뒤솟은 채 번뜻 나가넘어졌다. 넘어지는 서슬에 벼루가 전복되었다. 뒤집어진 벼루에서 튀어난 먹방울이 소경의 얼굴에 덮였다.

깜짝 놀라서 흔들어 보매 소경은 벌써 이 세상의 사람이 아니었다.

소경은 어찌할 줄을 몰랐다. 망지소조(茫知所措)하여 허둥거리던 화공은 눈을 뜻없이 자기의 그림 위에 던지다가 악! 소리를 내며 자빠졌다.

그 그림의 얼굴에는 어느덧 동자가 찍히었다. 자빠졌던 화공이 좀 정신을 가다듬어 가지고 몸을 일으켜서 다시 그림을 보매 두 눈에는 완연히 동자가 그려진 것이다.

그 동자의 모양이 또한 화공으로 하여금 다시 덜썩 엉덩이를 붙이게 하였다. 아까 소경 처녀가 화공에게 멱을 잡혔을 때에 그의 얼굴에 나타났던 원망의 눈!

그림의 동자는 완연히 그것이었다.

소경이 넘어지는 서슬에 벼루를 엎는다는 것은 기이할 것도 없고 벼루가 엎어질 때에 먹방울이 튄다는 것도 기이하달 수 없지만 그 먹방울이 어떻게 그렇게도 기묘하게 떨어졌을까? 먹이 떨어진 동자로부터 먹물이 번진 홍채에 이르기까지 어찌도 그렇게 기묘하게 되었을까?

한편에는 송장, 한편에는 송장의 화상을 놓고 망연히 앉아 있는 화공의 몸은 스스로 멈출 수 없이 와들와들 떨렸다.

수일 후부터 한양성 내에는 괴상한 여인의 화상을 들고 음울한 얼굴로 돌아다니는 늙은 광인(狂人) 하나가 생겼다.

그의 내력을 아는 사람이 없었고 그의 근본을 아는 사람이 없었다. 그 괴상한 화상을 너무도 소중히 여기므로 사람들이 보고자 하면 그는 기를 써서 보이지 않고 도망하여 버리곤 한다.

이렇게 수년간을 방황하다가 어떤 눈보라 치는 날, 돌베개를 베고 그의 일생을 막음하였다. 죽을 때도 그는 그 족자를 깊이 품에 품고 죽었다.

늙은 화공이여. 그대의 쓸쓸한 일생을 여(余)는 조상하노라.

여(余)는 지팡이로서 물을 두어 번 저어보고 고즈넉이 몸을 일으켰다.

우러러보매 여름의 석양은 벌써 백악 위에서 춤추고 이 천고(千古)의 계곡을 산새가 남북으로 건넌다.

1930년

독 짓는 늙은이 _ 황순원

이년! 이 백 번 죽에두 쌀 년! 앓는 남편두 남편이디만, 어린 자식을 놔두구 그래 도망을 가? 것두 아들놈 같은 조수놈하구서…… 그래 지금 한창나이란 말이디? 그렇다구 이년, 내가 아무리 늙구 병들었기루서니 거랑질이야 할 줄 아니? 이녀언! 하는데, 옆에 누웠던 어린 아들이, 아바지, 아바지이! 하였으나 송 영감은 꿈속에서 자기 품에 안은 아들이, 아바지, 아바지이! 하고 부르는 것으로 알며, 오냐 데건 네 에미가 아니다! 하고 꼭 품에 껴안는 것을, 옆에 누운 어린 아들이 그냥 울먹울먹한 목소리로 아버지를 불러, 잠꼬대에서 송 영감을 깨워 놓았다.

송 영감은 잠들기 전보다 더 머리가 무겁고 언짢았다. 애가 종내 훌쩍훌쩍 울기 시작했다. 오, 오, 하며 송 영감은 잠꼬대 속에서처럼 애를 끌어안았다. 자기의 더운 몸에 별나게 애의 몸이 찼다. 벌써부터 이렇게 얼리어서 될 말이냐고, 송 영감은 더 바싹 애를 껴안았다. 그리고 훌쩍이는 이제 일곱 살 난 애를 그렇게 안고 있는 동안 송 영감은 다시 이 어린것을 두고 도망간 아내가 새롭게 괘씸했다. 아내와 함께 여드름 많던 조수가 떠올랐다. 그러자 그 아들 같은 조수에게 동년배의 사내와 사내가 느끼는 어떤 적수감이 불길처럼 송 영감의 괴로운 몸을 휩쌌다.

송 영감 자신이 집증 잡히지 않는 병으로 앓아 누웠기 때문에 조수가 이 가을로 마지막 가마에 넣으려고 거의 혼자서 지어 놓다시피 한 중옹 통옹 반옹 머쎄기 같은 크고 작은 독들이 구월 보름 가까운 달빛에 하나하나 도망간 조수의 그림자같이 느껴졌을 때, 송 영감은 벌떡 일어나 부채방망이를 들어 모조리 깨부수고 싶은 충동을 받았으나, 다음 순간 내일부터라도 자기가 독을 지어 한 가마 채워가지고 구워내야 당장 자기네 부자가 살아갈 것이라는 생각에 미치면서는, 정말 그러는 수밖에 다른 도리가 없다고 지그시 무거운 눈을 감아 버렸다.

날이 밝자 송 영감은 열에 뜬 머리를 수건으로 동이고 일어나 앉아, 애더러는 흙이길 왱손이를 부르러 보내 놓고, 왱손이 올 새가 바빠서 자기 손으로 흙을 이겨 틀 위에 올려놓았다. 송 영감의 손은 자꾸 떨리었다. 그러나 반쯤 독을 지어 올려, 안은 조마구 밖은 부채마치로 맞두드리며 일변 발로는 틀을 돌리는 익은 솜씨만은 앓아 눕기 전과 다를 바 없는 듯했다. 왱손이가 흙을 이겨주는 대로 중옹 몇 개를 지어 냈다.

그러나 차차 송 영감의 솜씨에는 틈이 생기기 시작했다. 더구나 조마구와 부채마치로 두드려 올릴 때, 퍼뜩 눈앞에 아내와 조수의 환영이 떠오르면 짓던 독을 때리는지 아내와 조수를 때리는지 분간 못하는 새, 독이 그만 얇게 못나게 지어지곤 했다. 그리고 전을 잡는 손이 떨려, 가뜩이나 제일 힘든 마무리의 전이 잘 잡혀지지를 않았다. 열 때문도 있었다. 영감은 쓰러지듯이 짓던 독 옆에 눕고 말았다.

송 영감이 정신이 들었을 때는 저녁때가 기울어서였다. 왱손이도 흙 몇 덩이를 이겨놓고 가고 없었다. 언제부터인가 바깥 저녁 그늘 속에 애가 남쪽 장길을 향해 쪼그리고 앉아 있었다. 어머니를 기다리는 거리라. 언제나처럼 장보러 간 어머니가 언제나처럼 저녁때면 조수에게 장감을 지워가지고 돌아올 줄로만 아직 아는가 보다.

밖을 내다보던 송 영감은 제 힘만이 아닌 어떤 힘으로 벌떡 일어나 다시 독 짓기를 시작하는 것이었으나, 이번에는 겨우 한 개를 짓고는 다시 쓰러지듯이 눕고 말았다.

다음에 송 영감이 정신이 든 것은 아주 어두운 속에서 애가 흔들어 깨워서였다. 울먹이던 애가 깨나는 아버지를 보고 그제야 안심된 듯이 저쪽에서 밥그릇을 가져다 아버지 앞에 놓았다. 웬 거냐고 하니까 애가, 앵두나뭇집 할머니가 주더라고 한다. 송 영감은 확 분노가 치밀어, 누가 거랑질해 오라더냐고 밥그릇을 밀쳐 놓자 애가 훌찍훌찍 울기 시작했다. 송 영감은 아침에 어제의 저녁밥 남은 것을 조금 뜨는 것처럼 하고는 하루 종일 아무것도 입에 대지 않은 것을 생각하고는, 애도 아직 저녁을 못 먹었을지 모른다고 밥그릇을 도로 끌어다 한 술 입에 떠 넣으며 이번에는 애 보고, 맛있으니 너도 먹으라는 것이었으나, 자신은 입맛을 잃은 탓만도 아닌 무엇이 밥 넘기려는 목을 치밀어 올라오곤 해, 좀처럼 밥을 넘길 수가 없었다.

다음날 아침에는 송 영감이 죽인지 밥인지 모를 것을 끓였다. 여전히 입맛은 없었으나 어젯저녁처럼 목이 메어오르는 것은 없었다.

오늘도 또 지어올리는 독을 말리느라고 처음에는 독 밖에 피워 놓았다가 독이 한 반쯤 지어지면 독 안에 매달아 놓은 숯불의 숯내까지가 머리를 더 무겁게 했다. 사십 년래 없이 숯내를 다 먹는 듯했다. 송 영감은 어제보다 더 쓰러져 넘어지는 도수가 많았다. 흙 이기던 왱손이가 이래서는 도무지 한 가마 채우지 못하리라고 송 영감에게 내년에 마저 지어 첫 가마에 넣도록 하는 게 어떠냐고 몇 번이고 권해 보았으나 송 영감은 일어났다가는 쓰러지고, 일어났다가는 쓰러지고 하면서도 독 짓기를 그만두려고 하지는 않았다.

송 영감이 한번 쓰러져 있는데 방물장수 앵두나뭇집 할머니가 와서 앓는 몸을 돌봐야 하지 않느냐고 하며, 조미음 사발을 송 영감 입 가까이 내려놓았다. 송 영감은 어제 어린 아들에게 거랑질해 왔다고 소리를 쳤던 일을 생각하며, 이 아무에게나 상냥한 앵두나뭇집 할머니에게 미안한 생각이 들어, 어제만 해도 애한테 밥이랑 그렇게 많이 줘 보내서 잘 먹었는데 또 이렇게 미음까지 쑤어오면 어떡하느냐고 했다. 앵두나뭇집 할머니는 그저, 어서 식기 전에 한 모금 마셔보라고만 했다. 그리고 송 영감이 미음을 몇 모금 못 마시고 사발에서 힘없이 입을 떼는 것을 보고 앵두나뭇집 할머니는, 정말 이 영감이 이번 병으로 죽으려는가 보다는 생각이라도 든 듯, 당손이를 어디 좋은 자리가 있으면 주어 버리는 게 어떠냐고 했다. 송 영감은 쓰러져 있던 사람같지 않게 눈을 흡떠 앵두나뭇집 할머니를 쏘아보았다. 그리고 어느새 송 영감의 손은 앞에 놓인 미음사발을 앵두나뭇집 할머니에게로 떼밀치고 있었다. 그런 말 하러 이런 것을 가져왔느냐고, 썩썩 눈앞에서 없어지라고, 송 영감은 또 쓰러져 있던 사람같지 않게 고함쳤다. 앵두나뭇집 할머니는 송 영감의 고집을 아는 터라 더 무슨 말을 하지 않았다.

앵두나뭇집 할머니가 가자, 송 영감은 지금 밖에서 자기의 어린 아들이 어디로 업혀가기나 하는 듯이 밖을 향해 목청껏, 당손아! 하고 애를 불러대기 시작했다. 그러다가 애가 뜸막 문에 나타나는 것을 이번에는 애의 얼굴을 잊지나 않으려는 듯이 한참 쳐다보다가 그만 기운이 지쳐 감아 버리고 말았다. 애는 또 전에 없이 자기를 쳐다보는 아버지가 무서워 아버지에게 더 가까이 가지 못하고 섰다가, 아버지가 눈을 감자 더럭 더 겁이 나 훌쩍이기 시작했다.

날이 갈수록 송 영감은 독 짓기보다 자리에 쓰러져 있는 때가 많았다. 백 개가 못 차니 아직 이십여 개를 더 지어야 한 가마 충수가 되는 것이다. 한 가마를 채우게 짓자 하고 마음만은 급해지는 것이었으나, 몸을 일으키다가 도로 쓰러지며 흰 털 섞인 노랑수염의 입을 벌리고 어깨숨을 쉬곤 했다.

그러한 어느 날, 물감이며 바늘을 가지고 한돌림 돌고 온 앵두나뭇집 할머니가 찾아와서는 마침 좋은 자리가 있으니 당손이를 주어 버리고 말자는 말로, 말이 난 자리는 재물도 넉넉하지만 무엇보다도 사람들 마음씨가 무던하다는 말이며, 그 집에 전에 어떤 젊은 내외가 살림을 엎어치우고 내버린 애를 하나 얻어다 길렀는데 얼마 전에 그 친아버지 되는 사람이 여남은 살이나 된 그 애를 찾아갔다는 말이며, 그때 한 재물 주어 보내고서는 영감 내외가 마주 앉아 얼마 동안을 친자식 잃은 듯이 울었는지 모른다는 말이며, 그래 이번에는 아버지 없는 애를 하나 얻어다 기르겠다더라는 말을 하면서, 꼭 그 자리에 당손이를 주어 버리고 말자고 했다. 송 영감은 앵두나뭇집 할머니와 일전의 일이 있은 뒤에도 앵두나뭇집 할머니가 애를 통해서 먹을 것 같은 것을 보내는 것이, 흔히 이런 노파에게 있기 쉬운 이런 주선이라도 해주면 나중에 자기에게 돌아오는 것이 있어 그걸 탐내서 그러는 건 아니라고, 그저 인정 많은 늙은이라 이편을 위해주는 마음에서 그런다는 것만은 아는 터이지만, 송 영감은 오늘도 저도 모를 힘으로, 그런 소리를 하려거든 아예 다시는 오지도 말라고, 자기 눈에 흙들기 전에는 내놓지 못한다고 했다. 앵두나뭇집 할머니는, 그렇게 고집만 부리지 말고 영감이 살아서 좋은 자리로 가는 걸 보아야 마음이 놓이지 않겠느냐는 말로, 사실 말이지 성한 사람도 언제 무슨 변을 당할는지 모르는데 앓는 사람의 일을 내일 어떻게 될는지 누가 아느냐고 하며, 더구나 겨울도 닥쳐오고 하니 잘 생각해 보라고 했다. 송 영감은 그저 자기가 거랑질을 해서라도 애를 굶기지는 않을 테니 염려 말라고 했다.

앵두나뭇집 할머니가 돌아간 뒤, 송 영감은 지금 자기가 거랑질을 해서라도 애를 굶기지는 않겠다고 했지만, 그리고 사실 아내가 무엇보다도 자기와 같이 살다가는 거랑질을 할 게 무서워 도망갔음에 틀림없지만, 자기가 병만 나아 일어나는 날이면 아직 일등 호주라는 칭호 아래 얼마든지 독을 지을 수 있다는 생각과 함께, 이제 한 가마 독만 채워 전처럼 잘만 구워내면 거기서 겨울 양식과 내년에 할 밑천까지도 나올 수 있다는 희망으로, 어서 한 가마를 채우자고 다시 마음이 조급해지는 것이었다.

하루는 송 영감이 날씨를 가려 종시 한 가마가 차지 못하는 독들을 왱손이의 도움을 받아 밖으로 내고야 말았다. 지어진 독만으로라도 한 가마 구워 내리라는 생각이었다. 독 말리기. 말리기라기보다도 바람쐬기다. 햇볕도 있어야 하지만 바람이 있어야 한다. 안개 같은 것이 낀 날은 좋지 못하다. 안개가 걷히며 바람 한 점 없이 해가 갑자기 쨍쨍 내리쬐면 그야말로 걷잡을 새 없이 독들이 세로 가로 터져 나간다. 그런데 오늘은 바람이 좀 치는 게 독 말리기에 아주 알맞은 날씨였다.

독들을 마당에 내이자 독가마 속에서 거지들이, 무슨 독을 지금 굽느냐고 중얼거리며 제가끔의 넝마살림들을 안고 나왔다. 이 거지들은 가을철이 되면 이렇게 독가마를 찾아들어 초가을에는 가마 초입에서 살다, 겨울이 되면서 차차 가마가 식어감에 따라 온기를 찾아 가마 속 깊이로 들어가며 한겨울을 나는 것이다.

송 영감은 거지들에게, 지금 뜸막이 비었으니 독 구워내는 동안 거기에들 가 있으라고 하려다가 그만두었다. 전에 없이 거지들을 자기 있는 집에 들인다는 것이 마치 자기가 거지나 되는 것처럼 느껴졌던 것이다.

가마에서 나온 거지들은 혹 더러는 인가를 찾아 동냥을 하고, 혹 한 패는 양지바른 데를 골라 드러누웠고, 몇이는 아무 데고 앉아서 이 사냥 같은 것을 하기 시작했다.

송 영감도 양지에 앉아서 독이 하얗게 마르는 정도를 지키고 있었다.

독들을 가마에 넣을 때가 되었다. 송 영감 자신이 가마 속까지 들어가, 전에는 되도록 독이 여러 개 들어가도록만 힘쓰던 것을 이번에는 도망간 조수와 자기의 크기 같은 독이 되도록 아궁이에서 같은 거리에 나란히 놓이게만 힘썼다. 마치 누구의 독이 잘 지어졌나 내기라도 해보려는 듯이.

늦저녁때쯤 해서 불질이 시작됐다. 불질. 결국은 이 불질이 독을 쓰게도 못 쓰게도 만드는 것이다. 지은 독에 따라서 세게 때야 할 때 약하게 때도, 약하게 때야 할 때 지나치게 세게 때도, 또는 불을 더 때도 덜 때도 안 된다. 처음에 슬슬 때다가 점점 세게 때기 시작하여 서너 시간 지나면 하얗던 독들이 흑색으로 변한다. 거기서 또 너더댓 시간 때면 독들은 다시 처음의 하얗던 대로 되고, 다음에 적색으로 됐다가 이번에는 아주 새말갛게 되는데, 그것은 마치 쇠가 녹는 듯, 하늘의 햇빛을 쳐다보는 듯이 된다. 정말 다음날 하늘에는 맑은 햇빛이 빛나고 있었다.

곁불 놓기를 시작했다. 독가마 양 옆으로 뚫은 곁창 구멍으로 나무를 넣는 것이다.

이제는 소나무를 단으로 넣기 시작했다. 아궁이와 곁창의 불길이 길을 잃고 확확 내쏜다. 이 불길이 그대로 어제 늦저녁부터 아궁이에서 좀 떨어진 한곳에 일어나 앉았다 누웠다 하며 한결같이 불질하는 것을 지키고 있는 송 영감의 두 눈 속에서도 타고 있었다.

이렇게 이날 해도 다 저물었다. 그러는데 한편 곁창에서 불질하던 왱손이가 곁창 속을 들여다보는 듯하더니 분주히 이리로 달려오는 것이었다. 송 영감은 벌써 왱손이가 불질하던 곁창의 위치로써 그것이 자기의 독이 들어 있는 자리라는 것을 알고 왱손이가 뭐라기 전에 먼저, 무너앉았느냐고 했다. 왱손이는 그렇다고 하면서, 이젠 독이 좀 덜 익더라도 곁불질을 그만두고 아궁이를 막아버리자고 했다. 그러나 송 영감은 그저, 그만두라고 할 때까지 그냥 불질을 하라고 했다.

거지들이 날이 저물었다고 독가마 부근으로 모여들었다.

송 영감이, 이제 조금만 더, 하고 속을 죄고 있을 때였다. 가마 속에서 갑자기 뚜왕! 뚜왕! 하고 독 튀는 소리가 울려나왔다. 송 영감은 처음에 벌떡 반쯤 일어나다가 도로 주저앉으며 이상스레 빛나는 눈을 한곳에 머물린 채 귀를 기울였다. 송 영감은 가마에 넣은 독의 위치로, 지금 것은 자기가 지은 독, 지금 것도 자기가 지은 독, 하고 있었다. 이렇게 튀는 것은 거의 송 영감의 것뿐이었다. 그리고 송 영감은 또 그 튀는 소리로 해서 그것이 자기가 앓다가 일어나 처음에 지은 몇 개의 독만이 튀지 않고 남은 것을 알며, 왱손이의 거치적거린다고 거지들을 꾸짖는 소리를 멀리 들으면서 어둠 속에 그만 쓰러지고 말았다.

다음날 송 영감이 정신이 들었을 때에는 자기네 뜸막 안에 뉘어 있었다. 옆에서 작은 몸을 오그리고 훌쩍거리던 애가 아버지가 정신 든 것을 보고 더 크게 훌쩍거리기 시작했다. 송 영감이 저도 모르게 애보고, 안 죽는다, 안 죽는다, 했다. 그러나 송 영감은 또 속으로는, 지금 자기는 죽어 가고 있다고 부르짖고 있었다.

이튿날 송 영감은 애를 시켜 앵두나뭇집 할머니를 오게 했다. 앵두나뭇집 할머니가 오자 송 영감은 애더러 놀러 나가라고 하며 유심히 애의 얼굴을 쳐다보는 것이었다. 마치 애의 얼굴을 잊지 않으려는 듯이.

앵두나뭇집 할머니와 단둘이 되자 송 영감은 눈을 감으며, 요전에 말하던 자리에 아직 애를 보낼 수 있겠느냐고 물었다. 앵두나뭇집 할머니는 된다고 했다. 얼마나 먼 곳이냐고 했다. 여기서 한 이삼십 리 잘 된다는 대답이었다. 그러면 지금이라도 보낼 수 있느냐고 했다. 당장이라도 데려가기만 하면 된다고 하면서 앵두나뭇집 할머니는 치마 속에서 지전 몇 장을 꺼내어 그냥 눈을 감고 있는 송 영감의 손에 쥐어주며, 아무 때나 애를 데려오게 되면 주라고 해서 맡아 두었던 것이라고 했다.

송 영감이 갑자기 눈을 뜨면서 앵두나뭇집 할머니에게 돈을 도로 내밀었다. 자기에게는 아무 소용없으니 애 업고 가는 사람에게나 주어 달라는 것이었다. 그리고는 다시 눈을 감았다. 앵두나뭇집 할머니는 애 업고 가는 사람 줄 것은 따로 있다고 했다. 송 영감은 그래도 그 사람을 주어 애를 잘 업어다 주게 해달라고 하면서, 어서 애나 불러다 자기가 죽었다고 하라고 했다. 앵두나뭇집 할머니가 무슨 말을 하려는 듯하다가 저고릿고름으로 눈을 닦으며 밖으로 나갔다. 송 영감은 눈을 감은 채 가쁜 숨을 죽이고 있었다. 그리고 무슨 일이 있더라도 눈물일랑 흘리지 않으리라 했다.

그러나 앵두나뭇집 할머니가 애를 데리고 와, 저렇게 너의 아버지가 죽었다고 했을 때, 송 영감은 절로 눈물이 흘러내림을 어찌할 수 없었다. 앵두나뭇집 할머니는 억해오는 목소리를 겨우 참고, 저것 보라고 벌써 눈에서 썩은 물이 나온다고 하고는, 그러지 않아도 앵두나뭇집 할머니의 손을 잡은 채 더 아버지에게 가까이 갈 생각을 않는 애의 손을 끌고 그곳을 나왔다.

그냥 감은 송 영감의 눈에서 다시 썩은 물 같은, 그러나 뜨거운 새 눈물 줄기가 흘러내렸다. 그러는데 어디선가 애의 훌쩍훌쩍 우는 소리가 들리는 듯했다. 눈을 떴다. 아무도 있을 리 없었다. 지어놓은 독이라도 한 개 있었으면 싶었다. 순간 뜸막 속 전체만한 공허가 송 영감의 파리한 가슴을 억눌렀다. 온몸이 오므라들고 차움을 송 영감은 느꼈다.

그러는 송 영감의 눈앞에 독가마가 떠올랐다. 그러자 송 영감은 그리로 가리라는 생각이 불현듯 일었다. 거기에만 가면 몸이 녹여지리라. 송 영감은 기는 걸음으로 뜸막을 나섰다.

거지들이 초입에 누워 있다가 지금 기어들어오는 게 누구이라는 것도 알려 하지 않고, 구무럭거려 자리를 내주었다. 송 영감은 한 옆에 몸을 쓰러뜨렸다. 우선 몸이 녹는 듯해 좋았다.

그러나 송 영감은 다시 일어나 가마 안쪽으로 기기 시작했다. 무언가 지금의 온기로써는 부족이라도 한 듯이. 곧 예사 사람으로는 더 견딜 수 없는 뜨거운 데까지 이르렀다. 그런데도 송 영감은 기기를 멈추지 않았다. 그렇다고 그냥 덮어놓고 기는 것은 아니었다. 지금 마지막으로 남은 생명이 발산하는 듯 어둑한 속에서도 이상스레 빛나는 송 영감의 눈은 무엇을 찾고 있는 것이었다. 그러다가 열어젖힌 곁창으로 새어 들어오는 늦가을 맑은 햇빛 속에서 송 영감은 기던 걸음을 멈추었다. 자기가 찾던 것이 예 있다는 듯이. 거기에는 터져 나간 송 영감 자신의 독 조각들이 흩어져 있었다.

송 영감은 조용히 몸을 일으켜 단정히, 아주 단정히 무릎을 꿇고 앉았다. 이렇게 해서 그 자신이 터져 나간 자기의 독 대신이라도 하려는 것처럼.

1950년

빈처貧妻 _ 현진건

1

"그것이 어째 없을까?"

아내는 장문을 열고 무엇을 찾더니 입 안 말로 중얼거린다.

"무엇이 없어?"

나는 우두커니 책상머리에 앉아서 책장만 뒤적뒤적하다가 물어보았다.

"모본단 저고리가 하나 남았는데……."

"……"

나는 그만 묵묵하였다.

아내가 그것을 찾아 무엇을 하려는 것을 앎이라. 오늘 밤에 옆집 할멈을 시켜 잡히려 하는 것이다.

이 2년 동안에 돈 한 푼 나는 데 없고 그대로 주리면 시장할 줄 알아 기구(器具)와 의복을 전당국 창고(典當局倉庫)에 들여밀거나 고물상 한구석에 세워 두고 돈을 얻어오는 수밖에 없었다.

지금 아내가 하나 남은 모본단 저고리를 찾는 것도 아침거리를 장만하려 함이다. 나는 입맛을 쩍쩍 다시고 폈던 책을 덮으며 '후우' 한숨을 내쉬었다.

봄은 벌써 반이나 지났건마는 이슬을 실은 듯한 밤 기운이 방구석으로부터 슬금슬금 기어 나와 사람에게 안기고, 비가 오는 까닭인지 밤은 아직 깊지 않건만 인적조차 끊어지고 온 천지가 빈 듯이 고요한데 투닥투닥 떨어지는 빗소리가 한없는 구슬픈 생각을 자아낸다.

"빌어먹을 것 되는 대로 되어라."

나는 점점 견딜 수 없어 두 손으로 흩어진 머리카락을 쓰다듬어 올리며 중얼거려 보았다.

이 말이 더욱 처량한 생각을 일으킨다. 나는 또 한 번,

"후—"

한숨을 내쉬며 왼팔을 베고 책상에 쓰러지며 눈을 감았다.

이 순간에 오늘 지낸 일이 불현듯 생각이 난다.

늦게야 점심을 마치고 내가 막 궐련(卷煙) 한 개를 피워 물 적에 한성은행(漢城銀行) 다니는 T가 공일이라고 찾아왔다.

친척은 다 멀지 않게 살아도 가난한 꼴을 보이기도 싫고 찾아갈 적마다 무엇을 꿔어 내라고 조르지도 아니하였건만 행여나 무슨 구차한 소리를 할까 봐서 미리 방패막이를 하고 눈살을 찌푸리는 듯하여 나는 발을 끊고 따라서 찾아오는 이도 없었다. 다만 이 T는 촌수가 가까운 까닭인지 자주 우리를 방문하였다.

그는 성실하고 공순하며 소소한 소사(小事)에 슬퍼하고 기뻐하는 인물이었다. 동년배(同年輩)인 우리 둘은 늘 친척간에 비교(比較) 거리가 되었었다. 그리고 나의 평판이 항상 좋지 못했다.

"T는 돈을 알고 위인이 진실해서 그 애는 돈푼이나 모일 것이야! 그러나 K(내 이름)는 아무짝에도 못 쓸 놈이야. 그 잘난 언문(諺文) 섞어서 무어라고 끄적거려 놓고 제 주제에 무슨 조선에 유명한 문학가가 된다니! 시러베 아들놈!"

이것이 그네들의 평판이었다. 내가 문학인지 무엇인지 하는 소리가 까닭 없이 그네들의 비위에 틀린 것이다. 더군다나 나는 그네들의 생일이나 혹은 대사(大事) 때에

돈 한 푼 이렇다는 일이 없고, T는 소위 착실히 돈벌이를 해가지고 국수 밥 소라나 보조를 하는 까닭이다.

"얼마 아니 되어 T는 잘살 것이고, K는 거지가 될 것이니 두고 보아!"

오촌 당숙은 이런 말씀까지 하였다 한다. 입 밖에는 아니 내어도 친부모 친형제까지라도 심중(心中)으로는 다 이렇게 생각할 것이다.

그래도 부모는 달라서 화가 나시면,

"네가 그리 하다가는 말경(末境)에 비렁뱅이가 되고 말 것이야."

라고 꾸중은 하셔도,

"사람이란 늦복(福) 모르느니라."

"그런 사람은 또 그렇게 되느니라."

하시는 것이 스스로 위로하는 말씀이고 또 며느리를 위로하는 말씀이었다. 이것을 보아도 하는 수 없는 놈이라고 단념(斷念)을 하시면서 그래도 잘되기를 바라시고 축원하시는 것을 알겠더라.

여하간 이만하면 T의 사람됨을 가히 알 수가 있다. 그리고 그가 우리집에 올 것 같으면 지어서 쾌활하게 웃으며 힘써 재미스러운 이야기를 하였다. 단둘이 고적(孤寂)하게 그날 그날을 보내는 우리에게는 더할 수 없이 반가웠었다.

오늘도 그가 활발하게 집에 쑥 들어오더니 신문지에 싼 기름한 것을 '이것 봐라' 하는 듯이 마루 위에 올려놓고 분주히 구두끈을 끄른다.

"이것이 무엇인가?"

나는 물어 보았다.

"저어, 제 처의 양산(洋傘)이야요. 쓰던 것이 벌써 낡았고 또 살이 부러졌다나요."

그는 구두를 벗고 마루에 올라서며 나오는 웃음을 참지 못하여 벙글벙글하면서 대답을 한다.

그는 나의 아내를 돌아보며 돌연히,

"아주머니 좀 구경하시렵니까?"

하더니 싼 종이와 집을 벗기고 양산을 펴 보인다. 흰 비단 바탕에 두어 가지 매화를 수놓은 양산이었다.

"검정이는 좋은 것이 많아도 너무 칙칙해 보이고…… 회색이나 누렁이는 하나도 그것이야 싶은 것이 없어서 이것을 산걸요."

그는 '이것보다도 좋은 것을 살 수가 있다' 하는 뜻을 보이려고 애를 쓰며 이런 발명까지 한다.

"이것도 퍽 좋은데요."

이런 칭찬을 하면서 양산을 펴 들고 이리저리 홀린 듯이 들여다보고 있는 아내의 눈에는, '나도 이런 것을 하나 가졌으면……' 하는 생각이 역력(歷歷)히 보인다.

나는 갑자기 불쾌한 생각이 와락 일어나서 방으로 들어오며 아내의 양산 보는 양을 빙그레 웃고 바라보고 있는 T에게,

"여보게, 방에 들어오게그려, 우리 이야기나 하세."

T는 따라 들어와 물가 폭등에 대한 이야기며, 자기의 월급이 오른 이야기며, 주권(株券)을 몇 주 사 두었더니 꽤 이익이 남았다던가, 이번 각 은행 사무원 경기회(競技會)에서 자기가 우월한 성적을 얻었다던가, 이런 것 저런 것 한참 이야기하다가 돌아갔었다.

T를 보내고 책상을 향하여 짓던 소설의 결미(結尾)를 생각하고 있을 즈음에,

"여보!"

아내의 떠는 목소리가 바로 내 귀 곁에서 들린다. 핏기 없는 얼굴에 살짝 붉은빛이 돌며 어느 결에 내 곁에 바싹 다가앉았더라.

"당신도 살 도리를 좀 하세요."

"……"

나는 또 '시작하는구나' 하는 생각이 번개같이 머리에 번쩍이며 불쾌한 생각이 벌컥 일어난다. 그러나 무어라고 대답할 말이 없어 묵묵히 있었다.

"우리도 남과 같이 살어 보아야지요!"

아내가 T의 양산에 단단히 자극(刺戟)을 받은 것이다. 예술가의 처 노릇을 하려는 독특(獨特)한 결심이 있는 그는 좀처럼 이런 소리를 입 밖에 내지 아니하였다. 그러나 무엇에 상당한 자극만 받으면 참고 참았던 이런 소리를 하게 되는 것이다. 나도 이런 소리를 들을 적마다 '그럴 만도 하다'는 동정심이 없지 아니하나 심사가 어쩐지 좋지 못하였다. 이번에도 '그럴 만도 하다'는 동정심이 없지 아니하되 또한 불쾌한 생각을 억제키 어려웠다. 잠깐 있다가 불쾌한 빛을 나타내며,

"급작스럽게 살 도리를 하라면 어찌할 수가 있소. 차차 될 때가 있겠지!"

"아이구, 차차란 말씀 그만두구려, 어느 천년에……."

아내의 얼굴에 붉은빛이 짙어지며 전에 없던 흥분한 어조로 이런 말까지 하였다. 자세히 보니 두 눈에 은은히 눈물이 고이었더라.

나는 잠시 멍멍하게 있었다. 성낸 불길이 치받쳐 올라온다. 나는 참을 수 없었다.

"막벌이꾼한테 시집을 갈 것이지, 누가 내게 시집을 오랬소! 저 따위가 예술가의 처가 다 뭐야!"

사나운 어조로 몰풍스럽게 소리를 꽥 질렀다.

"에그……!"

살짝 얼굴빛이 변해지며 어이없이 나를 보더니 고개가 점점 수그러지며 한 방울 두 방울, 방울방울 눈물이 장판 위에 떨어진다.

나는 이런 일을 가슴에 그리며 그래도 내일 아침거리를 장만하려고 옷을 찾는 아내의 심중을 생각해 보니, 말할 수 없는 슬픈 생각이 가을 바람과 같이 설렁설렁 심

골(心骨)을 분지르는 것 같다.

쓸쓸한 빗소리는 굵었다 가늘었다 의연(依然)히 적적한 밤 공기에 더욱 처량히 들리고 그을음 앉은 등피(燈皮) 속에서 비치는 불빛은 구름에 가린 달빛처럼 우는 듯, 조는 듯 구차(苟且)히 얻어 산 몇 권 양책(洋冊)의 표제(表題) 금자가 번쩍거린다.

2

장 앞에 초연히 서 있던 아내가 무엇이 생각났는지 고개를 끄덕끄덕하며 들릴 듯 말 듯 목 안의 소리로,

"오호…… 옳지 참 그날……."

"찾었소?"

"아니야요, 벌써…… 저 인천(仁川) 사시는 형님이 오셨던 날……."

아내가 애써 찾던 그것도 벌써 전당포의 고운 먼지가 앉았구나! 종지 하나라도 차근차근 아랑곳하는 아내가 그것을 잡혔는지 안 잡혔는지 모르는 것을 보면 빈곤(貧困)이 얼마나 그의 정신을 물어뜯었는지 가히 알겠다.

"……"

"……"

한참 동안 서로 아무 말이 없었다. 가슴이 어째 답답해지며 누구하고 싸움이나 좀 해보았으면 소리껏 고함이나 질러 보았으면 실컷 맞아 보았으면 하는 일종의 이상한 감정이 부글부글 피어오르며, 전신에 이가 스멀스멀 기어다니는 듯 옷이 어째 몸에 끼이며 견딜 수가 없다.

나는 이런 감정을 노골적으로 드러내며,

"점점 구차한 살림에 싫증이 나서 못 견디겠지?"

아내는 무엇을 생각하는지 모르게 정신을 잃고 섰다가 그 거슴츠레한 눈이 둥그래지며,

"네에? 어째서요?"

"무얼 그렇지!"

"싫은 생각은 조금도 없어요."

이렇게 말이 오락가락함을 따라 나는 흥분의 도(度)가 점점 짙어간다.

그래서 아내가 떨리는 소리로,

"어째 그런 줄 아세요?"

하고 반문할 적에,

"나를 숙맥(菽麥)으로 알우?"

라고, 격렬(激烈)하게 소리를 높였다.

아내는 살짝 분한 빛이 눈에 비치어 물끄러미 나를 들여다본다.

나는 괘씸하다는 듯이 흘겨보며,

"그러면 그것 모를까! 오늘까지 잘 참아 오더니 인제는 점점 기색이 달라지는걸 뭐! 물론 그럴 만도 하지마는!"

이런 말을 하는 내 가슴에는 지난 일이 활동사진 모양으로 얼른얼른 나타난다.

육 년 전에(그때 나는 십육 세이고 저는 십팔 세였다), 우리가 결혼한 지 얼마 아니 되어 지식에 목마른 나는 지식의 바닷물을 얻어 마시려고 표연히 집을 떠났었다.

광풍(狂風)에 나부끼는 버들잎 모양으로 오늘은 지나(支那) 내일은 일본으로 굴러다니다가 금전의 탓으로 지식의 바닷물도 흠씬 마셔 보지도 못하고 반거들충이가 되어 집에 돌아오고 말았다.

그가 시집 올 때에는 방글방글 피려는 꽃봉오리 같던 아내가 어느 겨를에 기울어 가는 꽃처럼 두 뺨에 선연(鮮姸)한 빛이 스러지고 이마에는 벌써 두어 금 가는 줄이

그리어졌다.

처가 덕으로 집간도 장만하고 세간도 얻어 우리는 소위 살림을 하게 되었다. 처음에는 그럭저럭 지내었지마는 한 푼 나는 데 없는 살림이라 한 달 가고 두 달 갈수록 점점 곤란해질 따름이었다.

나는 보수(報酬) 없는 독서와 가치 없는 창작으로 해가 지며 날이 새며 쌀이 있는지 나무가 있는지 망연케 몰랐다. 그래도 때때로 맛있는 반찬이 상에 오르고 입은 옷이 과히 추하지 아니함은 전혀 아내의 힘이었다.

전들 무슨 벌이가 있으리요, 부끄럼을 무릅쓰고 친가에 가서 눈치를 보아가며 구차한 소리를 하여 가지고 얻어 온 것이었다.

그것도 한두 번 말이지 장구한 세월에 어찌 늘 그럴 수가 있으랴! 말경에는 아내가 가져온 세간과 의복에 손을 대는 수밖에 없었다. 잡히고 파는 것도 나는 알은체도 아니하였다. 그가 애를 쓰며 퉁명스러운 옆집 할멈에게 돈푼을 주고 시켰었다.

이런 고생을 하면서도 그는 나의 성공만 마음속으로 깊이깊이 믿고 빌었었다. 어느 때에는 내가 무엇을 짓다가 마음에 맞지 아니하여 쓰던 것을 집어던지고 화를 낼 적에,

"왜 마음을 조급하게 잡수세요! 저는 꼭 당신의 이름이 세상에 빛날 날이 있을 줄 믿어요. 우리가 이렇게 고생을 하는 것이 장차 잘 될 근본이야요."

하고 그는 스스로 흥분되어 눈물을 흘리며 나를 위로하는 적도 있었다.

내가 외국으로 다닐 때에 소위 신풍조(新風潮)에 띠어 까닭 없이 구식 여자가 싫어졌다. 그래서 나의 일찍이 장가든 것을 매우 후회하였다. 어떤 남학생과 어떤 여학생이 서로 연애를 주고받고 한다는 이야기를 들을 적마다 공연히 가슴이 뛰놀며 부럽기도 하고 비감(悲感)스럽기도 하였었다.

그러나 낫살이 들어갈수록 그런 생각도 없어지고 집에 돌아와 아내를 겪어보니

의외에 그에게 따뜻한 맛과 순결한 맛을 발견하였었다. 그의 사랑이야말로 이기적 사랑이 아니고 헌신적(獻身的) 사랑이었다. 이런 줄을 점점 깨닫게 될 때에 내 마음이 얼마나 행복스러웠으랴! 밤이 깊도록 다듬이를 하다가 그만 옷 입은 채로 쓰러져 곤하게 자는 그의 파리한 얼굴을 들여다보며,

'아아, 나에게 위안을 주고 원조를 주는 천사여!'

하고 감격이 극하여 눈물을 흘린 일도 있었다.

내가 알다시피 내가 별로 천품은 없으나 어쨌든 무슨 저작가(著作家)로 몸을 세워 보았으면 하여 나날이 창작과 독서에 전심력을 바쳤다. 물론 아직 남에게 인정(認定)될 가치는 없는 것이다. 그 영향으로 자연 일상 생활이 말유(末由)하게 되었다.

이런 곤란에 그는 근 이 년 견디어 왔건마는 나의 하는 일은 오히려 아무 보람이 없고 방 안에 놓였던 세간이 줄어지고 장롱에 찼던 옷이 거의 다 없어졌을 뿐이다.

그 결과 그다지 견딜성 있던 그도 요사이 와서는 때때로 쓸데없는 탄식을 하게 되었다. 손잡이를 잡고 마루 끝에 우두커니 서서 하염없이 먼 산만 바라보기도 하며 바느질을 하다 말고 실심(失心)한 사람 모양으로 멍멍히 앉았기도 하였다. 창경(窓鏡)으로 비치는 어스름한 햇빛에 나는 흔히 그의 눈물 머금은 근심 있는 눈을 발견하였다. 이럴 때에는 말할 수 없는 쓸쓸한 생각이 들며 일없이,

"마누라!"

하고 부르면 그는 몸을 움찔하고 고개를 저리 돌리어 치맛자락으로 눈물을 씻으며,

"네에?"

하고 울음에 떨리는 가는 대답을 한다. 나는 등에 물을 끼얹는 듯 몸이 으쓱해지며 처량한 생각이 싸늘하게 가슴에 흘렀었다. 그러지 않아도 자비하기 쉬운 마음이 더욱 심해지며,

'내가 무자격한 탓이다.'

하고 스스로 멸시를 하고 나니 더욱 견딜 수 없다.

'그럴 만도 하다.'

는 동정심이 없지 아니하되 그래도 그만 불쾌한 생각이 일어나며,

'계집이란 할 수 없어.'

혼자 이런 불평을 중얼거리었다.

환등(幻燈) 모양으로 하나씩 둘씩 이런 일이 가슴에 나타나니 무어라고 말할 용기조차 없어졌다. 나의 유일의 신앙자(信仰者)이고 위로자이던 저까지 인제는 나를 아니 믿게 되고 말았다.

그는 마음속으로,

'네가 육 년 동안 내 살을 깎고 저미었구나! 이 원수야.'

할 것이다.

이렇게 생각하매 그의 불같던 사랑까지 없어져 가는 것 같았다. 아니 흔적도 없이 사라지고 만 것 같았다. 나는 감상적으로 허둥허둥하며,

"낸들 마누라를 고생시키고 싶어 시켰겠소! 비단옷도 해주고 싶고 좋은 양산도 사주고 싶어요! 그러길래 왼종일 쉬지 않고 공부를 아니하우. 남 보기에는 편편히 노는 것 같애도 실상은 그렇지 안해! 본들 모른단 말이요."

나는 점점 강한 가면(假面)을 벗고 약한 진상(眞相)을 드러내며 이와 같은 가소로운 변명까지 하였다.

"왼 세상 사람이 다 나를 비소(誹笑)하고 모욕하여도 상관이 없지만 마누라까지 나를 아니 믿어주며 어찌한단 말이요."

내 말에 스스로 자극이 되어 가지고 마침내,

"아아!"

길이 탄식을 하고 그만 쓰러졌다. 이 순간에 고개를 숙이고 아마 하염없이 입술만 물어뜯고 있던 아내가 홀연,

"여보!"

울음소리를 떨면서 무너지는 듯이 내 얼굴에 쓰러진다.

"용서……."

하고는 북받쳐 나오는 울음에 말이 막히고 불덩이 같은 두 뺨이 내 얼굴을 누르며 흑흑 느끼어 운다. 그의 두 눈으로부터 샘솟듯 하는 눈물이 제 뺨과 내 뺨 사이를 따뜻하게 젖어 퍼진다. 내 눈에서도 눈물이 흘러내린다. 뒤숭숭하던 생각이 다 이 뜨거운 눈물에 봄눈 슬듯 스러지고 말았다. 한참 있다가 우리는 눈물을 씻었다. 내 속이 얼마큼 시원한지 몰랐다.

"용서하여 주세요! 그렇게 생각하실 줄은 참 몰랐어요."

이런 말을 하는 아내는 눈물에 불어오른 눈꺼풀을 아픈 듯이 끔적거린다.

"암만 구차하기로니 싫증이야 날까요! 나는 한번 먹은 맘이 있는데……."

가만가만히 변명을 하는 아내의 눈물 흔적이 어룽어룽한 얼굴을 물끄러미 바라보며 겨우 심신이 가뜬하였다.

3

어제 일로 심신이 피곤하였던지 그 이튿날 늦게야 잠을 깨니 간밤에 오던 비는 어느 결에 그치었고 명랑한 햇발이 미닫이에 높았더라.

아내가 다시금 장문을 열고 잡힐 것을 찾을 즈음에 누가 중문을 열고 들어온다. 우리는 누군가 하고 귀를 기울일 적에 밖에서,

"아씨!"

하는 소리가 들렸다.

아내는 급히 방문을 열고 나갔다. 그는 처가에서 부리는 할멈이었다. 오늘이 장인 생신이라고 어서 오라는 말을 전한다.

"오늘이야? 참 옳지, 오늘이 이월 열엿샛날이지, 나는 깜빡 잊었어!"

"원 아씨는 딱도 하십니다. 어쩌면 아버님 생신을 잊는단 말씀이야요. 아무리 살림이 재미가 나시더래도!"

시큰둥한 할멈은 선웃음을 쳐가며 이런 소리를 한다.

가난한 살림에 골몰하느라고 자기 친부의 생신까지 잊었는가 하매 아내의 정지(情地)가 더욱 측은하였다.

"오늘이 본가 아버님 생신이라요. 어서 오시라는데……."

"어서 가구려……."

"당신도 가셔야지요. 우리 같이 가세요."

하고 아내는 하염없이 얼굴을 붉힌다.

나는 처가에 가기가 매우 싫었었다. 그러나 아니 가는 것도 내 도리가 아닐 듯하여 하는 수 없이 두루마기를 입었다. 아내는 머뭇머뭇하며 양미간을 보일 듯 말 듯 찡그리다가 곁눈으로 살짝 나를 엿보더니 돌아서서 급히 장문을 연다.

흥, 입을 옷이 없어서 망설거리는구나, 나도 슬쩍 돌아서며 생각하였다.

우리는 서로 등지고 섰건만 그래도 아내가 거의 다 빈 장 안을 들여다보며 입을 만한 옷이 없어서 눈살을 찌푸린 양이 눈앞에 선연함을 어찌할 수가 없었다.

"자아, 가세요."

무엇을 생각하는지 모르게 정신을 잃고 섰다가 아내의 부르는 소리를 듣고 나는 기계적으로 고개를 돌리었다. 아내는 당목 옷으로 갈아입고 내 마음을 알았던지 나를 위로하는 듯이 빙그레 웃는다. 나는 더욱 쓸쓸하였다.

우리 집은 천변 배다리 곁에 있고 처가는 안국동에 있어 그 거리가 꽤 멀었다. 나는 천천히 가느라고 하고 아내는 속히 오느라고 오건마는 그는 늘 뒤떨어졌다. 내가 한참 가다가 뒤를 돌아다보면 그는 늘 멀리 떨어져 나를 따라오려고 애를 쓰며 주춤주춤 걸어온다. 길가에 다니는 어느 여자를 보아도 거의 다 비단옷을 입고 고운 신을 신었는데 당목 옷을 허술하게 차리고 청록당혜로 타박타박 걸어오는 양이 나에게 얼마나 애연(哀然)한 생각을 일으켰는지!

한참만에 나는 넓고 높은 처갓집 대문에 다다랐다.

내가 안으로 들어갈 적에 낯선 사람들이 나를 흘끔흘끔 본다.

그들의 눈에,

'이 사람이 누구인가. 아마 이 집 하인인가 보다.'

하는 경멸히 여기는 빛이 있는 것 같았다. 안 대청 가까이 들어오니 내게 분분히 인사를 한다. 그 인사하는 소리가 내 귀에는 어째 비소하는 것 같기도 하고 모욕하는 것 같기도 하여 공연히 가슴이 두근거리고 얼굴이 후끈거린다.

그 중에 제일 내게 친숙하게 인사하는 사람이 있다. 그는 아내보다 삼 년 맏인 처형이었다. 내가 어려서 장가를 들었으므로 그때 그는 나를 못 견디게 시달렸다.

그때는 그게 싫기도 하고 밉기도 하더니 지금 와서는 그때 그러한 것이 도리어 우리를 무관하게 정답게 만들었다. 그는 인천 사는데 자기 남편이 기미(期米)를 하여 가지고 이번에 돈 십만 원이나 착실히 땄다 한다. 그는 자기의 잘사는 것을 자랑하고자 함인지 비단을 내리감고 얼굴에 부유한 태(態)가 질질 흐른다. 그러나 분(粉)으로 숨기려고 애쓴 보람도 없이 눈 위에 퍼렇게 멍든 것이 내 눈에 띄었다.

"왜 마누라는 어쩌고 혼자 오세요?"

그는 웃으며 이런 말을 하다가 중문 편을 바라보더니,

"그러면 그렇지! 동부인 아니 하고 오실라구."

혼자 주고받고 한다.

나도 이 말을 듣고 슬쩍 돌아다보니 아내가 벌써 중문 안에 들어섰다. 그 수척한 얼굴이 더욱 수척해 보이며 눈물 괸 듯한 눈이 하염없이 웃는다. 나는 유심히 그와 아내를 번갈아 보았다. 처음 보는 사람은 분간을 못하리 만큼 그들의 얼굴은 혹사(酷似)하다.

그런데 얼굴빛은 어쩌면 저렇게 틀리는지! 하나는 이글이글 만발한 꽃 같고, 하나는 시들시들 마른 낙엽 같다. 아내를 형이라고, 처형을 아우라고 하였으면 아무라도 속을 것이다. 또 한 번 아내를 보며 말할 수 없는 쓸쓸한 생각이 다시금 가슴을 누른다.

딴 음식은 별로 먹지도 아니하고 못 먹는 술을 넉 잔이나 마시었다. 그래도 바늘방석에 앉은 것처럼 앉아 견딜 수가 없다. 집에 가려고 나는 몸을 일으켰다.

골치가 띵하며 내가 선 방바닥이 마치 폭풍에 도도(滔滔)하는 파도같이 높았다 낮았다 어질어질해서 곧 쓰러질 것 같다.

이 거동을 보고 장모가 황망(慌忙)히 일어서며,

"술이 저렇게 취해 가지고 어데로 갈라구. 여기서 한잠 자고 가게."

나는 손을 내저으며,

"아니에요, 집에 가겠어요."

취한 소리로 중얼거리었다.

"저를 어쩌나!"

장모는 걱정을 하시더니,

"할멈, 어서 인력거 한 채 불러오게" 한다.

취중에도 인력거를 태우지 말고 그 인력거 삯을 나를 주었으면 책 한 권을 사보련만 하는 생각이었다. 인력거를 타고 얼마 아니 가서 그만 잠이 들었다.

한참 자다가 잠을 깨어보니 방 안에 벌써 남폿불이 키었는데 아내는 어느 결에 왔는지 외로이 앉아 바느질을 하고 화로에서 무엇이 끓는 소리가 보글보글하였다.

아내가 나의 잠 깬 것을 보더니 급히 화로에 얹힌 것을 만져 보며,

"인제 그만 일어나 진지를 잡수세요."

하고 부리나케 일어나 아랫목에 파묻어둔 밥그릇을 꺼내어 미리 차려둔 상에 얹어서 내 앞에 갖다 놓고 일변 화로를 당기어 더운 반찬을 집어 얹으며,

"아, 어서 일어나세요" 한다.

나는 마지못하여 하는 듯이 부스스 일어났다. 머리가 오히려 아프며 목이 몹시 말라서 국과 물을 연해 들이켰다.

"물만 잡수셔서 어째요. 진지를 좀 잡수셔야지."

아내는 이런 근심을 하며 밥상머리에 앉아서 고기도 뜯어 주고 생선뼈도 추려 주었다. 이것은 다 오늘 처가에서 가져온 것이다. 나는 맛나게 밥 한 그릇을 다 먹었다. 내 밥상이 나매 아내가 밥을 먹기 시작한다.

그러면 지금껏 내 잠 깨기를 기다리고 밥을 먹지 아니하였구나 하고 오늘 처가에서 본 일을 생각하였다. 어제 일이 있는 후로 우리 사이에 무슨 벽이 생긴 듯하던 것이 그 벽이 점점 엷어져 가는 듯하며 가엾고 사랑스러운 생각이 일어났다. 그래서 우리는 정답게 이런 이야기 저런 이야기를 하게 되었다. 우리의 이야기는 오늘 장인 생신 잔치로부터 처형 눈 위에 멍든 것에 옮겨갔다.

처형의 남편이 이번 그 돈을 딴 뒤로는 주야 요리점과 기생집에 돌아다니더니 일전에 어떤 기생을 얻어가지고 미쳐 날뛰며 집에만 들면 집안 사람을 들볶고 걸핏하면 처형을 친다 한다. 이번에도 별로 대단치 않은 일에 처형에게 밥상으로 냅다 갈겨 바로 눈 위에 그렇게 멍이 들었다 한다.

"그것 보아 돈푼이나 있으면 다 그런 것이야."

"정말 그래요. 없으면 없는 대로 살아도 의좋게 지내는 것이 행복이야요."

아내는 충심(衷心)으로 공명(共鳴)해 주었다.

이 말을 들으매 내 마음은 말할 수 없이 만족해지면서 무슨 승리나 한 듯이 득의 양양하였다. 그리고 마음속으로,

'옳다, 그렇다. 이렇게 지내는 것이 행복이다' 하였다.

4

이틀 뒤 해 어스름에 처형은 우리 집에 놀러 왔었다.

마침 내가 정신 없이 무엇을 생각하고 있을 즈음에 쓸쓸하게 닫혀 있는 중문이 찌긋둥 하며 비단옷 소리가 사오락사오락 들리더니, 아랫목은 내게 빼앗기고 윗목에서 바느질을 하고 있던 아내가 문을 열고 나간다.

"아이고 형님 오셔요."

아내의 인사하는 소리가 들리더니 처형이 계집 하인에게 무엇을 들리고 들어온다.

나도 반갑게 인사를 하였다.

"그날 매우 욕을 보셨죠? 못 잡숫는 술을 무슨 짝에 그렇게 잡수세요."

그는 이런 인사를 하다가 급작스럽게 계집 하인이 든 것을 빼앗더니 신문지로 싼 것을 끄집어내어 아내를 주며,

"내 신 사는데 네 신도 한 켤레 샀다. 그날 청록당혜를……."

말을 하려다가 나를 곁눈으로 흘끗 보고 그만 입을 닫친다.

"그것을 왜 또 사셨어요."

해쓱한 얼굴에 꽃물을 들이며 아내가 치사하는 것도 들은 체 만 체하고 처형은 또 이야기를 시작한다.

"올 적에 사랑 양반을 졸라서 돈 백 원을 얻었겠지. 그래서 오늘 종로에 나와서 옷감도 바꾸고 신도 사고……."

그는 자랑과 기쁨의 빛이 얼굴에 퍼지며 싼 보를 끌러,

"이런 것이야!"

하고 우리 앞에 펼쳐 놓는다.

자세히는 모르나 여하간 값 많은 품 좋은 비단인 듯하다.

무늬 없는 것, 무늬 있는 것, 회색, 초록색, 분홍색이 갖가지로 윤이 흐르며 색색이 빛이 나서 나는 한참 황홀하였다. 무슨 칭찬을 해야 되겠다 싶어서,

"참 좋은 것인데요."

이런 말을 하다가 나는 또 쓸쓸한 생각이 일어난다. 저것을 보는 아내의 심중이 어떠할까? 하는 의문이 문득 일어남이라.

"모다 좋은 것만 골라 샀습니다그려."

아내는 인사를 차리느라고 이런 칭찬은 하나마 별로 부러워하는 기색이 없다. 나는 적이 의외의 감이 있었다.

처형은 자기 남편의 흉을 보기 시작하였다. 그 밉살스럽다는 둥 그 추근추근하다는 둥 말끝마다 자기 남편의 불미한 점을 들다가 문득 이야기를 끊고 일어선다.

"왜 벌써 가시려고 하셔요. 모처럼 오셨다가 반찬은 없어도 저녁이나 잡수세요."

하고 아내가 만류를 하니,

"아니, 곧 가야지, 오늘 저녁 차로 떠날 것이니까 가서 짐을 매어야지. 아직 차 시간이 멀었어? 아니 그래도 정거장에 일찍이 나가야지 만일 기차를 놓치면 오죽 기다리실라구, 벌써 오늘 저녁 차로 간다고 편지까지 했는데……."

재삼 만류함도 돌아보지 아니하고 그는 훌훌히 나간다. 우리는 그를 보내고 방에 들어왔다. 나는 웃으며 아내에게,

"그까짓 것이 기다리는데 그다지 급급히 갈 것이 무엇이야."

아내는 하염없이 웃을 뿐이었다.

"그래도 옷감 바꿀 돈을 주었으니 기다리는 것이 애처롭기는 하겠지."

멥살스러우니 추근추근하니 하여도 물질의 만족만 얻으면 그것으로 기뻐하고 위로하는 그의 생활이 참 가련하다 하였다.

"참, 그런가 보아요."

아내도 웃으며 내 말을 받는다. 이때에 처형이 사준 신이 그의 눈에 띄었는지 (혹은 나를 꺼려, 보고 싶은 것을 참았는지 모르나) 그것을 집어 들고 조심조심 펴 보려다가 말고 머뭇머뭇한다. 그 속에 그를 해케 할 무슨 위험품이나 든 것같이.

"어서 펴 보구려."

아내는 이 말을 듣더니,

'작히 좋으랴.'

하는 듯이 활발하게 싼 신문지를 헤친다.

"퍽 이쁜걸요."

그는 근일에 드문 기쁜 소리를 치며 방바닥 위에 사뿐 내려놓고 버선을 당기며 곱게 신어 본다.

"어쩌면 이렇게 맞어요!"

연해연방 감사를 부르짖는 그의 얼굴에 흔연한 희색이 넘쳐흐른다.

"……"

묵묵히 아내의 기뻐하는 양을 보고 나는 또다시,

'여자란 할 수 없어.'

하는 생각이 들며,

'조심하였을 따름이다.'

하매 밤빛 같은 검은 그림자가 가슴을 어둡게 하였다.

그러면 아까 처형의 옷감을 볼 적에도 물론 마음속으로는 부러워하였을 것이다. 다만 표면에 드러내지 않았을 따름이다. 겨우,

"어서 펴 보구려."

하는 한 마디에 가슴에 숨겼던 생각을 속임 없이 나타내는구나 하였다.

내가 무엇을 생각하고 있는지 저는 모르고 새 신 신은 발을 조금 쳐들며,

"신 모양이 어때요?"

"매우 이뻐!"

겉으로는 좋은 듯이 대답을 하였으나 마음은 쓸쓸하였다. 내가 제게 신 한 켤레를 사주지 못하여 남에게 얻은 것으로 만족하고 기뻐하는 거다.

웬일인지 이번에는 그만 불쾌한 생각이 일어나지 아니하였다.

처형이 동서를 밉다거니 무엇이니 하면서도 기차를 놓치면 남편이 기다릴까 염려하여 급히 가던 것이 생각난다. 그것을 미루어 아내의 심사도 알 수가 있다. 부득이한 경우라 하릴없이 정신적 행복에만 만족하려고 애를 쓰지마는 기실(其實) 부족한 것이다. 다만 참을 따름이다. 그것은 내가 생각해야 된다. 이런 생각을 하니 전날 아내에게 그런 말을 한 것이 후회가 난다.

'어느 때라도 제 은공을 갚아 줄 날이 있겠지!'

나는 마음을 좀 너그러이 먹고 이런 생각을 하며 아내를 보았다.

"나도 어서 출세를 하여 비단신 한 켤레쯤은 사주게 되었으면 좋으련만……."

아내가 이런 말을 듣기는 참 처음이다.

"네에?"

아내가 제 귀를 못 미더워하는 듯이 의아(疑訝)한 눈으로 나를 보더니 얼굴에 살짝 열기가 오르며,

"얼마 안 되어 그렇게 될 것이야요!"

라고 힘있게 말하였다.

"정말 그럴 것 같소?"

나는 약간 흥분하여 반문하였다.

"그럼은요, 그렇고 말고요."

아직 아무도 인정해 주지 않은 무명 작가인 나를 저 하나이 깊이깊이 인정해 준다. 그러길래 그 강한 물질에 대한 본능적 욕구도 참아가며 오늘날까지 몹시 눈살을 찌푸리지 아니하고 나를 도와준 것이다.

'아아, 나에게 위안을 주고 원조를 주는 천사여!'

마음속으로 이렇게 부르짖으며 두 팔로 덥석 아내의 허리를 잡아 내 가슴에 바싹 안았다. 그 다음 순간에는 뜨거운 두 입술이…….

그의 눈에도 나의 눈에도 그렁그렁한 눈물이 물 끓듯 넘쳐흐른다.

1921년

주제심화 Q&A

1. 세 작품 중 김동인의 「광화사」와 황순원의 「독 짓는 늙은이」는 비극적인 결말을 맞지만, 현진건의 「빈처」는 행복한 결말을 맺는다. 어디에서부터 이런 차이가 발생하는지 설명하시오.

김동인의 「광화사」와 황순원의 「독 짓는 늙은이」는 예술가 소설에 포함될 수 있지만, 현진건의 「빈처」는 예술가 소설에 포함시키기 어려운 측면이 있다. 앞의 두 소설이 각각 화가와 도자기 기술자의 예술가적 장인 정신을 주제로 삼고 있는 반면, 현진건의 「빈처」같은 경우에는 이러한 장인 정신이 주제가 아니라 생활고로 인한 아내와의 갈등이 주요 소재가 되기 때문이다.

김동인의 「광화사」에 등장하는 솔거는 천재적인 재능을 가지고 있지만 워낙 인물이 추물이어서 세상과 담을 쌓고 그림에만 몰두하는 인물이다. 세상으로부터 고립된 예술가는 자기만의 세계에 빠져 독단적인 예술을 추구하게 되며, 이는 결국에는 광기로 표출된다. 소경 처녀와 정사를 가진 후, 그녀가 보이는 애욕을 순수하지 못하다는 이유로 거절하고 죽여버리게 된다.

황순원의 「독 짓는 늙은이」 역시 비극적 결말을 맞게 된다. 노인의 아내는 도망가고 그에게는 어린 아들 당손이만이 남게 된다. 방물장수 할머니를 통해 당손이를 부잣집에 보낸 후 그는 스스로 가마 속으로 기어들어가 최후를 맞는다. 이 두 작품에서 예술가적인 열정은 생활이라는 문제와 정면으로 부닥치면서 갈등이 발생한다. 예술가들은 대체로 현실의 가치들을 대수롭지 않게 여기고, 여기에서 비롯된 갈등을 회피하려는 경향을 가지고 있다.

그러나 「빈처」에서는 이러한 갈등이 봉합되어 나타난다. 앞의 두 작품에서 예술가의 아내 혹은 상대로 등장하는 여성은 모두 갈등의 원천이 되지만, 「빈처」에서 아내는 '나'의 가난한 상황을 이해해주는 존재로 등장한다. 작품의 결말에서 아내와

'나' 가 눈물을 흘리며 화해를 하는 장면은 소설가의 생활고를 주변 인물이 이해해 주는 희귀한 경우에 해당된다.

2. 세 작품은 모두 주인공을 추남, 고집쟁이, 무능력자 등으로 설정하고 있다. 이러한 설정이 가지는 효과에 대해 설명하시오.

이 세 작품은 화가, 도자기 기술자, 소설가 등 예술가들을 주인공으로 내세우고 있다. 동시에 이 인물들은 각각 추남, 고집쟁이, 무능력자로 그려지고 있는데, 이는 작품에 등장하는 예술가들의 광기와 열정을 돋보이게 만들기 위한 설정이라고 볼 수 있다. 베토벤이 귀가 먼 가운데에도 작곡을 계속하여 9번 교향곡과 현악 사중주를 작곡하여 우리에게 감동을 주는 것처럼 현실의 장애 요소를 딛고 예술적 성취를 이뤄낼 때 감동을 받는 것이다.

특히 「광화사」에 그려진 솔거는 추남에다 두 번이나 아내가 도망간 인물로 등장한다. 그가 그림에 대해 보여주는 열정이 커지면 커질수록 그에게 주어진 현실적 장애의 깊이도 따라서 커지는 것이다. 소경 처녀를 목 졸라 죽이면서 튄 먹물이 원망하는 눈빛을 그려냈다는 우연적이고 결말은 주인공의 비극성을 더욱 깊이 있게 만들어 준다.

박태원(1909~1987)

호는 구보, 서울 출생. 박태원은 1926년 『조선문단』에 시 「누님」이 당선되어 문단에 나왔다. 그러나 소설에서는 1930년 『신생』이라는 잡지에 단편 「수염」을 발표하면서 등단하게 되었다. 1933년에 이태준, 정지용, 김기림 등이 주축이 된 '구인회'의 성원으로 가담했으며 특히 이태준과 친하게 지냈다. 박태원은 해방 전에는 지식인과 소시민 계층의 일상적인 생활에 대한 소설을 주로 썼으나 8.15 광복 후 조선문학가 동맹에 가담하면서 문학적인 변모를 겪어 역사소설을 주로 썼다. 이상과 함께 모더니즘 계열의 대표적인 소설가로 손꼽히는 그는 세태 풍속을 착실하게 묘사하는 한편, 문체와 표현 기교에 있어서는 과감한 실험적인 측면을 보여주었다. 신문 광고문과 기호를 소설 속에 삽입하기도 하고, 콤마를 빈번하게 사용하는 만연체 문장을 실험적으로 구사하는 등, 작품을 어떻게 쓰느냐 하는 표현기교에 관심을 기울였다. 박태원은 6.25 전쟁 중 서울에 온 소설가 이태준, 안회남을 따라 월북했다. 북한에서 그는 평양 문학 대학 교수로 재직하다가 1956년 남로당 계열로 몰려 작품활동을 금지당하기도 했지만, 1960년 복권되었다. 대표작으로는 중편 「소설가 구보씨의 일일」과 장편 『천변풍경』 등이 있고, 역사소설로 『갑오농민전쟁』 3부작이 있다. 1987년 고혈압으로 사망했다.

최인훈(1936~)

함북 출생. 최인훈은 1956년 『자유문학』에 「그레이 구락부 전말기」와 「라울전」을 추천받으면서 문단에 나왔다. 그는 전통적인 사실주의적 차원을 벗어나 현대인의 불안과 고뇌를 꿈, 일기, 독백, 회상 등의 다채로운 기법으로 표현했다는 평가를 받는다. 그의 소설은 주로 1950년대 문학의 한 주류를 이루고 있던 피난민 의식을 통해 한국 사회의 정치적, 사회적, 문화적 의미를 분석하고 해석하며 비판한다. 그의 소설에 등장하는 인물들은 대부분 월남한 독신이거나 시골에서 상경, 하숙하고 있는 학생 등, 대부분 생활에 뿌리를 내리지 못하는 인물이다. 또한 등장인물들은 지적인 작업에 절망과 긍지를 동시에 자각하는 인물들이기도 하다. 최인훈은 이러한 인물들의 실존적 불안의 근거를 소설을 통해 탐색했다. 한편 그의 대표작 『광장』은 우리 문학사에서 매우 중요한 작품으로 손꼽힌다. 1960년에 발표된 『광장』은 광복 직후 남북이 분리된 상황 속에서 고뇌하고 방황하는 지식인 청년의 삶의 모습을 추적한 작품으로 작가는 주인공 이명훈을 통해, 역사와 민족의 문제, 그리고 이념과 진정한 인간적 삶의 방향, 개인과 사회의 문제 등에 대한 진지한 문학적 탐구를 보여준다. 대표작으로는 『회색인』 『광장』 「구운몽」 등이 있다.

2

소설가 구보씨가 바라본 세상

소설가 구보씨의 일일

박태원

소설가 구보씨의 일일

최인훈

소설가 구보씨

박태원의 「소설가 구보씨의 일일」은 1930년대 일제 식민지 시대를 배경으로 당대의 무기력한 인텔리(지식인)의 삶을 소설로 담아낸 작품이다. 그리고 그로부터 30여 년 뒤 최인훈은 동일한 제목의 연작소설을 발표한다. 이 작품은 60년대 월남한 지식인의 절망감을 소설가의 일상적인 삶을 통해 드러내고 있다고 평가된다. 공교롭게도 또 그로부터 30여 년이 지난 1995년에는 주인석이라는 소설가가 그와 유사한 제목의 소설을 발표하였다. 30여 년 간격으로 우리 문학사에는 동일한 제목의 소설이 나왔다는 얘기다.

여기서는 박태원과 최인훈의 소설만을 살펴보자. 분명 최인훈의 작품은 박태원의 작품을 의식하고 제목을 붙인 것이다. 따라서 표현방법이나 기법이 상당히 흡사하다. 일단 제목에도 잘 나타나 있듯 일상에 대한 관찰 및 사념이 소설의 주된 내용이다. 『소설가 구보씨의 일일』에서 '일일', 즉 하루라는 말은 '일상생활'을 의미한다. 박태원의 소설에서건, 최인훈의 소설에서건 하루, 즉 일상은 대부분 끊임없이 되풀이되는 것으로 여겨진다. 삶이 근본적으로 이렇게 되풀이된다는 생각이 반영되어 있는 것이다. 또한 두 작품의 주인공은 모두 소설가다. 소설가인 구보씨가 하루 동안 겪게 되는 일을 시간의 흐름에 따라 서술한 소설들인 것이다. 역시 두 작품의 주인공은 모두 산책을 하거나 거리를 배회한다. 소설가의 시야에 들어오는 일상생활을 효과적으로 기술하기 위한 장치일 것이다.

이와 같은 특징들을 가지고 있기 때문에 박태원과 최인훈의 『소설가 구보씨의 일일』은 전통적인 소설형식에서 벗어나 있다고 할 수 있다. 소설은 원래 발단, 전개, 절정, 위기, 결말의 구조로 구성되기 마련인데, 이 두 작품은 구보가 그냥 여기 저기 옮겨 다니면서 보고 듣고 느낀 것이 소설의 내용이 되는 특이한 형태인 것이다. 그렇다면 식민지 시대의 박태원과 1960년대의 최인훈은 왜 이런 특이한 형식으로 소설을 썼을까. 작품을 읽으면서 함께 생각해 봐자.

:: 지루한 일상과 내면 성찰이 빚어내는 긴장감

「소설가 구보씨의 일일」은 원래 1934년 「조선중앙일보」에 연재된 소설이다. 주인공인 구보가 집을 나선 후 다시 집으로 돌아오기까지 하루 동안, 길거리를 거닐며 마주친 여러 가지 일들에 반응하는 구보의 내면을 소설로 풀어낸 것이다. 이 소설을 보면 1930년대 지식인들의 일상사를 엿볼 수 있다는 특징이 있다. 작가 박태원의 자전적인 측면이 강하기 때문이다. 이 소설은 그 외에도 서술 양식의 특이성 때문에 많은 사람들에게 주목을 받았다. 발단, 전개, 위기, 절정, 결말이라는 일반적인 소설 구성방식을 따르지 않는 대신 구보가 이동하는 공간의 변화와 그에 따른 과거회상 및 연상을 통해 소설이 진행되고 있다. 게다가 작품 곳곳에 영화적인 기법, 특히 몽타주 기법이 사용되고 있는데, 이는 그 당시 소설에서 찾아보기 힘든 획기적인 기법이었다. 이제 그런 내용을 살펴보기로 하자.

주인공 구보는 26세의 독신 소설가이다. 그 외에 특정한 직업은 없다. 구보의 어머니는 나이 찬 아들이 '기름과 분 냄새 없는 방'에서 독신으로 살아가는 것을 안타까워한다. 남자들은 의식하기 어렵지만, 여자들이 남자 혼자 사는 방에 들어가면 냄새가 난다고들 한다. '홀아비 냄새', 혹은 '노총각 냄새'라고들 한다. 구보의 어머니 역시 아들이 번듯한 직장에 들어가 월급쟁이를 하면서 아내를 맞아 결혼을 했으면 하고 바란다.

사실 어머니들은 예술이니 음악이니 소설이니 하는 것이 특별한 영역이라는 것을 잘 알지 못한다. 그냥 그것도 직업의 하나이겠거니 생각할 뿐이다. 구보의 어머니도 마찬가지다. 아들이 소설을 써서 받은 돈으로 치마를 해주면 좋아서 친구들에게 자랑하고, 또 다른 사람들이 보통학교만 졸업하고도 회사나 관청에서 일하는 것을 보면 동경까지 다녀온 구보는 얼마든지 좋은 직장에 들어갈 수 있을 거라고 생각한다.

그러나 실상은 그렇지 못하다. 우선 당시의 지식인들은 요즘 우리 사회에서 대학을 나온 고등실업자들처럼 일자리가 마땅치 않았다. 채만식의 「레디메이드 인생」을 보면 그 취업난을 실감할 수 있다. 구보도 어머니에게 월급 자리 얻기가 힘들다고 말하지만, 어머니는 그 말을 믿을 수가 없다. 그렇게 공부를 많이 한 아들이 일할 곳이 없을 턱이 없다고 생각할 뿐이다.

또한 구보는 소설가이기에 조금 특이한 면이 있다. 모두 다 그렇지는 않지만 대체로 소설가들은 일상적인 생활의 주기에서 한 발 정도 물러서 있는 경우가 많다. 그래야 보통 사람들은 잘 포착하기 힘든 생의 단면들을 쉽게 파악할 수 있기 때문이다.

몽타주 montage 기법

몽타주란 원래 프랑스말로 '조립하는 것'이라는 뜻이다. 이런 어원을 가진 몽타주는 이후 서로 관계없는 여러 장면을 한 화면에 짜맞추어 비현실적인 느낌을 갖게 하는 그림기법을 가리키게 되었는데, 여기서 더 나아가서 영화나 사진의 기법으로도 활용되었다. 영화에서 몽타주는 따로 따로 촬영된 필름의 단편을 창조적으로 접합해서 시각적인 리듬과 심리적 감동을 자아내는 기법을 말하는데, 박태원은 그의 소설에 이와 같은 영화의 몽타주 기법을 도입해 평자들의 주목을 받았다. 박태원의 「소설가 구보씨의 일일」이나 『천변풍경』에는 서로 다른 장면에 대한 묘사가 교차편집과 같은 형태로 병치되어 있는데, 가령 과거 사랑했던 여인을 만나는 장면과 현재 구보의 상황에 대한 묘사가 병치되어 있는 부분이 대표적인 몽타주 기법이 적용된 대목이다. 박태원은 몽타주 기법 외에도 다양한 실험적인 기법을 소설에 도입했다. 그는 소위 '장거리문장'이라고 불릴 만큼 긴 문장을 실험하기도 했고, 숫자와 기호를 작품 속에 도입하기도 했으며, 또 「딱한 사람들」에서는 신문 광고를 직접 인용하기도 하는 등 표현 기교에 많은 관심을 기울였다.

그 때문에 구보가 취직을 하기 위해 적극적으로 노력하지 않았던 것이라고도 볼 수 있다.

아무튼 구보는 취직을 하는 대신 낮에 집을 나서서 밤늦게 돌아올 때까지 서울 시내를 돌아다니게 된다. 그렇게 길거리에서 마주친 사람이나 여러 사건들, 그리고 그에 반응해서 마음속에 일어나는 상념들을 적은 것이 바로 소설이 되는 것이다. 구보는 이와 같은 창작방법을 '고현학 modernology' 이라고 명명하고 있다. 따라서 이 소설은 발단 → 전개 → 위기 → 절정 → 결말과 같은 소설 구성방식을 따르지 않고, 대신 공간의 이동에 따른 관찰과 심리가 소설의 골격을 이루게 된다.

집을 나온 구보는 다리 모퉁이 앞에서 '일 있는 듯싶게 꾸미는 걸음걸이' 를 멈춘다. 이 표현, 참 재미있다. 일이 있는 듯 꾸미는 걸음걸이, 즉 자신이 한가로이 거니는 백수가 아니라 특별한 용건이 있어서 어딘가를 향하고 있는 듯한 걸음걸이를 말하는데, 이를 보면 구보는 자신이 직업이 없는 백수라는 것을 조금은 부끄럽게 여기고 있는 듯하다.

그러다 다리 모퉁이 앞에서 어디로 가야할지 방향을 정하지 못하게 되자 '격렬한 두통' 을 느끼고, 자신의 왼편 귀 기능을 의심한다. 이 장면에서 구보는 자신의 병을 상당히 전문적인 수준에서 묘사하고 있다, 그 당시에는 신문이나 잡지에 약 광고가 홍수처럼 쏟아지는 시기였고, 의학에 대한 관심이 깊어지던 시기였기 때문에, 그런 사회적인 상황이 반영되어 있는 대목이라고 할 수 있다.

덧붙여서, 구보가 자각하는 육체적인 증상은 심적인 갈등의 외적인 표출이라고 볼 수도 있다. 거리를 배회하는 구보가 마주치게 되는 것은 일상적인 생활의 세계다. 일상적인 생활의 세계란 무엇일까? 직장인들의 일상을 떠올리면 된다. 아침에 출근해서 저녁에 퇴근하는 생활의 반복, 즉 생업에 종사하는 것이다. 이렇게 사람들이 모두 직장으로 학교로 가고 난 후 한낮의 거리를 아무런 할 일 없이 배회하게 되면 묘한 낯설음을 느끼게 된다. 다른 학생들은 모두 학교에 가 있는데 혼자만 학교를 빠져 나와 거리를 돌아다니게 될 때 느껴지는 감정과도 비슷하다. 구보는 그런 감정을 '고독' 이라고 표현한다. 예술가는 이런 고독을 느낄 때가 많다. 창작이란 외로운 작업이기 때문이다.

예술가는 앞에서도 말했듯이 일상의 리듬에서 조금 벗어나서 살아가야 한다. 따라서 일상생활과의 괴리에서 오는 '고독' 을 적당히 즐기고 향유할 수 있어야 한다. 그러나 예술가도 어머니가 있고 가족이 있는 사람이다. 세속적인 생활에서 완전히 벗어날 수는 없다. 남들처럼 평범하게 살아가고픈 욕망도 예술가의 마음속에 항상 자리잡고 있다. 그래서 마음속에서는 탈속의 이상과 세속의 현실이 항상 맞부딪치게 된다. 소설가인 구보의 마음속에도 그런 갈등이 응당 있었을 것이다. 구보는 자신이 요사이 '고독' 을 두려워하고 있다고 말하는데, 그것은 일상인이 되고 싶기도 한 자신의 열망에서 비롯된 것일 것이다.

그와 같은 구보의 마음은 백화점에 들어가서 단란하게 점심식사를 하는 가족의 모습을 볼 때 약간 드러난다. 구보는 그들이 가진 가정을 부러워하고 그들이 그들 나름의 행복을 누릴 것이라고 생각한다. 백화점엘 한번 가보라. 그곳에서 쇼핑을 하거나 식사를 하는 사람들을 보면 행복에 넘치는 표정을 짓고 있다. 그들의 살림살이 내막을 죄다 알 수는 없지만 적어도 겉으로 보이는 모습은 행복한 모습이다. 그 모습을 보면서 구보는 자신의 행복은 어디서 찾을 수 있을까를 생각하는 것이다. 그리고 '한 손에 단장과 또 한 손에 공책', 즉 고현학적인 방법으로 소설을 창작하는 데서는 행복을 찾을 수 없을지도 모르겠다고 생각한다.

그런 의문을 품고 전차에 오른 구보는 예전에 선을 본 여인을 우연히 보게 되고 그에 따라 공상의 나래를 펼친다. 그러면서 혹시 그 여인이 자신에게 '행복' 을 가져다 주지 않을까 상상하게 된다. 그 여인과 가정을 꾸린다면 평범한 생활에서 오는 일상적인 행복을 누리게 되지 않을까, 그런 생각을 하게 된 것이다.

한편 이 대목에서 우리는 구보의 성격을 짐작할 수 있다. 무척 소심한 성격인 듯하다. 선을 본 여자에게 대시를 하면 혹시 여자가 자신을 좋아하지도 않는데 괜히 자신이 여자를 괴롭히게 되는 것은 아닐까 걱정을 하는가 하면, 자기 자신은 어떤 여자를 아내로 삼든 그녀를 불행하게 만드는 것은 아닌가 고민을 한다. 이런 대목으로 보아 구보는 소극적이고 소심한 성격의 소유자라고 짐작할 수 있다.

구보는 일상적인 행복을 부러워하다가 또 벗의 누이를 짝사랑했던 경험을 떠올리고 그 행복을 회의하게 된다. 열다섯 살 때 짝사랑에 빠졌고 열일곱 살 때 다른 이에게 시집을 간 벗의 누이는 그 당시만 해도 무척 아름답고 깨끗하게 여겨졌다. 그러다 이번 봄에 두 아이의 어머니가 된 그 누이를 만나보니 그 여인은 자기 아이가 빼앗긴 딱지를 동네 아이들에게서 빼앗아올 만큼 억척스러워져 있었다. 구보는 그런 그녀의 모습에 약간 실망을 느끼게 된다.

이런 경험은 누구나 할 수 있다. 사랑에 빠지면 사람들은 일종의 환상을 가지게 된다. 그 여인이 세상에서 가장 순결하고 깨끗하고 아름다워 보인다. 그러다가 사랑의 열병이 지나가고 세월이 흐른 뒤에 볼품없이 늙고 억척스러워진 그 여인을 다시 만나게 되면 무척 실망하게 된다. 차라리 만나지 말 것을 그랬구나 하고 생각하게 되는 것이다. 이런 면을 생각하면서 구보는 어쩌면 선을 본 여인과 가정을 이루고 살게 되면 오히려 행복하지 못할 수도 있을 거라고 생각하게 된다.

이제 구보의 발길은 룸펜 인텔리겐차들이 모여 있는 다방으로 향한다. 구보의 표현에 따르면 다방은 인생에 피로를 느끼는 젊은이들이 모여 제각기 우울과 고달픔을 하소연하는 곳이다. 그 다방에 앉아 우연히 쳐다보게 된 어느 화가의 전시회 포스터를 보고 또다시 구보는 자신의 행복에 대해 생각한다. 그 포스터는 어느 화가가 구라파로 떠나기 전에 벌이는 전시회 포스터였는데, 구보는 그것을 보고 혹시 자신이 서양으로 유학을 가게 되면 행복해지지 않을까 생각하는 것이다.

구보가 끊임없이 고민하는 것은 무엇을 하면 행복해질까, 하는 것이다. 그에 대한 결론은 쉽게 얻어지지 않는다. 그러다가 구보는 또 자로와 공융의 글을 떠올리고는 친구를 만나고 싶어 한다. 좋은 벗과 함께 차 한 잔 하면 행복해지지 않을까, 이런 생각으로 구보는 다방을 나오지만 막상 친구를 찾아가려니 한낮에 집에 있을 친구가 없다. 결국 생각 끝에 구보는 골동품점을 하는 젊은 화가 친구를 찾아가지만 만나지 못한다.

다시 거리로 나선 구보는 '한길 위에 사람들' 이 '바쁘게 또 일 있게' 오고 가는 모습을 보고 격렬한 두통과 피로를 느낀다. 앞에서도 다른 사람들과 다른 자기 자신의 모습을 자각할 때 구보가 격렬한 두통을 느낀 적이 있다. 이 대목에서의 증상 역시 심적인 갈등의 외적인 표출이라고 볼 수 있다.

구보는 이제 어린 시절 『춘향전』을 읽었던 일을 뉘우치게 된다. 17년 전에 안잠자기를 통해 얻어 보게 된 『춘향전』에 빠져 든 결과, 소년 시절 이야기책과 소설책을 읽으며 건강을 해치게 되었다고 생각해 보기도 한다. 구보는 어쩌면 문학의 길로 들어선 것 자체를 후회하고 있는지도 모른다. 문학을 공부하지 않았더라면, 그래서 소설가가 되지 않았더라면 지금보다는 행복하게 살아갈 수 있을 것이라 생각하게 된 것이다.

채만식의 「레디메이드 인생」에도 주인공이 지식인이 된 것을 후회하는 대목이 나온다. 공부 대신 기술을 배웠더라면 훨씬 좋았을 것이라고 후회하면서, 자식은 보통학교도 보내지 않고 인쇄기술을 가르치려고 한다. 가끔 '아는 것이 병이다' 라는 속담처럼 지식이 때로는 근심의 근원이 되기도 한다. 작품 말미에 구보는 '무지(無知)는 노는 계집들에게 있어서, 혹은 없어서는 안 될 물건이나 아닐까. 그들이 총명할 때, 그들에게는 괴로움과 아픔과 쓰라림과…… 그 온갖 것을 더하고, 불행은 갑자기

나타나 그들의 마음을 사로잡고 말 게다' 라고 생각한다.

사실 세상을 살면서 모르는 것이 약일 때가 있다. 자신이 불치의 병에 걸렸다는 사실을 모르고 살아가는 것이 어쩌면 더 나을 수도 있는 것처럼 말이다. 구보가 어린 시절 『춘향전』을 읽으면서 문학을 공부하고 지식을 습득하게 된 것을 후회하는 것에는 이런 생각이 깔려 있는 것이다.

그 이후로 기자 친구를 만나기도 하고, 동경에서 있었던 옛사랑을 추억하기도 하면서 거리를 거닐던 구보는 오전 두 시의 종로 네거리에서 제 자신의 행복보다는 어머니의 행복을 생각하고 어머니가 권하는 대로 결혼을 하여 생활도 갖고 창작도 하리라고 다짐하며 집으로 향한다.

이런 결말을 어떻게 해석해야 할까. 구보는 어머니가 결혼하라고 하면 결혼하겠다는 생각을 드러낼 만큼 생활인이 아닌 예술가로서의 삶, 소설가로서의 삶에 지쳐있다. 비록 생활 속에서의 행복이 아무리 별것 아닌 것처럼 느껴지더라도 이제는 생활 속에서 '행복' 을 추구하며 살겠다는 작가의 의도가 드러나 있는 것으로 볼 수 있다. 그러면서도 창작을 포기하지는 않는다. 예술가로서의 삶도 병행하겠다는 것이다.

따라서 구보의 결심은 어떻게 보면 절충적이라는 인상을 준다. 생활과 예술을 병행하겠다는 것은 구보를 괴롭혔던 마음의 갈등이 해결된 형태는 아니기 때문이다. 이렇게 놓고 보면, 이 작품을 통해 우리는 그 당시 지식인, 특히 소설가들이 느꼈던 고민과 자의식, 그리고 그들의 생각과 생활을 좀더 소상히 알게 되었다고 말할 수 있을 것이다.

이 책에 실린 최인훈의 「소설가 구보씨의 일일」은 15편의 연작소설 중 첫 번째인 「느릅나무가 있는 풍경」의 전문으로 1969년 『월간중앙』에 발표되었던 작품이다. 1930년대에 나온 동명소설 박태원의 「소설가 구보씨의 일일」을 참조하고 패러디한 작품이다. 제목 자체를 동일하게 사용한 것은 어떤 방식으로건 이전 작품과 연관성이 있다는 것을 드러내는 것이다. 이 소설을 읽어가면서 박태원의 작품과 어떤 면이 유사하고 어떤 면이 다른가를 살펴보는 것도 소설을 읽는 즐거움이라고 할 수 있다.

우선 이 소설에서도 주인공은 구보씨이다. 그리고 그의 직업 역시 '소설가' 이다. 이는 박태원의 소설과 동일하다. 1969년의 12월경 어느날 아침 소설가 구보가 잠에서 깨어나면서 소설은 시작된다. 눈을 뜨자마자 구보의 눈앞에 그날 해야 할 일과가 두루마리처럼 쭉 떠오른다. 세상을 살아가는 대부분의 사람들이 이렇다. 학생들도 마찬가지이다. 아침에 눈을 뜨면 학교에 가고, 수업 듣고, 공부하고, 학원 가고…… 해야 하는 일상들이 머릿속에 떠오르게 된다. 이럴 때, 좀 막막하다는 생각이 들게 된다.

그때 마침 까치가 우는 소리를 듣게 된 주인공은 잠시 감상과 슬픔에 빠진다. 구보에게 다음과 같은 생각이 들었던 것이다. 내가 뭣 때문에 이렇게 살아야 하나. 일상의 틀에서 벗어나 좀더 자유롭게 살 수는 없을까. 주인공 구보가 깨어나자마자 까치소리를 듣고 느낀 감정은 바로 이런 '일상적인 삶에 매몰되어 살아가는 자기 자신에 대한 비애' 일 것이다.

하지만 대부분의 사람들은 곧 다시 정신을 차리고 하루 일과를 충실히 해나갈 것을 스스로 다짐한다. '그래 힘들지만 오늘 하루도 열심히 살아보자. 내가 지금 감상에 빠질 겨를이 어디 있어?' 하고 말이다. 구보도 그렇게 마음을 고쳐먹는다. 그래서 까치소리를 들으며 떠올렸던 상념들을 '까다로운 생각의 놀이' 라고 생각하며 버스 정류장으로 향하게 된다.

출퇴근시간에 버스를 타 본 사람은 아침에 집을 나서며 오늘 하루를 보람차게 보내겠다는 결심이 만원 버스 앞에서 얼마나 금방 달아나는지 알 것이다. 저만치 정차하는 버스를 향해 이리 뛰고 저리 뛰면서 간신히 버스를 잡아타고, 혼잡한 버스 안에서 부대끼다 보면 어느 틈에 결심은 사라지고 짜증과 피로만 남게 마련이다. 구보는 결국 버스 타기를 포기하고 택시를 합승해서 자광(慈光)대학으로 향한다. 거기서 9시에 강연을 하기로 돼 있었기 때문이다.

그 와중에도 구보는 교통난을 해소하는 방법을 생각하거나, 전차와 자동차를 비교하는 생각을 계속 떠올린다. 이 작품은 이처럼 구보가 공간을 이동하면서 떠올리는 상념이 주된 내용을 이룬다. 이 점에서 박태원의 「소설가 구보씨의 일일」과 커다란 유사성이 있다. 박태원의 작품도 구보가 이동하는 공간의 변화와 그에 따른 과거 회상 및 연상을 통해 소설이 진행되고 있기 때문이다.

집에서 나와 택시를 타고 자광(慈光)대학에 도착한 그는 학보사를 찾아가 이 신문의 주필이며 시인인 친구 오적을 만난다. 또 그와 얘기를 나누는 도중 함께 강연할 시인이며 평론가인 이동기 씨와 김관 씨가 도착한다. 강연은 김관 씨로부터 시작되었고 이동기 시인, 구보씨의 순으로 진행된다. 구보씨 차례가 되자 구보는 학생들에게 환경의 변화에 따른 정보를 익히고 난 후 그것을 문학작품으로 만들어야 한다는 요지의 강연을 한다.

그런데 구보는 강연이 끝난 후 몹시 부끄러워한다. 그 이유가 무엇일까. 구보가 불교를 떠올리며 생각한 다음과 같은 구절에 답이 있다. '천 년이요, 이천 년이요를 들여 몸에 익힌 버릇에서 실오라기 하나 건지지 못하고 시대가 바뀌면 미련없이 '팔만대장경' 을 나일론 팬티 하나와 바꿔 버리는 풍토, 구보는 문득 부끄러움을 느꼈다.'

팔만대장경이 여기서 천 년, 이천 년 된 불교, 즉 전통을 의미한다면 나일론 팬티는 외국에서 수입된 문물, 즉 외래사상을 의미한다고 볼 수 있다. 구보 역시 이처럼 전통을 무시하고 외래사상을 채택하는 풍토에서 자유로울 수 없었고, 그렇기 때문에 부끄러움을 느꼈던 것이다. 강연에서 '행동주의 심리학' 운운한 것도 결국 알고 보면 외래사상을 도입한 것게 불과하기 때문이다.

대학을 나온 세 사람은 퇴계로의 어느 음식점에서 점심을 먹고는 저마다 자기 일에 바빠 금방 헤어진다. 구보씨는 이렇게 뒤도 돌아보지 않고 뿔뿔이 흩어지는 모습을 보며 섬뜩함을 느꼈다고 고백하는데, 그런 모습에서 구보는 세상의 각박함을 느꼈던 것이다. 그런 느낌은 구보가 독신인데다가 고정된 직장에 다니지 않기 때문에 더 잘 느끼게 되었을 것이다.

사람들은 대부분 자신의 나이에 맞게 살아간다. 일정한 나이가 되면 결혼을 하고 아이를 갖고 그렇게 살아간다. 그러다 보면 젊었을 때는 만나서 술도 많이 마시고 이야기도 많이 했던 친구들과 함께 할 시간이 부족해지게 된다. 저마다 해야 할 일이 있고, 또 보살펴야 할 가족이 있으니까. 그러나 구보는 독신자이자 고정된 직장이 없는 소설가이기 때문에 점심을 먹자마자 그렇게 바삐 헤어지는 모습에서 세상의 각박함을 더욱 절실하게 느끼게 된 것이다.

1시에 여성낙원사에 가서 현상모집한 소설들을 심사하여 당선자를 뽑아야 할 때까지 시간이 좀 남은 구보는 가까운 다방에서 시간을 보내기로 한다. 홀로 차를 마시면서 구보는 사람들 사이의 연대의 문제, 시(詩)에 관한 문제 등을 생각하며 시간을 보내게 된다. 그러다 그곳의 창가에서 내려다보이는 풍경에 구보씨는 북한 고향의 그가 다녔던 초등학교를 떠올리고는 그것을 계기로 인생에 대한 상념에 빠져든다.

그러면서 구보는 산다는 것은 '어질머리'를 풀어가는 것이고, 또 산다는 일은 '어질머리'를 보태는 것이다, 라고 생각한다. '어질머리'는 어떤 혼란스러움, 풀어야 할 숙제 같은 것이라고 보면 된다. 구보씨는 고등학교 1학년 때 경험한 한국전쟁을 어질머리라고 말하는데, 같은 민족끼리 피를 흘리는 싸움, 그리고 그것이 가져온 혼란스러운 죽음과 파괴는 전쟁을 겪은 세대가 늘 풀고자 하는 혼란스러움일 것이다.

구보는 그렇게 혼란스러운 세계에 대해서 스스로는 책이라고 하는 완충지대를 택했다고 생각한다. 영화관에서 재미있는 영화를 보는 2시간 동안은 세상의 시름을 잊고 빠져들 수 있듯이, 구보는 책이라는 완충지대, 아름다움이 선율처럼 흐르는 문학 속에서 무서운 현실을 견뎌낼 수 있었던 것이다.

그러나 영화건 책이건 현실의 혼란스러움을 잠시 피할 수는 있어도 그것을 해결하지는 못한다. 현실을 직시하지 않고 아름다움의 세계에 도피했던 사람은 반드시 그 갚음을 한다고 구보는 생각한다. 정확하게 알 수는 없지만 구보는 지금 느끼는 그 황량함이 바로 그렇게 현실을 직시하지 않고 도피했던 갚음이라고 생각하기도 한다.

예정대로 1시에 구보는 여성낙원사에 도착한다. 현상소설 당선자를 뽑기 위해서인데 함께 심사를 맡은 이홍철 씨도 와 있었다. 그들은 근친상간을 소재로 다룬 「검은 에덴」이라는 작품을 선정하고는 잡담을 나누게 된다. 문인들끼리의 모임이니 당연히 예술, 특히 문학에 대한 잡담이 이어지는 것은 당연하다.

그러다 제각각 심사료를 각 X만원씩 받아들고 잡지사를 나와 9(나인)다방으로 가게 된다. 이들은 9다방에서 「정토(淨土)」라는 소설을 써서 재판을 받고 있는 남정우 씨를 만나고, 이곳에서 자신들이 하고 온 현상소설 심사를 병아리 감별에 비유해 가며 이야기한다. 방금 알을 깨고 나온 신인들의 작품들을 선별했다는 점을 병아리 감별에 비유한 것이다. 그런데 여기에는 약간의 자기비하가 깔려 있다. 당선작 심사가 병아리 감별과 다를 게 없다고 생각하게 된 이유는 아마도 남정우 씨와의 만남 때문일 것이다.

최인훈의 이 작품은 5·16 군사 쿠데타가 일어나고, 군사정부가 어느 정도 자리를 잡은 이후에 쓰인 소설이다. 분단국가인데다 군사정부가 들어섰으니 강력한 매카시즘의 열풍이 부는것은 불가피했다. 또 국가 주도형의 근대화 과정에서 매우 권위적이고 획일적인 문화질서가 팽배해 있었다. 이런 상황에서 남정우 씨가 재판을 받고 있다면, 그것은 아마도 그러한 문화질서에 대해 어떠한 방식으로든 발언을 한 작품을 썼기 때문일 것이다. 그런 남정우 씨 앞에서 현상소설의 당선작을 심사하는 일은 기껏해야 고만고만한 작품들 중에서 당선작을 골라내는 것에 불과할테니 대단할 것도 없는 병아리 감별이나 다름없다고 생각한 것이다.

9다방을 나와 다른 심사위원들과 헤어진 구보씨는 광화문 지하도 쪽으로 가다 극작가 배결(裵傑)을 만나 중국집으로 들어간다. 그곳에서 구보와 배결은 배갈을 마시기로 결정한다. 여기서 '배결' 과 '배갈' 을 마신다, 는 표현은 눈길을 끈다. 여기에 이 소설의 특징이 드러나 있다. 일종의 말장난이다. 오래된 유머이긴 하지만 덩달이 시리즈를 떠올리면 쉽게 알 수 있다. '재미있는' 이야기를 해주겠다고 하구선, 식빵에 '잼' 을 발라먹는 이야기를 해주는 것, 그것과 비슷하다. 비슷한 음상(音像)을 가지고 웃음을 자아내는 기법이다.

배결과 이런 저런 베케트의 연극에 관한 얘기를 나누다가, 구보는 5시 반에 성북동에 있는 '유정' 이라는 술집으로 향한다. 김광섭 씨의 시집 출판기념회에 참석하기 위해서다. 그는 건강이 좋지 않아 가벼운 모임에서도 간신히 견디고 있다는 느낌을 주었는데, 구보씨는 그의 건강하던 모습을 떠올리다가 조금 슬픈 감정에 빠져들게 된다. 그러다가 시인 김정문(金正文) 씨의 사회로 돌아가며 축사를 하는 시간이 돌아오자, 구보도 축사를 하게 된다. 그러면서 축사를 마치고 나오는 자신이 꼭 대감들 앞에서 각설이타령을 한마디하고 별실에 물러나 한 상 얻어먹는 거지 같다는 생각을 하게 된다.

구보가 자신을 거지 같다고 생각하는 이유가 무엇일까. 이 역시 자세히 언급하고 있지는 않지만, 아마도 자신이 너무 왜소하게 느껴졌기 때문일 것이다. 자신이 쓰는 소설이 과연 현실과의 치열한 대응에서 나온 것인가, 안일하게 쓰인 것은 아닐까 하는 자의식이 스스로를 거지와 동일시하게 된 이유일 것이다. 김광섭 선생의 『성남동 까치』가 보여주는 현실과의 싸움 같은 것이 자신의 예술에서는 드러나지 않는다는 자괴감이 구보가 스스로를 거지로 비하한 이유라고 추측할 수 있는 것이다.

이윽고 8시에 기념촬영을 하고 모임이 끝난다. 그곳 역시 마찬가지로 축하의 자리가 끝나자마자 사람들이 뿔뿔이 흩어지는 것에 대해 구보씨는 씁쓸함을 느끼게 된다. 또 한편으로는 자신이 사랑에 굶주린 거지 같다는 생각이 들어 화가 치밀어 오르기도 한다. 그때 정류장에서 혼자 버스를 기다리고 있는 구보씨 옆으로 정말 헐벗은 한 여자가 손을 내밀자 구보는 어쩐 일인지 그 여자가 벌써 옛날에 헤어진 여자 같다는 생각이 들어 죄인처럼 그녀에게 백 원짜리 한 장을 꺼내 준다. 그리고 그 여자가 고맙다고 하는 인사가 구보에게는 비웃는 것처럼 들려온다.

15개의 삽화 중에서 가장 처음의 삽화는 이렇게 끝난다. 보통의 소설과는 무척 다른 구성방식으로 씌어 있음을 알 수 있다. 일단 사건이 매우 방만하게 나열된다. 자광대학의 문학초청특강을 하러 가는 일과 월간지 여성낙원의 현상소설 심사, 그리고 김광섭 시인의 출판기념회 참석 등의 사건들 간에는 별다른 연관성이 없어 보인다. 따라서 이 작품에서 위기나 절정 같은 부분을 찾아보기는 힘들다. 사건 전개의 인과성이나 통일성이 결여되어 있기 때문이다.

매카시즘 McCarthyism

1950년부터 1954년 사이의 미국에는 반(反)공산주의의 광풍이 불었다. 당시 미국의 공화당 상원의원이었던 매카시 의원은 1950년 2월 의회에서 "국무성 안에는 205명의 공산주의자가 있다"는 폭탄선언을 했다. 그 당시는 제2차세계대전 이후 미국과 소련의 관계가 급격하게 냉각되는 시기였고, 동독과 중국이 공산화되는 등 세계적으로 공산주의가 급격하게 팽창하는 시기였기 때문에 매카시는 미국 국민들로부터 열렬한 지지를 받았다. 그에 힘입어 매카시는 반대파 정치인들을 공격하는 방편으로 공산주의자라는 혐의를 씌우는 방법을 사용했다. 그런데 그와 같은 방식을 예술계와 언론계에 까지 적용해서 수많은 문화예술인들을 공산주의자로 몰아붙여 그들의 일자리를 빼앗고 곤경에 빠뜨렸다. 그러나 사람들은 자신이 공산주의자로 지목될까봐 아무도 반론을 제기하지 못하고 공포에 떨었으며 그 이후로 미국의 외교정책은 반공노선을 걷게 되었다. 이후 상원의원인 매카시의 이름을 따라 비이성적인 반공산주의 열풍을 가리켜 매카시즘이라고 부르게 되었다.

오히려 이 작품에서 사건들을 이어주고 이야기가 진행될 수 있도록 만드는 것은 주인공 구보의 '내면의 주관적인 사유 흐름' 이다. 평범하게 반복되는 별다를 것 없는 일상을 소설로 만드는 것은 구보의 내면적인 성찰 때문인 것이다. 지루한 일상과 치열한 내면적 성찰이 긴장감을 이루면서 만들어진 것, 그것이 바로 이 소설이다.

그런데 앞에서도 언급했지만 이와 같은 창작방법은 박태원의 「소설가 구보씨의 일일」과 아주 흡사하다. 소설가 구보씨가 주인공이라는 점, 그리고 주인공의 공간 이동이 이야기를 끌어간다는 점, 그리고 공간을 옮겨다니면서 주인공에게 떠오르는 생각들이 소설의 내용이 된다는 점을 공통점으로 지적할 수 있을 것이다. 최인훈은 언젠가 자신의 『소설가 구보씨의 일일』에 대해 대충 이런 요지의 이야기를 한 적이 있다.

'식민체제를 살았던 문인의 모습이 언제부턴가 남의 일 같지 않게 느껴졌다. 그리고 박태원의 소설을 봤을 때 그 상황에서라면 나도 그와 비슷한 삶을 살았을 것 같다고 생각했다. 그러다가 대뜸 그 안에 나를 들여앉히는 그릇으로 삼고 싶다고 생각했다.' 이렇게 보면 박태원은 식민지 체제에서, 최인훈은 군사독재체제에서 비슷한 유형의 소설을 썼음을 알 수 있다. 주인공에게 순간순간 떠오르는 상념을 소설로 만드는 이와 같은 유형의 소설은 형식적인 제약을 받지 않기 때문에 어떠한 이념도 전제하지 않고, 기성의 현실과 이념에 대해 유연하면서도 근본적인 의구심을 표명할 수 있기 때문에 두 작가에게 선택되었던 것이다.

소설가 구보仇甫씨의 일일 _ 박태원

어머니는

아들이 제 방에서 나와, 마루 끝에 놓인 구두를 신고, 기둥 못에 걸린 단장을 떼어 들고, 그리고 문간으로 향하여 나가는 소리를 들었다.

"어디 가니?"

대답은 들리지 않았다.

중문 앞까지 나간 아들은, 혹은 자기의 한 말을 듣지 못하였는지도 모른다. 또는, 아들의 대답소리가 자기의 귀에까지 이르지 못하였는지도 모른다. 그 둘 중의 하나라고 생각한 어머니는 이번에는 중문 밖에까지 들릴 목소리를 내었다.

"일찌거니 들어오너라."

역시, 대답은 들리지 않았다.

중문이 소리를 내어 열리고, 또 소리를 내어 닫혔다. 어머니는 얇은 실망을 느끼려는 자기 자신을 스스로 위로하려 한다. 중문 소리만 크게 나지 않았더면, 아들의 '네—' 소리를, 혹은 들을 수 있었을지도 모른다…….

어머니는 다시 바느질을 하며, 대체 그 애는 매일, 어딜, 그렇게, 가는 겐가, 하고 그런 것을 생각하여 본다.

직업과 아내를 갖지 않은, 스물여섯 살짜리 아들은, 늙은 어머니에게는 온갖 종류의 근심, 걱정거리였다. 우선, 낮에 한번 집을 나서면, 아들은 밤늦게나 되어 돌아왔다.

늙고, 쇠약한 어머니는, 자리도 깔지 않고, 맨바닥에가, 팔을 괴고 누워, 아들을 기다리다가 곧잘 잠이 든다. 편안하지 못한 잠은, 두 시간씩 세 시간씩 계속될 수 없다. 잠깐 잠이 들었다 깰 때마다, 어머니는 고개를 들어 아들의 방을 바라보고, 그리고 기둥에 걸린 시계를 쳐다본다.

자정 — 그리 늦지는 않았다. 이제 아들은 돌아올 게다. 어머니는 아들이 어서 돌아와지라 빌며, 또 어느 틈엔가 꼬빡 잠이 든다.

그가 두 번째 잠을 깨는 것은 새로 한 점 반이나, 두 점, 그러한 시각이다. 아들의 방에는 그저 불이 켜 있다.

아들은 잘 때면 반드시 불을 끈다. 그러나 혹은 어느 틈엔가 아들은 돌아와 자리에 누워 책이라도 읽고 있는 게 아닐까. 아들에게는 그런 버릇이 있다.

어머니는 소리 안 나게 아들의 방 앞에까지 걸어가 가만히 안을 엿듣는다. 마침내, 어머니는 방문을 열어 보고, 입때 웬일일까, 호젓한 얼굴을 하고, 다시 방문을 닫으려다 말고 방안으로 들어온다.

나이 찬 아들의, 기름과 분 냄새 없는 방이, 늙은 어머니에게는 애달팠다. 어머니는 초저녁에 깔아 놓은 채 그대로 있는, 아들의 이부자리와 베개를 바로 고쳐 놓고, 그리고 그 옆에가 앉아 본다. 스물여섯 해를 길렀어도 종시 마음이 놓이지 않는 것은 자식이었다. 설혹 스물여섯 해를 스물여섯 곱하는 일이 있다더라도, 어머니의 마음은 늘 걱정으로 차리라. 그래도 어머니는 그가 작은며느리를 보면, 이렇게 밤늦게 한 가지 걱정을 덜 수 있으리라 생각한다.

"참, 이 애는 왜 장가를 들려구 안 하는 겐구."

언제나 혼인 말을 꺼내면, 아들은 말하였다.

"돈 한푼 없이 어떻게 기집을 멕여 살립니까?"

허지만…… 어떻게 도리야 있느니라. 어디 월급쟁이가 되더래두, 두 식구 입에 풀칠이야 못 헐라구…….

어머니는 어디 월급 자리라도 구할 생각은 없이, 밤낮으로, 책이나 읽고 글이나 쓰고, 혹은 공연스레 밤중까지 쏘다니고 하는 아들이, 보기에 딱하고, 또 답답하였다.

"그래두 장가를 들어 노면 맘이 달러지지."

"제 기집 귀여운 줄 알면, 자연 돈 벌 궁릴 하겠지."

작년 여름에 아들은 한 '색시'를 만나 본 일이 있다. 그 애면 저두 싫다구는 않겠지. 이제 이놈이 들어오거든 단단히 따져 보리라…… 그리고 어머니는 어느 틈엔가 손주자식을 눈앞에 그려 보기조차 한다.

아들은

그러나 돌아와, 채 어머니가 무어라고 말할 수 있기 전에, 입때 안 주무셨에요, 어서 주무세요, 그리고 자리옷으로 갈아입고는 책상 앞에 앉아, 원고지를 펴 논다.

그런 때 옆에서 무슨 말이든 하면, 아들은 언제든 불쾌한 표정을 지었다. 그것은 어머니의 마음을 아프게 한다. 그래, 어머니는 가까스로, 늦었으니 어서 자거라, 그걸랑 낼 쓰구…… 한마디를 하고서 아들의 방을 나온다.

"얘기는 낼 아침에래두 허지."

그러나 열한 점이나 오정에야 일어나는 아들은, 그대로 소리 없이 밥을 떠먹고는 나가 버렸다.

때로, 글을 팔아 몇 푼의 돈을 구할 수 있을 때, 그 어느 한 경우에, 아들은 어머니를 보고, 무어 잡수시구 싶으신 거 없에요, 그렇게 묻는 일이 있었다.

어머니는 직업을 가지지 못한 아들이, 그래도 어떻게 몇 푼의 돈을 만들어, 자기에게 그런 말을 할 수 있는 것을 신기하게 기뻐하였다.

"어서 내 생각 말구, 네 양말이나 사 신어라."

그러면, 아들은 으레, 제 고집을 세웠다. 아들의 고집 센 것을, 물론 어머니는 좋게 생각 안 했다. 그러나 이러한 경우라면, 아들이 고집을 세우면 세울수록 어머니는 만족하였다. 어머니의 사랑은 보수를 원하지 않지만, 그래도 자식이 자기에게 대한 사랑을 보여줄 때, 그것은 어머니를 기쁘게 하여 준다.

대체 무얼 사줄 테냐, 무어든 어머니 마음대루. 먹는 게 아니래두 좋으냐. 네. 그래 어머니는 에누리 없이 욕망을 말해 본다.

"너, 나, 치마 하나 해주려무나."

아들이 흔연히 응낙하는 걸 보고,

"네 아주멈은 무어 안 해주니?"

아들은 치마 두 감의 가격을 묻고, 그리고 갑자기 엄숙한 얼굴을 한다. 혹은 밤을 새우기까지 하여 아들이 번 돈은, 결코 대단한 액수의 것이 아니었다. 그래, 어머니는 말한다.

"그럼 네 아주멈이나 해주렴."

아들은, 아니에요, 넉넉해요. 갖다 끊으세요. 그리고 돈을 내놓았다.

어머니는, 얼마를 주저한다. 그러나 마침내, 그는 가장 자랑스러이 돈을 집어 들고, 얘애 옷감 바꾸러 나가자, 아재비가 치마 허라구 돈을 주었다. 네 아재비가…… 그렇게 건넌방에서 재봉틀을 놀리고 있던 맏며느리를 신기하게 놀래어 준다.

치마가 되면, 어머니는 그것을 입고, 나들이를 하였다.

일갓집 대청에가 주인 아낙네와 마주앉아, 갓난애같이 어머니는 치마 자랑할 기회를 엿본다. 주인 마누라가, 선불리, 참 치마 좋은 거 해 입으셨구먼, 이라고나 한다면, 어머니는 서슴지 않고,

"이거 내 둘째아이가 해준 거죠. 제 아주멈해하구, 이거하구……."

이렇게 묻지도 않은 말을 하였다. 어머니는 그것이 아들의 훌륭한 자랑거리라 생각하였다.

자식을 사랑할 때, 어머니는 얼마든지 뻔뻔스러울 수 있다.

그러나 그런 일은 늘 있을 수 없다. 어머니는 역시, 글을 쓰는 것보다는 월급쟁이가 몇 갑절 낫다고 생각하고, 그리고 그렇게 재주 있는 내 아들은 무엇을 하든 잘하리라고 혼자 작정해 버린다. 아들은 지금 세상에서 월급 자리 얻기가 얼마나 힘드는 것인가를 말한다. 하지만 보통학교만 졸업하고도, 고등학교만 나오고도, 회사에서 관청에서 일들만 잘하고 있는 것을 알고 있는 어머니는, 고등학교를 졸업하고도, 또 동경엘 건너가 공부하고 온 내 아들이, 구하여도 일자리가 없다는 것이 도무지 믿어지지가 않았다.

구보(仇甫)는

집을 나와 천변 길을 광교로 향하여 걸어가며, 어머니에게 단 한마디 '네—' 하고 대답 못 했던 것을 뉘우쳐 본다. 하기야 중문을 여닫으며 구보는 '네—' 소리를 목구멍까지 내어 보았던 것이나 중문과 안방과의 거리는 제법 큰 소리를 요구하였고, 그리고 공교롭게 활짝 열린 대문 앞을, 때마침 세 명의 여학생이 웃고 떠들며 지나갔다.

그렇더라도 대답은 역시 하여야만 하였었다고, 구보는 어머니의 외로워할 때의 표정을 눈앞에 그려본다. 처녀들은 어느 틈엔가 그의 시야에서 사라졌다.

구보는 마침내 다리 모퉁이에까지 이르렀다. 그의 일 있는 듯싶게 꾸미는 걸음걸이는 그곳에서 멈추어진다. 그는 어딜 갈까, 생각하여 본다. 모두가 그의 갈 곳이었다. 한 군데라도 그가 갈 곳은 없었다.

한낮의 거리 위에서 구보는 갑자기 격렬한 두통을 느낀다. 비록 식욕은 왕성하더라도, 잠은 잘 오더라도, 그것은 역시 신경쇠약에 틀림없었다.

구보는 떠름한 얼굴을 하여 본다.

취박(臭剝) 4.0

취나(臭那) 2.0

취안(臭安) 2.0

고정(苦丁) 4.0

수(水) 200.0

1일 3회 분복(分服) 2일분

그가 다니는 병원의 젊은 간호부가 반드시 '삼비스이' 라고 발음하는 이 약은 그에게는 조그마한 효험도 없었다.

그러자 구보는 갑자기 옆으로 몸을 비킨다. 그 순간 자전거가 그의 몸을 가까스로 피하여 지났다. 자전거 위의 젊은이는 모멸 가득한 눈으로 구보를 돌아본다. 그는 구보의 몇 칸통 뒤에서부터 요란스레 종을 울렸던 것임에 틀림없었다. 그것을 위험이 박두하였을 때에야 비로소 몸을 피할 수 있었던 것은 반드시 그가 '3B수(水)' 의 처방을 외우고 있었기 때문만이 아니었다.

구보는, 자기의 왼편 귀 기능에 스스로 의혹을 갖는다. 병원의 젊은 조수는 결코 익숙하지 못한 솜씨로 그의 귓속을 살피고, 그리고 대담하게도 그 안이 몹시 불결한 까닭 외에 아무 이상이 없다고 선언하였었다. 한 덩어리의 '귀지' 를 갖기보다는 차라리 4주일간 치료를 요하는 중이염(中耳炎)을 앓고 싶다, 생각하는 구보는, 그의 선언에 무한한 굴욕을 느끼며, 그래도 매일 신경질하게 귀 안을 소제하였었다.

그러나 구보는 다행하게도 중이질환(中耳疾患)을 가진 듯싶었다. 어느 기회에 그는 의학사전을 뒤적거려 보고, 그리고 별 까닭도 없이 자기는 중이가답아(中耳加答兒)에 걸렸다고 혼자 생각하였다. 사전에 의하면 중이가답아에는 급성 및 만성이 있고, 만성 중이가답아에는 또다시 이를 만성건성 및 만성습성의 이자(二者)로 나눈다 하였는데, 자기의 이질(耳疾)은 그 만성습성의 중이가답아에 틀림없다고 구보는 작정하고 있었다.

그러나 부실한 것은 그의 왼쪽 귀뿐이 아니었다. 구보는 그의 오른쪽 귀에도 자신을 갖지 못한다. 언제든 쉬이 전문의를 찾아보아야겠다고 생각은 하면서도, 1년이나 그대로 내버려둔 채 지내온 그는, 비교적 건강한 그의 오른쪽 귀마저, 또 한편 귀의 난청(難聽) 보충으로 그 기능을 소모시키고, 그리고 불원한 장래에 '듄케르 청장관(聽長管)'이나 '전기 보청기'의 힘을 빌리지 않으면 안 될지도 모른다.

구보는

갑자기 걸음을 걷기로 한다. 그렇게 우두머니 다리 곁에가 서 있는 것의 무의미함을 새삼스러이 깨달은 까닭이다. 그는 종로 거리를 바라보고 걷는다. 구보는 종로 네거리에 아무런 사무도 갖지 않는다. 처음에 그가 아무렇게나 내어 놓았던 바른발이 공교롭게도 왼편으로 쏠렸기 때문에 지나지 않는다.

갑자기 한 사람이 나타나 그의 앞을 가로질러 지난다. 구보는 그 사나이와 마주칠 것 같은 착각을 느끼고, 위태롭게 걸음을 멈춘다.

그리고 다음 순간, 구보는, 이렇게 대낮에도 조금의 자신을 가질 수 없는 자기의 시력을 저주한다. 그의 코 위에 걸려 있는 24도의 안경은 그의 근시를 도와주었으나, 그의 망막에 나타나 있는 무수한 맹점(盲點)을 제거하는 재주는 없었다. 총독부 병원 시대의 구보의 시력 검사표는 그저 그 우울한 '안과 재래'의 책상 서랍 속에 들어 있을지도 모른다.

R, 4　　　　L, 3

구보는, 2주일간 열병을 앓은 끝에, 갑자기 쇠약해진 시력을 호소하러 처음으로 안과의와 대하였을 때의, 그 조그만 테이블 위에 놓여 있던 '시야측정기'를 지금 기억하고 있다. 제 자신 강도(强度)의 안경을 쓰고 있던 의사는, 백묵을 가져, 그 위에 용서 없이 무수한 맹점을 찾아내었었다.

그래도, 구보는, 약간 자신이 있는 듯싶은 걸음걸이로 전차 선로를 두 번 횡단하여 화신상회 앞으로 간다. 그리고 저도 모를 사이에 그의 발은 백화점 안으로 들어서 기조차 하였다.

젊은 내외가, 너덧 살 되어 보이는 아이를 데리고 그곳에가 승강기를 기다리고 있었다. 이제 그들은 식당으로 가서 그들의 오찬을 즐길 것이다. 흘낏 구보를 본 그들 내외의 눈에는 자기네들의 행복을 자랑하고 싶어 하는 마음이 엿보였는지도 모른다. 구보는, 그들을 업신여겨 볼까 하다가, 문득 생각을 고쳐, 그들을 축복하여 주려 하였다. 사실 4, 5년 이상을 같이 살아왔으면서도, 오히려 새로운 기쁨을 가져 이렇게 거리로 나온 젊은 부부는 구보에게 좀 다른 의미로서의 부러움을 느끼게 하였는지도 모른다. 그들은 분명히 가정을 가졌고, 그리고 그들은 그곳에서 당연히 그들의 행복을 찾을 게다.

승강기가 내려와 서고, 문이 열리고, 닫히고, 그리고 젊은 내외는 수남이나 복동이와 더불어 구보의 시야를 벗어났다.

구보는 다시 밖으로 나오며, 자기는 어디 가 행복을 찾을까 생각한다. 발 가는 대로, 그는 어느 틈엔가 안전지대에가 서서, 자기의 두 손을 내려다보았다. 한 손의 단장과 또 한 손의 공책과—물론 구보는 거기에서 행복을 찾을 수는 없다.

안전지대 위에, 사람들은 서서 전차를 기다린다. 그들에게, 행복은 알 수 없다. 그러나 그들은 분명히, 갈 곳만은 가지고 있었다.

전차가 왔다. 사람들은 내리고 또 탔다. 구보는 잠깐 머엉하니 그곳에 서 있었다.

그러나 자기와 더불어 그곳에 있던 온갖 사람들이 모두 저 차에 오르는 것을 보았을 때, 그는 저 혼자 그곳에 남아 있는 것에, 외로움과 애달픔을 맛본다. 구보는, 움직이는 전차에 뛰어올랐다.

전차 안에서

구보는, 우선, 제 자리를 찾지 못한다. 하나 남았던 좌석은 그보다 바로 한 걸음 먼저 차에 오른 젊은 여인에게 점령당했다. 구보는, 차장대 가까운 한구석에가 서서, 자기는 대체 이 동대문행 차를 어디까지 타고 가야 할 것인가를, 대체 어느 곳에 행복은 자기를 기다리고 있을 것인가를 생각해 본다.

이제 이 차는 동대문을 돌아 경성 운동장 앞으로 해서…… 구보는, 차장대, 운전대로 향한, 안으로 파아란 융을 받쳐 댄 창을 본다. 전차과에서는 그곳에 뉴스를 게시한다. 그러나 사람들은, 요사이 축구도 야구도 하지 않는 모양이었다.

장충단으로, 청량리로. 혹은 성북동으로…… 그러나 요사이 구보는 교외(郊外)를 즐기지 않는다. 그곳에는, 하여튼 자연이 있었고, 한적(閑寂)이 있었다. 그리고 고독조차 그곳에는, 준비되어 있었다. 요사이 구보는 고독을 두려워한다.

일찍이 그는 고독을 사랑한 일이 있었다. 그러나 고독을 사랑한다는 것은 그의 심경의 바른 표현이 못 될 게다. 그는 결코 고독을 사랑하지 않았는지도 모른다. 아니 도리어 그는 그것을 그지없이 무서워하였는지도 모른다. 그러나 그는 고독과 힘을 겨루어, 결코 그것을 이겨내지 못하였다. 그런 때, 구보는 차라리 고독에게 몸을 떠맡기어 버리고, 그리고 스스로 자기는 고독을 사랑하고 있는 것이라고 꾸며왔었는지도 모를 일이다…….

표, 찍읍쇼—차장이 그의 앞으로 왔다. 구보는 단장을 왼팔에 걸고, 바지 주머니에 손을 넣었다. 그러나 그가 그 속에서 다섯 닢의 동전을 골라내었을 때, 차는 종묘

앞에 서고, 그리고 차장은 제자리로 돌아갔다.

구보는 눈을 떨어뜨려, 손바닥 위의 다섯 닢 동전을 본다. 그것들은 공교롭게도 모두가 뒤집혀 있었다. 대정(大正) 12년. 11년. 8년. 12년. 대정 54년—구보는 그 숫자에서 어떤 한 개의 의미를 찾아내려 들었다. 그러나 그것은 부질없는 일이었고, 그리고 또 설혹 그것이 무슨 의미를 가지고 있었다 하더라도, 그것은 적어도 '행복' 은 아니었을 게다.

차장이 다시 그의 옆으로 왔다. 어디를 가십니까. 구보는 전차가 향하여 가는 곳을 바라보며 문득 창경원에라도 갈까, 하고 생각한다. 그러나 그는 차장에게 아무런 사인도 하지 않았다. 갈 곳을 갖지 않은 사람이, 한번, 차에 몸을 의탁하였을 때, 그는 어디서든 선불리 내릴 수 없다.

차는 서고, 또 움직였다. 구보는 창 밖을 내어다보며, 문득 대학병원에라도 들를 것을 그랬나 하여 본다. 연구실에서, 벗은, 정신병을 공부하고 있었다. 그를 찾아가, 좀 다른 세상을 구경하는 것은, 행복은 아니어도, 어떻든 한 개의 일일 수 있다…….

구보가 머리를 돌렸을 때, 그는 그곳에, 지금 마악 차에 오른 듯싶은 한 여성을 보고, 그리고 신기하게 놀랐다. 집에 돌아가, 어머니에게 오늘 전차에서 '그 색시' 를 만났죠 하면, 어머니는 응당 반색을 하고, 그리고 '그래서 그래서' , 뒤를 캐어 물을 게다. 그가 만일 오직 그뿐이라고라도 말한다면, 어머니는 실망하고, 그리고 그를 주변머리 없다고 책(責)할지도 모른다. 그러나 누가 그 일을 알고, 그리고 아들을 졸(拙)하다고라도 말한다면, 어머니는 내 아들은 원체 얌전해서…… 그렇게 변호할 게다.

구보는 여자와 시선이 마주칠까 겁(怯)하여, 얼토당토 않은 곳을 보며, 저 여자는 내가 여기 있는 것을 보았을까, 하고 생각한다.

여자는

혹은, 그를 보았을지도 모른다. 전차 안에, 승객은 결코 많지 않았고, 그리고 자리가 몇 군데 비어 있음에도 불구하고, 구석에가 서 있는 사람이란 남의 눈에 띄기 쉽다. 여자는 응당 자기를 보았을 게다. 그러나 여자는 능히 자기를 알아볼 수 있었을까. 그것은 의문이다. 작년 여름에 단 한 번 만났을 뿐으로, 이래 일 년간 길에서라도 얼굴을 대한 일이 없는 남자를, 그렇게 쉽사리 여자는 알아내지 못할 게다. 그러나 자기가 기억하고 있는 여자에게, 자기의 기억이 없으리라고 생각하는 것은, 누구에게 있어서든, 외롭고 또 쓸쓸한 일이다. 구보는, 여자와의 회견 당시의 자기의 그 대담한, 혹은 뻔뻔스런 태도와 화술이, 그에게 적지않이 인상 주었으리라고 생각하고, 그리고 여자는 때때로 자기를 생각하여 주고 있었다고 믿고 싶었다.

그는 분명히 나를 보았고 그리고 나를 나라고 알았을 게다. 그러한 그는 지금 어떠한 느낌을 가지고 있을까, 그것이 구보는 알고 싶었다.

그는 결코 대담하지 못한 눈초리로, 비스듬히 두 칸통 떨어진 곳에 앉아 있는 여자의 옆얼굴을 곁눈질하였다. 그리고 다음 순간, 그와 눈이 마주칠 것을 겁하여 시선을 돌리며, 여자는 혹은 자기를 곁눈질한 남자의 꼴을, 곁눈으로 느꼈을지도 모르겠다고, 그렇게 생각하여 본다. 여자는, 남자를 그 남자라 알고, 그리고 남자가 자기를 그 여자라 안 것을 알고 있을지도 모른다. 이러한 경우에, 나는 어떠한 태도를 취하여야 마땅할까 하고, 구보는 그러한 것에 머리를 썼다. 알은 체를 하여야 옳을지도 몰랐다. 혹은 모른 체하는 게 정당한 인사일지도 몰랐다. 그 둘 중에 어느 편을 여자는 바라고 있을까. 그것을 알았으면, 하였다. 그러다가, 갑자기, 그러한 것에 마음을 태우고 있는 자기가 스스로 괴이하고 우스워, 나는 오직 요만 일로 이렇게 흥분할 수가 있었던가 하고 스스로를 의심하여 보았다. 그러면 나는 마음속 그윽이 그를 생각하고 있었던지도 모르겠다고 생각하여 보았다. 그러나 그가 여자와 한 번 본 뒤로,

이래 일 년간, 그를 일찍이 한 번도 꿈에 본 일이 없었던 것을 생각해 내었을 때, 자기는 역시 진정으로 그를 사랑하고 있는 것은 아닌지도 모르겠다고, 그러한 생각이 들었다. 만일 그렇다면 자기가 여자의 마음을 헤아려 보고, 그리고 이리저리 공상을 달리고 하는 것은, 이를테면, 감정의 모독이었고, 그리고 일종의 죄악이었다.

그러나 만일 여자가 자기를 진정으로 그리고 있다면—

구보가, 여자 편으로 눈을 주었을 때, 그러나 여자는 자리에서 일어나 양산을 들고 차가 동대문 앞에 정류하기를 기다리어 내려갔다. 구보의 마음은 또 한번 동요하며, 창 너머로 여자가 청량리행 전차를 기다리느라, 그곳 안전지대로가 서는 것을 보았을 때, 그는 자기도 차에서 곧 내리고 싶은 충동을 느꼈다. 그러나 여자가 청량리행 전차 속에서 자기를 또 한번 발견하고, 그리고 자기가 일도 없건만, 오직 여자와의 사이에 어떠한 기회를 엿보기 위하여 그 차를 탄 것에 틀림없다는 것을 눈치챌 때, 여자는 그러한 자기를 얼마나 천박하게 생각할까. 그래, 구보가 망설거리는 동안, 전차는 달리고, 그들의 사이는 멀어졌다. 마침내 여자의 모양이 완전히 그의 시야에서 떠났을 때, 구보는 갑자기, 아차, 하고 뉘우친다.

행복은

그가 그렇게도 구하여 마지않던 행복은, 그 여자와 함께 영구히 가버렸는지도 모른다. 여자는 자기에게 던져 줄 행복을 가슴에 품고서, 구보가 마음의 문을 열어 가까이 와주기를 갈망하였는지도 모른다. 왜 자기는 여자에게 좀더 대담하지 못하였나. 구보는, 여자가 가지고 있는 온갖 아름다운 점을 하나하나 세어 보며, 혹은 이 여자말고 자기에게 행복을 약속하여 주는 이는 없지나 않을까, 하고 그렇게 생각하였다.

방향판을 한강교로 갈고 전차는 훈련원을 지났다. 구보는 자리에 앉아, 주머니에서 5전 백동화를 골라 꺼내면서, 비록 한 번도 꿈에 본 일은 없었더라도, 역시 그가 자기에게는 유일한 여자가 아닐까 하고 생각하여 본다.

자기가, 그를, 그동안 대수롭지 않게 여겨 왔던 것같이 생각하는 것은, 구보가 제 감정을 속인 것에 지나지 않을지도 모른다. 그가 여자를 만나보고 돌아왔을 때, 그는 집에서 아들을 궁금히 기다리고 있던 어머니에게 '그 여자면' 정도의 뜻을 표시하였었던 것에 틀림없었다. 그러나 구보는, 어머니가 색시 집으로 솔직하게 구혼할 것을 금하였다. 그것은 허영심만에서 나온 일은 아니다. 그는 여자가 자기 생각을 안 하고 있는 경우에 객쩍게시리 여자를 괴롭혀 주고 싶지 않았던 까닭이다. 구보는 여자의 의사와 감정을 존중하고 싶었다.

그러나 물론, 여자에게서는 아무런 말도 하여 오지 않았다. 구보는, 여자가 은근히 자기에게서 무슨 말이 있기를 기다리고 있는 것이나 아닐까, 하고도 생각하여 보았다. 그러나 그런 것을 생각하는 것은 제 자신 우스운 일이다. 그러는 동안에, 날은 가고, 그리고 그것에 대한 흥미를 구보는 잃기 시작하였다. 혹시, 여자에게서라도 먼저 말이 있다면—그러면 구보는 다시 이 문제에 흥미를 가질 수 있을 게다. 언젠가 여자의 집과 어떻게 인척관계가 있는 노(老)마나님이 와서 색시 집에서도 이편의 동정만 살피고 있는 듯싶더란 말을 들었을 때, 구보는 쓰디쓰게 웃고, 그리고 그것이 사실이라면, 그것은 희극이라느니보다는, 오히려 한 개의 비극이라고 생각하였다. 그러면서도 구보는 그 비극에서 자기네들을 구하기 위하여 팔을 걷고 나서려 들지 않았다.

전차가 약초정(若草町) 근처를 지나갈 때, 구보는, 그러나 그 흥분에서 깨어나, 뜻 모를 웃음을 입가에 띠어 본다. 그의 앞에 어떤 젊은 여자가 앉아 있었다. 그 여자는 자기의 두 무릎 사이에다 양산을 놓고 있었다. 어느 잡지에선가, 구보는 그것이 비(非)처녀성을 나타내는 것임을 배운 일이 있다. 딴은, 머리를 틀어 올렸을 뿐이나, 그만한 나이로는 저 여인은 마땅히 남편은 가졌어야 옳을 게다. 아까, 그는 양산을 어디다 놓고 있었을까 하고, 구보는, 객쩍은 생각을 하다가, 여성에 대하여 그러한 관찰을 하는 자기는, 혹은 어떠한 여자를 아내로 삼든 반드시 불행하게 만들어 주지나 않을까, 하고 생각하였다. 그러나 여자는—여자는 능히 자기를 행복되게 하여 줄 것인가. 구보는 자기가 알고 있는 온갖 여자를 차례로 생각하여 보고, 그리고 가만히 한숨지었다.

일찍이

구보는, 벗의 누이에게 짝사랑을 느낀 일이 있었다. 어느 여름날 저녁, 그가 벗을 찾았을 때, 문간으로 그를 응대하러 나온 벗의 누이는, 혹은 정말, 나이 어린 구보가 동경의 마음을 갖기에 알맞도록 아름답고, 깨끗하였는지도 모른다. 열다섯 살짜리 문학 소년은 그를 사랑하고 싶다 생각하고, 뒷날 그와 결혼할 수 있다 하면, 응당 자기는 행복이리라 생각하고, 자주 벗을 찾아가 그와 만날 기회를 엿보고, 혹 만나면 저 혼자 얼굴을 붉히고, 그리고 돌아와 밤늦게 여러 편의 연애시를 초(草)하였다. 그러나 그가 자기보다 세 살이나 위라는 것을 생각할 때, 구보의 마음은 불안하였다. 자기가 한 여자의 앞에서 자기의 사랑을 고백하여도 결코 서투르지 않을 나이가 되었을 때, 여자는, 이미, 그 전에, 다른, 더 나이 먹은 이의 사랑을 용납해 버릴 게다.

그러나 구보가 그것에 대하여 아무런 대책도 강구할 수 있기 전에, 여자는, 참말, 나이 먹은 남자의 품으로 갔다. 열일곱 살 먹은 구보는, 자기의 마음이 퍽이나 괴롭고 슬픈 것같이 생각하려 들고, 그리고 그러면서도, 그들의 행복을 특히 남자의 행복을 빌러 들었다. 그러한 감정은 그가 읽은 문학서류에 얼마든지 씌어 있었다. 결혼 비용 삼천 원. 신혼여행은 동경으로. 관수동에 그들 부처(夫妻)를 위하여 개축된 집은 행복을 보장하는 듯싶었다.

이번 봄에 들어서서, 구보는 벗과 더불어 그들을 찾았다. 이미 두 아이의 어머니인 여인 앞에서, 구보는 얼굴을 붉히는 일 없이 평범한 이야기를 서로 할 수 있었다. 구보가 일곱 살 먹은 사내아이를 영리하다고 칭찬하였을 때, 젊은 어머니는, 그러나 그 애가 이 골목 안에서는 그 중 나이 어림을 말하고, 그리고 나이 먹은 아이들이란, 저희보다 적은 아이에게 대하여 얼마든지 교활할 수 있음을 한탄하였다. 언제든 딱지를 가지고 나가서는, 최후의 한 장까지 빼앗기고 들어오는 아들이 민망하여, 하루는 그 뒤에 연필로 하나하나 표를 하여 주고 그것을 또 다 잃고 돌아왔을 때, 그는 골목 안의 아이들을 모아, 그들이 가지고 있는 딱지에서 원래의 내 아이 물건을 가려내어, 거의 모조리 회수할 수 있었다는 이야기를, 젊은 어머니는 일종의 자랑조차 가지고 구보에게 들려 주었었다…….

구보는 가만히 한숨짓는다. 그가 그 여인을 아내로 삼을 수 없었던 것은, 결코 불행이 아니었다. 그러한 여인은, 혹은, 한평생을 두고, 구보에게 행복이 무엇임을 알 기회를 주지 않았을지도 모른다.

조선은행 앞에서 구보는 전차를 내려, 장곡천정(長谷川町)으로 향한다. 생각에 피로한 그는 이제 마땅히 다방에 들러 한 잔의 홍차를 즐겨야 할 것이다.

몇 점이나 되었나. 구보는, 그러나 시계를 갖지 않았다. 갖는다면, 그는 우아한 회중시계를 택할 게다. 팔뚝시계는 — 그것은 소녀 취미에나 맞을 게다. 구보는 그렇게도 팔뚝시계를 갈망하던 한 소녀를 생각하였다. 그는 동리에 전당(典當) 나온 십팔금 팔뚝시계를 탐내고 있었다. 그것은 사 원 팔십 전에 구할 수 있었다. 그리고 그는, 그 시계말고, 치마 하나를 해 입을 수 있을 때에, 자기는 행복의 절정에 이를 것같이 생각하고 있었다.

벰베르크 실로 짠 보일 치마. 삼 원 육십 전. 하여튼 팔 원 사십 전이 있으면, 그 소녀는 완전히 행복일 수 있었다. 그러나 구보는, 그 결코 크지 못한 욕망이 이루어졌음을 듣지 못했다.

구보는, 자기는, 대체, 얼마를 가져야 행복일 수 있을까 생각해 본다.

다방의

오후 두 시, 일을 가지지 못한 사람들이 그곳 등의자에 앉아, 차를 마시고, 담배를 태우고, 이야기를 하고, 또 레코드를 들었다. 그들은 거의 다 젊은이들이었고, 그리고 그 젊은이들은 그 젊음에도 불구하고, 이미 자기네들은 인생에 피로한 것같이 느꼈다. 그들의 눈은 그 광선이 부족하고 또 불균등한 속에서 쉴 사이 없이 제각각의 우울과 고달픔을 하소연한다. 때로, 탄력 있는 발소리가 이 안을 찾아들고, 그리고 호화로운 웃음소리가 이 안에 들리는 일이 있었다. 그러나 그것들은 이곳에 어울리지 않았고, 그리고 무엇보다도 다방에 깃들인 무리들은 그런 것을 업신여겼다.

어떤 때, 활동사진관으로 향하여야 마땅할 발길을 돌려잡은 군인이 서너 명 이곳을 찾아와 군대에서나같이 큰 목소리로 홍차를 명하였다. 그들은 암만을 이 안에 있든, 이곳 공기에 동화되지 않았다. 또 그들은 암만이든 그곳에 있도록 끈기 있지 못하다. 사람들은, 그들이, 그 근대적 고아(高雅)한 감정을 모른다고 비웃었다. 또 가엾어 하였다…….

구보는 아이에게 한 잔의 가배차(珈琲茶)와 담배를 청하고 구석진 등탁자로 갔다. 나는 대체 얼마가 있으면 ― 그의 머리 위에 한 장의 포스터가 걸려 있었다. 어느 화가의 '도구유별전(渡歐留別展).' 구보는 자기에게 양행비(洋行費)가 있으면, 적어도 지금 자기는 거의 완전히 행복일 수 있으리라 생각한다. 동경에라도 ― 동경도 좋았다. 구보는 자기가 떠나온 뒤의 변한 동경이 보고 싶다 생각한다. 혹은 더 좀 가까운 데라도 좋았다. 지극히 가까운 데라도 좋았다. 오십 리 이내의 여정에 지나지 않더라도, 구보는, 조그만 슈트케이스를 들고 경성역에 섰을 때, 응당 자기는 행복을 느끼리라 믿는다. 그것은 금전과 시간이 주는 행복이다. 구보에게는 언제든 여정에 오르려면, 오를 수 있는 시간의 준비가 있었다…….

구보는 차를 마시며, 약간의 금전이 가져다 줄 수 있는 온갖 행복을 손꼽아 보았다. 자기도, 혹은, 팔 원 사십 전을 가지면, 우선, 조그만 한 개의, 혹은, 몇 개의 행복을 가질 수 있을 게다. 구보는, 그러한 제 자신을 비웃으려 들지 않았다. 오직 그만한 돈으로 한때 만족할 수 있는 그 마음은 애달프고 또 사랑스럽지 않은가.

구보는 담배에 불을 붙이며 자기가 원하는 최대의 욕망은 대체 무엇일꾸, 하였다. 이시카와 다쿠보쿠(石川啄木)는, 화롯가에 앉아 곰방대를 닦으며, 참말로 자기가 원하는 것이 무엇일꾸, 생각하였다. 그러나 그것은 있을 듯하면서도 없었다. 혹은, 그럴 게다. 그러나 구태여 말하여, 말할 수 없을 것도 없을 게다. '願車馬衣輕裘 與朋友共 敝之而無憾(원거마의경구 여붕우공 폐지이무감)' 은 자로(子路)의 뜻이요, '座上客常滿 樽中酒不空(좌상객상만 준중주불공)' 은 공융(孔融)의 원하는 바였다. 구보는, 저도 역시, 좋은 벗들과 더불어 그 즐거움을 함께 하였으면 한다.

갑자기 구보는 벗이 그리워진다. 이 자리에 앉아 한 잔의 차를 나누며, 또 같은 생각 속에 있고 싶다 생각한다…….

구둣발 소리가 바깥 포도(鋪道)를 걸어와, 문 앞에 서고, 그리고 다음에 소리도 없이 문이 열렸다. 그러나 그는 구보의 벗이 아니었다. 뿐만 아니라 두 사람의 시선이 마주쳤을 때, 두 사람은 거의 일시에 머리를 돌리고 그리고 구보는 그의 고요한 마음속에 음울을 갖는다.

그 사내와,

구보는, 일찍이, 인사를 한 일이 있었다. 그러나 그것은 공교롭게 어두운 거리에서였다. 한 벗이 그를 소개하였다. 말씀은 많이 들었습니다, 하고 그는 말하였었다. 사실 그는 구보의 이름과 또 얼굴을 전부터 알고 있었던 것임에 틀림없었다. 그러나 구보는, 구보는 그를 몰랐다. 물론 채 어두운 곳에서 그대로 헤어져 버린 구보는 뒤에 그를 만나도, 그를 그라고 알아내지 못하였다. 그 사내는 구보가 자기를 보고도 알은 체 안 하는 것에 응당 모욕을 느꼈을 게다. 자기를 자기라 알고도 모르는 체하는 것이라 생각할 때, 그의 마음은 평온할 수 없었을 게다. 그러나 구보는, 구보는 몰랐고, 모르면 태연할 수 있다. 자기를 볼 때마다 황당하게, 또 불쾌하게 시선을 돌리는 그 사내를, 구보는 오직 괴이하게만 여겨 왔다. 괴이하게만 여겨 오는 동안은 그래도 좋았다. 마침내 구보가 그를 그라고 알아낼 수 있었을 때, 그것은 그의 마음에 암영(暗影)을 주었다. 그 뒤부터 구보는 그 사내와 시선이 마주치면, 역시 당황하게, 그리고 불안하게 고개를 돌리는 수밖에 없었다. 그것은 사람의 마음을 우울하게 하여 놓는다. 구보는 다방 안의 한 구획을 그의 시야 밖에 두려 노력하며, 사람과 사람 사이의 교섭의 번거로움을 새삼스러이 느끼지 않으면 안 된다.

구보는 백동화를 두 푼, 탁자 위에 놓고, 그리고 공책을 들고 그 안을 나왔다. 어디로 — 그는 우선 부청(府廳) 쪽으로 향하여 걸으며, 아무튼 벗의 얼굴이 보고 싶다, 생각하였다. 구보는 거리의 순서로 벗들을 마음속에 헤아려 보았다. 그러나 이 시각에 집에 있을 사람은 하나도 없을 듯싶었다. 어디로 — 구보는 한길 위에 서서, 넓은 마당 건너 대한문을 바라본다. 아동유원지 유동의자에라도 앉아서…… 그러나 그 빈약한, 너무나 빈약한 옛 궁전은, 역시 사람의 마음을 우울하게 하여 주는 것임에 틀림없었다.

구보가 다 탄 담배를 길 위에 버렸을 때, 그의 옆에 아이가 와 선다. 그는 구보가 놓아둔 채 잊어버리고 나온 단장을 들고 있었다. 고맙다. 구보는 그렇게도 방심한 제 자신을 쓰게 웃으며, 달음질하여 다방으로 돌아가는 아이의 뒷모양을 이윽히 바라보고 있다가, 자기도 그 길을 되걸어갔다.

다방 옆 골목 안, 그곳에서 젊은 화가는 골동점을 경영하고 있었다. 구보는 그 방면에 대한 지식을 갖지 않는다. 그러나 하여튼, 그것은 그의 취미에 맞았고, 그리고 기회 있으면 그 방면의 이야기를 듣고 싶다 생각한다. 온갖 지식이 소설가에게는 필요하다.

그러나 벗은 점(店)에 있지 않았다.

"바로 지금 나가셨습니다."

그리고 기둥에 걸린 시계를 쳐다보며,

"한 십 분, 됐을까요."

점원은 덧붙여 말하였다.

구보는 골목을 전찻길로 향하여 걸어 나오며, 그 십 분이란 시간이 얼마만한 영향을 자기에게 줄 것인가, 생각한다.

한길 위에 사람들은 바쁘게 또 일 있게 오고 갔다. 구보는 포도 위에 서서, 문득 자기도 창작을 위하여 어디, 예(例)하면 서소문정 방면이라도 답사할까 생각한다. '모더놀로지(modernology, 考現學)'를 게을리하기 이미 오래다.

그러나 그러한 생각과 함께 구보는 격렬한 두통을 느끼며, 이제 한 걸음도 더 옮길 수 없을 것 같은 피로를 전신에 깨닫는다. 구보는 얼마 동안을 망연히 그곳, 한길 위에 서 있었다…….

얼마 있다,

구보는 다시 걷기로 한다. 여름 한낮의 뙤약볕이 맨머리 바람의 그에게 현기증을 주었다. 그는 그곳에 더 그렇게 서 있을 수 없다. 신경쇠약. 그러나 물론, 쇠약한 것은 그의 신경뿐이 아니다. 이 머리를 가져, 이 몸을 가져, 대체 얼마만한 일을 나는 하겠단 말인고 — 때마침 옆을 지나는 장년의, 그 정력가형 육체와 탄력 있는 걸음걸이에 구보는, 일종 위압조차 느끼며, 문득 아홉 살 때에 집안 어른의 눈을 기어 『춘향전』을 읽었던 것을 뉘우친다. 어머니를 따라 일갓집에 갔다 와서, 구보는 저도 얘기책이 보고 싶다 생각하였다. 그러나 집안에서는 그것을 금했다. 구보는 남몰래 안잠자기에게 문의하였다. 안잠자기는 세책(貰冊)집에는 어떤 책이든 있다는 것과, 일 전이면 능히 한 권을 세내 올 수 있음을 말하고, 그러나 꾸중 들우—그리고 다음에, 재밌긴 『춘향전』이 제일이지, 그렇게 그는 혼잣말을 하였었다. 한 푼〔分〕의 동전과 한 개의 주발 뚜껑, 그것들이 17년 전의 그것들이, 뒤에 온, 그리고 또 올, 온갖 것의 근원이었을지도 모른다. 자기 전에 읽던 얘기책들. 밤을 새워 읽던 소설책들. 구보의 건강은 그의 소년 시대에 결정적으로 손상되었던 것임에 틀림없다…….

변비. 요의빈수(尿意頻數). 피로. 권태. 두통. 두중(頭重). 두압(頭壓). 모리타 마사타케(森田正馬) 박사의 단련요법…… 그러한 것은 어떻든, 보잘것없는, 아니, 그 살풍경하고 또 어수선한 태평통(太平通)의 거리는 구보의 마음을 어둡게 한다. 그는 저, 불결한 고물상들을 어떻게 이 거리에서 쫓아낼 것인가를 생각하며, 문득, 반자의 무늬가 눈에 시끄럽다고, 양지(洋紙)로 반자를 발라 버렸던 서해(曙海)도 역시 신경쇠약이었음에 틀림없었다고, 이름 모를 웃음을 입가에 띠어 보았다. 서해의 너털웃음. 그것도 생각하여 보면, 역시 공허한, 적막한 음향이었다.

구보는 고인(故人)에게서 받은 『홍염(紅焰)』을, 이제도록 한 페이지도 들쳐보지 않았던 것을 생각해 내고, 그리고 딱한 표정을 지었다. 그가 읽지 않은 것은 오직 서해의 작품뿐이 아니다. 독서를 게을리하기 이미 3년. 언젠가 구보는 지식의 고갈을 느끼고 악연(愕然)하였다.

갑자기 한 젊은이가 구보의 시야에 들어왔다. 그는 구보가 향하여 걸어가고 있는 곳에서 왔다. 구보는 그를 어디서 본 듯싶었다. 자기가 마땅히 알아보아야만 할 사람인 듯싶었다. 마침내 두 사람의 거리가 한 칸통으로 단축되었을 때, 문득 구보는 어린 시절을 회상하고, 그리고 그곳에 옛 동무를 발견한다. 그리운 옛 시절. 그리운 옛 동무. 그들은 보통학교를 나온 채 이제도록 한 번도 못 만났다. 그래도 구보는 그 동무의 이름까지 기억 속에서 찾아낸다.

그러나 옛 동무는 너무나 영락(零落)하였다. 모시 두루마기에 흰 고무신, 오직 새로운 맥고모자를 쓴 그의 행색은 너무나 초라하다. 구보는 망설거린다. 그대로 모른 체하고 지날까. 옛 동무는 분명히 자기를 알아본 듯싶었다. 그리고 구보가 자기를 알아볼 것을 두려워하는 듯싶었다. 그러나 마침내 두 사람이 서로 지나치는, 그 마지막 순간을 포착하여, 구보는 용기를 내었다.

"이거 얼마 만이야, 유(劉) 군."

그러나 벗은 순간에 약간 얼굴조차 붉히며,

"네, 참 오래간만입니다."

"그동안 서울에, 늘, 있었어?"

"네."

구보는 다음에 간신히,

"어째서 그렇게 뵈올 수 없었에요."

한마디를 하고, 그리고 서운한 감정을 맛보며, 그래도 또 무슨 말이든 하고 싶다 생각할 때, 그러나 벗은, 그만 실례합니다. 그렇게 말하고, 그리고 구보의 앞을 떠나, 저 갈 길을 가버린다.

구보는 잠깐 그곳에 섰다가 다시 고개 숙여 걸으며 울 것 같은 감정을 스스로 억제하지 못한다.

조그만

한 개의 기쁨을 찾아, 구보는 남대문을 안에서 밖으로 나가 보기로 한다. 그러나 그곳에는 불어드는 바람도 없이, 양 옆에 웅숭그리고 앉아 있는 서너 명의 지게꾼들의 그 모양이 맥없다.

구보는 고독을 느끼고, 사람들 있는 곳으로, 약동하는 무리들의 있는 곳으로, 가고 싶다 생각한다. 그는 눈앞에 경성역을 본다. 그곳에는 마땅히 인생이 있을 게다. 이 낡은 서울의 호흡과 또 감정이 있을 게다. 도회의 소설가는 모름지기 이 도회의 항구(港口)와 친하여야 한다. 그러나 물론 그러한 직업의식은 어떻든 좋았다. 다만 구보는 고독을 삼등 대합실 군중 속에 피할 수 있으면 그만이다.

그러나 오히려 고독은 그곳에 있었다. 구보가 한 옆에 끼어 앉을 수도 없게시리 사람들은 그곳에 빽빽하게 모여 있어도, 그들의 누구에게서도 인간 본래의 온정을 찾을 수는 없었다. 그네들은 거의 옆의 사람에게 한마디 말을 건네는 일도 없이, 오직 자기네들 사무에 바빴고, 그리고 간혹 말을 건네도, 그것은 자기네가 타고 갈 열차의 시각이나 그러한 것에 지나지 않았다. 그네들의 동료가 아닌 사람에게 그네들은 변소에 다녀올 동안의 그네들 짐을 부탁하는 일조차 없었다. 남을 결코 믿지 않는 그네들의 눈은 보기에 딱하고 또 가엾었다.

구보는 한구석에가 서서, 그의 앞에 앉아 있는 노파를 본다. 그는 뉘 집에 드난을 살다가 이제 늙고 또 쇠잔한 몸을 이끌어, 결코 넉넉하지 못한 어느 시골, 딸네 집이라도 찾아가는지 모른다. 이미 굳어버린 그의 안면 근육은 어떠한 다행한 일에도 펴질 턱없고, 그리고 그의 몽롱한 두 눈은 비록 그의 딸의 그지없는 효양(孝養)을 가지고도 감동시킬 수 없을지 모른다. 노파 옆에 앉은 중년의 시골 신사는 그의 시골서 조그만 백화점을 경영하고 있을 게다. 그의 점포에는 마땅히 주단포목도 있고, 일용잡화도 있고, 또 흔히 쓰이는 약품도 갖추어 있을 게다. 그는 이제 그의 옆에 놓인 물품을 들고 자랑스러이 차에 오를 게다. 구보는 그 시골 신사가 노파와 사이에 되도록 간격을 가지려고 노력하는 것을 발견하고, 그리고 그를 업신여겼다. 만약 그에게 얕은 지혜와 또 약간의 용기를 주면 그는 삼등 승차권을 주머니 속에 간수하고 일이등 대합실에 오만하게 자리잡고 앉을 게다.

문득 구보는 그의 얼굴에 부종(浮腫)을 발견하고 그의 앞을 떠났다. 신장염. 그뿐 아니라, 구보는 자기 자신의 만성 위확장(胃擴張)을 새삼스러이 생각해 내지 않으면 안 되었다. 그러나 구보가 매점 옆에까지 갔었을 때, 그는 그곳에서도 역시 병자를 보지 않으면 안 되었다. 40여 세의 노동자. 전경부(前頸部)의 광범한 팽륭(澎隆). 돌출한 안구. 또 손의 경미한 진동. 분명한 '바세도우씨' 병. 그것은 누구에게든 결코 깨끗한 느낌을 주지는 못한다. 그의 좌우에는 좌석이 비어 있어도 사람들은 그곳에 앉으려 들지 않는다. 뿐만 아니라, 그에게서 두 칸통 떨어진 곳에 있던 아이 업은 젊은 아낙네가 그의 바스켓 속에서 꺼내다 잘못하여 시멘트 바닥에 떨어뜨린 한 개의 복숭아가 굴러 병자의 발 앞에까지 왔을 때, 여인은 그것을 쫓아와 집기를 단념하기조차 하였다.

구보는 이 조그만 사건에 문득 흥미를 느끼고, 그리고 그의 '대학노트'를 펴들었다. 그러나 그가 문 옆에 기대어 섰는 캡 쓰고 린네르 쓰메에리 양복 입은 사내의, 그 온갖 사람에게 의혹을 갖는 두 눈을 발견하였을 때, 구보는 또다시 우울 속에 그곳을 떠나지 않으면 안 된다.

개찰구 앞에

두 명의 사나이가 서 있었다. 낡은 파나마에 모시 두루마기, 노랑 구두를 신고, 그리고 손에 조그만 보따리 하나도 들지 않은 그들을, 구보는, 확신을 가져 무직자라고 단정한다. 그리고 이 시대의 무직자들은, 거의 다 금광 브로커에 틀림없었다. 구보는 새삼스러이 대합실 안팎을 둘러본다. 그러한 인물들은, 이곳에도 저곳에도 눈에 띄었다.

황금광 시대—

저도 모를 사이에 구보의 입술엔 무거운 한숨이 새어 나왔다. 황금을 찾아, 황금을 찾아, 그것도 역시 숨김 없는 인생의, 분명히, 일면이다. 그것은 적어도, 한 손에 단장(短杖)과 또 한 손에 공책을 들고, 목적 없이 거리로 나온 자기보다는 좀더 진실한 인생이었을지도 모른다. 시내에 산재한 무수한 광무소(鑛務所). 인지대 백 원. 열람비 오 원. 수수료 십 원. 지도대 십팔 전…… 출원 등록된 광구, 조선 전토(全土)의 칠 할. 시시각각으로 사람들은 졸부가 되고, 또 몰락하여 갔다. 황금광 시대. 그들 중에는 평론가와 시인, 이러한 문인들조차 끼어 있었다. 구보는 일찍이 창작을 위하여 그의 벗의 광산에 가보고 싶다 생각하였다. 사람들의 사행심, 황금의 매력, 그러한 것들을 구보는 보고, 느끼고, 하고 싶었다. 그러나 고도의 금광열은, 오히려 총독부 청사, 동측 최고층, 광무과 열람실에서 볼 수 있었다…….

문득, 한 사나이가 둥글넓적한, 그리고 또 비속한 얼굴에 웃음을 띠고, 구보 앞에 그의 모양 없는 손을 내민다. 그도 벗이라면 벗이었다. 중학 시대의 열등생. 구보는 그래도 약간 웃음에 가까운 표정을 지어 보이고, 그리고 단장 든 손을 그대로 내밀어 그의 손을 가장 엉성하게 잡았다. 이거 얼마 만이야. 어디, 가나. 응, 자네는—

구보는 친하지 않은 사람에게 '자네' 소리를 들으면 언제든 불쾌하였다. '해라'는, 해라는 오히려 나았다. 그 사내는 주머니에서 금시계를 꺼내 보고, 다음에 구보의 얼굴을 쳐다보며, 저기 가서 차라도 안 먹으려나. 전당포 집의 둘째아들. 구보는 그러한 사내와 자리를 같이 하여 차를 마실 생각은 없었다. 그러나 그러한 경우에 한 개의 구실을 지어, 그 호의를 사절할 수 있도록 구보는 용감하지 못하다. 그 사내는 앞장을 섰다. 자아 그럼 저리로 가지. 그러나 그것은 구보에게만 한 말이 아니었다.

구보는 자기 뒤를 따라오는 한 여성을 보았다. 그는 한 번 흘낏 보기에도, 한 사나이의 애인 된 티가 있었다. 어느 틈엔가 이런 자도 연애를 하는 시대가 왔나. 새삼스러이 그 천한 얼굴이 쳐다보였으나, 그러나 서정 시인조차 황금광으로 나서는 때다.

의자에가 가장 자신 있이 앉아, 그는 주문 들으러 온 소녀에게, 나는 가루삐스(칼피스), 그리고 구보를 향하여, 자네두 그걸루 하지. 그러나 구보는 거의 황급하게 고개를 흔들고, 나는 홍차나 커피로 하지.

음료 칼피스를, 구보는, 좋아하지 않는다. 그것은 외설(猥褻)한 색채를 갖는다. 또, 그 맛은 결코 그의 미각에 맞지 않았다. 구보는 차를 마시며, 문득, 끽다점(喫茶店)에서 사람들이 취하는 음료를 가져, 그들의 성격, 교양, 취미를 어느 정도까지는 알 수 있을 것이 아닌가, 하고 생각하여 본다. 그리고 그것은 동시에, 그네들의 그때, 그때의 기분조차 표현하고 있을 게다.

구보는 맞은편에 앉은 사내의, 그 교양 없는 이야기에 건성 맞장구를 치며, 언제든 그러한 것을 연구하여 보리라 생각한다.

월미도로

놀러 가는 듯싶은 그들과 헤어져, 구보는 혼자 역 밖으로 나온다. 이러한 시각에 떠나는 그들은 적어도 오늘 하루를 그곳에서 묵을 게다. 구보는, 문득 여자의 벌거숭이를 아무 거리낌 없이 애무할 그 남자의, 야비한 웃음으로 하여 좀더 추악해진 얼굴을 눈앞에 그려 보고, 그리고 마음이 편안하지 못했다.

여자는, 여자는 확실히 어여뻤다. 그는, 혹은, 구보가 이제까지 어여쁘다고 생각하여 온 온갖 여인들보다도 좀더 어여뻤을지도 모른다. 그뿐 아니다. 남자가 같이 '가루삐스'를 먹자고 권하는 것을 물리치고, 한 접시의 아이스크림을 지망할 수 있도록 여자는 총명하였다.

문득, 구보는, 그러한 여자가 왜 그자를 사랑하려 드나, 또는 그자의 사랑을 용납하는 것인가 하고, 그런 것을 괴이하게 여겨 본다. 그것은, 그것은 역시 황금 까닭일 게다. 여자들은 그렇게도 쉽사리 황금에서 행복을 찾는다. 구보는 그러한 여자를 가

얺이, 또 안타깝게 생각하다가, 갑자기 그 사내의 재력을 탐내 본다. 사실, 같은 돈이라도 그 사내에게 있어서는 헛되이, 그리고 또 아깝게 소비되어 버릴 게다. 그는 날마다 기름진 음식이나 실컷 먹고, 살찐 계집이나 즐기고, 그리고 아무 앞에서나 그의 금시계를 꺼내 보고는 만족하여 할 게다.

일순간, 구보는, 그 사내의 손으로 소비되어 버리는 돈이, 원래 자기의 것이나 되는 것같이 입맛을 다시어 보았으나, 그 즉시, 그러한 제 자신을 픽 웃고, 내가 언제부터 이렇게 돈에 걸신이 들렸누…… 단장 끝으로 구두코를 탁 치고, 그리고 좀더 빠른 걸음걸이로 전차 선로를 횡단하여, 구보는 포도 위를 걸어갔다.

그러나 여자는, 여자는 확실히 어여뻤고, 그리고 또…… 구보는, 갑자기, 그 여자가 이미 오래전부터 그자에게 몸을 허락하여 온 것이나 아닐까, 생각하였다. 그것은 생각만 하여 볼 따름으로 그의 마음을 언짢게 하여 준다. 역시, 여자는 결코 총명하지 못했다. 또 생각하여 보면, 어딘지 모르게 저속한 맛이 있었다. 결코 기품 있는 인물은 아니다. 그저 좀 예쁠 뿐…….

그러나 그 여자가 그자에게 쉽사리 미소를 보여 주었다고 새삼스러이 여자의 값어치를 깎을 필요는 없었다. 남자는 여자의 육체를 즐기고, 여자는 남자의 황금을 소비하고, 그리고 두 사람은 충분히 행복할 수 있을 게다. 행복이란 지극히 주관적인 것이다.

어느 틈엔가, 구보는 조선은행 앞에까지 와 있었다. 이제 이대로, 이대로 집으로 돌아갈 마음은 없었다. 그러면 어디로 — 구보가 또다시 고독과 피로를 느꼈을 때, 약칠해 신으시죠 구두에. 구보는 혐오의 눈을 가져 그 사내를, 남의 구두만 항상 살피며, 그곳에 무엇이든 결점을 잡아 내고야 마는 그 사내를 흘겨보고, 그리고 걸음을 옮겼다. 일면식도 없는 나의 구두를 비평할 권리가 그에게 있기라도 하단 말인가. 거리에서 그에게 온갖 종류의 불유쾌한 느낌을 주는 온갖 종류의 사물을 저주하고 싶다, 생각하며, 그러나 문득, 구보는 이러한 때, 이렇게 제 몸을 혼자 두어 두는 것에 위험을 느낀다. 누구든 좋았다. 벗과, 벗과 같이 있을 때, 구보는 얼마쯤 명랑할 수 있었다. 혹은 명랑을 가장할 수 있었다.

마침내, 그는 한 벗을 생각해 내고, 길가 양복점으로 들어가 전화를 빌렸다. 다행하게도 벗은 아직 사(社)에 남아 있었다. 바로 지금 나가려던 차야 하고, 그는 말했다.

구보는 그에게 부디 다방으로 와주기를 청하고, 그리고 잠깐 또 할 말을 생각하다가, 저편에서 전화를 끊어버릴 것을 염려하여 당황하게 덧붙여 말했다.

"꼭 좀, 곧 좀, 오—"

다행하게도

다시 돌아간 다방 안에, 사람들은 많지 않았다. 또, 문득, 생각하고 둘러보아, 그 벗 아닌 벗도 그곳에 있지 않았다. 구보는 카운터 가까이 자리를 잡고 앉아, 마침 자기가 사랑하는 스키퍼의 「아이 아이 아이」를 들려 주는 이 다방에 애정을 갖는다. 그것이 허락받을 수 있는 것이라면 그는 지금 앉아 있는 등의자를 안락의자로 바꾸어, 감미한 오수(午睡)를 즐기고 싶다, 생각한다. 이제 그는 그의 앞에, 아까의 신기료 장수를 보더라도, 고요한 마음을 가져 그를 용납하여 줄 수 있을 게다.

조그만 강아지가, 저편 구석에 앉아, 토스트를 먹고 있는 사내의 그리 대단하지도 않은 구두코를 핥고 있었다. 그 사내는 발을 뒤로 무르며, 쉬— 쉬— 강아지를 쫓았다. 강아지는 연해 꼬리를 흔들며 잠깐 그 사내의 얼굴을 쳐다보다가, 돌아서서 다음 탁자 앞으로 갔다. 그곳에 앉아 있는 젊은 여자는, 그는 확실히 개를 무서워하는 듯싶었다. 다리를 잔뜩 웅크리고 얼굴빛조차 변하여 가지고, 그는 크게 뜬 눈으로 개의 동정만 살폈다. 개는 여전히 꼬리를 흔들며 그러나 저를 귀해 주고 안 해주는 사람을 용하게 가릴 줄이나 아는 듯이, 그곳에 오래 머무르지 않고, 또 옆 탁자로 갔다.

그러나 구보가 앉아 있는 자리에서는 그곳이 잘 안 보였다. 어떠한 대우를 그 가엾은 강아지가 그곳에서 받았는지 그는 모른다. 그래도 어떻든 만족한 결과는 아니었던 게다. 강아지는 다시 그곳을 떠나, 이제는 사람들의 사랑을 구하기를 아주 단념이나 한 듯이 구보에게서 한 칸통쯤 떨어진 곳에가 네 발을 쭉 뻗고 모로 쓰러져 버렸다.

강아지의 반쯤 감은 두 눈에는 고독이 숨어 있는 듯싶었다. 그리고 그와 함께, 모든 것에 대한 단념도 그곳에 있는 듯싶었다. 구보는 그 강아지를 가엾다, 생각한다. 저를 사랑하는 사람이 단 한 사람일지라도 이 다방 안에 있음을 알려 주고 싶다, 생각한다. 그는, 문득, 자기가 이제까지 한 번도 그의 머리를 쓰다듬어 준다거나, 또는 그가 핥는 대로 손을 맡기어 둔다거나, 그러한 그에 대한 사랑의 표현을 한 일이 없었던 것을 생각해 내고, 손을 내밀어 그를 불렀다. 사람들은 이런 경우에 휘파람을 분다. 그러나 원래 구보는 휘파람을 안 분다. 잠깐 궁리하다가, 마침내 그는 개에게만 들릴 정도로 '캄, 히어' 하고 말해 본다.

강아지는 영어를 해득하지 못하는지도 모른다. 머리를 들어 구보를 쳐다보고, 그리고 아무 흥미도 느낄 수 없는 듯이 다시 머리를 떨어뜨렸다. 구보는 의자 밖으로 몸을 내밀어, 조금 더 큰 소리로, 그러나 한껏 부드럽게, 또 한번, '캄, 히어'. 그리고 그것을 번역하였다. '이리 온.' 그러나 강아지는 먼젓번 동작을 또 한번 되풀이하였을 따름, 이번에는 입을 벌려 하품 비슷한 짓을 하고, 아주 눈까지 감는다.

구보는 초조와, 또 일종 분노에 가까운 감정을 맛보며, 그래도 그것을 억제하고 이번에는 완전히 의자에서 떠나, 그의 머리를 쓰다듬어 주려 하였다. 그러나 그보다도 먼저 강아지는 진저리치게 놀라, 몸을 일으켜, 구보에게 향하여 적대적 자세를 취하고, 캥, 캐캥 하고 짖고, 그리고 제풀에 질겁을 하여 카운터 뒤로 달음질쳐 들어갔다.

구보는 저도 모르게 얼굴을 붉히고, 강아지의 방정맞은 성정(性情)을 저주하며, 수건을 꺼내어, 땀도 안 난 이마를 두루 씻었다. 그리고 그렇게까지 당부하였건만,

곧 와주지 않는 벗에게조차 그는 가벼운 분노를 느끼지 않으면 안 된다.

마침내

벗이 왔다. 그렇게 늦게 온 벗을 구보는 책망할까 하고 생각하여 보았으나, 그보다 먼저 진정 반가워하는 빛이 그의 얼굴에 떠올랐다. 사실, 그는, 지금 벗을 가진 몸의 다행함을 느낀다.

그 벗은 시인이었음에도 불구하고, 지극히 건장한 육체와 또 먹기 위하여 어느 신문사 사회부 기자의 직업을 가지고 있었다. 그것이 때로 구보에게 애달픔을 주지 않는 것은 아니다. 그래도, 그래도 그와 대하고 있으면, 구보는 마음속에 밝음을 가질 수 있었다.

"나, 소다스이(소다수)를 다우."

벗은, 즐겨 음료 조달수(曹達水)를 취하였다. 그것은 언제든 구보에게 가벼운 쓴웃음을 준다. 그러나 물론 그것은 적어도 불쾌한 감정은 아니다.

다방에 들어오면, 여학생이나 같이, 조달수를 즐기면서도, 그래도 벗은 조선문학 건설에 가장 열의를 가지고 있었다. 그러한 그가 하루에 두 차례씩, 종로서와, 도청과, 또 체신국엘 들르지 않으면 안 되었던 것은 한 개의 비참한 현실이었을지도 모른다. 마땅히 시를 초(草)하여야만 할 그의 만년필을 가져, 그는 매일같이 살인 강도와 방화 범인의 기사를 쓰지 않으면 안 되었다. 그래 이렇게 제 자신의 시간을 가지면 그는 억압당하였던, 그의 문학에 대한 열정을 쏟아 놓는다.

오늘은 주로 구보의 소설에 대하여서였다. 그는, 즐겨 구보의 작품을 읽는 사람의 하나이다. 그리고 또, 즐겨 구보의 작품을 비평하려드는 독지가(篤志家)였다. 그러나 그의 그러한 후의(厚意)에도 불구하고, 구보는 자기 작품에 대한 그의 의견에 그다지 신용을 두고 있지 않았다. 언젠가, 벗은 구보의 그리 대단하지 않은 작품을 오직 한 개 읽었을 따름으로, 구보를 완전히 알 수나 있었던 것같이 생각하고 있는 듯싶었다.

오늘은, 그러나 구보는 그의 말에 귀를 기울이지 않으면 안 된다. 벗은, 요사이 구보가 발표하고 있는 작품을 가리켜 작가가 그의 나이 분수보다 엄청나게 늙었음을 말했다. 그러나 그뿐이면 좋았다. 벗은 또, 작가가 정말 늙지는 않았고, 오직 늙음을 가장하였을 따름이라고 단정하였다. 혹은 그럴지도 모른다. 구보에게는 그러한 경향이 있었을지도 모른다. 그리고 다시 돌이켜 생각하면, 그것이 오직 가장(假裝)에 그치고, 그리고 작가가 정말 늙지 않았음은, 오히려 구보가 기꺼하여 마땅할 일일 게다.

그러나 구보는 그의 작품 속에서 젊을 수가 없었을지도 모른다. 그가 만약 구태여 그러려 하면, 벗은, 이번에는 작가가 무리로 젊음을 가장하였다고 말할 게다. 그리고 그것은 틀림없이 구보의 마음을 슬프게 하여 줄 게다.

어느 틈엔가, 구보는 그 화제에 권태를 깨닫고, 그리고 저도 모르게 '다섯 개의 능금(林檎)' 문제를 풀려 들었다. 자기가 완전히 소유한 다섯 개의 능금을 대체 어떠한 순차로 먹어야만 마땅할 것인가. 그것에는 우선 세 가지의 방법이 있을 게다. 그 중 맛있는 놈부터 차례로 먹어가는 법. 그것은, 언제든, 그 중에 맛있는 놈을 먹고 있다는 기쁨을 우리에게 줄 게다. 그러나 그것은, 혹은 그 결과가 비참하지나 않을까. 이와 반대로, 그 중 맛없는 놈부터 차례로 먹어 가는 법. 그것은 점입가경(漸入佳境), 그러한 뜻을 가지고 있으나, 뒤집어 생각하면, 사람은 그 방법으로는 항상 그 중 맛없는 놈만 먹지 않으면 안 되는 셈이다. 또 계획 없이 아무거나 집어먹는 법. 그것은…….

구보는, 맞은편에 앉아, 그의 문학론에, 앙드레 지드의 말을 인용하고 있던 벗을, 갑자기 이 유민(遊民)다운 문제를 가져 어이없게 만들어 주었다. 벗은 대체, 그 다섯 개의 능금이 문학과 어떠한 교섭을 갖는가 의혹하며, 자기는 일찍이 그러한 문제를 생각하여 본 일이 없노라 말하고,

"그래, 그것이 어쨌단 말이야?"

"어쩌기는 무에 어째."

그리고 구보는 오늘 처음으로 명랑한, 혹은 명랑을 가장한 웃음을 웃었다.

문득

창 밖 길가에, 어린애 울음소리가 들린다. 그것이 울음소리에는 틀림없었다. 그러나 어린애의 것보다는 오히려 짐승의 소리에 가까웠다. 구보는 「율리시즈」를 논하고 있는 벗의 탁설(卓說)에는 상관없이, 대체, 누가 또 죄악의 자식을 낳았누, 하고 생각한다.

가엾은 벗이 있었다. 그는, 어렸을 때부터 그렇게 불행하였던 그는, 온갖 고생을 겪지 않으면 안 되었었고, 또 그렇게 경난(經難)한 사람이었던 까닭에, 벗과의 사이에 있어서도 가장 관대한 품이 있었다. 그는 거의 구보의 친우였다. 그러나 그에게는 남자로서의 가장 불행한 약점이 있었다. 그의 앞에서 구보가 말을 한다면, '다정다한(多情多恨)', 이러한 문자를 사용할 게다. 그러나 그것은 한 개의 수식에 지나지 않았고, 그 벗의 통제를 잃은 성 본능은 누가 보기에도 진실로 딱한 것임에 틀림없었다. 구보는, 왕왕이, 그 벗의 여성에 대한 심미안에 의혹을 갖기조차 하였다. 그러나 오히려 그러고 있는 동안은 좋았다. 마침내 비극이 왔다. 그 벗은, 결코 아름답지도 총명하지도 않은 한 여성을 사랑하고, 여자는 또 남자를 오직 하나의 사내라 알았을 때, 비극은 비롯한다. 여자가 어느 날 저녁 남자와 마주앉아, 얼굴조차 붉히고, 그리고 자기가 이미 홑몸이 아님을 고백하였을 때, 남자는 어느 틈엔가 그 여자에게 대하여 거의 완전히 애정을 상실하고 있었다. 여자는 어리석게도 모성 됨의 기쁨을 맛보려 하였고, 그리고 남자의 사랑을 좀더 확실히 포착할 수 있을 것같이 생각하였다. 그러나 남자는 오직 제 자신이 곤경에 빠졌음을 한(恨)하고, 그리고 또 그 젊은 어미에게 대한 자기의 책임을 느끼지 않으면 안 되었던 까닭에, 좀더 그 여자를 미워하였을지도 모른다.

여자는, 그러나 남자의 변심을 깨닫지 못하였을지도 모른다. 또, 설혹, 그가 알 수 있었더라도, 역시, 그 수밖에 없었을지도 모른다. 여자는 돌도 안 된 아이를 안고, 남자를 찾아 서울로 올라왔다. 그러나 그곳에는 그들 모자를 위하여 아무러한 밝은 길이 없었다. 이미 반생을 고락을 같이 하여 온 아내가 남자에게는 있었고, 또 그와 견주어 볼 때, 이 가정의 틈입자(闖入者)는 어떠한 점으로든 떨어졌다. 특히 아이와 아이를 비(比)하여 볼 때 그러하였다. 가엾은 사생자(私生子)는 나이 분수보다 엄청나게나 거대한 체구와, 또 치매적(痴買的) 안모(顔貌)를 가지고 있었다.

그러나 그것만이라면, 오히려 좋았다. 한번 그 아이의 울음소리를 들을 수 있었을 때, 사람들은 가장 언짢고 또 야릇한 느낌을 갖지 않으면 안 되었다. 그것은 결코 사람의 아이의 울음이 아니었다. 그것은 그들의, 특히 남자의 죄악에 진노한 신(神)이, 그 아이의 비상한 성대를 빌려, 그들의, 특히, 남자의 죄악을 규탄하고, 또 영구히 저주하는 것인 것만 같았다…….

구보는 그저 「율리시즈」를 논하고 있는 벗을 깨닫고, 불쑥, 그야 제임스 조이스의 새로운 시험에는 경의를 표하여야 마땅할 게지. 그러나 그것이 새롭다는, 오직 그 점만 가지고 과중 평가를 할 까닭이야 없지. 그리고 벗이 그 말에 대하여 항의를 하려 하였을 때, 구보는 의자에서 몸을 일으켜, 벗의 등을 치고, 자 그만 나갑시다.

그들이 밖에 나왔을 때, 그곳에 황혼이 있었다. 구보는 이 시간에, 이 거리에, 맑고 깨끗함을 느끼며, 문득, 벗을 돌아보았다.

"이제 어디로 가?"

"집으루 가지."

벗은 서슴지 않고 대답하였다. 구보는 대체 누구와 이 황혼을 지내야 할 것인가 망연해 한다.

전차를 타고

벗은 이내 집으로 돌아가고 말았다. 집이 아니다. 여사(旅舍)였다. 주인집 식구 말고, 아무도 없을 여사로, 그는 그렇게 저녁 시간을 맞추어 가야만 할까. 만약 그것이 단지 저녁밥을 먹기 위하여서의 일이라면…….

"지금부터 집엘 가서 무얼 할 생각이오?"

그러나 그것은 물론 어리석은 물음이었다. '생활'을 가진 사람은 마땅히 제 집에서 저녁을 먹어야 할 게다. 벗은 구보와 비교할 때, 분명히 생활을 가지고 있었다.

하루의 대부분을 속무(俗務)에 헤매지 않으면 안 되었던 그는 이제 저녁 후의 조용한 제 시간을 가져, 독서와 창작에서 기쁨을 찾을 게다. 구보는, 구보는 그러나 요사이 그 기쁨을 못 갖는다.

어느 틈엔가, 구보는 종로 네거리에 서서, 그곳의 황혼과 또 황혼을 타서 거리로 나온 노는 계집의 무리들을 본다. 노는 계집들은 오늘도 무지(無智)를 싸고 거리에 나왔다. 이제 곧 밤은 올 게요, 그리고 밤은 분명히 그들의 것이었다. 구보는 포도 위에 눈을 떨어뜨려, 그곳의 무수한 화려한 또는 화려하지 못한 다리를 보며, 그들의 걸음걸이를 가장 위태롭다 생각한다. 그들은, 모두가 숙녀화에 익숙하지 못한 것은 아니다. 그러나 그러함에도 불구하고, 그들은 모두들 가장 서투르고, 부자연한 걸음걸이를 갖는다. 그것은, 역시, '위태로운 것'이라고밖에 말할 수 없는 것임에 틀림없었다.

그들은, 그러나 물론 그런 것을 그들 자신 깨닫지 못한다. 그들의 세상살이의 걸음걸이가, 얼마나 불안정한 것인가를 깨닫지 못한다. 그들은 누구라 하나 인생에 확실한 목표를 가지고 있지 않았으나, 무지는 거의 완전히 그 불안에서 그들의 눈을 가리어 준다.

그러나 포도를 울리는 것은 물론 그들의 가장 불안정한 구두 뒤축뿐이 아니었다. 생활을, 생활을 가진 온갖 사람들의 발끝은 이 거리 위에서 모두 자기네들 집으로 향하여 놓여 있었다. 집으로 집으로, 그들은 그들의 만찬과 가족의 얼굴과 또 하루 고역 뒤의 안위를 찾아 그렇게도 기꺼이 걸어가고 있다. 문득, 저도 모를 사이에 구보의 입술을 새어 나오는 다쿠보쿠(啄木)의 단가(短歌) —

누구나 모두 집 가지고 있다는 애달픔이여
무덤에 들어가듯
돌아와서 자옵네

그러나 구보는 그러한 것을 초저녁의 거리에서 느낄 필요는 없다. 아직 그는 집에 돌아가지 않아도 좋았다. 그리고 좁은 서울이었으나, 밤늦게까지 헤맬 거리와, 들를 처소가 구보에게는 있었다.

그러나 대체 누구와 이 황혼을…… 구보는 거의 자신을 가지고, 걷기 시작한다. 벗이 있다. 황혼을, 또 밤을 같이 지낼 벗이 구보에게 있다. 종로 경찰서 앞을 지나 하얗고 납작한 조그만 다료(茶寮)엘 들른다.

그러나 주인은 없었다. 구보가 다시 문으로 향하여 나오면서, 왜 자기는 그와 미리 맞추어 두지 않았던가, 뉘우칠 때, 아이가 생각난 듯이 말했다. 참, 곧 돌아오신다구요, 누구 오시거든 기다리시라구요. '누구' 가, 혹은 특정한 인물일지도 모른다. 벗은 혹은, 구보와 이제 행동을 같이 할 수 없을지도 모른다. 그래도 사람은 언제든 희망을 가져야 하고, 달리 찾을 벗을 갖지 아니한 구보는, 하여튼 이제 자리에 앉아, 돌아올 벗을 기다려야 한다.

여자를

동반한 청년이 축음기 놓여 있는 곳 가까이 앉아 있었다. 그는 노는 계집 아닌 여성과 그렇게 같이 앉아 차를 마실 수 있는 것에 득의와 또 행복을 느낄 수 있었는지도 모른다. 그의 육체는 건강하였고, 또 그의 복장은 화미(華美)하였고, 그리고 그의 여인은 그에게 그렇게도 용이하게 미소를 보여 주었던 까닭에, 구보는 그 청년에게 엷은 질투와 또 선망을 느끼지 않으면 안 되었다. 그뿐 아니다. 그 청년은, 한 개의 인단용기(仁丹容器)와, 로도 목약(目藥)을 가지고 있는 것에조차 철없는 자랑을 느낄 수 있었던 듯싶었다. 구보는 제 자신, 포용력을 가지고 있는 듯싶게 가장하는 일 없이, 그의 명랑성에 참말 부러움을 느낀다.

그 사상에는 황혼의 애수와 또 고독이 혼화되어 있었는지도 모른다. 구보는 극히 음울할 제 표정을 깨닫고, 그리고 이 안에 거울이 없음을 다행하여 한다. 일찍이 어느 시인이 구보의 이 심정을 가리켜 독신자의 비애라 하였다. 그러나 그것은 언뜻 그러한 듯싶으면서도 옳지 않았다. 구보가 새로운 사랑을 찾으려 하지 않고, 때로 좋은 벗의 우정에 마음을 의탁하려 한 것은 제법 오랜 일이다…….

어느 틈엔가, 그 여자와 축복받은 젊은이는 이 안에서 사라지고, 밤은 완전히 다료 안팎에 왔다. 이제 어디로 가나. 문득, 구보는 자기가 그동안 벗을 기다리면서도 벗을 잊고 있었던 사실에 생각이 미치고, 그리고 호젓한 웃음을 웃었다. 그것은 일찍이 사랑하는 여자와 마주 대하여 권태와 고독을 느끼었던 것보다도 좀더 애처로운 일임에 틀림없었다.

구보의 눈이 갑자기 빛났다. 참 그는 그 뒤 어찌 되었을꾸. 비록 어떠한 종류의 것이든 추억을 갖는다는 것은 사람의 마음을 고요하게, 또 기쁘게 하여 준다.

동경의 가을이다. 간다(神田) 어느 철물전에서 한 개의 네일 클리퍼를 구한 구보는 진보초(神保町) 그가 가끔 드나드는 끽다점을 찾았다. 그러나 그것은 휴식을 위함도, 차를 먹기 위함도 아니었던 듯싶다. 오직 오늘 새로 구한 것으로 손톱을 깎기 위하여서만인지도 몰랐다. 그 중 구석진 테이블. 그 중 구석진 의자. 통속 작가들이 즐겨 취급하는 종류의 로맨스의 발단이 그곳에 있었다. 광선이 잘 안 들어오는 그곳 마룻바닥에서 구보의 발길에 차인 것. 한 권 대학노트에는 윤리학 석 자와 '임(姙)' 자가 든 성명이 기입되어 있었다.

그것은 일종의 죄악일 게다. 그러나 젊은이들에게 그만한 호기심은 허락되어도 좋다. 그래도 구보는 다른 좌석에서 잘 안 보이는 위치에 노트를 놓고, 그리고 손톱을 깎을 것도 잊고 있었다.

제1장 서론, 제1절 윤리학의 정의. 2. 규범과학. 제2장 본론. 도덕 판단의 대상. C동기설과 결과설. 예 1. 빈가(貧家)의 자손이 효양(孝養)을 위해서 절도함. 2. 허영심을 만족기 위한 자선 사업. 제2학기. 3. 품성 형성의 요소. 1. 의지필연론…….

그리고 여백에, 연필로, 그러나 수치심은 사랑의 상상 작용에 조력(助力)을 준다. 이것은 사랑에 생명을 주는 것이다. 스탕달의 『연애론』의 일 절. 그리고는 연락 없이, 『서부전선 이상 없다』. 요시야 노부코(吉屋信子). 아쿠타가와 류노스케(芥川龍之介). 어제 어디 갔었니. '라부 파레드(러브 퍼레이드)' 를 보았니…… 이런 것들이 씌어 있었다.

다료의 주인이 돌아왔다. 아 언제 왔소. 오래 기다렸소. 무슨 좋은 소식 있소. 구보는 대답 없이 자리에서 일어나, 노트와 단장을 집어 들고, 저녁 먹으러 나갑시다. 그리고 속으로 지난날의 조그만 로맨스를 좀더 이어 생각하려 한다.

다료(茶寮)에서

나와, 벗과, 대창옥(大昌屋)으로 향하며, 구보는 문득 대학노트 틈에 끼어 있었던 한 장의 엽서를 생각하여 본다. 물론 처음에 그는 망설거렸었다. 그러나 여자의 숙소까지를 알 수 있었으면서도 그 한 기회에서 몸을 피할 수는 없었다. 그는 우선 젊었고, 또 그것은 흥미 있는 일이었다. 소설가다운 온갖 망상을 즐기며, 이튿날 아침 구보는 이내 이 여자를 찾았다. 우시코메쿠(牛入區) 야라이초(矢來町). 주인집은 그의 신조사(新潮社) 근처에 있었다. 인품 좋은 주인 여편네가 나왔다 들어간 뒤, 현관에 나온 노트 주인은 분명히⋯⋯ 그들이 걸어가고 있는 쪽에서 미인이 왔다. 그들을 보고 빙그레 웃고, 그리고 지났다. 벗의 다료 옆, 카페 여급. 벗이 돌아보고 구보의 의견을 청하였다. 어때 예쁘지. 사실, 여자는, 이러한 종류의 계집으로서는 드물게 어여뻤다. 그러나 그는 이 여자보다 좀더 아름다웠던 것임에 틀림없었다.

어서 옵쇼. 설렁탕 두 그릇만 주우. 구보가 노트를 내어 놓고, 자기의 실례에 가까운 심방(尋訪)에 대한 변해(辯解)를 하였을 때, 여자는 순간에, 얼굴이 붉어졌었다. 모르는 남자에게 정중한 인사를 받은 까닭만이 아닐 게다. 어제 어디 갔었니. 요시야 노부코(吉屋信子). 구보는 문득 그런 것들을 생각해 내고, 여자 모르게 빙그레 웃었다. 맞은편에 앉아, 벗은 숟가락 든 손을 멈추고, 빠안히 구보를 바라보았다. 그 눈은, 무슨 생각을 하고 있느냐, 물었는지도 모른다. 구보는 생각의 비밀을 감추기 위하여 의미 없이 웃어 보였다. 좀 올라오세요. 여자는 그렇게 말하였었다. 말로는 태연하게, 그러면서도 그의 볼은 역시 처녀답게 붉어졌다. 구보는 그의 말을 좇으려다 말고, 불쑥, 같이 산책이라도 안 하시렵니까, 볼일 없으시면. 그날은 일요일이었고, 여자는 마악 어디 나가려던 차인지 나들이 옷을 입고 있었다. 통속소설은 템포가 빨라야 한다. 그 전날, 윤리학 노트를 집어 들었을 때부터 이미 구보는 한 개 통속소설의 작가였고 동시에 주인공이었던 것임에 틀림없었다. 그는 여자가 기독교 신자인 경우에는 제 자신 목사의 졸음 오는 설교를 들어도 좋다고까지 생각하고 있었다. 여자는 또 한번 얼굴을 붉히고, 그러나 구보가, 만약 볼일이 계시다면, 하고 말하였을 때, 당황하게, 아니에요 그럼 잠깐 기다려 주세요, 그리고 여자는 핸드백을 들고 나왔다. 분명히 자기를 믿고 있는 듯싶은 여자 태도에 구보는 자신을 갖고, 참 이번 주일에 무사시노칸(武藏野館) 구경하셨습니까. 그리고 그와 함께 그러한 자기가 할 일 없는 불량소년같이 생각되고, 또 만약 여자가 그렇게도 쉽사리 그의 유인에 빠진다면, 그것은 아무리 통속소설이라도 독자는 응당 작가를 신용하지 않을 게라고 속으로 싱겁게 웃었다. 그러나 설혹 그렇게도 쉽사리 여자가 그를 좇더라도 구보는 그것을 경박하다고 생각하고 싶지 않았다. 그것에는 경박이란 문자는 맞지 않을 게다. 구보는 자부심으로서는 여자가 초면임에도 불구하고 자기를 족히 믿을 만한 남자로 볼 수 있도록 그렇게 총명하다고 생각하고 싶었다.

여자는 총명하였다. 그들이 무사시노칸 앞에서 자동차를 내렸을 때, 그러나 구보는 잠시 그곳에 우뚝 서 있을 수밖에 없었다. 그것은 뒤에서 내리는 여자를 기다리기 위하여서가 아니다. 그의 앞에 외국 부인이 빙그레 웃으며 서 있었던 까닭이다. 구보의 영어 교사는 남녀를 번갈아 보고, 새로이 의미심장한 웃음을 웃고 오늘 행복을 비오, 그리고 제 길을 걸었다. 그것에는 혹은 삼십 독신녀의 젊은 남녀에게 대한 빈정거림이 있었는지도 모른다. 구보는 소년과 같이 이마와 콧잔등이에 무수한 땀방울을 깨달았다. 그래 구보는 바지 주머니에서 수건을 꺼내어 그것을 씻지 않으면 안 되었다. 여름 저녁에 먹은 한 그릇의 설렁탕은 그렇게도 더웠다.

이곳을

나와, 그러나 그들은 한길 위에 우두머니 선다. 역시 좁은 서울이었다. 동경이면, 이러한 때 구보는 우선 은좌(銀座)로라도 갈 게다. 사실 그는 여자를 돌아보고, 은좌로 가서 차라도 안 잡수시렵니까, 그렇게 말하고 싶었었다. 그러나 순간에, 지금 마악 보았을 따름인 영화의 한 장면을 생각해 내고, 구보는 제가 취할 행동에 자신을 가질 수 없었을지도 모른다. 규중(閨中) 처자를 꼬여 오페라 구경을 하고, 밤늦게 다시 자동차를 몰아 어느 별장으로 향하던 불량청년. 언뜻 생각하면 그의 옆 얼굴과 구보의 것과 사이에 일맥 상통한 점이 있었던 듯싶었다. 구보는 쓰디쓰게 웃고, 그러나 그러한 것은 어떻든, 은좌가 아니라도 어디 이 근처에서라도 차나 먹고…… 참, 내 정신 좀 보아. 벗은 갑자기 소리치고 자기가 이 시각에 꼭 만나야 할 사람이 있음을 말하고, 그리고 이제 구보가 혼자서 외로울 것을 알고 있었으므로, 그는 미안한 표정을 지었다. 여자가 주저하며, 그만 집으로 돌아가야겠다고 구보를 곁눈질하였을 때에도, 역시 그러한 표정이었던 것임에 틀림없었다. 우리 열 점쯤 해서 다방에서 만나기로 합시다. 열 점. 응, 늦어도 열 점 반. 그리고 벗은 전찻길을 횡단하여 갔다.

전찻길을 횡단하여 저편 포도 위를 사람 틈에 사라져 버리는 벗의 뒷모양을 바라보며, 어인 까닭도 없이, 이슬비 내리던 어느 날 저녁 히비야(日比谷) 공원 앞에서의 여자를 구보는 애달프다, 생각한다.

아. 구보는 악연히 고개를 들어 뜻 없이 주위를 살피고 그리고 기계적으로, 몇 걸음 앞으로 나갔다. 아아, 그예 생각해 내고 말았다. 영구히 잊고 싶다, 생각한 그의 일을 왜 기억 속에서 더듬었더냐, 애달프고 또 쓰린 추억이란, 결코 사람 마음을 고요하게도 기쁘게도 하여 주는 것은 아니었다.

여자는 그가 구보와 알기 전에 이미 약혼하고 있었던 사내의 문제를 가져, 구보의 결단을 빌렸다. 불행히 그 사내를 구보는 알고 있었다. 중학 시대의 동창생. 서로 소식 모르고 지낸 지 5년이 넘었어도 그의 얼굴은 구보의 머릿속에 분명하였다. 그 우둔하고 순직한 얼굴. 더욱이 그 선량한 눈을 생각할 때 구보의 마음은 아팠다. 비 내리는 공원 안을 그들은 생각에 잠겨, 생각에 울어, 날 저무는 줄도 모르고 헤매 돌았다.

참지 못하고, 구보는 걷기 시작한다. 사실 나는 비겁하였을지도 모른다. 한 여자의 사랑을 완전히 차지하는 것에 행복을 느껴야만 옳았을지도 모른다. 의리라는 것을 생각하고, 비난을 두려워하고 하는, 그러한 모든 것이 도시 남자의 사랑이, 정열이, 부족한 까닭이라, 여자가 울며 탄(憚)하였을 때, 그 말은 그 말은, 분명히 옳았다, 옳았다.

구보가 바래다주려도 아니에요, 이대로 내버려 두세요, 혼자 가겠어요, 그리고 비에 젖어 눈물에 젖어, 황혼의 거리를 전차도 타지 않고 한없이 걸어가던 그의 뒷모양. 그는 약혼한 사나이에게로도 가지 않았다. 그가 불행하다면 그것은 오로지 사나이의 약한 기질에 근원할 게다. 구보는 때로, 그가 어느 다행한 곳에서 그의 행복을 차지하고 있는 것같이 생각하고 싶었어도, 그 사상은 너무나 공허하다.

어느 틈엔가 황토마루 네거리에까지 이르러, 구보는 그곳에 충동적으로 우뚝 서며, 괴로운 숨을 토하였다. 아아, 그가 보구 싶다. 그의 소식이 알구 싶다. 낮에 거리에 나와 일곱 시간, 그것은, 오직 한 개의 진정이었을지 모른다. 아아, 그가 보구 싶다. 그의 소식을 알구 싶다…….

광화문통

그 멋없이 넓고 또 쓸쓸한 길을 아무렇게나 걸어가며, 문득, 자기는, 혹은 위선자나 아니었었나 하고, 구보는 생각하여 본다. 그것은 역시 자기의 약한 기질에 근원할 게다. 아아, 온갖 악은 인성(人性)의 약함에서, 그리고 온갖 불행이…….

또다시 너무나 가엾은 여자의 뒷모양이 보였다. 레인코트 위에 빗물은 흘러내리고 우산도 없이 모자 안 쓴 머리가 비에 젖어 애달프다. 기운 없이, 기운 있을 수 없이, 축 늘어진 두 어깨. 주머니에 두 팔을 꽂고, 고개 숙여 내어디디는 한 걸음, 또 한 걸음, 그 조그맣고 약한 발에 아무러한 자신도 없다. 뒤따라 그에게로 달려가야 옳았다. 달려들어 그의 조그만 어깨를 으스러져라 잡고, 이제까지 한 나의 말은 모두 거짓이었다고, 나는 결코 이 사랑을 단념할 수 없노라고, 이 사랑을 위하여는 모든 장애와 싸워 가자고, 그렇게 말하고, 그리고 이슬비 내리는 동경 거리에서 두 사람은 무한한 감격에 울었어야만 옳았다.

구보는 발 앞의 조약돌을 힘껏 찼다. 격렬한 감정을, 진정한 욕구를, 힘써 억제할 수 있었다는 데서 그는 값없는 자랑을 얻으려 하였었는지도 모른다. 이것이, 이 한 개 비극이 우리들 사랑의 당연한 귀결이라고 그렇게 생각하려 들었던 자기. 순간에 또 벗의 선량한 두 눈을 생각해 내고 그의 원만한 천성과 또 금력이 여자를 행복하게 하여 주리라 믿으려 들었던 자기. 그 왜곡된 감정이 구보의 진정한 마음의 부르짖음을 틀어막고야 말았다. 그것은 옳지 않았다. 구보는 대체 무슨 권리를 가져 여자의, 그리고 자기 자신의 감정을 농락하였나. 진정으로 여자를 사랑하였으면서도 자기는 결코 여자를 행복하게 하여 주지는 못할 게라고, 그 부전감(不全感)이 모든 사람을, 더욱이 가엾은 애인을 참말 불행하게 만들어 버린 것이 아니었던가. 그 길 위에 깔린 무수한 조약돌을, 힘껏, 차, 헤뜨리고, 구보는, 아아, 내가 그릇하였다, 그릇하였다.

철겨운 봄노래를 부르며, 열 살이나 그밖에 안 된 아이가 지나갔다. 아이에게 근심은 없다. 잘 안 돌아가는 혀끝으로, 술주정꾼이 두 명, 어깨동무를 하고, 「수심가」를 불렀다. 그들은 지금 만족이다. 구보는, 문득 광명을 찾은 것 같은 착각을 느끼고, 어두운 거리 위에 걸음을 멈춘다. 이제 그와 다시 만날 때, 나는 이미 약하지 않다. 나는 그 과오를 거듭 범하지 않는다. 우리는 영구히 다시 떠나지 않는다……. 그러나 그를 어디 가 찾누. 어허, 공허하고, 또 암담한 사상이여. 이 넓고, 또 휘엉한 광화문 거리 위에서, 한 개의 사내 마음이 이렇게도 외롭고 또 가엾을 수 있었나.

각모 쓴 학생과, 젊은 여자가 어깨를 나란히 하여 구보 앞을 지나갔다. 그들의 걸음걸이에는 탄력이 있었고, 그들의 말소리는 은근하였다. 사랑하는 이들이여. 그대들 사랑에 언제든 다행한 빛이 있으라. 마치 자애 깊은 부로(父老)와 같이 구보는 너그럽고 사랑 가득한 마음을 가져 진정으로 그들을 축복하여 준다.

이제

어디로 갈 것을 잊은 듯이, 그러할 필요가 없어진 듯이, 얼마 동안을, 구보는, 그곳에가, 망연히 서 있었다. 가엾은 애인. 이 작품의 결말은 이대로 좋은 것일까. 이제, 뒷날, 그들은 다시 만나는 일도 없이, 옛 상처를 스스로 어루만질 뿐으로, 언제든 외롭고 또 애달파야만 할 것일까. 그러나 그 즉시 아아, 생각을 말리라. 구보는 의식하여 머리를 흔들고, 그리고 좀 급한 걸음걸이로 온 길을 되걸어갔다. 그래도 마음에 아픔은 그저 있었고, 고개 숙여 걷는 길 위에, 발에 채이는 조약돌이 회상의 무수한 파편이다. 머리를 들어 또 한번 뒤흔들고, 구보는, 참말 생각을 말리라, 말리라…….

이제 그는 마땅히 다방으로 가, 그곳에서 벗과 다시 만나, 이 한밤의 시름을 덜 도리를 하여야 한다. 그러나 그가 채 전차 선로를 횡단하기 전에 그는 '눈깔 아저씨―' 하고 불리고 그리고 그가 걸음을 멈추고 돌아보았을 때, 그의 단장과 노트 든 손은 아이들의 조그만 손에 붙잡혔다. 어디를 갔다 오니. 구보는 웃는 얼굴을 짓기에 바쁘다. 어느 벗의 조카 아이들이다. 아이들은 구보가 안경을 썼대서 언제든 눈깔 아저씨라 불렀다. 야시 갔다 오는 길이라우. 그런데 왜 요새 토옹 집에 안 오우, 눈깔 아저씨. 응, 좀 바빠서…… 그러나 그것은 거짓이었다. 구보는 순간에 자기가 거의 달포 이상을 완전히 이 아이들을 잊고 있었던 사실을 기억에서 찾아내고 이 천진한 소년들에게 참말 미안하다 생각한다.

가엾은 아이들이다. 그들은 결코 아버지의 사랑을 몰랐다. 그들의 아버지는 다섯 해 전부터 어느 시골서 따로 살림을 차렸고, 그들은, 그래, 거의 완전히 어머니의 손으로써만 길리웠다. 어머니에게, 허물은 없었다. 그러면 아버지에게. 아버지도 말하자면, 착한 이였다. 그러나 그에게는 역시 여자에게 대하여 방종성이 있었다. 극도의 생활난 속에서, 그래도 어머니는 아이들을 학교에 보냈다. 열여섯 살짜리 큰딸과, 아래로 삼형제. 끝의 아이는 명년에 학령(學齡)이었다. 삶의 어려움을 하소연하면서도 그 애마저 보통학교에 입학시킬 것을 어머니가 기쁨 가득히 말하였을 때, 구보의 머리는 저도 모르게 숙여졌었다.

구보는 아이들을 사랑한다. 아이들의 사랑을 받기를 좋아한다. 때로 그는 아이들에게 아첨하기조차 하였다. 만약 자기가 사랑하는 아이들이 자기를 따르지 않는다면 — 그것은 생각만 하여 볼 따름으로 외롭고 또 애달팠다. 그러나 아이들은 그렇게도 단순하다. 그들은, 그들을 사랑하는 사람을 반드시 따랐다.

눈깔 아저씨, 우리 이사한 담에 언제 왔수. 바루 저 골목 안이야. 같이 가아 응. 가보고도 싶었다. 그러나 역시, 시간을 생각하고, 벗을 놓칠 것을 염려하고, 그는 이내 그것을 단념하는 수밖에 없었다. 어찌할꾸. 구보는, 저편에 수박 실은 구루마를 발견하였다. 너희들, 배탈 안 났니. 아아니, 왜 그러우. 구보는 두 아이에게 수박을 한 개씩 사서 들려 주고, 어머니 갖다 드리구 나눠 줍쇼, 그래라. 그리고 덧붙여, 쌈 말구 똑같이들 나눠야 한다. 생각난 듯 이 큰아이가 보고하였다. 지난번에 필운이 아저씨가 바나나를 사왔는데, 누나는 배탈이 나서 먹지를 못했죠, 그래 막 까시(놀림)를 올렸더니만…… 구보는 그 말괄량이 소녀의, 거의 울가망이 된 얼굴을 눈앞에 그려 보고 빙그레 웃었다. 마침 앞을 지나던 한 여자가 날카롭게 구보를 흘겨 보았다. 그의 얼굴은 결코 어여쁘지 못했다. 뿐만 아니라 무엇이 그리 났는지, 그는 얼굴 전면에 대소(大小) 수십 편의 삐꾸(반창고)를 붙이고 있었다. 응당 여자는 구보의 웃음에서 모욕을 느꼈을 게다. 구보는, 갑자기, 홍소(哄笑)하였다. 어쩌면, 이제, 구보는 명랑하여질 수 있을지도 모른다.

그래도

집으로 자꾸 가자는 아이들을 달래어 보내고, 구보는 다방으로 향한다. 이 거리는 언제든 밤에, 행인이 드물었고, 전차는 한길 한복판을 가장 게으르게 굴러갔다.

결코 환하지 못한 이 거리, 가로수 아래, 한두 명의 부녀들이 서고, 혹은, 앉아 있었다. 그들은, 물론, 거리에 봄을 파는 종류의 여자들은 아니었을 게다. 그래도, 이, 밤들면 언제든 쓸쓸하고, 또 어두운 거리 위에 그것은 몹시 음울하고도 또 고혹적인 존재였다. 그렇게도 갑자기, 부란(腐爛)된 성욕을, 구보는 이 거리 위에서 느낀다.

문득, 제비와 같이 경쾌하게 전보 배달의 자전거가 지나간다. 그의 허리에 찬 조그만 가방 속에 어떠한 인생이 압축되어 있을 것인고. 불안과, 초조와, 기대와…… 그 조그만 종이 위의, 그 짧은 문면(文面)은 그렇게도 용이하게, 또 확실하게, 사람의 감정을 지배한다. 사람은 제게 온 전보를 받아들 때 그 손이 가만히 떨림을 스스로 깨닫지 못한다. 구보는 갑자기 자기에게 온 한 장의 전보를 그 봉함(封緘)을 떼지 않은 채 손에 들고 감동하고 싶은 충동을 느꼈다. 전보가 못 되면, 보통 우편물이라도 좋았다. 이제 한 장의 엽서에라도, 구보는 거의 감격을 가질 수 있을 게다.

흥, 하고 구보는 코웃음쳐 보았다. 그 사상은 역시 성욕의, 어느 형태로서의, 한 발현에 틀림없었다. 그러나 물론 결코 부자연하지 않은 생리적 현상을 무턱대고 업신여길 의사는 구보에게 없었다. 사실 서울에 있지 않은 모든 벗을 구보는 잊은 지 오래였고 또 그 벗들도 이미 오랜동안 소식을 전하여 오지 않았다. 그들은, 모두, 지금, 무엇들을 하구 있을꾸. 한 해에 단 한 번 연하장을 보내줄 따름의 벗에까지, 문득 구보는 그리움을 가지려 한다. 이제 수천 매의 엽서를 사서, 그 다방 구석진 탁자 위에서…… 어느 틈엔가 구보는 가장 열정을 가져, 벗들에게 편지를 쓰고 있는 제 자신을 보았다. 한 장 또 한 장, 구보는 재떨이 위에 생담배가 타고 있는 것도 깨닫지 못하고, 그가 기억하고 있는 온갖 벗의 이름과 또 주소를 엽서 위에 흘려 썼다…… 구보는 거의 만족한 웃음조차 입가에 띠며, 이것은 한 개 단편소설의 결말로는 결코 비속(卑俗)하지 않다, 생각하였다. 어떠한 단편소설의 — 물론, 구보는, 아직 그 내용을 생각하지 않았다.

그러나 그러한 것은 어떻든 벗들의 편지가 정말 보고 싶었다. 누가 내게 그 기쁨을 주지는 않는가. 문득 구보의 걸음이 느려지며, 그동안, 집에, 편지가 와 있지나 않을까, 그리고 그것은 가장 뜻하지 않았던 옛 벗으로부터의 열정이 넘치는 글이나 아닐까, 하고 제 맘대로 꾸며 생각하고 그리고 물론 그것이 얼마나 근거 없는 생각인 줄 알았어도, 구보는 그 애달픈 기쁨을 그렇게 가혹하게 깨뜨려 버리려 하지 않았다. 그러나 그것은 벗에게서 온 편지는 아닐지도 모른다. 혹은, 어느 신문사나, 잡지사나…… 그러면 그 인쇄된 봉투에 어머니는 반드시 기대와 희망을 갖고, 그것이 아들에게 무슨 크나큰 행운이나 약속하고 있는 거나 같이 몇 번씩 놓았다, 들었다, 또는 전등불에 비추어 보았다…… 그리고 기다려도 안 들어오는 아들이 편지를 늦게 보아 그만 그 행운을 놓치고 말지나 않을까, 그러한 경우까지를 생각하고 어머니는 안타까워할 게다. 그러나 가엾은 어머니가 그렇게까지 감동을 가진 그 서신이 급기야 뜯어 보면, 신문 1회분의, 혹은 잡지 한 페이지분의, 잡문의 의뢰이기 쉬웠다.

구보는 쓰디쓰게 웃고, 다방 안으로 들어선다. 사람은 그곳에 많았어도, 벗은 있지 않았다. 그는 이제 이곳에서 벗을 기다려야 한다.

다방을

찾는 사람들은, 어인 까닭인지 모두들 구석진 좌석을 좋아하였다. 구보는 하나 남아 있는 가운데 탁자에가 앉은 수밖에 없었다. 그래도 그는 그곳에서 엘만의 「발스 센티멘털」을 가장 마음 고요히 들을 수 있었다. 그러나 그 선율이 채 끝나기 전에, 방약무인(傍若無人)한 소리가, 구포씨 아니오 — 구보는 다방 안의 모든 사람들의 시선을 온몸에 느끼며, 소리나는 쪽을 돌아보았다. 중학을 이삼 년 일찍 마친 사내, 어느 생명보험회사의 외교원이라는 말을 들었다. 평소에 결코 왕래가 없으면서도 이제 이렇게 알은 체를 하려는 것은 오직 얼굴이 새빨개지도록 먹은 술 탓인지도 몰랐다. 구보는 무표정한 얼굴로 약간 끄떡하여 보이고 즉시 고개를 돌렸다. 그러나 그 사내가 또 한번, 역시 큰 소리로, 이리 좀 안 오시료, 하고 말하였을 때 구보는 게으르게나마 자리에서 일어나, 그의 탁자로 가는 수밖에 없었다. 이리 좀 앉으시오. 참, 최군, 인사하지. 소설가, 구포씨.

이 사내는, 어인 까닭인지 구보를 반드시 '구포' 라고 발음하였다. 그는 맥주병을 들어보고, 아이 쪽을 향하여 더 가져오라고 소리치고, 다시 구보를 보고, 그래 요새두 많이 쓰시우. 무어 별로 쓰는 것 '없습니다' . 구보는 자기가 이러한 사내와 접촉을 가지게 된 것에 지극한 불쾌를 느끼며, 경어를 사용하는 것으로 그와 사이에 간격을 두기로 하였다. 그러나 이 딱한 사내는 도리어 그것에서 일종 득의감을 맛볼 수 있었는지도 모른다. 그뿐 아니라, 그는 한 잔 십 전짜리 차들을 마시고 있는 사람들 틈에서 그렇게 몇 병씩 맥주를 먹을 수 있는 것에 우월감을 갖고, 그리고 지금 행복이었을지도 모른다. 그는 구보에게 술을 따라 권하고, 내 참 구포씨 작품을 애독하지. 그리고 그러한 말을 하였음에도 불구하고 구보가 아무런 감동도 갖지 않는 듯싶은 것을 눈치채자, 사실, 내 또 만나는 사람마다 보고,

"구포씨를 선전하지요."

그러한 말을 하고는 혼자 허허 웃었다. 구보는 의미몽롱한 웃음을 웃으며, 문득, 이 용감하고 또 무지한 사내를 고급(高給)으로 채용하여 구보독자권유원(仇甫讀者勸誘員)을 시키면, 자기도 응당 몇십 명의 또는 몇백 명의 독자를 획득할 수 있을지 모르겠다고 그런 난데없는 생각을 하여 보고, 그리고 혼자 속으로 웃었다. 참 구보 선생, 하고 최군이라 불리운 사내도 말참견을 하여, 자기가 독견(獨鵑)의 「승방비곡(僧房悲曲)」과 윤백남의 「대도전(大盜傳)」을 걸작이라 여기고 있는 것에 구보의 동의를 구하였다. 그리고, 이 어느 화재보험회사의 권유원인지도 알 수 없는 사내는, 가장 영리하게,

"구보 선생님의 작품은 따루 치고……."

그러한 말을 덧붙였다. 구보가 간신히 그것들이 좋은 작품이라 말하였을 때, 최군은 또 용기를 얻어, 참 조선서 원고료는 얼마나 됩니까. 구보는 이 사내가 원호료라 발음하지 않는 것에 경의를 표하였으나 물론 그는 이러한 종류의 사내에게 조선 작가의 생활 정도를 알려 주어야 할 아무런 의무도 갖지 않는다.

그래, 구보는 혹은 상대자가 모멸을 느낄지도 모를 것을 알면서도, 불쑥, 자기는 이제까지 고료라는 것을 받아 본 일이 없어, 그러한 것은 조금도 모른다고 말하고, 마침 문을 들어서는 벗을 보자 그만 실례합니다. 그리고 그들이 무어라 말할 수 있기 전에 제자리로 돌아와 노트와 단장을 집어 들고, 마악 자리에 앉으려는 벗에게,

"나갑시다. 다른 데로 갑시다."

밖에, 여름 밤, 가벼운 바람이 상쾌하다.

조선호텔

앞을 지나, 밤늦은 거리를 두 사람은 말없이 걸었다. 대낮에도 이 거리는 행인이 많지 않다. 참 요사이 무슨 좋은 일 있소. 맞은편에 경성 우편국 3층 건물을 바라보며 구보는 생각난 듯이 물었다. 좋은 일이라니—돌아보는 벗의 눈에 피로가 있었다. 다시 걸어 황금정으로 향하며, 이를테면, 조그만 기쁨, 보잘것없는 기쁨, 그러한 것을 가졌소. 뜻하지 않은 벗에게서 뜻하지 않은 엽서라도 한 장 받았다는 종류의…….

"갖구말구."

벗은 서슴지 않고 대답하였다. 노형같이 변변치 못한 사람은 죽을 때까지 받아 보지 못할 편지를. 그리고 벗은 허허 웃었다. 그러나 그것은 공허한 음향이었다. 내용증명의 서류 우편. 이 시대에는 조그만 한 개의 다료를 경영하기도 수월치 않았다. 석 달 밀린 집세. 총총하던 별이 자취를 감추고 하늘이 흐렸다. 벗은 갑자기 휘파람

을 분다. 가난한 소설가와, 가난한 시인과…… 어느 틈엔가 구보는 그렇게도 구차한 내 나라를 생각하고 마음이 어두웠다.

"혹시 노형은 새로운 애인을 갖고 싶다 생각 않소."

벗이 휘파람을 마치고 장난꾼같이 구보를 돌아보았다. 구보는 호젓하게 웃는다. 애인도 좋았다. 애인 아닌 여자도 좋았다. 구보가 지금 원함은 한 개의 계집에 지나지 않는지도 몰랐다. 또는 역시 어질고 총명한 아내라야 하였을지도 몰랐다. 그러다가 구보는, 문득 아내도 계집도 말고, 십칠팔 세의 소녀를, 만약 그럴 수 있다면 딸로 삼고 싶다고 그러한 엄청난 생각을 하여 보았다. 그 소녀는 마땅히 아리땁고, 명랑하고, 그리고 또 총명하여야 한다. 구보는 자애 깊은 아버지의 사랑을 가져 소녀를 데리고 여행을 할 수 있을 게다—

갑자기 구보는 실소하였다. 나는 이미 그토록 늙었나. 그래도 그 욕망은 쉽사리 버려지지 않았다. 구보는 벗에게 알리고 싶은 것을 참고, 혼자 마음속에 그 생각을 즐겼다. 세 개의 욕망. 그 어느 한 개만으로도 구보는 이제 용이히 행복될지 몰랐다. 혹은 세 개의 욕망의, 그 셋이 모두 이루어지더라도 결코 구보는 마음의 안위를 이룰 수 없을지도 몰랐다.

역시 그것은 '고독'이 빚어내는 사상이었다.

나의 원하는 바를 월륜(月輪)도 모르네

문득 '춘부(春夫)'의 일행시를 구보는 입 밖에 내어 외어 본다. 하늘은 금방 빗방울이 떨어질 것같이 어둡다. 월륜은커녕, 혹은 구보 자신 알지 못하고 있을지도 모른다. 어느 틈엔가 종로에까지 다시 돌아와, 구보는 갑자기 손에 든 단장과 대학 노트의 무게를 느끼며 벗을 돌아보았다. 능히 오늘 밤 술을 사줄 수 있소. 벗은 생각하여 보는 일 없이 고개를 끄떡이었다. 구보가 다시 다리에 기운을 얻어, 종각 뒤 그들이 가끔 드나드는 술집을 찾았을 때, 그러나 그곳에는 늘 보던 여급이 없었다. 낯선 여자에게 물어, 그가 지금 가 있는 낙원정의 어느 카페 이름을 배우자, 구보는 역시 피로한 듯싶은 벗의 팔을 이끌어 그리로 가자, 고집하였다. 그 여급을 구보는 이름도 몰랐다. 이를테면 벗이 흥미를 가지고 있는 계집이었다. 마치 경박한 불량소년과 같이, 계집의 뒤를 쫓는 것에서 값없는 기쁨이나마 구보는 맛보려는 심사인지도 모른다.

처음에

벗은, 그러나 구보의 말을 좇지 않았다. 혹은, 벗은 그 여급에게 흥미를 느끼지 않고 있었던 것인지도 모른다. 그러나 만약 그가 그 여자에게 무어 느낀 게 있었다 하면 그것은 분명히 흥미 이상의 것이었을 게다. 그들이 마침내, 낙원정으로 그 계집 있는 카페를 찾았을 때, 구보는, 그러나 벗의 감정이 그 둘 중의 어느 것도 아니었다는 것을 알았다. 혹은 어느 것이든 좋았었는지도 몰랐다. 하여튼 벗도 이미 늙었다. 그는 나이로 청춘이었으면서도, 기력과, 또 정열이 결핍되어 있었다. 까닭에 그가 항상 그렇게도 구하여 마지않는 것은, 온갖 의미로서의 자극이었는지도 모른다.

여급이 세 명, 그리고 다음에 두 명, 그들의 탁자로 왔다. 그렇게 많은 '미녀'를 그 자리에 모이게 한 것은, 물론 그들의 풍채도 재력도 아니다. 그들은 오직 이곳의 신선한 객이었고 그리고 노는 계집들은 그렇게도 많은 사내들과 알은 체하기를 좋아하였다. 벗은 차례로 그들의 이름을 물었다. 그들의 이름에는 어인 까닭인지 모두 '코'가 붙어 있었다. 그것은 결코 고상한 취미가 아니었고, 그리고 때로 구보의 마음을 애달프게 한다.

"왜, 호구조사 오셨어요."

새로이 여급이 그들의 탁자로 와서 말하였다. 문제의 여급이다. 그들이 그 계집에게 알은 체하는 것을 보고, 그들의 옆에 앉았던 두 명의 계집이 자리를 양도하려

엉거주춤히 일어섰다. 여자는, 아니 그대루 앉아 있에요, 사양하면서도 벗의 옆에가 앉았다. 이 여자는 다른 다섯 여자들보다 좀더 예쁠 것은 없었다. 그래도 어딘지 모르게 기품이 있어 보이기는 하였다. 벗이 그와 둘이서만 몇 마디 말을 주고받고 하였을 때, 세 명의 여급은 다른 곳으로 가버리고 말았다. 동료와 친근히 하고 있는 듯싶은 객에게, 계집들은 결코 흥미를 느끼지 않는다.

"어서 약주 드세요."

이 탁자를 맡은 계집이, 특히 벗에게 권하였다. 사실, 맥주를 세 병째 가져오도록 벗이 마신 술은 모두 한 곱뿌나 그밖에 안 되었던 것임에 틀림없었다. 그러나 벗은 오직 그 곱뿌를 들어 보고 또 입에 대는 척하고, 그리고 다시 탁자에 놓았다. 이 벗은 음주 불감증이 있었다. 그러나 물론 계집들은 그런 병명을 알지 못한다. 구보에게 그것이 일종의 정신병임을 듣고, 그들은 철없이 눈을 둥그렇게 떴다. 그리고 다음에 또 철없이 그들은 웃었다. 한 사내가 있어 그는 평소에는 술을 즐기지 않으면서도 때때로 남주(濫酒)를 하여, 언젠가는 일본주를 두 되 이상이나 먹고, 그리고 거의 혼도를 하였다고 한 계집은 이야기를 하고, 그리고 그것도 역시 정신병이냐고 구보에게 물었다. 그것은 기주증(嗜酒症), 갈주증(渴酒症), 또는 황주증(荒酒症)이었다. 얼마 전엔가 구보가 흥미를 가져 읽은 현대의학대사전 제23권은 그렇게도 유익한 서적임에 틀림없었다.

갑자기 구보는 온갖 사람을 모두 정신병자라 관찰하고 싶은 강렬한 충동을 느꼈다. 실로 다수의 정신병 환자가 그 안에 있었다. 의상분일증(意想奔逸症). 언어도착증(言語倒錯症). 과대망상증(誇大妄想症). 추외언어증(醜猥言語症). 여자음란증(女子淫亂症). 지리멸렬증(支離滅裂症). 질투망상증(嫉妬妄想症). 남자음란증(男子淫亂症). 병적기행증(病的寄行症). 병적허언기편증(病的虛言欺騙症). 병적부덕증(病的不德症). 병적낭비증(病的浪費症)…….

그러다가, 문득 구보는 그러한 것에 흥미를 느끼려는 자기가, 오직 그런 것에 흥미를 갖는다는 것만으로도 이미 하나의 환자에 틀림없다, 깨닫고, 그리고 유쾌하게 웃었다.

그러면

무어, 세상 사람이 다 미친 사람이게 — 구보 옆에 조그마니 앉아, 말없이 구보의 이야기만 듣고 있던 여급이 당연한 질문을 하였다. 문득 구보는 그에게로 향하여 비스듬히 고쳐 앉으며 실례지만, 하고 그러한 말을 사용하고, 그의 나이를 물었다. 여자는 잠깐 망설거리다가,

"갓 스물이에요."

여성들의 나이란 수수께끼다. 그래도 이 계집을 갓 스물이라 볼 수는 없었다. 스물다섯이나 여섯. 적어도 스물넷은 됐을 게다. 갑자기 구보는 일종의 잔인성을 가져, 그 역시 정신병자임에 틀림없음을 일러주었다. 당의즉답증(當意卽答症). 벗도 흥미를 가져, 그에게 그 병에 대하여 자세한 것을 물었다. 구보는 그의 대학노트를 탁자 위에 펴놓고, 그 병의 환자와 의원 사이의 문답을 읽었다. 코는 몇 개요. 두 갠지 몇 갠지 모르겠습니다. 귀는 몇 개요. 한 갭니다. 셋하구 둘하구 합하면. 일곱입니다. 당신 몇 살이오. 스물하납니다(기실 삼십팔 세). 매씨는. 여든한 살입니다. 구보는 공책을 덮으며, 벗과 더불어 유쾌하게 웃었다. 계집들도 따라 웃었다. 그러나 벗의 옆에 앉은 여급말고는 이 조그만 이야기를 참말 즐길 줄 몰랐던 것임에 틀림없었다. 특히 구보 옆의 환자는, 그것이 자기의 죄 없는 허위에 대한 가벼운 야유인 것을 깨달을 턱없이 호호대고 웃었다. 그는 웃을 때마다, 말할 때마다, 언제든 수건 든 손으로 자연을 가장하여 그의 입을 가린다. 사실 그는 특히 입이 모양 없게 생겼던 것임에 틀림없었다. 구보는 그 마음에 동정과 연민을 느꼈다. 그러나 그것은 물론, 애정과 구

별되지 않으면 안 된다. 연민과 동정은 극히 애정에 유사하면서도 그것은 결코 애정일 수 없다. 그러나 증오는 — 실로 왕왕히 진정한 애정에서 폭발한다…… 일찍이 그의 어느 작품에서 사용하려다 말았던 이 일절은 구보의 얕은 경험에서 추출된 것에 지나지 않았어도, 그것은 혹은 진리였을지도 모른다. 그런 객쩍은 생각을 구보가 하고 있었을 때, 문득, 또 한 명의 계집이 생각난 듯이 물었다. 그럼 이 세상에서 정신병자 아닌 사람은 선생님 한 분이겠군요. 구보는 웃고, 왜 나두…… 나는, 내 병은,

"다변증(多辯症)이라는 거라우."

"무어요. 다변증……."

"응, 다변증. 쓸데없이 잔소리 많은 것두 다아 정신병이라우."

"그게 다변증이에요오."

다른 두 계집도 입 안 말로 '다변증' 하고 중얼거려 보았다. 구보는 속주머니에서 만년필을 꺼내어 공책 위에다 초(草)한다. 작가에게 있어서 관찰은 무엇에든지 필요하였고, 창작의 준비는 비록 카페 안에서라도 하여야 한다. 여급은 온갖 종류의 객을 대함으로써, 온갖 지식을 얻으려 노력하였다 — 잠깐 펜을 멈추고, 구보는 건너편 탁자를 바라보다가, 또 가만히 만족한 웃음을 웃고, 펜 잡은 손을 놀린다. 벗이 상반신을 일으키어, 또 무슨 궁상맞은 짓을 하는 거야 — 그리고 구보가 쓰는 대로 그것을 소리내어 읽었다. 여자는 남자와 마주 대하여 앉았을 때, 그 다리를 탁자 밖으로 내어놓고 있었다. 남자의 낡은 구두가 탁자 밑에서 그의 조그만 모양 있는 숙녀화를 밟을 것을 염려하여서가 아닐 게다. 그는, 오늘, 그가 그렇게도 사고 싶었던 살빛 나는 비단 양말을 신을 수 있었다. 그리고 그것은 그렇게도 자랑스러웠던 것임에 틀림없었다.

흥, 하고 벗은 코로 웃고 그리고 소설가와 벗할 것이 아님을 깨달았노라 말하고, 그러나 부디 별의별 것을 다 쓰더라도 나의 음주 불감증만은 얘기 말우 — 그리고 그들은 유쾌하게 웃었다.

구보와 벗과

그들의 대화의 대부분을, 물론, 계집들은 알아듣지 못하였다. 그러면서도 그들은 능히 모든 것을 이해할 수 있었던 듯이 가장하였다. 그러나 그것은 결코 죄가 아니었고, 또 사람은 그들의 무지를 비웃어서는 안 된다. 구보는 펜을 잡았다. 무지는 노는 계집들에게 있어서, 혹은, 없어서는 안 될 물건이나 아닐까. 그들이 총명할 때, 그들에게는 괴로움과 아픔과 쓰라림과…… 그 온갖 것이 더하고, 불행은 갑자기 나타나 그들의 마음을 사로잡고 말 게다. 순간, 순간에 그들이 맛볼 수 있는 기쁨을, 다행함을, 비록 그것이 얼마나 값없는 물건이더라도, 그들은 무지라야 비로소 가질 수 있다…… 마치 그것이 무슨 진리나 되는 듯이, 구보는 노트에 초하고, 그리고 계집이 권하는 술을 사양 안 했다.

어느 틈엔가 밖에 비가 내리고 있었다. 가만한 비다. 은근한 비다. 그렇게 밤늦어, 그렇게 은근히 비 내리면, 구보는 때로 애달픔을 갖는다. 계집들도 역시 애달픔을 가졌다. 그들은 우산의 준비가 없이 그들의 단벌 옷과, 양말과 구두가 비에 젖을 것을 염려하였다.

유끼짱 — 보이지 않는 구석에서 취성이 들려 왔다. 구보는 창 밖 어둠을 바라보며, 문득, 한 아낙네를 눈앞에 그려 보았다. 그것은 '유끼' — 눈이 그에게 준 생각이었는지도 모른다. 광교 모퉁이 카페 앞에서, 마침 지나는 그를 작은 소리로 불렀던 아낙네는 분명히 소복을 하고 있었다. 말씀 좀 여쭤 보겠습니다. 여인은 거의 들릴락 말락한 목소리로 말하고, 걸음을 멈추는 구보를 곁눈에 느꼈을 때, 그는 곧 외면하고, 겨우 손을 내밀어 카페를 가리키고, 그리고,

"이 집에서 모집한다는 것이 무엇이에요."

카페 창 옆에 붙어 있는 종이에 女給大募集. 여급대모집. 두 줄로 나누어 씌어 있었다. 구보는 새삼스러이 그를 살펴보고, 마음에 아픔을 느꼈다. 빈한(貧寒)은 하였

을지도 모른다. 그러나 그는 제 자신 일거리를 찾아 거리에 나오지 않아도 좋았을 게다. 그러나 불행은 뜻하지 않고 찾아와, 그는 아직 새로운 슬픔을 가슴에 품은 채 거리에 나오지 않으면 안 되었던 것일 게다. 그에게는 거의 장성한 아들이 있을지도 모른다. 혹은 그것이 아들이 아니라 딸이었던 까닭에 가엾은 이 여인은 제 자신 입에 풀칠하기를 꾀하지 않으면 안 되었을 게다. 그의 처녀 시대에 그는 응당 귀하게 아낌을 받으며 길리웠을지도 모른다. 그의 핏기 없는 얼굴에는 기품과, 또 거의 위엄조차 있었다. 구보가 말을, 삼가, 여급이라는 것을 주석(註釋)할 때, 그러나 그 분명히 마흔이 넘었을 아낙네는 그의 말을 끝까지 듣지 않고, 혐오와 절망을 얼굴에 나타내고, 구보에게 목례한 다음, 초연히 그 앞을 떠났다…….

구보는 고개를 돌려, 그의 시야에 든 온갖 여급을 보며, 대체 그 아낙네와 이 여자들과 누가 좀더 불행할까, 누가 좀더 삶의 괴로움을 맛보고 있는 걸까, 생각하여 보고 한숨지었다. 그러나 그 좌석에서 그러한 생각을 하는 것은 옳지 않았을지도 모른다. 구보는 새로이 담배를 피워 물었다. 그러나 탁자 위의 성냥갑은 두 갑이 모두 비어 있었다.

조그만 계집아이가 카운터로, 달려가 성냥을 가져왔다. 그 여급은 거의 계집아이였다. 그가 열여섯이나 열일곱, 그렇게 말하더라도, 구보는 결코 의심하지 않았을 게다. 그 맑은 두 눈은 그의 두 뺨의 웃음 우물은 아직 오탁(汚濁)에 물들지 않았다. 구보가 그 소녀에게 애달픔과 사랑과, 그것들을 한꺼번에 느낄 수 있었던 것은 결코 취한 탓만이 아니었을지도 모른다. 너 내일, 낮에, 나하구 어디 놀러가련. 구보는 불쑥 그러한 말조차 하며 만약 이 귀여운 소녀가 동의한다면, 어디 야외로 반일을 산책에 보내도 좋다고 생각한다. 그러나 소녀는 그 말에 가만히 미소하였을 뿐이다. 역시 그 웃음 우물이 귀여웠다.

구보는, 문득, 수첩과 만년필을 그에게 주고, 가(可)면 ○를, 부(否)면 ×를, 그리고 ○인 경우에는 내일 정오에 화신상회 옥상으로 오라고, 네가 무어라고 표를 질러 놓든 내일 아침까지는 그것을 펴보지 않을 테니 안심하고 쓰라고, 그런 말을 하고, 그 새로 생각해 낸 조그만 유희에 구보는 명랑하게 또 유쾌하게 웃었다.

오전 두 시의

종로 네거리 — 가는 비 내리고 있어도, 사람들은 그곳에 끊임없다. 그들은 그렇게도 밤을 사랑하여 마지않았는지도 모른다. 그들은 그렇게도 용이하게 이 밤에 즐거움을 구하여 얻을 수 있었는지도 모른다. 그리고 그들은 일순, 자기가 가장 행복된 것같이 느낄 수 있었는지도 모른다. 그러나 그들의 얼굴에, 그들의 걸음걸이에 역시 피로가 있었다. 그들은 결코 위안받지 못한 슬픔을, 고달픔을 그대로 지닌 채, 그들이 잠시 잊었던 혹은 잊으려 노력하였던 그들의 집으로 그들의 방으로 돌아가지 않으면 안 된다.

이렇게 밤늦게 어머니는 또 잠자지 않고 아들을 기다릴 게다. 우산을 가지고 나가지 않은 아들에게 어머니는 또 한 가지의 근심을 가질 게다. 구보는 어머니의 조그만, 외로운, 슬픈 얼굴을 생각하였다. 그리고 제 자신 외로움과 슬픔을 맛보지 않으면 안 된다. 구보는 거의 외로운 어머니를 잊고 있었던 것임에 틀림없었다. 그러나 어머니는 그 아들을 응당, 온 하루, 생각하고 염려하고, 또 걱정하였을 게다. 오오, 한없이 크고 또 슬픈 어머니의 사랑이여. 어버이에게서 남편에게로, 그리고 다시 자식에게로, 옮겨 가는 여인의 사랑 — 그러나 그 사랑은 자식에게로 옮겨간 까닭에 그렇게도 힘있고 또 거룩한 것이 아니었을까.

구보는, 벗이, 그럼 또 내일 만납시다. 그렇게 말하였어도, 거의 그것을 알아듣지 못하였다. 이제 나는 생활을 가지리라. 생활을 가지리라. 내게는 한 개의 생활을, 어머니에게는 편안한 잠을, 평안히 가 주무시오, 벗이 또 한번 말했다. 구보는 비로소 그를 돌아보고, 말없이 고개를 끄떡하였다. 내일 밤에 또 만납시다. 그러나 구보는 잠깐 주저하고, 내일부터, 내 집에 있겠소, 창작하겠소—

"좋은 소설을 쓰시오."

벗은 진정으로 말하고, 그리고 두 사람은 헤어졌다. 참말 좋은 소설을 쓰리라. 번(番) 드는 순사가 모멸을 가져 그를 훑어보았어도, 그는 거의 그것에서 불쾌를 느끼는 일도 없이, 오직 그 생각에 조그만 한 개의 행복을 갖는다.

"구보—"

문득, 벗이 다시 그를 찾았다. 참, 그 수첩에다 무슨 표(標)를 질렀나 좀 보우. 구보는, 안주머니에서 꺼낸 수첩 속에서, 크고 또 정확한 ×표를 찾아내었다. 쓰디쓰게 웃고, 벗에게 향하여, 아마 내일 정오에 화신상회 옥상으로 갈 필요는 없을까 보오. 그러나 구보는 적어도 실망을 갖지 않았다. 설혹 그것이 ○표라 하였더라도 구보는 결코 기쁨을 느낄 수는 없었을 게다. 구보는 지금 제 자신의 행복보다도 어머니의 행복을 생각하고 싶었을지도 모른다. 그 생각에 그렇게 바빴을지도 모른다. 구보는 좀 더 빠른 걸음걸이로 은근히 비 내리는 거리를 집으로 향한다.

어쩌면, 어머니가 이제 혼인 얘기를 꺼내더라도, 구보는 쉽게 어머니의 욕망을 물리치지는 않을지도 모른다.

1934년

소설가 구보仇甫씨의 일일 _ 최인훈

제 1 장 느릅나무가 있는 풍경

1969년이 다 가는, 동짓달 그믐께를 며칠 앞둔 어느 날 아침, 소설가 구보씨는 잠에서 깼다. 잠에서 깨는 참에 그의 머릿속에 무엇인가 두루마리 같은 것이 두르르 펼쳐졌다가 곧 사라졌다. 구보씨는 그것을 곧 알아보았다. 그것은, 오늘 하루 그가 치러야 할 일과였다. 다른 누구도 알아보랄 것 없고 구보씨만 알면 그만이었던 만큼 그 두루마리는 눈 깜박할 사이에 사라졌다. 구보씨는 잠에서 깬 다음에도 그대로 침대에 누워있었다. 짹짹짹 하고 까치가 운다. 침대에서 서너 걸음 떨어진 창문 밖에서 이 아파트의 잔디밭에 몇 그루 심어놓은 오동나무의, 지금은 잎 떨어진 가지 끝에 앉아서 목청이 울릴 때마다 꼬리를 까딱까딱하고 있을 그 새의 모습을 구보씨는 떠올렸다. 그러자 역시 늘 그런 것처럼 구보씨는 서글퍼졌다. 구보씨는 대단히 과학적인 소설가였는데도 아침에 우는 까치소리에는 매우 미신적이었다. 구보씨는 시골에서 자란 것도 아닌 자기가 그와 같은 토속(土俗)의 마음을 가지고 있는 것은 어쩐 일인가 하고 생각하였다. 그러자, 서글펐던 마음은 사라지고 말았다. 늘 이렇단 말이야, 하고 구보씨는 다른 모양의 서글픔을 느꼈다. 까치소리가 서글프다는 것은 이런 뜻이었다. 까치가 울면 좋은 일이 있다고 한다.

구보씨는 까치소리를 들을 때마다, 기계적으로, 언제나, 틀림없이, 그 생각이 떠오른다. 떠오른다기보다, 절로 그렇게 된다. 그 느낌은 구보씨의 어떤 사상(思想)보다도 뚜렷하다. 자기가 정말 믿고 있는 것이란 까치소리 하나뿐인지도 모른다, 하는 감상적인 생각을 그때마다 하는데, 영락없이 그러면 구보씨는 가슴인가 머릿속인가 어느 한 군데에 까치 알만한 구멍이 뽀곡 뚫리면서 그 사이로 송진 같은 싸아한 슬픔이 풍겨 나오는 것을 맡는 것이었다. 이런 감상(感傷)을 생활에 그대로 옮기려고 할 만큼 구보씨는 젊지도 않고, 그렇게까지 비과학적인 사람은 아니었으므로, 그 슬픔은 그저 그만한 것에 지나지 않았고 별 탈이 없는 것이었다. 그런데 그만한 미신까지도 캐어내 보면서 내 속의 토속(土俗)은, 하고야 마는 또 한 사람의 구보씨의 차가운 마음이, 다른 한 사람의 구보씨를 슬프게 한 것이었다. 벌거숭이 된 내 마음, 진실이란 병에 걸려 벌거숭이 된 내 마음, 하고 구보씨는 중얼거렸다. 그만하자. 구보씨는 오늘 하루에 기다리고 있는 많은 일을 생각하고, 아침의 이때를 더는 까다로운 생각의 놀이를 위해 쓰지는 말기로 마음먹었다. 그는 침대 머리에 붙은 시렁 위에서 청자갑을 집어서 한 대를 피워 물었다. 대한민국 전매청은 백 원 스무 개비의 그 맛 속에서 아직은 공신력(公信力)을 지키려는 안간힘을 보여주고 있었다. 구보씨는 오 원어치의 연기를 조심스럽게 점검하면서 민주 국가의 시민다운 책임감을 가지고, 오 원어치의 테두리 안에서 전매행정에 대한 비판을 즐겼다. 별다른 탈이 없었으므로 그는 전매청을 용서할 수밖에 없다고 생각하였다. 지난 밤, 걷어놓지 않은 커튼 사이로 별이 반짝이던 창가에는 이 아침, 미안하리만큼 새파란 하늘이 가득히 채워져 있었다. 구보씨는 눈을 한 번 감았다가 떴다. 좋은 눈약을 한 방울 떨어뜨린 다음처럼. 그리고 하느님도 용서할 수밖에 없다고 생각하였다.

이처럼 자기를 다스리면서 화해(和解)에 가득찬 마음으로 아침을 맞은 구보씨는 아파트를 나와 버스 정류장에 닿았을 때 이미, 그와 같은 너그러운 마음으로 이 하루를 보내기가 힘들리라는 것을 깨달았다. 구보씨와 마찬가지로 급히 어디론가 가야 할 권리를 가지고 있는 많은 사람들이, 그를 제쳐 놓고 좌석버스란 이름의 입석버스를 타고 수없이 떠났는데도 구보씨는 좀처럼 차를 잡을 수 없었다. 왜 전차를 없애야 했을까 하고 구보씨는 생각하였다. 대형전차를 더 늘리는 것이 이 교통난을 푸는 길이 아니었을까. 또 자동차만 하더라도 택시 대신에 이층버스 같은 것을 만들어 쓴다면 이렇게 거리가 자동차로 꽉 차지는 않을 것이 아닌가. 아니 전차의 대수를 자동차의 몇 분지 일만 늘렸더라면 이 버스와 택시는 없어도 됐을 것이다. 그러면 떠들썩한 소리와 매캐한 냄새를 맡지 않아도 됐을 것이 아닌가. 전차만 해도 평등, 공(公)적인 터—그런 느낌을 가지게 해주었다. 그러나 이 자동차란 것은 남을 밟지 않고선 살지 못한다는 마음보를 가르치는 데 꼭 알맞을 만큼밖에는 넓지도 않고 좁지도 않다. 자동차는 앓는 이 · 불난 데 · 싸움터 · 짐 싣기, 이런 것에만 쓰면 될 것이 아닌가. 나머지 사람은 모두 전차를 타면 된다. 대통령에서 유치원 어린이까지 전차를 타고 다닌다면 세상살이도 썩 부드러워질 것이 아닌가. 이런 생각을 하고 있었기 때문에 구보씨는 더욱 뒤로 처졌다. 마침내 그는 허둥거렸다. 열 시까지 자광(慈光)대학에 닿지 않으면 안 되었다. 그 대학의 문학과 학생들에게 강연을 하기로 돼 있다. 여기서 자광대학까지 차로 가면 십 분이면 될 것이었고, 지금 시각은 9시 반이니 아직 늦은 것은 아니지만, 이렇게 하다가는 언제가 될지 몰랐다. 그는 택시를 기다리는 줄에 들어섰다. 길게 뻗은 그 줄도 구보씨를 넉넉히 절망시켰지만 그래도 여기는 질서가 있었다. 더구나 택시조차도 어울려 탄다는 그 운전수와 손님 사이의 야합(野合)의 버릇 덕으로 구보씨는 이윽고 시간에 늦지 않고 자광대학에 닿을 수 있었다. 그는 학보(學報)사를 찾아서 이 신문의 주필이며 시인인 친구 오적(吳赤)을 만난다. 오적은 그 자광(慈光)어린 부드러운 얼굴로 그를 맞으면서 바쁠텐데 와 주어서 고맙다고 했다. 그는 오적과 둘이 마주앉아 전기난로를 쬐면서 친구들 소식이며 문단 얘기를 주고받았다. 오랫동안 만나지 못했지만 곧 어제도 만났던 것 같은 느낌이 들었고 그래서 궁금하던 일도 대단치 않은 것이 되고 말았다. 그러는데 다른 연사 두 사람이 왔다. 시인이며 평론가인 이동기(李桐基) 씨와 김관(金管) 씨다. 시간이 되었으므로 그들은 강당으로 갔다. 강연 장소는 이 대학의 대학극장이었다. 그것은 약 백 자리 가량의 작은 굿터였다.

김관 씨부터 시작했다. 그는 60년대에 나온 신인들의 문학세계를 솜씨 있게 소개하였다. 60년대. 십 년이 지났으면 이제 어떤 형태로든 마무리를 할 수는 있을 만한 일이었다. 김관 씨는 그 자신이 뒷받침한 십 년의 시간을 '감수성의 혁명' '의식의 의식화' '자아의 확산' 따위의, 구보씨로서는 익히 알 수밖에 없는 말을 써 가면서 풀이하고 있었다. 구보씨는 이 자기보다 약간 후배이지만 거의 문단생활을 같이 시작한 불란서 문학 전공의 비평가를 새삼스레 쳐다보았다. 그러나 그는 십 년 전보다는 훨씬 책임 있는 말을 해야 하는 자리에 있었다. 그는 이론적 이상(理想)으로서의 주장과 그와 같은 이상을 옮긴 예로서 그가 옹호한 작가들의 업적 사이의 묘한 거리를 지적하면서 이야기를 끝냈다.

다음에는 이동기 시인이 했다. 그는 지난 십 년의 한국시가 여러 문학세대의 연립(聯立)이었다고 말하면서, 자기로서는 그 어느 하나가 다른 것을 넘어설 수 있었다고는 보지 않는다고 말했다. 사실상 어느 시대에나 있기 마련인 양식(樣式)상의 대립과, 양식상의 대립보다 더 포괄적인 세대(世代)간의 대립이 구별되어야 하며, 같은 세대간에서의 양식상의 대립은 다른 세대간의 양식상의 동일성보다 더 가까운 입장이라고 말했다.

다음이 구보의 차례였다. 구보는 정작, 지난 십 년에 관한 한 앞의 두 사람의 얘기보다 훨씬 다른 어떤 얘기를 할 수는 없었다. 그래서 그는 행동주의 심리학에서의 환경론(環境論)의 기본 입장을 설명하고 문학의 미학적 구조는 영원불변하지만 그와 같은 구조에 이르게 하는 매개체인 환경은 바뀌기 때문에 작가는 이 환경에 대한 앎이 있어야 하며, 그 지식 자체는 문학이 아니기 때문에, 작가는 환경에 대한 정보를 익힌 다음에는 그것을 노래로 바꾸어내는 노력을 해야 한다고 끝맺었다.

강연이 끝나고 질문이 있었다. 김관 씨보다 별로 더 늙게는 보이지 않는 한 학생이 일어났다. 그는 김관 씨의 주장 가운데에서 '감수성'의 내포에 대한 꽤 날카로운 질문을 던지면서, 구보씨에 대해서도 아픈 데를 찔렀다. '감수성'이란 것이 문학의 경우, 순수한 감각의 뜻에만 머물 수는 없고 '윤리'에까지 나가야 된다고 생각되는데 과연 어떤 혁명이 있었단 말인가, 하는 것이었고 그 질문 속에서, 구보씨는 요즈음 신비주의적인 경향이 있는데, 라고 지나가는 말로 인사를 한 것이었다. 김관 씨는 자기는 동시대의 신인들의 문학적 성격을 뚜렷이 하기 위하여 방법적 도식화를 하는 과정에 어쩔 수 없는 과장이 있었는지는 모르겠으나 아까도 얘기한 것처럼, 그 문제는 그들 신인들이 앞으로 풀어야 할 과제라고 생각한다고 답변했다. 구보는 자기에 대한 언급은 대답할 성질이 아니라고 생각했기에 가만히 있었다. 구보는 학생들이 일어서서 나가는 사이를 의자에 앉아 기다리면서 창 밖을 내다 보았다. 스님 차림을 한 사람이 뜰을 지나간다. 이 학교는 불교재단이 움직이는 학교였다. 구보는 불교, 하고 뇌어봤다. 그 정묘한 관념의 체계의 한 부분을 가지고 그럼직한 미학(美學)의 이론 하나 만든 사람이 없다는 것을 생각해 본다. 천 년이요, 이천 년이요를 들여 몸에 익힌 버릇에서 실오라기 하나 건지지 못하고 시대가 바뀌면 미련없이 팔만대장경을 나일론 팬티 하나와 바꿔 버리는 풍토. 구보는 문득 부끄러움을 느꼈다. 벌거숭이 된 내 마음. 오, 초토(焦土)에서, 이방인들의 넝마라도 주워 입어야 했던, 벌거숭이 된 내 마음. 문화사(文化史)적인 분노의 전사(戰士)라는 포즈를 지어 보는 감상(感傷)에 젖으면서 구보는 겨우 그 부끄러움에서 빠져 나왔다. 어쩌란 말인가. 그렇지 못할 내 인연이기에 이렇게 법(法)의 울타리 밖에서 그나마 멀리 우러러보는 것으로 용서해 달라. 그는 적반하장을 석가모니에게 슬쩍 들어 보였다.

대학을 나와 세 사람은 퇴계로 어느 음식점으로 갔다. 점심 먹을 때가 되었던 것이다. 가져온 음식은 맛이 없었으나 사람이 붐비지 않아서 얘기하기에는 좋았다. 거기서 그들은 몸을 녹이고 밖으로 나왔다. 세 사람은 저마다 갈 데로 헤어졌다. 구보는 그들이 가는 모습을 보았다. 매우 점잖은 어투로 십 년의 시간에 대해서 이러저러하게 이야기한 사람들이 그 시간이 지나자 뒤도 돌아보지 않고 뿔뿔이 갈라진다는 사실이 어쩐지 섬뜩했다. 어쩌란 말인가. 강연을 같이 했다고 해서 의형제라도 맺어야 한단 말인가. 에잇 구보는 보이지 않는 칼을 들어 마치 백정(白丁)처럼 사정없이 자기의 그, 독신자다운 어리광의 미간을 푹 찔렀다. 소는 원망스러운 눈을 치뜨면서 매짠 동짓달 그믐 무렵의 바람 속에 산화(散華)했다.

그는 가까운 다방으로 들어갔다. 그것은 충무로와 퇴계로를 잇는 골목에 있는 '커피숍' 이라고 간판을 단 다방이었다. 불빛이 어두웠다. 전에 한 번 들른 적에도 그랬던 것 같지만 밖에서 갑자기 들어온 눈에는 아주 캄캄할 지경이었다. 잘 보이지 않는 자리를 찾던 그는 이층 계단을 올라갔다. 거기도 어둡기는 매한가지였지만, 눈이 익어서 좀 나았다. 그는 창 옆 자리에 가 앉았다. 한 시까지 틈이 있었다. 한 시에 월간 잡지인 여성낙원(女性樂園)사에 가서 현상소설 당선자를 뽑아야 했다. 고개를 돌리면 창 밖으로 저 아래를 그 좁은 거리가 미어져라 사람이 지나간다.

물론 그들에게는 구보 자기와 마찬가지로 그렇게 바쁘게 다닐 권리가 있는 것이었다. 그는 눈을 돌려 다방 안을 보았다. 거기에도 역시 구보 자기와 다름없이 그렇게 앉아서 한 잔의 차를 마실 권리가 있는 사람들이 혼자서, 둘이서 혹은 셋이서, 이야기하고 혹은 가만히 앉아 있었다. 그들과 자기와의 사이에 있는 공간이 깊은 낭떠러지처럼 아래와 위로 벌어지는 것을 구보는 보았다. 그들이 저 겨울옷 속에 지니고 있는 시간. 그리고 구보의 시간. 그 사이에는 아무 관련이 없었다. 구보야, 너는 아까 어린 학생들 앞에서 우리들은 모두 떨어질 수 없는 연대(連帶) 속에 살고 있으며, 인간의 일은 모든 인간에게 무관할 수 없다고 하지 않았느냐. 물론. 물론 그렇게 말했다. 그러나 이것은 다르다. 무엇이 다르단 말인가. 학교의 강연에서와 너의 마음속의 진실은 다르단 말인가. 아니다. 말해 봐. 구보는 다그치는 물음에 약간 비켜서는 투로 차를 한 모금 마셨다. 내가 말하는 것은, 하고 구보는 천천히 생각했다. 내가 말하는 것은 무슨 어렵지도 신기하지도 않은 이야기다. 동네 시어머니란 말이 있지 않은가. 인간은 어울릴 수 있는 것과 없는 것이 있다. 아니, 어울림 속에 끊어짐을 가지고 있다고나 할까. 아니 끊어져 있기 때문에 이어지는 것이라고나 할까. 혹은 커다란 연대 속에 작은 단절이 들어가 있다고나 할까. 이 작은 단절은 집단(集團) 속에서의 공상(空想)의 한때일 수도 있고 또는 심하면 죽음일 수도 있다. 공상과 죽음은 집단으로서는 어찌할 수 없지 않은가. 공상과 죽음이라는 단절 위에서의 연대 — 그게 사람의 어울림이다. 그것을 바로 본 위에서의 연대가 정말 어른스런 연대다. 한 발 잘못하면 자기뿐만 아니라 남까지도 그 허무의 공간 속에 떨어지게 할 위험을 막기 위한 약속 — 그게 연대다. 목숨의 이어짐? 자연의 뜻에 의해 이미 연대되어 있지 않느냐고? 그런 '밖'의 이어짐, '나'와 상의함이 없이 그 옛날 누군가가 팽이에 시동(始動)을 주듯이 결정해 버린 목숨의 타성 — 그것은 '나'가 아니다. '나'는 그 목숨의 연속의 밖에 있는 어떤 '깨어남'이다. 그 목숨의 거울, 그림자다. 목숨이 있는 것처럼 그림자도 '있다'. '나'란 그렇게 약하고 그렇게 아슬아슬하다. 약하고 아슬아슬한 것이 발을 헛디디지 않으려면 굳세고 든든하게 되어야 할 것이 아닌가. 물론, 그런데, 그 굳세고 든든하다는 것은 '소망'이긴 하지만, 결코 그 '소망'만큼한 '실현'은 없는 법이다. 덜 이룬 '실현'을 다 이룬 '소망'의 실현이라고 우긴다면 하루 이틀이면 몰라도 너무 오래면 그것은 틀림없이 탈이 된다. 할 수 있는 테두리에서의 정의(正義)를. 그런 정의가 무서운 정의다. 나머지 정의는 시(詩)에서 위안받는 길밖에 없다. 칼빛에 어리는 안개 — 그게 시다. 칼이 없는 시도 가짜고, 시가 없는 칼도 가짜다 — 여기까지 말을 쫓아가다 말에 쫓겨 온 구보는 문득 제 정신이 들었다. 그리고 이러한 생각을 하고 있는 동안의 자기의 얼굴은 틀림없이 미친 사람 아니면 살인범의 표정을 지니고 있었으리라고 생각했다. 그것은 그가 바라는 바가 아니었다. 그는 담배를 꺼내서 불을 붙였다. 그 가냘픈 연기의 건너편으로 구보는 무서운 말이 빚어낸 그 어질머리와 섬뜩함을 건너다 보았다. 그 순수한 것들은 연기를 싫어하는 모양인지 잠시 머뭇거리다가 흩어져 버렸다. 구보는 그런 말들과 놀다가 이제는 꼼짝없이 그것들에게 잡혀 버린 자기의 지난 십 년을 생각했다. 비록 지금, 담배 연기 때문에 사라졌을망정 말들은 결코 그를 떠나지 않을 것이었다. 신이 내려 버린 무당처럼 비참하다고 자신을 생각하였다. 게다가 그는 진짜 무당처럼 돈도 받는 것이었다. 그의 안주머니에는 얼마 안 된다고 하면서 오적이 건네 준 오천 원이 들어 있었다. 내가 그 대학에서 지내고 온 굿은 무슨 굿인가. 그러자 아까 그 학생이 요즈음 구보씨의 소설은 신비적인—하던 말이 언뜻 생각났다. 얼마나 잘 맞춘 말인가. 맞춘다? 그러면 그 학생도 무당이란 말인가. 그는 갑자기 우스워졌다. 그렇게 놀랄 일도 아니었다. 예술의 발생사(發生史)가 가리키듯이 그것은 사실이다. 내가 아까 말한 이론을 따른다면 환경에 바르게 계산해 내는 무당이면 될 것이 아닌가. 미(美)의 사제(司祭)—라고 하면 그럴듯한데 미의 무당이라고 하면 섬찌한 것은 무슨 까닭인가. 아마 이 땅의 무당들이 게을렀기 때문이었으리라. 집단과 더불어 힘들여 자라는 힘을 가지지 못한 탓이었으리라. 그래서 죽은 돼지 대가리나 겨누었지, 그 칼춤은 아무도 두렵게 하지 못한 것이리라. 흠, 또 칼이다. 또 칼의 그림자구나. 죽은 돼지 대가리보다 훨씬 그럴만한 대가리를 겨누는 칼춤을 추면 되겠지. 그래, 무당이라. 그는 푸닥거리를 마치고 난 무당처럼 남아 있는 커피를 조금씩 마셔가면서 목을 축였다. 이런 순간에 그는 자기 자신의 현실적 신분을 그다지 염려할 필요는 없었다. 한 월남 피난민으로서, 서른다섯 살이며, 홀아비고, 십 년의 경력을 가진 소설가라는 그의 현실적 신분보다 훨씬 높은 데를 걸어갈 수 있는 시간이었다. 그것은, 모든 직업인이 자기 일에 들어서는 참에 갖추어지기 마련인, 어떤 엄숙함의 분위기였다. 그런 분위기 속에 그는 말려들어갔다. 그러자 언제나처럼 그 '말의 空間(공간)'은 노동자의 일터처럼 그에게 든든함을 주었다. 그는 한참 후에 일어서서 변소로 갔다. 이 다방의 변소는 아래층에 있었다. 그는 소변을 보고 올라오다가 문득 걸음을 멈췄다. 구보씨가 걸음을 멈춘 곳은 계단의 꺾임목이었다. 거기에 난 창문으로 구보씨는 한 풍경을 보았다. 그곳은 자리로 보아서 화교 국민학교의 뒷마당임이 분명하였다. 이층 시멘트 집의 뒷모습이 보이고 작은 창고 같은 집이 있고, 느릅나무 큰 그루가 몇 서 있었다. 구보가 놀란 것은 그 풍경이, 그의 북한 고향의 그가 다니던 국민학교 뒤뜰과 너무도 닮았기 때문이었다. 그의 옆으로 여러 번 사람이 지나갔지만 그는 그대로 서 있었다. 많은 세월을 사이에 두고 문득 마술처럼 눈앞에 나타난 풍경에 구보씨는 홀렸던 것이다. 그는 다방에 올라가서 자리를 옮겼다. 그쪽에 붙은 창문으로 그는 지금 발견한 풍경을 볼 수 있었다. 진작 이 자리에 오지 않았던 것을 뉘우치면서 그는 뒷마당을 내려다 보았다. 구보씨의 고향은 동해안의 이름난 항구 완산(完山)이다. 전쟁이 났을 때 그는 고등학교 일 학년이었다. 전쟁이란, 거의 모든 사람에게 그런 것이지만 더구나 고등학교 일 학년짜리에게는 그것은 어떤 어질머리였다. 피난. 월남. 이십 년의 세월. 그 십 년은 구보에게 있어서 그 어질머리의 실마리를 풀어 가는 일이었다. 어질머리. 삶은 어질머리를 가만히 앉아서 풀어 가는 가내수공업 센터 같은 것이 아닌 것도 사실이긴 하였다. 풀어 간다는 것도 살면서 풀어 가는 것이고, 산다는 일은 어질머리를 보태는 일이었다.

밑 빠진 독에 물 붓는 콩쥐의 일감. 어느 사람이 이 어질머리에서 풀려난단 말인가. 사람들은 그래서 사노라면 어느덧 누에처럼 그 어질머리 속에 들어 앉아 버린다. 그러나 불행하게도 구보의 경우에는 그럴 수 없었다. 그는 어질머리라는 누에집을 풀어서 그것이 대체 어떤 까닭으로 그렇게 얽혔는가를 알아보아야 했다. 그것이 소설이라는 것이라고 그는 생각했으므로. 그는 자기 집을 헐고 자기 껍질을 벗겨서 따져보는 그러한 누에였다. 벌거숭이 된 내 마음. 오 진실을 찾다가 벌거숭이 된 내 마음. 그 어질머리가 자기의 한 군데라는 것을 알았을 때는 이미 자기 몫의 어질머리를 갈가리 찢어 발겨놓은 다음이라는 발견. 모든 슬픈 사람들이 뒷사람을 위해 충고의 말을 적어 놓았음에도 불구하고, 자기가 겪지 않고는 풀어 읽지 못하는 너무나 단순한 비문(碑文). 그런데 여기 그의 어린 시간이 있었다. 어질머리를 어질머리로서 살 수 있는 오직 한 번의 기회로서의 한 사람의 소년의 시간. 그는 세계라는 어질머리와 자기 사이에 책이라는 완충기를 가지고 있었다. 그는 책을 음악처럼 읽었다. 등장 인물이라는 이름의 선율들이, 그의 책의 페이지 위에서 아름다운 어질머리를 풀어 나갔다. 아름다움을 남보다 더 누린 사람은 반드시 그 갚음을 해야 한다. 월남 후 그는 그 갚음을 하기에 이십 년을 허비했다. 그가 아름다움이라고 생각했던 것이 슬픔이었고, 그가 어질머리라 생각했던 것이 무서움임을 알고 있는 지금으로서는 구보에게는 이 삶은 한 견딤, 한 수고(受苦)였다. 그는 눈 아래 뜰에 선 느릅나무의 헐벗은 가지를 바라보았다. 보고 있자니 그의 눈에는 그 가지들이 담뿍 잎이 달려 보였다. 속삭이는 듯한 모양을 한, 그 독특한 느릅나무 잎새가 간간이 바람에 날리는 모양도 보였다.

한 시에 구보씨는 여성낙원사에 닿았다. 함께 심사를 맡은 이홍철(李洪鐵) 씨도 와 있었다. 구보씨는 이 동향의 선배를 오랜만에 만났으므로 반가웠다. 구보씨는 이홍철 씨에게 당선이 될 만한 것이 있더냐고 물어보았다. 편집장은 자리를 옮기자고 말했다. 그들은 회의실인 듯한 방으로 안내되었다. 스팀이 들어와서 훈훈한 방이었다. 구보 · 이홍철 · 편집장 세 사람은 가운데 놓인 넓고 긴 탁자의 한 모서리에 자리를 잡았다. 한 사원이 차를 가져왔다. 책상 위에는 응모소설 원고가 놓였다. 그것은, 구보가 먼저 읽고 이홍철 씨가 받아 읽은 다음 오늘 가지고 나온 원고였다.

"어떻습니까. 뭐 좋은 거 있습니까?"

하고 편집장이 한 손으로 듭시다, 하는 시늉을 하면서 다른 손으로 자기 찻잔을 들며 말하였다.

구보는, 먼저 쉬운 일부터 마친다는 듯이 찻잔을 들어 상징적으로 마시는 시늉을 한 다음, 말하였다.

"글쎄요, 이 형은……."

이홍철은 한 번 웃더니 입을 꽉 다물었다가 말했다.

"네, 이거……."

하면서 원고뭉치에서 하나를 뽑아냈다. 구보와 편집장은, 한 구유에 머리를 디미는 돼지 새끼들처럼 동시에 원고를 들여다보았다. 그것은 「검은 에덴」이라는 소설이었다. 구보도 별다른 의견이 없으면 그것이리라 한 소설이었다. 구보는 말했다.

"그렇겠군요."

"그래요?"

편집장은 원고를 넘겨보면서 또 말하였다.

"어떤 소설입니까?"

"근친상간(近親相姦) 얘기예요."

하고 이홍철 씨가 말했다.

"근친상간요?"

편집장은 이홍철 씨가 근친상간을 했다는 고백이나 한 듯이 물었다. 그것이 우스웠으므로 구보씨는 어허허 하고 웃었다.

"괜찮아요."

하고 이홍철 씨가 근친상간이 괜찮다는 듯이 말했다.

"하긴, 근친간도 다루기 나름이지만."

하고 편집장은 좀 생각하다가,

"우리 잡지가 여성지라, 상식적으로 너무 동떨어진 건……."

"말씀대로 다루기 나름이지요."

하고 이홍철 씨가 말했다. 그리고 그들은 「검은 에덴」에 대하여 다음과 같은 의견을 주고받았다.

"쪽 빠졌잖아."

"그래."

"이야기가 확실해."

"검은 에덴이라고 제목을 붙인 걸로 작가의 판단은 들어 있는 셈이지."

"그런데 좀 생각하게 하더군."

"뭐요."

"옛날 소설가 같으면, 간통 이야기를 다룰 때 이런 분위기가 되지 않겠소? 그런데 지금은 근친간이나 해야, 옛날 간통만한 분위기가 되는 거구나 이런 생각 말이오."

"저항력(抵抗力)이 생겨서 옛날 십만 단위가 — 백만 단위가 된 거지 뭐."

"뜨끔한 일 아니오?"

"어제 오늘 일인가 하, 구보씨 꽤 낡은데."

"낡다니?"

"그러니 구보씨는 아직 장가도 못 갔단 말이오."

"아니 내가 낡았으면 누가 새롭겠소?"

"현재 얘긴즉 그렇지 않소?"

"그럴까?"

"형편없어요. 싹 썩었어요. 문드러지기 일보 직전에 흐물흐물하는 바닥이야."

"바닥?"

"이 바닥 말이야."

"흐음."

"그러니까 소재는 근친간이지만, 작가는 그걸 비판하고 있다, 이런 얘기가……."

"그렇죠."

"그럼 상관없겠군요."

"상관없다니깐요."

"네, 상관없습니다."

"그럼 결정된 걸로 하겠습니다."

일을 끝내고 그들은 잡담을 하였다. 이홍철 씨는 자기가 구상하고 있는 역사소설에 대해서 얘기했다. 그는 전에도 역사소설을 쓴 적이 있었는데 구보는 대단히 부럽게 생각했다. 그 어질머리를 용케 풀어서 앞뒤를 맞춘다고 생각하였던 것이다. 역사소설에 대한 얘기가 발전해서 소설과 역사의 본질론으로 나갔다. 이홍철 씨는 자기 생각을 말했다. 대체로 역사와 소설이 엄청나게 달라지고 그 둘 사이에 차별이 문제시되는 시대는 지배계급이 정치에 대한 믿음을 잃고 미래에 대한 믿음을 가지지 못하는 시대다. 왕조의 양반계급은 역사 외에 가공의 진실이라는 소설을 필요로 하지 않았다. 지금 소설이라고 부르는 예술의 몫을 맡은 것은 시였는데 그들은 시에서 굳이 역사를 주장하지 않았으며 완전히 현실의 짐에서 벗어난 놀이로 생각했다. 그들은 사서(史書)를 읽는 것으로 족히 현실에 대한 눈과 책임을 느꼈기 때문에 거짓말 역사로서의 소설이란 것을 생각할 수 없었다. 그것이 사실은 건강한 것이 아닌가. 오늘날처럼 정치와 예술의 분열이 없었던 것이다—이홍철 씨는 이렇게 말했다. 구보 씨는 거기다 자기 의견을 말했다. 사실과 오락을 그렇게 두부모 자르듯 가른다는 것은 그들 양반계급이 자기들의 세습적 신분에 대해서 거의 의사자연(擬似自然)적인 안전감을 가진 탓이었겠지. 그러나 세습적 지위라는 것이 원칙적으로 인정되지 않는 근대 이후의 세계에서는, 사실과 상상(想像) 사이에 그와 같은 구별은 있을 수 없지. 20세기 문학의 상징적 경향은 그것이 결과적으로 폐단도 있겠지만, 사실은 이 세상에 단단한 것은 없다는 세계관의 표현으로서, 사람이 늘 거기서부터 출발하고 거기로 돌아가야 할 발판이 아닐까. 아니 '발판 없음의 인식' 이 아닐까? 구보씨는 이렇게 말하였다. 이런 얘기를 한 다음 그들은 심사료 각 X만원씩을 받아 들고 잡지사를 나왔다. 이 잡지사는 대법원 골목에 있었는데, 그들은 덕수궁 뒷담을 오른편에 보면서 광화문 쪽으로 고개를 넘어갔다. 덕수궁 뒷문 앞을 지날 때 열린 문 사이로 석조전(石造殿) 오른쪽 옆구리가 보였다. 그러자 구보는 문득 오래된 기억을 떠올렸다. 그 때 구보는 어떤 여자와 이 길을 가다가 꼭 지금처럼 그 석조전을 들여다봤던 것이다. 그의 기억의 앙금으로 가라앉아 있는 서울의 한 건물이 있다는 사실이 그에게 어떤 감회를 안겼다. 이렇게 한 도시는 사람들의 기억 속에 가라앉아 있고, 기억의 눈길에 얽혀 있으려니 생각하였다. 마치 밤하늘에서 비행기를 잡는 탐조등(探照燈)처럼, 사람들은 그렇게 그들의 기억의 하늘에서 집을, 거리를, 나무를, 우체통을, 어느 다방을 밝혀내는 것이라고 생각하였다. 그리고 그 사람이 죽으면, 그 사람이 바라보던 머리 속의 풍물은 전류가 끊긴 전기알처럼 물질의 백치(白痴)로 돌아가는 것이리라. 구보는 중얼거렸다. 대단한 일이야. 산다는 건 대단한 일이야. 이홍철 씨가 뭐야? 하고 물었다. 구보는 머저리처럼 웃었다. 이홍철 씨도 머저리처럼 웃었다. 구보는 그 웃음이 이홍철 씨의 몇 년 전까지만 해도 잡지 같은 데 나던 사진, 그의 이십대의, 좀 마른 얼굴에 어려 있던 웃음 같다고 생각하였다. 그가 고등학교의 선배라는 실감이 났다. 고등학교.

그때의 고등학교라는 그 이상한 삶을 지금으로서는 거의 떠올릴 수 없다. 아무것도 몰랐다는 것. 아무것도 모르면서 삶을 시작해야 한다는, 삶의 이 불량소녀 같은 엉터리 없음. 그들은 구세군 서대문 본영을 지나 경기고녀와 덕수국민학교 앞을 지나서 광화문으로 나왔다.

"약속 있어?"

하고 이홍철 씨가 물었다.

"없어."

하고 구보는 대답하였다.

"9(나인)에 가 볼까?"

"그러지."

9다방에는 소설가 남정우(南丁愚)가 가끔씩 들르는 곳이었다. 그들은 구름다리를 올라가서 건너편에 내려섰다. 남정우는 혼자 앉아 있었다. 남정우는 「정토(淨土)」라는 소설을 써서 재판을 받고 있는 중이었다.

"어서 와."

남정우 씨는 자기 집처럼 말했다. 아마 자주 오는 집이어서 집처럼 생각하는 모양이었다.

"어디서 오는 길야, 둘이서?"

"음, 병아리 감별을 하고 오는 길야."

"뭐?"

"병아리 암수 가리는 것 있잖아."

하고 이홍철 씨가 말했다.

"뭐?"

"응, 저, 현상소설 심사를 하고 오는 길이야."

"아, 그래."

"암컷인가, 수컷인가, 레구홍인가, 토종인가, 잘 크겠나 못 크겠나."

하고 이홍철 씨가 말했다.

"허, 과연 그래."

하고 남정우 씨가 가장 유쾌한 일 다 듣겠다는 것처럼 웃었다. 구보씨는 그 순간, 확 풍기는 닭똥 냄새를 맡았다. 과연 그래. 그는 넌지시 손을 코에 갖다 댔다. 훅 끼치는 닭똥 냄새. 그럴 것이었다. 껍질을 깨고 나와서 살겠다고 비악비악거리는 숱한 병아리들을 만지지 않았는가. 현상소설의 원고지 사이에서 풍겨 나오는 그 비릿한 냄새는 분명히 닭똥 냄새였다. 자, 이번에는 병아리 감별사가 됐군.

구보씨는 '9'에서 두 사람과 헤어져 나와 광화문 지하도 쪽으로 가다가 극작가 배결(裵傑) 씨를 만났다. 지하도 입구 신문팔이 옆에서 그들은 악수를 나누고, 오랜만이니 어디 가서 얘기를 하기로 하자고 뜻이 맞았다. 구보씨와 배결은 지하도를 내려가 동아일보 앞에서 땅 위로 올라왔다. 그들은 오른쪽으로 걸어가서 길을 건너 소방서 앞을 지나 '宮(궁)' 다방 모퉁이를 돌아서 골목으로 들어갔다. 조금 가면 중국집이 있었다. 여기가 좋겠다고 끄덕이면서 그들은 안으로 들어갔다. 홀을 지나 깊숙한 통로로 그들은 안에 있는 방으로 들어갔다. 좀 이르지만 배갈을 좀 하기로 했다. 그들은 배갈을 마시면서 연극 얘기를 했다.

"베케트가 탔지."

"음."

"알아주는 모양이지."

"그야."

"연극 어때?"

"연극."

"맘대로 되나."

"연극적 감수성이 문제야."

"자네 거 좋더군."

"뭐."

"대사 주고받는 식은 곤란하지."

"대사?"

"응."

"안 되지. 극적 공간의 조형(造型), 그게 있어야지."

"극적 시간의 전달."

"그래그래, 조형된 시간을 주고."

"받는다?"

"그럼. 자 받아."

"천천히 하지 그래."

"응."

"사실(寫實)극의 밑거름도 없는데 좀 무리하잖을까?"

"뭐 농사짓는 건가?"

"농사야 농사지."

"공간을 간다(耕)?"

"갈아(改)야지."

"공간."

"인간적 공간."

"—을 가는 거지."

"간(行)다?"

"응, 밀어 가며, 미는 거야. 밀어 내는 거야."

"그 저항이 응?"

"그럼, 그럼."

"타인의 인식, 그 사이."

"옳지, 사이와 사이의 골짜기."

"뛰어넘는 거야."

"빈 골짜기지?"

"비었구 말구. 차 있다고 생각하는 게 통속이야."

"옳지, 그렇게 규정하면 되겠군."

"암마. 비었다, 어질머리, 아무것도."

"아무것도 없다—"

"없다?"

"없지. 그걸 온몸으로."

"온몸으로 말이지—"

"미는 거야."

"맨몸으로."

"맨몸이지. 뭘 입었다고 생각하면 안 돼."

"알몸으로?"

"벌거숭이지."

"벌거숭이. 벌거숭이 된 내 마음."

"그래그래. 벌거숭이 된 마음이 벌거숭이의 공간을 밀고 나가는 거야."

"밀고 나간다?"

"나가야지."

"괴롭군."

"살아 보니 그렇잖아?"

"그래그래. 그런데 괴롭다고 징징 우는 게 죄가 된다니 괴롭지?"

"징징거리는 건 안 돼."

"그럼."

"괴로운 건 괴로운 거야. 그러나 징징 짜는 건 안 돼."

"안 되긴 안 되지."

"안 돼."

"왜 안 돼?"

"짜증이 나잖아?"

"아니 왜 죄가 되나 말야?"

"징징거리면서 일은 언제 해? 징징거릴 시간을 착취하고 있는 거야."

"착취?"

"그럼. 먹어야 짤 거 아냐? 남도 울고 싶단 말야."

"맞았어 맞았어. 실연하고 하소연하는 거 말야."

"그래그래, 죽이고 싶지."

"죽여야 돼, 죽여야 돼."

"그런데 베케트처럼 안 해도 되잖아?"

"어떻게?"

"체홉처럼."

"그건 달라."

"달라?"

"다르고 말구. 끝까지 가면 베케트가 되는 거야."

"흠."

"돼. 그렇잖아? 예술이 예술을 의식하게 되면 그리 되는 거지."

"그게 예술이 쇠약해진 증거가 아니야?"

"에이 시시한 소리 말아. 왁찐을 연구하기 위해 제 몸에 실험을 하는 게 생명력이 약해서 그런 거야?"

"왁찐이라—"

"병균을 제 몸에 심는 의학자는 왜 과학이구, 박애구, 순수정신을 제 몸에 심는 예술가는 왜 타락이야?"

"순수—"

"순수를 남에게 심어 보려는 게 나쁘지."

"남에게—라?"

"남이지. 남에게만 세균을 넣고 자긴 말짱하고. 죽어야 돼."

"남이라. 취하지?"

"하나 더 할까?"

"그만 해."

"그만?"

"하나 더 할까?"

"하나 더?"

"하나만 더 해."

손뼉을 친다. "부르셨습니까" 하면서 문이 열리고 심부름하는 아이가 얼굴을 들이민다.

"하나" "네" 소년의, 나이에 비해 잘 발달한 손이 술병을 받아 가지고 문을 닫는다.

"가만, 식사할까?"

"천천히 하지 뭐, 바빠?"

"아니야, 이따 저녁에 약속이 있어."

"여자야?"

"아니야. 『성남동 까치』라구—"

"응, 김광섭(金廣攝) 씨 시집?"

"그래. 출판기념회가 있어."

"건강이?"

"응, 나도 잘 모르는데, 그동안 병문안도 못 했고."

"그렇겠군. 평이 좋지?"

"안 읽었나?"

"응."

"서로 좀 읽고 했음 좋겠어."

"그렇구 말구."

구보씨나 배걸 씨나 모두 술을 잘하는 편은 못 되고 말 안주로 삼는 편이었기 때문에 지금 마시고 있는 병이 두 번째였다. 그들은 계속해서 대략 다음과 같은 얘기를 했다.

抽象(추상)과 具象(구상)은 서로 배척할 것이 아니라 공존해야 한다는 것/時代(시대)에 따라서 歷史(역사)는 열려 있는 것처럼도 보이고 닫혀있는 것처럼도 보이지만, 현재 인간의 文明(문명)은 그러한 明暗(명암)이 2項對立式(이항대립식)으로 널뛰기를 하면서 번갈아 執權(집권)한다는 表現(표현)을 하기에 어울리는 고비는 지났다는 것/抽象(추상)과 具象(구상)도 한 時空(시공)에 同時(동시)에 存在(존재)하는 生(생)의 얼굴이라고 봐야지 한쪽만으로 결판내려면 生(생)을 일그러뜨릴 수밖에 없다는 것/일그러뜨릴 때는 그것이 言語(언어)의 展開形態(전개형태)인 繼起的 敍述(계기적 서술)의 限界(한계)에서 오는 方法的 單純化(방법적 단순화)임을 自覺(자각)하는 餘裕(여유)가 있으면 좋지만 그런 虛構(허구)의 操作(조작)을 實體化(실체화)하려 들면 敎條主義(교조주의)가 된다는 것/藝術(예술)은 現代文明(현대문명)에서 單一(단일)한 儀式(의식)을 가질 수 없다는 것/儀式典範(의식전범)을 統一(통일)하려 할 것이 아니라 分派(분파)가 택한 典範 各其(전범 각기)의 테두리 안에서 얼마나 感傷(감상)을 克服(극복)했는가를 가지고 信心(신심)을 저울질하는 길밖에 없다는 것/文學(문학)이 그 가운데서도 특별한 障壁(장벽)을 가진 것은 認定(인정)해야 한다는 것/感覺藝術(감각예술)과 같은 純粹(순수)한 音階(음계)의 設定(인정)이 不可能(불가능)하다는 것/文學(문학)의 音階(음계)는 複合音階(복합음계)로서 風俗(풍속)의 指示(지시)를 包含(포함)하지 않을 수 없다는 것/그러나 藝術(예술)이라는 이름으로 묶인다면 다른 藝術(예술)과 다름이 있을 수 없다는 것/아마 詩心(시심)의 높이가 그 가늠대일 것이라는 것/明月(명월)이나 梧桐(오동)나무에는 發情(발정)하는 詩心(시심)이 人事(인사)의 正邪(정사)에는 發情(발정)하지 말아야 한다는 것은 原理(원리)의 一貫性(일관성)에 矛盾(모순)된다는 것/現實(현실)의 어느 黨派(당파)를 支持(지지)할 것이냐 하는 立場(입장)을 버리고 가장 높은 詩心(시심)의 領域(영역)에서 醜(추)한 것은 無差別 射擊(무차별 사격)할 것/友軍(우군)의 行動限界線(행동한계선)이라고 해서 射擊(사격)을 延伸(연신)하지 말고 詩心(시심)이 허락할 수 없는 地帶(지대)에는 융단 爆擊(폭격)을 加(가)하여 利己心(이기심)에 대한 殺傷地域(살상지역)을 造型(조형)할 것/그렇게 해서 詩(시)가 人事(인사)를 두려워할 것이 아니라 人事(인사)가 詩(시)를 두려워하게 할 것/泣斬馬謖(읍참마속)에서 泣(읍)도 버리지 말고 斬(참)도 버리지 말 것/泣(읍)이냐 斬(참)이냐 하는 虛僞(허위)의 2項對立(이항대립)의 惡循環(악순환)에서 벗어날 것/泣(읍)은 조강之妻(지처)에게 斬(참)은 斬(참)망나니手(수)에게 돌리고 孔明(공명)은 泣斬(읍참)할 뿐이라는 것/예술은 인간이다, 라는 까닭에서가 아니고 예술이라는 칼을 들었으면 칼이 가자는 데로 가야 한다는 것/그런 匠人意識/因緣(장인의식/인연)으로 흐린 自己(자기)의 利害打算(이해타산)의 눈을 스스로 眼盲(안맹)케 하여 失明(실명)을 얻은 다음 詩(시)의 물레를 돌릴 것/눈먼 손이 뽑은 詩(시)의 명주실을 풀리는 대로 버려둘 것/그러면 카이저의 몫은 카이저가 가져갈 것이고 하느님의 몫은 하느님이, 異邦人(이방인)들과 단군 열두 支派(지파)도 제 길이만큼 잘라 갈 것이라는 것/그런 물레질.

구보씨는 5시 반에 성북동에 있는 '유정'이라는 술집에 닿았다. 거기가 『성남동 까치』 출판기념회 자리였다. 여느 술집과 마찬가지로, 가로가 긴 아크릴 간판을 단 한옥(韓屋)이었다. 이 집의 위치를 초청장 뒤에 그린 지도를 보고 찾아왔던 것인데 쉽게 찾았다. 쉽게 못 찾을 만하면 하긴 술집도 아닐 것이었다. 벌써 와 있는 사람이 많이 있었다. 구보씨는 앉은 사람 모두에 대하여 막연히 인사하고 빈 자리에 가 앉았다. 대청 마루와 건넌방 사이의 문을 걷어 내고 상을 여러 개 붙여 놓은 자리에 앉아서 살펴보니, 둘러앉은 얼굴은 모두 선배들이었다. 사람들이 이어 들어왔다. 새로 온 사람들이 자리에 앉다가 말고 김광섭 씨에게 인사하러 가는 것을 보고서야 구보씨는 김광섭 씨가 아까부터 자리에 있었다는 것을 알았다. 공교롭게 그가 앉은 줄 몇 사람 건너에 앉아 있어서 알아보지 못했던 것이다. 인사하러 가야 했으나 이미 사람이 들어찬 자리가 몹시 좁아져 있었으므로 그는 그만뒀다.

상을 둘러앉았다기보다 상과 뒤 미닫이 사이에 끼어 앉았다는 것이 마땅할 만큼 좁았던 것이다. 그 있지도 않는 등과 뒤 미닫이 사이를 음식을 든 술치는 여자들이 다니면서 시중을 들었다. 구보씨는 한 옆에 시인 윤석경(尹石輕) 씨, 다른 쪽에 시인 한유학(韓有學) 씨 사이에 끼어 앉았는데 사람들이 연이어 들어서고 자리는 그때마다 좁아졌다. 구보씨는 가끔 몸을 돌릴 때마다 옆으로 김광섭 씨를 바라보았다. 김광섭 씨는 머리가 아주 백발이었고 두루마기를 입은 모습은 딴 사람 같았다. 술이 돌아가고 농담이 돌아가고 하는 사이에도 그의 목소리는 한 번도 들리지 않았다. 이만한 부드러운 모임에도 간신히 견디고 있다는 느낌이었다. 아무도 술을 권하지도 않았다. 그것도 보통 술자리와의 대조를 뚜렷하게 만들어 주었다. 그는 김광섭 씨가 건강하던 때 모습을 떠올렸다. 느리고 완강한 데가 있어 보이는 얼굴이었다. 언젠가 명동의 '바다비아'에 데리고 가주던 일을 구보는 떠올렸다. 웬일인지 그때 그 바의 풍경이며 마담의 얼굴이 너무 확실하게 떠올랐다. 그때 마담은 김광섭 씨더러 무정한 애인이라고 하면서 외상술 마실 때만 오느냐고 했다. 김광섭 씨는 외상이 아니라 오늘은 공짜라고 하였다. 마담은 공짜라도 좋으니 매일 오라고 하였다. 그때 구보씨는 저만한 시인이 되면 명동의 이만한 바의 마담을 애인으로 가지고 있는 법이고 술도 여자 쪽에서 대는 것이구나 하고 몹시 감동했다. 십 년 전 구보씨가 처음 소설을 쓰고 김광섭 씨가 내는 잡지에 실었을 때의 일이었다. 구보씨는 술집에서의 그 흔한 농담의 정석(定石)을 실전(實戰)처럼 생각한 자기의 그때 젊음보다, 그런 자기를 데리고 술집에 가준 씨의 젊음을 생각하고 조금 슬퍼졌다. 씨의 지금 얼굴은 사실은 없어도 좋은 여러 선(線)들을 지우개로 모두 지워 버린 다음 같은 그런 느낌이었다. 그는 『성남동 까치』에 실린 시들을 생각하였다. 그 시들에게는 말로만 듣던, 삶의 겨울의 그 무서움이 있었다. 닳아빠지도록 징징 운 적이 없는 사람이 나 정말 봤소, 하고 보고하는 그 삶의 겨울의 얼굴이 있었다 — 옆에 앉았던 한유학 씨는 거의 구보의 무릎 위에 앉아 있었다. 구보는 일어나서 안방으로 들어갔다. 거기에는 슬기롭게도 일찌감치 선배들에게 자리를 내주고 나온 이철봉(李鐵棒) 씨가 마담을 데리고 무슨 얘기를 하고 앉아 있었다.

"여기가 편하군."

"응, 성황이어서 잘 됐어."

구보씨는 이철봉 씨가 앉아 있는 아랫목 벽장 아래 가 앉았다. 그 옆으로 사진사가 둘, 보자기를 씌운 사진기를 옆에 세워놓고 앉아 있다. 대청과 방은 미닫이로 막혀 있어서 보이지 않았다.

"이봐."

하고 이철봉 씨가 마담에게 말했다.

"여기도 한 상 차려 와."

"곧 가져옵니다. 미안합니다."

"어딜 가는 거야."

"네 다른 방에 좀."

"다른 방?"

"네."

"돌려보내 돌려보내."

"어머 거기도 손님인데."

"손님? 아무튼 여기 빨리 가져와. 자리가 없어 나앉았는데 술까지 나앉으란 말야?"

작은 자개상에 술과 생선 구운 것이 얹혀서 왔다.

"이거 뭐 행랑아범 상 같잖아?"

"아이 무슨 말씀을."

"회계는 내가 하는 거야."

하고 이철봉 씨는 마담의 어깨를 안았다.

"응, 돈은 이 양반이 가졌어."

하고 구보씨도 무책임한 거짓말을 했다. 마담은 그래서만도 아니고 이철봉 씨의 평론가다운 고상한 풍모 때문이기도 하겠지만 윗몸을 맡기고 가만히 있었다.

"마담 몇 살이야."

하고 철봉 씨가 물었다.

"맞혀 보세요."

"글쎄."

하고 철봉 씨는 나이 맞혀 보는 건 양보해도 좋다는 듯이 구보씨를 돌아보며 마담을 좀더 겨드랑 밑에 집어 넣었다. 구보씨는 마담 얼굴을 바라보았다. 거기도 한 얼굴이 있었다. 그것은 얼굴을 이루는 많은 선(線)들이 어디로 갈지 몰라서 제자리에서 잠깐씩 망설이고 있는 듯이 보이는 얼굴이었는데 눈을 가운데로 삼은 부분이 비옥(肥沃)해 보였다. 눈의 흰자위가 성(性)의 비곗살처럼 살쪄 보였다.

"글쎄."

하고 구보씨가 모처럼의 권리를 낭비해 버렸다. 그러자,

"서른다섯."

하고 철봉 씨.

"꼭 맞혔어요."

마담은 서른다섯 살을 철봉 씨가 주기나 한 것처럼 반가워했다. 그것으로 봐서 몇 살 더 먹었을 것이라고 구보씨는 생각했다.

"서른 살쯤이 아닐까?"

"그러면 좋게요."

하고 마담은 말하면서 일어서려고 했다.

"어딜 가는 거야."

"좀 나가 봐야죠."

하고 마담이 대청 마루 쪽을 눈으로 가리켰다.

"애들이 있잖아?"

철봉 씨가 그렇게 말했으나 마담은 잠깐만이라고 손가락 하나를 들어 표시를 하

면서 일어서 나갔다. 대청 마루에서는 돌아가면서 축사를 하는 중인 모양이었다. '까치' '까치' 하는 소리가 말 가운데서 자주 들렸다.

"늙었지?"

하고 철봉 씨가 말했다.

"응, 머리가 다 세었다."

"머리는 갑자기 세는 것이라는군."

"응."

"『성남동 까치』 좋지?"

"응."

'성남동 까치'는 이번에 나온 시집의 이름이자 그 속에 실린 한 편의 이름이었다. 김광섭 씨의 앓기 전의 시는 존 단을 연상케 하는, '形而上學(형이상학)의 騎士(기사)'가 투구를 쓰고 움직이는 듯한 느낌이 있었다. 기생방 병풍 냄새 같은 것이라든지, 청상(靑霜)의 안쓰러움 같은 것이 대체로 주류를 이룬 시단에서 그의 시풍은 쇳소리가 울리는 특이한 것이었다. 그런데 이번 시집에서 그는 그 투구를 벗고 있었다. 그리고 구보가 놀란 것은 투구를 벗은 그의 머리가 그 사이에 세어 있었다는 사실이었다. 그 투구 안에서 그는 다른 싸움을 싸웠던 모양이었다. 모든 사람들이, 그가 투병(鬪病)하는 동안 그에게 씌우고 있었던 옛날의 그의 시풍의 투구를 그는 스스로 벗고, 지금도 그러리라고 생각해 온 그와는 너무 다른 얼굴을 드러냈던 것이다. 투구보다는 더 튼튼한 그러나 가벼운, 싸움을 치른 그의 체력도 견딜 수 있는 튼튼함과 무게 사이의 비례관계를 벗어난 그런 옷을 입고 그는 서 있었다. 아니 저기 앉아 있다.

"당신들 여기 있었군."

사회를 보고 있는 시인 김정문(金正文) 씨가 들어서면서 말했다.

"자리를 내드리느라구."

하고 구보가 말했다.

"자 당신들두 한마디 하시오."

하고 그는 구보씨와 철봉 씨를 두 마리의 까치새끼처럼 손바닥으로 몰아 가지고 대청으로 나왔다.

구보는 이런 얘기를 했다.

— 김광섭 선생의 『성남동 까치』는 60년대의 끝에 와서 문득 우리 문학의 하늘에 올린 길한 소리였습니다. 우리는 헤매는 한국시가 어디로 가는 것인지 알지 못합니다.

그러나 한국시는, 거짓을 버린다는 이름으로, 우리가 시라고 생각하던 옷을 하나씩 벗어왔습니다. 그러나 우리는 한국시가 저 옛 얘기의 벌거숭이 임금님이 되기는 원치 않습니다. 임금님은 임금다운 옷을 입어야 합니다. 벌거숭이냐, 옷이냐 하는 양자택일적인 물음이 사실상 감상(感傷)에 지나지 않음을 우리는 보아 왔습니다.

선택은 벌거숭이와 옷 사이에 있지 않고, 어떤 옷과 어떤 옷 사이에 있습니다. 『성남동 까치』는 시에게 위엄과 점잖음의 옷을 되찾아 주었습니다. 그러나 그 옷은 번쩍거리지도 절그럭거리지도 않는 — 목숨처럼 자유무애하고 자유인답게 점잖은 그런 옷입니다. 우리가 할 일은 그러나 김 선생님의 옷을 뺏아 입는 것은 아닐 것입니다. 또 뺏아지지도 않습니다. 이 시인의 싸움을 우리도 싸우는 것, 그렇게 해서 우리도 자유인이 되는 일이라 믿습니다. 무엇보다 선생님의 건강을 빌어 마지 않습니다.

이철봉 씨는 보다 간단한 그러나 정에 넘친 연설을 하고 나서, 구보씨와 철봉 씨는 다시 별실로 왔다. 그때 구보씨는 자기가 각설이타령을 하고 나오는 거지처럼 느껴졌다. 그럴싸한 일이었다. 음식을 한 상 받고 앉은 대감들 앞에서 각설이타령을 한마디 하고 별실에 물러나와 한 상 얻어먹는 거지 같다고 생각하고 구보씨는 슬퍼졌다.

이번에는 거지가 됐군, 하고 구보씨는 생각했다.

대감들 방에서는 노래가 시작됐다. 이제 남은 일은 기념사진을 찍는 일뿐이었다.

"이 형은 집이 어디요?"

하고 구보가 물었다.

"여기서 가까워."

"자기 집이지?"

"응."

"용한데."

"오막살이야 오막살이."

"아무튼."

"애기 둘이랬지?"

"둘이야."

"더 낳을 생각인가?"

"응 길러 보니 하나쯤 더 있어도 좋을 것도 같고."

"둘이면 되잖을까?"

"남의 걱정 말고 자넨 뭐야?"

"응 나야 뭐."

"뭐라니."

그들은 내년 PEN 대회에 대한 얘기를 했다. 나쁠 것은 없다는 것이 두 사람의 의견이었다. 자본이건 정치건 국제적인 '빽'이 있어야 하는 세상에, 문학에도 그런 게 있어서 나쁘기까지야 하겠는가, 하는 점에 그들은 의견을 같이 했다. 그것이 과연 '빽' 구실을 할 수 있을까 하는 것이 의심스럽다는 점에 대해서도.

8시에 기념촬영을 하고 모임이 끝났다.

구보씨는 버스 정류장에서 혼자 차를 기다렸다. 낮에도 매짠 날씨더니 지금은 어지간히 떨렸다. 한 시인을 축하하고 사람들은 뿔뿔이 흩어지고. 에익, 또. 구보씨는 사랑에 굶주린 거지 같은 자기몰골을 생각하고 화가 났다. 벌거숭이 된 내 마음. 오거지 같은 내 마음. 그는 하늘을 쳐다봤다. 까맣게 갠 하늘에서 벌거숭이의 그 숱한 것들은 그래도 고왔다. 사람도, 헐벗으면서도 저럴 수 있다고 잘못 알고 얼마나 많은 사람들이 무모한 짓을 하다가 삶의 이 엄동설한에 얼어 죽었을까, 하고 구보씨는 생각하였다. 빛나는, 하늘의 그 고운 것들과 고운 것들 사이에 놓인 공간이 아름다움이면서 무서움인 것처럼, 한 시인을 축하한 사랑은, 뿔뿔이 흩어져야 하는 무서움이기도 하다는 것을 생각한다.

"아저씨" 누가 옆에 와 선다. 그는 돌아보았다. 머리끝이 쭈뼛했다. 정말 헐벗은 한 여자가 그에게, 밤처럼 캄캄한 손을 내밀고 있었다. 어쩐 일이었던지, 그 여자의 얼굴에서, 벌써 옛날에 갈라진 한 여자를 보았다고 헛갈린 것이다. 그는 백 원짜리 한 장을 꺼내 주었다. 죄인처럼. "고마워요" 그녀가 말했다. 비웃음처럼.

버스가 왔다.

구보씨는 황황히 이십 원 길의 나그네가 되어 밤 속으로 외마디 소리처럼 사라져갔다.

1969년

■ 이 작품은 최인훈의 『소설가 구보씨의 일일』 연작소설 중 1장 전문입니다.

1. 두 작품에서 주인공은 모두 산책을 통해 세상과 만나고 있다. '산책' 이라는 소재가 소설의 형상화에 기여하는 바를 설명하시오.

박태원과 최인훈의 「소설가 구보씨의 일일」은 산책을 통해 도시의 풍경과 도시민들의 생활 모습을 보여주고 있다. 여기에서 '산책' 이라는 모티프는 소설가 구보씨가 외부의 풍경을 관찰하게 만드는 역할을 하면서 동시에 자신의 내면을 들여다보는 기회를 만들어 준다. 박태원의 작품은 산책을 통해 1930년대 경성의 화려한 풍물과 카페를 보여줌과 동시에 지게꾼, 유랑민, 노파, 병에 걸린 노동자 등과 같이 암울한 인간상을 그려내고 있다. 경성에 혼재하는 근대 도시의 양면적인 측면은 산책을 통해 자세히 묘사된다.

그러나 산책이 단순히 관찰로만 이어지는 것은 아니다. 소설 속에는 계속해서 작가의 내면이 의식의 흐름을 통해 묘사되고 있는데, 이는 산책에서 얻어진 바깥의 풍경 관찰과 더불어 깊은 사색과 고통을 낳는다. 고등교육을 받고도 룸펜으로 지내야 하는 구보씨에게 있어서 산책은 외부와 접촉하는 유일한 수단이면서 동시에 자신의 비관적인 처지를 확인케 하는 고통을 주는 것이다.

최인훈의 작품의 경우 구보씨는 할 일 없이 소요하는 인간으로 묘사되지는 않는다. 그는 대학에 나가 강의를 하고, 잡지사의 문예 공모전을 심사하기도 하며, 지인의 출판기념회에 참석하기도 한다. 그의 경우 산책은 하루 중 일이 있는 시간들 사이에 놓인 짜투리 시간에 일어난다. 볼 일이 끝나면 급히 헤어지고 마는 사람들의 모습을 보면서 그는 산책을 통해 외로운 자신의 처지를 달랜다.

2. 두 소설은 공통적으로 '발단—전개—절정—결말' 로 이어지는 일반적인 소설의 구성을 벗어나 있다. 이러한 이유를 작품의 주제적인 맥락과 결부하여 설명하시오.

일반적인 소설과는 달리 이 두 작품은 당대의 지식인이라고 할 수 있는 소설가의 내면을 그려낸 작품이다. 따라서 작품에는 특별한 사건이라던가, 국면의 전환 같은 것이 나타나 있지 않다. 오히려 작품은 일상생활의 단면들을 보여주듯이 담담하게 구보씨의 하루 일과를 따라갈 뿐이다. 어떻게 보면 이 작품들은 작가의 하루의 일기에 가깝다고도 볼 수 있는 것이다.

그렇다고 하더라도 이 작품들이 단순히 수필이나 일기처럼 소설의 형식을 갖추지 못한 것은 아니다. 오히려 한 사람의 허구적인 소설가를 등장시켜 1930년대 그리고 1960년대의 지식인의 고민을 보편적으로 형상화 시킬 수 있었던 것이다. 만일 두 작품이 일기에 그치고 말았다면 1930년대 지식인의 내면 풍경은 개인적인 차원에서 쓰여지고 읽혀졌을 것이다. 그러나 소설적인 형상화를 거치면서 이 작품들은 단순히 박태원이나 최인훈이라는 특정 소설가의 자전적인 작품을 넘어 당대 지식인이 고민했던 흔적을 드러낼 수 있게 되는 것이다.

따라서 이 작품들은 기승전결로 이어지는 일반적인 소설의 구성을 벗어남으로 인해 일상에 대한 성찰을 깊이 있게 보여줄 수 있었던 것이다.